# भ्रष्टाचार
# का
# बोलबाला

# भ्रष्टाचार का बोलबाला

सदाचारी सिंह तोमर

एस.के. इंटरप्राइजेज

प्रकाशक : एस.के. इंटरप्राइजेज, सी–५४, गणेश नगर कॉम्पलैक्स, दिल्ली–११००९२
सर्वाधिकार : सुरक्षित / संस्करण : प्रथम, २०१६ / मूल्य : तीन सौ रुपए
मुद्रक : आर–टेक ऑफसेट प्रिंटर्स, दिल्ली ISBN 978-93-80839-55-4

**BHRASHTACHAR KA BOLBALA**

*by* Sadachari Singh Tomar ₹ 300.00

Published by Esskay Enterprises, C-54, Ganesh Nagar Complex, Delhi-92

॥ इदं राष्ट्रीय इदन्न मम ॥

# भारत स्वाभिमान (न्यास)
# BHARAT SWABHIMAN (NYAS)

क्रमांक : B.S.T./M.K.P.O/2015-57 दिनांक : 21.09.2015

## प्राक्कथन

आज पूरा विश्व भ्रष्टाचार से पीड़ित है। हमारे देश में गत दशक में इस सामाजिक कुरीति ने विकराल रूप ले लिया। केंद्र एवं राज्य सरकार द्वारा आर्थिक सहयोग प्राप्त योजनाओं के साथ-साथ विश्व बैंक तक से मदद या ऋण मिलने पर उसके खर्च में भी भ्रष्टाचार व्याप्त हो गया है, जिससे बड़े पैमाने में देश का विकास प्रभावित हुआ है। यह भ्रष्टाचार तो सर्वविदित है किंतु इसके पनपने की आंतरिक व्यथा-कथा कैसे चलती है और भ्रष्टाचारी कैसे दंड से बच निकलते हैं, उसकी गहराई क्या है, इसे इसका भुक्तभोगी, जो इसे रोकने का प्रयत्न करता है और किसी तरह जिंदा भी बच आता है, वही बता पाता है। पुस्तक के लेखक डॉ. सदाचारी सिंह तोमर ने इसी भोगे हुए दर्द/पीड़ा का यथार्थ विवरण दिया है। अगर 'सूचना का अधिकार अधिनियम' न आता तो संभव न था कि इतनी प्रामाणिकता के साथ इस पुस्तक में तथ्य दिए जाते। साथ ही लेखक की दृढता एवं साहस ने इस पुस्तक को अपने आप में एक विशिष्ट पुस्तक बना दिया है। उन्होंने ४० वर्षों तक शासकीय सेवा करते हुए भ्रष्ट तंत्र से लड़ाई की। अपने ही वरिष्ठ अधिकारियों के खिलाफ लोकायुक्त, सी.बी.आई., सी.वी.सी., शीर्ष अधिकारियों आदि में शिकायत की एवं दस्तावेज प्रस्तुत कर आरोपियों को पद से हटवाया, निलंबित कराया, भले ही तोमरजी को अपनी नौकरी एवं जान को दाँव पर लगाना पड़ा।

लेखक को 'भारत के राष्ट्रपति' द्वारा दो बार पुरस्कृत भी किया गया। किंतु ऐसा समय भी आया, जब भ्रष्टाचारी, अधिकारी, मंत्री, नेताओं ने उसे ऐसे शिकंजे में कसा और लेखक उफ तक न कर सका। न्यायालयों में अकल्पनीय देरी से उसको 'देरी से न्याय मिलना, न्याय न मिलने के बराबर' कर दिया। ऐसा बताया गया कि पचास से ज्यादा सांसदों द्वारा राष्ट्रपति, प्रधानमंत्री, मंत्री तथा अन्यों को लिखे गए अभ्यावेदन भी नक्कारखाने की तूती बनकर रह गए। यदि ऐसा है तो यह सामान्य भ्रष्टाचार न था, बल्कि नवीन 'सूचना प्रौद्योगिकी' क्रांति की प्रशासनिक मिली-भगत, षड्यंत्र एवं भ्रष्टाचार के माध्यम से हत्या करने का कुत्सित प्रयास था। एक सामान्य परिवार में जनमे चरवाहे से देश के प्रमुख वैज्ञानिक, निदेशक, सहायक महानिदेशक तक का सफर वह भी भ्रष्टाचार से लड़ाई लड़ते हुए, अपने वरिष्ठों को दंडित कराते हुए आगे बढ़ने की भी उसकी कहानी अपने

आप में एक साहसपूर्ण व प्रेरणादायक घटना है। आपको इन सभी का समावेश इस पुस्तक 'भ्रष्टाचार का बोलबाला' में सहज रूप से है। छोटे न्यायालयों से लेकर सर्वोच्च न्यायालय में ४० वर्षों में लगभग ४० प्रकरण दायर करने की व्यथा-कथा का भी अपना महत्त्व है।

हमें आशा है कि केंद्र में सत्ता-परिवर्तन के बाद वातावरण एवं व्यवस्था में बदलाव आएगा, जो भ्रष्टाचार से देश को मुक्त कर दे, तभी देश के गरीबों का हित होगा अन्यथा 'सब चलता है' की तर्ज पर यह देश चलता रहेगा। भ्रष्टाचार बढ़ेगा और साथ ही विनाश भी।

भारतीय संस्कृति को संसार में आदर्श माना जाता रहा, किंतु आज भ्रष्टाचार देश की छवि को दीमक की तरह खोखला कर रहा है। आज इस प्रकार की पुस्तकों के साहसी लेखन की आवश्यकता तो है ही, उससे भी अधिक आवश्यकता है कि लोग ऐसी किताबें पढ़ें और संकल्पवान पाठक अपने राष्ट्र को दुर्गति से बचाएँ। और यदि हम अभी भी नहीं सँभले तो यह भ्रष्टाचार देश को विनाश की ओर ले जाएगा। हमारे आचरण से आज जीवन-मूल्य, चरित्र, नैतिकता और आदर्श पतझड़ के पत्तों की तरह झर गए हैं। आदमी विकास के पीछे अंधा होकर दौड़ रहा है किंतु नैतिकता एवं कर्तव्य की जमीन पर खड़े हुए बिना उसे पाना विफलता ही है।

यह पुस्तक अन्य कृतियों से कई मायने में विशिष्ट है। आशा करनी चाहिए कि यह पुस्तक सुधी पाठकों द्वारा खूब पढ़ी एवं सराही जाएगी और इसका जनजीवन पर काफी अच्छा, सटीक एवं रचनात्मक प्रभाव पड़ेगा। भ्रष्टाचार तो 'पाप का बाप' है। भ्रष्टाचार और उसका भोगा हुआ यथार्थ इस किताब से उभरकर सामने आया।

इस वैज्ञानिक लेखक ने अपने ऊपर ही प्रयोग कर डाला, पदोन्नतियों के किवाड़ तो बंद कर ही डाले। अपना जीवन भी दाँव पर लगा दिया, किंतु उफ तक नहीं की। इस प्रकार का जीवंत, मर्मस्पर्शी एवं साहसी लेखन भारत के युवाओं के लिए ही मार्गदर्शक हो सकता है। इस प्रयत्न के लिए लेखक को साधुवाद एवं आशीर्वाद!

**( स्वामी रामदेव )**
पतंजलि योगपीठ, हरिद्वार

---

**प्रशासनिक कार्यालय :** राजीव दीक्षित भवन, पतंजलि योगपीठ-II, महर्षि दयानंद ग्राम, निकट बाहदराबाद, हरिद्वार-249405, उत्तराखंड, भारत

**Administrative Office :** Rajiv Dixit Bhawan, Patanjali Yogpeeth-II, Maharishi Dayanand Gram, Near Bahadrabad, Haridwar-249405, Uttarakhand, Bharat

दूरभाष : 01334-273000 • फैक्स : 01334-273001

इ-मेल : bharatswabhimanheadoffice@gmail.com • वैब : www.bharatswabhimantrust.org

# शीर्षक

डॉ. सदाचारी सिंह तोमर जबसे भारतीय कृषि अनुसंधान संस्थान, पूसा एवं अन्य राजकीय सेवा में कार्यरत रहे हैं, तब से वे अन्याय तथा भ्रष्टाचार के विरुद्ध संघर्ष करते रहे हैं। आपको राष्ट्रपति से दो बार पुरस्कार भी प्राप्त हुए हैं। अब उन्होंने साहस करके 'भ्रष्टाचार का बोलबाला' नाम से यह पुस्तक भी प्रकाशित की है, जिसमें एक एक हजार करोड़ रुपयो की दो परियोजनाओं में तथाकथित बड़े-बड़े भ्रष्टाचारियों जैसे सर्वश्री नीतिश कुमार (देश के तत्कालीन कृषि मंत्री एवं वर्तमान में मुख्यमंत्री, बिहार), भारतीय कृषि अनुसंधान परिषद् के तात्कालिक (महानिदेशक) सर्वश्री राजेंद्र सिंह पड़ौदा, अनवर आलम (उपमहानिदेशक), श्री मंगला राय (उपमहानिदेशक), श्री जी.एल. कौल (विशेष कर्तव्य अधिकारी), ए.पी. सक्सेना (सहायक महानिदेशक), कन्हैया चौधरी (अवर सचिव) आदि के नामों का उल्लेख है। डॉ. सदाचारी सिंह तोमर यथार्थवादी लेखक हैं और उनका चित्रण हमें यथार्थ से परिचित कराता है। मैं इस साहसिक कार्य के लिए उनको बधाई देता हूँ और आशा करता हूँ कि यह पुस्तक अधिक-से-अधिक लोगों के पास जाए एवं पढ़ी जाए। वे इसे पढ़कर आंदोलित होंगे और डॉ. सदाचारी सिंह तोमरजी का सृजनात्मक सहयोग करेंगे।

पुनः शुभकामनाओं सहित,
मातृभूमि की सेवा में अकिंचन

**—दीनानाथ बत्रा**
राष्ट्रीय संयोजक
शिक्षा बचाओ आंदोलन समिति

# आपकी अनुभूति

हिंदुस्तान के व्यापक भ्रष्टाचार का क्या आलम है, वह इससे समझ में आता है कि जब-जब कुछ ईमानदार अधिकारियों ने अपने विभाग में भ्रष्टाचार के खिलाफ लड़ाई लड़ी और उसको उजागर किया, तो उनको तरह-तरह से प्रताड़ित किया गया। सत्येंद्र दुबे जैसे कई तो मार दिए गए, लेकिन ज्यादातर को विभागीय जाँच में सस्पेंसन, ट्रांसफर इत्यादि करके तंग किया गया, ताकि वे चुप बैठ जाएँ और चुपचाप भ्रष्टाचार में शामिल हो जाएँ। दुर्भाग्य की बात यह है कि आमतौर पर ऐसे ईमानदार अफसरों, जिन्होंने जोखिम उठाकर भ्रष्टाचार रोकने की कोशिश की। उनके समर्थन में आमतौर पर सरकारी तंत्र खड़ा नहीं होता है। 'केंद्रीय सतर्कता आयोग' को व्हिसिलवोलर्स के लिए नोडल एजेंसी बनाया गया, लेकिन उसका रिकॉर्ड भी इस मामले में बहुत खराब है।

सदाचारी सिंह तोमर भी उन अफसरों में से एक हैं, जिन्होंने 'भारतीय कृषि अनुसंधान परिषद्' (भा.कृ.अ.प.) में भ्रष्टाचार को रोकने के लिए पूरी कोशिश की, लेकिन उनको भी उसका खामियाजा भुगतना पड़ा। यह गर्व की बात है कि इतनी प्रताड़ना के बाद भी वे ईमानदारी के पथ से टस से मस नहीं हुए और आज इस पुस्तक 'भ्रष्टाचार का बोलबाला' में उन्होंने इस संस्था में उनके समक्ष हुए भ्रष्टाचार का भंडाफोड़ किया है। इसके लिए देशवासियों का उनके प्रति आभार प्रकट करना चाहिए। मुझे आशा है कि जो लोग इस देश में चल रहे भ्रष्टाचार के तरीके समझना चाहते हैं और खासकर भा.कृ.अ.प. की भ्रष्ट-व्यवस्था को समझना चाहते हैं तो उनको यह पुस्तक पढ़नी चाहिए।

Prashant Bhushan
8/10/15

**(प्रशांत भूषण)**

एडवोकेट सुप्रीम कोर्ट ऑफ इंडिया

# प्रस्तावना

भ्रष्टाचार के खिलाफ संघर्ष में शासकीय सेवा से बरखास्त होने की भले ही उतनी चिंता न रही हो, किंतु जीवित बने रहने की तमन्ना थी। लगभग ४० वर्षों की शासकीय सेवा के वर्तमान में ३ वर्ष का भ्रष्टाचार रोकने के प्रयास का यह प्रथम अंक के रूप में प्रकाशन (लेखन) है। प्रयास रहेगा—पूरा-पूरा अनुभव पूर्ण अवधि का प्रकाशित किया जाए। तथ्यों की प्रामाणिकता के लिए सूचना अधिकार अधिनियम-२००५ के तहत १०० से ज्यादा आवेदन देकर बड़ी तादाद में प्रमाणित प्रतियाँ ली गई हैं। सर्वोच्च न्यायालय से लेकर छोटे-छोटे फोरमों तक का सहयोग लिया गया। सी.बी.आई., सी.व्ही.सी., लोकायुक्त, अन्वेषण ब्यूरो आदि का सहारा काम आया। उत्पीड़न मुझे ही नहीं, पूरे परिवार को मिला। प्रताड़ना ऐसी कि भय से अपने भी सभी बेगाने बन गए। १८ पड़ोसियों, जिन्हें एकमात्र मेरे आवास में फोन होने पर वर्षों मेरे पूरे परिवार ने २४ घंटे सेवा-सहयोग दिया था, वे भी मेरे द्वारा सर्वोच्च अधिकारियों के भ्रष्टाचार को उजागर करने पर बोलना तो क्या, सामने पड़ने से बचने का भय खाने लगे। जब मेरी जान पर आ पड़ी, तो मुझे रिवॉल्वर का लाइसेंस भी लेना पड़ा एवं रिवॉल्वर साथ में रखना पड़ा। भोपाल से दिल्ली रवाना होने पर यह धारणा बनी थी कि भारत सरकार के सचिव पद तक पहुँचा जाएगा, किंतु बने पद को बचाना भी संभव न हो सका। भारत के राष्ट्रपति का इंजीनियरी का सर्वोच्च पुरस्कार रहते हुए भी मेरे से कम योग्यता के समकक्ष लोग सचिव का पद धारण कर सेवानिवृत्त होते रहे, मैं देखता रहा। मैं सूचना टेक्नोलॉजी की भ्रूण हत्या होते देख अपने कर्तव्य से विमुख नहीं हो सकता था। संघर्ष किया, पद से हटाया गया तो अगली जगह भी इसी परियोजना के मूल्यांकन का अनुसंधान परियोजना लेकर उसमे वर्षों अनुसंधान करता रहा।

यह मेरा भोगा यथार्थ है, मैं अनुभव लेता रहा, इनके अनाचार, अत्याचार, धूर्तता, नीचता को देखता रहा। मेरे अभ्यावेदनों (पत्रों) के साथ ही ५० से ज्यादा सांसदों द्वारा राष्ट्रपति श्री ए.पी.जे. अब्दुल कलाम, प्रधानमंत्री श्री अटल बिहारी वाजपेयी, एन. विट्ठल

केंद्रीय सतर्कता आयुक्त, श्री नीतीश कुमार कृषि मंत्री को दिए गए अभ्यावेदन नक्कारखाने की तूती बनकर रह गए। मूलरूप से श्री नीतीश कुमार के पास सभी अभ्यावेदन पहुँचकर कचरे की टोकरी में समा गए। मैं चरवाहे से बढ़कर सहायक महानिदेशक बना था तो मेरे पास खोने को तो कुछ रहा नहीं, बस पाया ही पाया। भ्रष्टाचार से जूझते हुए मेरे पास रहते हुए भी मैं माँ की भरपूर सेवा नहीं कर सका। इसलिए माँ के मृत शरीर के सामने खड़े होकर शपथ ली थी कि 'टूट जाऊँगा, पर पीछे नहीं हटूँगा'। न्यायालयों में इन ४० वर्षों में ४० प्रकरण दायर करने के बाद मुझे क्या मिला, क्या भोगा, उसपर भी लिखने की मेरी तमन्ना है।

प्रस्तुत खंड में जितना संभव था, वह दिया जा रहा है, आगामी अंक चलते रहें, यह आकांक्षा है। इस पुस्तक के टंकण एवं संपादन में अश्वनी तोमर, चंचल तोमर, कंचन किशोरजी ने सहयोग किया, साथ ही परिजनों अग्रज श्री ब्रह्मचारी सिंह, पत्नी श्रीमती सरला, पुत्री कु. अंकिता एवं पुत्र अनुराग का भी इसमें सहयोग रहा—को आभार। इस संघर्ष में साथ देनेवाले स्व. श्री रामरेखा सिंह निसंक एवं ठा. रणधीर सिंहजी का मैं सदा आभारी रहूँगा, जिन्होंने समय-समय पर संबल दिया। समय-समय पर पुस्तक लेखन के बारे में मार्गदर्शन करनेवाले विख्यात वकील श्री प्रशांत भूषण, श्री दीनानाथ बत्रा, श्री अतुल कोठारी एवं डॉ. जयदीप आर्य का भी मैं आभारी हूँ। मित्रगण जो समय-समय पर संबल एवं सहयोग देते रहे—सर्वश्री सिद्धेश्वर प्रसाद, व्ही.टी. प्रभाकरण, जनार्दनन सुंदरेशन पिल्लई, डॉ. विनोद पांडेय, डॉ. हरिशंकर शर्मा के सहयोग के लिए साधुवाद। पाठकों से सविनय निवेदन है कि जो भी सुझाव हों, देकर मुझे कृतार्थ करें। इससे मुझे आगे के लेखन में सहयोग मिलेगा।

**—सदाचारी सिंह तोमर**

इ-मेल : sadacharisingh@gmail.com

दूरभाष : 9868037736

# अनुक्रम


| | | |
|---|---|---|
| | *प्राक्कथन* | ५ |
| | *शीर्षक* | ७ |
| | *आपकी अनुभूति* | ९ |
| | *प्रस्तावना* | ११ |
| १. | भ्रष्टाचार का बोलबाला | १७ |
| २. | भ्रष्टाचार एवं सरकारी नौकरी | १७ |
| ३. | नैतिक दायित्व | १८ |
| ४. | कहाँ एवं कब का भ्रष्टाचार | १९ |
| ५. | अधिकारियों के चयन में घाल-मेल | १९ |
| ६. | पद्मविभूषण पुरस्कार लेने में की गई हेरा-फेरी | २१ |
| ७. | मेरी पद पर नियुक्ति एवं कार्य क्षेत्र | २२ |
| ८. | कार्य का शुभारंभ एवं प्रगति | २२ |
| ९. | भ्रष्टाचार से पार पाना बहुत मुश्किल | २४ |
| १०. | केंद्रीय अन्वेषण ब्यूरो द्वारा रा.कृ.अ.प. की जाँच | २४ |
| ११. | के.अ.ब्यू. (सी.बी.आई.) द्वारा जाँच में हेराफेरी | २८ |
| १२. | रिपोर्ट में बदलाव की चाह | २८ |
| १३. | कार्यालयीन अध्ययन : राष्ट्रीय कृषि अनुसंधान परियोजना | ३२ |

१४. दस्तावेज गायब कर दिए गए ३३

१५. तथ्यों की खोज बंद करने के लिए भ्रमण बंद ३४

१६. भ्रष्टाचार पर विधिक एवं कठोर कार्यवाही की माँग ३६

१७. भ्रष्टाचार खुलासे के बाद आंतरिक जाँच का नाटक ३८

१८. कंप्यूटर नेटवर्क में हुए भ्रष्टाचार के अध्ययन की अनुसंधान परियोजना ४२

१९. (अ) राष्ट्रीय कृषि अनुसंधान परियोजना ४२

२०. (ब) राष्ट्रीय कृषि तकनीकी परियोजना ४४

२१. अन्य मुद्दे ४७

२२. भ्रष्टाचार की पूर्वापेक्षा ४९

२३. परिषद् में कार्य संपादन हेतु समिति 'इकाई' के चयन में चालाकी ५०

२४. भ्रष्टाचार निर्बाध चलाने हेतु अवैध इकाइयों का गठन ५२

२५. भ्रष्टाचार करने हेतु दस्तावेज एवं विज्ञापन में बदलाव ५३

२६. तकनीकी एवं वित्तीय मूल्यांकन में घोल-मेल ५३

२७. बेंच मार्किंग (Bench Marking) की व्यथा-कथा ५७

२८. विश्वबैंक अधिकारियों का घाल-मेल ५९

२९. बेंचमार्क की जगह अन्य घोल मेल परीक्षण ६१

३०. बोली सुरक्षा (Bid Security) ६३

३१. नॉन रिसपांसिव बिड (Non responsive bid) या अप्रभावी बोली से अमान्य होने के लिए बोली दस्तावेज (Bidding Document) में प्रावधान ६५

३२. समकक्ष कंप्यूटरनेट उपकरणों की भारत सरकार से उसी समय खरीदी ६५

३३. विकेंद्रीकृत भुगतान ६६

३४. क्रय हेतु एजेंसी का निर्धारण ६७

३५. बोली मूल्यांकन समिति (बो.मू.स.) एक औपचारिकता ६९

३६. कंप्यूटर आदि क्रय की रहस्यमयी अंतिम नोटशीट ७०

३७. अपराध बोध को ठीक करना भी मुश्किल ७६
३८. बह निकली भ्रष्टाचार की वैतरणी ७८
३९. मे. सीमेंस को आंतरिक मूल्यांकन से छूट ७९
४०. अखबारों, पत्रिकाओं तथा इंटरनेट में परियोजना के घपलों का समाचार ८६
४१. मुख्य सतर्कता आयुक्त ८७
४२. तत्कालीन कृषि मंत्री नीतीश कुमार की दोरंगी जाँच की चालबाजी ८७
४३. जनहित याचिका एवं पकड़े जाने के डर से सेवानिवृत्ति लेकर भागे ९०
४४. परिषद से मेरी विदाई ९१
४५. मुझे अवैधानिक रूप से हटाने का अवैध सिलसिला ९२
४६. के.अ.ब्यू. की जाँच के डर के साये में लिखी गई नोट शीट ९४
४७. केंद्रीय अन्वेषण ब्यूरो का जाँच का नाटक और कार्यवाही ११०
४८. भ्रष्टाचार न उघाड़ने की हिदायतें ११३
४९. वैमनस्यता में बदलता भ्रष्टाचार का खुलासा ११७
५०. असत्य को सत्य बनाने की साजिश १२५
५१. लेटर ऑफ क्रेडिट खोलने के बहाने आपूर्ति में देरी करना १२९
५२. आवश्यक बैठक से दूरी बनाई १३०
५३. वेतन आयोग से समुचित वेतनमान लेने हेतु भ्रष्टाचार का सहारा १३०
५४. ग्राह्यता परीक्षण १३२
५५. (अ) कंप्यूटर आदि का परीक्षण १३२
५६. चरित्रावली खराब लिखना और सेवामुक्त कर देना १३२
५७. सही आदमी को मे. सीमेंस का उत्पादन देने का षड्यंत्र १३५
५८. संवाद-संचार माध्यम की सुविधा से वंचित करने का षड्यंत्र १३६
५९. यू.पी.एस. (अनइंटरप्टेड पावर सप्लाई) का परीक्षण १३९
६०. देश के केंद्र नहीं विदेश भ्रमण करो १४२

६१. केंद्रीयकृत भुगतान चौकड़ी के लिए एक दंश १४५

६२. अच्छे कार्य का श्रेय न देने का षड्यंत्र १५२

६३. पुरानी १००० करोड़ रुपए की परियोजना में हुए
भ्रष्टाचार पर दंडारोपण १५३

६४. यू.पी.एस. परीक्षण में गोपनीय घोटाला १५५

६५. बैठकों में न बुलाने का षड्यंत्र १५६

६६. भंडारण प्रभारी बनाकर मुझे फँसाने का षड्यंत्र १५६

६७. संक्षेप में टीम थी १६०

६८. समुचित प्रबोधन (मॉनीटरिंग) की व्यवस्था १६२

६९. अपने ही केंद्रों की चीख को अनसुना करना १६९

७०. दलालों की तरह विक्रेताओं को अवैधानिक सुविधा देना १७१

७१. विक्रेता फर्म द्वारा परिषद् को दलाल की तरह
मानते हुए खिंचाई करना १७२

७२. बिना माल एवं सुविधा दिए परीक्षण न करने का झूठा आरोप १७७

७३. घपलों की लीपापोती हेतु भागे या भगाए गए व्यक्ति का चयन १७८

७४. भ्रष्टाचार करने के लिए अवैधानिक अनैतिक कार्यवाही १८३

७५. बिना प्रावधान के प्रमाणीकरण प्रोफार्मा बदला १८७

७६. काम बिगाड़ने एवं अपमानित करने के कुत्सित प्रयास १९२

७७. कंप्यूटर नेट की बैंकॉक की वर्कशाप एवं जाँच के बिंदु २११

७८. श्री नीतीश कुमार का आगमन, मेरी विदाई का पैगाम एवं
बढ़ते भ्रष्टाचार के उस जंगलराज का पर्दाफाश,
जिसमें इन्होंने अपने पैतृक स्थल को भी नहीं छोड़ा २२०

# भ्रष्टाचार का बोलबाला

आज देशभर में भ्रष्टाचार का बोलबाला है, न कोई अपना है, न कोई पराया, सभी पैसों के पीछे दीवाने हैं। राजनीतिज्ञ तो भ्रष्ट हैं ही, शासकीय कर्मचारी भी उनसे पीछे नहीं हैं। सभी लूट मचाए हुए हैं। देश, गुलामी के समय विदेशी आक्रमणकारियों द्वारा तो लूटा ही गया, आज देश में विकास हेतु आवंटित पैसों की लूट ने तो देश की जनता को गरीब से गरीबतर स्थिति में ला दिया है। शासकीय नौकरी-पेशावालों को नियंत्रित न कर पाने और उनमें हड़ताल-तालाबंदी को देखते हुए सरकार ने शासकीय नौकरियों को कम करके उन्हें निजी कॉन्ट्रेक्टर के हवाले कर दिया है। ये प्राइवेट कॉन्ट्रेक्टर सरकारी क्षेत्रों में लगनेवाले व्यक्तियों को कॉन्ट्रेक्ट पर रखते हैं एवं सरकार से मिलनेवाले वेतन-भत्तों का लगभग ३० प्रतिशत वेतन ही इन व्यक्तियों को देते हैं, शेष राशि कॉन्ट्रेक्टर के द्वारा डकार ली जाती है। देश के विकास के नाम पर विश्व बैंक जैसी संस्थाओं से ऋण लिया जाता है, किंतु प्रस्ताव बनाने के साथ ही पैसों को कैसे भ्रष्टाचारपूर्वक अलग कर दिया जाए, इसकी योजना भी बन जाती है। छोटे-से-छोटा सरकारी कर्मचारी किसी-न-किसी रूप में भ्रष्टाचार की कमाई करने लगता है। ग्राम पंचायत के स्तर से लेकर देश के सबसे बड़े विभाग के सचिवालय स्तर तक भ्रष्टाचार ही भ्रष्टाचार फैला हुआ है।

गाँवों में डाक बाँटनेवाला डाकिया, पंचायत का चपरासी, अस्पताल का कंपाउंडर, पटवारी एवं उसके नीचे स्तर के कर्मचारी भी किसी-न-किसी तरह भ्रष्टाचार से पैसे कमा लेने के चक्कर में लगे रहते हैं। यही वजह है कि उतनी ही तनख्वाह (वेतन) में यदि किसी निजी कंपनी में काम मिल रहा होता है तो व्यक्ति 'सरकारी नौकरी' उससे भी कम वेतन में करने को तैयार रहता है।

## भ्रष्टाचार एवं सरकारी नौकरी

सरकारी नौकरी में भ्रष्टाचार के विरुद्ध काम करनेवाले व्यक्ति को प्रोत्साहन नहीं

दिया जाता, बल्कि उसे हतोत्साहित किया जाता है। जिसमें यह गुण हो कि वह चापलूसी करते हुए अपने बड़े अधिकारी की चापलूसी एवं भ्रष्टाचार में उसकी मदद करे, वह सफल रहता है। हजारों में एकाध ही ईमानदार कर्मचारी मिलते हैं, वे भी दबे-दबे हुए कार्य करते हैं। इन सौ ईमानदार कर्मचारियों/अधिकारियों में से एकाध भी यदि हिम्मत से भ्रष्टाचार न करने देने की ठानता है तो वह इन भ्रष्टाचारियों की नजर में चढ़ जाता है तथा किसी तरह अपनी जान और नौकरी बचा ले, उसके लिए वही बड़ी बात है, पदोन्नति की तो आशा ही क्षीण रहती है। ईमानदार अधिकारी की पहले तो जो निर्धारित ड्यूटी है, (जिसमें उसे पदस्थ किया गया है) यदि उसमें भ्रष्टाचार के लिए खूब राशि है तो उससे उस अधिकारी को हटाकर या तो कार्यरहित कर दिया जाता है या फिर किसी अन्य ड्यूटी में लगाया जाता है। इसमें भी बात नहीं बनती तो उस पर विभागीय जाँच बैठा दी जाती है या उसे सस्पेंड (निलंबित) कर दिया जाता है। यदि विभागीय जाँच में लीपा-पोती कर मनचाही रिपोर्ट नहीं बनी तो भी उसे पद से अवैधानिक तरीके से टर्मिनेट कर दिया जाता है, जिसमें वह वर्षों तक न्यायालय में लड़ता रहता है एवं ये न्यायालय के निर्णय उसकी रिटायरमेंट की अवधि तक खिंचते रहते हैं। कभी-कभी तो उसे पूरे कार्य से भी वंचित कर दिया जाता है, किंतु वेतन पूरा-पूरा दिया जाता है और उसे अलग बैठे रहने के लिए कहा जाता है एवं अपनी ड्यूटी या कार्य (मौलिक अधिकार) को पाने के लिए उसे सीधे ही सर्वोच्च न्यायालय की शरण में भी जाना पड़ता है।

## नैतिक दायित्व

तो क्या विकल्प है सरकारी कर्मचारी के पास? भ्रष्टाचार को चलते रहने के लिये ऐसे ही छोड़ दे? आत्मसमर्पण कर दे या फिर संघर्ष करे?

संघर्ष ही एकमात्र रास्ता है, तभी भ्रष्टाचार दूर हो सकता है अन्यथा देश लुट जाएगा। विदेशों एवं विश्व बैंक आदि से ऋण ले-लेकर देश आर्थिक गुलामी में जकड़ जाएगा। विकास के नाम पर भ्रष्टाचार करके पैसे की लूट-खसोट के माध्यम से काला धन बढ़ता जाएगा। फिर इस काले धन को सफेद धन में बदलने के लिए चालें चली जाएँगी। संघर्ष हेतु ईमानदार शासकीय कर्मचारियों को खुद को अपने पद पर बनाए रखने के लिए उपलब्ध स्रोतों जैसे न्यायालयों, केंद्रीय अन्वेषण ब्यूरो, सतर्कता आयोग आदि के साथ-साथ ईमानदार राजनीतिज्ञों से भी सहयोग लेना होगा। इसके अतिरिक्त सूचना अधिकार अधिनियम, राष्ट्रीय मानव अधिकार आयोग, लोकपाल, लोकायुक्त भी भ्रष्टाचार के खिलाफ लड़ रहे लोगों हेतु सहायक हैं। अशासकीय संगठन आदि भी इसके लिए सहयोगी होते हैं।

यह कर्म भूमि है, हिम्मत एवं आत्मबल के साथ काम करने से ही भ्रष्टाचार दूर हो सकता है, चुपचाप बैठने से कुछ नहीं होगा। अत: करना ही है, ऐसा सोचकर बढ़ेंगे, तभी काम पूरा होगा। दृढ़ निश्चय, नैतिकता एवं कर्मठता के साथ इस लड़ाई में बढ़-चढ़कर अपना सहयोग देना होगा।

## कहाँ एवं कब का भ्रष्टाचार

विश्व बैंक से ऋण एवं वित्तीय सहयोग लेने हेतु लगभग एक-एक हजार करोड़ रुपयों की दो परियोजनाएँ बनाई गई। प्रथम वर्ष १९९५ राष्ट्रीय कृषि अनुसंधान परियोजना (रा.कृ.अ.प.) (National Agricultural Research Project) जिसके क्रियान्वयन के लिए सभी पदों पर छाँट-छाँटकर अपने चहेतों को, जो उनको भ्रष्टाचार में सहयोग करें, उन्हें मनोनीत किया गया, इनमें एक भी व्यक्ति जो अनुसंधान प्रबंधन (Research Management) में निपुण हो, का चयन कृषि वैज्ञानिक चयन मंडल (कृ.वै.च.म.) द्वारा इस कार्य के लिए नहीं किया गया। इसी प्रकार एक हजार करोड़ रुपए की वर्ष १९९८ की एक अन्य परियोजना राष्ट्रीय कृषि तकनीकी परियोजना (रा.कृ.त.प.) (National Agriculture Technology Project) के नाम से दूसरी परियोजना का निर्माण किया गया, जिसके तहत विभिन्न कृषि अनुसंधान सूचना प्रणाली केंद्र या कंप्यूटर केंद्र बने, जिसे विश्व बैंक के सहयोग से किया गया।

## अधिकारियों के चयन में घाल-मेल

इन परियोजनाओं को चलाने हेतु नियुक्ति का प्रावधान था। इसमें भी केवल एक को (मुझे) छोड़ सभी अधिकारियों का चयन मनोनयन से हुआ। विश्व बैंक ने परियोजना के लिए रुपए देने हेतु शर्त रखी थी कि सभी अधिकारियों का चयन एक नीति प्रक्रिया के अनुसार होगा, जिससे अपने क्षेत्र के सबसे निपुण लोग कार्य को वहन करें और इस बात का आश्वासन भी दिया गया, किंतु महज औपचारिकता पूर्ण करने के लिए केवल एक ही अधिकारी का निर्धारित प्रक्रिया द्वारा चयन हुआ। इस एक मात्र सहायक महानिदेशक कंप्यूटर एवं सूचना प्रणाली के चयन हेतु 'कृषि वैज्ञानिक चयन मंडल' (कृ.वै.च.म.) को कहा गया। इस पद का विज्ञापन हुआ एवं दिनांक २१.८.९७ को मुझे इस पद के लिये चुना गया। संयोगवश डॉ. राजेंद्र सिंह पड़ौदा परिषद् के महानिदेशक इसके चयन बोर्ड में सम्मिलित नहीं हो सके थे एवं अपने प्रतिनिधि के रूप में डॉ. गजेंद्र सिंह (उपमहानिदेशक) को भेजा था।

इस चयन से कृषि अनुसंधान परिषद् में मानो भूचाल आ गया। कृ.वै.च.म. के इस चयन का खुफियागिरी से दूसरे दिन ही निर्णय सबको पता हो गया। परिणाम यह

हुआ कि जहाँ चयन के दूसरे ही दिन लोगबाग कृषि वैज्ञानिक चयन मंडल के परिणाम को लेकर भारतीय कृषि अनुसंधान परिषद् में पदस्थ हो जाते थे, मेरा नियुक्ति आदेश निकालने में ४-५ माह से भी ज्यादा समय लगा दिया गया, वह भी सर्वोच्य संस्थाओं के प्रयत्न करने से। बात यह थी कि मेरा पूर्व का इतिहास था कि मैं मध्यप्रदेश शासन भोपाल में संयुक्त संचालक कृषि (वरिष्ठ बायोगैस विशेषज्ञ) तथा मध्य प्रदेश विज्ञान प्रौद्योगिकी परिषद् में परियोजना संचालक (वरिष्ठ संसाधन वैज्ञानिक) एवं केंद्रीय कृषि इंजीनियरी संस्थान में वैज्ञानिक आदि के पद पर रहते हुए बहुत बड़े-बड़े घपलों को उजागर करता रहा, जिसे मैंने लोकायुक्त मध्यप्रदेश में भी दिया था। मध्यप्रदेश विधानसभा जाँच कमेटी ने बायोगैस सयंत्रों के निर्माण प्रचालन में मेरे द्वारा की गई जाँच में उजागर ४० करोड़ रुपए के हुए घपलों को सही पाया था। ये सभी घटनाएँ अखबारों में प्रमुखता से आई थीं और इससे कई लोग प्रभावित हुए थे, इनमें से कुछ परिषद् में बड़े पदों पर पदस्थ थे। इनमें से बहुतों ने मेरे खिलाफ परिषद् एवं चयन मंडल को लिखा कि मेरा चयन निरस्त कर दिया जाए। ये इसमें सफल भी हो जाते यदि देश की सर्वोच्च संस्थाओं एवं व्यक्तियों ने हस्तक्षेप न किया होता।

इनमें से दो प्रमुख थे डॉ. आर.सी. महेश्वरी, जिन्हें पूर्व में मेरे द्वारा भ्रष्ट आचरण का मामला उठाने पर तकलीफ सहनी पड़ी थी एवं दूसरे थे डॉ. जे.पी. मित्तल। इन लोगों ने मेरे द्वारा उजागर किए गए घपलों एवं लोकायुक्त, विधानसभा, आर्थिक अपराध अन्वेषण आदि को दिए गए भ्रष्टाचार, अनियमितता एवं घपलों के मामले तो परिषद् में बताए होंगे (यह भी कहा होगा कि परिषद् में रहकर यहाँ के घपले उजागर करूँगा) साथ ही लिखित में भी मेरी नियुक्ति रद्द करने की शिकायत प्रस्तुत की थी। ये सभी की सभी शिकायतें झूठी थी एवं एक के बाद एक श्रृंखलाबद्ध तरीके से की जाती रहीं, जिससे मेरे पदस्थ होने में देरी हो एवं कुछ समय बाद यह पद खत्म कर दिया जाए या पदस्थापना रद्द हो जाए, जिससे परिषद् मुख्यालय में १००० करोड़ रुपए में ये लोग निर्विवाद भ्रष्टाचार चलाते रहें।

मेरे सहायक महानिदेशक पद दिनांक २१.८.९७ पर चुनने के बाद परिषद् में नस्ती आई एवं परिषद् में दिनांक २.९.९७ को इसे निरस्त करने हेतु विरोधस्वरूप इसमें झूठी नोटिंग की गई कि मेरा आवेदन उचित माध्यम द्वारा नहीं भेजा गया, सेवा के विवरण की जाँच नहीं की गई आदि और इस संबंध में चयन मंडल से विवरण माँगे गए । इसके बाद पुनः २६.९.९७ को डॉ. आर.सी. महेश्वरी की यह शिकायत कि योग्यता का निर्धारण परिषद् के नियमों के अनुसार नहीं हुआ, प्रधान वैज्ञानिक पद का अनुभव नहीं, दो अभ्यार्थियों के बीच ही चुनाव कर लिया गया, आदि की शिकायत का स्पष्टीकरण चाहा गया। इसमें चयन मंडल एवं उपमहानिदेशक (इंजीनियरी) के

कमेंट (टिप्पणी) माँगे गए। जाति विशेष, धर्म, क्षेत्र, कंप्यूटर का ज्ञान, योग्यता, सतर्कता स्थिति, जन्म तिथि, चयन बोर्ड के सदस्य तथा बाहरी विशेषज्ञ आदि के विवरण ३१.१०.९७ को प्रस्तुत किए गए।

पुनः वरिष्ठ वैज्ञानिक को चुनने का कारण पूछा गया, जिसमें मेरे राष्ट्रीय एवं अंतरराष्ट्रीय पुरस्कारों की जानकारी प्रस्तुत हुई, आवेदन समयावधि का जिक्र आदि १९.११.९७ को प्रस्तुत हुआ, किंतु पुनः २५.११.९७ के टीप के आधार पर निर्णय स्थगित रहा । तब मैंने अपने भ्रष्टाचार पकड़ने के पूरे विवरण के साथ यह लिखा कि मेरे प्रकरण के देरी का कारण पूर्व में मेरे द्वारा उजागर किए गए भ्रष्टाचार हैं, जिससे यह भय हो रहा था कि परिषद् मुख्यालय में भी मैं घपलों को उजागर कर दूँगा। इसमें मैंने परिषद् के वरिष्ठ अधिकारियों तथा डॉ. आर.सी. महेश्वरी सहायक महानिदेशक एवं पूर्व उपमहानिदेशक डॉ. टी.पी. ओझा की अनियमितताओं को उजागर करने की अपनी मुहिम भी लिखी थी तथा प्रमाणिकता भी प्रस्तुत की थी। अंततोगत्वा दिनांक ७.१.९८ को (साढ़े चार माह बाद) मेरी पदस्थापना का आदेश परिषद् द्वारा निकाला गया।

## पद्मविभूषण पुरस्कार लेने में की गई हेरा-फेरी

तथ्यात्मक बात है कि जो व्यक्ति एक क्षेत्र में भ्रष्ट होता है, वह अन्य क्षेत्रों में भी अनियमित हो जाता है। हमारा देश भ्रष्ट से भ्रष्टतम स्तर पर आ रहा था, ट्रांसपेरेंसी इंटरनेशनल की रिपोर्ट इसकी ओर इंगित कर रही थी। भ्रष्ट अधिकारी ज्यादातर तरक्की पाकर बड़े पदों पर आ रहे हैं। इनमें वित्तीय अनियमितता के साथ अन्य सभी अनियमितताएँ आ जाती हैं। बानगी के तौर पर इसी विश्व बैंक ऋण के प्रबंधन की जिम्मेदारी डॉ. राजेंद्र सिंह पड़ौदा की थी, जिन्होंने 'पद्मविभूषण' पुरस्कार किस जालसाजी के तहत लिया, यह आज भी रहस्य का विषय है। क़हानी ऐसी है कि डॉ. पड़ौदा को पुरस्कृत करने हेतु इनके मातहत अधिकारी डॉ. आर.सी. महेश्वरी सहायक महानिदेशक ने दिनांक २४.२.९६ को एक प्रस्ताव बनाकर सचिव भारतीय कृषि अनुसंधान परिषद् को प्रस्तुत किया, जिसे मंत्री की संस्तुतियों से आगे जाना था, मंत्रीजी के सचिव ने मंत्रीजी को फाइल दिखाने के बाद 'मंत्रीजी ने उसे देखा' लिखकर २०.१.९७ को लौटा दिया।

फाइल में दी गई इनकी उपलबधियों से स्पष्ट था कि इनमें महानिदेशक होते हुए भी कोई खास उपलब्धियाँ नहीं थीं। परिषद् के अध्यक्ष ने बाद में एक बार जाँच कराई थी (जाँच अधिकारी किरण सिंह की रिपोर्ट) जिससे स्पष्ट था कि इनकी व्यावसायिक उपलब्धियाँ काफी कम व निम्नस्तरीय थीं।

फिर भी डॉ. पड़ौदा किसी भी तरह येन-केन-प्रकारेण 'पद्मविभूषण' लेना चाहते थे, अतः अपने मातहत अधिकारी डॉ. आर.सी. महेश्वरी से पुनः १९.८.९७ को

प्रस्ताव भिजवाया, जिसको मंत्री के पास डॉ. पड़ौदा के २१.८.९७ के हस्ताक्षर के बाद भेजा गया। मंत्री श्री चतुरानन मिश्रजी ने दिनांक २३.८.९७ को फाइल में नोट लिखा 'एक पैनेल तुरंत सुझाएँ'।

इस पर डॉ. महेश्वरी ने पुनः डॉ. पड़ौदा के साथ दो अन्य छुटभैयों का नाम रखते हुए मंत्रीजी की ओर ९.९.९७ को फाइल बढ़ाई, जिसे परिषद् के सचिव ने ९.९.९७ को ही मंत्रीजी को अग्रेषित कर दिया था, जिसे मंत्रीजी ने देखा एवं उनके पी.एस. ने दिनांक १५.१.९८ को लिखा, 'कृषि मंत्रीजी ने देखा, किंतु सहमत नहीं हुए।' इसके बाद एक रहस्यमय मकड़जाल बुना गया, जिससे डॉ. पड़ौदा को पद्मभूषण पुरस्कार स्वतंत्रता दिवस पर मिल गया। यह मकड़जाल इसलिए चुपचाप चल गया, क्योंकि तुरंत ही श्री चतुरानन मिश्र सरकार गिर जाने से मंत्री पद से हट गए एवं श्री अटल बिहारी बाजपेयी ने प्रधानमंत्री के साथ कृषि मंत्री का पद भी सँभाला। इसीलिए इस घालमेल से किसी का ध्यान इस पर नहीं गया। उक्त फाइल के अवलोकन से स्पष्ट है कि मंत्रीजी से अनुमति नहीं ली गई और यह कार्य षड्यंत्रपूर्वक एवं गोपनीय तरीके से संभव किया गया। यह डॉ. पड़ौदा के घालमेल की एक बानगी है।

## मेरी पद पर नियुक्ति एवं कार्य क्षेत्र

परिषद मुख्यालय, कृषि भवन, दिल्ली में मैं १५.१.९८ को सहायक महानिदेशक (कृषि अनुसंधान सूचना प्रणाली) पद पर पदस्थ हुआ। मेरे निर्धारित कार्य में सूचना प्रणाली के सभी मुद्दों पर उपमहानिदेशक (इंजीनियरी) को सलाह एवं सहयोग देना था। इसके साथ ही कृषि अनुसंधान एवं पुस्तकालय प्रणाली के डाटा बेस को तैयार करना था, साथ ही वैज्ञानिक पैनल, रिव्यू टीम एवं समय-समय पर बनी कमेटियों का तकनीकी सचिव के रूप में काम करना, परिषद् के वैज्ञानिक निकायों हेतु तकनीकी मसौदा तैयार करना, सूचना प्रणाली हेतु पेपर तैयार करना, वैज्ञानिक, तकनीकी कर्मचारियों की देखरेख करना तथा संबंधित अन्य कार्य भी, जो दिए जाएँ, को करने का था। इस हेतु मैंने दृढ़ निश्चित होकर काम करना चालू किया। यह काम विश्व बैंक द्वारा १०००-१००० करोड़ रुपए की दो परियोजनाओं रा.कृ.त.प. और रा.कृ.अ.प. से संबद्ध था।

## कार्य का शुभारंभ एवं प्रगति

जैसा कि अनुसंधान करने का मूलतत्व है, वैज्ञानिक प्रबंधन में मैं सबसे पहले इस विषय पर किए गए कार्य का अवलोकन कर उसका विश्लेषण करता, इसके बाद उपलब्ध कार्य को इस तरह आगे बढ़ाता कि पूर्व की गलतियों से जो हानि हुई हो, उसकी पुनरावृत्ति न हो और आगे अच्छा काम हो। अतः पदस्थ होने के अगले सप्ताह

ही मैंने देशभर के २३१ केंद्रों में जहाँ राष्ट्रीय कृषि अनुसंधान परियोजना के अंतर्गत ३ वर्ष पूर्व जो कंप्यूटर, प्रिंटर, मोडम, व्ही सैट, लोकल एरिया नेटवर्क, यू.पी.एस. आदि दिए गए थे, कैसी स्थिति में हैं, यह जानने हेतु जानकारी १५ दिवस के अंदर प्रदाय करने हेतु (पत्राचार कर) बाध्यता रखी। प्रोफोर्मा बनाकर जानकारी मँगाई जाने की प्रक्रिया चालू की, २० फरवरी, ९८ को इन केंद्रों को एक प्रोफोर्मा बनाकर संलग्न करते हुए पत्र जारी किया। विभिन्न केंद्रों का भ्रमण भी किया। वस्तुत: केंद्रों से अक्रियाशील, अधूरी आपूर्ति आदि की जानकारी तुरत-फुरत आनी चालू हो गई। ऐसे में स्थिति की भयावहता को देख दिनांक १०.८.९८ को २०० प्रकरण में अधूरी आपूर्ति एवं अधूरा चालू व लगाने के जो आँकड़े उपलब्ध हुए थे, को उपमहानिदेशक डॉ. अनवर आलम एवं महानिदेशक डॉ. आर.एस. पड़ौदा के सामने प्रस्तुत किए। यह विडंबना ही थी कि वर्षों पूर्व भेजे गए कंप्यूटर नेट के उपकरण अभी तक डिब्बों में सील बंद पड़े थे, क्योंकि आदेश थे कि सप्लायर आकर ही इन्हें चालू करेंगे। इससे घबराए हुए महानिदेशक ने तुरंत ही एक आदेश जारी कराया कि डॉ. कौल की जगह डॉ. आलम को सूचना विकास प्रणाली का अध्यक्ष मनोनीत किया जाता है, जबकि डॉ. आलम को न तो इसके लिए चुना गया था, न ही उनकी इसके लिए योग्यता थी और न ही उनके चुनने के मुद्दों में ये बिंदु थे, जबकि मैं इसी के लिये चुना गया था एवं मैं भी परिषद् में सहायक महानिदेशक, जिस पर डॉ. कौल थे, पर पदस्थ था।

इन सबकी अधूरी आपूर्ति की पूर्ति करने, खराब को ठीक करने एवं न चालू किए कंप्यूटर उपकरणों को चालू करने हेतु मैंने आपूर्तिकर्ता फर्म एच.सी.एल.-एच.पी. को भी लिखा, किंतु कोई उचित कार्यवाही न होने पर डॉ. अनवर आलम उपमहानिदेशक, जो कि मेरे ऊपर के अधिकारी थे, को भी बताया। इस पर उपमहानिदेशक ने मुझे दिनांक १५.१०.९८ को बताया कि फर्म से उन्होंने बात की है और वह तुरंत ही दुरस्ती की कार्यवाही चालू करेंगे, किंतु जैसा ज्ञात था, फर्म ने कार्यवाही न कर लीपा-पोती एवं टालम-टोल की विधा अपनाई। इस कारण मैंने दिनांक २७.१०.९८ को फर्म द्वारा की गई अनियमितता का विवरण प्रस्तुत करते हुए उपमहानिदेशक से फर्म को 'काली सूची' में डालने की प्रक्रिया चालू करने हेतु लिखा। यह काली सूची में डालने का नोट दिनांक ८.१२.९८ को लिखा गया, किंतु उपमहानिदेशक ने ऐसा करने से मना कर दिया। यद्यपि पूर्व में इन्होंने भी काली सूची में डालने की बात की थी। इस अनियमितता पर महानिदेशक (डॉ. पड़ौदा) ने भी दिनांक १७.४.९८ को मेरे द्वारा प्रस्तुत विवरण पर 'गंभीर प्रकरण' की टीप दी थी। कुछ केंद्र जैसे केंद्रीय कटाई उपरांत इंजीनियरी एवं तकनीकी संस्थान (सी.आई.पी.एच.इ.टी.) लुधियाना ने भी फर्म को काली सूची में डालने हेतु दिनांक ९.११.९९ को लिखा था। दिनांक १०.१२.९९ को एच.सी.एल.-

एच.पी. (फर्म) ने वार्षिक रख-रखाव संविदा (जो पूर्व निर्धारित थी) तथा जिसके आधार पर ही आपूर्ति के आदेश दिए गए थे, को पूर्ण करने हेतु यह कहते हुए मानने से मना कर दिया कि दरें कम हैं एवं उपकरण पुराने हो गए, जो पूर्णतय निरर्थक था, किंतु उच्च अधिकारियों ने इस पर भी ध्यान नहीं दिया।

## भ्रष्टाचार से पार पाना बहुत मुश्किल

जब भ्रष्टाचार में कमीशन का प्रतिशत कम होता है, तब इसे पकड़ पाना आसान रहता है, किंतु जब कमीशन का प्रतिशत ज्यादा होता है एवं यह बड़ी राशि पर होता है, तब एक-दो ईमानदार लोग; जितना भी जोर लगाते हैं, बड़े अधिकारी उसे दबा देते हैं। तदुपरांत ईमानदार अधिकारी के पास जाँच एजेंसी, वरिष्ठतम अधिकारी, सतर्कता आयोग आदि को लिखने के अलावा कोई चारा नहीं रहता, यद्यपि इनमें भी कोई सही परिणाम निकले, इसमें भी संदिग्धता ही रही। इस प्रकरण में भी यही स्थिति रही और दिनोदिन स्थिति बद-से-बदतर होती गई। कई जगह उपकरण सप्लाई नहीं हुए तथा बहुत जगहों पर तो लगाए ही नहीं गए। कुछ उपकरण लगाए तो गए, परंतु चलाए बिल्कुल ही नहीं जा सके। 'सन सोलारिस यूनिक्स सर्वर' को भी नहीं लगाया जा सका, पूरे देश में यह ऐसे ही पड़ा रह गया। बड़ी तादाद में अधूरी आपूर्ति रही, क्रियाशीलता तो बिल्कुल कम रही। परिणामतः नेटवर्क अधिकांश केंद्रों में नहीं चल सका, यह मेरे द्वारा सभी केंद्रों में की गई जाँच से आया परिणाम था।

## केंद्रीय अन्वेषण ब्यूरो द्वारा रा.कृ.अ.प. की जाँच

जब प्रकरण को केंद्रीय अन्वेषण ब्यूरो एवं सतर्कता आयोग के समक्ष रखा गया, तब मैंने मुख्य सतर्कता आयुक्त श्री एन. विटठल से पहले पत्राचार द्वारा, फिर उनसे मिलकर प्रकरण को आगे बढ़ाया। श्री विट्ठल से उनके कार्यालय में मेरी लगभग २० बार बैठक हुई। इन बैठकों द्वारा मैं उन्हें एक-एक हजार करोड़ रुपए रुपयों की दोनों परियोजनाओं में हो रही घोर अनियमितता एवं भ्रष्टाचार का पूर्ण विवरण बताता रहा एवं लिखित में भी देता रहा। दिनांक २१.४.९९ को केंद्रीय अन्वेषण ब्यूरो (के.अ.ब्यू.) में श्री एस.के. लाल ने कार्यभार सँभाला एवं उन्हें जाँच का काम सौंपा गया। जाँच सही दिशा में बढ़ी। दिनांक २३.४.९९ को प्रारंभिक जाँच चालू हुई एवं २६.४.२००० को प्रकरण के.अ. ब्यूरो में पंजीबद्ध किया गया। दिनांक २८.७.२००० को के.अ.ब्यू. ने मुझे रिकॉर्ड सप्लाई के लिए लिखा, जिसके जवाब में दिनांक २.८.२००० को दस्तावेज देते हुए मैंने उन्हें लिखा कि इस प्रकरण के भ्रष्टाचार के बहुत सारे प्रमाण हमारे पास हैं, जिन्हें ब्यूरो को देने में मुझे खुशी होगी।

सी.बी.आई. या के.अ.ब्यू. की जाँच और उसकी लीपा-पोती तथा अन्य आंतरिक बातें तो सूचना अधिकार अधिनियम-२००५ के आने के बाद ही ज्ञात हो सकीं। काश यह जानकारी उस समय में मिल गई होती तो भ्रष्ट लोगों पर कार्यवाही कराने में मदद मिली होती। यह अंतरराष्ट्रीय विकास संगठन की साख पर विश्वबैंक द्वारा कृषि अनुसंधान परियोजना के तहत की जा रही कार्यवाही थी। मैंने मई, १९९५ में लैन सर्वर, पीसी वर्क स्टेशन, लेजर प्रिंटर, यू.पी.यस, मोडम, यूनिक्स सर्वर, यूनिक्स आपरेटिंग सिस्टम आदि को क्रय हेतु अंतरराष्ट्रीय निविदा, जो लगभग १२ करोड़ रुपए की आपूर्ति थी, की भी जाँच शुरू की। यह वैज्ञानिक संस्थानों को पंगु बनाने का षड्यंत्र था।

फाइल नोटिंग (टिप्पणियाँ) जो सूचना के अधिकार के अंतर्गत मिलीं, से स्पष्ट हुआ कि श्री एस.के. लाल जाँच अधिकारी केंद्रीय अन्वेषण ब्यूरो ने बड़ी तल्लीनता से जाँच की। न केवल मुख्यालय से रिकॉर्ड तलब किया गया, बल्कि देशभर के विभिन्न कंप्यूटर केंद्रों में जाकर या रिपोर्ट मँगाकर पहले प्रारंभिक जाँच की गई, तदुपरांत प्रकरण को पंजीबद्ध करके जाँच पूर्ण हुई। घपलों के कई मुद्दों में से कुछ पर उनकी टीप दिनांक २८.५.९९, २७.७.९९, ३०.९.९९, २३.१२.९९, ३०.१२.९९, ३.८.२०००, ५.१.२००१ आदि हैं। इनकी रिपोर्टें न केवल समय-समय पर अन्य अधिकारियों को दी गई, बल्कि कई उपक्रमों में भी भेजी गई।

फाइलों में ऐसे पत्र भी हैं, जिनमें डॉ. एस.सी. मेहता उपमहानिदेशक एवं डॉ. ए.पी. सक्सेना सहायक महानिदेशक, जिन्होंने इस कार्य को संपन्न कराया था, दस्तावेज देते हुए बताया था कि इसमें जो त्रुटियाँ हुई हैं, उनमें तत्कालीन महानिदेशक डॉ. आर.एस. पड़ौदा का सहयोग था।

अपनी जाँच के आधार पर सी.बी.आई. (के.अ.ब्यू.) के जाँच अधिकारी श्री एस. के. लाल ने ३०.१२.९९ को नोट प्रस्तुत किया। उसके अनुसार निविदा दस्तावेज (बीडिंग डाक्यूमेंट) नेशनल सेंटर फॉर सॉफ्टवेयर टेक्नॉलोजी द्वारा बनाया गया था, जिसे कंसलटेंसी अनुबंध बिना 'टेंडर या कोटेशन' मँगाए दिया गया था। इसे डॉ. ए.पी. सक्सेना परियोजना निदेशक द्वारा कराया गया था और इसे डॉ. आर.एस. पड़ौदा महानिदेशक भारतीय कृषि अनुसंधान परिषद् द्वारा स्वीकृत किया गया था। खरीदी में ५० प्रतिशत पेमेंट, प्रेषण के दस्तावेज प्रस्तुत करने पर तथा शेष ५० प्रतिशत कमीशन या लगाकर चालू करने के प्रमाण-पत्र मिलने एवं कंप्यूटरों को चालू (इंसटालेशन) के बाद पेमेंट की व्यवस्था थी। इसके बाद डॉ. आर. एस. पड़ौदा महानिदेशक ने प्रो. गजेंद्र सिंह उपमहानिदेशक (अभियांत्रिकी) की अध्यक्षता में कमेटी बनाई, जिसने कंप्यूटर उपकरणों को मे. एच.सी.एल.-एच.पी. लिमिटेड से क्रय करने की सिफारिश की, किंतु जब एग्रीमेंट पेपर बना तो उसमें प्रारंभिक ५० प्रतिशत पेमेंट प्रेषण पर के साथ ही आदेश होते हुए भी

लिख दिया गया। तदानुसार ५० प्रतिशत पेमेंट मार्च, १९९६ में आदेश निकलते ही दे दिया गया। यह बीडिंग डाक्यूमेंट में दी शर्त के विपरीत था। यह बेईमानी से किया गया था, जिससे चौकड़ी को अनैतिक लाभ मिल सके। शेष राशि डॉ. ए.पी. सक्सेना परियोजना निदेशक के पास इस उद्देश्य के साथ रखी गई थी कि दस्तावेजों की शर्तें पूरी होने पर इसका वितरण कर दिया जाए। इसके बावजूद डॉ. आर.एस. पड़ौदा महानिदेशक भारतीय कृषि अनुसंधान परिषद् के साथ डॉ. रगजेंद्र सिंह उपमहानिदेशक (इंजीनियरी) तथा डॉ. ए.पी. सक्सेना परियोजना संचालक ने दिनांक १९.२.९७ को बैठकर निर्णय किया कि सप्लाई इंस्टॉलेशन को देखकर जहाँ साइट तैयार न हो, वहाँ सप्लाई पर ही पेमेंट दे दिया जाए। लगभग इस तरह २६ मार्च, ९७ को ५० प्रतिशत शेष राशि का पेमेंट मे.एच.सी.एल.एच.पी. लिमिटेड को रिलीज किया गया, जबकि कंप्यूटरों की सप्लाई दिनांक ३०.६.९९ तक भी पूरी नहीं हुई थी तथा इस्टालेशन का कार्य भी कई संस्थानों में पूरा नहीं हुआ था। रिपोर्ट नोट में जाँच अधिकारी ने आगे लिखा कि फर्म मे.एच.सी.एल.-एच.पी. लिमिटेड ने सेल्स टैक्स के मद में लगाई २७ लाख रुपए की राशि प्रदाय की, जबकि सप्लाई का सत्यापन ही नहीं किया गया।

जाँच अधिकारी श्री एस.के. लाल ने दिनांक ३.८.२००० को नागपुर, इंदौर, अकोला आदि के केंद्रों का विवरण प्रस्तुत किया। बताया गया कि उपकरणों की प्राप्ति तथा उन्हें लगाने का प्रामाणिक विवरण उपलब्ध नहीं कराया गया। कंप्यूटर उपकरण बहुत देरी से पहुँचाए गए, कंप्यूटरों की प्राप्ति आदि का भी परीक्षण करना उचित है। इन सब कार्यों के लिए और जाँच अधिकारियों की आवश्यकता प्रतिदिन थी, जिसके आंशिक कार्य को पूर्ण करने हेतु सर्वश्री गोस्वामी एवं ए.के. मलिक को लगाया गया। दिनांक ५.१.२००१ की नोटशीट से देशभर के २६ केंद्रों को भ्रमण कर वहाँ से रिपोर्ट लाने का प्रयास जाँच अधिकारी द्वारा किया गया। श्री एस.के. लाल ने दिनांक १.६.२००१ को नोटशीट में भ्रमण अनुमति लेकर अन्य अधिकारियों को पालमपुर से जाँच कराने का यत्न किया।

सितंबर, २००० में डॉ. कुसलपाल, वरिष्ठ वैज्ञानिक, जो कंप्यूटर खरीदी में पूर्व से जुड़े थे, उनके सेवा छोड़ने का प्रकरण भी श्री एस.के. लाल द्वारा निराकरण किया गया। श्री एस.के. लाल ने डॉ. गजेंद्र सिंह, उपमहानिदेशक (इंजीनियरी) जो केंद्रीय अन्वेषण ब्यूरो की जाँच शुरू होने पर सेवा छोड़कर १९९७ में चले गए थे, पुनः राष्ट्रीय निदेशक (राष्ट्रीय कृषि तकनीकी परियोजना) नियुक्ति को जाँच अधिकारी ने अपनी नोटशीट दिनांक ३०.१२.९९ के आधार पर रद्द करा दिया, क्योंकि उनका नाम जाँच के आधार पर अनुचित कार्यों में लिप्त पाया गया।

के.अ.ब्यू. की जाँच आगे बढ़ी एवं डॉ. शांतिलाल मेहता उपमहानिदेशक (शिक्षा)

तथा डॉ. ए.पी. सक्सेना कार्यकारी परियोजना निदेशक पर आँच आई तथा इनके नाम प्रकरण में पंजीबद्ध हुए, तब मजबूर होकर उन्होंने मुँह खोला एवं के.अ.ब्यू. तथा डॉ. राजेंद्र सिंह पड़ौदा से संपर्क किया एवं पत्र लिखा। दिनांक ३.१०.२००० के पत्र में डॉ. शांति लाल मेहता ने लिखा कि वर्ष १९८८ से यह कार्य परियोजना निदेशक; जो महानिदेशक को सीधे रिपोर्ट करते थे, को दिया गया था। उनके पदस्थ होने से पूर्व ही कंप्यूटर खरीदी परियोजना (१९९५-९६) से उपमहानिदेशक (शिक्षा) को हटा दिया गया था। यह उनके द्वारा संलग्न किए गए परिषद् के आदेश दिनांक २३.७.१९८८ से भी स्पष्ट था। इसके साथ-साथ डॉ. एस.एल. मेहता ने परिषद् के सचिव श्री. वी.के. चौहान को दिनांक १८.९.२००० को पत्र लिखा था कि परियोजना निदेशक, जो सीधे महानिदेशक डॉ. पड़ौदा के मातहत थे, (रिपोर्ट करते थे) का परियोजना का काम था। उन्होंने श्री चौहान से यह भी आग्रह किया था कि यह बात के.अ.ब्यू. को सीधे बताई जाए एवं तदानुसार उन्हें सूचित किया जाए।

डॉ. ए.पी. सक्सेना ने जाँच अधिकारी श्री एस.के. लाल को १ अगस्त, २००० एवं २४ अप्रैल, २००० को लिखे पत्र का हवाला देते हुए के.अ.ब्यू. के इंस्पेक्टर जनरल को दिनांक २९.८.२००१ को पत्र लिखा था। इस पत्र में उन्होंने इंस्पेक्टर जनरल से दिनांक ८.८.२००१ की बातचीत का हवाला देते हुए लिखा था। वे कार्यकारी परियोजना निदेशक के रूप में कार्यरत थे एवं कंप्यूटर खरीदी का काम एवं क्रेता-विक्रेता के मध्य का एग्रीमेंट श्री के.के. बाजपेयी उप सचिव (शिक्षा) द्वारा किया गया था। उन्होंने डॉ. राजेंद्र सिंह पड़ौदा, सचिव भारत सरकार कृषि शिक्षा एवं अनुसंधान विभाग तथा महानिदेशक भा.कृ.अ.प. पर आक्षेप लगाते हुए लिखा कि उनकी अध्यक्षता में लिखे गए निर्णय के अनुसार पेमेंट किया गया था। के.अ.ब्यू. को लिखे इस पत्र में उन्होंने इसमें आगे लिखा था कि वे कार्यकारी परियोजना निदेशक थे और उन्हें पद से जुड़ा कोई अधिकार नहीं दिया गया था। चूँकि वे कार्यकारी पद पर थे, अतः परियोजना का दिन-प्रतिदिन का काम देखते थे। उन्होंने पत्र में आगे दु:ख व्यक्त करते हुए लिखा कि भारतीय कृषि अनुसंधान परिषद् के महानिदेशक (डॉ. पड़ौदा) जो एक मात्र वित्तीय मंजूरी देने के अधिकारी थे और दो उप सचिव (शिक्षा) आदि पर के.अ.ब्यू. ने प्रकरण दर्ज नहीं किया।

केंद्रीय अन्वेषण ब्यूरो (सी.बी.आई.) एवं परिषद् में डॉ. मेहता एवं डॉ. सक्सेना के खुलासाकारक दस्तावेजों एवं लिखे हुए पत्रों से सुगबुगाहट हुई होगी। ऐसा सभंव था कि इनके कारण कुछ अलग ही जाँच का परिणाम आता और शक्तिशाली लॉबीवाले डॉ. आर.एस. पड़ौदा महानिदेशक दोषी पाए जाते।

जाँच अधिकारी की रिपोर्ट पर दिनांक ४.१.२००२ को श्री. आर.के. दत्ता डिप्टी

इंस्पेक्टर ऑफ पुलिस के एस.पी. ने एक नोटशीट प्रस्तुत की, जिसमें लिखा था कि मैं डॉ. ए.पी. सक्सेना एवं श्री के.के. बाजपेयी को उनको दोषी पाए जाने के कारण बड़े दंड की अनुशंसा करता हूँ तथा डॉ. एस.एल. मेहता पर छोटे दंड की अनुशंसा करता हूँ तथा डॉ. गजेंद्र सिंह पर कोई दंड नहीं, आदि।

## के.अ.ब्यू. (सी.बी.आई.) द्वारा जाँच में हेराफेरी

इस जाँच पर कार्यवाही होने की जगह नोटशीट पर जे.डी. ने दिनांक ८.१.२००२ को लिखा कि जाँच अधिकारी, एस.पी. एवं डी.आई.जी. प्रकरण की रिपोर्ट के साथ चर्चा करें। दिनांक १०.१.२००२ को नोटशीट में लिखा गया कि 'चर्चा की' दोनों (प्रारंभिक एवं पंजीबद्ध) जाँच श्री आर.एस. द्विवेदी एवं श्री ओमप्रकाश द्वारा नहीं की गई। कोई आदेश पारित तो हुआ, पर किसी पर भी जिम्मेदारी नहीं निर्धारित की गई आदि-आदि। डी.आई.जी. को चर्चानुसार जाँच करने को कहा गया। डी.आई.जी. ने दिनांक ११.१.२००२ को एस.पी. को उपरोक्त बिंदुओं पर जाँच के लिए नोटिंग की। पुन: दिनांक २०.३.२००२ की नोटिंग में लिखा गया कि जाँच की स्थिति का आँकलन जाँच अधिकारी एवं एस.पी. करें। वे बिंदुओं की जाँचकर उत्तरदायित्व निर्धारित कर दिनांक ३०.३.२००२ तक सूचित करें। प्रकरण में पहले ही काफी देरी हो चुकी है।

## रिपोर्ट में बदलाव की चाह

अत: जाँच अधिकारी श्री एस. के. लाल को कई बार पुन: जिम्मेदारी निर्धारण हेतु लिखा गया। उन्हें आदेश एवं चर्चा के अनुरूप कार्यवाही हेतु कहा गया। उन्हें डी.आई.जी. के निर्देश पालन हेतु कहा गया। इस प्रकार फाइल में दिनांक २०.३.०२, १.४.०२, ५.४.०२, ३०.५.०२ आदि से लगभग ५-६ बार लिखा गया, किंतु श्री एस.के. लाल ने रिपोर्ट में कोई तबदीली नहीं की। तदुपरांत दिनांक ७.६.२००२ की टीप से किसी दूसरे को जाँच अधिकारी नियुक्त किया गया एवं दिनांक १२.६.२००२ तक कार्य को पूर्ण करने हेतु कहा गया। दूसरे जाँच अधिकारी श्री अजय कुमार ने दिनांक ३.७.२००२ को टीप दी कि आगे की जाँच हेतु प्रकरण प्रस्तुत है। इस पर एस.पी. श्री आर.एस. धनकड़ ने दिनांक २२.७.२००२ को टीप दी कि यह सारांश में है कि बैठक में पेमेंट प्रक्रिया की चर्चा हुई थी। बैठक के कार्यवृत्त से स्पष्ट नहीं है कि शब्द 'ऑर्डर' कैसे आया, किसी गवाह के बिना यह रहस्य ही है। यह षड्यंत्र का 'मोटिव' है। इससे प्रकरण आगे नहीं बढ़ता। आगे की कार्यवाही के लिए एवं निर्णय हेतु प्रस्तुत है।

दिनांक १४.८.०२ को टीप दी गई कि जाँच अधिकारी से चर्चा हुई। उन्हें यह टीप स्पष्ट करनी है कि महानिदेशक से स्वीकृति ली गई है और यह भी कि कोई और

क्रय किया गया। जाँच अधिकारी दस्तावेज (रिकॉर्ड) के साथ दिनांक १९.८.२००२ को चर्चा करें। इस पर नए जाँच अधिकारी श्री अजय कुमार ने दिनांक ३.९.२००२ को टीप दी कि आदेश के पालन की कंपलायंस रिपोर्ट प्रस्तुत है। यह नस्ती एस.पी. को प्रस्तुत की गई, जिसमें उन्होंने दिनांक ३.९.०२ को टीप दी कि १५ प्रतिशत अधिक खरीदी क्रय कमेटी द्वारा दिनांक १३.२.९६ को निर्णीत किया गया है, जिसे श्री सक्सेना द्वारा दिनांक २७.२.९६ के नोट से महानिदेशक से उसी दिन स्वीकृत भी करा लिया गया। इसके बाद श्री मेहता ने भी और क्रय की माँग की, जिसे स्वीकार नहीं किया गया, क्योंकि निर्धारित सीमा (१५ प्रतिशत) तक क्रय किया जा चुका था। यह नस्ती डी.आई.जी. को प्रस्तुत हुई, जिस पर उन्होंने दिनांक ३.९.२००२ को लिखा कि जाँच अधिकारी एस.पी. एवं अन्य अधिकारी के साथ दिनांक ५.९.२००२ को चर्चा करें।

पहले दिनांक ३.९.२००२ को एवं दुबारा दिनांक १९.९.२००२ को टीप दी गई कि जाँच अधिकारी श्री अजय कुमार को कार्यवाही हेतु प्रस्तुत है, वे स्वीकृति हेतु उत्तर प्रस्तुत करें, जिससे तदानुसार विभाग को सूचित किया जा सके। दिनांक २७.९.२००२ को टीप दी गई कि प्रकरण को जाँच एवं प्रतिजाँच के प्रकाश में देखें। नस्ती को विधि सदस्य एवं विधिक सलाहकार के लिए लिखा गया। पुनः ८ एवं १० अक्तूबर, २००२ को टीप दी गई एवं अंत में निदेशक ने २.११.२००० को स्वीकृत की टीप दी।

इस जाँच में के.अ.ब्यू. ने कितनी बेशर्मी से उलट-फेर एवं चीड़-फाड़ किया, यह बिल्कुल स्पष्ट है। प्रथम जाँच अधिकारी श्री एस.के. लाल, जिसने ३-४ वर्षों की अथक जाँच के बाद लोगों को दोषी ठहराया था, उसे नए जाँच अधिकारी श्री अरुण कुमार ने ३ माह में सबको न केवल दोषमुक्त किया, बल्कि पूरे ही प्रकरण में कोई खास अनियमितता न होना बताया।

इस तरह जहाँ यह उम्मीद जगी थी कि जाँच अधिकारी श्री एस.के. लाल अन्य दोषियों की तरह डॉ. आर.एस पड़ौदा का भी प्रकरण की तह तक जाकर पर्दाफाश कर उनका दोष खोल देंगे, वह तो हो नहीं पाया, उल्टे उन्हें (जाँच अधिकारी) चर्चानुसार रिपोर्ट न बनाने के कारण न केवल जाँच अधिकारी के पद से हटा दिया गया, बल्कि उन्हें अवधि पूर्ण होने के पूर्व ही केंद्रीय अन्वेषण ब्यूरो से हटाकर १७.६.२००२ को कमांडेट (मुख्यालय) नई दिल्ली भेज दिया गया। इस तरह १००० करोड़ रुपए की परियोजना के एक हिस्से ''कंप्यूटर नेटवर्क'' को केंद्रीय अन्वेषण ब्यूरो तक पहुँचाया जा सका था। उस १२ करोड़ रुपए की जाँच में लीपापोती कर दी गई और इतनी बेदर्दी से की गई कि त्वरित गति से न केवल अपने जाँच अधिकारी को भी हटाया बल्कि उन्हें सी.बी.आई में भी समयावधि पूर्ण नहीं करने दी गई। केंद्रीय अन्वेषण ब्यूरो के पास कई मुद्दे स्पष्ट रूप से सामने आ चुके थे, जो चीख-चीखकर बता रहे थे कि इन भ्रष्टाचार

के लिए ये अधिकारी जिम्मेदार हैं, इन्हें पहले जाँच अधिकारी (श्री एस.के. लाल) ने खोलकर सामने रख दिया था, किंतु उन्हें हटाने के बाद जो दूसरे अधिकारी (श्री अरुण कुमार) नियुक्त हुए थे, वह भ्रष्टाचार को फिर बड़ी बेशर्मी से बढ़ाने का काम पूरी रिपोर्ट में कर गए। भ्रष्टाचार की प्रमाणित बातें सामने आई, किंतु इसमें आंतरिक लेन-देन क्या हुआ, इसका कहीं जिक्र तक नहीं हुआ, पर इसका परिणाम यह हुआ कि पूरे देश की राष्ट्रीय कृषि अनुसंधान प्रणाली की कंप्यूटर सूचना प्रणाली तहस-नहस हो गई। वर्ष १९९८ में मेरे द्वारा सभी २३१ केंद्रों का एक अध्ययन-सर्वे कराया गया था। उस समय तक भी पूरी आपूर्ति, इन्स्टालेशन, कमीशन नहीं हुआ था।

इतनी लीपापोती करने के बाद भी केंद्रीय अन्वेषण ब्यूरो के जाँच अधिकारी श्री अजयकुमार की रिपोर्ट ही दोषियों का नाम उजागर कर रही थी। रिपोर्ट में वर्णित है कि विश्व बैंक ने दिनांक १९.६.२००२ को जवाब देते हुए स्पष्ट किया था कि निविदा या बीडिंग दस्तावेज में ५० प्रतिशत पेमेंट 'आदेश' के साथ करने का बदलाव उसके द्वारा स्वीकृत नहीं किया गया था। इससे स्पष्ट हो गया कि क्रय आदेश के साथ भुगतान करने का षड्यंत्र परिषद् में रचा गया था। इसी रिपोर्ट में जाँच अधिकारी ने लिखा है कि दस्तावेज (बिड) मूल्यांकन समिति, जो प्रो. गजेंद्रसिंह की अध्यक्षता में दिनांक २१.१२.९५ को गठित हुई थी, ने स्पष्ट रूप से बहस में विशेषकर कहा था कि पेमेंट की प्रक्रिया में कोई भी बदलाव बिड (बोली) में नहीं किया जाएगा, क्योंकि भारतीय स्थिति में यदि विक्रेता को एडवांस में पेमेंट कर दिया गया तो वह आपूर्ति में रुचि नहीं रखता।

रिपोर्ट में आगे लिखा है कि सर्व श्री के.के. वाजपेयी, गया प्रसाद और ए.एस. सूद, जिन्होंने बिड (बोली) मूल्यांकन रिपोर्ट तैयार की एवं कमेटी के सदस्य, जिनके कारण आदेश 'ऑर्डर' शब्द माल पहुँचाने के पहले जुड़ा, ने बड़ी गफलत की। इसके बाद प्रस्ताव बनाया गया एवं डॉ. राजेंद्र सिंह पड़ौदा की स्वीकृति के बाद विक्रेता फर्म को माल शिपिंग (प्रदाय) के पहले ही ५० प्रतिशत राशि दे दी गई। इसी तरह २६ मार्च, १९९७ को शेष ५० प्रतिशत की राशि का भी भुगतान कर दिया गया, जबकि कंप्यूटर उपकरणों का लगाना (इंसटॉलेशन) पूर्ण नहीं हुआ था। इसी से स्पष्ट है कि सर्वश्री के.के. वाजपेयी, ए.पी. सक्सेना, राजेंद्र सिंह पड़ौदा आदि स्पष्ट रूप से जिम्मेदार थे। इनमें डॉ. राजेंद्र सिंह पड़ौदा, जिन्होंने निविदा दस्तावेज (बीडिंग डाक्यूमेंट) स्वीकृत किया था एवं दिनांक १९.२.९७ को इनकी अध्यक्षता में एक बैठक हुई थी, जिसमें यह निर्णय लिया गया था कि शेष ५० प्रतिशत पेमेंट भी कर दिया जाए, जबकि आपूर्ति एवं लगाने का कार्य (इंसटॉलेशन) अभी पूर्ण नहीं हुआ था। प्रथम किस्त, जो बिना शिपिंग के (ऑर्डर देते ही) दे दी गई थी, वह भी इन्हीं (डॉ. पड़ौदा) की स्वीकृती से रिलीज की गई थी। इस तरह सबने जान-बूझकर जो षड्यंत्र किया गया था, उसके

लिए ये पूर्णतः उत्तरदायी थे। शेष सभी अधिकारी जैसे परियोजना निदेशक आदि कार्यकारी रूप में डॉ. पड़ौदा द्वारा मनोनीत किए गए थे। इस नए जाँच अधिकारी ने सेल्स टैक्स ऑक्ट्राय के ३० लाख रुपए एवं लिक्वीडेटेड चार्ज के १.५ करोड़ रुपए (जबकि माल देरी से लाया एवं लगाया गया) पर किसी को दोषी बताया ही नहीं।

के.अ.ब्यू. के दूसरे जाँच अधिकारी श्री अजय कुमार (जो पहले को हटाकर कार्य में लगाए गए थे) ने पहले जाँच अधिकारी श्री एस.के. लाल की वर्षों की जाँच एवं रिपोर्ट को रौंदकर तीन माह में जो रिपोर्ट तैयार कराई थी एवं केंद्रीय अन्वेषण ब्यूरो के सभी उच्च अधिकारियों ने इसे अपनी मानी थी, में दो बिंदुओं को केंद्रित कर सभी को निर्दोष होने का प्रमाण दिया था। पहला बिंदु, जो कंप्यूटर उपकरण प्रदाय किए गए थे एवं निविदा की शर्तों के आधार पर ५० प्रतिशत राशि पहली किश्त सही समय (मार्च १९९६ में) पेमेंट की गई थी एवं मार्च, १९९७ तक सभी जगह कंप्यूटर उपकरण पहुँचा दिए गए थे एवं निविदा की शर्तों के अनुसार शेष ५० प्रतिशत राशि (दूसरी किस्त) सही दे दी गई थी, ये दोनों ही बिंदु पूर्णतया गलत थे। यह रिपोर्ट आँख मूँदकर बनाई गई एवं इसमें लीपा-पोती की गई थी तथा के.अ.ब्यू. के द्वारा की गई भ्रष्टाचार की यह पराकाष्ठा थी।

मूल निविदा प्रपत्र के पेमेंट शेड्यूल से स्पष्ट था कि ५० प्रतिशत की राशि प्रेषण के दस्तावेजों की जाँच के बाद होनी थी, जबकि यह ५० प्रतिशत की राशि जब विक्रेता को दी गई, तब एक भी केंद्र में प्रेषण नहीं हुआ था तथा न ही प्रेषण दस्तावेज मिले थे। इस अग्रिम पेमेंट हो जाने के कारण विक्रेता ने सप्लाई में रुचि खत्म कर दी एवं कभी भी पूरी सप्लाई नहीं की। शेष ५० प्रतिशत की राशि, जो पूर्ण सप्लाई के बाद सफलतापूर्वक हार्डवेयर, सॉफ्टवेयर एवं अन्य उपयोगिताओं के लगाव एवं कमीशनिंग के बाद क्रेता के प्रतिनिधि द्वारा प्रमाण-पत्र जारी करने के बाद दी जानी थी, वह कुछ केंद्रों में ही पूर्ण होने पर जारी कर दी गई। दूसरी किस्त की राशि मिल जाने पर विक्रेता ने कंप्यूटर उपकरणों को लगाने एवं कमीशनिंग (चलाने) का काम ही लगभग छोड़ दिया। विक्रेता ने बाद में होनेवाला प्रशिक्षण, वार्षिक रखरखाव आदि भी नहीं किया। फर्म से देरी का १.५ करोड़ रुपए का 'लिक्विडेटेड डैमेज' भी नहीं वसूला गया। कंप्यूटर प्रदाय, लगाना, चालू करना आदि की कमी न केवल पहले जाँच अधिकारी श्री एस.के. लाल ने पाई थी, बल्कि वर्ष १९९८ में जब मैं पदस्थ हुआ था, तब सभी दो सौ इकतीस (२३१) केंद्रों का अध्ययन करके इन त्रुटियों की भयावह स्थिति सामने लाई थी, जिसका विवरण आगे दिया जा रहा है, परंतु के.अ.ब्यू. ने अपने अनुकूल जाँच अधिकारी को (पूर्व जाँच अधिकारी को हटाकर, जिसने वर्षों जाँचकर रिपोर्ट बनाई थी) रखकर ३ माह में ही दोषी पाए गए अधिकारियों की रिपोर्ट बदलवाकर सभी को

निर्दोष बता दिया। पूर्व जाँच अधिकारी को 'चर्चानुसार' रिपोर्ट न बदलने के कारण उन्हें न केवल जाँच से हटाने की पीड़ा भोगनी पड़ी थी, बल्कि उन्हें के.अ.ब्यू. की सेवा से असामायिक बाहर कर देने की बर्बरतापूर्वक की गई कार्यवाही का दंश भी झेलना पड़ा था। के.अ.ब्यू. ने रा.कृ.त.प. पर एक और जाँच की। इस जाँच में भी बेशर्मी की हद कर दी। भ्रष्टाचार के प्रमाण में जितने भी दस्तावेज दिए गए थे, वे सभी के.अ.ब्यू. के माल खाने में डाल दिए गए एवं रिपोर्ट दी गई कि कोई भ्रष्टाचार के प्रमाण नहीं मिले। इस तरह के.अ.ब्यू. ने दोनों ही जाँचों में न्याय को पैरों तले रौंद दिया। इतना ही नहीं, जब सूचना अधिकार अधिनियम के अंतर्गत पूछा गया तो के.अ.ब्यू. ने मुझे लिखा कि मैंने दस्तावेज दिए ही नहीं, किंतु जब केंद्रीय सूचना आयोग का चाबुक पड़ा, तब उत्तर दिया कि ये दस्तावेज मालखाने में रखे हैं।

## कार्यालयीन अध्ययन : राष्ट्रीय कृषि अनुसंधान परियोजना

कार्यालयीन अध्ययन कार्यक्रम के लिए मैंने देशभर में फैले इन २३१ केंद्रों की स्थिति आकलन हेतु यहाँ पदस्थ होने के तुरंत बाद कार्यवाही चालू की एवं दूसरे महीने ही दिनांक २०.३.९८ को विश्लेषण का प्रोफार्मा भेजा। २५ केंद्रों से जो प्रपत्र आए, उन सभी में समस्याएँ पाई गई, जिन्हें ठीक करने के लिए विक्रेताओं को लिखा एवं इसकी जानकारी हेतु उपमहानिदेशक डॉ. अनवर आलम को मैंने २०.३.९८ को प्रस्तुत किया। उसके पूर्व मैंने एच.सी.एल.-एच.पी. के क्षेत्रीय प्रबंधक श्री सुधीर पुरी को परिषद् मुख्यालय बुलाकर अपने तीन अधिकारियों के साथ चर्चा की एवं उन्होंने उन स्थानों का विवरण चाहा, जहाँ हमें जानकारी मिली थी कि कंप्यूटर प्रदाय तो हुए थे, किंतु अभी तक लगाए नहीं जा सके थे। इसकी बैठक हेतु दिनांक २३.२.९८ को ही उपमहानिदेशक को मैंने नोट प्रस्तुत कर दिया था।

यह मूल्यांकन, (स्थिति आँकलन), व्ही.सैट, लैन, कंप्यूटर नेट उपकरण, यू.पी.एस. आदि, जिसमें लगभग २०० करोड़ रुपए की पूँजी लगी थी, का था, जो कई फर्मों से (कंपनियों) से संबद्ध था, किंतु के.अ.ब्यू. ने मात्र मे. एच.सी.एल.-एच.पी का १५ करोड़ रुपए (लगभग) का प्रकरण ही दर्ज किया था, जबकि मेरे द्वारा सर्वेक्षण में सभी में (एच.सी.एल, फिजिप्सू, नेशनल इन्फॉरमेटिक्स सेंटर) त्रुटियाँ पाई गई थी। दिनांक १३.४.९८ को पुनः उपमहानिदेशक को मैंने अधूरी सप्लाई एवं बड़ी संख्या में कंप्यूटर एवं उपकरणों को न लगाए जाने का विवरण प्रस्तुत किया था और इनके पूर्ण करने हेतु एक बड़ी बैठक बुलाने के लिए लिखा था। पुनः १७.४.९८ को परिषद् के उपमहानिदेशक डॉ. आलम के मार्फत महानिदेशक डॉ. राजेंद्र सिंह पड़ौदा को नोट लिखा कि एच.सी.एल. के ६७ केंद्रों में अधूरे एवं चालू न करने के प्रकरण रखरखाव

अनुबंध के पूर्व मार्च, १९९८ तक उन्हें दिए गए थे, बाद में ११९ और प्रकरण प्रस्तुत हुए। इन्हें यदि फर्म से सुधरवाया नहीं गया तो हमारा नेटवर्क चरमरा जाएगा और यदि हमें यह काम खुद कराना पड़ा तो करोड़ों रुपए खर्च होंगे इस पर भी दुरस्ती की कार्यवाही नहीं हुई।

## दस्तावेज गायब कर दिए गए

खरीदी स्वीकृति, आपूर्ति स्थिति, मूल्यांकन रिपोर्ट आदि के रिकॉड़ ही माँगने एवं ढूँढ़ने पर उपलब्ध नहीं हो पाए, इन्हें षड्यंत्र के तहत छुपा लिया गया। इस पर फर्म से प्रशासनिक कार्यवाही का निवेदन किया था, वह भी नहीं हुआ। नोटशीट में यह लिखते हुए कि चूँकि फर्म की जिम्मेदारी है कि वह इन्हें ठीक कराए एवं मेरे लिखने से काम हो नहीं रहा था, अत: महानिदेशक और उपमहानिदेशक द्वारा इन्हें लिखा जाए, किंतु डॉ. आलम एवं डॉ. पड़ौदा ने यह भी नहीं किया। यद्यपि दोनों ने अपनी-अपनी टिप्पणी दी। इनके साथ ही बैठक कर दुरुस्ती की कार्यवाही की बाबत भी नोट में लिखा गया था। चूँकि कुछ केंद्रों ने यह लिखकर दिया था कि उन्हें यह नहीं बताया गया कि कौन-कौन से आइटम उन्हें पहुँचने चाहिए, इसलिए पहले उन्हें यह विवरण उपलब्ध कराया जाए, तभी वे बतला सकते हैं कि कौन-कौन कंप्यूटर उपकरण उन्हें नहीं मिले, किंतु बहुत प्रयत्न करने के बाद भी डॉ. एस.एल. मेहता उपमहानिदेशक तथा डॉ. ए.पी. सक्सेना सहायक महानिदेशक से पूर्णतया रिकॉर्ड उपलब्ध नहीं कराया जा सका।

दिनांक २९.४.९८ को एच.सी.एल. के साथ एक बैठक की गई, जिसमें उपमहानिदेशक डॉ. आलम उपस्थित थे। इसमें उन्हें अधूरी माल सप्लाई एवं बिना स्थापित (चलाए गए) प्रकरणों का विवरण दिया गया। मे.एच.सी.एल. के प्रतिनिधि ने कहा कि उन्होंने सप्लाई पूर्ण की है, तब उन्हें जहाँ सप्लाई नहीं हुई थी, वहाँ के प्रकरण बताते हुए कहा गया कि वहाँ प्रदाय के दस्तावेज या परिषद् में जो रिकॉर्ड जमा किया, उसके दस्तावेज प्रस्तुत करें। इस पर एच.सी.एल. ने कठिनाई बताई। तब दिनांक १५.५.९८ तक उन्हें बताए गए प्रकरणों में सप्लाई एवं स्थापना करने के बारे में कहा गया। कई स्थानों पर नियमानुसार जो प्रशिक्षण स्थापना के बाद देना था, वह प्रकरण बताने पर मे. एच.सी.एल. ने वहाँ प्रशिक्षण देने की बात मान ली। दिनांक २९.४.९८ को मैंने उपमहानिदेशक डॉ. आलम को डॉ. मेहता एवं डॉ. ए.पी. सक्सेना से किन केंद्रों में कितने कंप्यूटर आदि प्रदाय के आदेश थे, उनका विवरण देने हेतु नोट लिखा, जिसमें उपमहानिदेशक (अभि.) डॉ. आलम ने लिखा कि हमें प्रतीक्षा करनी चाहिए।

जब परिषद् की संबद्ध शाखा ने विवरण नहीं दिया, तब मैंने नोट लिखकर दिनांक

२.५.९८ को मे. एच.सी.एल से रिकॉर्ड मँगाने के बारे में लिखा, जिसमें डॉ. आलम ने लिखा कि अभी सहायक महानिदेशक (डॉ. सक्सेना) के जवाब की प्रतीक्षा की जाए।

बाद में मेरी दिनांक १५.५.९८ की नोटशीट जिसमें एच.सी.एल. एवं अन्य विक्रेताओं के बारे में समस्या को बताया था, में डॉ. आलम ने महानिदेशक से बैठक हेतु एजेंडा नोट बनाने को लिखा। इसके उपरांत दिनांक १४.५.९८ को एक बैठक आयोजित की गई, जिसमें १० स्थानों में ५४ केंद्रों के अधिकारियों को बुलाकर 'सन् सोलारिस' सर्वर को स्थापित करने हेतु प्रशिक्षण समूह बनाए गए। जब फर्म ने वार्षिक रख-रखाव अनुबंध जारी नहीं रखा, तब मैंने ११.६.९८ को इस हेतु लिखा जिसमें जहाँ-जहाँ कंप्यूटर प्रदाय किए एवं लगाए गए हों, वहाँ-वहाँ ठीक से तो चल सकें। दिनांक १५.६.९८ को पुनः किन-किन केंद्रों में कौन-कौन से सेट प्रदाय किए गए हैं, इसका विवरण परिषद् के निदेशक श्री गया प्रसाद से माँगा गया।

उप-महानिदेशक डॉ. आलम के समक्ष केंद्रों से आई रिपोर्ट प्रस्तुत करते हुए मैंने बताया कि यदि अब भी कार्यवाही नहीं हुई तो फर्म एच.सी.एल. कोई भी अधूरी सप्लाई पूर्ण नहीं करेगी। फलतः दिनांक १४.७.१९९८ को डॉ. अनवर आलम, मे.एच.सी.एल. इंफोसिस्टम लिमिटेड को तथा बाद में मैंने भी पत्र लिखा कि आपको १३७ प्रकरण, जिनमें सप्लाई होना, प्रशिक्षण की समस्या, सप्लाई किए माल में त्रुटि आदि के विवरण विभिन्न तिथियों में प्रस्तुत किए गए, किंतु आज तक आपके स्तर पर क्या कार्यवाही हुई, इसकी जानकारी नहीं दी गई। कृपया की गई कार्यवाही से अवगत कराएँ।

## तथ्यों की खोज बंद करने के लिए भ्रमण बंद

एक तरफ मैं २३१ केंद्रों से खराबियों की सूची मँगाकर दुरस्ती हेतु विक्रेताओं को दे रहा था, वहीं प्राप्त भ्रष्टाचार की रिपोर्टों को भी वहाँ जाकर निरीक्षण कर नमूने के रूप में देख रहा था, जिसमें किराया भी लगता था। अतः विभिन्न केंद्रों में भेजे जाने से मुझे डॉ. आलम द्वारा अवरोध किया जाने लगा। तब मैंने हैदराबाद, कोयंबटूर के कई केंद्रों की यात्रा दिल्ली से रेलवे के सामान्य द्वितीय श्रेणी (बिना आरक्षण) से की एवं निरीक्षण पूर्ण किया।

यह योजना भी बना ली कि यदि अब पैसों की कमी बताकर भ्रमण (निरीक्षण) में समस्या हुई तो मैं सामान्य द्वितीय श्रेणी से यात्रा करके कम राशि में भ्रमण करूँगा। इसके बाद उपमहानिदेशक डॉ. आलम को १४.७.९८ को नोट प्रस्तुत किया कि इतनी दूर-दूर तक की यात्रा मात्र १००० रुपए में (कोयंबटूर एवं हैदराबाद) मैंने की। इस तरह सीमित यात्रा भत्ता से ज्यादा-से-ज्यादा केंद्रों को तकनीकी ज्ञान दिया जाएगा एवं

जाँच की जा सकेंगी, जिससे केंद्रों में चल रही योजना (कंप्यूटरीकरण) को लाभ मिलेगा। भ्रमण के समय मैं एल.सी.डी. प्रोजेक्टर एवं लैपटॉप के सहारे ज्ञान को प्रस्तुत करता था, जबकि दूसरी तरफ परिषद् में यात्रा मद में अकूत राशि उपलब्ध थी एवं सभी मेरे समकक्ष अधिकारियों को आवश्यकतानुरूप वायुयान से ही यात्रा पर जाने को कहा जाता था।

दूसरी तरफ कई स्थानों (केंद्रों) को वहाँ परिषद् द्वारा ही कंप्यूटर प्रदाय का विवरण नहीं दिया गया था। इस कारण वहाँ कितना माल उन्हें प्रदाय नहीं किया गया, यह बता पाने की स्थिति में नहीं थे। इस हेतु सबंधित फर्म (मे. एच.सी.एल. आदि) से सप्लाई विवरण एवं प्राप्ति रसीद, जो केंद्रों से दी गई थी, वह माँगी गई तो वे भी नहीं दी, साथ ही हमारी परिषद् की शाखा, जिसने सप्लाई का आदेश दिया था, उसने भी विवरण नहीं दिए। इसे प्राप्त करने हेतु पहले मैंने संबंधित (सप्लायर) फर्मों को कहा, फिर उपमहानिदेशक डॉ. आलम को १३.७.९८ एवं २०.७.९८ को भी लिखा, जिन्होंने डॉ. ए.पी. सक्सेना एवं डॉ. मेहता से यह विवरण माँगा। जब इससे भी जवाब नहीं मिला, तब मैंने महानिदेशक (डॉ. सक्सेना) को नोट लिखकर यह विवरण उपलब्ध कराने को कहा, क्योंकि २०० करोड़ रुपए में कहाँ, किसको कितने कंप्यूटर आदि दिए गए थे, उसका कहीं कुछ विवरण ही उपलब्ध नहीं था, जो एक आश्चर्य की बात थी।

तदनुसार दिनांक १५.७.९८ को महानिदेशक के साथ मेरी, डॉ. ए.पी. सक्सेना एवं डॉ. आलम की बैठक आहुत की गई। निर्णयानुसार मैंने बार-बार संबद्ध शाखा में जाकर डॉ. सक्सेना से विवरण देने का अनुरोध किया, किंतु उन्होंने विवरण नहीं दिया। तब पुनः मैंने नोट प्रस्तुत किया, इसके अनुसार महानिदेशक डॉ. राजेंद्र सिंह पड़ौदा ने डॉ. ए.पी. सक्सेना को दिनांक ४.८.९८ को कंप्यूटर खरीद संबंधी दस्तावेज देने हेतु सीधे पत्र लिखा, जिसमें कहा गया था कि सभी कंप्यूटर खरीद संबंधी दस्तावेज, यथा ए.सी. (वातानुकूलित यंत्र) आदि के क्रय निविदा की नियमावली तथा विक्रेताओं से जो अनुबंध किए गए, वह सब मुझे दिए जाएँ। उसमें यह भी लिखा गया था कि मैं बार-बार डॉ. सक्सेना से मिलता रहा, किंतु अभी तक दस्तावेज मुझको (डॉ. तोमर को) नहीं दिए गए।

पूर्व उपमहानिदेशक डॉ. गजेंद्र सिंह बैंकॉक से आए, जिनके साथ हम पुनः १९.८.९८ को डॉ. सक्सेना के पास गए, विस्तार से चर्चा की एवं दस्तावेज माँगे, किंतु दस्तवेज नहीं दिए गए। इस तरह से कंप्यूटर उपकरणों के दस्तावेज (किन केंद्रों पर कितने-कितने दिए गए हैं) न मिलने थे, न मिले (क्योंकि यह जान-बूझकर गायब किए गए थे)। बार-बार परिषद् के जिन अधिकारियों के पास ये होना चाहिए था, उनसे मिलकर बाद में लिखकर दिनांक ८.७.९८, ९.७.९८, १३.७.९८, १७.७.९८,

२०.७.९८, २४.७.९८, ३.८.९८, ११.८.९८, १५.८.९८, २०.८.९८, २१.८.९८, २५.८.९८, को मेरे द्वारा माँगा गया। दिन-दिन भर डॉ. ए.पी. सक्सेना के सेक्शन में जाकर मैं बैठा रहा, किंतु किसी ने भी मुझे विवरण नहीं दिया। दूसरी तरफ विक्रेताओं से भी यही विवरण माँगा गया, किंतु उन्होंने भी नहीं दिया। डॉ. मेहता ने भी ३.८.९८ को डॉ. सक्सेना को लिखा। इस कारण कहाँ-कहाँ अधूरा प्रदाय किया गया, ज्ञात नहीं हुआ, मात्र उन्हीं स्थानों से यह अधूरी प्रदाय की जानकारी मिली, जिन्हें किसी तरह यह विवरण दे दिया गया था। डॉ. पड़ौदा, डॉ. सक्सेना से बीसों बार मिलने लिखने पर भी प्रदाय (सप्लाई) के दस्तावेज नहीं मिले। इससे भी स्पष्ट था कि क्रेता एवं विक्रेता ने मिलकर अधिकांश जगह अधूरी सप्लाई की एवं केंद्रों को क्या देना था इसके बारे में उन्हें अँधेरे में रखा, जिससे वे खुद न बता सकें कि उन्हें क्या नहीं मिला या कम मिला। मुझे भी दस्तावेज नहीं दिए, क्योंकि मैंने सभी २३१ केंद्रों का सर्वे कराकर रिपोर्ट ली थी।

इधर २३१ केंद्रों से लगातार अधूरी आपूर्ति, खराब आपूर्ति, स्थापना की कमी आदि की शिकायतें मैं माँग रहा था, उधर विक्रेता एवं हमारा खुद का कार्यालय दस्तावेज नहीं दे रहा था। विगत २० वर्षों के भ्रष्टाचार से जूझने के अनुभव से मुझे यह स्पष्ट हो गया था कि इस भ्रष्टाचार में डॉ. राजेंद्र सिंह पड़ौदा, डॉ. ए.पी. सक्सेना आदि का पूरा-पूरा हाथ है।

## भ्रष्टाचार पर विधिक एवं कठोर कार्यवाही की माँग

मन में झंझावात उठ रहा था, मैं कुछ कर नहीं पा रहा था, अपने आपमें आत्म ग्लानि हो रही थी। तभी अचानक मुख्य सतर्कता आयुक्त श्री एन. विट्ठल केंद्रीय सतर्कता आयोग की भ्रष्टाचार के खिलाफ भाषणों में गर्जना का ध्यान आया। पहले तो उन्हें पत्र लिखा, फिर उनसे चर्चाओं का दौर चालू हुआ। इधर जब कंप्यूटरों के दस्तावेज मिलने के आसार खत्म हो गए, तब उच्च अधिकारियों का ध्यान डॉ. ए.पी. सक्सेना एवं अन्यों पर कार्यवाही हेतु दिनांक १०.९.९८ को ६ पृष्ठ की नोटशीट प्रस्तुत कर विधिक कार्यवाही या कठोर कार्यवाही हेतु कहा।

इस नोटशीट में पहले मेरे द्वारा प्रस्तुत नोटशीट तथा डॉ. सक्सेना द्वारा प्रस्तुत ८ नोटशीटों पर महानिदेशक डॉ. पड़ौदा की टिप्पणियों का उल्लेख किया एवं बताया कि हमें आपूर्ति एवं क्रय के दस्तावेज चाहिए, जबकि कंप्यूटर आदि उपकरणों का विवरण बनाकर उन्होंने एक सारणी दी थी। आगे मैंने लिखा था कि अब तक लगभग २०० त्रुटियाँ (खराबियाँ) जो अधूरी एवं त्रुटिपूर्ण आपूर्ति, गलत आपूर्ति, पुराना व खराब माल की आपूर्ति, देरी से की गई आपूर्ति आदि प्रदायकर्ताओं को सुधार हेतु प्रस्तुत हो।

इस संबंध में १३ नोटशीट पत्रों का उल्लेख किया, जो संभावित व्यक्ति, जिनके पास ये दस्तावेज थे या जानकारी उपलब्ध थी (जैसे सर्व श्री आर.एस. पड़ौदा, ए.पी. सक्सेना, के.एल. वकोलिया, गया प्रसाद आदि) को लिखे गए थे। ये कैसे माल प्रदायकर्ताओं के दलाल की तरह त्रुटियों को छुपाने में लगे हुए थे। दस्तावेज देने का कैसे छलावा किया जा रहा था, कैसे डॉ. ए.पी. सक्सेना दूसरों के पास दस्तावेज होने का जिक्र कर रहे थे, पर दस्तावेज उन किसी के पास भी उपलब्ध नहीं था, कैसे श्री के.एल. वकोलिया दस्तावेज देने के पत्रों का जवाब नहीं दे रहे थे, कैसे लाखों रुपए के घपले हो रहे थे, आदि-आदि।

आगे लिखा गया था कि एक तरफ विक्रेता अपनी त्रुटियों (गलतियों) को स्वीकार कर उन प्राप्त २०० शिकायतों पर सुधारने का प्रयत्न कर रहे हैं, जो हमने केंद्रों से मँगाई हैं वही दूसरी तरफ डॉ. ए.पी. सक्सेना कह रहे हैं कि कही कोई त्रुटि नहीं है। दुरुस्ती के साथ ही बचे-खुचे कंप्यूटर आदि उपकरणों के वार्षिक रख-रखाव हेतु भी दस्तावेजों की जरूरत है। इस तरह फाइलों-दस्तावेजों को एक या दूसरे छलावे से न देने का बहाना अब नहीं चल सकता, ऐसा लिखा गया। चूँकि इस पर कार्यवाही न होने पर सभी संलग्न व्यक्तियों पर आक्षेप आ रहा था एवं भविष्य में किसी तरह की कार्यवाही की भी इन लोगों को आशंका थी, इसलिए इस नोटशीट पर डॉ. आलम ने महानिदेशक को लिखा "डॉ. सक्सेना आवश्यक दस्तावेज नहीं दे रहे, सहयोग नहीं कर रहे, महानिदेशक इसे देखें।" इस पर महानिदेशक ने दिनांक ११.९.९८ को गुस्से में लिखा, यह गंभीर मामला है और इस पर चर्चा हेतु दिनांक १८.९.९८ को सहायक महानिदेशक सूचना प्रणाली, उपमहानिदेशक (शिक्षा) एवं डॉ. सक्सेना की बैठक निर्धारित की गई।

जैसा कि दिनांक ११.९.९८ की महानिदेशक की टीप से स्पष्ट था कि जो भी नोटशीट (६ पृष्ठों की) मैंने दी थी, उसे कोई पसंद नहीं कर रहा था, वह उनके दिनांक १७.९.९८ की टीप (जो मेरी नोटशीट दिनांक ९.९.९८ पर लिखी गई थी) से स्पष्ट था। इस नोटशीट पर मैंने स्पष्ट लिखा था कि हमें आगामी खरीद के लिए वर्ष १९९६-९७ की खरीद में हुए घपलों को ध्यान में रखना होगा, उससे शिक्षा लेनी होगी, क्योंकि वर्तमान की कंप्यूटर उपकरण खरीद में धीरे-धीरे देरी की जा रही है, जिससे समय कम रहने का छलावा करके हम विक्रेताओं को जल्दी-जल्दी में कुछ भी (खराब) सामान बिना जाँच-परख (बेंचमार्किंग) किए उन्हें राशि दे देंगे। यह भी लिखा कि विश्व बैंक ने अप्रैल में विज्ञापन कर दिया था, किंतु हम दिन-प्रतिदिन एक-एक छलावा कर इसमें बेवजह देरी कर रहे हैं। हमें तुरंत खरीदी की प्रक्रिया को नियमानुसार आगे बढ़ाना चाहिए, जिससे भविष्य में समस्या पैदा न हो (यह जो मैंने दिनांक ९.९.९८ की नोटशीट में लिखा था, वह मेरे २० वर्ष कि भ्रष्टाचार से संघर्ष के अनुभव

के आधार पर था और वह सही भी निकला। जब दिनांक ९.२.९९ को वर्तमान (रा.कृ.त.प.) खरीद का २० करोड़ रुपए का आदेश दिया गया, तब बिना परीक्षण (बेंचमार्क) के दिया गया इसका विस्तारपूर्वक विवरण उस खंड में, जहाँ इस सौदे का जिक्र है, वहीं दिया गया है)।

डॉ. ए.पी. सक्सेना वाले प्रकरण में ६ पृष्ठीय में नोट पर गुस्साए महानिदेशक डॉ. राजेंद्र सिंह पड़ौदा इस भ्रष्टाचार का पर्दाफाश करनेवाली मेरी वर्तमान खरीद की दिनांक ९.९.९८ की नोटशीट को देखकर बौखला गए और उपमहानिदेशक डॉ. आलम को संबोधित करते हुए दिनांक १७.९.९८ को लिखा।

'इस प्रकरण में मुझे क्या करना है? ऐसे प्रकरण में पहले सहायक महानिदेशक (सूचना प्रणाली) एवं विशेष कर्तव्यस्थ अधिकारी से समुचित कार्यवाही कराएँ। ऐसे विरले प्रकरण को जब समस्या हो, तभी मेरी जानकारी में लाएँ। ऐसे नोटशीट की जगह काम व्यक्तिगत चर्चा एवं पत्राचार से करें।'

इस पर चर्चा करके उपमहानिदेशक डॉ. आलम ने मुझे लिखा—

'सहायक महानिदेशक (सूचना प्रणाली) अपने कार्य के स्टाइल को बदले। नोटशीट की जगह व्यक्तिगत संपर्क करना ज्यादा उचित होगा।'

मतलब साफ था कि भृष्टाचार का खुलासा न हो पाये, चुपचाप लीपापोती कर दें

## भ्रष्टाचार खुलासे के बाद आंतरिक जाँच का नाटक

संभवतया डॉ. पड़ौदा को यह आभास हो गया था कि इस प्रकरण में इतना हल्ला हो चुका है कि परिषद् अध्यक्ष श्री अटल बिहारी वाजपेयी, प्रधानमंत्री तक बात पहुँच गई थी और आशंका बढ़ गई थी कि पूरे-पूरे रा.कृ.त.प. के १००० करोड़ रुपए पर जाँच चालू हो जाएगी और डॉ. पड़ौदा पकड़ में आ जाएँगे। ऐसे में स्वतः फँसने से बचने हेतु प्यादे को पीटने का रिवाज डॉ. पड़ौदा ने अच्छा समझा।

महानिदेशक के साथ हुई बैठक में जब कोई परिणाम नहीं निकला एवं दस्तावेज नहीं दिए गए, तब मैंने पुनः प्रयत्न चालू किया, किंतु फिर भी दस्तावेज नहीं दिए गए। इसमें मात्र एक अधिकारी डॉ. ए.पी. सक्सेना को निलंबित कर विशेष ऑडिट (जाँच) कराने हेतु दिनांक २४.९.९८ को नोटशीट प्रस्तुत हुई। इसमें डॉ. सक्सेना द्वारा दिनांक १८.९.९८ की बैठक में महानिदेशक से गलत व्यवहार करने एवं मुझे दस्तावेज न देते हुए गलत व्यवहार करने, खराब उपयोग किए हुए कंप्यूटर उपकरण प्रदाय एवं बिना सावधानी के राशि भुगतान करने आदि के आरोप लगाए गए। यह नस्ती सीधे (बिना डॉ. पड़ौदा की टीप के) ही परिषद् के सचिव द्वारा राज्य मंत्री को भेजी गई थी। पुनः यह नस्ती राज्य मंत्री के कार्यालय से इस टीप के साथ वापस आने पर कि संबंधित

विभाग कुछ बिंदुओं को स्पष्ट करें एवं क्या प्रारंभिक जाँच हुई है, बताएँ। तब डॉ. पड़ौदा ने उपमहानिदेशक के मशविरा से शीघ्र जवाब देने की टीप दिनांक २०.१०.९८ को दी।

इसके बाद नस्ती बढ़ाई गई एवं एक मात्र डॉ. ए.पी. सक्सेना पर कार्यवाही हेतु विभागीय जाँच लगाई गई, किंतु इसे भी पूर्ण नहीं किया गया एवं डॉ. सक्सेना को बचा लिया गया। वास्तविकता यह थी कि इसे परिषद् अध्यक्ष को यह बताने के लिए कि भ्रष्टाचार पर जाँच चालू है, दिखावे का नाटक किया गया था।

डॉ. ए.पी. सक्सेना पर कार्यवाही शुरू हुई, किंतु फर्म मे. एच.सी.एल. ज्यों-की-त्यों अक्रियाशील बनी बैठी रही। उसने न ही २०० प्रकरणों में अधूरी आपूर्ति की पूर्ति की, न गलत प्रदाय किए गए उपकरणों को ठीक किया, न बंडलों में बँधे कंप्यूटरों को खोलकर उनकी स्थापना का कार्य किया, रखरखाव पर बिल्कुल ही ध्यान नहीं दिया, निर्धारित प्रशिक्षण नहीं दिया आदि की समस्याएँ ज्यों-की-त्यों बनी थी। फर्म को प्रेषण (आपूर्ति) के दस्तावेज प्रस्तुत करने के बाद ५० प्रतिशत पेमेंट लेना था, किंतु इसने आदेश होने के साथ ही यह राशि ले ली। इसे पूर्ण सप्लाई करके, कंप्यूटरों की स्थापना, उनको चालू करना, प्रशिक्षण पूर्ण करना आदि के बाद शेष ५० प्रतिशत राशि लेनी थी, वह ले ली, किंतु वर्षों बाद भी पूरी आपूर्ति नहीं की। कई स्थानों में वर्ष १९९६ के प्रदाय कंप्यूटर उपकरण वर्षों बंडलों में बँधे पड़े थे, उन्हें खोलकर स्थापित कर चालू नहीं किया गया और शेष राशि भी ले ली गई।

इनकी खराबी की शिकायतें थीं, जो केंद्रों से प्राप्त हुई थी के बारे में उन्हें (फर्मों को) समय-समय पर बताया गया था तथा इनके बड़े-बड़े अधिकारियों को बुलाकर ४-५ बैठकें भी की गई थीं। महानिदेशक डॉ. पड़ौदा एवं उपमहानिदेशक डॉ. अनवर आलम के साथ एक-एक शिकायत/खराबी के प्रकरणों की चीड़-फाड़ की गई थी और उन्हें यह दिखाया गया था कि फर्म मे. एच.सी.एल. के कर्मचारी बिल्कुल ध्यान न देकर निडर घूम रहे हैं। यहाँ इस भयावह स्थिति को २३१ केंद्रों से समस्याओं की शिकायतों को एकत्रित कर प्रस्तुत किया गया था, किंतु इन पर जूँ तक नहीं रेंग रही थी। बैठकों में डॉ. आलम दिखावे के लिए इन्हें डाँटते-फटकारते भी थे, इन पर काली सूची में रखने की कार्यवाही करने की बात भी कहते थे, डॉ. पड़ौदा भी ऐसी ही बात बैठकों में करते थे, किंतु फर्मवाले कोई ध्यान नहीं देते थे, बल्कि आगे-पीछे बैठकर इनके चैंबरों में इनसे बतियाते रहते थे। मेरी नोटशीट तथा अन्य उन्हें न दिखाने की नस्तियाँ वे आसानी से देखते थे। यहाँ बड़ी विचित्र परिस्थिति निर्मित हो गई थी। पत्रों द्वारा कार्यवाही की बात की जा रही थी, किंतु यह सब नाटक था, जिससे डॉ. पड़ौदा, सचिव पर कोई आशंका न करे।

जब उपमहानिदेशक डॉ. आलम एवं महानिदेशक डॉ. पड़ौदा की यह स्थिति देखी, तब उनकी घुड़की के अनुरूप ही मैंने मे.एच.सी.एल. को ब्लैक लिस्ट (काली सूची) करने की नोटशीट दिनांक ८.१२.९८ को इन दोनों को कार्यवाही हेतु भेजी। इस नोटशीट को डॉ. आलम ने आगे न भेजते हुए इस पर लिखा कि मे.एच.सी.एल. को काली सूची में डालना एक अनावश्यक कार्यवाही होगी। यह फर्म अच्छी रुचि से कार्य कर रही है और सूचित की गई खराबियों पर कार्यवाही कर रही है, ऐसा लिखकर डॉ. पड़ौदा की तरफ नोटशीट न बढ़ाकर उसे मुझे इंगित कर दी, जबकि पूर्व में कई बार इन्होंने फर्म के काम न करने, अधूरी आपूर्ति, त्रुटिपूर्ण आपूर्ति आदि की खुद भी टीप दी थी। मैंने नोटशीट में स्पष्ट लिखा था कि 'काली सूची' में डालते हुए फर्म से उन सभी कंप्यूटर उपकरणों की राशि वसूल की जाए, जो नियमानुसार ३० दिन में आपूर्ति करने की बजाय ३ वर्ष बाद भी प्रदाय नहीं किए।

नोटशीट में स्पष्ट लिखा गया था कि त्रुटिपूर्ण आपूर्ति, प्रशिक्षण न देना आदि से संबंधित ११७ प्रकरण महानिदेशक, फर्मों तथा आगंतुकों की उपस्थिति में, केंद्रों के प्रभारियों की कार्यशाला में दिए गए थे। इनका पूर्ण विवरण महानिदेशक को उपमहानिदेशक की उपस्थिति में दिनांक १७.४.९८ को प्रस्तुत किया गया था। यहाँ तक कि दिनांक ८.१२.९८ की बैठक के दिन तक (जिसमें मे.एच.सी.एल. के अधिकारी सर्व श्री पाल, जालपुरी, सत्यासी, त्यागी एवं रमेश उपस्थित थे) दुरुस्ती की संतोषजनक प्रगति नहीं हुई थी। इनका रख-रखाव निम्न कोटि का था, यह सब केंद्रों से आए विवरण से देखा जा सकता था, जिन्हें ठीक करने के लिए फर्म ने बार-बार कहा था, किंतु अभी तक शुरू भी नहीं किया था। हम बड़ी-बड़ी शिकायतें अब भी लगभग रोज प्राप्त कर रहे थे तथा दिनांक ३१.३.९८ तक सूचित शिकायतों पर भी कोई कार्यवाही नहीं हुई आदि। डॉ. ए.पी. सक्सेना को इन्हीं मदों पर फर्मों से मिलकर अनियमितता आदि के आरोप पर निलंबित किया गया था।

भ्रष्टाचार का कितनी तादाद में इसमें योगदान रहा, यह तो अंधकार में रहा, किंतु इतना निश्चित है कि इसमें बड़ों-बड़ों का हाथ रहा है। यह भी शंकास्पद रहा कि डॉ. अनवर आलम ने जो नोटशीट उनको तथा महानिदेशक डॉ. पड़ौदा को मार्क की थी, वह डॉ. पड़ौदा तक क्यों नहीं जाने दी, बल्कि दोनों को मार्क की गई नोटशीट में उनकी (महानिदेशक) भी टीप अपनी ओर से दे दी और वह भी एक ऐसी फर्म मे.एच.सी.एल. को, जिसने कहाँ-कहाँ माल सप्लाई हुआ था, न तो उसका विवरण दे रही थी और न ही उसकी परिषद् से ली गई पावती बार-बार माँगने पर भी दे रही थी। यह विवरण दोनों ओर से न मिल पाने के कारण जहाँ सामान बिल्कुल भी सप्लाई न किया गया हो, उसका भी पता लगाना संभव न था। फर्म एवं परिषद् दोनों की तरफ से सामान

सप्लाई का विवरण न देना भी संदेह की पुष्टि करता है कि यहाँ पर बड़ा घपला हुआ था, जिसके कारण डॉ. सक्सेना ने निलंबन की कार्यवाही भी झेल ली, फिर भी कंप्यूटर वितरण का विवरण नहीं दिया एवं फर्म मे.एच.सी.एल. पर काली सूची की तलवार लटकी रही, किंतु विवरण देने की जगह उन्होंने उपमहानिदेशक डॉ. आलम एवं महानिदेशक डॉ. पड़ौदा के साथ साँठ-गाँठ कर ली, पर कोई विवरण नहीं दिया। एक तरफ इसी मिलीभगत के लिए परिषद् के बड़े अधिकारी को निलंबित कर दिया तो दूसरी तरफ इसी मिलीभगत पर कार्यवाही के लिए मे.एच.सी.एल. को पूरी ताकत लगाकर काली सूची से बचा लिया गया। न केवल बचाया गया, बल्कि उसे ईमानदार एवं रुचि से कार्य करनेवाला बताया गया, जबकि डॉ. आलम ने ही मेरी दिनांक १३.४.९८ एवं १७.४.९८ की नोटशीट, जिसमें मैंने बताया था कि फर्म ने अधूरी सप्लाई की है, स्थापना नहीं की है, आदि को उपमहानिदेशक ने मंजूरी के साथ महानिदेशक को भेजी थी, जिसे महानिदेशक ने बहुत ही गंभीर माना था और आदेश दिया था कि पहले अपने स्तर पर फिर डॉ. पड़ौदा के साथ मे.एच.सी.एल की बैठक रखें। दिनांक २९.४.१९९८ की बैठक में मे. एच.सी.एल. ने विभिन्न केंद्रों को दिए गए कंप्यूटरों की पावती माँगने पर भी नहीं दी। दिनांक २९.४.९८ एवं २.५.९८ को भी डॉ. आलम के पास मे. एच.सी.एल. से दस्तावेज हेतु नोटशीट प्रस्तुत हुई थी। दिनांक १३.५.९८ को महानिदेशक, पूर्व एवं वर्तमान के उपमहानिदेशकों के साथ हुई बैठक में भी मैंने आपूर्ति को ठीक करने को बताया था, जिसे डॉ. आलम ने भी बैठक वृत को देखते हुए स्वीकृति दी थी। दिनांक १५.५.१९९८ को भी डॉ. आलम को मे. एच.सी.एल. की कंप्यूटर आपूर्ति का नोट प्रस्तुत किया गया था।

दिनांक २९.४.१९९८ को डॉ. आलम के साथ ली बैठक में भी मे. एच.सी.एल. से कंप्यूटर की २३१ केंद्रों पर आपूर्ति की लिस्ट माँगी गई थी। दिनांक १२.६.९८ को मे. एच.सी.एल. की कमियों का पत्र भी डॉ. आलम को एक नोट से प्रस्तुत हुआ था, जिसे उन्होंने देखा था। इस तरह बड़ी संख्या में अधूरे प्रदाय, वर्षों बाद भी बहुत ही कम की स्थापना (लगाना) जिससे ये पुराने पड़ गए, बहुत सारे कंप्यूटर एवं संबंधित उपकरण जो लगाए (स्थापित किए) गए थे, तुरंत ही खराब हो गए (अधिकांशतः सर्वर, मोडम, यू.पी.एस. आदि के साथ ऐसा हुआ था) और इन्हें पुनः चालू करने के प्रयत्न में मे. एच.सी.एल. बताने के बावजूद चालू नहीं कर रहा था। 'राउटर' तो कोई भी ठीक तरह से स्थापित नहीं किया गया था। इन सब बातों की जानकारी सचिव कृषि शिक्षा एवं अनुसंधान तथा परिषद् के महानिदेशक डॉ. आर.एस. पड़ौदा एवं परिषद् के उपमहानिदेशक डॉ. आलम को मौखिक, बैठकों में एवं लिखित रूप से प्रस्तुत भी की गई थी। इन्हें पूर्णतया यह मालूम था कि फर्म मे. एच.सी.एल. जान-बूझकर बदमाशी

कर रही थी, सुधारने में समुचित रुचि नहीं ले रही थी। फिर भी इस फर्म मे.एच.सी.एल. को काली सूची में रखने के प्रस्ताव को इन्होंने अमान्य कर दिया था, जिससे भ्रष्टाचार की पुष्टि हुई। कोई जाँच पूरी नहीं होने दी, मात्र जाँचकर कार्यवाही करेंगे, ऐसा नाटक सचिव करते रहे।

## कंप्यूटर नेटवर्क में हुए भ्रष्टाचार के अध्ययन की अनुसंधान परियोजना

इन कंप्यूटरों आदि की स्थिति, उनकी प्रदायकर्ता फर्मों की हेरा-फेरी, क्रेताओं (परिषद्) का भ्रष्टाचार, नेटवर्क की स्थिति आदि का खुलासा तो उस वृहद पाँच वर्षीय अनुसंधान परियोजना 'कंप्यूटर नेटवर्क का कृषि यंत्रीकरण पर प्रभावी सूचना वितरण का आँकलन' से हुआ, जो भारतीय कृषि अनुसंधान संस्थान दिल्ली के इंजीनियरी संभाग में वर्ष २००२ से २००६ में पूर्ण की गई थी। इस परियोजना में देश भर में फैले राष्ट्रीय कृषि अनुसंधान परियोजना (एन.ए.आर.पी) के सभी २३१ केंद्र, राष्ट्रीय कृषि तकनीकी परियोजना (एन.ए.टी.पी.) के सभी ४३७ केंद्रों के साथ ही कुछ अन्य केंद्रों का अध्ययन किया गया। इसमें सभी केंद्रों के बड़ी संख्या में तकनीशियन, वैज्ञानिक एवं विषय विशेषज्ञों ने भाग लिया। इन अनुसंधानों को समय-समय पर वैज्ञानिकों, विषय-विशेषज्ञों की टीम के समक्ष प्रस्तुत कर उनके द्वारा सतत मूल्यांकन किया गया।

इस परियोजना में कंप्यूटर नेटवर्क के उपकरणों के अध्ययन के साथ-साथ कंप्यूटर कमरों (कक्षों) की नेट हेतु तैयारी, लोकल एरिया नेटवर्क विकास, प्रशिक्षण आदि को भी सम्मिलित किया गया। कंप्यूटर विश्लेषण योग्य प्रोफॉर्मा बनाकर सभी केंद्रों में भेजा गया, वहाँ से प्राप्त जानकारी का विश्लेषण करने के बाद सत्यापन (डाटा कलेक्शन के समय पैदा होनेवाली समस्या) हेतु देशभर के विभिन्न केंद्रों का अन्वेषणकर्ता द्वारा भ्रमण कर मिलान किया गया, जिससे इ-गवर्नेंस की आंतरिक व्यथा-कथा का पता हो सके।

इस अनुसंधान के आँकड़ों का विश्लेषण भ्रष्टाचार की भयावह स्थिति को सामने लाता (दर्शाता) है। कंप्यूटर नेटवर्क से सूचना के आदान-प्रदान की वेबसाइट, इंट्रानेट, आदि से कंप्यूटरों में जो आँकड़े गए थे (जिनके लिए ये खरीदकर लगाए गए थे) उसमें सूचना का इंजीनियरी (यंत्रीकरण) क्षेत्र के ५५ प्रकरणों में स्थानांतरण कार्य 'शून्य' हुआ था।

### (अ) राष्ट्रीय कृषि अनुसंधान परियोजना

कई प्रकरणों में कंप्यूटर केंद्रों से बार-बार संपर्क करने पर जानकारी नहीं आई थी (या जान-बूझकर नहीं दी गई), जो जानकारी आई, उससे ज्ञात हुआ कि कंप्यूटर उपकरणों की ८४७ सप्लाई ६ माह बाद, २८७ की ७-१२ माह बाद, ८३ की १३-१८

माह बाद, ४७ की १९-२४ माह बाद हुई थी। बीस (२०) में तो सप्लाई या तो हुई नहीं या अधूरी सप्लाई रही। जहाँ तक कंप्यूटर लगाकर चालू करने की बात है, १०९ प्रकरण ६ माह तक, ६३१ प्रकरण ७-१२ माह तक, १९२ प्रकरण १३-१८ माह में, ८८ प्रकरण १९-२४ माह में, ३२ प्रकरण २५-३० माह में, १६ प्रकरण ३० माह से भी ज्यादा समय बाद एवं अभी तक (१० वर्ष बाद) भी १४४ प्रकरण स्थापित ही नहीं हुए थे। इतनी देर से सप्लाई एवं स्थापना करने से कंप्यूटर नेटवर्क अद्यतन तकनीकी से पुराने हो चुके थे और ये नेटवर्क से जुड़ने की क्षमता भी खो चुके थे। अनुसंधान में यह भी पाया गया कि बहुत से प्रकरण जैसे लैन सर्वर, यूनिक्स सर्वर, मोडम, यू.पी.एस. या तो स्थापित नहीं हुए या ऐसे थे कि स्थापना के तुरंत बाद ही अकार्यशील हो गए थे। इन्हें ठीक करने का प्रयत्न वारंटी अवधि होते हुए भी फर्म ने नहीं किया।

एक भी 'राउटर' स्थापित नहीं किया जा सका था। ए.सी. भी बिना स्थापना के लंबे समय तक पड़े रहे तथा जो व्ही-सैट प्रदाय किए गए थे, वे बहुत पुराने मॉडल के थे, जो कि कार्य से बाहर हो चुके थे, प्रदाय किए गए थे। वार्षिक रख-रखाव की व्यवस्था दस्तावेज में थी, किंतु वह पूर्ण नहीं किया गया था, जबकि इसी रख-रखाव को कम-से-कम रखने पर ही निविदा सबसे कमवाली कहलाई थी और इसी कारण इसे प्रदाय का आदेश दिया गया था। देर से प्रदाय या बिल्कुल न प्रदाय का कारण था कि आदेश के निकलते ही (बिना शिपमेंट के) ५० प्रतिशत राशि का भुगतान कर दिया गया था और शेष ५० प्रतिशत राशि का भी भुगतान बिना स्थापना, प्रशिक्षण एवं चलाए जाने का प्रमाण-पत्र लिए ही कर दिया गया था (जो निविदा शर्तों के विपरीत था)। बिना कंप्यूटर प्रदाय के ही बिक्री कर दे दिया गया था (जो भ्रष्टाचार की पराकाष्ठा थी)। बैंक गारंटी, लिक्विीडिटी डैमेज ठीक से डील नहीं किए गए थे। इसलिए प्रदायकर्ता फर्म को किसी भी समय सामान प्रदाय करने, न करने या किसी तरह (खराब गुणवत्ता) का भी देने की स्वतंत्रता मिल गई थी। जोर देने पर कुछ स्थापना एवं जो प्रशिक्षण वर्ष १९९५-९६ में होना था, वह वर्ष २००० में (जब कुछ था नहीं) देने की मात्र औपचारिकता की गई।

जुलाई, १९९५ में जो दस्तावेज नेशनल काउंसिल ऑफ सॉफ्टवेयर टेक्नॉलोजी, बंबई ने बनाए थे, उसमें जो स्पष्ट प्रावधान थे, उनका खुलकर उल्लंघन किया गया। यह कंप्यूटर नेटवर्क की नई वैज्ञानिक योजना थी, जिसके तहत पूरे देश की राष्ट्रीय कृषि अनुसंधान प्रणाली, जिसमें भारतीय कृषि अनुसंधान परिषद्, राज्य के कृषि विश्वविद्यालय, कृषि विज्ञान केंद्र, कृषि सहकारिता विभाग आदि में इंटरनेट, इंट्रानेट, आदि का विकास कर सूचना के आदान-प्रदान का प्रावधान था। इसलिए इस अनुसंधान परियोजना में गहराई से यह देखा जाना था कि किस तरह निविदा का चुनाव किया

गया, तकनीकी एवं वित्तीय निविदा का मूल्यांकन कैसे हुआ, राशि का भुगतान कैसे हुआ, निविदा एवं कंप्यूटरों का 'बेंचमार्क', स्तरीय तरीके से प्रमाणीकरण, दिए गए मूल स्थानों में कंप्यूटर की सप्लाई, प्रशिक्षण एवं बिक्री के बाद सेवा, समयावधि में सप्लाई, ठीक सेवा न देने पर दंड देना, लेटर ऑफ क्रेडिट का सही तरीके से लागू करना, सही तरीके से परिवहन आदि-आदि हुआ कि नहीं।

क्रय आदेश ठीक से 'बेंचमार्क' किए बिना ही दिया गया। इसी कारण इनके कार्यकारी प्रभाव पर बुरा असर पड़ा। न केवल अधिकांश कंप्यूटर उपकरण खराब रहे, बल्कि ए.सी., यू.पी.एस, कंप्यूटर आदि वर्षों तक डिब्बों में बंद ही पड़े रहे। अनुसंधान को पूर्ण करने हेतु निर्धारित प्रोफार्मा में जो जानकारी (सूचना) मँगाई गई थी, उसे देने में आनाकानी की जाती रही, जिसका कारण या तो खुद को किसी विवाद में फँसने का डर रहा है या वेंडर (सप्लायर) की गलती को छुपाना। यही बात पूर्व में भ्रमण के दौरान चर्चा करने के समय भी बहुत से केंद्रों में नजर आई थी। इनमें से कुछ केंद्र जैसे कृषि विज्ञान केंद्र सीधी, क्षेत्रीय कृषि अनुसंधान केंद्रों, भारतीय गन्ना अनुसंधान संस्थान लखनऊ आदि थे। इस तरह की प्रवृत्ति को ठीक करने के लिए अन्य केंद्रों को भी लिखा गया, जिससे वे सीख लेकर समय पर जानकारी दे सकें। इस अनुसंधान कार्य के कुछ अंशों को विभिन्न राष्ट्रीय एवं अंतरराष्ट्रीय स्तर की पत्रिकाओं में छापा गया, संगोष्ठियों में प्रस्तुत किया गया, रेडियो वार्ता हुई एवं दूरदर्शन पर भी टेलीकास्ट हुआ।

अनुसंधान के विशेष टीप कमेंट के रूप में जो बातें कही गई हैं, उनमें प्रमुख हैं कि फर्म जिन्होंने गलत सप्लाई, देर से सप्लाई, त्रुटिपुर्ण सप्लाई, स्थापना नहीं की, प्रशिक्षण नहीं दिया, वार्षिक रखरखाव नहीं किया आदि गलतियाँ की हैं, उन्हें भविष्य के काम के लिए काली सूची में रख दिया जाए। कंप्यूटर नेटवर्क का नया क्षेत्र है, इसमें जो कार्यक्रम चल रहे हैं, उनमें और अध्ययन की आवश्यकता है, जिससे कमियों को दूर किया जा सके। क्रय करने की साफ-सुथरी नीति हो, क्रय आदेश देने के बाद शर्तों में परिवर्तन न किया जाए। अधिकारी एवं कर्मचारी, जिन्होंने भी गलती की है, उन पर जिम्मेदारी निर्धारित कर दंड दिया जाए। अद्यतन कंप्यूटर एवं संबंधी उपकरण के मॉडल क्रय किए जाएँ। यद्यपि यह तकनीकी परियोजना के निविदा दस्तावेज में लिखा था, किंतु इसको भी ध्यान में नहीं रखा गया। यह इ-गवर्नेंस या सूचना तकनीकी नवीन विधा है और विकास के लिए इसकी महती आवश्यकता है, अतः इसमें पूर्ण हृदय से योगदान की आवश्यकता है।

### (ब) राष्ट्रीय कृषि तकनीकी परियोजना

अनुसंधान अध्ययन से पता चला कि इस परियोजना, जो १९९८ से चालू हुई में

कंप्यूटर आदि उपकरण काफी देरी से प्रदाय किए गए थे। यहाँ पर ६-१२ माह की देरी से १४९ प्रकरण, १३-१८ माह की देरी से १६ प्रकरण, १९-२४ माह की देरी से ३ प्रकरण एवं २४ माह से भी ज्यादा देरी से ६ प्रकरण पाए गए थे। प्रदाय न करना एवं अधूरे प्रदाय कुल ३ प्रकरणों में रहा। बिंदुवार जानकारी न देने के ५९ प्रकरण (प्रोफार्मा) पाए गए। प्रदाय के २ वर्ष बाद स्थापना (लगाकर चालू करने) की स्थिति के बारे में मिले आँकड़ों के अनुसार १३ प्रकरणों में जानकारी नहीं दी गई, १५० प्रकरण स्थापित ही नहीं किए गए, ७० स्थापित हुए, ३ प्रकरण प्रदाय न करने एवं अधूरे प्रदाय के रहे। इस तरह जो कंप्यूटर प्रदाय किए गए, उनमें अधिकांश लगाए (स्थापित) नहीं गए। जो दिए, उनमें से बहुत से इतनी देरी से दिए गए कि ये नेटवर्क के लिए पुराने हो गए थे या ठीक से कार्य करने लायक नहीं रहे। अनुसंधान से ज्ञात हुआ कि इस परियोजना के उपकरणों में तकनीकी खराबियाँ थीं। लेजर प्रिंटर में जैसे आर.जे. ४५ की आवश्यकता थी, परंतु उसकी जगह अलग से नेटवर्क एडाप्टर के साथ प्रिंटर शेयरर 'एक सहयोगी उपकरण' के रूप में दिया गया, जिससे समस्या हुई। प्रिंटर की मोटर बहुत गरम हो रही थी, बहुत से कंप्यूटरों में ए.जी.पी. कार्ड की समस्या थी, जिससे 'डिसप्ले' में दिखना समस्या थी। कंप्यूटरों में सी.डी. ड्राइव नहीं था अर्थात् सी.डी. लगाने की व्यवस्था न थी, जबकि सभी ऑपरेटिंग सिस्टम, एंटी वायरस आदि सी.डी. में ही दिए गए थे। पेंटियम २ कंप्यूटर प्रदान किया गया था, जबकि बाजार में पेंटियम ३ पूर्व से उपलब्ध था, क्रय आदेश देने के पूर्व 'तकनीकी' निविदा का मूल्यांकन (बेंचमार्क) नहीं किया गया था, इत्यादि त्रुटियाँ थीं। अन्य प्रमुख त्रुटियाँ, जो अध्ययन में पाई गई, उनमें प्रमुख रही निविदा में स्पष्ट प्रावधान होते हुए भी वार्षिक रख-रखाव फर्म ने नहीं किए, कंप्यूटर प्रदाय के पूर्व निरीक्षण प्रमाणीकरण नहीं हुआ, समुचित मूल्यांकन के बिना खरीदी आदेश दिए गए, यहाँ तक कि मूल्यांकन समिति के मूल्यांकन (बेंचमार्क) करने के बाद ही आदेश देने के स्पष्ट निर्णय को भी दरकिनार किया गया था।

विक्रय के बाद की सेवा (जिसकी सुविधा के आधार पर ही क्रय आदेश दिए जाते हैं) उपलब्ध नहीं थी, फिर भी क्रय आदेश दे दिए गए। परीक्षण के बाद ही कंप्यूटर आदि प्रदाय करना था, किंतु लेजरजेट, रंगीन प्रिंटर, वेब सर्वर, मॉडम वर्षों तक परीक्षण कर स्थापित नहीं किए गए थे। समुचित संख्या से ऐसे प्रकरण नहीं मिले, जिससे यह साबित होता कि कंप्यूटरों की स्थापना इसलिए नहीं की जा सकी, क्योंकि स्थापना की जगह तैयार नहीं थी। समुचित संख्या में ऐसे प्रकरण पाए गए, जहाँ विक्रेता या उनके प्रतिनिधि कंप्यूटर उपकरणों को स्थापित (लगाने) करने ही नहीं गए। अंतिम भुगतान के समय ४३७ केंद्रों के ५० प्रतिशत मदों (कंप्यूटरों) की स्थापना नहीं की

जा सकी थी। इतनी खराब स्थिति का आकलन करने हेतु गहन अध्ययन किया गया था। भ्रमण के समय एवं पुनर्मूल्यांकन में खराब स्थिति के बहुत से कारण सामने आए थे। इस कंप्यूटर नेटवर्क के लिए वर्ष १९९८-१९९९ में यहाँ राष्ट्रीय कृषि तकनीकी परियोजना में दो निविदा दस्तावेज (पहला कंप्यूटरों के लिए तथा दूसरा यू.पी.एस. को क्रय के लिए) परिषद् मुख्यालय के इंजीनियरी संभाग के सहयोग से प्रकाशित हुए थे। इसके पूर्व जुलाई, १९९५ में अनुसंधान परियोजना के अंतर्गत एक ही अंतरराष्ट्रीय निविदा क्रय हेतु तैयार की गई थी।

तीसरे स्तर की कंप्यूटर नेट उपकरणों के क्रय की निविदा नवंबर, २००० में फर्म राइट्स लिमिटेड द्वारा विज्ञापित की गई थी, जिसमें कुछ विशेष फर्मों के उत्पाद (नामजद) दिए गए थे? इस कारण यह पुनः संशोधित हुई। इस तकनीकी परियोजना में राशि फाइबर ऑप्टिकल केबल के विकास, कंप्यूटर कमरे की साज-सज्जा (धुएँ पहचान मापी, अग्नि सचेतक, विसक्तीकरण, दरी बिछाने का काम निर्माण इत्यादि), नेटवर्क हेतु प्रशिक्षण, समूहों के भ्रमण एवं योजना निर्माण आदि में खर्च हुआ। यद्यपि खराबी का कारण दोनों परियोजनाओं (तकनीकी एवं अनुसंधान) में एक तरह के थे, पर यह तकनीकी परियोजना में ज्यादा दिख रहा था। राज्य कृषि विश्व विद्यालय, कृषि विज्ञान केंद्र, परिषद् एवं इसके संस्थानों में राशि व्यवस्था अन्य मदों से भी की गई थी। अध्ययन का विषय निविदा प्रस्तुतकर्ताओं का चुनाव, निविदा का वितीय एवं तकनीकी मूल्यांकन, निरीक्षण पूर्व भुगतान का माध्यम, निविदा का बेंचमार्क, स्तरीय तरीके से प्रमाणीकरण, विशिष्ट उत्पाद का माल प्रदाय, बिक्री के बाद की सेवा, प्रशिक्षण, कंप्यूटरों का दिया गया विशिष्ट विवरण, समयबद्ध प्रदाय, सेवा ठीक न देने पर दंड, सही तरीके से लेटर ऑफ क्रेडिट का निपटाना, सही शिपमेंट आदि का क्षेत्र रहा।

सेवा एवं दी गई शर्तों के उल्लंघन के कारण भ्रष्टाचार, दंड आदि के अध्ययन से जो मुख्य मुद्दे सामने आए थे, वे इस प्रकार हैं—

नियम के विपरीत-गैर जिम्मेदार (नॉन रिसपॉन्सिव) बोली लगानेवाली फर्म को प्रदाय का आदेश दिया गया एवं माल का बिना 'बेंचमार्क' परीक्षण किए १० प्रतिशत राशि भी दे दी गई।

यद्यपि तकनीकी एवं वित्तीय दोनों ही निविदाएँ (बोली लगानेवाले दस्तावेज) मँगाई गई थी, जिससे क्रय आदेश देने के पूर्व (तकनीकी निविदा से) 'बेंचमार्क' परीक्षण कर लिया जाए, किंतु मूल्यांकन समिति के बाध्यकारी निर्णय के बावजूद निर्णय को दरकिनार करते हुए बिना 'बेंचमार्क' परीक्षण किए क्रय आदेश दे दिए गए।

बिना पूर्व परीक्षण या प्रमाणीकरण के (निविदा शर्त का उल्लंघन करते हुए), ७० प्रतिशत राशि भी दे दी गई थी।

स्थापना के समय दस्तावेज के प्रमाणीकरण का प्रोफोर्मा ही बदल दिया गया था।

जिस देश के मूल के उपकरण प्रदाय करने थे, उसको भी बदल दिया गया था।

प्रत्येक उपकरण प्रदाय के स्थान में जो प्रशिक्षण देने थे, उसको क्रय आदेश देने के बाद कम कर दिया गया और कई केंद्रों में प्रशिक्षण और स्थापना नहीं की गई।

कंप्यूटर एवं अन्य उपकरण, जो ग्राह्य परीक्षण में खरे नहीं उतरे थे, वे भी खरीद लिये गए थे।

बहुत देरी से प्रदाय और स्थापना (जो वर्ष १९९९ में होनी थी, वह वर्ष २००५ में जब यह अनुसंधान चल रहा था, तब तक भी नहीं पूर्ण हुई थी) की स्वीकृति दी गई एवं प्रदायकर्ता को जो दंड लगाया गया था, उसमें भी बिना कारण छूट दे दी गई थी।

लेटर ऑफ क्रेडिट देरी से एवं गलत तरीके से संशोधित कर लिया गया था, जिससे प्रदायकर्ता फर्म को सुविधा हो।

परिवहन वायुयान से होना था, उसे जलपोत से करने का बदलाव किया गया।

पुराने कंप्यूटर उपकरण प्रदाय किए गए थे एवं प्रावधान होते हुए भी 'आधुनिकतम श्रेणी के मॉडलों में अद्यतन डिजाइन जोड़कर' नहीं लिया गया था।

सी.डी. रोम ड्राइव नहीं दी गई थी, जबकि सभी मैनुअल एवं ऑपरेटिंग सिस्टम के मीडिया, एंटीवायरस इत्यादि सी.डी. में दिए गए थे।

अक्रियाशील कंप्यूटर उपकरण एवं उनके देरी से बदलने के कारण स्थापना देरी से करने का जो दंड था, वह ९ करोड़ रुपए बना था जो कि बैंक गारंटी एवं २० प्रतिशत शेष भुगतान से भी ज्यादा था, उसकी उगाही फर्म से करने की जगह उसमें छूट दे दी गई थी।

निविदा या बोली दस्तावेज में एक अत्यावश्यक बिंदु था, आगामी ५ वर्षों का 'वार्षिक रखरखाव एवं दुरस्ती' को नहीं लिया गया, यद्यपि 'नेट प्रजेंट वैल्यू' की छूट वेंडर (प्रदायकर्ता फर्म) को दी गई।

## अन्य मुद्दे

खरीदी विज्ञापन में जान-बूझकर देरी की गई, जिससे मार्च महीना नजदीक आ जाए।

निविदा बोली दस्तावेज के मूल्यांकन एवं जमा करने के स्थानों को बदला गया।

बोली दस्तावेजों का असंगत मूल्यांकन एवं मूल्यांकन समिति के इस निर्णय को न मानना कि क्रय आदेश एवं भुगतान देने के पूर्व 'बेंचमार्क' एवं ग्राह्यता परीक्षण कराया जाए।

कंप्यूटर क्रय की देरी से आपूर्ति को तब तक मान्य करना, जब तक कि उन्नत रूप पेंटियम ३ मॉडल बाजार में न आ जाए।

जो अधिकारी जिस निश्चित (निर्धारित) कार्य के लिए चयनित किए गए, उनको निर्धारित कार्यों से हटाते हुए उन अधिकारियों को नामांकित करना, जो इस कार्य की देखभाल-प्रबंधन हेतु चयन के समय पूर्णतया अनुपयुक्त पाए जाने पर छाँटकर अलग फेंक दिए गए थे।

व्यक्ति विशेष की रुचि पर बनाई गई समिति से प्रबोधन (मॉनीटरिंग) कराना, यहाँ तक कि इस विषय पर बोली दस्तावेज की मूल्यांकन समिति के निर्णय पर ध्यान ही नहीं रखा या विचार ही नहीं किया।

भ्रमण एवं संपर्क कर प्रबोधन (मॉनीटरिंग) कराने में अवरोध पैदा किया गया।

त्रुटिपूर्ण आपूर्ति को पहले माना एवं स्वीकार किया गया (अधूरे कलपुरजे हिस्सेवाले को) बाद में उन्हीं कलपुरजों को फर्म से लेने या वसूलने की जगह पुनः अलग राशि से खरीदकर उन्हें (आपूर्ति को) पूर्ण बनाया गया।

कर्मचारियों को कार्य से हटाना या अलग कर देना, जिससे पत्राचार एवं प्रबंधन न हो।

सर्वर से प्रबंधक के प्रबोधन (मॉनीटरिंग) इ-मेल को भेजने से रोक देना।

प्रबोधन (मॉनीटरिंग) की सुविधा को रोक देना।

असंबद्ध अधिकारी को प्रशिक्षण के प्रमाणीकरण हेतु अधिकृत करना (मानना) एवं कार्य में लगाना।

एक तरफ प्रदायकर्ता फर्म ने कंप्यूटर उपकरण बिना पूर्व जाँच के परिवहन किया एवं दूसरी तरफ फर्म एस.एन.आई.एस. (मे.सीमेंस निक्सडार्फ इन्फॉर्मेशन सिस्टम लिमिटेड) ने परीक्षणकर्ता नेशनल इन्फॉर्मेटिक्स सेंटर को परीक्षण का शुल्क न देकर यह खरीददार (परिषद्) द्वारा दिया गया।

प्रथम में प्रदायकर्ता फर्म ने खराब कंप्यूटर उपकरण पटक दिए। इसके बाद इसे 'नामित जाँच एजेंसी से जारी होनेवाला जाँच प्रमाण-पत्र' लेने से छूट दे दी गई (इस मद में देनेवाली राशि से भी फर्म बच गई)। इस तरह १० प्रतिशत राशि का प्रारंभिक भुगतान बिना पूर्व परीक्षण, बिना बेंचमार्क, ग्राह्य परीक्षण, रेफ्रेंस परीक्षण प्रावधान के अनुसार, जिसका बोली दस्तावेज मूल्यांकन समिति में एवं दस्तावेजों में था, उसको दरकिनार करते हुए कर दिया गया।

यद्यपि बोली दस्तावेज की शर्तों में स्पष्ट प्रावधान कर दिया गया था कि 'निविदा में जमा करने की अंतिम तिथि के बाद कोई संशोधन नहीं होगा' इसके बाद भी प्रमाणीकरण प्रोफोर्मा, प्रशिक्षण के स्थानों की संख्या आदि में संशोधन या बदलाव फर्मों

को अवैधानिक लाभ देने के लिये किया गया।

इस तरह जो भ्रष्टाचार कंप्यूटर उपकरणों के क्रय हेतु बिना बेंचमार्क (तकनीकी विवरण, रिसपांसिवनेस या उत्तरदायी) के किया गया, वह बेंचमार्क परीक्षण का दिखावा बाद में किया गया, जिससे यह दिखाया जा सके कि सभी औपचारिकताएँ पूर्ण की गई हैं, जबकि यदि 'बेंचमार्क' पूर्व में किया जाता तो न केवल तकनीकी आधार पर फर्म अलग हो जाती, बल्कि नान-रिस्पॉन्सिव होने पर (क्योंकि वह ८० प्रतिशत सुरक्षा राशि, जो डॉलर में देनी थी, जिसे उसने रुपयों में दी थी) उसे पूर्व में ही अस्वीकृत कर दिया जाता।

## भ्रष्टाचार की पूर्वापेक्षा

मैं एक जंगल में स्थित गाँव में पैदा हुआ, पला एवं बढ़ा। बचपन में गाँव के जंगल में शेर, चीता, भालू आदि जानवर रहा करते थे। जब मेरे पिताजी जीवित थे तब लगभग १०० गायें हमारे पास थीं उनकी रक्षा के लिए एक देशी (भरमार) बंदूक लाइसेंस पिताजी ने लेकर रखा था। यह वर्ष १९५१ के लगभग की कहानी है। उनके मरने के बाद गायों की रखवाली माँ के जिम्मे आई और वे बंदूक का सही इस्तेमाल न कर सकीं तथा कुछ ही वर्षों में गायों का सफाया शेर द्वारा हो गया। गाँवों के जंगलों के शेरों के बारे में एक मशहूर कहावत प्रचलित थी कि जब शेर के मुँह में मानव का खून लग जाता है या वह नरभक्षी हो जाता है, तब उसके सामने यदि शिकारी बंदूक लिये खड़ा हो, तब भी वह उस पर आक्रमण करता है, यह समझते हुए भी कि उसको मारा जा सकता है। बिलकुल यही स्थिति भ्रष्टाचार के बारे में है। जब आदमी भ्रष्टाचार में लिप्त हो जाता है तो वह यह नहीं सोचता है कि उसे भ्रष्टाचार में पकड़ा भी जा सकता है (वैसे आज स्थिति यह है कि भ्रष्टाचारी भ्रष्टाचार करके न केवल बच निकलता है, बल्कि सरकारी पदों पर पदोन्नति भी लेता रहता है एवं ईमानदार अधिकारियों को नौकरी से भी निकलवा देता है)। इस तरह भ्रष्टाचार की पड़ी हुई लत बढ़ती ही जाती है और सभी सीमाएँ लाँघकर आदमी भ्रष्टाचार का नंगा नाच करने लगता है। भ्रष्टाचार की यही स्थिति राष्ट्रीय कृषि तकनीकी परियोजना (एन.ए.टी.पी.) १९९८-९९ में विश्व बैंक से प्राप्त लगभग १००० करोड़ रुपए में चालू हुई। यह राशि कई मदों में खर्च होने के साथ कंप्यूटर नेटवर्क (कंप्यूटर उपकरण लेने, कक्ष सुधार आदि) में लगभग २०० करोड़ रुपए खर्च का प्रावधान था, जिसमें लगभग २० करोड़ रुपए कंप्यूटर क्रय हेतु थे। इस १००० करोड़ रुपए को खर्च करने हेतु परियोजना प्रबंधन समिति (प्रोजेक्ट मैंनेजमेंट कमेटी-पी.एम.सी.) बनी थी, जिसमें एक मात्र सहायक महानिदेशक कंप्यूटर होने के कारण मैं भी एक सदस्य था।

इस परियोजना में कंप्यूटर नेटवर्क व्यवस्था हेतु पूरा-पूरा एक सेल बन चुका था, जिसमें विधिवत कृषि वैज्ञानिक चयन मंडल से चुने गए सहायक महानिदेशक (कंप्यूटर सूचना प्रणाली-कृषि अनुसंधान सूचना प्रणाली कृ.अ.सू.प्र.) के रूप में मैं और मेरे साथ परिषद् मुख्यालय में एक पूरा-पूरा सेल था, जिसमें सभी स्तर के वैज्ञानिक, तकनीशियन, कंप्यूटर विशेषज्ञ आदि सम्मिलित थे। इस तरह कंप्यूटर नेटवर्क को पूरे देश में फैलाने हेतु विधिवत रूप से मात्र मैं चयनित हुआ था।

इसके बावजूद परिषद् में ज्ञात हो चुका था कि मैं भ्रष्टाचार नहीं होने दूँगा। वैसे भी परिषद् में ऐसे कार्यों में बड़ी चतुराई के साथ समिति बनाई जाती थी, जिससे निर्बाध रूप से भ्रष्टाचार किया जा सके। पूर्व में भी डॉ. एस.एल. मेहता, जो उपमहानिदेशक (शिक्षा) थे, को इस कंप्यूटर नेटवर्क व्यवस्था कार्य में तथा डॉ. ए.पी. सक्सेना को परियोजना निदेशक मनोनीत कर बिना नेटवर्क की योग्यता रखे इस कार्य में लगा दिया गया था। इन्हें कोई वैधानिक अधिकार भी नहीं थे।

## परिषद् में कार्य संपादन हेतु समिति 'इकाई' के चयन में चालाकी

इसी तरह इस बार विधिवत रूप से बनी 'कंप्यूटर नेटवर्क (कृ.अ.सू.प्र.) सेल छोड़कर अलग से इस तकनीकी परियोजना में उन्हीं लोगों को छाँट-छाँटकर अलग सेल (परियोजना क्रियान्वयन इकाई—पी.आई.यू.) में लगाया गया, जो कहीं से अस्वीकृत हो चुके थे या एक स्थान पर अवधि पूर्ण होने के कारण इनको असम, नागालैंड, अंडमान-निकोबार द्वीप (काला पानी) आदि जैसे पिछड़े इलाकों में काम करने जाना पड़ता या किसी भ्रष्टाचार की जाँच में फँसकर प्रताड़ित होनेवाले थे, उन्हें लिया गया। उनको उपकृत करते हुए यहाँ बड़े-बड़े पदों पर नियुक्त करने की प्रक्रिया डॉ. आर.एस. पड़ौदा सचिव भारत सरकार एवं महानिदेशक भा.कृ.अ.प. द्वारा चालू हुई। कंप्यूटर नेटवर्क में जिस व्यक्ति को कृषि वैज्ञानिक चयन मंडल (कृ.वै.च.मं.) ने अयोग्य पाते हुए साक्षात्कार के समय 'पैनल' में भी रखने के योग्य नहीं समझा था और अस्वीकृत किया था, जिसका दिल्ली में घर था, किंतु वह यहाँ से ७०० कि.मी. दूर भोपाल में नियुक्त था, ऐसे व्यक्ति डॉ. जे.पी. मित्तल, जिसे पिछड़े इलाकों (काला पानी) में पदस्थ होना पड़ सकता था, को उपकृत करते हुए राष्ट्रीय संयोजक (इंजीनियरी) के रूप में इस सेल में रखा गया। डॉ. के.पी. अग्रवाल, जो बियाबान जंगल में स्थित केंद्रीय बकरी अनुसंधान संस्थान मकदूम, मथुरा में पदस्थ थे, जिसके निर्माण के समय मैंने अपनी सेवा के प्रारंभ के वर्ष (१९७६-१९७७) में इसका सर्वेक्षण किया था, यह जंगल ऐसा था, जहाँ रहना तो दूर वहाँ जाने के भय से कम्पन छूटता था, वहाँ रहना 'काले पानी' (जिसे अंग्रेजों के जमाने का आजन्म कारावास में रहने की गंदी जगह के

समकक्ष माना जाता था) के दंड जैसा था। इसे अपने बच्चों को पढ़ाना था, अतः किसी तरह वहाँ से वह बाहर आना चाहता था। डॉ. पड़ौदा को तो ऐसे ही याचक की आवश्यकता थी और उसे यहाँ (दिल्ली) लाकर परियोजना क्रियान्वयन इकाई में, रा.कृ.त.प. का राष्ट्रीय संयोजक बनाकर रख लिया था।

तीसरे अधिकारी डॉ. आर.के. गुप्ता, जो १९९५ में अच्छी चापलूसी के कारण सहायक महानिदेशक मनोनीत् कर दिए गए थे, परंतु समस्या हो गई थी। उन्हें काला पानी (अंडमान-निकोबार द्वीप समूह) जैसे स्थानों में भी भेजा जा सकता था, को उपकृत करने के लिए इस इकाई में राष्ट्रीय संयोजक के रूप में पदस्थ किया गया था। इस उपकार के कारण ये अंधभक्त हो गए थे, माई-बाप मानने लगे थे और कोई भी भ्रष्टाचार करने के लिए तैयार थे। डॉ. जी.एल. कौल, जो छोटे पद पर किसी पिछड़े इलाके (काला पानी) में पदस्थापना में जाने हेतु प्रतीक्षारत थे, उन्हें इसके सर्वोच्च विशेष कर्तव्यस्थ अधिकारी के पद पर मनोनीत किया गया, जिससे वे उपकृत होकर कुछ भी भ्रष्टाचार करने को तैयार रहे। फाइलों को बेतरतीब कर मैनुपुलेट करनेवाले चतुर खिलाड़ी श्री कन्हैया चौधरी अवर सचिव को इसमें रखा गया। इससे भी आगे बेशर्मी की हद पार करते हुए डॉ. कौल के सेवानिवृत्त होने पर, डॉ. आर.एस. पड़ौदा ने अपने 'जाट बंधु' डॉ. गजेंद्र सिंह (जो पूर्व के कंप्यूटर घपलों में केंद्रीय अन्वेषण ब्यूरो-के.अ.ब्यू. की जाँच में फँसे थे एवं जिसके कारण वह इसी के समकक्ष पद उपमहानिदेशक बने) को छोड़कर विदेश भाग गए थे, को चुनकर घोटालों की पूर्ति की चाल चली थी, किंतु के.अ.ब्यू. ने उन्हें 'जाँच के चलते' राष्ट्रीय निदेशक पद देने से असहमति दे इनकार कर दिया। इस पद पर चुनने हेतु महानिदेशक डॉ. पड़ौदा ने वैज्ञानिक चयन मंडल के स्थापित मानकों जैसे अधिकतम कितने व्यक्तियों को साक्षात्कार हेतु बुलाना है, निर्धारित योग्यता आदि को ताक पर रख दिया था।

इसमें जिन केंद्रों में कंप्यूटर नेटवर्क उपकरण प्रदान किए जाने थे, उनमें कुछ का नमूने के रूप में भ्रमण कर वहाँ की वस्तुस्थिति देखनी उचित थी। इस संदर्भ में जब मैं वहाँ जाना चाहता था, तब डॉ. आलम उपमहानिदेशक ने इसको मान्य नहीं किया। खर्च करने का हवाला भी मैंने १४.७.१९९८ को हैदराबाद एवं कोयंबटूर को द्वितीय श्रेणी (सामान्य) से यात्रा कर लगभग १००० रुपए कुल खर्च करने के बाद उन्हें लिखा था कि इसी तरह की यात्रा करके मैं कम खर्च से कुछ केंद्रों का भ्रमण कर लूँगा, जिसमें दो उद्देश्य थे कि पूर्व में जो कंप्यूटर उपकरण दिए गए थे, उनकी स्थिति देखना एवं वर्तमान में प्रदाय के लिए तैयारी की वस्तुस्थिति से अवगत होना, किंतु इस पर भी वे तैयार न हुए। उन्होंने लिखा कि जब खरीदी हो जाए, तब जाएँ, साथ ही लिखा कि सामान्य द्वितीय श्रेणी में मुझे परेशानी होगी और मेरा स्वास्थ्य खराब होगा, जबकि

अकूत राशि भ्रमण मद में यहाँ उपलब्ध थी, वे कह सकते थे कि मेरे समकक्षों की तरह मैं उच्च श्रेणी या वायुयान से यात्रा करूँ। इस तरह से कंप्यूटर उपकरणों की प्रदाय या देखभाल से भी मुझे दूर रखना चाहते थे, जिससे भ्रष्टाचार का खुलासा न हो।

## भ्रष्टाचार निर्बाध चलाने हेतु अवैध इकाइयों का गठन

कार्य संपादन हेतु व्यवस्था परिषद् मुख्यालय में बनाई गई थी। इस व्यवस्था को पूर्ण करने के बाद, जो विधिवत् इस कार्य को करने हेतु 'कंप्यूटर सेल' या कृषि अनुसंधान सूचना प्रणाली (कृ.अ.सू.प्र.) सेल, इंजीनियरी संभाग में बना था, उसे वहाँ से मात्र कंप्यूटर आदि की प्राप्ति हेतु (Procurement of Computer & Peripherals) अंतरराष्ट्रीय प्रतिस्पर्धा निविदा प्रदाय कर कार्यवाही करने की बोली दस्तावेज (Bidding Document) बनाकर, खरीदी प्रक्रिया व्यवस्था को तहस-नहस कर दिया गया। इस हेतु इसकी गतिविधियों को नए सेल पी.आई.यू., (परियोजना क्रियान्वयन इकाई) जिसमें कोई भी विधिवत चुना नहीं गया था, में स्थानांतरित कर दिया गया, जिससे मनचाहा भ्रष्टाचार किया जा सके। इस कार्य हेतु जहाँ पूर्व में पूरी व्यवस्था इसी कंप्यूटर सेल से ही की जानी थी, उसमें पूर्णतया परिवर्तन कर दस्तावेज में केवल इतना लिखा गया कि 'योग्य बोलीकर्ता' (Eligible Bidders) आगे की जानकारी एवं बोली दस्तावेज की जाँच दिल्ली के कृषि भवन में परिषद् के सहायक महानिदेशक कृषि अनुसंधान सूचना प्रणाली (Agricultural Research Information System-ARIS) के कार्यालय से प्राप्त कर सकते हैं। इसमें मेरा फोन, बैठक कक्ष संख्या, फैक्स, इ-मेल आदि भी दे दिया गया था। बाकी सभी कार्य नए सेल को दे दिया। यह सब मेरी जाँच की कार्यशैली से घबराकर किया गया था, चूंकि पहले के विज्ञापन में मेरे अधीन यह सब कार्य थे अतः इस अंतर्राष्ट्रीय विज्ञापन को भी रद्द कर पुनः विज्ञापन कराया गया था।

दिनांक २०.७.१९९८ को मैंने एक नोटशीट प्रस्तुत कर भ्रष्टाचार रोकने हेतु डॉ. आलम से कहा था। महानिदेशक डॉ. पड़ौदा से अनियमितता रोकने, बेंचमार्क करने, समय पर विज्ञापन निकालकर क्रय करने, जिससे जल्दी-जल्दी में मार्च आने का बहाना करके पेमेंट शीघ्र न किया जाए आदि पर ध्यान दिलाया। इस पर चर्चा करने हेतु डॉ. आलम उपमहानिदेशक तथा सूचना विकास प्रणाली के डॉ. पड़ौदा द्वारा बनाए गए प्रभारी को लिखा कि महानिदेशक से चर्चा कुछ मिनट की जाए, किंतु डॉ. आलम ने यह भी घुमा-फिराकर नहीं किया। इसमें पुराने व्ही सैट क्रय करना भी था। मेरे टेलीफोन पर एस.टी.डी. सुविधा देने की प्रक्रिया चालू हुई थी, क्योंकि मुझे देश भर के ४३७ केंद्रों का मूल्यांकन करना होता था। यह नस्ती डॉ. आलम, डॉ. पड़ौदा के

पास गई थी, किंतु यह भी नहीं किया गया, जबकि कई सहायक महानिदेशकों के पास यह सुविधा दी गई थी। मेरे द्वारा २२.७.१९९८ को लिखी नोटशीट पर इन दोनों ने सापेक्ष टीप की थी, परंतु यह सुविधा नहीं दी गई, जिससे मैं मूल्यांकन न कर सकूँ। दिनांक २४.७.१९९८ को मैंने नोट प्रस्तुत किया था कि राष्ट्रीय कृषि अनुसंधान परियोजना में सैकड़ों सदस्य हैं, जो विभिन्न समितियों में रखे गए हैं, जबकि मेरा (सहायक महानिदेशक-सूचना प्रणाली का) कहीं जिक्र नहीं है, जो एकमात्र चुना, अधिकारी है। इस पर उप-महानिदेशक एवं विशेष कर्तव्यस्थ अधिकारी ने कोई निर्णय नहीं लिया, जिससे मैं उनके भ्रष्टाचार के पथ में बाधा न बनूँ, यद्यपि बाद में परियोजना प्रबंधन समिति में कुछ दिन मुझे विशेष आम सदस्य के रूप में बुलाया गया।

## भ्रष्टाचार करने हेतु दस्तावेज एवं विज्ञापन में बदलाव

विज्ञापन दिनांक २०.८.१९९८ में पूर्ण दस्तावेज ठीक करके परियोजना क्रियान्वयन इकाई पूसा की जगह 'परिषद् के उपमहानिदेशक' (इंजीनियरी) के कार्यालय कृषि भवन में जमा करने को लिखा गया था। यह विज्ञापन विभिन्न प्रकार के यू.पी.एस., जो १ घंटे की क्षमतावाले थे, के लिए था। इस तरह इस विज्ञापन में दस्तावेज को देखने से लेकर उन्हें पूर्ण करने का स्थान परिषद् के इंजीनियरी संभाग में था। परिषद् के इंजीनियरी विभाग में रहते हुए विगत ८-१० माह में मैंने पूर्व क्रय किए हुए १२ केंद्रों के २१० कंप्यूटर उपकरणों का अध्ययन कराया था और इसमें करोड़ों रुपयों के घपले उजागर हुए थे। इसे देखते हुए डॉ. पड़ौदा द्वारा यह समझा गया कि यदि इंजीनियरी विभाग में कंप्यूटर उपकरणों की खरीदी की व्यवस्था की गई तो भले ही तकनीकी दृष्टि से माल सही मिले, किंतु घपले नहीं किए जा सकेंगे। तुरत-फुरत विज्ञापन को अक्रिय करते हुए दस्तावेज में बदलाव किया गया कि पूर्ण किए गए दस्तावेज विशेष कर्तव्यस्थ अधिकारी (राष्ट्रीय कृषि तकनीकी परियोजना) के कार्यालय पूसा में जमा किए जाएँ और पुनः विज्ञापन जारी किया गया।

## तकनीकी एवं वित्तीय मूल्यांकन में घोल-मेल

दस्तावेज खोलने के पूर्व २८ जुलाई को एक समिति की बैठक हुई थी। उनके अनुसार मैंने विशेष कर्तव्यस्थ अधिकारी (वि.क.अ.) डॉ. कौल को ३०.७.१९९८ को लिखा था कि दस्तावेज दो अलग-अलग लिफाफे में आएँगे एवं एक दस्तावेज को खोलकर पहले तकनीकी मूल्यांकन किया जाएगा। यदि वह सही नहीं पाया जाता है, तब उसका वित्तीय दस्तावेज नहीं खोला जाएगा एवं अगला बिड दस्तावेज लिया जाएगा तथा बेंचमार्क की विधि अपनाई जाएगी। यह पुराने अनुभव को देखते हुए भी

आवश्यक है। दिनांक ३०.७.१९९८ को डॉ. सेशागिरी महानिदेशक राष्ट्रीय सूचना केंद्र भारत सरकार का ऐसी व्यवस्था संबंधी पत्र भी डॉ. पड़ौदा महानिदेशक परिषद् को आया था। दिनांक ४.८.९८ को डॉ. आलम उपमहानिदेशक की स्वीकृति के बाद, महानिदेशक राष्ट्रीय सूचना केंद्रों को एक पत्र 'बेंचमार्क' एवं जाँच करने की सुविधा बाबत लिखा गया था। २० प्रतिशत 'व्ही सेट' खराब होने पर मैंने डॉ. आलम को लिखा, जिसे उन्होंने २५.८.९८ को महानिदेशक सूचना केंद्र को लिखा। परिषद् के अलग से 'डोमेन' नाम देने की बाबत् १२.८.९८ को मैंने नोटशीट प्रस्तुत की, जिसे उप-महानिदेशक एवं महानिदेशक ने तुरंत मान्य किया था एवं सूचना केंद्र के महानिदेशक को बार-बार लिखकर इसे ठीक कराया था। परिषद् के महानिदेशक को १२.८.१९९८ को राष्ट्रीय सूचना केंद्र के महानिदेशक ने पत्र लिखकर कंप्यूटरों की अपूर्ण आपूर्ति, बेंचमार्क, लैन का कार्य, चौबीसों घंटे इंटरनेट की सुविधा, आपसी अनुबंध आदि के लिए लिखा था।

इस तरह पुनः विज्ञापन दिनांक २.१०.१९९८ को हुआ, जिसमें 'बिड' खोलने की तिथि १७.११.१९९८ तथा मूल्यांकन १०.१२.९८ को निर्धारित हुआ। इस तरह क्रय करने की व्यवस्था 'परियोजना मूल्याँकन इकाई', जहाँ कोई भी विधिवत चयनित अधिकारी (विशेषज्ञ) नहीं थे, में किया गया एवं इंजीनियरी संभाग, जहाँ कंप्यूटर तथा इसकी इंजीनियरी के न केवल विशेषज्ञ थे, बल्कि कंप्यूटर सेल एवं पूरी टीम थी, उसको क्रय व्यवस्था से दूर रखा गया और भ्रष्टाचार (घपला) करने की तरह-तरह की तकनीकी अपनाई गई, जो फाइल नोटिंग (टीप) से स्पष्ट है।

कंप्यूटर उपकरण क्रय की कोई स्पष्ट फाइल नहीं बनाई गई थी। एक-एक नोटशीट लेकर चतुर खिलाड़ी श्री कन्हैया चौधरी टीप लिखवाते थे एवं जो उन्हें भ्रष्टाचार हेतु उचित लगती थी, वह लगाते थे, जो ठीक नहीं लगती थी, उसे फेंक देते थे। यही नहीं, कोई 'कार्य स्वीकृति' बाद में ली, किंतु आवश्यकता को देखते हुए इसे पूर्व में दिखाया। पूरी फाइल अवलोकन से स्पष्ट हुआ कि यह नस्ती 'कहीं की ईट कहीं का रोड़ा' को मिलाकर 'भानमती का कुनबा जोड़ा' बनाया गया है।

दिनांक ९.९.९८ को जो नोटशीट तैयार की गई थी, उसमें विशेष कर्तव्यस्थ अधिकारी डॉ. जी.एल. कौल का घालमेल था, जो मैंने पहले उन्हें लिखा था, फिर इसे अब उपमहानिदेशक एवं महानिदेशक के सामने प्रस्तुत किया था। इसमें मैंने बताया था कि बिना कारण हम विश्व बैंक को दस्तावेज देने में देरी कर रहे हैं, बेंचमार्क का जिक्र नहीं कर रहे, वार्षिक रखरखाव आदि का जिक्र नहीं कर रहे। इस पर महानिदेशक ने कोई कार्यवाही करने की जगह लिखा था कि इसमें मुझे क्या करना है। लिखने की जगह व्यक्तिगत चर्चा कर लेनी ठीक होती, जबकि जान-बूझकर दस्तावेज के विज्ञापन

में देरी की जा रही थी एवं पहले विज्ञापन की जगह दूसरे विज्ञापन की आवश्यकता ही नहीं थी। १४.१२.९८ के पत्र में मैंने विशेष कर्तव्यस्थ अधिकारी को याद दिलाया था कि दोनों महानिदेशक (सूचना केंद्र तथा परिषद्) के निर्णयानुसार बेंचमार्क, खरीददारी का एजेंट, प्रशिक्षण आदि पर समयानुसार समुचित निर्णय लेकर कार्यवाही करनी होगी। दिनांक ५.१०.९८ की बैठक, जिसमें दोनों (परिषद् एवं सूचना) महानिदेशक के साथ १६ व्यक्ति थे, ने 'व्ही सेट' पर व्हाइट पेपर, बेंचमार्क, चौबीसों घंटे इंटरनेट आदि करने के फैसले लिए। दिनांक १३.११.९८ को दस्तावेज खोलने हेतु ४ सदस्यों की समिति बनी थी, जिसमें न कोई अध्यक्ष था, न कोई सदस्य सचिव, जबकि २४.९.९८ को भी यही समिति बनी थी, जिसमें नियमानुसार अध्यक्ष एवं सचिव थे। इस समिति ने दस्तावेज खोले, जो तकनीकी समिति को मूल्यांकन हेतु दे दिए गए।

दिनांक २७.११.९८ को मेरा एक इ-मेल भी डॉ. जी.एल. कौल को गया था, जिसमें उन्हें बेंचमार्क करने के बाद ही क्रय आदेश देना था इस पर डॉ. आलम ने चर्चा के लिए लिखा था। इस इ-मेल में जो बिड दस्तावेज खोलने से अब तक समस्या थी वह बताई गई थी, पर वह पूर्णतया ठीक नहीं की गई। महानिदेशक रा.सू.के. डॉ. एन. सेशागिरी ने दिनांक १०.१२.९८ को डॉ. पड़ौदा महानिदेशक को लिखा कि आपके यहाँ दिनांक ५.१०.९८ को हुई बैठक का वृत्त मिला। मुझे खुशी है कि आपके यहाँ तकनीकी मार्गदर्शन, बेंचमार्क, योजना मद से कंप्यूटर क्रय, प्रशिक्षण आदि के लिए विश्व बैंक के तहत जो खरीदी हो रही है, उसमें हमारा सहयोग चाहा है। आप चाही निधि जमा करा दें, हम 'टर्न-की' के आधार पर समयबद्ध योजना के तहत यह कार्य सम्पन्न कर देंगे।

तात्पर्य था कि न केवल 'बेंचमार्क' का अति महत्त्वपूर्ण कार्य, बल्कि अन्य कार्य; जो नेटवर्क से संबंधित था, वह एक शासन (मंत्रालय) से दूसरे शासन के विभाग स्तर पर राशि हस्तांतरण कर हो जाएगा एवं परिषद् की चौकड़ी को भ्रष्टाचार का मौका नहीं मिलेगा।

इस नस्ती की प्रथम टीप दिनांक १७.११.९८ में ही उप सचिव श्री कन्हैया चौधरी ने दस्तावेज (तकनीकी एवं वित्तीय बिड्स) खोलनेवाले कमेटी के सदस्य डॉ. जे.पी. मित्तल की अनुपस्थिति का कारण बताते हुए खुद उनकी जगह श्री संजय कुशवाहा को लगा दिया है एवं यह भी टीप लिखी कि उच्च अधिकारी से उन्होंने चर्चा की है, किंतु उस उच्च अधिकारी से अपनी टीप के बाद स्वीकृति हस्ताक्षर भी नहीं लिये हैं। इस स्वयंभू निर्णयवाली नोटशीट में नीचे भी कुछ नहीं लिखा (जगह खाली छूटी हुई है एवं पृष्ठ संख्या भी काटकर लिखी गई)। यह बहुत महत्त्व का एवं बड़ा निर्णय था जिसमें डॉ. मित्तल का भ्रमण कार्यक्रम स्थगित कर कार्य कराया जाना था, किंतु एक तकनीशियन को एक इंजीनियरी के वैज्ञानिक (राष्ट्रीय संयोजक) से बदला गया था, जो बिना सक्षम

अधिकारी के नहीं होना था। इसके बावजूद किसी ने कहीं भी इस नोटशीट पर आपत्ति दर्ज नहीं की, क्योंकि सभी को ज्ञात था कि यह व्यक्ति (श्री कन्हैया), डॉ. पड़ौदा, सचिव द्वारा विशेष रूप से नियुक्त व्यक्ति था और कहा जाता था कि उसे सीधे मार्गदर्शन वहीं से मिलते थे। उसकी प्रस्तावित नोटशीट को ही लगभग मान्य माना जाता था। कोई इस पर आपत्ति दर्ज करने की कम ही हिम्मत जुटा पाता था।

दिनांक २८.११.९८ की नोटशीट में यह लिखा है कि समिति में फेर-बदलकर राष्ट्रीय संयोजक की जगह तकनीकी अधिकारी को रखकर क्रय दस्तावेजों को खोला गया था, किंतु इस बदलाव में किस अधिकारी से चर्चा कर अनुमति ली गई थी वह भी नहीं लिखा। उसने यह भी लिखा है कि निर्धारित प्रक्रिया के अनुसार तथा बोली दस्तावेज में बताए अनुसार एक फर्म सी.एम.सी. को स्वीकार नहीं किया गया, किंतु यह नहीं लिखा कि निर्धारित प्रक्रिया में जो था एवं बोली दस्तावेज (Bid Document) में जैसा दिया था कि तकनीकी एवं वित्तीय बोली दस्तावेज मँगाए गए थे, मात्र वित्तीय दस्तावेज प्रस्तुत किए और इसी पर निर्णय लिया था और इसी टीप में दिया था कि सक्षम अधिकारी (विशेष कर्तव्यस्थ अधिकारी) की अनुमति से उसने ऐसा किया, किंतु उस सक्षम अधिकारी की अनुमति भी कहीं नहीं प्रस्तुत की थी।

समिति जो बनाई गई थी, उसमें न कोई अध्यक्ष था, न कोई सदस्य सचिव और न ही वरिष्ठता का क्रम। इन सबके बावजूद स्वीकृति के लिए प्रस्तुत हुआ था, वह स्वीकृत हुआ, जबकि तकनीकी बोली दस्तावेज मूल्यांकन नियमों को धता बताते हुए बाद में भी नहीं किए गए।

श्री कन्हैया चौधरी ने तुलनात्मक विवरण बनाने हेतु जो समिति दिनांक २३.११.९८ को प्रस्तावित की थी, उसमें कोई इंजीनियर नहीं था; न ही कोई प्रमुख वैज्ञानिक था। कनिष्ठ व्यक्तियों की टोली नोटशीट में प्रस्तावित थी। आगे मूल्यांकन समिति प्रस्तावित थी, जिसमें इलेक्ट्रॉनिक्स विभाग के संयुक्त संचालक तथा सांख्यिकी संस्थान के कनिष्ठ अधिकारी को प्रस्तावित किया गया था, जबकि इसमें निदेशक स्तर के अधिकारी को प्रस्तावित करना चाहिए था। श्री कन्हैया चौधरी, जो मात्र अवर सचिव था, ने खुद का नाम भी जोड़ा था। इस प्रस्ताव को न केवल बिना चू-चपड़ के विशेष कर्तव्यस्थ अधिकारी डॉ. जी.एल. कौल ने माना, बल्कि नोटशीट में लिखा कि तुलनात्मक विवरण बनानेवाली समिति कार्य भी प्रारंभ कर चुकी है। तात्पर्य था कि अंतिम अनुमति सक्षम अधिकारी के मिलने के पूर्व ही श्री कन्हैया एवं श्री कौल ने अपनी मनचाही समिति से काम लेना चालू कर दिया था। कार्यक्रम की तिथियाँ, जो प्रस्तावित थीं उसको मान्य करते हुए मात्र उनमें समय पर कार्य पूर्ण कराने हेतु इन्होंने (डॉ. कौल) तिथियाँ बदलीं, किंतु श्री कन्हैया ने नहीं माना। इस नस्ती को जब महानिदेशक डॉ. पड़ौदा के

पास भेजा गया, तब उन्होंने इसे वित्तीय सलाहकार के पास उनके अभिमति (Comment) के लिए भेज दिया। वित्तीय सलाहकार ने इस पर अभिमत देते हुए लिखा कि इसके मूल्यांकन समिति में मात्र विशेष कर्तव्यस्थ अधिकारी का नाम जोड़ दिया जाए। विशेष कर्तव्यस्थ अधिकारी को मूल्यांकन समिति में जोड़ना आवश्यक था, क्योंकि उन्हीं के अंतर्गत यह सब क्रय हो रहा था। इसके साथ ही 'तुलनात्मक विवरण' बनानेवाली समिति में भी वरिष्ठ व्यक्तियों एवं इंजीनियर का समावेश होना था, किंतु इस समिति (जिसमें मात्र चहेते व्यक्ति थे) ने अपने अस्तित्व पर निर्णय होने से पूर्व ही कार्य करना भी चालू कर दिया था (जैसा विशेष कर्तव्यस्थ अधिकारी ने अपनी नोटशीट में लिखा है) अतः इसमें कोई परिवर्तन संभव ही न था। इस तरह श्री कन्हैया चौधरी एवं डॉ. जी.एल. कौल की चाल सफल रही। इस समिति ने उनके मन माफिक विवरण बनाया। इसमें न तो कहीं यह लिखा कि फर्म ने 'बोली सुरक्षा' (Bid Security) की सही राशि नहीं दी अन्यथा मे. सीमेंस निक्सडोर्फ इन्फार्मेशन सिस्टम तुरंत ही नॉन रिसपांसिव होकर अमान्य हो जाती। इस समिति ने यह भी नहीं लिखा कि तकनीकी विवरण की अत्यावश्यक जाँच 'बेंचमार्क' परीक्षण नहीं किया गया, जो इस 'बोली दस्तावेज' (Bid Document) में लिखी गई बात 'तकनीकी बोली दस्तावेज अलग लिफाफे में जमा किया जाए (Technical bid shall be submitted in separate envelop)' सेक्शन-VII तकनीकी विवरण में उल्लिखित था, का पालन नहीं हो पाया अन्यथा यह फर्म में सीमेंस; जिसका परीक्षण बाद में किया गया और पाया गया कि इसके कई उपकरणों का तकनीकी स्तर सही नहीं थे, पूर्व में ही (बेंच मार्क के बाद) अप्रभावनीय या अमान्य हो जाती।

## बेंच मार्किंग (Bench Marking) की व्यथा-कथा

बेंचमार्क परीक्षण यह विधा है, जिसमें एक लाट में से एक का परीक्षण करके उसके तकनीकी विवरण की पुष्टि हो जाती है एवं यह परीक्षण किसी कंप्यूटर उपकरण आदि के क्रय करने के पूर्व किया जाता है। देश भर में ढाँचागत व्यवस्था भी देखी जाती, जो मे. सीमेंस के पास नहीं थी। इसे इस परियोजना में विशेष रूप से इसलिए भी ज्यादा आवश्यक समझा गया था, क्योंकि पूर्व कृषि अनुसंधान की राष्ट्रीय परियोजना (१९९५-९८) के २३१ केंद्रों का सर्वेक्षण करके ५०० के लगभग ऐसे प्रकरण मिले थे, जिनमें तकनीकी त्रुटियों थी। इसलिए वर्तमान दस्तावेज बनाने के साथ ही इसमें ऐसे प्रावधान किए गए थे एवं समय-समय पर समितियों एवं व्यक्तियों से परिचर्चाएँ की गई थीं। दिनांक ६.५.९८ को १० विशेषज्ञों की समिति ने चर्चा करके 'राष्ट्रीय सूचना केंद्र' से 'बेंचमार्क' कराने की संभावना का ज्ञान दिया। दिनांक २०.७.९८ को बेंचमार्क

प्रकरण का परीक्षण करने के लिए मुझे टीप दी थी। दिनांक २८.७.९८ को बोली दस्तावेज का अंतिम रूप देते समय तकनीकी बोली दस्तावेज की 'बेंचमार्क' करके उसे ठीक न पाने पर निरस्त करते हुए आगे बढ़ने की प्रक्रिया अपनाने की बात की। दिनांक ३०.७.९८ को डॉ. कौल विशेष कर्तव्य अधिकारी भारत सरकार ने राष्ट्रीय सूचना केंद्र (रा.सू.के.) के महानिदेशक डॉ. एन. सेशागिरि को 'बेंचमार्क' रा.सू.के. के माध्यम से कराने हेतु पत्र लिखा एवं फिर इस बाबत महानिदेशक डॉ. एन. सेशागिरि ने परिषद् के महानिदेशक डॉ. पड़ौदा को 'बेंचमार्क' के संबंध में दिनांक १२.८.९८ को पत्र लिखा। दिनांक २८.८.९८ को उपमहानिदेशक डॉ. आलम ने बेंचमार्क पर चर्चा हेतु मुझे टीप लिखी। विशेष कर्तव्य अधिकारी डॉ. कौल के ३०.७.९८ के तारतम्य में मैंने उन्हें २८.८.९८ को 'बेंचमार्क' के बारे में लिखा। रा.सू.के. के महानिदेशक को मैंने दिनांक १.९.९८ को 'बेंचमार्क' के बारे में उनके पत्र दिनांक १२.८.९८ की बाबत सलाह माँगी। दिनांक १७.९.९८ को 'बेंचमार्क' आदि के बारे में डॉ. पड़ौदा महानिदेशक ने टीप दी। 'बेंचमार्क' की बाबत मैंने दिनांक २९.१२.९८ को डॉ. कौल को पत्र लिखा।

दिनांक ५.१०.९८ को परिषद् के महानिदेशक डॉ. पड़ौदा ने डॉ. सेशागिरि रा.सू.के. के महानिदेशक तथा अन्य विशेषज्ञों के साथ में बैठक कर यह निर्णय लिया कि आगामी कंप्यूटर खरीदी, जो राष्ट्रीय कृषि तकनीकी परियोजना के अंतर्गत होनी है, उसका 'बेंचमार्क' (क्रय आदेश पूर्व परीक्षण) के.सू.के. के माध्यम से होगा। दिनांक १७.११.९८ को वेंडर की उपस्थिति में दोनों (तकनीकी एवं वित्तीय बिड्स) को खोल दिया गया, जबकि पहले तकनीकी मूल्यांकन हेतु 'बेंचमार्क' करना था, फिर सही की 'बिड' (वित्तीय) खोलनी थी। दिनांक १०.१२.९८ को भारत सरकार के रा.सू.के. के महानिदेशक डॉ. सेशागिरि ने परिषद् के महानिदेशक डॉ. पड़ौदा को लिखा कि जो आपने बेचमार्क कराना चाहा है, उसे हम सहर्ष स्वीकार करते हुए करना चाहते हैं, किंतु यहाँ तो उल्टी गंगा बह रही थी। बिना 'बेंचमार्क' कराए मे. सीमेंस एवं मे. विनीटेक को गुपचुप तरीके से आदेश देने के षड्यंत्र हुए थे। बिड खोलने की समिति के बाद एक और समिति बनी, किंतु उसने 'बेंचमार्क' करने की बात तक नहीं की। दिनांक १०.१२.९८ को बोली मूल्यांकन समिति की मुख्य बैठक पहली बार हुई एवं १०-१५ मिनट चली एवं इसमें कहा गया कि 'बेंचमार्क' करने के बाद ही किसी को क्रय आदेश दिए जाएँ। मैंने समिति का सदस्य सचिव एवं सहायक महानिदेशक होने के कारण दिनांक १४.१२.९८ को पत्र से विशेष कर्तव्य अधिकारी को रा.सू.के. के खरीदी एवं 'बेंचमार्क' के निर्णय (जो दोनों के महानिदेशकों एवं १६ विशेषज्ञों की बैठक में भी लिया गया था), तरफ ध्यान दिलाया कि जिससे 'मूल्यांकन समिति' के निर्णय को क्रियान्वित किया जा सके, किंतु इस पर इन्होंने कोई निर्णय नहीं लिया। १६ विशेषज्ञों तथा दोनों (भा.कृ.अ.प. तथा

रा.सू.के.) महानिदेशकों की बैठक में 'बेंचमार्क' की आवश्यकता एवं इसके क्रियान्वयन के निर्णय के आधार पर रा.सू.के. के उपमहानिदेशक डॉ. विजयादित्य ने भा.कृ.अ.प. के उपमहानिदेशक तथा मूल्यांकन समिति के अध्यक्ष डॉ. अनवर आलम को एक पत्र दिनांक ८.१.९९ को लिखा कि 'बेंचमार्क' को क्रियान्वित किया जाए। इस पत्र के ऊपर डॉ. आलम ने मुझे टीप दी कि इसकी जाँच कर कृपया प्रस्तुत करें। इस पर मैंने डॉ. आलम को तथ्यों से अवगत कराया।

## विश्वबैंक अधिकारियों का घाल-मेल

दिनांक १२.१.९९ को मैंने विशेष कर्तव्य अधिकारी डॉ. कौल को मूल्यांकन समिति का सदस्य सचिव होने के नाते उस समय बोली दस्तावेज में सुरक्षा निधि की त्रुटि तथा अन्य बिंदुओं पर ध्यान दिलाया। इससे मे. सीमेंस प्रतिस्पर्धा से बाहर हो जाती, बेंचमार्क में इसकी त्रुटि की बात तो बाद में आती। १८.१.९९ के नोट से मैंने मूल्यांकन समिति के अध्यक्ष एवं उपमहानिदेशक डॉ. आलम को विश्व बैंक के स्थानीय अधिकारियों के षड्यंत्र के बारे में बताया कि किस तरह बोली सुरक्षा निधि जो गलत है और जिससे सीमेंस प्रतिस्पर्धा से बाहर हो रही है, पर विश्व बैंक दोहरी चाल खेल रहा है। इस तरह चौकड़ी एवं विश्वबैंक ने भी मे. सीमेंस को स्पर्धा से बाहर नहीं होने दिया।

विश्वबैंक कह रहा था कि बोली सुरक्षा निधि आगामी वर्षों में हम ऐसी कर देंगे कि जो इस वर्ष मे. सीमेंस के अनुरूप हो जाएगी। अतः इसके आधार पर मे. सीमेंस को प्रतिस्पर्धा से बाहर न किया जाए। क्या कभी ऐसा संभव होता है कि कोई गलती होने से कोई फर्म बाहर हो रही है तो उसका बचाव यह कहकर कर लिया जाए कि आगामी वर्षों में हम ऐसी नीति बना लेंगे तो आज इसे बचा लो, किंतु यहाँ तो मास्टर माइंड श्री कन्हैया की अपरंपार लीला थी और चौकड़ी की मिलीभगत अंततः फर्म मे. सीमेंस को स्पर्धा से बाहर नहीं किया गया अन्यथा इस विदेशी फर्म की जगह देशी फर्म, जो दूसरे नंबर पर थी, आ सकती थी। इतना ही नहीं, इस फर्म को 'बेंचमार्क', जिससे पुनः स्पर्धा से बाहर होने की पूरी शंका थी, उससे किसी भी तरह बचाने के षड्यंत्र पर उसको 'बेंचमार्क' करने के समिति के निर्णय के बाद भी बिना 'बेंचमार्क' किए चौकड़ी ने क्रय का तुगलकी आदेश जारी कर दिया। बेशरमी की हद तो तब हो गई, जब 'चोरी और सीनाजोरी' करते हुए इस 'चौकड़ी' जिसके समक्ष विवाद के बिंदु बार-बार रखकर उसकी अपेक्षा के अनुरूप निर्णय लिए जाते रहे हैं उसके सामने तक ये बिंदु नहीं लाए और अपने षड्यंत्र छुपाने के लिए समिति की दूसरी बैठक तक नहीं होने दी, जिससे 'बेंचमार्क' के निर्णय को उलटने तथा बोली सुरक्षा निधि गलत होने की बात उसकी चर्चा में भी नहीं आई। यही नहीं चौकड़ी ने नोटशीट में खुलकर लिखा कि इस तरह के (षड्यंत्रकारी) निर्णय

गुपचुप तरीके से किए जाएँ एवं फाइल में किए गए निर्णय (षड्यंत्र) बाहर न आएँ, इस कारण चौकड़ी के मास्टर माइंड श्री कन्हैया फाइल को खुद ले जाकर टीप लिखवाएँ, जिससे इसकी गोपनीयता बनी रहे। उन्हें कभी स्वप्न में आभास भी नहीं रहा होगा कि सूचना अधिकार अधिनियम (सू.अ.अ.)२००५ कभी आएगा और उन्हें इस षड्यंत्रकारी टीप से नंगा कर देगा। सी.बी.आई जैसी एजेंसियों से निपटने की कला तो इन्हें (चौकड़ी को) आती थी किंतु सू.अ.अ. की कभी कल्पना न थी।

चौकड़ी के नीतिनियंता विशेष कर्तव्य अधिकारी (वि.क.अ.) डॉ. कौल, जिन्हें योग्यता न होते हुए बड़े पद पर बैठाकर उपकृत किया गया था (साथ ही सेवानिवृत्ति के बाद उपकृत करने का आश्वासन भी), उन्होंने डॉ. आलम को २८.१.९९ को मेरे द्वारा 'बेंचमार्क' कराने, मे. सीमेंस को सुरक्षा निधि गलत होने से स्पर्धा से बाहर करने के लिखित पत्रों के बारे में लिखा कि सहायक महानिदेशक को ऐसे पत्रों को लिखने से रोका जाए, जिस पर महानिदेशक एवं वित्तीय सलाहकार ने फर्म मे. सीमेंस के पक्ष में निर्णय ले लिया है (यह बात उस समय इसलिए लिखी गई थी, क्योंकि दिनांक २७.१.९९ को ही इस चौकड़ी ने गुप-चुप रूप से मे. सीमेंस को क्रय आदेश देने का निर्णय कर लिया था)। इस तरह बेंचमार्क करने का प्रयत्न एक षड्यंत्र के तहत चौकड़ी ने खत्म कर दिया था। इस प्रक्रिया में कितना धन इधर-उधर किया गया होगा, इसका आकलन इसकी इस गंभीरता से किया जा सकता है कि यदि 'बेंचमार्क' होता तो फर्म स्पर्धा से ही बाहर हो जाती। इस पत्र के ऊपर भ्रष्ट लोगों पर कार्यवाही के प्रयत्न न करते हुए डॉ. आलम ने मेरे लिए लिखा 'कृपया नोट करें।'

श्री टी.वी. असारी ने दिनांक २५.१.९९ को वार्षिक रखरखाव ५वें वर्ष (जिससे 'बेंचमार्क' के समय पूरा एवं सही आकलन हो) के लिए नस्ती वि.क.अ. के पास भेजी। डॉ. जी.एल.कौल ने अपने नोट में स्पष्ट लिखा था कि वर्तमान वित्तीय वर्ष में ८० प्रतिशत राशि दे दी जाए। इसलिए इसकी स्वीकृति हो, यह दिनांक २७.१.९९ को लिखा। साथ ही इसी नोटशीट में लिखा कि बेंचमार्क की फाइल इंजीनियरिंग संभाग में अलग से चल रही है। जब यह 'बेंचमार्क' वाला वाक्य लिखा था, तब यह कैसे हो सकता है कि चौकड़ी यह स्वीकृति दे दे कि क्रय आदेश (बिना 'बेंचमार्क' किए) दे दिए जाएँ। तब भी चौकड़ी के मास्टर माइंड श्री चौधरी ने वह तुगलकी क्रय आदेश जारी कर दिया। यहाँ डॉ. कौल का यह उद्देश्य बहुत स्पष्ट हो गया था कि क्यों उन्होंने एक के बाद दूसरा विज्ञापन निकाला, क्यों दूसरे विज्ञापन को निकालने में देरी की जा रही थी। यह इसलिए कि मार्च (वित्तीय वर्ष का अंतिम समय) में भुगतान का बहाना बनाकर आनन-फानन में राशि भुगतान कर दी जाए एवं क्रय संबंधी पूर्ण अधिकार इंजीजियर्स से हटकर उनके पाठ आ जायें। चूँकि यह गोपनीय तरीके से

षड्यंत्र हो रहा था, अतः मुझे कुछ मालूम न था। यह मैंने ३.२.९९ के पत्र से विशेष कर्तव्य अधिकारी एवं उपमहानिदेशक को भी लिखा। इसी पत्र में मैंने बेंचमार्क हेतु भी लिखा। इस पत्र को डॉ. आलम दबाकर बैठे रहे एवं ११.२.९९ को बड़े भोले बनते हुए इसमें टीप दी 'मुझसे आप इसमें क्या आशा रखते हो', ऐसा लिखकर पत्र मुझे वापस कर दिया। इसका रहस्य तो मैं तभी समझ सका, जब (बिना 'बेंचमार्क' किए) क्रय आदेश देने का पत्र मेरे पास पहुँचा। डॉ. आलम उपमहानिदेश का व्यंगात्मक तात्पर्य था कि हमने तो 'बिना बेंचमार्क के क्रय आदेश गुप-चुप पूर्व में ही दे दिया'', अब हमारा या हमारी फर्मों का कोई क्या कर लेगा?'

## बेंचमार्क की जगह अन्य घोल मेल परीक्षण

प्रयत्नों का लाभ यह रहा कि 'चौकड़ी' घबरा गई और यह समझ में आ गया कि मैं किसी भी स्थिति में इन्हें छोड़नेवाला नही। इनकी यह मंशा कि कुछ भी, कहीं भी, कितना भी आपूर्ति की जाए, न की जाए, उनका कुछ बिगड़नेवाला नहीं, वाली बात नहीं चलेगी।

वास्तव में इसी नस्ती से पहले बेंचमार्क की स्वीकृति लेकर, उसे कराकर बेंचमार्क में सही पाने पर ही क्रय आदेश देना चाहिए था, जैसा सबका मत था, किंतु 'बेंचमार्क' में सही पाए (करवाए) बिना इन फर्मों को क्रय आदेश दिया गया, जो पूर्णतः गलत था। पहले पाँचों वर्षों के रखरखाव का भी सही निर्धारण होता, तभी सफल बेंचमार्क किया जाता।

'बेंचमार्क' किए बिना क्रय आदेश तथाकथित रूप में दिनांक ९.२.९९ को दिया गया था, जिसकी प्रति देर से हमें दी गई थी। यह आदेश दिनांक ९.२.९९, जो कंप्यूटर फर्मों से खरीदी का था, वह दिनांक १६.२.९९ की बैठक के मध्य दिया गया था। तथ्य ऐसा लगा कि दिनांक १६.२.९९ को आदेश बना एवं उसमें तिथि ९.२.९९ डाली गई। इसके पीछे रहस्य था कि १५.२.९९ को जो संगोष्ठी में चर्चा होगी, उसमें 'बेंचमार्क' संबंधी कितना हो-हल्ला होता है। यह हो-हल्ला, जो 'बेंचमार्क' संबंधी था, मैंने खुलकर किया कि इसके बिना आदेश कैसे दिया जा सकता है, तब चुपचाप दिनांक ९.२.९९ के एवार्ड कांट्रेक्ट, जो 'बेंचमार्क' दिनांक १६.२.९९ तक किसी को नहीं दिखाया गया था, में चुपचाप संशोधन करते हुए 'चौकड़ी' ने बेंचमार्क एवं १०० प्रतिशत ग्राह्यता परीक्षण का समावेश करके दिनांक १६.२.९९ को वरिष्ठ अधिकारियों की बैठक में ही इसे सबको दे दिया। यदि यह हो-हल्ला मैंने न किया होता तो ये लोग 'बेंचमार्क' परीक्षण की बात को पूरी तरह छुपा जाते, जबकि इसके पहले एक सूचना कि होटल इंटरनेशनल, १२ खंभा रोड दिल्ली में दोनों फर्मों द्वारा गुणवत्ता प्रदर्शन किया

जाएगा। यह दिनांक १०.२.९९ की सूचना दिनांक ११.२.९९ को दी गई थी, जिसके संदर्भ में मैंने दिनांक १५.२.१९९९ का पत्र उसी दिन सर्वश्री पड़ौदा महानिदेशक, डॉ. आलम उपमहानिदेशक एवं डॉ. कौल वि.क.अ. को सौंपा था। यह एवार्ड नोटिफिकेशन, जो दिनांक १६.२.९९ को दिया गया था, उसके बेंचमार्क का जिक्र कर उल्टी गंगा बहाई गई थी, क्योंकि 'बेंचमार्क' हमेशा क्रय आदेश के पूर्व ही किया जाता है, न कि क्रय आदेश के बाद। इस बात को दिनांक १६.२.९९ की बैठक में मैंने जोरों से उठाया था। इसी दिन डॉ. पड़ौदा महानिदेशक ने मुझे सायं ५.३० बजे अकेले में बुलाया एवं कहा कि इस संदर्भ में अब मैं पत्र न लिखकर समस्या का हल चर्चा करके निकालूँ। इसके बाद एक बैठक राष्ट्रीय सूचना केंद्र के साथ हुई थी, जिसमें सर्वश्री आलम, कौल, ए.के. जैन परिषद् से, भारत सरकार के उपमहानिदेशक विजयादित्य, श्री मोनी, श्री दास, श्रीमती पद्मावती, डॉ. के. कौल, गुप्ता आदि सूचना केंद्र से सम्मिलित हुए और भारत सरकार सूचना केंद्र के सभी प्रतिनिधियों ने यह बताया कि क्रय आदेश हो गए हैं, अत: अब बेंचमार्क नहीं होगा। अब मात्र ग्राहता परीक्षण हो सकेगा। दिनांक १८.२.९९ को २.३० बजे पुन: परिषद् ने सर्वश्री आलम, जैन, मैं तथा सूचना केंद्र से सुश्री पद्मावती, डॉ. के. कौल, श्री गुप्ता आदि दोनों फर्मों के साथ बैठकर 'बेंचमार्क' को छोड़ १०० प्रतिशत प्रदाय के पूर्व परीक्षण की बात की, क्योंकि अब तो बिना आदेश रद्द किए 'बेंचमार्क' हो नहीं सकता था।

इधर दिनांक १०.२.९९ का पत्र, जो मुझे दिनांक ११.२.९९ को दिया था, से आभाष हुआ था कि क्रय का आदेश मे. सीमेंस एवं मे. विनीटेक को दे दिया गया है। मैं उद्वेलित हो उठा था, क्योंकि अभी तक तो सभी बेंचमार्क के बाद (नियमानुसार) ही आदेश देने की बात कह रहे थे, जिससे मूल्यांकन समिति, जिसका कि मैं सचिव था उसके निर्देश का पालन हो जाता, जिसकी बात हो रही थी, परंतु यहाँ तो परिस्थिति ही परिवर्तित हो चुकी थी। क्रय आदेश निराकरण की सर्वोच्च तो बोली दस्तावेज मूल्यांकन समिति (Bid Evaluation Committee) भी जिसने 'बेंचमार्क' करके क्रय आदेश देने का निर्णय दे दिया था। मैंने भारत सरकार को पत्र दिनांक १५.२.९९ को लिखा कि अब 'बेंचमार्क' किए बिना आदेश दे दिए गए हैं तो क्या किया जाना योग्य होगा, जिससे कम से कम कुछ गुणवत्तावाले आइटम मिल सकें। इसके उत्तर में दिनांक १५.२.९९ को ही भारत सरकार का पत्र (उपमहानिदेशक सूचना केंद्र) आया कि अब तो मात्र 'प्रि-डिलीवरी' परीक्षण ही कराया जा सकता है। तब मैंने दिनांक १५.२.९९ को भारत सरकार के सचिव एवं परिषद् के महानिदेशक डॉ. राजेंद्र सिंह पड़ौदा को उनके पूर्व के कई पत्रों का हवाला देते हुए उन्हें संलग्न कर लिखा कि हमने 'बेंचमार्क' न करते हुए आदेश देने की गलती की है। अब सूचना केंद्र के मार्गदर्शन

अनुसार १०० प्रतिशत परीक्षण (उनकी लागत पर) कराया जाना योग्य हो सकता है। मैंने महानिदेशक एवं सचिव को लिख कि अब भी संविदा पर हस्ताक्षर होने के पूर्व हम राष्ट्रीय हित में 'बेंचमार्क' कराकर निर्णय को पलट दें। इस पत्र की प्रतिलिपि उप-महानिदेशक (उ.म.) डॉ. अनवर आलम एवं विशेष कर्तव्यस्थ अधिकारी डॉ. जी.एल. कौल को दी थी। इस पर चिढ़ते हुए १६.२.९९ को उ.म. डॉ. आलम ने मुझे लिखा था कि क्या मेरे दोनों वरिष्ठ (डॉ. आलम एवं डॉ. कौल) राष्ट्रीय हित का ध्यान नहीं रखते। आगे उपमहानिदेशक ने लिखा कि 'बेंचमार्क' का आकलन कर खर्च बताएँ। यह एक अबोध की तरह लिखा था, जैसे अब आदेश देने के बाद भी वे 'बेंचमार्क' भी खुद करा सकते हैं, किंतु लाभ इतना अवश्य मिल गया था कि अब कुछ न कुछ परीक्षण बाद ही माल आगे बढ़ाया जाएगा। अत: कम से कम माल तो परीक्षण हेतु जाएगा अन्यथा माल भी न आता और भरपाई हो जाती।

बिना बेंचमार्क किए, नानरिसपॉन्सिव (Non Responsive) फर्म को चुनते हुए तथा एक देशी फर्म को अमान्य करते हुए विदेशी फर्म को, जिसके पास आधारभूत ढाँचा तक न था, को क्रय आदेश देकर इस 'चौकड़ी' ने भ्रष्टाचार कर बाजी तो मार ली, किंतु अभी नाटक का पटाक्षेप नहीं हुआ था। इस 'चौकड़ी' ने अब सबसे बड़ा 'राह का रोड़ा' मुझे मानते हुए मुझे हटाने के लिए षड्यंत्र कार्य चालू किया। इन्होंने समझ लिया था कि मेरे यहाँ रहते हुए, जो भी भ्रष्टाचार ये करेंगे, वे उजागर होंगे, और संभव है जैसे राष्ट्रीय कृषि अनुसंधान परियोजना के घपले उजागर कर मैंने डॉ. ए.पी. सक्सेना परियोजना संचालक पर कार्यवाहीशुरू कराई थी, यहाँ भी ऐसा कुछ न हो जाए। यदि इन्होंने मुझे हटाने की नस्ती भेजी तो उल्टी जाँच चालू होकर ये न फँस जाएँ कि अभी तो मैं घपले उजागर कर रहा था, जिससे डॉ. सक्सेना पर कार्यवाहीहुई। अब मुझ पर कार्यवाही कराने के कारण कही बड़ा मगरमच्छ उल्टे न फँस जाए। अत: इन्होंने मुझे हर तरह परेशान करना शुरू किया, जिससे या तो मैं खुद काम छोड़कर चला जाऊँ या कुछ षड्यंत्र करके मुझे यहाँ से निकाल बाहर करें। पहले में तो ये खुद ताकत लगाएँ एवं दूसरे में परिषद् के अध्यक्ष या कृषि मंत्री के सहयोग से कार्य संपन्न करें। चूँकि प्रारंभ अवधि में ईमानदार कृषि मंत्री (परिषद् अध्यक्ष) क्रमश: सर्वश्री चतुरानन मिश्र, अटल बिहारी बाजपेयी थे, इनके समक्ष गलत प्रकरण रखने पर उलटा पड़ने की आशंका थी, अत: उसके लिए 'रुको और देखो' की नीति अपनाई, किंतु दूसरा रास्ता चालू रखा।

## बोली सुरक्षा (Bid Security)

बोली सुरक्षा (Bid Security) गलत होने से मे. सीमेंस पूर्णतया अमान्य थी।

जब इस त्रुटि को सामने लाया गया तो तुरंत यह मूल्यांकन समिति के सामने लाया जाना था, न कि सर्व श्री कन्हैया एवं श्री कौल इस पर निर्णय लेते, जो किसी तरह इसके लिए बिल्कुल अधिकृत नहीं थे, किंतु इन दोनों ने भ्रष्टाचार की सीमाएँ तब पार कर दीं, जब दूसरी फर्म मे. एच.सी.एल. ने बोली सुरक्षा (Bid Security) सही न होने की बात लिखी (बोली सुरक्षा निधि रुपए में थी, जबकि ८० प्रतिशत बोली डालर में एवं २० प्रतिशत बोली रुपए में दी थी, जबकि निधि इसी अनुपात में देनी चाहिए थी)। जैसे ही बोली सुरक्षावाला मामला मेरे जानकारी में आया था, तब मैंने तुरंत कार्यवाही हेतु लिखा था। दिनांक १४.१२.९८ को विशेष कर्तव्यस्थ अधिकारी को मैंने लिखा था कि इसके आधार पर कार्यवाही करें, क्योंकि यह राशि एवं तकनीकी दोनों का मामला है। पुनः दिनांक १४.१२.९८ के पत्र का संदर्भ देते हुए इन्हें २९.१२.९८ को पत्र लिखकर इसी पर कार्यवाही करने को लिखा। मैंने दिनांक १८.१.९९ को उपमहानिदेशक एवं महानिदेशक परिषद् को एक नोट लिखा, पर कोई कार्यवाही नहीं हुई थी। यह 'चौकड़ी' अपनी प्रिय फर्म मे. सीमेंस को किसी भी तरह निरस्त नहीं करना चाहती थी, अतः इस पर कार्यवाही नहीं की, बल्कि विश्व बैंक के समक्ष लाने का बहाना बनाकर टालमटोल कर गई अन्यथा उसी स्तर पर मूल्यांकन समिति के सामने लाकर अन्य रीति से इस फर्म को मूल्यांकन से ही अलग कर दिया जाता।

किसी भी तरह का निर्णय लेने के लिए इस बात को मूल्यांकन समिति के सामने लाना ही चाहिए था, न कि 'चौकड़ी' के समक्ष, जो किसी तरह से अधिकृत नहीं थी। 'चौकड़ी' यह गलत-सलत निर्णय ले रही थी कि विश्व बैंक आगामी समय में इस शर्त को संशोधित करना चाहता है। इस कारण से हम इस प्रतिवेदन को अमान्य करते हैं (जबकि विश्व बैंक को यह अधिकार ही न था कि वह यह कहकर कि भविष्य में ऐसा करने की संभवनाएँ हैं, इस पर अमान्य को अभी मान्य किया जाए)। वे मे. सीमेंस निक्स डोर्फ इनफार्मेशन सिस्टम मैन्यू.प्राइवेट लिमिटेड को मे. सीमेंस निक्स डोर्फ प्राइवेट लिमिटेड करने के विषय के दस्तावेज को भी सही मानते हैं। इन्होंने भविष्य की संभावना से भूतकाल को सही बताया। इस तरह से इन दोनों (परिषद एवं विश्वबैंक)ने फर्म के दलाल के रूप में यह कार्य किया। इसमें मेरी टीप ही नहीं ली गई, जबकि मैं एक मात्र चुना हुआ कार्य का प्रतिनिधि था एवं मूल्यांकन समिति का सचिव भी था। यह नोटशीट दिनांक ३१.१२.९८ फाइल के पूर्व पृष्ठ पर है, जबकि विकेंद्रीकृत भुगतान की आवश्यक नोटशीट २४.१२.९८ से १६.१.९९ बाद में है। इससे (बाद की नोटशीट पहले) भी स्पष्ट है कि इन दोनों ने यह बताने के लिए कि 'निर्णय समय पर लिया गया' नोटशीट की तिथि में षड्यंत्रपूर्वक हेरा-फेरी कर घपले किए।

## नॉन रिसपांसिव बिड (Non responsive bid) या अप्रभावी बोली से अमान्य होने के लिए बोली दस्तावेज (Bidding Document) में प्रावधान

कंप्यूटर एवं परिधीय खरीदी (Procurement of Computer and perepherals) के आई.टी.बी. के बिंदु १५.३ में स्पष्ट प्रावधान है कि बोली लगानेवाले की बोली सुरक्षा (Bid Security) बोली लगाने की मुद्रा में हो या यू.एस. डॉलर में। मे. सीमेंस की ८० प्रतिशत बोली (Bid) यू.एस.डॉलर में थी, जबकि बोली सुरक्षा (Bid Security) रुपयों में थी। इसी धारा में आगे प्रावधान है कि बोली लगानेवाला बोली सुरक्षा, बोली दस्तावेज के हिस्से के रूप में प्रस्तुत करेगा। आगे बिंदु में स्पष्ट प्रावधान किया गया है कि यदि इसे उपरोक्त क्लॉज (धारा) की उपधारा के अंतर्गत सुरक्षित नहीं किया गया तो उसे अप्रभावपूर्ण (Bid Security) बनाकर अमान्य कर दिया जाएगा। आगे की धारा में यह लिखा है कि यदि बोली (Bid) मजबूती से प्रभावपूर्ण (Responsive) नहीं है तो क्रेता द्वारा अमान्य कर दी जाएगी और इसे बाद में गलतियों को सुधारकर भी प्रभावपूर्ण (Responsive) नहीं बनाया जा सकता। सभी संबंधितों को मैंने इस बाबत ११.२.९९ को भी स्पष्ट रूप से लिखा था। उस समय तक क्रय आदेश (जिसमें ९.२.९९ की तिथि डाली गई थी) का भी पता न था, इसके उत्तर में श्री कन्हैया ने दिनांक १२.२.९९ को डॉ. आलम को भी लिखा था। इस तरह 'चौकड़ी' को इतना भी अधिकार नहीं था कि मे. सीमेंस की गलतियों को सुधारकर उसको ग्राह्य करते और इन्हें मे. सीमेंस को अग्राह्य करना ही पड़ता।

## समकक्ष कंप्यूटरनेट उपकरणों की भारत सरकार से उसी समय खरीदी

उसी अवधि में उसी तरह की शर्तों पर भारत सरकार (राष्ट्रीय सूचना केंद्र) से खरीदी से यह स्पष्ट हुआ कि यहाँ भी पेंटियम-II के क्रय का आदेश दिया गया था, किंतु आपूर्ति के समय पेंटियम-III आ जाने से उन्होंने पुराना मॉडल पेंटियम-II न देते हुए पेंटियम-III की आपूर्ति की तथा बेंचमार्क आदि परीक्षणयुक्त आपूर्ति समय पर कर दी।

राष्ट्रीय सूचना केंद्र से खरीददारी में उन विसंगतियों को, जो मे. सीमेंस कपटपूर्वक कर रही थी, का उजागर भारत सरकार के इस केंद्र से परिषद् के मुख्यालय हेतु कुछ कंप्यूटर नेट उपकरण खरीदने का निर्णय दिनांक ५.१०.९८ से उसकी उच्च स्तरीय बैठक में हुआ। इसके बाद दिनांक २१.१२.९८ को पुनः बैठक हुई, जिसके नोट में डॉ. आलम ने दिनांक २३.१२.९८ को हस्ताक्षर किए। इसमें बेंचमार्क, विकेंद्रीकृत भुगतान आदि की समस्या भी नहीं हुई, क्योंकि यह नियमानुसार ही कार्यवाही होती है। डॉ. आलम उपमहानिदेशक एवं मैंने भी दिनांक १८.१.९९ को उन्हें इस क्रय हेतु लिखा।

फिर वित्तीय सलाहकार के साथ १८.१.९९ को तथा १०.३.९९ को समिति की बैठक हुई, जिसे उप-महानिदेशक को प्रस्तुत किया गया। दिनांक २५.१.९९ को मेरे द्वारा इसकी नस्ती महानिदेशक को प्रस्तुत हुई। इसके साथ ही डॉ. कौल को भी लिखा गया। उनको बड़ी चिढ़ हुई, क्योंकि इससे नियमानुसार तथा सही माल मिलता था एवं उन्होंने डॉ. आलम उप-महानिदेशक को लिखा कि मुझे कहा जाए कि भविष्य में मैं उप-महानिदेशक से अनुमति लेकर ही उन्हें पत्र लिखूँ। बाद में परिषद् ने दिनांक २५.२.९९ को मुख्यालय हेतु रुपए १.८ करोड़ रुपए के कंप्यूटर आदि क्रय हेतु अग्रिम चेक जारी किया। इससे भी उसी तरह के कंप्यूटर उपकरण, जो मे. सीमेंस से खरीदे जाने थे, के आदेश दिए गए थे। इस (रा.सू.के.) ने बिना चू-चपड़ के आपूर्ति कर कंप्यूटरों की स्थापना आदि का काम सही किया।

## विकेंद्रीकृत भुगतान

पूर्व (१९९५) की अनुसंधान परियोजना, जिसमें लगभग रुपए २०० करोड़ रुपए व्यय हुए थे, के २३१ केंद्रों के मूल्यांकन अध्ययन में मैंने पाया था कि चूँकि भुगतान परिषद् के मुख्यालय से बिना कंप्यूटरों की स्थापना के हो गया था, अतः प्रदायकर्ता फर्म ने कंप्यूटरों आदि को स्थापित कर चलाने का प्रयत्न नहीं किया एवं प्रशिक्षण भी नहीं दिया। इसलिए मैंने परियोजना प्रबंधन समिति (Project Management Committee) में यह प्रस्ताव रखा था कि शेष भुगतान की राशि (कम से कम अंतिम किस्त) को उपकरण प्राप्त करनेवाले केंद्रों के माध्यम से किया जाए, जिससे वे केंद्र कंप्यूटरों की स्थापना एवं प्रशिक्षण आदि शर्तों के अनुरूप पूर्ण होने पर ही भुगतान करें। इससे उपकरणों की अधूरी स्थापना, डिब्बों में बंद पड़े रहने देना, स्थापना न करने के बहाने बनाना और इस तरह बिना स्थापना किए परिषद् मुख्यालय को प्रसन्न कर पूर्ण भुगतान ले लेने की समस्या न रहे। इस पर 'परियोजना प्रबंधन समिति' की बैठक में विस्तार से चर्चा के बाद यह निर्णय लिया गया था कि यह भुगतान केंद्रों से ही होना चाहिए, न कि मुख्यालय से।

अध्यक्ष होने के नाते उप-महानिदेशक डॉ. आलम को राष्ट्रीय सूचना केंद्र के महानिदेशक डॉ. सेशागिरि तथा मूल्यांकन समिति का सदस्य सचिव होने के नाते मुझको बताना आवश्यक था। इसीलिए २९.१२.९८ को मैंने विशेष कर्तव्य अधिकारी को पत्र लिखा कि 'बेंचमार्किंग हेतु हमें भारत सरकार के राष्ट्रीय सूचना केंद्र, जिसको काम देने का फैसला लिया गया है, उसे राशि भुगतान हेतु कार्यवाही की जाए। मे. सीमेंस के दस्तावेज मैंने भी देखे थे और मुझे आशंका थी कि इसका 'बेंचमार्क' यह 'चौकड़ी' नहीं होने देगी, जिससे यह स्पर्धा से बाहर न होने पाए, क्योंकि इसका देश

भर में कोई आधारभूत ढाँचा भी नहीं है (जिससे भी यह स्पर्धा से बाहर फेंक दी जाएगी)। पूर्व में दिनांक १४.१२.९८ को, मैंने विशेष कर्तव्य अधिकारी को परियोजना समन्वय समिति की अपनी चर्चा एवं उसकी विकेंद्रीकृत (केंद्रों) से राशि के भुगतान हेतु पत्र लिखा था। यह भी लिखा था कि तकनीकी मूल्यांकन के साथ-साथ बिक्री के बाद रखरखाव, आधारभूत ढाँचा (जिला एवं केंद्र तक), बोली दस्तावेज में दी गई सुरक्षा निधि आदि का ध्यान 'बेंचमार्क' करते वक्त रखा जाए (जो बातें दस्तावेज में दी गई हैं)।

## क्रय हेतु एजेंसी का निर्धारण

तकनीकी विशेषज्ञों युक्त एजेंसी (Procurement Agent) कंप्यूटर नेट उपकरणों की खरीदी एवं उनके सुव्यवस्थित रूप से चलाए रखने हेतु योजना में प्रावधान था। उसमें चौकड़ी ने कंप्यूटर राष्ट्रीय सूचना केंद्र (National Information Centre) की जगह राइट्स (RITES) को लिया।

जहाँ तक भविष्य की खरीदी हेतु एवं इस वर्ष की और खरीदी हेतु एजेंट की जरूरत का प्रश्न है, वह दोनों महानिदेशकों (परिषद् एवं सूचना केंद्र) के साथ १६ विशेषज्ञों ने निर्णय लिया था कि भारत सरकार के राष्ट्रीय सूचना केंद्र, जिसके पास पूरे देश में आधारभूत ढाँचा एवं विशेषज्ञता है, उसे यह काम सौंपा जाए। यही निर्णय उच्च स्तरीय समिति की ५.१०.९८ की बैठक एवं दिनांक ८.१२.९८ तथा १०.१२.९८ की बैठकों में भी लिया गया था। यहाँ भारत सरकार को सीधे राशि भेजनी है, अतः इसमें कोई अन्य समस्या भी न होगी। इसी तरह इन्हें प्रशिक्षण की राशि भी स्थानांतरित कर उसका लाभ लिया जा सकता है, क्योंकि प्रशिक्षण में भी इनकी दक्षता है, किंतु 'चौकड़ी' भारत सरकार सूचना केंद्र को राशि इसलिए हस्तांतरित नहीं करना चाहती थी, क्योंकि इसमें जो कमीशन खाना था, वह न मिलता। इसी तरह 'बेंचमार्क' नहीं कराना चाहती थी, क्योंकि उसकी प्रिय फर्म (मे. सीमेंस) स्पर्धा से ही अलग हो जाती।

जैसा पूर्व में लिखा है, परियोजना प्रबंधन समिति का यह निर्णय (विकेंद्रीकृत भुगतान) इस संदर्भ में लिया गया था, कि जब मैंने पूर्व के वर्षों में अनुसंधान परियोजना के २३१ केंद्रों का अध्ययन कर २०० के लगभग ऐसे प्रकरण प्रस्तुत किए था, जिनमें स्थापना के पूर्व भुगतान हो जाने के कारण लंबी अवधि तक कंप्यूटर उपकरण बंद डिब्बों में पड़े रह गए थे या स्थापना में अत्यधिक देरी की गई थी, जबकि उस परियोजना में भी भुगतान के प्रावधान की शर्त थी कि 'कंप्यूटरों की स्थापना के बाद सफलतापूर्वक चलाने का प्रमाण-पत्र क्रेता के प्रतिनिधि से लेकर जमा किया जाए।' यह बात परियोजना समिति में दिनांक १९.११.९८ को उठाकर निर्णय लिया गया था,

फिर १८.१.९९ को मैंने डॉ. आलम के सामने पुनः यह नोट प्रस्तुत किया था। बिल्कुल यही प्रावधान वर्तमान के दस्तावेजों में था और इन्हीं प्रावधान के साथ कुछ और अनाप-सनाप प्रावधान जोड़कर दिनांक २४.१२.९८ की नोटशीट में करोड़ों रुपए के भुगतान हेतु श्री कन्हैया चौधरी ने लिखकर यह तुर्रा चढ़ाया था कि ऐसे प्रावधान कर लिया जाएगा तो कोई समस्या न होगी और विकेंद्रीकृत भुगतान की जगह केंद्रीय भुगतान ही किया जाए। इस प्रावधान को बिना वित्त विभाग के निदेशक श्री बाबूलाल जांगिड़ (जो इमानदारी के लिए विख्यात थे) को न भेजकर, सीधे डॉ. कौल को भेजा। इसे यथावत विशेष कर्तव्यस्थ अधिकारी डॉ. जी.एल. कौल ने वित्तीय सलाहकार को भेज दिया, जिसे स्वीकार करते हुए वित्तीय सलाहकार ने महानिदेशक डॉ. पड़ौदा के पास भेज दिया।

उसने ऐसी चाल चली कि 'साँप मरे, न लाठी टूटे' ऐसा झाँसा दिया जैसे कोई नया सूत्र दे दिया, हो। उसे साफ-साफ लिखना चाहिए था कि जो शर्तें पहले की 'अनुसंधान परियोजना' में थीं, जिसके रहते विकेंद्रीकृत भुगतान न होने से अत्यधिक घपले हुए और वही शर्त अभी के दस्तावेजों में है, जिसे 'परियोजना प्रबंधन समिति' परिवर्तन करना चाहती है। वही मैं भी यथावत् प्रस्तावित कर रहा हूँ, तो संभव था वित्तीय सलाहकार उसमें विकेंद्रीकृत भुगतान का परिवर्तन करते, क्योंकि अब सभी तो डॉ. पड़ौदा की 'चौकड़ी' (सर्वश्री अनवर आलम, जी.एल.कौल, कन्हैया चौधरी और पड़ौदा स्वयं) के सदस्य थे और दस्तावेज की ये शर्तें पूरी तरह ज्ञात थीं।

चूँकि यह (विकेंद्रीकरण भुगतान) प्रस्ताव मेरा था, जिसे 'परियोजना प्रबंधन समिति' ने मानकर ग्राह्य किया था, इस कारण आगे की टीप में डॉ. पड़ौदा ने उप-महानिदेशक इंजीनियरी डॉ. आलम को लिखा 'सहायक महानिदेशक (कंप्यूटर सूचना प्रणाली) से मंत्रणा कर टीप के लिए भी देखें', तब डॉ. आलम ने मंत्रणा तो दूर इस नस्ती को मेरी टीप के लिए भी नहीं भेजा, क्योंकि उनको ज्ञात था कि मैं ऐसी टीप कर दूँगा, जिससे उनके षड्यंत्र का भंडाफोड़ हो जाएगा कि 'किस तरह इन्हीं बिंदुओं के कारण पूर्व में शेष ५० प्रतिशत राशि भुगतान में घपले हुए हैं' और उन्हें विकेंद्रीकृत भुगतान अपनाना ही पड़ता। अतः उन्होंने अन्यों (विश्व बैंक के आदमी) से चर्चा (मंत्रणा) की बात लिखकर शेष २० प्रतिशत राशि का केंद्रीकृत भुगतान की स्वीकृति हेतु टीप देते हुए नस्ती डॉ. पड़ौदा की ओर बढ़ा दी। इस पर महानिदेशक ने डॉ. आलम से मेरे पास नस्ती न भेजने या मंत्रणा न करने के कारण के बारे में पूछा भी नहीं। इस तरह शेष रुपए ३-४ करोड़ रुपए में भी घपले की व्यवस्था कर ली और बाद में बिना पूर्ण कंप्यूटर स्थापना के ही भुगतान भी कर दिया।

मुझे नस्ती न देने का कारण डॉ. आलम ने अन्यत्र लिखा है कि मैं भ्रष्टाचार का

'पेंडोरा बॉक्स' खोल दूँगा और इस डर से नस्ती मुझे नहीं भेजी अन्यथा मेरे मत के बिना नस्ती पर निराकरण ही नहीं करना था, क्योंकि पूरे परिषद् में मैं एक मात्र इस कार्य हेतु चुना हुआ अधिकारी था। मैं परियोजना प्रबंधन समिति का सदस्य भी था। यह विकेंद्रीकृत भुगतान का मेरा प्रस्ताव था तथा मूल्यांकन समिति, जिसके माध्यम से पूरी क्रय की प्रक्रिया चल रही थी, उसका सदस्य सचिव भी था। महानिदेशक डॉ. पड़ौदा, जिसने नस्ती में मेरा मत लेने के बारे में लिखा था और उप-महानिदेशक डॉ. आलम, जिनको मुझसे मंत्रणा कर नस्ती आगे बढ़ानी थी, दोनों ने भ्रष्टाचार फलने-फूलने देने के लिए मेरे पास नस्ती भेजी ही नहीं।

दिनांक १७.१२.९८ की विश्व बैंक की बैठक और मेरे द्वारा लिखे गए पत्र (१४.१२.९८) में विकेंद्रीकृत भुगतान का हवाला देते हुए इसे करने हेतु मैंने लिखा था। विकेंद्रीकृत भुगतान की बाबत मैंने ११.२.९९ को ऐसी न्यायगत व्यवस्था इनके सामने प्रस्तुत की थी कि इसकी काट किसी तरह इनके पास नहीं थी। इस पत्र में मैंने सर्वश्री कौल, आलम, राकेश (वित्त सलाहकार), अशोक सेठ (विश्व बैंक), बक्शी (विश्व बैंक), संजयवानी (विश्व बैंक), जांगीड़ा, मृत्युंजय, ए.के. गुप्ता, आर.एल. गुप्ता, जे.पी. मित्तल, टी.व्ही. अंसारी, कन्हैया एवं महेश्वरी को लिखा था कि जिस प्रकार पुराने परियोजना के २३१ केंद्रों का अनुभव मेरे पास है, फर्म बदमाशी कर या कपट कराकर यहीं से (केंद्रीयकृत) भुगतान ले लेती है, वहाँ (केंद्रों में) स्थापना तथा प्रशिक्षण के लिए जाती भी नहीं और विकेंद्रीकृत भुगतान देने में फर्मों को वहाँ जाकर स्थापना, प्रशिक्षण आदि पूर्ण करना होगा, तब प्रमाण-पत्र देंगे एवं भुगतान करेंगे अन्यथा फर्म न तो प्रशिक्षण के लिए वहाँ जाएगी और न कंप्यूटर उपकरण स्थापित करेगी, बल्कि यहाँ बैठे भुगतान ले लेगी। अन्यत्र इसको विस्तार में दिया है कि प्रशिक्षण प्रमाणीकरण भी इन्होंने वहाँ गए बिना भी प्राप्त कर लिए, जबकि व्यवस्था यह थी कि प्रत्येक 'साइट' के प्रत्येक 'सिस्टम' में इन्हें प्रशिक्षण देना था, तब प्रमाण-पत्र लेकर ही राशि आहरित करते, किंतु यहाँ तो अधिकांश ने बहती गंगा में हाथ धोया एवं केंद्रों में बिना प्रत्येक 'साइट' एवं प्रत्येक 'सिस्टम' में प्रशिक्षण दिए राशि ले ली। मेरे इस पत्र तथा अन्य संबंधित पत्रों का जिक्र कपट कर कहीं भी नोटशीट में श्री कन्हैया ने नहीं किया। इन पत्रों को कचरे की पेटी में डाल दिया गया, जबकि पूरी व्यवस्था में मैं ही प्रमुख अधिकारी था।

## बोली मूल्यांकन समिति (बो.मू.स.) एक औपचारिकता

मात्र दिखावे के लिए यह बोली मूल्यांकन समिति की बैठक की गई थी। सब कुछ पहले ही गुप-चुप तरीके से चौकड़ी ने कर लिया था। यद्यपि मुझे भी पूर्व की

कार्यवाही का पता न था, फिर भी गुणवत्ता आदि के बारे में सजग था।

क्रय हेतु दिनांक १०.१२.९८ को सायंकाल २.३० बजे बोली मूल्यांकन समिति की बैठक हुई, जो लगभग आधे घंटे चली थी। इसमें मूल्यांकन समिति के सदस्य, परियोजना क्रियान्वयन इकाई (प.क्रि.इ.) में बैठक हेतु बैठे थे। यह दूसरी बार था, जब मुझे बोली दस्तावेज देखने को मिले थे। ये बोली दस्तावेज डॉ. ए.के. जैन की समिति से तुलनात्मक अध्ययन बनाकर प्रस्तुत हुए थे। इनमें कंप्यूटर हार्डवेयर एवं पेरीफेरल्स में मे. सीमेंस निक्स डोर्फ को वार्षिक रखरखाव एवं क्रय राशि न्यूनतम पाकर उन्हें क्रय योग्य पाया गया तथा यू.पी.एस. हेतु मे. विनीटेक को न्यूनतम (वार्षिक रखरखाव मिलाते हुए) पाया गया, एवं उन्हें क्रय का आदेश देना उचित पाया गया। यद्यपि देशभर में उपलब्ध इनके ढाँचे का कहीं जिक्र न था, किंतु यह निर्धारित किया गया कि इनको क्रय आदेश देने के पूर्व 'बेंचमार्किंग' और दोनों फर्मों के भुगतान के पूर्व ग्राह्यता परीक्षण करना होगा।

बेंचमार्किंग' का तात्पर्य स्पष्ट था कि यदि तकनीकी रूप से कोई नमूना खरा नहीं उतरता तो इस फर्म को निरस्त करते हुए अगली फर्म पर परीक्षण करके देखना होगा। तात्पर्य यह कि 'बेंचमार्किंग' की स्तरीय मूल्यांकन पद्धति से गुजरना होगा। इस मूल्यांकन समिति की बैठक के दौरान डॉ. आलम अध्यक्ष ने २-३ बार मुझे बाहर अन्य कार्य हेतु भेजा। 'बेंचमार्किंग' मेरे भी कहने पर ही जोड़ा गया था अन्यथा चौकड़ी इसे बिल्कुल नहीं कराना चाहती थी।

## कंप्यूटर आदि क्रय की रहस्यमयी अंतिम नोटशीट

दिनांक २७.१.९९ को डॉ. जी.एल.कौल द्वारा एक रहस्यमय नोटशीट बनाई गई थी। इसमें जिक्र किया गया कि परिषद् द्वारा बनाई मूल्यांकन समिति की संस्तुतियों के आधार पर एक प्रस्ताव कंप्यूटर आदि की खरीदी के लिए विकसित किया गया है। संस्तुतियाँ विश्व बैंक द्वारा अनुमोदित हैं, हम प्रस्ताव को स्वीकृति दे सकते हैं। एक बार पंचाट की घोषणा हो जाए तो वर्तमान वित्तीय वर्ष (३१.३.९९) तक हम कुल राशि का ८० प्रतिशत हिस्सा भुगतान कर देंगे। मूल्यांकन समिति की अनुशंसा कि क्रय आदेश देने के पूर्व 'बेंचमार्क' इत्यादि करना ,है का प्रस्ताव कंप्यूटर इकाई द्वारा बनाकर अनुमोदन के लिए अलग नस्ती में भेजा गया है। नस्ती में आगे लिखा गया कि महानिदेशक ने २४.१२.९८ की खर्च की प्रगति की समीक्षा बैठक में इस पर चर्चा की थी और इस वर्ष की निर्धारित राशि समय पर खर्च करनी है।'

यहाँ यह बताना योग्य है कि पूर्व में जब विज्ञापन दूसरी बार करने में देरी की जा रही थी, तब मैंने इस चौकड़ी को नोटशीट देकर यह बताया था कि देरी कर वित्तीय

वर्ष मार्च का बहाना बनाकर पूर्व में भ्रष्टाचार किया गया था और इस बार भी यही होगा। भ्रष्टाचार की राशि कमाने हेतु ही मार्च तक या समय पर खर्च करने का निश्चय करने को कहा था। बेंचमार्क वह परीक्षण है, जो क्रय के पूर्व वस्तुएँ निर्धारित स्तर की हैं या नहीं, बताता है। महानिदेशक ने यह भी सावधान किया था कि जब तक प्रस्ताव स्वीकृत नहीं होता, सूचना का रहस्योद्घाटन न हो (इससे स्पष्ट था कि डॉ. पड़ौदा अपने षड्यंत्र बिना बेंचमार्क के क्रय आदेश को छुपाए रखना चाहते थे)। इसके लिए कहा कि व्यक्तिगत रूप से नस्ती का हस्तांतरण करें और संबंधित अनुभाग को न भेजें। अवर सचिव को सलाह दी जाती है कि नस्ती को अधिकारियों के पास स्वत: ले जाएँ और अंतिम स्वीकृति के लिए प्रस्ताव का परीक्षण कराएँ। ऐसा डॉ. कौल ने अपनी इस नोटशीट में भी लिखा था। यद्यपि इसके पूर्व ही इस चौकड़ी ने बोली दस्तावेजों (बिड डॉक्यूमेंटस) को भी इतना छुपाकर रखा था कि मैं जो इसके लिए एक मात्र अधिकृत चयनित अधिकारी था, मूल्यांकन समिति का सचिव था, उसे भी ये दस्तावेज मात्र 'दस्तावेज खोलते' समय (क्योंकि मुझे भी इस समिति का सदस्य बनाया गया था) देखने को थोड़े समय के लिए मिले थे एवं दूसरी बार जब मूल्यांकन समिति के सचिव के रूप में मैंने बैठक मे हिस्सा लिया था, तब २०-३० मिनट वहाँ पर ये दस्तावेज दिए गए थे (वहाँ भी डॉ. आलम मुझे बार-बार अन्य कार्यों के लिए बैठक कक्ष से बाहर भेजते रहे)।

आगे लिखा गया 'नस्ती को वित्तीय सलाहकार और महानिदेशक को भेजने के पूर्व, उपमहानिदेशक (इंजीनियरी) अपनी सहमति हेतु कृपया देखें।'

उपरोक्त विवरण से स्पष्ट है कि इस नोटशीट में न तो खरीदी की स्वीकृत करने का प्रस्ताव था, न ही यह कहा गया था कि खरीदी हेतु अनुमति के पूर्व 'बेंचमार्क' (जैसा मूल्यांकन समिति ने निर्णय दिया था) कराने की सूचना थी, जबकि महानिदेशक डॉ. पड़ौदा के पत्र के जवाब में राष्ट्रीय सूचना केंद्र के महानिदेशक डॉ. एन. शेषागिरि ने अपने पत्र दिनांक १२.८.९८ को इस प्रोजेक्ट की गुणवत्ता बनाए रखने हेतु उन्हें उत्तर दिया था कि बेंचमार्क (क्रय के पूर्व) हेतु वे तैयार हैं, जैसा दूसरी मदों में करते हैं। यह नस्ती उपमहानिदेशक (इजी.) को दी थी, उन्होंने बिना कुछ टिप्पणी के लिखे इस पर हस्ताक्षर करके वित्तीय सलाहकार तथा महानिदेशक को चिह्नित (इंगित) कर दिया। इस पर इन्होंने भी हस्ताक्षर करके आगे महानिदेशक की ओर बढ़ा दिया। इस पर महानिदेशक डॉ. आर.एस. पड़ौदा ने भी हस्ताक्षर कर दिए। किसी ने कोई भी टिप्पणी नहीं लिखी, न स्वीकृति, न अस्वीकृति, न मान्य, न अमान्य न निर्देश कुछ भी नहीं। इससे केवल इतना स्पष्ट था कि इन्होंने कंप्यूटर संबंधी नस्ती को देखा है। यह नस्ती यह बता रही थी कि अभी 'बेंचमार्क' के लिए लिखा-पढ़ी पूर्ण हो रही है एवं

इसे शीघ्र कराया जाएगा, वित्तीय वर्ष में काम पूर्ण करने की अपेक्षा थी, आदि-आदि। यह किसी भी रूप में क्रय लिये स्वीकृति थी।

इस तथाकथित क्रय नोटशीट में वित्त निदेशक श्री बाबूलाल जांगिड़ की कहीं टीप नहीं ली गई, जबकि वह न केवल वित्त के मुखिया थे, बल्कि मूल्यांकन समिति के सदस्य थे, जिसमें यह निर्णय लिया गया था कि तकनीकी मूल्यांकन हेतु 'बेंचमार्क' परीक्षण के बिना क्रय आदेश न दिया जाए। यह मुझे तक नहीं दिखाई गई, जबकि मैं मूल्यांकन समिति का सचिव था। यह स्पष्ट रूप से इसलिए किया गया था कि यदि ईमानदार अधिकारियों के पास नोटशीट गई तो सही टीप मिल जाएगी और उनके चहेती फमर्स मे. सीमेंस एवं मे. विनीटेक को क्रय आदेश न मिलेंगे, जिससे 'चौकड़ी' को भ्रष्टाचार की गुंजाइश नहीं रहेगी या कम हो जाएगी। इसके उपरांत विशेष कर्तव्यस्थ अधिकारी डॉ. जी.एल. कौल ने अवैधानिक रूप से यह मानते हुए कि यह क्रय की स्वीकृति है, इसमें लिखा कि यह इसे पंचाट के अनुबंध हेतु आगे बढ़ाएँ, जबकि यह किसी स्थिति में क्रय की स्वीकृति न थी। इस पर अवर सचिव श्री कन्हैया ने कंप्यूटर उपकरण क्रय अनुबंधपत्र का प्रारूप प्रस्तुत किया, जिसे उपसंचालक वित्त ने अपने मत के साथ आगे बढ़ाया एवं दिनांक ९.२.९९ को विशेष कर्तव्य अधिकारी डॉ. कौल ने हस्ताक्षर कर बिना 'बेंचमार्क' किए क्रय का आदेश दे दिया (ऐसी स्थिति में यदि मद्रास उच्च न्यायालय के न्यायाधीश श्री एस. वैद्यनाथन की परिकल्पना मानी जाती, तदनुरूप नियम संशोधित हो जाते तो इनके हाथ काट लिए जाने थे), जबकि क्रय आदेश देने का अभी प्रश्न ही नहीं था, जबकि 'बेंचमार्क' किए बिना क्रय आदेश न देने की मूल्याकंन समिति ने स्पष्ट बात कही थी। यदि इसे (समिति निर्णय) अमान्य करना था तो यह प्रकरण पुनः 'मूल्याकंन समिति' के पास ही आना चाहिए था, जिससे वह इस पर अपने मत प्रगट करती।

'बेंच मार्क' करने का निर्णय न केवल 'मूल्याकंन समिति' का था, बल्कि इसके लिए बोली दस्तावेज सेक्शन-७ में यह विशेष रूप से जोड़ा गया था कि 'बोली दस्तावेज' दो प्रतियों में अलग-अलग लिफाफे में प्रस्तुत हों। यह इस चौकड़ी को पूरी तरह ज्ञात था। यह प्रावधान इसलिए भी हुआ कि पूर्व में ऐसा न होने से समस्याएँ आई थीं एवं वर्तमान में भारत सरकार के नियमों में एवं कंप्यूटर नेट हेतु बनी मूल परियोजना में स्पष्ट प्रावधान था कि बड़ी खरीददारी में तकनीकी मूल्यांकन या 'बेंचमार्क' के बाद ही निर्णय कर क्रय आदेश दिए जाएँ। इसी कारण बोली दस्तावेज के सेक्शन-३ आई.टी.वी. १७.१ तथा सेक्शन-७ के अंत के नोट में इस ('बेंचमार्क') हेतु अलग लिफाफे में तकनीकी एवं वित्तीय दस्तावेज दो प्रतियों में अलग लिफाफे में मँगाए गए थे। ऐसा पहले की खरीदी में नहीं था। जब बोली दस्तावेज बन रहे थे, तभी से इसको

कैसे, किससे, कब एवं कहाँ कराया जाए, के विचार कर निर्णय ले लिये गए थे। इस 'बेंचमार्क' के बारे में बड़ी-बड़ी बैठकें हुई थीं एवं समितियाँ बनी थीं। महानिदेशक डॉ. पड़ौदा ने महानिदेशक राष्ट्रीय सूचना केंद्र भारत सरकार दिल्ली को इस बाबत लिखा था, उनका तदनुसार स्वीकृति का पत्र आया था। बाद में डॉ. पड़ौदा की अध्यक्षता में बड़ी बैठक हुई थी और यह निर्णय लिया गया था कि प्रत्येक बोली दस्तावेज के मदों का क्रय आदेश देने के पूर्व 'बेंचमार्क' किया जाएगा।

उपमहानिदेशक डॉ. अनवर आलम ने भी भारत सरकार के राष्ट्रीय सूचना केंद्र के अधिकारियों को कई पत्र लिखे एवं कई बार बैठकें की थीं एवं यह निश्चय किया गया था कि किसी भी स्थिति में बेंचमार्क किए बिना क्रय करना उचित न होगा। इस हेतु न केवल तथ्य सामने प्रस्तुत किए थे, बल्कि मैंने अपने दायित्व के नाते न केवल 'बेंचमार्क' की ये सभी बैठक आयोजित कराई थी, सरकारी दस्तावेज इनके सामने प्रस्तुत किए थे, महानिदेशक डॉ. शेषागिरि, उपमहानिदेशक डॉ. विजयादित्य जो राष्ट्रीय सूचना केंद्र भारत सरकार के थे, के पत्र लाकर इनसे चर्चा कराई थी। यह विवरण पूर्णतया सर्वश्री कन्हैया एवं कौल की जानकारी में न केवल लाया गया था, बल्कि उनकी सहमति भी इस पर ली गई थी। इसके बाद भी इस चौकड़ी ने फर्म मे. सीमेंस के दलाल के रूप में कार्य करके उसकी त्रुटियों को छिपाने के लिए तुरत-फुरत निर्णय (खरीद हेतु) प्रेषित करने की ठान ली थी। इन्होंने यह भी नहीं देखा कि इस नोटशीट में उन्होंने ही लिखा है 'बेंचमार्किंग' में होनेवाले खर्च आदि के लिए (जिसके परीक्षण में खरा उतरने के बाद ही क्रय होता है) अलग से नस्ती स्वीकृति के लिए चल रही है और मूल्यांकन समिति के निर्णय के अनुसार 'बेंचमार्क' के बाद ही क्रय आदेश देना है।

यह सब दरकिनार करते हुए तुरंत ९.२.९९ को वित्त शाखा के (निदेशक को नस्ती न देते हुए मात्र) उप निदेशक को नस्ती दिखाई गई, उसी दिन श्री कन्हैया ने आवश्यक संशोधन करने की टीप दी, उसी दिन विशेष कर्तव्य अधिकारी ने नस्ती में हस्ताक्षर किया, उसी दिन आदेश पारित हुआ और उसी दिन दूर बैठी विक्रेता फर्मों को सभी औपचारिकताएँ पूर्णकर आदेश देते हुए उनके हस्ताक्षर करा लिए गए। यह तिलस्म इसलिए कराया गया, क्योंकि बहुत-सी कमियाँ जो इस फर्म में थीं, वे उत्तरोत्तर कार्यालय में आती जा रही थी, जैसे इसके पास बोली की शर्तों के अनुरूप पूरे देश में काम करने का इंफ्रास्ट्रक्चर भी नहीं था, जगह-जगह प्रतिनिधि भी नहीं थे, आदि-आदि कमियाँ थीं। दस्तावेजों के देखने से यह भी स्पष्ट होता है कि ९.२.९९ के १-२ सप्ताह बाद में यह निर्णय लिया गया था कि कैसा क्रय आदेश इन्हें दिया जाए एवं पिछली तारीख में आदेश निकाले गए एवं फर्मों से प्राप्ति के हस्ताक्षर कराए गए थे। इस जालसाजी को बड़ी सूझ-बूझ से अंजाम दिया गया था। उदाहरण के लिए 'बेंचमार्क'

कराने के लिए प्रयत्न चल रहे थे, जिसे पूर्ण करके शीघ्र ही क्रय आदेश की व्यवस्था करनी थी, किंतु उधर इस पर निर्णय भी नहीं हुआ था, फिर भी इधर आदेश दे दिए कि मे. सीमेंस से बारह करोड़ रुपए छप्पन लाख इक्यानवे हजार आठ सौ सत्तर रुपए एवं बत्तीस पैसे (१२,५६,९१,८७०.३२ रुपए) के कंप्यूटर क्रय किए जाएँ।

अगर इस फर्म को आदेश न मिलते तो दूसरे क्रम पर भारतीय फर्म थी, जिसको आदेश मिलते। मे. सीमेंस न केवल बिड सिक्योरिटी गलत होने से अमान्य थी, बल्कि बाद के परीक्षणों से ज्ञात हुआ कि यह 'बेंचमार्क' में भी असफल हो जाती, इनकी सप्लाई, रखरखाव, देखभाल की व्यवस्था भी नहीं थी, आवश्यक ढाँचा भी न था, इस तरह यह फर्म पूर्णतः अमान्य थी एवं स्पर्धा से बाहर होनेवाली थी, किंतु इसने 'चौकड़ी' को खुश रखा था, इसलिए किसी भी तरह से उसे क्रय आदेश दिए गए।

इसी तरह यू.पी.एस. (Uninterupted Power Supply-UPS) क्रय के लिए भी बिना 'बेंचमार्क' परीक्षण के आदेश दे दिए गए, जबकि बाद के परीक्षणों से यह ज्ञात हुआ कि उनमें भी समस्याएँ थीं। यू.पी.एस. क्रय हेतु मूल्यांकन समिति ने बेंचमार्क के साथ यह सिफारिश की थी कि कीमत को कम करने हेतु फर्म मे. विनीटेक से बातचीत की जाए, किंतु श्री कन्हैया ने विश्व बैंक का हवाला देकर इसको भी बंद कर दिया, जबकि हमारे दस्तावेज में ऐसे मनाही की कहीं बात नहीं की गई थी। इसके बाद तानाशाही का आलम यह कि इन्होंने 'मूल्यांकन समिति' के समक्ष यह बात लाकर उसमें निर्णय न लेकर अपने स्तर से इसे गलत कह दिया, यह निर्णय का अधिकार मूल्यांकन समिति को था, न कि अदना से बाबू (अधिकारी) श्री कन्हैया को। विश्व बैंक के दस्तावेजों में कहीं यह नहीं है कि भारत सरकार की भ्रष्टाचार के खिलाफ नीतियों के ऊपर वह निर्णय ले एवं 'बेंचमार्क' के बिना क्रय आदेश दे, न ही विश्व बैंक ने कहीं कहा कि बिना 'बेंचमार्क' के आदेश दे दो। हमारे सूचना टेक्नॉलाजी के मूल ग्रंथ में ही 'बेंचमार्क' का प्रावधान था, किंतु श्री कन्हैयाजी की लीला अपरंपार थी और उन्होंने मन माफिक तोड़-फोड़कर नोटिंग (टिप्पणी) दी। इस टीप में उन्होंने 'बेंचमार्क' परीक्षण के कराने हेतु बात भी लिखी, किंतु इस पर निर्णय लिये बिना क्रय आदेश एक तानाशाह की तरह जारी कर दिया। जो निर्णय मूल्यांकन समिति से लेना चाहिये था उसे इस अदना से बाबू ने ले लिया।

कन्हैया चौधरी झूठी नोटशीट तैयार करने में भी माहिर था, जिससे 'चौकड़ी' के निर्णयों को क्रियान्वित किया जा सके। दिनांक २५.१.९९ की नोटशीट में लिखा कि डॉ. ए.के. जैन वरिष्ठ वैज्ञानिक के प्रतिनिधित्व में जो समूह बनाया गया था, वह तुलनात्मक विवरण एवं मूल्यांकन हेतु बनाया गया था, जबकि उसी की नोटशीट २३.११.९८ से यह समिति मात्र तुलनात्मक विवरण हेतु गठित की गई थी। उसी

२५.१.९९ एवं २१.१२.९८ की नोटशीट में झूठा लिखा कि मूल्यांकन समिति ने तकनीकी मूल्यांकन किया, जबकि तकनीकी मूल्यांकन न होने के कारण ही इसे पूर्ण करने हेतु 'बेंचमार्क' कराने की संस्तुति मूल्यांकन समिति ने दी थी। श्री कन्हैया ने बेंचमार्क कराने की प्रगति दिनांक २५.१.९९ की नोटशीट में बताई। दिनांक २७.१.९९ की नोटशीट, जिसको सर्वश्री आलम, पड़ौदा, कौल, राकेश ने मात्र देखा भर था, क्रय की स्वीकृति न थी, जो नोटशीट किसी दूसरे मद की थी, उस पर क्रय आदेश जारी कर दिया। यह सब चौकड़ी की सहमति से था, क्योंकि जब मैंने इस पर लिखित में विरोध किया तो कोई कार्यवाही इस चौकड़ी ने नहीं की। जब उपरोक्त नोटशीट पर हुए हस्ताक्षरों को आदेश देने का आधार मानकर विशेष कर्तव्य अधिकारी डॉ. कौल ने क्रय आदेश देने हेतु २८.१.९९ को टीप लिखी और अवर सचिव श्री कन्हैया की ओर बढ़ाई, तब उन्होंने अगली चाल चली कि इसमें वित्त निदेशक के मत नहीं लिए गए तो कम से कम क्रय आदेश के मसौदे को ही दिखा दिया जाए। अब चूँकि उनको पता था कि वित्त निदेशक इस घपले को पूरी तरह अमान्य कर देंगे, इसीलिए इन्होंने उप निदेशक वित्त को देखने के लिए यह नोटशीट प्रस्तुत की और उसके बाद ९.२.९९ को विशेष कर्तव्य अधिकारी की स्वीकृति लेकर उसी दिन खरीदी आदेश पारित कर दिया।

रखरखाव, मूल्यांकन, विचार एवं विरोध प्रगट करने एवं काम करने का सबसे बड़ा माध्यम होता है पत्राचार। पत्राचार के लिए मुझे एवं परिषद् के मेरे समकक्ष अधिकारी के लिए एक वैयक्तिक सहायक दिया जाना था, वैसी व्यवस्था मेरे साथ भी उपलब्ध थी। इस वैयक्तिक सहायक की उपस्थिति संबद्ध अधिकारी के पास ही रहती है। 'चौकड़ी' ने सोचा कि यदि इसे नियंत्रित कर लिया जाए तो मेरे पत्राचार बंद हो सकते हैं अतः डॉ. आलम उपमहानिदेशक, जो मेरे अधिकारी थे, ने मेरे व्यक्तिक सहायक की हाजरी अपने पास रखने का आदेश मौखिक रूप से दिया। तब मैंने चाहा कि यह लिखित रूप में हो, अतः मैंने एक नोटशीट दिनांक ५.१.९९ लिखी, जिसमें इनके इस कार्य की आगे भी व्यवस्था रहेगी, ऐसा विवरण लिखकर इनके पास प्रस्तुत किया, जिस पर उपमहानिदेशक ने ८.१.९९ को लिखा—

'विधिवत स्वीकृत को सतत् बनाएँ रखना चाहिए, जब तक आगामी आदेश न हो, कृपया जारी करें।'

आगे अपने व्यैक्तिक सचिव को लिखा—

'जारी किया गया। हम हाल के पत्राचार के आधार पर इस विषय पर व्यवस्थित कर सकेंगे।'

इस तरह मेरे वैयक्तिक सहायक पर भी 'चौकड़ी' ने नियंत्रण कर लिया। इसकी बाबत विवाद होते रहे एवं मेरा पत्राचार प्रभावित होता रहा।

इस तरह १००० करोड़ रुपए का जो ऋण अंतरराष्ट्रीय विकास संगठन द्वारा 'राष्ट्रीय कृषि तकनीकी परियोजना', जिसका एक बड़ा हिस्सा सूचना प्रणाली के विकास में लगाया गया था, के उपकरण खरीदने का १२ करोड़ रुपए का आदेश एक उस विदेशी फर्म मे. सीमेंस निक्सडोर्फ इंफार्मेशन सिस्टम लिमिटेड को दिया गया, जिसका बोली दस्तावेज ही ग्राह्य करने योग्य नहीं था। मात्र इसी कारण यह प्रथमतः ही स्पर्धा से बाहर हो जाता, इसका देशभर में सुदृढ ढाँचा भी नहीं था। दूसरी फर्म में विनीटेक भी वैसी ही थी। इसे क्रय आदेश देने के लिए सभी नियमों को ताक पर रख तथा सभी समितियों की अनुशंसा के विपरीत बिना 'बेचमार्क' परीक्षण के क्रय आदेश दे दिए गए। इसके लिए 'चौकड़ी' ने चुन-चुनकर ऐसे व्यक्तियों की इकाई बनाई, जो भ्रष्टाचार में सहयोग कर सकें। जिनको अधिकृत रूप से इस कार्य के लिए चयनित किया गया था, उन्हें इससे दूर किया गया। जो सही-सही मार्गदर्शन करते थे, उनकी मत (टीप) नहीं ली गई। इस तरह एक भाग 'खरीदी आदेश' का पटाक्षेप किया गया। इससे यह भी स्पष्ट हो गया कि परिषद् के महानिदेशक एवं भारत सरकार के सचिव डॉ. आर.एस. पड़ौदा के रहते उनका मास्टरमाइंड श्री कन्हैया, ऐसी ही हरकतें करके इस नवीन 'कंप्यूटर नेटवर्क' टेक्नोलॉजी का भट्ठा बैठा देगा।

## अपराध बोध को ठीक करना भी मुश्किल

जब सामान्य आदमी या अधिकारी गलती करता है तो उसे अपनी गलती का आभास होने पर डर लगता है और अपराध बोध होता है। वह उसे ठीक करने का प्रयत्न करता है। डर चाहे अपने अधिकारयिों द्वारा चरित्रावली खराब का हो या स्थानांतरण का हो या प्रशासनिक कार्यवाही का हो या की गई गलती का दंड जेल में भुगतने का हो। इस चौकड़ी के चलते श्री टी.वी. असारी उपनिदेशक (वित्त) ने गलती की थी। जब श्री कन्हैया अवर सचिव ने उन्हें कंप्यूटर खरीदी की नस्ती दी थी, तब ९.२.९९ को उन्होंने 'बेंचमार्क' किए बिना जो अनुमति हुई थी, उस बिंदु पर कोई मत नहीं दिया था, साथ ही यह भी नहीं लिखा था कि इतनी बड़ी खरीदी में निदेशक (वित्त) का मत लेना योग्य होगा । जब यह अपराधबोध हुआ होगा, तब श्री टी.व्ही. असारी उपनिदेशक (वित्त) ने १९.३.९९ (खरीदी आदेश के दिनांक ९.२.९९) के बाद विशेष कर्तव्य अधिकारी को एक नोटशीट प्रस्तुत की, जिसमें उन्होंने लिखा, 'बोली मूल्यांकन समिति ने खरीदी आदेश देने के पूर्व 'बेंचमार्किंग' करने की अनुशंसा की थी। यह माना जा रहा है, इस मद में उचित कदम उठाए जा चुके होंगे।' किंतु 'अब पछताए होत क्या, जब चिड़िया चुग गई खेत' वाली बात थी। श्री कन्हैया की लीला अपरंपार थी, वह अपना नाटक खेल चुका था। 'चौकड़ी' दिए गए आदेश को वापस ले नहीं सकती

थी (क्योंकि उसका लाभ उसे मिल चुका होगा) जिससे 'बेंचमार्क' किया जाता और फर्म मे. सीमेंस को अमान्य कर प्रतिस्पर्धा से बाहर किया जाता। नोटशीट के मिलते ही तुरंत विशेष कर्तव्य अधिकारी डॉ. कौल ने श्री कन्हैया एवं श्री टी.व्ही.असारी को बुलाया एवं श्री कन्हैया से स्पष्टीकरण माँगा एवं नोटशीट में उसी दिन लिखा, 'यह आज उपनिदेशक (वित्त) तथा अवर सचिव से चर्चा की। अवर सचिव ने उठाए गए उपरोक्त बिंदु पर जो स्पष्टीकरण दिया, नस्ती में लिखकर प्रस्तुत करें।'

अब क्या श्री कन्हैया लिखते कि उन्होंने मे. सीमेंस के दलाल के रूप में कार्य करते हुए उन्हें उपकृत करने के लिए यह अवैध कार्य किया है कि बिना 'बेंचमार्क' परीक्षण के ही उन्हें खरीदी आदेश दिया है, क्योंकि 'बेंचमार्क' परीक्षण में मे. सीमेंस असफल रहती एवं उसे प्रतिस्पर्धा से ही बाहर होना पड़ता। इसके लिए उन्होंने 'मूल्यांकन समिति' जिसकी सिफारिश के विपरीत कार्य किया है, उसे भी सूचित करने की जहमत नहीं उठाई, जिससे यह फर्म अमान्य होने से बची रहे। मात्र अपनी 'चौकड़ी' के मध्य नोटशीट घुमाकर खरीदी आदेश पारित कर दिया। श्री कन्हैया चौधरी को कुछ सूझ नहीं पा रहा होगा कि क्या जवाब दें, किंतु उन्हें यह भी पता था कि डॉ. पड़ौदा (सक्षम अधिकारी) के सामने सबकी घिघ्घी बँध जाती है, अतः वह कुछ भी लिख देगा, कोई कुछ नहीं बोलेगा। 'रबर की मुहर' की भाँति चुप रहेंगे और बिना चूँ-चपड़ किए हस्ताक्षर कर नोटशीट रख देंगे। अतः उसने लिखा, 'उपरोक्त संदर्भित नोट! 'बेंचमार्किंग' एवं परिवहन के पूर्व की जाँच-परख (परीक्षण) हेतु निकसी (NICSI- National Informatics Centre for System Information) को सक्षम अधिकारी की अनुमति लेकर अधिकृत किया जा रहा है।'

उसने इस बिंदु पर कोई टीप नहीं दी कि 'बेंचमार्क' परीक्षण किए बिना खरीदी आदेश क्यों दिया गया, और जैसा उसे मालूम था, इस टीप पर न तो डॉ. कौल ने, और न ही श्री टी.व्ही. असारी ने कोई स्पष्टीकरण माँगा, जबकि सबको पता था कि 'बेंचमार्क' तो क्रय आदेश के पूर्व उस पउर निर्णय के लिए होता है। बिना चूँ-चपड़ के नोटशीट पर दोनों ने उसी दिन हस्ताक्षर कर नोटशीट रख दी। यह भी नहीं लिखा कि मूल्यांकन समिति ने तो आदेश देने के पूर्व 'बेंचमार्क' करने का निर्णय दिया था, जबकि यह भी लिखना चाहिए था कि यह पूर्णतया गलत हुआ कि 'बेंचमार्क' के बिना आदेश दिया गया।

यहाँ उस कंप्यूटर नेटवर्क उपकरणों की खरीदी का उल्लेख करना समीचीन है, जो लगभग उसी समय, उन्ही शर्तों पर, उन्ही व्यक्तियों (कार्यालयों के लिए), उसी तकनीकी विवरणवाले थे। ये कंप्यूटर दोनों (परिषद् एवं सूचना केंद्रों) के महानिदेशक एवं विशेषज्ञों की बैठक ६.१०.९८ के बाद लिए गए निर्णय के अनुरूप थे। इसके बाद २१.१२.९८ को बैठक में सर्वर, पर्सनल कंप्यूटर, प्रिंटर, यू.पी.एस., सहायक उपकरण,

स्कैनर आदि को क्रय करने के लिए औपचारिकता पूर्ण की गई और इसी दिन उपमहानिदेशक (परिषद्) ने सूचना केंद्र के महानिदेशक १९९८-९९ के योजना मद से खरीदी हेतु पत्र लिखा।

## बह निकली भ्रष्टाचार की वैतरणी

नियमों को ताक पर रखकर अपनी चहेती फर्मों (मे. सीमेंस एवं मे. विनीटेक) को अवैधानिक रूप से बिना 'बेंचमार्क', बिना पर्याप्त ढाँचा, अप्रभावनीय आदि की वैधानिकता को तिलांजलि देते हुए खरीदी आदेश देने में 'चौकड़ी' ने सफलता प्राप्त की थी। तब तो न केवल कंप्यूटर नेटवर्क उपकरण में भ्रष्टाचार बढ़ा, बल्कि भारतीय कृषि अनुसंधान परिषद् को अंतरराष्ट्रीय विकास संगठन से राष्ट्रीय कृषि तकनीकी परियोजना में मिले ऋण को जहाँ खर्च किया जा रहा था, वहाँ-वहाँ यह भ्रष्टाचार बढ़ने लगा। ऐसा मैं इसकी परियोजना प्रबंधन समिति (Project Management Committee) का सदस्य होने के कारण जान पाया था। वर्तमान में नमूने के रूप में 'सूचना प्रणाली विकास के लिए कंप्यूटर एवं सहायक उपकरण की खरीदी' में घपलों की क्रमबद्ध जानकारी उन्हीं की नोटशीट के आधार पर दी जा रही है। कैसे परियोजना की राशि डकारते रहे, इसकी रोमांचक कहानी है। दस्तावेज में क्या प्रावधान था, उनकी व्याख्या श्री कन्हैया ने कैसे की एवं चौकड़ी ने कैसे इसे स्वीकार कर अपनी हित साधना की। डॉ. पड़ौदा को हटाने और सी.बी.आई. की जाँच के चलते कैसे नोटशीट लिखने में परिवर्तन, मानक (गिरगिट की तरह रंग बदले) आदि बने, यह आगे विवरण से स्पष्ट है। इसे करते हुए इन्होंने परिषद् या देश हित का रत्तीभर ध्यान नहीं दिया।

दिनांक १५.३.९९ को श्री कन्हैया ने नोटशीट प्रस्तुत की, जो उपमहानिदेशक (वित्त) एवं विशेष कर्तव्य अधिकारी को इंगित की गई थी। यह मुझे (सहायक महानिदेशक सूचना-प्रणाली) एवं निदेशक (वित्त) को न तो इंगित था, न ही उनके मत लिए गए। इसमें मे. सीमेंस से अनुबंध का जिक्र था। इसमें कई बिंदु थे, किंतु इसमें मात्र एक बिंदु, जिसमें अनुबंध के दस्तावेजों के बारे में जिक्र था, उसका वर्णन करते हुए कहा था कि समझौते को स्वीकार किया जाए, जबकि अन्य बिंदु अस्पष्ट थे। इसमें क्रेता कौन होगा, जिसके हस्ताक्षर होंगे, वितरण प्रक्रिया आदि का बिल्कुल जिक्र नहीं था। इन्होंने ये लिखा कि जो क्रय आदेश है, उसको ठीक किया जाना है, किंतु कौन-सी गलतियाँ थीं, यह बिलकुल नहीं दिया गया। इस नोटशीट पर निदेशक, उप निदेशक (वित्त) के भी मत नहीं लिये गए, बल्कि उसको छोड़ते हुए सीधे विशेष कर्तव्य अधिकारी के ये नमूने के रूप में केवल हस्ताक्षर लिये गए। इस नोट में श्री कन्हैया ने यह लिखा था कि 'लेटर ऑफ क्रेडिट' को स्टेट बैंक में अतिशीघ्र खोलने के प्रयत्न हो रहे हैं।

## मे. सीमेंस को आंतरिक मूल्यांकन से छूट

डॉ. पड़ौदा के चहेते एवं चौकड़ी के मास्टर माइंड कन्हैया ने १८.३.९९ को एक नोटशीट प्रस्तुत की, जिसमें शुरू में लिखा कि विश्व बैंक ने मे. निक्सी को सलाहकार के रूप में परिवहन तथा माल प्रदाय के पूर्व कंप्यूटर आदि के परीक्षण के लिए बने प्रस्ताव को स्वीकृति दे दी है। इसके लिए विश्व बैंक ने ३६ लाख रुपए की पूर्ण राशि की प्रतिपूर्ति की भी स्वीकृति दी है।

बोली (बिड) की सामान्य शर्त की धारा ८ में प्रावधान था कि क्रेता को उनके बिना खर्च के उसका अधिकार है कि सामान की शुद्धता उसके विवरण के अनुरूप हो, यह जाँच करें। इसके लिए क्रेता, विक्रेता को अपने प्रतिनिधि के बारे में समयबद्ध विवरण सूचित करे। इसमें यह भी प्रावधान था कि यह परीक्षण विक्रेता के अहाते में, जहाँ से सामान भेजना है, में कर लें। इस पूर्व परिवहन परीक्षण में जो माल खराब पाया गया, उसे क्रेता अमान्य कर देगा एवं विक्रेता उसे ठीक करके देगा। इस परीक्षण के बाद भी क्रेता को अधिकार होगा कि अपने देश में आने के बाद माल का कोई भी परीक्षण कराए।

श्री कन्हैयाजी ने इस नोट शीट पर बड़े भोले बनते हुए लिखा कि विक्रेता को सलाह दी जाती है कि वे अपने उपकरणों का एक सेट 'बेंचमार्क' हेतु बिना देरी करे दें, जबकि उन्हें ज्ञात था कि क्रय आदेश होने के पूर्व 'बेंचमार्क' परीक्षण कराना था, जिससे फर्म को मान्य-अमान्य किया जा सके। अत: यदि वास्तव में श्री कन्हैया को जब अपनी गलती का एहसास हुआ, तब वह तुरंत सब कुछ छोड़कर पहले लिखते कि 'बेंचमार्क' परीक्षण हो एवं माल की अन्य शर्तें सही उतरें। तब तक फर्म को दिया क्रय आदेश स्थगित रहेगा। दस्ताअेज निर्माण के समय यह निर्णय लिया गया था कि तकनीकी बिड का पहले खोलकर परीक्षण किया जाएगा। यदि सही न हुआ तो उसे निरस्तकर दूसरे की बिड को पहले खोलकर परीक्षण किया जाएगा। ऐसा पत्र भी ३०.९.९८ को मैंने श्री कौल को लिखा था, किंतु श्री कन्हैया ने इसके पहले क्रय आदेश पूर्व का 'बेंचमार्क' परीक्षण न कराने की गलती को ठीक करने हेतु प्रस्तुत होनेवाली नोटशीट को प्रस्तुत नहीं किया, जिससे में सीमेंस के दस्तावेज को तकनीकी त्रुटि, बोली सुरक्षा (Bid Security) सही न देने, आधारभूत ढाँचा सीमेंस के पास न होने, खराब माल आदि होने के कारण भी स्पर्धा से ही बाहर हो जाना पड़ता। इस फर्म के पास तकनीकी समस्या के साथ-साथ आधारभूत संरचना ही नहीं थी कि वह पूरे देश में काम करती। अत: बीच में काम छोड़कर भागने की पूरी आशंका थी, जो बाद में सच निकली। इस 'बेंचमार्क' परीक्षण हेतु दस्तावेज में तकनीकी बोली (बिड) अलग से दो प्रतियों में रखने का विशेष प्रावधान (जो पहले की खरीद में  नहीं था) किया गया

था। बेचमार्क के लिए वित्त एवं तकनीकी समितियाँ गठित करने हेतु उपमहानिदेशक डॉ. आलम ने मेरी नोटशीट २०.७.९८ पर टिप्पणियाँ दी थीं, जिसके लिए प्रथम बार बोली दस्तावेज बनने के बाद से खुलने तक देश के सबसे बड़े तकनीकी विशेषज्ञों की बैठकें डॉ. पड़ौदा सचिव भारत सरकार की अध्यक्षता एवं अन्यों की कई बैठकों में हुई थी और 'बेंचमार्क' किए बिना क्रय आदेश न देने का निर्णय न केवल विशेषज्ञों ने लिया, बल्कि दस्तावेज 'मूल्यांकन समिति' ने मूलभूत निर्णय लेते हुए स्पष्ट कहा था कि किसी को भी क्रय आदेश देने के पूर्व 'बेंचमार्क' परीक्षण कर लिया जाए। डॉ. आलम उपमहानिदेशक की अध्यक्षता में ६.५.९८ को १० विशेषज्ञों (जिसमें राष्ट्रीय सूचना केंद्र के ३ विशेषज्ञ थे) की बैठक में निर्णय लिया गया था कि रा.सू.के. के महानिदेशक से अनुमति लेकर वहाँ से 'बेंचमार्क कराया जा सकता है, किंतु इससे चौकड़ी के पसंद की सभी फर्में अमान्य हो जातीं। इसी कारण श्री कन्हैया ने इसकी नोटशीट ही प्रस्तुत नहीं की थी अन्यथा १० प्रतिशत की राशि (प्रथम किस्त) देने के पूर्व ही ये दोनों फर्में स्पर्धा से बाहर हो जातीं। यद्यपि 'बेंचमार्क' कराने हेतु मैं अपना उत्तरदायित्व निभाते हुए इन्हें (चौकड़ी को) बार-बार लिखता रहा, किंतु इनके कान पर जूँ तक नहीं रेंगी।

नोटशीट में श्री कन्हैया ने आगे लिखा कि मे. सीमेंस ने लिखा है कि वह आंतरिक जाँच के लिए तैयार है, जिससे माल भेजने का काम शुरू हो जाए। मे. निक्सी (NICSI) सलाहकार के रूप में स्वीकृत हो गई। इसके लिए ३६ लाख रुपए भी स्वीकृत हुए, फिर भी पूर्व परिवहन आंतरिक जाँच, जो सिंगापुर (जहाँ माल था) में होनी थी, नहीं हो पाई और माल का परिवहन धीरे-धीरे होता रहा। इसे फर्म मे. सीमेंस का खर्च, जो पूर्ण उपयुक्त सुविधाएँ मुहैया कराने एवं सहयोग जैसे ड्राइंग, स्थान, डाटा आदि जाँच करनेवाले अधिकारी को क्रेता से बिना कोई चार्ज लिये दिए जानेवाला था, वह सब (रु. 1 करोड़) बच गया, और सबसे बड़ी उसे सुविधा मिल गई कि अब चौकड़ी के सहयोग से ७० प्रतिशत और राशि ले लेगा और धीरे-धीरे वर्षों माल प्रदाय खींचता रहेगा और जैसे कंप्यूटर आदि के ये मॉडल अप्रचलित होते जाएँगे, कम दाम पर उत्पादक से लेकर हमें सप्लाई करते चले जाएँगे। फर्म को राशि अदा करने की स्वीकृति की माँग की गई थी। इसे बिना यह सोचे कि संपूर्ण माल वहाँ (सिंगापुर) जाँच करने से देश में एक साथ ही आ जाएगा, स्वीकृति दे दी। परिणाम रहा कि वर्षों तक पूरा माल आया ही नहीं, थोड़ा-थोड़ा सामान लाते रहे, जिससे कंप्यूटर आदि पुराने (obsolete) या अप्रचलित हो गए।

पुनः उस गलती की धृष्टता के साथ इस चौकड़ी ने पुनरावृत्ति की कि मेरे (सहायक महानिदेशक कंप्यूटर सूचना प्रणाली के) एवं निदेशक (वित्त) के मत नहीं

लिये। उन्हें डर था कि यदि हमारे मत लिये जाते तो या तो पूरे आइटम उपलब्ध होने पर सिंगापुर में परिवहन पूर्व प्रमाण-पत्र दिया जाता या देश के अंदर आने पर पूरे कंप्यूटर आदि उपलब्ध होने पर ही प्रमाण-पत्र दिया जाता।

यहाँ यह बताना उचित होगा कि सहायक महानिदेशक (सूचना प्रणाली) तथा निदेशक (वित्त) की नोटशीट में मत लेना चालू हुआ, जब डॉ. राजेंद्रसिंह पड़ौदा को महानिदेशक एवं सचिव भारत सरकार के पद से हटाया गया, विशेषकर तब से जब सी.बी.आई (के.अ. ब्यू.) ने इस प्रकरण की जाँच चालू की तो तुरंत ही प्रत्येक महत्त्वपूर्ण नोटशीट पर जैसा नियम था एवं जरूरी था, इनके मत लेने चालू हुए। तब भी राजनीतिक दबाव के चलते बिना सी.बी.आई. जाँच पूरी हुए जब डॉ. राजेंद्र सिंह पड़ौदा की वापसी हुई तो पहले इस चौकड़ी तथा मंत्री एवं अध्यक्ष श्री नीतीश कुमार ने मुझे सहायक महानिदेशक के पद से हटाया एवं अपने भ्रष्टाचार में सहयोगी चहेते को इस पर मनोनीत किया, जिससे इनके कुकृत्य पर पर्दा पड़ा रहे एवं इनको नोटशीट में मनचाहे मत भी प्राप्त हो सकें। यह आगे के दी गई नोटशीट की दोमुँही टीप से स्पष्ट हो जाएगा कि जब सी.बी.आई. की जाँच चल रही थी, तथा जब जाँच बंद हुई, उसके बाद इन दोनों नए सहायक महानिदेशक तथा चौकड़ी के सदस्यों का गिरगिट जैसे रंग बदला एवं अपने ही मत को बदल-बदल कर नोटशीट में विपरीत टिप्पणियाँ दीं।

इधर सबकुछ सही मानकर कन्हैयाजी परिवहन पूर्व जाँच हेतु ३६ लाख रुपए की स्वीकृति आदि ले रहे थे, उधर दिनांक २६.३.९९ को उनके स्वयं सही होने पर श्री टी.वी. असारी उपनिदेशक ने टीप दी कि किया गया समझौता ही पूर्ण नहीं है। इन सबमें न तो दोनों पक्षों के हस्ताक्षर हैं, न ही कोई गवाह। इसके साथ ही इसमें कोई तिथि भी नहीं दी गई है (इससे भी पूर्व दिनों की तिथि डालने का आभास है)। यह बड़ा समझौता है तो इसे पंजीकृत भी किया जाना होगा। विधि खंड से भी सलाह लेना उचित होगा। इसी परिप्रेक्ष्य में उन्होंने चुभती हुई रग पर हाथ रख दिया एवं आगे लिखा 'क्योंकि इसमें बहुत बड़ी राशि का समावेश है, अतः इसमें निदेशक (वित्त) की सहमति, राशि खर्च करने के पूर्व (लेटर ऑफ क्रेडिट खोलने के पूर्व) लेनी उचित होगी। यह नोटशीट विशेष कर्तव्य अधिकारी को प्रस्तुत हुई। इससे स्पष्ट है कि बिना समझौते की स्वीकृति के ही श्री कन्हैया ने आगे की कार्यवाही चालू की, जो अवैधानिक थी। यह फर्मों को लाभ पहुँचाने हेतु किया जा रहा था। इस विशेष टीप के बाद भी निदेशक (वित्त) का मत तक नहीं लिया गया।

चौकड़ी के मास्टर माइंड कन्हैया ने समझौता पूर्ण भी नहीं हुआ था, इसके पूर्व ही दिनांक २७.३.९९ को ७० प्रतिशत राशि मे. सीमेंस को प्रदाय हेतु 'लेटर ऑफ क्रेडिट' खोलने की नोटशीट प्रस्तुत कर दी, जबकि यह ७० प्रतिशत राशि की बात तब

उठती थी, जब विक्रेता द्वारा माल के परिवहन के पूर्ण दस्तावेज के साथ जाँच के प्रमाण-पत्र प्राप्त हो जाते, किंतु यहाँ तो लूटम-लूट मची थी और कितना कमीशन, कितना जल्दी मिल जाए, इसकी होड़ भी चौकड़ी में लगी थी। इसी तारतम्य में श्री कन्हैया ने आगे प्रस्तावित करते हुए लिखा की 'कृषि एवं सहकारिता विभाग' के इस मद की राशि भी उसके माध्यम से ही केंद्रीकृत कर दी जाए। तात्पर्य साफ था कि जिससे वे उस पर भी कमीशन ले सकें। इसके लिए घोषणा-पत्र में संसोधन भी उनके द्वारा प्रस्तुत कर दिए गए। इस संशोधन को विशेष कर्तव्य अधिकारी डॉ. कौल ने स्वीकृत भी कर दिया, जबकि इसे संबंधित विभाग से पहले अनुमति लेनी चाहिए थी। इसके बाद अवर सचिव श्री कन्हैया ने १० प्रतिशत देय राशि भी प्रस्तावित कर दी, जिसे डॉ. कौल ने स्वीकृत कर दिया। इन दोनों में ही न तो वित्त शाखा के एवं न ही मेरे या मेरी शाखा के किसी अधिकारी से अनुमति ली गई।

श्री कन्हैया ने पुनः १५.६.९९ को ७० प्रतिशत राशि का भुगतान मे. सीमेंस को करने हेतु नोट (टीप) लिखा, जबकि आइटम प्रदाय ही नहीं किए गए थे। इसका मूल उद्देश्य था कि जल्द से जल्द ज्यादा से ज्यादा राशि भुगतान कर कमीशन प्राप्त कर लिया जाए। आगे टीप में वह लिखता है कि मे. सीमेंस के पत्र में निम्नलिखित बातें चाही गई हैं—

फर्म का नाम मे. सीमेंस निक्सडोर्फ इंफार्मेशन सिस्टम की जगह सीमेंस निक्सडोर्फ (मेन्यूफेक्चरिंग) प्रा.लि. हो, मूल रूप से प्रमाणित देशों में कई अन्य देशों (जिनमें चीन भी था) का नाम जोड़ा जाए, जहाज से लदान को बदला जाए, वाहनांतरण की अनुमति दी जाए, मे. निक्सी द्वारा जाँच प्रामाणिकता की बाद्धता को काटा जाए, क्योंकि यह बोली शर्तों में नहीं है। इस पर श्री कन्हैया अवर सचिव ने टीप दी कि नाम बदलाव माना जाए, मूल देशों की लिस्ट में बदलाव को मान्यता दी जाए, जहाज की जगह नौकायन की अनुमति दी जाए, वाहनांतरण की अनुमति दी जाए आदि। यह नस्ती उपनिदेशक वित्त को भेजी गई, जिसमें कहा गया कि समझौता दस्तावेज में यथा स्थान विक्रेता का नाम बदला जा सकता है, बोली दस्तावेज में संशोधन करते हुए मूल देशों के नाम में अन्यों को भी जोड़ा जा सकता है। परिवहन के माध्यम को यथावत बने रहने पर बल दिया जाए। यदि हमसे संभव न हो तो सक्षम अधिकारी की अनुमति से इसको संशोधित किया जा सकता है। प्रारंभिक जाँच करने का बिंदु, बोली दस्तावेज के अनुरूप नहीं हैं, अतः इसमें संशोधन का प्रस्ताव बनाकर बोली दस्तावेज तथा समझौते में संशोधन हेतु प्रस्तुत किया जाने हेतु सक्षम अधिकारी (वित्तीय सलाहकार, महानिदेशक, विश्व बैंक) की स्वीकृति ली जा सकती है। यह नस्ती राष्ट्रीय निदेशक डॉ. मंगला राय को, जो विशेष कर्तव्य अधिकारी डॉ. जी.एल. कौल की सेवानिवृत्ति

के बाद उनकी जगह चौकड़ी में मनोनीत किए गए थे, को भेजी गई। जैसा कि ज्ञात था उन्होंने कोई अपना मत न देते हुए मात्र हस्ताक्षर कर नस्ती लौटा दी, जबकि इसका दायित्व था कि वह लिखता कि परिवहन के पूर्व परीक्षण आवश्यक है। (जिससे सभी माल और सही समय पर भी मिल जाए), मूल देशों में चीन जैसे देश, जहाँ सही गुणवत्ता का सामान नहीं है, को इस स्तर पर जोड़ना उचित नहीं है, बीमा तब तक रखना उचित है, जब तक क्रेता द्वारा ग्राह्यता प्रमाण-पत्र न जारी किया जाए, किसी भी हालत में बाहर से देश में लाए जानेवाले माल के परिवहन को जहाज से लाने की व्यवस्था, बोली दस्तावेज में परिवर्तन करके उसमें जलयान से लाना (जिससे परिवहन में देरी होगी, भले ही फर्म मे. सीमेंस को लाने में कम पैसा लगेगा और अच्छी कमाई कर लेगी) उचित नहीं है, आदि लिखना चाहिए था, किंतु वह तो डॉ. राजेंद्र सिंह पड़ौदा के चहेतों में था, इसीलिए उसको पद पर मनोनीत भी किया गया था और उन्होंने कोई भी अपना मत नहीं दिया अन्यथा उसी समय काफी सुधार हो जाता, किंतु यही नियति को मंजूर था। डॉ. मंगला राय भी अपनी चरित्रावली खराब नहीं कराता, क्योंकि उसे येन केन प्रकारेण महानिदेशक बनना था और जिस चतुराई से उसने सहायक महानिदेशक से उपमहानिदेशक का पद रहस्यमय परिस्थितयों में साक्षात्कार के बाद ग्रहण किया था, वह उदाहरण योग्य तथा हो-हल्लावाला बन गया था। इसके लिए वह डॉ. पड़ौदा का ऋण भी चुका रहा था। उसके पास देश हित की जगह स्वहित जरूरी था। यह बात डॉ. मंगला राय की आगे की टिप्पणियों से भी सामने आएगी।

आगे इस कड़ी में 'चौकड़ी' ने चाल चली कि जिस कार्य (बोली दस्तावेज के बिंदुओं पर परिवर्तन, जिसके करने की मनाही थी) को बड़ों-बड़ों की टोली बनानी थी, उसमें ऐसे व्यक्तियों को बनाया, जो काफी कनिष्ठ थे एवं हद तो तब कर दी, जब एक मनोनयन किए गए ऐसे अधिकारी को जिसे पद (सहायक महानिदेशक) पर चयन के लिए न केवल अयोग्य पाया गया था, बल्कि प्रतिक्षा पैनल में भी रखने योग्य भी नहीं पाया था, जबकि मात्र दो ही व्यक्ति इस साक्षात्कार में 'कृषि वैज्ञानिक चयन मंडल' में आए थे। इस व्यक्ति को भ्रष्टाचार कराने के लिए जान-बूझकर 'राष्ट्रीय संयोजक' के रूप में इस कंप्यूटर क्रय योजना में रख लिया गया था। इस तरह इसकी (डॉ. जे.पी. मित्तल) अध्यक्षता में एक ७ व्यक्तियों की टोली गठित की गई, जिसमें चुन-चुनकर व्यक्तियों को लिया गया। इससे भी आगे हद तो तब हो गई, जब इस टोली में मे. सीमेंस एवं मेसर्स विनीटेक, जो फर्में सामान प्रदायकर्ता थीं, और जिन्होंने अवैध रूप से अपनी बोली दस्तावेज में संशोधन कर अपना हित साधने का लक्ष्य बनाया था, को भी रखा गया, जबकि हमारे बोली दस्तावेज के अनुभाग दो के बिंदु २१.३ में स्पष्ट रूप से लिखा गया था कि कोई बोली में संशोधन 'बिड' के जमा करने

की अंतिम तिथि के बाद नहीं हो सकता, विशेषकर उस स्थिति में, जब क्रेता को इतनी बड़ी हानि हो रही थी, उसको लंबी अवधि बाद सामान मिलने की आशंका थी, जिससे कंप्यूटर उपकरण अप्रचलित हो जाते और नई पद्धति को झेल नहीं पाते (यह संशोधन अपराध की श्रेणी में आता है) और वही हुआ भी। इस टीप ने जैसे चौकड़ी चाहती थी, वैसा ही निर्णय दिया। परिवहन के पूर्व जाँच-परखवाले अति महत्त्वपूर्ण बिंदु पर यह निर्णय लिखा कि चूँकि परिषद् के महानिदेशक डॉ. राजेंद्र सिंह पड़ौदा के द्वारा इस पर (गलत) निर्णय लिया जा चुका है, अत: इस पर टीम कुछ नहीं कहेगी। इस तरह डॉ. मित्तल ने डॉ. पड़ौदा के उपकार (जिसके तहत उसे अपने घर में रहने का मौका एवं मलाई खाने का अवसर मिला) का बदला चुकाया। परिवहन के हवाई जहाज के माध्यम को बदलकर प्रदायकर्ता को जलपोत की सुविधा देने की बात कही, बीमा बाबत बोली दस्तावेज में यह स्पष्ट प्रावधान था कि बीमा तब तक रहेगा, जब तक उपकरण चालू न कर दिया जाए एवं क्रेता द्वारा प्रमाण-पत्र प्राप्त न कर लिया जाए। इसके बावजूद इस टोली ने इस बाबत लिखा कि इस पर आगे का निर्णय विश्व बैंक से संपर्क कर लिया जाना चाहिए।

श्री कन्हैया ने आगे चाल खेलते हुए टीप दी कि 'लेटर ऑफ क्रेडिट' में मात्र २५० रुपए खर्च होंगे, अत: हम 'लेटर ऑफ क्रेडिट' ३० सितंबर तक बढ़ा लेते हैं। यह कहने में तो सरल है, किंतु यहाँ यह गूढ़ रहस्य था कि हम इसका भुगतान खुद करके अपनी गलती स्वीकार कर लिये और विक्रेता ने उसी आधार पर माल देरी से दिया और हम न तो दंड लगा पाए और न ही हमें समय पर माल मिला। इसका फायदा फर्म ने देरी करके अनुप्युक्त हो गए कंप्यूटर, जो पुराने-से-पुराने हो चुके थे हमें प्रदान किए (जिस समय हमें पेंटियम-II दिया जा रहा था उस समय पेंटियम-III बाजार में उपलब्ध था और पेंटियम-II आधी से कम कीमत पर उपलब्ध थे)।

श्री कन्हैया ने २१.९.९९ को एक टीप लिखी कि हमें मे. सीमेंस से एक पत्र प्राप्त हुआ है जिसमें हमारा ध्यान एम.एस. ऑफिस एवं डॉट मैट्रिक्स प्रिंटर प्रदाय संबंधित 'लेटर आफ क्रेडिट', जो बैंक में खोला है, उससे संबंधित है, उस तरफ हमारा ध्यान खींचा है और मे. सीमेंस ने लिखा था कि यहाँ उसका 'मूल देश' प्रमाण-पत्र नहीं मिल रहा, (जो वास्तविकता थी) इसलिए 'लेटर ऑफ क्रेडिट' में आवश्यक संशोधन किया जाए। प्रश्न यह था कि जब यह सभी को मालूम था कि यह माइक्रोसॉफ्ट का उत्पाद है, जिसका उत्पादन भारत देश में नहीं होता, तब मे. सीमेंस ने इसे यहाँ की राशि में क्यों उदधृत किया। यह जान-बूझकर रुपयों में (न कि डालर में) किया गया था, जिससे फर्म को लाभ हो। उनकी इस चालबाजी को अब 'लेटर ऑफ क्रेडिट' को संशोधन करा कर भी ठीक कराना चाहते थे। यह मान्य भी तब की गई थी, जबकि

कंप्यूटर आदि प्रदाय की समय-सीमा पूर्ण होने के कई माह व्यतीत हो चुके थे। अतः पहला काम तो बनता था कि इस फर्म से देरी से होने का निर्धारित दंड वसूल किया जाता एवं 'लेटर ऑफ क्रेडिट' में किसी कारण संशोधन करना पड़ता तो उसके तुरंत बाद कंप्यूटर आदि उपकरणों को प्रदाय करने को कहा जाता, जिससे फर्म देरी नहीं करती, किंतु बिना कुछ मत दिए डॉ. मंगलाराय ने इस टीप पर हस्ताक्षर कर उसे स्वीकृति दे दी। इस तरह एक तरफ तो अपने आका डॉ. पड़ौदा को खुश किया, दूसरी तरफ इससे वित्तीय लाभ संभव हो गया होगा। अपनी चरित्रावली ठीक लिखवाई एवं महानिदेशक बनने का रास्ता सरल बनाए रखा। इतना भर नहीं, बल्कि नोटशीट में श्री. कन्हैया ने आगे लिखा था कि उनके द्वारा बनाया एजेंट (दलाल) मे. 'राइटस' (RITES) ने सलाह दी है कि प्रदायकर्त्ता फर्म खुद भी प्रमाण-पत्र दे-दे तो उसको अनुमति दे देनी चाहिए, जबकि दलाल (एजेंट) से यह बात पूछना भी गलत था। यदि उसे कुछ सलाह लेनी ही थी तो हम लोग, जो विषय-विशेषज्ञ बैठे थे, जिन्होंने बोली दस्तावेज बनाया था, उनसे पूछ लेता, किंतु ऐसा करना तो उसे तौहीन लगता और विपरीत जाता था। इस पर भी डॉ. मंगला राय ने कुछ मत नहीं प्रदाय किया और मात्र हस्ताक्षर कर अपनी मौन स्वीकृति दे दी।

श्री कन्हैया ने २३.९.९९ को पुनः एक नोटशीट तैयार की, जिसमें लिखा कि मे. सीमेंस ने जो बैंक गारंटी दी है, वह ८.८.९९ तक ही मान्य है, और बोली दस्तावेज के अनुसार जब तक कंप्यूटर नेट उपकरण प्रदाय न हो जाएँ, तब तक यह जारी रहनी चाहिए। अभी सामान नहीं आया है, इसलिए फर्म ने ताजी 'बैंक गारंटी' प्रस्तुत की है। वह ३१.१२.९९ तक मान्य है। इसलिए पुरानी गारंटी राशि फर्म को लौटाई जानी चाहिए।

इसी बीच मैंने सभी संबद्ध अधिकारियों एवं परिषद् के अध्यक्ष तथा कृषि मंत्री तक यह बात पहुँचा दी थी कि समय पर सामान नहीं भेजा जा रहा, इस कारण ('लिक्वीडेटड डैमेज' ०.५ प्रतिशत प्रति सप्ताह से अधिकतम १० प्रतिशत तक सेक्शन-V बिंदु १४ बोली दस्तावेज के आधार पर) दंड का जो प्रावधान है, उसके अनुसार फर्म को दंडित करना चाहिए और चूँकि यह अधिकतम आ गया है, अतः नियमानुसार अनुबंध खत्म कर देना चाहिए। जानबूझकर इस देरी का कारण भी था कि जितनी देरी से माल प्रदाय किया जाएगा, उतना पुराना कंप्यूटर (पेंटियम-II) हो जाएगा एवं ये पुराने कंप्यूटर आधे से कम दाम में फर्म को उपलब्ध हो जाएँगे और फर्म को इससे काफी लाभ मिलेगा, किंतु हमारा नेटवर्क चौपट होगा।

श्री कन्हैया अवर सचिव की इस टीप पर उप-संचालक वित्त ने बिना कोई टीप के दिए मात्र हस्ताक्षर कर दिए, किंतु वित्त सलाहकार ने इस पर टीप लिखी कि सामान

प्रदाय में देरी क्यों हुई, वह समझौते के संदर्भ में बताया जाए। इस पर श्री कन्हैया ने पिछले पृष्ठों को देखने को कहा, जहाँ इसका कारण लिखा हुआ बताया। इस नोटशीट पर पुनः वित्त उपसंचालक ने बिना कोई टीप दिए हस्ताक्षर कर संचालक (वित्त) को न देते हुए वित्त सलाहकार की ओर बढ़ा दिया। इस पर वित्त सलाहकार ने लिखा कि बताए पृष्ठों से कोई स्पष्ट कारण सामने नहीं आया, जिससे फर्म ने देरी की है। यह बताएँ कि क्या सक्षम अधिकारी ने इस देरी को स्वीकार किया है। इस टीप के बाद श्री कन्हैया ने अपनी लीला खेली एवं आगे की नोटशीट ही नहीं लिखी, क्योंकि इस त्रुटि की उनके पास कोई काट ही नहीं थी, अतः यह नोटशीट भी गायब हो गई। इसी तरह पूरी फाइलों को देखने से स्पष्ट है कि नोटशीट या तो अधूरी पड़ी है या गायब कर दी गई है या अन्यत्र रखी है, जिससे चौकड़ी को फायदा हो सके एवं चौकड़ी दंड से बच सके।

अब श्री कन्हैया ने दूसरी चाल चली, क्योंकि उनकी दलाली एवं गलती पकड़ी गई थी, इसलिए चुप हो गए, एवं लंबी अवधि के बाद एक रहस्यमय, आश्चर्यजनक एवं सत्य नोटशीट दिनांक १६.६.२००० को (इसके पूर्व की नोटशीट फाइल से गायब करते हुए) राष्ट्रीय निदेशक को लिखा कि इस विषय पर फर्म मे. सीमेंस को लिखा जाए कि क्यों न उन पर 'लिक्विडेटेड डैमेज' लगाया जाए, जिसे उन्होंने स्वीकृत करते हुए आगे का पत्र लिखवाया। यह पहली बार था, जब फर्म के लिए दलाल की तरह काम करनेवालों ने उसी पर दंड की बात कही। यह रहस्य का कारण आगे देखने से समझ में आ जाएगा।

## अखबारों, पत्रिकाओं तथा इंटरनेट में परियोजना के घपलों का समाचार

उपरोक्तानुसार श्री कन्हैया की नोटशीट प्रथम बार सही लिखी गई थी एवं राष्ट्रीय संयोजक ने यह टीप दी थी (यह न केवल आश्चर्यजनक था, बल्कि अप्रत्याशित था, क्योंकि अभी तक तो दलाली कर रहे थे)। इसका कारण यह भी हो सकता है दिनांक १५.५.२००० को 'द इंडियन एक्सप्रेस' दैनिक अखबार के मुख्य पृष्ठ पर एक लेख 'साइंटिस्ट इज शंटेड आउट फॉर हाइलाइटिंग द आई.सी.ए.आर. स्कैम (Scientist is shunted out for highlighting the ICAR Scam) शीर्षक से छपा था। इसमें परिषद् के महानिदेशक डॉ. राजेंद्र सिंह पड़ौदा, उपमहानिदेशक डॉ. अनवर आलम आदि का सुनियोजित षड्यंत्र बताते हुए उनके द्वारा किए जा रहे भ्रष्टाचार का खुलासा किया गया था।

इस लेख में क्रमबद्ध रूप से इस लगभग १००० करोड़ रुपए रुपयों की परियोजना में कैसे-कैसे घपले हुए एवं हो रहे हैं (कंप्यूटर नेट में विशेष रूप से), उनका विवरण

दिया गया था। इस १५.५.२००० के अखबार के समाचार से पूरे भारतीय कृषि अनुसंधान परिषद् (भा.कृ.अ.प.) में हड़कंप मच गया था। उसी दिन परिषद् मुख्यालय में परिषद् के लगभग सभी १५-२० बड़े अधिकारियों (मुझे छोड़कर) की बैठक परिषद् के महानिदेशक एवं भारत सरकार के सचिव डॉ. राजेंद्र सिंह पड़ौदा की अध्यक्षता में दोपहर में बुलाई गई थी। इसमें मुझ पर आक्षेप लगाया गया था कि यह सूचना मेरे द्वारा अखबार को दी गई है एवं दूसरे दिन १६.५.२००० से ही मेरी ३ वर्ष पुरानी लिखी चरित्रावली पुनः लिखी एवं चरित्रावली खराब करना चालू हो गया। इसी अखबार ने आगे डॉ. मंगलाराय रा.नि. के इससे जुड़े घपले छापे। ऐसा घपलोंवाला समाचार अन्य अखबारों एवं इंटरनेट पर आने लगा एवं पूरे संसार में पहुँच गया। इसका परिणाम यह भी हुआ कि परिषद् के अध्यक्ष एवं कृषिमंत्री श्री नीतीश कुमार, जिन्हें मैं सतत् रूप से इस घपले की जानकारी देता रहा था, फिर भी उनके 'कान पर जूँ भी नहीं रेंगी' थी, के कान खड़े हो गए, क्योंकि कहा यह जाता है कि 'पार्टी फंड' के नाम से घपलों का पैसा वहाँ जाता था और इसी कारण मेरे लिखित में देने के बाद भी वह कुछ भी कार्यवाही नहीं कर रहे थे।

## मुख्य सतर्कता आयुक्त

इधर श्री एन. विट्ठल मुख्य सतर्कता आयुक्त केंद्रीय सतर्कता आयोग (के.स.आ.) भारत सरकार, जिनसे मैं लगभग प्रत्येक माह मिलकर इस भ्रष्टाचार का विवरण देता था, भी सतर्क हो गए और उन्होंने विशेष लिखा-पढ़ी (कार्यवाही) चालू की। तत्कालीन मुख्य सतर्कता आयुक्त श्री एन. विट्ठल एक ईमानदार एवं जुझारू व्यक्ति जाने जाते थे एवं बड़े-बड़े जलसों में जब ये वक्तव्य देते थे, तब वे लोगों के मन में भ्रष्टाचार के खिलाफ कार्यवाही करने का जोश पैदा कर देते थे। उनके भाषणों की सूचना पाकर उन्हें सुनने के लिए भीड़ उमड़ पड़ती थी। इस प्रकरण के सामने आने के बाद उन्होंने अपने स्तर पर काफी लिखा-पढ़ी की। फलस्वरूप सफल कार्यवाही की उम्मीद बढ़ गई। मंत्री से लेकर परिषद् के अधिकारी कार्यवाही करने के लिए मजबूर हो गए। एक तो श्री विट्ठल के पहले के पत्र एवं वर्तमान में 'भ्रष्टाचार के खिलाफ जेहाद' ने परिषद् को क्रियाशील करने पर मजबूर कर दिया। इधर मैं सतत् ४३७ केंद्रों, जहाँ कंप्यूटर नेट उपकरण बाँटे गए थे, से रिपोर्ट प्राप्त कर मंत्री नीतीश कुमार, सचिव डॉ. पड़ौदा आदि के पास प्रस्तुत कर रहा था।

## तत्कालीन कृषि मंत्री नीतीश कुमार की दोरंगी जाँच की चालबाजी

बढ़ते दबाव से कृषि मंत्री एवं परिषद् के अध्यक्ष श्री नीतीश कुमार ने एक

नोटशीट शुभारंभ की एवं परिषद् से इस पर मत चाहे। परिषद् का मत था कि मुझ पर कार्यवाही की जाए, जबकि अखबारों में लिखा गया था कि रुपए १००० करोड़ रुपए में जो घपले हुए हैं (विशेषकर कंप्यूटर नेट में) उनको मैंने मात्र उजागर भर नहीं किया, बल्कि उच्च अधिकारियों, एजेंसियों आदि के समक्ष भी प्रस्तुत किए। संवाददाता (अखबार) ने चर्चा में मेरा, डॉ. पड़ौदा एवं डॉ. आलम का नाम दिया गया था। इस नोटशीट में श्री नीतीश कुमार ने दो निर्णय दिए । एक के अनुसार भ्रष्टाचार (घपलों) की जाँचकर भ्रष्टों पर कार्यवाही की जाए। दूसरे निर्णय के अनुसार श्री नीतीश कुमार ने लिखा था कि मेरे ऊपर (केंद्रीय सिविल सेवा-आचरण नियम) के आधार पर अखबार में बातचीत करने की जाँच कर कार्यवाही की जाए। श्री नीतीश कुमार ने यहाँ अपना भ्रष्टाचारी चेहरा दिखाते हुए भ्रष्टाचारियों के बचाने के लिए उनके (सर्वश्री पड़ौदा एवं आलम) के ऊपर यह जाँच नहीं लगाई, जबकि अखबार ने हम तीनों से चर्चा का जिक्र किया था। नीचता की हद से गिरते हुए श्री नीतीश कुमार ने अपने भ्रष्ट चहेतों को बचाने के लिए यह चाल चली थी। भ्रष्टाचार पर जाँच के लिए भारतीय प्रशासनिक सेवा के वरिष्ठ अधिकारी एवं विभाग के प्रमुख सतर्कता अधिकारी श्री पवन रैना संयुक्त सचिव भारत सरकार को ९.८.२००० को नियुक्त किया एवं डॉ. किरण सिंह उपमहानिदेशक को मेरे जाँच अधिकारी के रूप में ४.८.२००० को नियुक्त किया गया।

ये दोनों ही जाँच अधिकारी बड़े क्रियाशील माने जाते थे। डॉ. किरण सिंह तो भ्रष्ट लोगों पर जाँचकर उनका भ्रष्टाचार सामने लाने में माहिर थे ही, ये प्रकरणों पर गहराई से अध्ययन कर टीप देने से भी नहीं चूकते थे। डॉ. किरण सिंह हड़बड़ी में जाँच नहीं पूरी करते थे, वे जाँच के बिंदु की मूल भावना तक जाते थे और इसी जाँच के चलते उनका 'कार्यालयीन कार्य एवं जाँच का कार्य' एकाकार हो जाता था। उनकी जाँच की पद्धति एवं गहनता के कारण कभी-कभी जाँच करानेवाला अधिकारी या मंत्री भी लपेट में आता महसूस होता था और इनकी जाँच रिपोर्ट पढ़कर जलन-कुढ़न महसूस करता था। इसी कारण डॉ. पड़ौदा ने मेरी जाँच के लिए इनके नाम का प्रस्ताव ही नहीं रखा था और जिनके नाम का प्रस्ताव दिया, वह अन्य कार्यों में व्यस्त थे और ऐसी परिस्थितियाँ बनीं कि अंततोगत्वा डॉ. किरण सिंह को ही उन्हें मेरा जाँच अधिकारी नियुक्त करना पड़ा था और श्री नीतीश कुमार मंत्री का यह दाँव उसके लिए गले की हड्डी बन गया था।

डॉ. पड़ौदा की अनियमितता के लगभग ६४६ पृष्ठ से भी ज्यादा के दस्तावेज मैंने प्रस्तुत किए, तब श्री पवन रैना ने अपनी रिपोर्ट जाँच करके प्रस्तुत की। इन्होंने डॉ. राजेंद्र सिंह पड़ौदा को न केवल अनियमितता के लिए दोषियों की श्रेणी में रखा, बल्कि

यह भी बताया कि इन्होंने फाइलें छुपाई और उन्हें जाँच अधिकारी से दूर रखने का षड्यंत्र रचा। यह रिपोर्ट दिनांक ३१/०८/२००० को प्रस्तुत की गई एवं इस पर सभी संबंधित विभागों की अनुमति लेते हुए 'कैबिनेट कमेटी ऑन एपाइंटमेंट (Cabinet Committee on Appointment) (मंत्रिमंडलीय पद स्थापना समिति) ने दिनांक १६.११.२००० को डॉ. राजेंद्र सिंह पड़ौदा को दोषी पाते हुए उन्हें कृषि अनुसंधान एवं शिक्षा विभाग (कृ.अ.शि.वि.) के सचिव (भारत सरकार) एवं महानिदेशक भारतीय कृषि अनुसंधान परिषद् से हटाते हुए आवश्यक प्रतीक्षा (Compulsory Wait) में रख दिया, जिससे सी.बी.आई. जाँच निष्पक्ष कराई जा सके एवं डॉ. माशेलकर को भा.कृ.अ.प. का महानिदेशक एवं श्री. भास्कर बरुआ को सचिव कृ.अ.शि.वि. के पद पर पदस्थ कर दिया। इस तरह डॉ. ए.पी.सक्सेना, जो राष्ट्रीय कृषि अनुसंधान परियोजना में १००० करोड़ रुपए (लगभग) की थी, उसमें परियोजना संचालक थे। उन्हें भ्रष्टाचार के मुद्दे पर निलंबित कराने के बाद जाँच बैठाने में मुझे सफलता मिली थी, उसके बाद यह दूसरी सफलता थी। अब मुझे अपने ऊपर लगाई गई जाँच, जो ३३ मुद्दों की थी, का सामना करना था और यह उस जाँच अधिकारी के पास थी, जो छिन्द्रावेषी था, जिसने बड़ों-बड़ों की गलतियों को ढूँढ़-ढूँढ़ कर जाँच में उन्हें दोषी ठहराया था एवं लोग दंडित हुए थे। इनके समक्ष मैंने लगभग १००० पृष्ठीय दस्तावेज अपने ३३ जाँच के मुद्दों पर प्रस्तुत किए।

इनकी जाँच रिपोर्ट २१.५.२००१ को प्रस्तुत हुई, जिसमें मुझे न केवल सभी ३३ मुद्दों में दोषरहित पाया, बल्कि जाँच अधिकारी ने यह मत दिया कि चौकड़ी के सदस्य (सर्वश्री राजेंद्र सिंह पड़ौदा, अनवर आलम, मंगलाराय) जिनके खिलाफ मैंने भ्रष्टाचार के मुद्दे उघाड़े थे, उनकी मिलीभगत से मेरे ऊपर जाँच लगाई गई थी, क्योंकि इन लोगों पर आफत मेरे भ्रष्टाचार के मुद्दे उघाड़ने के कारण आई थी। किंतु भष्टाचारियों का संगठन बहुत मजबूत होता है, इस कारण कहाँ क्या हो, इसका किसी को ठिकाना नहीं। जिस आदमी ने षड्यंत्र कर पद्श्री की उपाधि ली थी, जो भ्रष्टाचार में दंडित होकर पद से हटाया गया था, उसके पीछे पूरी लाबी खड़ी हो गई। लगभग १०० सांसदों ने प्रधानमंत्री आदि को इन्हें बचाने हेतु पत्र लिखा, कृषि अनुसंधान वैज्ञानिक फोरम के अधिकांश प्रतिनिधि (श्रीमती रजनीरमन दिल्ली, ए.सी.वार्षने भोपाल आदि कुछ को छोड़कर), डॉ. एम.एस. स्वामीनाथन जैसे पूर्व महानिदेशक भा.कृ.अ.प. आदि डॉ. पड़ौदा को पुनः वापस पद पर लाने के लिए सामने आ गए थे। जाट लाबी तो किसी भी हालत में डॉ. पड़ौदा को वापस आना देखना चाहती थी (और उसने अपनी प्रतिष्ठा का बिंदु बना लिया था) एवं श्री नीतीश कुमार मंत्री तो अपने बचाव के लिए उन्हें लाना ही चाह रहे थे। फलतः सरकार हिल गई थी और श्री नीतीश कुमार

मंत्री ने दूसरी जाँच कमेटी भास्कर बरुआ की अध्यक्षता में बनाकर पुरानी जाँच पलटी एवं इन्हें ४० दिवस के अंदर पुनः परिषद् के महानिदेशक बनवा दिया गया और उलटे घोषणा हुई की अब सी.बी.आई. की जाँच होगी, जबकि पहले उन्हें इसलिए हटाया गया था कि निष्पक्ष सी.बी.आई. जाँच हो। इसमें मंत्री श्री नितिश कुमार से लेकर सरकार में कैसा खेल खेला गया, वह अन्यत्र दिया गया है। अब सी.बी आई (के.अ.ब्यू.) की जाँच निष्पक्ष कैसी होगी, यह श्री नीतीश कुमार को ही मालूम रहा होगा। अब इस के.अ.ब्यू. की जाँच के नाटक की आवश्यकता क्या थी?

## जनहित याचिका एवं पकड़े जाने के डर से सेवानिवृत्ति लेकर भागे

डॉ. राजेंद्र सिंह पड़ौदा के परिषद् महानिदेशक पद पर वापस आते ही दिल्ली उच्च न्यायलय में एक जनहित याचिका मेरे दस्तावेजों को आधार बनाकर श्री ओ.पी. आर्य एडवोकेट द्वारा दायर की गई, जिसमें विपक्ष पार्टी तो सी.बी.आई. को बनाया गया था, किंतु इसमें वकीलों का खर्च डॉ. पड़ौदा ने नियमों को ताक पर रखकर (जबकि परिषद् न्यायालय में पार्टी नहीं थी) मंत्री की मूक सहमति से भारतीय कृषि अनुसंधान परिषद् द्वारा वहन किया गया। इस याचिका से डॉ आलम एवं डॉ. पड़ौदा पर दबाव बढ़ा। डॉ. राजेंद्र सिंह पड़ौदा को महानिदेशक के पद से स्वेच्छिक सेवानिवृत्ति लेकर १४.८.२००१ को देश छोड़कर भागना पड़ा और विदेश में जाकर बहुत छोटे पद पर नौकरी करनी पड़ी। इसी तरह डॉ. अनवर आलम उपमहानिदेशक को भी पद छोड़कर जिस पद से वे यहाँ आए थे, उसी पद पर स्वैच्छिक सेवानिवृत्ति लेकर भागना पड़ा। इन्हें डर हो गया था कि आगे की जाँच में दोषी पाए जाएँगे तो नौकरी के साथ पेंशन भी जाएगी। इसी कारण अधिकतम पेंशन (४० प्रतिशत) एक मुश्त ले ली थी एवं शेष (६० प्रतिशत) पेंशन ही बची थी। इस तरह इन दोनों को अपने कुकर्मों का दंड मिल गया था, भले ही आंशिक हो। यहाँ यह बताने योग्य है कि डॉ. पड़ौदा ने कुरसी पर दिसंबर, २००० में वापस बैठते ही अपना परम लक्ष्य रखा था कि किसी प्रकार वह मेरी सहायक महानिदेशक की सेवा समाप्त (Terminate) कर दें या नौकरी से निकाल सेवा से बरखास्त (Dismiss) कर दें। यह डॉ. पड़ौदा जो एक राजनीतिक खेल के खिलाड़ी बन चुके थे, जिनका बायोडाटा मुझसे काफी नीचे था (जिसे जाँच कमेटी ने भी नीचे पाया था) और वह परिषद् के महानिदेशक का पद अपने राजनीतिक आकाओं की मदद से लिये हुए थे, (श्री मिर्धा एवं श्री बलराम जाखड़ पूर्व कृषि मंत्री केंद्र में) जानते थे कि सत्ता को कैसे प्रभावित किया जाता है। भ्रष्टाचार का पैसा सचिव एवं महानिदेशक के माध्यम से ही तो मंत्रियों को जाता है या पार्टी फंड में पहुँचता है। उन्हें यह भी मालूम था कि मंत्री कितना ईमानदार या बेईमान है और कितने पैसों

के आदान-प्रदान पर किसी को जब, जैसा, चाहे सेवा में रखो, निकालो, निलंबित कर दो, बरखास्त कर दो, यह मालूम था। डॉ. पड़ौदा को न्यायालय में प्रकरण कैसे खींचे जाते हैं, वह उसमें भी माहिर थे। खून का बदला खून से लेनेवाली कहावत को वे चरितार्थ करने में विश्वास करते थे। इन्होंने श्री नीतीश कुमार मंत्री के सामंजस्य से न्यायालयों में चल रहे प्रत्येक मेरे प्रकरण में विशेष प्रावधान के अतंर्गत बड़े-बड़े वकील खड़े किए एवं भारी राशि खर्च की।

## परिषद से मेरी विदाई

चौकड़ी को जुटाया गया एवं डॉ. पड़ौदा ने कुछ भी नोटशीट में लिखवाया एवं खुद स्वीकृत करके परिषद् के अध्यक्ष एवं कृषि मंत्री को खुश करते हुए उनकी स्वीकृति हेतु नस्ती उनके सामने रखी एवं श्री नीतीश कुमार ने हस्ताक्षर कर दिए। इसके बाद ३१.१.२००१ को आदेश निकाला कि मेरी वर्ष १९९८-९९ एवं १९९९-२००० की चरित्रावली खराब होने से मेरी सहायक महानिदेशक के पद से सेवा समाप्ति (Terminate) की जाती है और तुरंत डॉ. आलम ने आदेश निकाला कि ३१.१.२००१ से मुझे इंजीनियरी विभाग से बाहर किया जाता है, जबकि श्री नीतीश कुमार को भी यह मालूम था कि बिना जाँच के किसी को भी सेवामुक्त (Terminate) नहीं किया जा सकता, विशेषकर परिषद् के नियुक्त अनुसंधान प्रबंधक पदोंवालों को। यह भी उन्हें ज्ञात था कि इन्हीं वर्षों की चरित्रावली पर उनके ही आदेश से मेरी जाँच डॉ. किरण सिंह द्वारा उसी चरित्रावली पर की जा रही थी (जिसमें बाद में जाँच अधिकारी ने अपनी रिपोर्ट २१.५.२००१ से गलत करार दी थी)। यदि मैं और क्रियाशील हो जाता या परिषद् में और कुछ दिन रहता तो भ्रष्टाचार करनेवाली चौकड़ी के मास्टर माइंड कन्हैया की भी विदाई हो सकती थी डॉ. पड़ौदा तो बरखास्त होते ही। किंतु बाहर किया गया मुझे, वह भी पूर्णतः अवैधानिक तरीके से। यहाँ यदि मद्रास उच्च न्यायालय के न्यायाधीश श्री वैद्यनाथन की परिकल्पना नियम बनकर लागू होती तो सर्वश्री नीतीश कुमार, पड़ौदा, सोधीसिंह आदि के द्वारा गलत रूप से बनाई गई नोटशीट के लिए इन लोगों के हाथ काट लिये जाते।

अब यह स्पष्ट हो गया कि १६.६.२००० की नोटशीट श्री कन्हैया ने क्यों सही लिखी और राष्ट्रीय निदेशक ने भी इसे सही माना। इसका मूल कारण १५.५.२००० और इसके बाद के अखबारों में घपले का छा जाना, सतर्कता आयोग का इस पर क्रियाशील हो जाना, जिसके दबाव के कारण मंत्रीजी की नोटशीट से जाँच कार्यवाही चालू हो जाना। जब-जब ऐसे मौके आए हैं, तभी इस 'चौकड़ी' ने सही नोटशीट लिखी है अन्यथा इस विदेशी बहुराष्ट्रीय कंपनी को हर तरह लाभ पहुँचाने के लिए

तरह-तरह के हथकंडे अपनाए, जो पूर्णतया अवैध थे और मात्र फर्म को फायदा देनेवाले थे। अगर पहले सही नोटशीट लिखते तो विदेशी फर्म मे. सीमेंस' 'नॉन-रिसपांसिव' होने तथा 'बेंचमार्क' में असफल होने से प्रतिस्पर्धा से ही हटा दी जाती और स्वदेशी फर्म मे. एच.सी.एल. को आपूर्ति आदेश मिल सकता था।

अब इस फाइल की अगली नोटशीट १९.१.२००१, जो पुनः तब (गलत) लिखी जाती है, जब डॉ. पड़ौदा को हटाए गए पद, सचिव भारत सरकार एवं महानिदेशक भा.कृ.अ.प. के पद पर बिना सी.बी.आई. जाँच किए वापस उसी पद पर बहाल किया जाता है, जिस पद से उन्हें इसी कारण हटाया गया था, जिससे सी.बी.आई. जाँच निष्पक्ष हो सके। वापस आते ही डॉ. पड़ौदा ने किसी भी तरह मुझे पद से सेवामुक्त (Terminate) करने की ठान ली थी। चूँकि सेवामुक्त (Terminate) करने हेतु जाँच केंद्रीय सिविल सेवा (वर्गीकरण नियंत्रण एवं अपील) नियम के तहत आवश्यक होती है और वह जाँच मेरे खिलाफ इस चौकड़ी ने अध्यक्ष एवं मंत्री श्री नीतीश कुमार की स्वीकृति से डॉ. किरण सिंह को जाँच अधिकारी बनाकर ४.८.२००० से चालू भी कर दी थी। अतः उसकी रिपोर्ट खराब आने पर या अन्य कोई अवैध तरीके से हटाने हेतु ठान लिये थे। डॉ. पड़ौदा को आभास भी था कि डॉ. किरण सिंह झूठी रिपोर्ट नहीं बनाएँगे। फिर भी छिद्रान्वेषी पद्धति से इन्होंने यह पता भी लगा लिया था कि डॉ. किरण सिंह की जाँच सही दिशा में चल रही है और उसकी रिपोर्ट पथ भ्रष्ट अधिकारी की तरह नहीं होगी। अतः मुझे हटाने के लिए कुछ अन्य तरीके भी करने की कोशिश चालू की।

## मुझे अवैधानिक रूप से हटाने का अवैध सिलसिला

कुछ-कुछ इसी लहजे में डॉ. आलम उपमहानिदेशक ने यह १९.१.२००० की एक झूठी नोटशीट राष्ट्रीय निदेशक को लिखी थी। इसमें उन्होंने लिखा था मे. सीमेंस (सामान आपूर्त्ति की एक चालाक फर्म) के प्रबंध संचालक अपने प्रथम दावे के निराकरण हेतु यहाँ पधारे थे, किंतु यह मेरे (सहायक महानिदेशक के) अवरोध के कारण निराकरण नहीं हो पाया। यह नहीं लिखा था कि उनकी देरी से भी आपूर्ति न होने एवं आपूर्ति किए गए कंप्यूटरों आदि को न चलाना तथा बंद हो गए की शिकायतें मिलने के बाद भी ठीक न करने से मैंने उन पर ९ करोड़ रुपए की पेनाल्टी एवं लिक्वीडेटेड डैमेज का आरोप सूचित किया था। आगे उन्होंने यह तो स्वीकार किया था कि कंप्यूटरों के लगाने एवं उन्हें चालू करने की शुरुआत में सीमेंस ने कोई प्रगति नहीं की। इसी कारण इन्होंने मे. सीमेंस के भारत एवं जर्मनी स्थित कार्यालयों को लिखा, जिसका कोई उत्तर नहीं मिला। ऐसा भी लिखा कि आभास हो रहा है कि

उन्होंने अपने कार्य को मे. आई.बी.एन. ग्लोबल को दिया है, किंतु वह भी कोई जवाब नहीं दे रहे। कंप्यूटर नेट को न लगाकर उन्हें शुरू न करने के गंभीर परिणाम हो रहे हैं। लगाना, चालू करना, वार्षिक रखरखाव आदि न होने से वैधानिक कार्यवाही की सोच की जानी होगी अत: पहले हम दोनों (उपमहानिदेशक एवं सहायक महानिदेशक) बैठकर चर्चा करें, फिर महानिदेशक से चर्चा करें।

इस नोट पर राष्ट्रीय निदेशक ने श्री कन्हैया को इस प्रकरण की 'परख करें, जिससे हम प्राथमिकता पर तुरंत मिलें' लिखा। इस पर श्री कन्हैया ने २५.१.२००१ को अपने आकाओं को खुश रखने के लिए लिखा कि मेरे (सहायक महानिदेशक के) अवांछनीय हस्तक्षेप से उनकी प्रिय फर्म को २० प्रतिशत शेष राशि का भुगतान नहीं हो पाया, क्योंकि मैंने उन्हें ९ करोड़ रुपए का दंड लगाया है। श्री कन्हैया ने यह भी लिखा कि मे. सीमेंस ने कंप्यूटर नेट उपकरणों की पूरी-पूरी संख्या की आपूर्ति कर दी है। फर्म ने उपकरण लगाया नहीं, शुरू (चालू) नहीं किया, जाँच नहीं की, प्रशिक्षण नहीं पूर्ण किया आदि। इस हेतु उन पर ५.१०.२००० को 'लिक्विडेटेड डैमेज' लगाने हेतु लिखा गया। अब ये फर्म शिकायतें भी नहीं सुन रही हैं। मे. सीमेंस ने मे. आई.बी.एन. ग्लोबल को कार्य सौंप दिया है, किंतु वह दोनों भी हमारे पत्रों का जवाब नहीं दे रहे। अब इसी बीच मे. सीमेंस जो काम छोड़ भाग चुकी थी, ने अपना निर्णय बदलते हुए २० प्रतिशत शेष राशि लेने हेतु अपना काम भारतीय कार्यालय से चालू रखने की बाबत लिखा (मे. सीमेंस भ्रष्टाचार की जाँच चालू होते ही देश छोड़कर भाग ली थी, किंतु अब डॉ. पड़ौदा की वापसी से ९२ लाख रुपए की राशि किसी तरह वापस लेने के लिए आतुर हो गए थे)।

श्री कन्हैया ने आगे मेरे बारे में बताते हुए लिखा कि मैंने (सहायक महानिदेशक) जिन दस्तावेजों के आधार पर दंड फर्मों को लगाया है, उनको इन्होंने डॉ. आलम से माँगा है, किंतु अभी तक प्राप्त नहीं हुए, जबकि तथ्य यह थे कि प्रत्येक पत्र जिसमें मैं केंद्रों की शिकायत (सूचना) के आधार पर दंड लगाता था, उनका नाम, पता, किस कारण, कितना दंड आदि पूर्ण संदर्भ पत्रों में देता था और इन पत्रों को चौकड़ी को भेजकर उनकी प्रति परिषद् के अध्यक्ष श्री नीतीश कुमार (कृषि मंत्री), राज्य मंत्री, वित्तीय सलाहकार आदि को देता था। श्री कन्हैया के इस पत्र की जानकारी तक भी मुझे नहीं मिली, वह चाहता तो सीधे भी पत्र लिखकर मुझसे माँग लेता, (यदि कोई शंका का समाधान करना था) किंतु इसे तो अपने आकाओं को संतुष्ट करना था, वित्तीय लाभ भी लेना था। श्री कन्हैया ने मे. सीमेंस के अनुबंध भी समाप्त करने के लिए इस नोट में लिखा। यहाँ यह बताना योग्य होगा कि सी.बी.आई. की जाँच चल रही थी, तभी ऐसी नोटशीट में बातें लिखी जा रही थी नहीं तो चौकड़ी फर्मों की दलाल

की तरह कार्य करती थी, कभी उस पर कार्यवाही या वसूली की बात नहीं करती थी। इस पर राष्ट्रीय निदेशक ने हस्ताक्षर किए एवं डॉ. आलम ने टीप दी की बैठक के अनुसार कार्यवाही की जा सकेगी।

## के.अ.ब्यू. की जाँच के डर के साये में लिखी गई नोट शीट

दिनांक २५.१०.२००१ को श्री कन्हैया ने एक नोटशीट लिखी कि कंप्यूटर उपकरणों के अंतिम लगाव (स्थापना) एवं शुरू करने के १४ माह बाद तक फर्म की बैंक गारंटी मान्य होनी चाहिए। चूँकि स्थापना और चालू करने के कई केंद्र ऐसे हैं, जहाँ यह कार्य पूरा नहीं हुआ, जो संविदा की शर्तें पूरी नहीं करता। इसलिए फर्म को कहा जाए कि वह बैंक गारंटी अवधि बढ़ाए। यदि मे. सीमेंस ऐसा नहीं करती तो बैंक को कहा जाए कि हुंडी भुगतान कर दे। इस पर राष्ट्रीय निदेशक के भी हस्ताक्षर होकर दिनांक ३०.१०.२००१ को आदेश जारी हुए। इसके बाद श्री कन्हैया ने सी.बी.आई. जाँच एवं अन्य लफड़ों के डर से नोटशीट खुद प्रारंभ न कर अपने मातहत कर्मचारियों से शुरू कराना चालू कर दिया, जिससे इनके ऊपर सीधे आक्षेप न आए। यहाँ यह याद दिलाना योग्य है कि डॉ. पड़ौदा को स्वैच्छिक सेवानिवृत्ति लेकर विदेश भाग जाने, डॉ. आलम को स्वैक्षिक सेवानिवृत्ति लेकर उसी पद पर वापस चले जाने के बाद भी अभी सी.बी.आई. की जाँच चल रही थी। इसी कारण चौकड़ी के अंतिम सदस्य श्री कन्हैया बड़े फूँक-फूँककर कदम रख रहे थे कि कहीं सी.बी.आई. उनको ही न जकड़ ले। तदुपरांत मे. सीमेंस ने ६ माह की ही बैंक गारंटी रखने का निवेदन किया, अतः इसे ९.१०.२००१ को नोट से उसे ९.५.२००२ तक के लिए मान्य किया गया। इसके बाद नोट दिनांक १७.४.२००२ से पुनः इसे बढ़ाने की बात कही गई अन्यथा शर्तें लागू करने की धमकी दी गई एवं आगे भी नोटशीट बढ़ती रही।

अब २५.५.२००२ की परियोजना क्रियान्वयन इकाई की नोटशीट चालू हुई, इसकी शुरुआत भी श्री कन्हैया ने अपने मातहत कार्यकर्ता श्री एस.सी. ओहरी से कराई, जिसके प्रथम पैरा में ही दिया था कि १४४२ कंप्यूटरों एवं ४६५ प्रिंटरों की आपूर्ति के आदेश दिए गए थे। इसी तरह हमारे बोली दस्तावेज में क्रेता द्वारा जो स्थापना आदि का प्रमाण-पत्र था, उसको पूर्णतया उलटते हुए (संशोधित करें) लगभग प्रत्येक बिंदु में यह लिख दिया गया था कि इस पर निर्णय परियोजना क्रियान्वयन इकाई करेगी। नए प्रमाण-पत्र में मात्र हस्ताक्षर करने के लिए केंद्रों को कहा गया था, जिस कारण वे क्या आपूर्ति हुई, यह आपूर्ति संतोषजनक थी, क्या आपूर्ति संविदा के अनुसार थी, क्रेता से अधूरी आपूर्ति के लिए कितनी वसूली है आदि को लिखने का अधिकार ही छीन लिया गया था। यह किसके आदेश से परिवर्तन कर भेजा गया था, नहीं बताया।

प्राप्त प्रमाण-पत्रों को ऐसा प्रोफोर्मा पर मिलने के बाद आगाह भी नहीं किया गया। श्री ओहरी द्वारा आगे लिखा गया कि ग्राह्य प्रमाण-पत्र (५४६ संख्या) एवं ९९० प्रशिक्षण पूर्णता के प्रमाण-पत्र प्राप्त हुए हैं, जिसे मे. सीमेंस ने अप्रैल, २००२ में भेजे हैं, जो बोली दस्तावेज सेक्शन-I एस.सी.सी. बिंदु ८ में वर्णित प्रक्रिया के अनुसार प्रत्येक सिस्टम (कंप्यूटर) में एक व्यक्ति को ऑपरेटिंग सिस्टम (ओ.एस.) एवं एम.एस. ऑफिस पर ३ दिवसों का प्रत्येक स्थान (Site) पर प्रशिक्षण होना चहिए था, किंतु यहाँ लिखा गया था कि परियोजना प्रबंधन समिति (प.प्र.स.) (Project Management Committee) के २३.५.२००० के (जब भ्रष्टाचार में ये ज्यादा नंगे नहीं हुए थे एवं जाँच भी चालू नहीं हुई थी) निर्णय के अनुसार ५-७ व्यक्तियों के समूह को फर्म प्रशिक्षण देगी, जिससे १४४२ सिस्टम हेतु जो प्रशिक्षण ४३७ केंद्रों में होना था, सिमटकर यह प्रशिक्षण मात्र १००-१५० केंद्रों तक आ गया था। यह निर्णय पूर्णतया गलत था, यह मात्र मे. सीमेंस को लाभ देने के लिए किया गया था। इससे जहाँ कंप्यूटर के स्थापना स्थान पर ओ.एस. एवं एम.एस. ऑफिस का प्रशिक्षण देने से एक जगह पर लगाने, में तकनीकी रूप से सुविधा होती है, वही चलानेवाले को सतत् उसी स्थिति में प्रोग्राम चलाए रखने से कुछ दिन बाद दृढता आ जाती है, जबकि दूसरी जगह से हटकर अलग थोड़ा से प्रशिक्षण लेकर आने के बाद (जहाँ एक साथ ५-७ व्यक्ति बैठकर प्रशिक्षण लेते हैं, वहाँ से लौटने के बाद) इसके सॉफ्टवेयर (ओ.एस. एवं ऑफिस) को इंस्टॉल करने व चलाने में समस्या होती है।

इसी कारण हमने बोली दस्तावेज बनाते समय विशेष रूप से इसका प्रावधान कर रखा था। इसकी स्थान परिवर्तन से हुई तकनीकी हानि के साथ ही अलग-अलग स्थानों पर प्रशिक्षण ५-७ के समूह का होने से दूरस्थ स्थानों के कर्मचारियों की संस्थाओं के भ्रमण का लाखों रुपयों का खर्च देना पड़ा। इससे मे. सीमेंस को करोड़ों रुपयों का लाभ हुआ, किंतु परिषद् या लाभान्वितों को बहुत बड़ी तकनीकी का नुकसान एवं आर्थिक हानि उठानी पड़ी। चूँकि 'चौकड़ी' का दबदबा एवं भ्रष्टाचार उस समय अबाध गति से चल रहा था, इसलिए किसी ने चूँ-चपड़ नहीं की। मैंने इस मद में न केवल लिखित में संबद्ध अधिकारियों को उसी समय यह गलत होने का विवरण एवं इस निर्णय को पलटने हेतु लिखा था, बल्कि सी.बी.आई. को भी इस पर विस्तार से विवरण जाँच के समय दिया था। कम-से-कम इस समय संबद्ध व्यक्तियों को इस पर आपत्ति उठानी थी कि प्रशिक्षण क्यों गलत हुआ और सी.बी.आई. को भी सूचित करना था, किंतु इतनी हिम्मत किसी में नहीं थी।

नोट में आगे लिखा गया था कि 'लिक्वीडेटेड डैमेज' जो १० प्रतिशत की सीमा तक था, वह दिनांक ५.१०.२००० के आदेश के तहत लगाया जा चुका है। यह वह

तिथि थी, जब भ्रष्टाचार के मामले में चौकड़ी अखबारों के माध्यम से नंगी हो चुकी थी, मंत्री एवं परिषद् के अध्यक्ष ने दबाव के बढ़ते भ्रष्टाचारियों पर कार्यवाही के लिए श्री पवन रैना की जाँच लगा दी थी, डॉ. पड़ौदा को निकालने की शुरुआत हो चुकी थी, तब यह दंड इस चौकड़ी ने लगाया था, जबकि इसके पूर्व मैंने इस बिंदु पर कार्यवाही कर चौकड़ी को सूचित किया था, तब इनके कानों पर जूँ भी नहीं रेंगी थी। मेरे इस दंड का जिक्र भी श्री कन्हैया ने अपनी नोटशीट २५.१.२००१ में किया। आगे की नोटशीट में लिखा है कि मे. सीमेंस को १० प्रतिशत का प्रारंभिक एवं ७० प्रतिशत (दूसरे मद की) राशि का भुगतान कर दिया गया है। आगे नोट में लिखा गया कि 'बैंक गारंटी' अब ९.१२.२००२ तक है। श्री ओहरी ने नोट में आगे लिखा कि मे. सीमेंस द्वारा कहा गया है कि उन्होंने मे. आई.बी.एम. ग्लोबल सर्विस इंडिया प्राइवेट लिमिटेड से अनुबंध कर लिया है और वे आगे की कंप्यूटरों की स्थापना, चालू करना आदि की जिम्मेदारी सँभालेंगे। तत्पश्चात लिखा गया कि बचे हुए २० प्रतिशत ग्राहता प्रमाण-पत्र लाभार्थियों से मिलने पर हमें देना होगा। आगे लिखा गया कि मे. सीमेंस ने जो ५४६ ग्राह्यता प्रमाण-पत्र भेजे थे, उनमें ४०८ जाँच में सही पाए गए, उनको भुगतान योग्य पाया गया। यहाँ श्री ओहरी ने यह बात छिपा ली कि मूल रूप प्रोफार्म में कितने ग्राहता प्रमाण-पत्र थे तथा कितने प्रमाण-पत्र संशोधित या जाली प्रोफॉर्म में थे। प्रशिक्षण में भी प्रत्येक सिस्टम में प्रशिक्षण न देने का क्या कारण था, यह भी नहीं पूछा । यही प्रशिक्षणवाला बिंदु, करोड़ों का जिसमें खर्च था, उसे इस षड्यंत्रपूर्वक छिपाया गया था कि भ्रष्ट वातावरण में भ्रष्टों को मिलाकर १४४२ सिस्टम ४३७ केंद्रों की जगह १००-१५० में प्रशिक्षण देकर प्रकरण को रफा-दफा कर दिया जाएगा और इस कारण भी इनका बोली दस्तावेज सबसे कम का हुआ था। आगे इसने लिखा कि भुगतान रुपए तीस लाख लगभग बनता है।

इसके बाद नोटशीट पर श्री कन्हैयाजी लिखतें हैं, 'परियोजना क्रियान्वयन इकाई' भेजने के पूर्व संविदा प्रावधानों के अनुरूप यह प्रकरण 'सूचना प्रणाली विकास' में हितग्राही सत्यापन एवं आगे की संस्तुति हेतु भेजा जा रहा है। तदानुसार यह नस्ती राष्ट्रीय निदेशक से होती हुई डॉ. आलम उपमहानिदेशक द्वारा सहायक महानिदेशक (स.म.) को इंगित (मार्क) की गई। यह वही डॉ आलम हैं, जिन्होंने मुझे (सहायक महानिदेशक) कभी भी इस फाइल की नस्ती नहीं दी, आज सी.बी.आई. के डर से (नियमानुसार कार्य होता दिखाने के लिए) स.म. को नस्ती मत हेतु दे रहे थे। यहाँ यह उल्लेखनीय है कि इस पूरी नस्ती में अब यह पहली बार हुआ कि यह नस्ती सहायक महानिदेशक सूचना प्रणाली को मार्क हुई थी। इसकी प्रमुख बातें थी—प्रथम यह कि इस अवधि में सी.बी.आई. की जाँच चल रही थी तो नियमों का पालन

आवश्यकतानुसार करने का डर था अन्यथा सी.बी.आई फँसा सकती थी। दूसरा यह कि चौकड़ी ने मुझे, जो वैधानिक रूप में चुना गया व्यक्ति था, को पद से हटाकर अवैध रूप से एक अपने मन के व्यक्ति को मनोनीत कर लिया था, जिससे वह मनचाहा मत नोटशीट में दे। यह नस्ती अब प्रभारी सहायक महानिदेशक डॉ. ए.के. जैन के पास पहुँची इसे कंप्यूटर केंद्र (श्री एल.के. शर्मा को) भेजा, जहाँ इनका रिकॉर्ड रहता है। यहाँ पहली बार श्री कन्हैया को याद आया कि 'संविदा प्रावधान' को मानना है। यहाँ से कुछ सुझाव जैसे कहा गया कि बहुत से ऐसे प्रकरण, जहाँ एम.एस. ऑफिस मोडम आदि की स्थिति नहीं इंगित की गई, वहाँ हितग्राही से सत्यापन कर स्वीकृति खोजें। कहीं-कहीं एम.एस. ऑफिस के लाइसेंस की प्राप्ति हुई या नहीं, यही बताया गया है, किंतु सूचना प्रणाली की सूचनानुसार प्रकरण निराकरण किया गया है, वहाँ कार्यालयीन रिकॉर्ड हेतु जानकारी मँगा लें, प्रशिक्षण के बारे में दी गई सूचना अपर्याप्त है, प्रतिभागियों का नाम नहीं है, आदि को ठीक किया जाए। कुछ ठीक हैं, उनका भुगतान किया जा सकता है। यह फाइल पुनः नियमानुसार टेक्निकल अधिकारी, कंप्यूटर सेंटर प्रभारी से होती हुई सहायक महानिदेशक के पास गई, जिसमें उन्होंने ५.७.२००२ को कंप्यूटर केंद्र प्रभारी को विस्तृत विवरण लिखने को लिखा। इसके बाद यह नस्ती ८.७.२००२ को सर्वश्री एस.के.शर्मा, बी.एल. चक्रवर्ती (तकनीकी अधिकारी) तथा श्री आर.पी. जैन प्रभारी कंप्यूटर केंद्र द्वारा एक मत से लिखी गई। इस पर ९१ में से ६० सही प्रकरणों की सारणी दी गई एवं इसके बाद भी वही उपरोक्त मत और उसके साथ ही प्रशिक्षण का निवारण सूचना प्रणाली अनुसार न होने की बात लिखी गई। यह स्पष्ट रूप से लिखा गया कि जो प्रमाणीकरण करके भेजा गया है, वह बोली दस्तावेज की शर्तों के अनुसार हो, तात्पर्य यह कि प्रमाणीकरण का प्रोफार्मा सही हो तथा प्रशिक्षण प्रत्येक साइट पर हो, तभी मान्य किया जाए। इस पर सहायक महानिदेशक के मत की उपरोक्तानुसार सही प्रकरणों का ही निराकरण किया जाए, ऐसा लिखते हुए नस्ती उपमहानिदेशक के पास भेजी, जो राष्ट्रीय निदेशक के पास दिनांक ८.७.२००२ को पहुँची, जिसे उन्होंने 'बोली दस्तावेजों की शर्तों के अनुसार निराकरण करें' लिखकर अवर सचिव श्री कन्हैया को भेजी।

यहाँ यह स्पष्ट हुआ कि दबी जवान से सभी (तकनीकी अधिकारी सर्वश्री एल.के.शर्मा एवं बी.एस. चक्रवर्ती, प्रभारी कंप्यूटर सेंटर श्री आर.पी. जैन, प्रभारी सहायक महानिदेशक डॉ. ए.के. जैन) कहते थे एवं सभी जानते थे कि जो ग्राह्यता प्रमाण-पत्र तथा प्रशिक्षण प्रमाण-पत्र आया है, वह बोली दस्तावेज विवरण में दिए गए प्रोफार्मा के अनुसार न होकर एक जाली प्रोफार्मा बनाया गया था, जिससे मे. सीमेंस को लाभ हो। इसके साथ यह भी ज्ञात था कि प्रशिक्षण प्रत्येक सिस्टम में प्रत्येक स्थान

में करना था, न कि ५-७ व्यक्तियों के समूह बनाकर एक स्थान के एक कंप्यूटर में करना था, किंतु ऊपर सी.बी.आई. की जाँच एवं अंदर परिषद् में उपमहानिदेशक डॉ. आलम से चरित्रावली खराब कर देने का अंदेशा इसी से वह यह नहीं लिख सके कि इन प्रमाण-पत्रों एवं प्रशिक्षण विवरण को निरस्त किया जाए, क्योंकि उन सबमें यह भय समा गया था कि १-२ वर्ष की चरित्रावली खराब करके डॉ. तोमर (मेरे) सहायक महानिदेशक की तरह उनकी सेवा भी समाप्ति (Terminate) की जा सकती है और डॉ. आलम तो इस विसंगति के प्रणेता थे, सी.बी.आई. के डर से वह कुछ कर भी नहीं रहे थे। इसलिए मात्र हस्ताक्षर कर नस्ती आगे बढ़ा दी, मगर पुनः श्री कन्हैया ने १०.७.२००२ को लिखा और इस समय उनको उसे मेरे अंतर्गत कार्यरत 'सूचना प्रणाली इकाई' के कार्य की याद आई, जब श्री कन्हैया सी.बी.आई. जद में थे। नोट में लिखा की कृषि अनुसंधान सूचना प्रणाली (कृ.अ.सू.प्र.) (ARIS) की सहूलियत के लिए उसने ग्राह्यता प्रमाण-पत्र एवं प्रशिक्षण पूर्णता का विवरण बनाया था। आगे उसने लिखा कि मेरी इकाई कृ.अ.सू.प्र. (जो जब मैं सहायक निदेशक था, तब मेरी इकाई थी) की तकनीकी जिम्मेवारी है कि इस परियोजना का ध्यान से क्रियान्वयन करें। इसीलिए इन मदों पर उनका उत्तरदायित्व है कि वे स्पष्ट एवं विवादरहित सिफारिश दें, जिससे परियोजना क्रियान्वयन इकाई राशि का भुगतान कर सके।

श्री कन्हैया आगे लिखते हैं कि सूचना इकाई, जो पूरे देश के कृषि सूचना केंद्रों को नियमित एवं समन्वयन करती है, उन्हें सलाह दी जाए कि वे अपेक्षित स्वीकृति हितग्राहियों से लें एवं परियोजना क्रियान्वयन इकाई भेजें। अब जब सी.बी.आई. की जाँच का डंडा चल रहा था, तब मेरी इकाई की जिम्मेदारियाँ एवं अधिकार याद आ रहे थे। जब मैं सही सलाह दे रहा था, तब एक बार भी मेरी (सहायक महानिदेशक-सूचना प्रणाली) नोटशीट एवं सलाह को नहीं माना एवं न ही नोटशीट दी, क्योंकि इससे उनका भ्रष्टाचार उघड़ रहा था। तब तो वह केवल डॉ. आलम उ.म. को ही मानता था, जो चौकड़ी के अंदरवाले (सदस्य) थे। यहाँ यह बताना योग्य होगा कि इन्हीं श्री कन्हैया एवं डॉ. आलम के प्रयत्न से गलत ग्राह्यता प्रमाण-पत्र एवं प्रशिक्षण को प्रत्येक स्थान की जगह ५-७ के समूह को एक जगह प्रशिक्षण की गलत नीति कायम की गई थी। अब यही गले की हड्डी बन गई थी, क्योंकि सूचना इकाई हर स्थल पर मूल बिंदु, जो बोली देस्तावेज में थे, को चाह ही रही थी। यद्यपि ये डरे हुए कर्मचारी थे, अतः अप्रत्यक्ष बात लिख रहे थे।

अब यह नस्ती पुनः कंप्यूटर सेंटर को १८.७.२००२ को दी गई, जिससे वे किसी तरह संतुष्टि दे दें कि बोली दस्तावेजों की शर्तों के विपरीत जो प्रोफार्मा बना एवं प्रशिक्षण ५-७ व्यक्तियों का (जो विभिन्न केंद्रों से भी थे) एक स्थान पर हुआ, वह

सब सही है, एवं भुगतान कर दिया जाए। इस पर पुनः श्री वी.एन. चक्रवर्ती तकनीकी अधिकारी एवं श्री आर.पी. जैन प्रभारी कंप्यूटर केंद्र ने दिनांक २५.७.२००२ को ६१ आइटम का विवरण देते हुए लिखा कि पूर्व के पृष्ठ (नोट दिनांक ८.७.२००२) में जो स्पष्टीकरण दिया गया, वही यहाँ मान्य हो। पूर्व पृष्ठों में जो हितग्राहियों के अस्पष्ट विवरण हैं, वह स्पष्ट इंगित नहीं होते। पूर्व के पृष्ठों जो ८.७.२००२ की नोटिंग के हैं, उन्हें पुनः दिया जा रहा है आदि। तात्पर्य यह कि अब भी वह 'बोली दस्तावेज' की शर्तें ही मान रहे थे, जाली प्रोफार्मा एवं प्रशिक्षण (५-७ व्यक्तियों को एक जगह) नहीं। यह वह प्रोफार्मा एवं प्रशिक्षण की जालसाजी की प्रक्रिया थी, जिससे फर्म मे. सीमेंस के करोड़ों रुपए बचाने थे एवं परिषद् को बहुत बड़ी हानि होनी थी। इसीलिए मैंने प्रारंभ से ही (जब १९९९-२००० में यह लागू किया था) इसका विरोध किया था, किंतु डॉ. आलम और उनकी चौकड़ी ने इसे जोर देकर शुरू (क्रियान्वित) कराया था। अब काम न बनता देख उपमहानिदेशक डॉ. आलम ने व्यूह संरचना (Strategy) बदली। अपने मनोनीत सहायक महानिदेशक (डॉ. जैन को) जिनको उपकृत करने के लिए छोटे पद से इस पद पर उन्होंने बिना कृषि वैज्ञानिक चयन मंडल के चुनाव के बैठवा दिया था, जिनकी योग्यता भी इस पद के लिए नहीं थी, से चर्चा की होगी। फलतः जहाँ तक जिस मद में यह कार्य नोटशीट २५.७.२००२ से आगे बढ़ा था, उसमें परिवर्तन करते हुए अपनी टिप्पणी दिनांक २६.७.२००२ प्रस्तुत की । इसमें 'बोली दस्तावेज की जगह' अन्य का हवाला देते हुए लिखा गया, इक्कीसवीं 'परियोजना प्रबंधन समिति' की बैठक के कार्यवृत पर ध्यान दें, जो २४.१२.२००१ को हुई थी। जून, २००० में परियोजना क्रियान्वयन इकाई में (कुल १४४२ में से) ५३७ कंप्यूटर उपकरणों को लगाकर एवं चालूकर मे. सीमेंस ने विवरण भेजे थे। अक्तूबर, २००० में मे. सीमेंस ने अपना कारोबार भारत में बंद कर दिया एवं मे. आई.वी.एस. को आवश्यक सहयोग के लिए कहा, किंतु परिषद् से २० प्रतिशत राशि न देने के कारण उसकी सेवा रोकने को कहा। जनवरी एवं फरवरी, २००१ में उपमहानिदेशक के कई पत्रों के जवाब में उन्होंने वर्ष के अंत तक प्रशिक्षण, 'कंप्यूटर स्थापना एवं चालू' करने की प्रक्रिया चालू की। यह इस अवधारणा के तहत था कि शेष २० प्रतिशत उनको संविदा के अनुरूप भुगतान कर दिया जाएगा।

वर्तमान में बताया गया कि लगभग ९० प्रतिशत स्थापना का काम पूर्ण हो चुका है एवं उपरोक्त में जो प्रस्तावित भुगतान है, वह बहुत छोटा हिस्सा है। उसे आगे बढ़ाया जा सकता है, जिससे भुगतान हो जाए, जो संविदा की शर्त (जो गलत-सलत बना दी गई थी) पर है (यह नहीं लिखा कि 'बोली दस्तावेज' के अनुरूप है) जो गलत था, क्योंकि न तो दिया गया प्रशिक्षण दस्तावेज के अनुरूप था एवं न ही प्रमाण-पत्र

निर्धारित प्रारूप में था। इसके आधार पर उपमहानिदेशक डॉ. आलम ने लिखा कि पूर्व पृष्ठों में दिए गए मदों को भुगतान हेतु संस्तुत किया जाता है। इस पर राष्ट्रीय निदेशक ने वित्त विभाग से सावधानीपूर्वक परीक्षण एवं निराकरण हेतु लिखा। इस पर ५.८.२००२ को टिप्पणी लिखी गई, जिसमें लिखा ४ आइटम के बदलाव के बाद जो भुगतान बाकी है, वह १९,९५,५१२ रुपए है, जिसे वित्तीय अभिमत के लिए भेजा जा रहा है। यह श्री कन्हैया के हस्ताक्षर के बाद उप निदेशक (वित्त) के पास पहुँचता है, जिसमें उन्होंने नियमानुसार सहायक महानिदेशक (सूचना प्रणाली) का मत लेने, लिक्विडेटेड डैमेज' को पहले ही वसूल कर लेने, नस्ती परीक्षण हेतु बोली दस्तावेज संलग्न कर नस्ती आगे भेजने, त्रिपक्षीय समझौता का विवरण देने हेतु लिखा। ज्ञातव्य है कि कैसे अब सभी नियमानुसार की टीप लिख एवं आगे के सही अधिकारी (स.म.) की ओर बढ़ा रहे थे, क्योंकि उन्हें चल रही के.अ.ब्यू. (C.B.I.) की जाँच का खौफ था।

इस नस्ती को श्री कन्हैया ने सहायक महानिदेशक (सूचना प्रणाली) की ओर बढ़ा दिया। अब स.म. जानते थे कि इसमें कुछ विपरीत मत मिल सकते हैं, इसलिए सदा की भाँति कंप्यूटर केंद्र की ओर उनके मत के लिए नहीं भेजा, बल्कि अपना कोई विरोध प्रगट न करते हुए इस नस्ती को श्री कन्हैया को बढ़ा दिया, जिससे वह अन्य बिंदुओं पर भी अपना मत दें। इसमें परियोजना क्रियान्वयन इकाई द्वारा लिखा गया, 'भुगतान के लिए ग्राह्य किया जा सकता है, मे. सीमेंस ने भुगतान न मिलने से वैधानिक कार्यवाही करने की चेतावनी दे दी है और यदि भुगतान नहीं हुआ तो स्थिति नियंत्रण से बाहर हो जाएगी, यदि अभी 'लिक्विडेटेड डैमेज' की पूरी वसूली की गई तो वह इतना हो जाएगा कि उसे हमें राशि देनी पड़ेगी, २० प्रतिशत शेष भुगतान २.४२ करोड़ रुपए बनता है एवं १० प्रतिशत 'लिक्विडेटेड डैमेज' १.९१ करोड़ रुपए ही है, अगर १९.९५ लाख रुपए दे देते हैं तो भी ज्यादा नहीं होता। हमारे पास १.१ करोड़ रुपए देने को रहेंगे। यह भी लिखा कि त्रिपक्षीय समझौता वार्षिक रख-रखाव हेतु है, न कि आपूर्ति स्थापना एवं शुरू करने हेतु। प्रकरण सक्षम अधिकारी की स्वीकृति हेतु प्रस्तुत है।'

वास्तविकता थी, उस पर परियोजना क्रियान्वयन इकाई ने कुछ नहीं लिखा। उन्हें बताना था कि उनकी वैधानिक चेतावनी पर हम उन्हें (विक्रेता को) कह सकते हैं कि क्यों आपने प्रत्येक सिस्टम पर प्रशिक्षण न देकर करोड़ों रुपयों की अपनी बचत की और हमारा नुकसान किया है? क्यों आपने बोली दस्तावेज में दिए गए प्रोफार्मा में ग्राह्यता प्रमाण-पत्र नहीं बनवाया? इसे गलत प्रोफार्मा में बनाया, पर हम अपनी तरफ से उसके दलाल की तरह व्यवहार करते रहे।

उपनिदेशक वित्त के पास यह नस्ती गई, जहाँ उन्होंने २१.९.२००२ को लिखा कि 'ग्राह्यता प्रमाण-पत्र किश्तों में हो सकता है, क्योंकि 'लिक्विडेटेड डैमेज' लंप-

सम पहले प्राप्त करना है एवं बाद में भुगतान करना है, क्या ऐसे प्रकरण हैं, जिनमें भुगतान किया गया है, किंतु अभी विवरण अप्राप्त है या ग्राह्यता प्रमाण-पत्र नहीं मिला।' यह नोटशीट स्पष्टीकरण हेतु सहायक महानिदेशक (सूचना प्रणाली) के पास गई। उन्होंने १० प्रतिशत 'लिक्विडेटेड डैमेज' की पूर्ण उगाही उचित नहीं बताई, जबकि यह काफी समय पूर्व ही ले लेना चाहिए था। ऐसा करके वह मात्र अपने वरिष्ठ अधिकारी डॉ. आलम को प्रसन्न रखना चाह रहे थे। आगे उन्होंने यह तो बताया कि ५८ मशीनें लगी नहीं, १४६ के ग्राह्यता प्रमाण-पत्र नहीं मिले, ९८ प्रशिक्षण पूर्ण नहीं हुए आदि, किंतु यह नहीं बताया कि प्रशिक्षण प्रत्येक स्थानों में न होकर ५-७ लोगों के समूह एकत्रित कर दिए गए हैं। इस तरह करोड़ों रुपए मे. सीमेंस ने बचाकर हमारा तकनीकी सत्यानाश किया है। लिक्विडेटेड डैमेज जब १०० प्रतिशत लगा दिया गया है, तब उसे इतने वर्षों छोड़े रखना उचित नहीं है, उसे पूर्ण रूप से नियमानुसार तुरंत वसूल कर लेना चाहिए।

यह नस्ती अब उपमहानिदेशक एवं स्वयंभू सूचना प्रणाली विकास के प्रमुख डॉ. आलम के पास गई, तब परिषद् के हित के खिलाफ एवं मे. सीमेंस के हितैषी के रूप में लिखा कि फर्म को ३ किस्तों में ग्राह्यता प्रमाण-पत्र देना है, जबकि सच्चाई यह थी कि एक बार में भी फर्म ग्राह्यता प्रमाण-पत्र दे सकती थी। आगे लिखा कि १० प्रतिशत की उगाही ग्राह्यता प्रमाण-पत्र स्वीकारने एवं उनको भुगतान हेतु स्वीकृत करने के बाद 'लिक्विडेटेड डैमेज' की वसूली करनी है, जबकि सच्चाई थी कि पहले जो दंड वर्षों पूर्व लगाया जा चुका है, उसकी तुरंत भरपूर वसूली की जाए (कही भी उसकी किस्तों में वसूली का प्रावधान नहीं दिया गया था)। फिर ग्राह्यता प्रमाण-पत्र एवं प्रशिक्षण के प्रकरण जैसे-जैसे आते जा रहे हैं, उनका निराकरण किया जाए। उन्होंने आगे लिखा कि विश्वसनीयता बनाए रखने हेतु भुगतान कर दिया जाए, जबकि वास्तविकता यह थी कि मे. सीमेंस राशि लेकर देश से अपना कारोबार समेटकर भागने की फिराक में थी। शेष काम को कभी भी पूर्ण करने हेतु उसने रुचि नहीं, बल्कि 'वार्षिक रखरखाव' भी वे लेने को तैयार न थे, जो उनकी प्रथम ड्यूटी थी, क्योंकि यह बाजार दर का आधे से भी कम था। रखरखाव की इतनी कम दर रखने का कारण था कि फर्म अपने को सबसे कम वाली बताकर क्रय आदेश ले ली थी, जबकि देश में इसका ढाँचा न था।

इस पर वित्त उपनिदेशक श्री राधेश्याम ने ७.१०.२००२ को लिखा कि बैंक गारंटी चालू हो, तभी यह निर्णय लिया जाए कि 'लिक्विडेटेड डेमेज' किस्तों मे वसूला जाए, तब भुगतान किया जा सकता है। इसके बाद श्री. देवेंद्र कुमार उप निदेशक (वित्त) की टीप है, जिसमें ११.१०.२००२ को उन्होंने लिखा कि भुगतान फाइल की मूल प्रति में न होकर प्रतिलिपि (Duplicate) नस्ती में है और इस नस्ती में मूल फाइल का

कहीं कोई जिक्र नहीं है। विस्तार से परीक्षण करने पर जो (निम्न लिखित) बिंदु सामने आए हैं, जिनमें प्रशासनिक निर्णय लेकर ही भुगतान किया जाना योग्य होगा। ५८ मशीनें अब भी स्थापित नहीं हुई, जिनका ८० फीसदी भुगतान मे. सीमेंस को हो चुका है। यह लगभग २५.४० लाख रुपए है, १४६ मशीनों का ग्रह्यता प्रमाण-पत्र अब भी शेष है, ९८ व्यक्तियों को अब भी प्रशिक्षित नहीं किया गया। आगे लिखा गया की ये मशीनें २००० में आपूर्त्ति की गई थी, किंतु इतने दिनों बाद ये परिचालन से बाहर (obsolate) होंगी और हमें ऑडिट करनेवाले से विपरीत टीप मिलेंगी। किसी भी भुगतान करने से पूर्व त्रिपक्षीय समझौता करना होगा, जिससे वार्षिक रख-रखाव ठीक से हो। यद्यपि उपमहानिदेशक ने भुगतान करने की सिफारिश की है, किंतु हमें उच्च अधिकारियों से इसका मार्गदर्शन लेना उचित होगा।

इस पर वित्त निदेशक ने ११.१०.२००२ को टिप्पणी दी, 'भुगतान के क्लेम मूल नस्ती में लिखे गए थे, किंतु वर्तमान प्रमाण प्रतिलिपि वाली नस्ती में हैं, भुगतान के आदेश देना स्वागत योग्य हैं, ५८ मशीनें जिनकी अब भी स्थपना नहीं हुई, उनकी राशि वसूली जाने योग्य होगी, यद्यपि संविदा में उल्लेख नहीं है, फिर 'लिक्विडेटेड डैमेज' किश्तों में वसूलने योग्य होगा, जैसा कि पूर्व में यू.पी.एस. के मामले मे किया गया हैं।' इससे यहाँ यह भी स्पष्ट हो रहा है कि जैसे वर्तमान का बोली दस्तावेज 'पैकेज-१' है, उसी तरह यू.पी.एस. के लिए 'पैकेज-२' बना था। वह मे. विनीटेक इलेक्ट्रानिक्स प्रा.लि. नई दिल्ली को दिया गया था। उसमें भी आदेश (निर्णय) होने के बावजूद बिना 'बेंचमार्क' किए क्रय आदेश दे दिए गए थे और उसमें भी इसी तरह का भ्रष्टाचार हुआ था और ऐसा ही इस समय भी चल रहा था। जब यह नस्ती राष्ट्रीय निदेशक के पास पहुँची, तब दिनांक १७.१०.११ को इन्होंने अतिरिक्त सचिव एवं वित्त सलाहकार की टीप माँगी, जिससे महानिदेशक से स्वीकृति ली जाए।

यहाँ यह स्पष्ट करना उचित है कि 'संविदा' में कई विवरण ऐसे दिए गए थे, जो मूल दस्तावेज से अलग थे।

अवर सचिव वित्त २५.१०.२ को टिप्पणी दी 'कंप्यूटर आदि क्रय हेतु परिषद् का इंजीनियरी विभाग एक हिस्सा है, वर्तमान में वित्तीय सलाहकार का निर्देश तीन बिंदुओं में माँगा गया है। हमारा मत है कि परिषद् स्पष्ट रूप से कुछ बिंदुओं को बताए, जिससे मत देने में सुविधा होगी। इनमें मुख्य है कि मूल फाइल कहाँ है। यदि यह सतर्कता विभाग आदि में है तो हमे बताया जाए कि संविदा, जो मे. सीमेंस से है वह कैसे तथा किस स्थिति में है। परिषद् का इंजीनियरी विभाग स्पष्ट रूप से बताए कि वह मे. सीमेंस की सेवा से, जो ९.२.९९ की संविदा के अनुसार हैं, क्या सेवाएँ संतोषजनक हैं। यदि संतुष्ट नहीं है तो यह असंतोष कभी सूचित किया गया है? क्या मे. सीमेंस

मे. आई.बी.एम. से अनुबंध करते समय परिषद् को बताया था। यदि नहीं तो क्या यह संविदा शर्तों का उलंघन नहीं था। मे. सीमेंस ने परिषद् पर वैधानिक कार्यवाही की धमकी दी है, वह कौन-सी बात है जिससे परिषद् ने शर्तों का उल्लंघन किया है। वह क्या कारण है जिसमें मे. सीमेंस पर 'लिक्विडेटेड डैमेज' लगाया गया।'

आगे लिखा कि 'जो परिषद् ने एक बार भुगतान की प्रक्रिया में परिवर्तन किया था, इस पर फर्म ने विश्व बैंक के पास शिकायत की थी, जिसमें परिषद् को ऐसा न करने हेतु विश्वबैंक ने कहा था, जबकि वर्तमान में मे. सीमेंस अपनी संविदा के अनुरूप सेवा देने में असफल रही है, अतः इसे 'ब्लैक लिस्ट' कर देना चाहिए। सेवा में कमी होने पर इस 'ब्लैक लिस्ट' विषय पर परिषद् ऐसा सोच सकती है।'

यहाँ पर यह बताना योग्य होगा कि दिनांक ९.२.९९ की संविदा के बाद जब एक वर्ष तक मे. सीमेंस ने बहुत कम आपूर्ति की, आपूर्ति किए गए कंप्यूटरों को लगाया नहीं, जो लगा दिए गए थे, उनके बंद के बाद ठीक न होने आदि की प्राप्त शिकायतों पर मैंने सेक्शन-५ मद-१४, सेक्शन-४ मद २३ के तहत 'लिक्विडेटेड डैमेज' अधिकतम १० प्रतिशत होने के बाद संविदा का खात्मा न करने तथा सेक्शन-५ मद १५.७.३ के तहत ५०० रुपए प्रतिदिन प्रति आइटम दंड लगाने की प्रक्रिया चालू रखी एवं यह वर्ष २००१ तक लगभग नौ करोड़ रुपए हो गई थी। इसका आधार सभी ४३७ केंद्रों पर संपर्क करने से मिली लिखित शिकायत की जानकारी थी, किंतु इस पर कार्यवाही तो दूर, चौकड़ी द्वारा मे. सीमेंस के विपरीत सुनना भी गवारा न था। इसमें ४२० शिकायती प्रकरण विभिन्न केंद्रों से भेजे गए थे, जिनमें प्रत्येक का विवरण चौकड़ी एवं अध्यक्ष व मंत्री श्री नीतीश कुमार को लिखित में दिया था, पर कार्यवाही न हुई। सभी में बंदरबाँट चल रही थी, 'पूरे कुएँ में भांग पड़ गई थी।' अपनी दूध देनेवाली फर्मों मे. विनीटेक एवं मे. सीमेंस के खिलाफ कोई सुननेवाला न था। सब 'बहती गंगा में हाथ धो रहे थे'। मैं बार-बार इनकी अनियमितता बता रहा था।

इस नोटशीट पर श्री गौतम वसु अपर सचिव एवं वित्त सलाहकार ने २०.१०.२००२ को लिखा कि 'वित्त विभाग के द्वारा कोई सलाह देने के पूर्व मूल फाइल के दस्तावेजों का निरीक्षण आवश्यक है। यदि ये फाइलें सी.बी.आई. या केंद्रीय सतर्कता आयोग (सी.वी.सी.) के पास हैं तो किन परिस्थितियों में जाँच चल रही है, कौन-कौन आक्षेप हैं, बताएँ। उपरोक्त में जो अवर सचिव के बिंदु हैं, उनका बिंदुवार उत्तर दें। यह भी संभव है कि मे. सीमेंस परिषद् के खिलाफ न्यायालय जाए, अतः हमें पूर्ण तथ्यों से सुसज्जित होना चाहिए और यह युद्ध स्तर पर तुरंत तैयारी कर पूर्ण कर लेना चाहिए।' यह नस्ती उचित माध्यम से होती हुई मुख्य कार्यकर्ता सहायक महानिदेशक जिसको (मुझे) सी.बी.आई. जाँच शुरू होने से पहले नस्तियाँ दी ही नहीं जा रही थीं), के पास

पहुँची, जिस पर सीधे-सीधे उन्होंने लिखा 'परियोजना क्रियान्वयन इकाई' इस पर जवाब दे, हमसे तो मात्र इतना मतलब है कि वार्षिक रखरखाव शुरू किया जाए, किंतु डॉ. आलम (ये कैसे मान लेते कि गलती उनकी है) तो चारों तरफ से फँसते जा रहे थे, अतः उन्होंने सहायक महानिदेशक को चर्चा करने हेतु लिखा।

सहायक महानिदेशक डॉ. जैन ने अपनी समझ से ठीक ही लिखा था कि उन्हें तो पुराने पचड़ों में नहीं पड़ना था, किंतु पुराना पचड़ा बताने का मतलब था कि डॉ. आलम ने ही ये सब गलतियाँ कराई थीं। उन्होंने ही ५-७ व्यक्तियों को एक साथ जुटाकर प्रशिक्षण देने को कहा था, जबकि सहायक महानिदेशक होने के कारण मैंने उन्हें तत्काल यह गलती न करने की बात विस्तार से बताई थी (मेरी ड्यूटी थी)। जिसका मतलब यह था कि हमारे कंप्यूटर की स्थापना के प्रत्येक स्थान पर प्रशिक्षण देकर ये सॉफ्टवेयर नहीं लोड करना सिखाए जाते तो कई जगह यह चालू भी नहीं हो पाएँगे, साथ ही प्रोफार्मा में परिवर्तन तो बिल्कुल गलत थे। इस पर स.म. ने दिनांक ३०.१०.२००२ को लिखा—

'चर्चा की, विस्तार से विवरण उनकी ओर आवश्यक कार्यवाही हेतु प्रस्तुत है।'

आगे लिखा गया कि, 'जून, २००० में जो ५३७ प्रकरण मे. सीमेंस द्वारा प्रस्तुत हुए थे, उनमें २५६ स्वीकार किए गए, जबकि कुल १४४२ कंप्यूटर उपकरण थे। उन्होंने आगे लिखा कि इन क्लेम्स को जमा करने के बाद ३० दिन में निराकरण होने चाहिए थे।'

ऐसा रहते हुए उन्होंने परिषद् की गलती बताई, जबकि सच्चाई यह थी कि क्लेम गलत प्रोफार्मा एवं समुचित रूप से बिना भरे प्रस्तुत हुए थे। एक जगह जुटाकर (इकट्ठा कर) प्रशिक्षण बिल्कुल गलत हुआ था। यह प्रत्येक कंप्यूटर सिस्टम में होना था। इसे 'ब्लैक लिस्ट' करने की सही टीप उच्च अधिकारी ने दी थी। डॉ. जैन ने लिखा था कि सब मिलाकर मे. सीमेंस द्वारा संतोषजनक सेवा दी जा रही थी, जबकि मे. सीमेंस की सेवाओं में इतनी कमी थी कि ४२० प्रकरणों में केंद्रों से मिली शिकायत पर मेरे द्वारा उन्हें दंडित किया गया था। हर एक केंद्र में (मुख्यालय दिल्ली में भी) उनकी (मे. सीमेंस) गलतियों के कारण त्राहि-त्राहि मची हुई थी। डॉ. जैन ने आगे लिखा था कि उनके द्वारा जो वार्षिक रख-रखाव था, वह बाजार दर से ८-१० प्रतिशत कम था, जबकि उनको लिखना था कि यह कोई एहसान नहीं था, यही चाल चलकर उन्होंने (मे. सीमेंस ने) 'बोली दस्तावेज' को अच्छा दिखाया था, किंतु न तो उनका संस्थागत ढाँचा था, न अब सेवा ठीक से दे रहे थे और न ही वार्षिक रखरखाव कर रहे थे, बल्कि बिना परिषद् की संविदा कराए मे. आई.बी.एम. का लालीपॉप दिखाकर भाग रहे हैं।

यह नस्ती डॉ आलम उपमहानिदेशक, राष्ट्रीय निदेशक से होती हुई अ.स. श्री कन्हैया के पास पहुँची। उन्होंने ३.१२.२००२ को टिप्पणी दी कि मूल फाइल सी.बी.आई. द्वारा प्रारंभिक जाँच के लिए बुलाई गई थी। दूसरी खरीदी, जो इसी परियोजना के यू.पी.एस. से संबंधित थी, उसमें इसी तरह वित्त, वित्त सलाहकार परिषद् के मत लेकर की गई थी (स्पष्ट मतलब था कि मे. विनीटेक को यू.पी.एस. में षड्यंत्र कर फायदा दिया है, अत: उसे भी दे) जहाँ तक संविदा के प्रावधान का प्रश्न है, इस पर १० प्रतिशत का लिक्विडेटेड डैमेज लगा दिया गया है लिखा, जबकि उसे लिखना चाहिए था इसके साथ तत्कालीन स.म. (डॉ. तोमर) पेनाल्टी भी लगाकर ९ करोड़ रुपए वसूलने का ४२० प्रकरणों का विवरण मंत्री एवं परिषद् के अध्यक्ष, चौकड़ी एवं अन्य सभी संबंधितों को भेजा था, जिसे मैं (श्री कन्हैया) छुपाते हुए एवं घपला करते हुए ये नोट लिख रहा हूँ।

अगला बिंदु, जो वित्त ने उठाया था कि क्या यह संविदा का उल्लंघन नहीं है कि मे. सीमेंस ने भारत से छोडने की कार्यवाही कर दी, मे. आई.बी.एम. को प्रतिनिधि बनाया, किंतु परिषद् की स्वीकृति नहीं ली। इस बिंदु के जवाब को श्री कन्हैया खा गए और अपनी शिकायत के रूप में जोड़ दिया कि अब भी मे. सीमेंस अपनी संविदा से बँधे हैं। भुगतान मे. सीमेंस से संबंधित है न कि मे. ग्लोबल से, यह लिखा, किंतु यह भुगतान रूप में परिषद् को मात्र १९ लाख रुपए देना है, जबकि उनसे रु २.४ करोड़ वसूलने बाकी है, यह नहीं लिखा।

यहाँ तक तो कन्हैया वित्त के प्रश्न लिखकर उत्तर लिखता आया था, किंतु अगले प्रश्नों में चूँकि मे. सीमेंस पर कार्यवाही करना लिखा था, अत: उस प्रश्न में वह भी लिखने में उसे शर्म आ गई क्योंकि श्री कन्हैया परिषद् के दलाल की तरह काम कर रहे थे, उस पर कार्यवाही करना लिखकर उसका उत्तर कैसे दें। अत: श्री कन्हैया आगे उत्तर लिखता है, 'प्रशासनिक उलझन एवं भुगतान में देरी के कारण फर्म ने वैधानिक प्रक्रिया चालू की है।'

जबकि उसे स्पष्ट लिखना चाहिए था कि परिषद् को उससे १.२ करोड़ रुपए लेने शेष हैं, जबकि उसके देने के लिए १९ लाख रुपए हैं अत: मे. सीमेंस को कहा जाए कि वह जैसा नियम में है, पहले १.२ करोड़ रुपए का भुगतान करें, ९ करोड़ रुपए का दंड जमा कराएँ। उसके बाद ही परिषद् १९ लाख रुपए भुगतान कर सकती है। आगे के प्रश्न (कि क्यों न मे. सीमेंस को 'ब्लेक लिस्ट' किया जाए आदि) के उत्तर में श्री कन्हैया लिखता है, 'संविदा के अनुसार २० प्रतिशत का भुगतान किश्तों मे किया जा सकता है', किंतु उसने यह नहीं लिखा कि १० प्रतिशत का लिक्वीडेटेड डैमेज, जो १.२ करोड़ रुपए का है, उनसे लेना है, वह एक मुश्त ही लेना होगा, जिसे मे.

सीमेंस ने अभी तक नहीं दिया। उसने आगे लिखा कि वर्ष २००० में मे. सीमेंस ने ५२७ मशीनों को शुरू कर उनका प्रशिक्षण भुगतान का विवरण प्रस्तुत किया था, जिसमें अधूरे विवरण थे', किंतु यह नहीं लिखा कि ये गलत प्रोफार्मा में थे तथा प्रशिक्षण प्रत्येक सिस्टम में मूल दस्तावेज अनुरूप नहीं था।

मे. सीमेंस को 'ब्लैक लिस्ट' करने के प्रश्न का कोई उत्तर श्री कन्हैया ने नहीं दिया, क्योंकि वह इस फर्म; जिसके दलाल की तरह वह काम करता महसूस हो रहा था, उस प्रिय मे. सीमेंस को 'ब्लैक लिस्ट' के बारे में कैसे कहे, जबकि उसकी गलतियों का यहाँ पूरा वर्णन दिया था। उसने आगे लिखा 'क्रियान्वयन में उलझन इस लिए भी पैदा हुई कि तत्कालीन सहायक महानिदेशक (कृषि अनुसंधान सूचना प्रणाली) ने अनाधिकृत पत्राचार के माध्यम से हितग्राहियों को लिखा था कि ग्राह्यता प्रमाण-पत्र न दें एवं फर्मों (मे. सीमेंस एवं मे. विनीटेक) को दंड हेतु लिखा था,' यह मेरे बारे में था, जबकि वास्तविकता यह थी कि मैं अपनी ड्यूटी, जो चयन के समय परिषद् के अध्यक्ष से स्वीकृत हुई थी, जिसके अनुसार वर्तमान के सहायक महानिदेशक भी केंद्रों की जानकारी ले रहे थे, उसी के अनुसार जब इस 'चौकड़ी' ने 'बोली दस्तावेज' के प्रमाणीकरण प्रोफार्मा के, जो केंद्रों से जानकारी मँगाने का था, (सेक्शन-I बिंदु ८) अपनी फर्मों के लाभ के लिए तोड़-मरोड़कर जाली प्रोफार्मा बनाया तथा एक आदमी प्रति सिस्टम प्रत्येक जगह के प्रशिक्षण की जगह (सेक्शन-I बिंदु ८) ५-७ व्यक्तियों के एक मुश्त उनकी साइट तथा सिस्टम से दूर के प्रशिक्षण कराने गए के गलत पत्र लिखे थे। तब मैंने सभी ४३७ केंद्रों को स्पष्ट रूप से लिखा कि प्रमाण-पत्र 'बोली दस्तावेज' में निर्धारित प्रारूप में प्रमाणीकरण फार्म भेजें एवं जाली प्रोफार्मा में ग्राह्यता प्रमाण न दें तथा उसके आधार पर प्रशिक्षण पूर्ण कराएँ। (यह इसलिए भी आवश्यक था, क्योंकि मेरे ही सेल में इसकी जाँच होनी थी एवं इसे बाद में 'परियोजना क्रियान्वयन इकाई' को देना था, जिससे भुगतान होता)। मैंने पत्र में यह भी लिखा था कि नियमों के उल्लंघन में मैं न तो डॉ. अनवर ऑलम उपमहानिदेशक परिषद् एवं न ही परिषद् के महानिदेशक एवं सचिव भारत सरकार डॉ. राजेंद्र सिंह पड़ौदा के किसी अवैध आदेश का पालन करूँगा और ऐसे ही आपसे अपेक्षा करता हूँ। इस पत्र की प्रतिलिपि तत्कालीन मंत्री श्री नीतीश कुमार, वित्त निदेशक एवं सलाहकार आदि को दी गई थी और उस समय भी जो पूर्णता प्रमाण-पत्र आए और बाद में निराकरण हुआ तब, और अब वित्त सलाहकार श्री वासु स्पष्ट कह रहे थे, किंतु जो टिप्पणियाँ आ रही उसमें सब चुप्पी साधे हुए थे। श्री कन्हैया ने यह बात यहाँ जो लिखनी थी, वह नहीं लिखी कि भ्रष्टाचार न फैले, इसलिए मैंने (सहायक महानिदेश ने) यह पत्र लिखा, बल्कि उसने मेरे अधिकृत पत्रों को तानाशाह की तरह अनधिकृत पत्र लिखा। ऐसे ही लेख पर दंड 'हाथ काट लेने' का होता यदि श्री

वैद्यनाथन एक जज की कल्पना साकार होती। क्या ऐसे पत्र लिखने के लिए, जो उसकी ड्यूटी का एक सबसे महत्त्वपूर्ण अंग हो, एक सहायक महानिदेशक को किसी अवर सचिव या किसी भी अधिकारी की अनुमति लेनी जरूरी होती है और वह भी विशेष परिस्थितियों में, जब उसकी योजना में ही भ्रष्टाचार एवं षड्यंत्रपूर्वक घपले किए जा रहे हों, किंतु यहाँ बड़े-बड़े अधिकारी (जैसे उपमहानिदेशक डॉ. अनवर आलम, महानिदेशक डॉ. राजेंद्र सिंह पड़ौदा, विशेष कर्तव्यस्थ अधिकारी डॉ. जी.एल. कौल या डॉ. मंगला राय) ही नहीं, बल्कि चौकड़ी का चौथे सदस्य श्री कन्हैया अवर सचिव भी चाहता था (क्योंकि यह चौकड़ी का मास्टर माइंड था और अच्छे तरीके से भ्रष्टाचार परियोजना बनाता था) कि कोई पत्र लिखने के पहले उससे सलाह कर या दिखाकर केंद्रों को लिखा जाए, जिससे इनके द्वारा किए जा रहे घपले उजागर न हों (महानिदेशक डॉ. पड़ौदा का उस पर वरदहस्त था, बड़े-बड़े अधिकारी उससे बिना चूँ-चपड़ के नस्तियों में उसके चाहे अनुसार ही टीप देते थे), यहाँ तक कि जब बोली दस्तावेज को विज्ञापित कर समान खरीदना था, उसको शनैः-शनैः देरी कर यह चौकड़ी चाह रही थी कि इतनी देरी हो जाए कि मार्च महीना आने का बहाना कर जल्दी में चौकड़ी वित्तीय वर्ष में खर्च का हवाला देकर हड़बड़ी में राशि का भुगतान कर दे। साथ ही चाहे कम्प्यूटर पी २ आदि पुराने पड़ जाए, मेरी इंजीनियर्स कम्प्यूटर शाखा की जगह डॉ. पड़ौदा की बनाई प.कि.इ. के वर्चस्व में खरीद दी हो। तब मैंने खुला पत्र लिखकर इनके इस षड्यंत्र का भंडाफोड़ किया तो महानिदेशक डॉ. पड़ौदा तथा उपमहानिदेशक डॉ आलम ने खुलकर गुंडागर्दों की तरह मुझे भविष्य में और ऐसा न करने हेतु लिखा था। बोली दस्तावेज पुनः एवं देरी से प्रकाशन के उद्देश्य मार्च महीने का भय, क्रय की व्यवस्था मेरे अधीन से हटाना आदि थे।

यहाँ श्री कन्हैया ने तत्कालीन सहायक महानिदेशक (मुझे) भुगतान में देरी का कारण बताया है और लिखा है कि मैंने उसकी परमप्रिय फर्मों पर दंड आरोपित किया। यह सच्चाई नहीं लिखी कि नौ करोड़ रुपए, जो ४२० प्राप्त शिकायतों (जो देरी से समान मिलने, दुरुस्ती की बार-बार शिकायत करने पर भी ठीक न करने आदि की) जो नियमानुसार थीं, उसके कारण दंड एवं लिक्विडेटेड डैमेज स.म. (मेरे) द्वारा ही किया जाना था और ऐसे कारण देते हुए श्री कन्हैया ने मे. सीमेंस को 'ब्लैक लिस्ट' या काली सूची में डालने से बचाने का प्रयत्न कर अपनी दलाली की स्थिति पुख्ता की थी। श्री कन्हैया आगे लिखता है, 'फर्म ने संविदा को बंद करने में अपनी ईमानदारी दिखाई।' जबकि उसे लिखना चाहिए था कि मे. सीमेंस के पास वार्षिक रख-रखाव का देशभर में कोई ढाँचा ही नहीं था, जिससे अगले ५ वर्ष तक यह शर्तों को पूर्ण ही नहीं कर सकती थी, इसके पास प्रशिक्षण की कोई व्यवस्था ही नहीं थी। उसी के

कारण 'चौकड़ी' ने मे. सीमेंस को सुविधा देने हेतु प्रत्येक जगह प्रशिक्षण न देने की षड्यंत्रकारी योजना बनाई थी। मे. सीमेंस ८० प्रतिशत भुगतान प्राप्त कर चुकी थी, भंडाफोड़ की सी.बी.आई. जाँच चल रही थी आदि के कारणों से मे. सीमेंस चुपचाप (मे. आई.बी.एम से त्रिपक्षीय संविदा कर) राशि डकार कर भागना चाहती थी और ऐसे में सबसे महत्त्वपूर्ण बिंदु था, उसको काली सूची में डाला जाए जैसे वित्त ने प्रस्तावित किया था, परंतु श्री कन्हैया उसे बिल्कुल बचा ले गया और यहाँ भी यदि वित्त विभाग नहीं पकड़ता तो मे. सीमेंस राशि लेकर भाग जाती।

श्री कन्हैया ने मे. सीमेंस को बचाने के लिए 'ब्लैक लिस्ट' या 'काली सूची' वाली बात पर मत भी न देते हुए आगे स्वयं लिखा, 'भुगतान की पहली किश्त देते ही विश्वास जगेगा, कुंठा दूर होगी' जबकि उसे लिखना चाहिए था कि मे. सीमेंस चुपचाप बदमाशी से भाग रही थी, हम 'चौकड़ी' वालों को दलाल बनाए थी, अतः इसे 'काली सूची' में डाल दें, पर यह न लिखते हुए उसने लिखा कि नस्ती को पुनः स्वीकृत हेतु भेजा जा रहा है। यह नस्ती वित्त के पास पहुँची, तब उन्होंने ११.१२.२००० को नस्ती में लिखा कि पूर्व में दिए गए वित्त सलाहकार के रिर्माक के संदर्भ में प्रथमतः यह निश्चित कर लें कि मूल नस्ती कहाँ है। इस पर श्री कन्हैया ने लिखा कि परिषद् की सतर्कता शाखा को लिखा जा चुका है कि मूल नस्ती फाइलें (यदि अब उनकी जरूरत न हो तो) वापस कर दें। ऐसा लिखते हुए जब फाइल पुनः वापस आई तो मत दिया गया कि अवर सचिव (वित्त) द्वारा जो बिंदु विशेषकर 'लिक्विडेटेड डैमेज' की समानुपातिक वसूली से संबद्ध था, उसे स्पष्ट किया जाए, जिन कंप्यूटरों को अभी भी लगाया (स्थापित) नहीं किया गया, उनकी ८० प्रतिशत देय की वसूली को देखा जाए तथा 'बैंक गारंटी' जो ९.१२.२००२ को समाप्त हो रही है, उसे बढ़ाने के बिंदु को स्पष्ट किया जाए। इस पर वित्त निदेशक ने मत दिए कि यह उचित होगा कि प्रकरण को वित्त के लिए मूल फाइल को आगे बढ़ाया जाए और इससे जाँच की स्थिति भी साफ हो जाएगी। यहाँ यह लिखना योग्य होगा कि सभी व्यक्ति अपना या नीतिगत नहीं बल्कि सी.बी.आई जाँच के परिणाम अनुसार अपना मत देना चाह रहे थे। पुनः जब यह नस्ती श्री कन्हैया के पास आई तो उसने लिखा कि संविदा में 'लिक्विडेटेड डैमेज' के समानुपातिक वापसी बाबत कुछ नहीं लिखा, इसमें परिषद् का दृष्टिकोण लेना होगा। यदि ८० प्रतिशत देयक की वापसी उन कंप्यूटरो में जो अभी लगाए भी नहीं गए, ली जानी है तो उसमें सक्षम अधिकारी की स्वीकृति लेनी होगी, मूल फाइल में प्रकरण को आगे बढ़ाने हेतु हमें वरिष्ठ अधिकारी को उनके मार्गदर्शन हेतु आगे बढ़ाना होगा आदि। वहाँ यह लिखना योग्य होगा कि जो श्री कन्हैया धड़ल्ले से अपनी राय हर बिंदु पर लिखते थे एवं सभी उनकी राय को बिना चूँ-चपड़ के मानते थे, वह अब सी.बी.आई की जाँच के कारण

कुछ भी लिखने पर हिचकिचा रहे थे एवं दूसरों पर जिम्मेदारी डाल रहे थे। अब जब पुनः फाइल वरिष्ठ वित्त एवं एकाउंट अधिकारी के पास गई तो उन्होंने १६.१२.२००२ को लिखा कि वित्त निदेशक द्वारा ३-४ बिंदु उठाए गए हैं। उन पर जो उनके उत्तर हैं, उन्हें विशेषकर पुनः देखें। इस पर श्री कन्हैया ने लिखा कि हमारे विचार निश्चित हैं; राष्ट्रीय निदेशक देखें। चर्चा की वित्त विभाग के द्वारा उठाए मुद्दे उपमहानिदेशक द्वारा स्पष्ट किए गए चर्चा के लिए। अपर सचिव एवं वित्त सलाहकार से निवेदन है कि वे अपनी स्वीकृति दें। यह नस्ती राष्ट्रीय निदेशक से होती हुई अपर सचिव एवं वित्त सलाहकार कृषि अनुसंधान एवं शिक्षा विभाग के पास पहुँची, तब उन्होंने ३१.१२.२००२ को इस पर लिखा, 'वित्त निदेशक के पूर्व पृष्ठ की टीप से स्पष्ट है कि जो बिंदु उठाए गए थे, उनके जो स्पष्टीकरण दिए गए हैं, वे अभी पर्याप्त नहीं हैं। इसके साथ ही यह स्पष्ट नहीं है कि क्या मूल बिंदु हैं? जिस पर वित्तीय सलाहकार की स्वीकृति चाही गई है। जो बातें कही गई हैं, वे प्रस्तावित नहीं हैं। यह लिखते हुए जब नस्ती परिषद् के वित्तीय सलाहकार के पास गई तो उन्होंने २.१.२००३ को लिखा, 'मुझे यह चिंता है कि जो मुद्दे अवर सचिव (वित्त) एवं मैंने पूर्व के पृष्ठों में उठाए थे, वे अब भी उत्तरित नहीं हैं, मैं उन्हें विस्तार से यहाँ दे रहा हूँ—

भले ही भूतकाल में कोई निर्णय हुए हों, परंतु हम जानते हैं कि मूल नस्ती अभी सी.बी.आई. से वापस आई है और परिषद् के सतर्कता विभाग में है। जाँच की क्या स्थिति है या क्या कार्यवाही हुई है, यह ज्ञात नहीं है। हमें यह भी नहीं पता है कि क्या मुद्दे एवं क्या शिकायत है? इस स्थिति में यह पूर्णतया उचित नहीं होगा कि आगे भुगतान के बारे में क्या निर्णय लिया जाए, वह भी छाया प्रति (Shadow file) में भले ही पूर्व में क्या होता रहा है। किसी भी स्थिति में सतर्कता विभाग को अपना विचार देखना चाहिए कि इस स्थिति में क्या करना चाहिए।

यह कहा जाता है कि वार्षिक रखरखाव के कार्य को मूर्तरूप देना है, जो जब निविदा स्वीकृत हो रही थी, तब कहीं प्रकरण में थी ही नहीं।

राशि की वापसी का मुद्दा, पूरा या अनुपात में हो, लिक्विडेटेड डैमेज आदि के मुद्दे भी निराकृत करना है, जो संविदा के अनुरूप हो।

अंत में जैसे अवर सचिव (वित्त) ने ऊपर विशिष्ट मुद्दे उठाए हैं, उन्हें प्रशासनिक विभाग (इंजीनियरी एवं परियोजना) को भेजा जाए एवं आंतरिक वित्त विभाग का मत लिया जाए।'

वार्षिक रखरखाव बहुत कम दर पर देने की शर्त पर ही तो मे. सीमेंस न्यूनतम आई थी, किंतु बाद में वह इस कार्य के लिए मुकर गई थी, जिससे उसे अनैतिक लाभ मिला था। इस पर परिषद् के सचिव ने ३.१.२००३ को हस्ताक्षर कर सतर्कता निदेशक

को भेज दिया, जहाँ से वह सतर्कता के शाखा अधिकारी के पास पहुँची, जिसमें १५.१.२००३ को उसने अपनी टीप दी।

## केंद्रीय अन्वेषण ब्यूरो का जाँच का नाटक और कार्यवाही

केंद्रीय सतर्कता आयुक्त से संपर्क कर बड़े प्रयत्नों के बाद के.अ.ब्यू. ने घपलों के मुद्दों पर जाँच की थी, जो एक औपचारिकता मात्र थी। श्री नीतीश कुमार मंत्री ने मेरे खिलाफ भी जाँच के लिए मेरा नाम जोड़ दिया था। उस पर कार्यवाही परिषद् की नोटशीट की इस टीप से स्पष्ट है—

सी.बी.आई में एक प्रारंभिक जाँच डॉ. राजेंद्र सिंह पड़ौदा एवं अन्य के खिलाफ प्रकरण दायर किया गया था, जो केंद्रीय सतर्कता आयोग (सी.वी.सी.) के ज्ञाप दिनांक २७.१२.९९ के आधार पर था। सी.बी.आई. ने शिकायत की जाँच की, जो मे. सीमेंस प्राय. लि. का क्रय में पक्षपात, स्थापना एवं १४३२ कंप्यूटरों एवं नेटवर्किंग उपकरणों के परीक्षण (जो राष्ट्रीय तकनीकी परियोजना से जुड़े थे) के बारे में थी।

सी.बी.आई. ने जाँच की। इसकी जाँच रिपोर्ट बताती है, 'जाँच से किसी भी परिषद् के अधिकारी की दुर्भावना सामने नहीं आई और यदि कोई देरी हुई है, वह १०० प्रतिशत परीक्षण (पूरे १४३२ नेटवर्किंग उपकरणों का नई दिल्ली में परीक्षण) कराना था और इस कारण प्रकरण इस स्तर पर बंद किया जाता है।'

माननीय मंत्रीजी को यह (जाँच बंद करने का) प्रकरण बताया जा चुका है। जाँच रिपोर्ट की एक प्रति केंद्रीय सतर्कता आयोग को दी जा चुकी है। राष्ट्रीय निदेशक(रा.नि.), राष्ट्रीय कृषि तकनीकी परियोजना (रा.कृ.त.प.) को भी पत्र ३०.५.२००२ को लिखा जा चुका है (जो कि प्रकरण से पूर्णत: भिन्न है) कि वे परियोजना से किसी अधिकारी को भेजकर सी.बी.आई. के पुलिस अधीक्षक से सभी दस्तावेज ले लें।

इससे स्पष्ट है कि मंत्रीजी को फाइल बताई गई थी। ऐसे में उन्हें लिखना चाहिए था कि बिंदुवार आक्षेप बनाकर दिए जाएँ एवं यह भी देखा जाए कि सी.बी.आई. के पास जो दस्तावेज दिए गए थे, क्या वे सभी ठीक से दिए एवं देखे गए या नहीं। कम-से-कम मंत्रीजी यह पूछ सकते थे कि क्या पूरे दस्तावेज परिषद् ने सी.बी.आई. को प्रस्तुत किए थे। वास्तविकता यह थी कि सी.बी.आई. के पास जो फाइलें भेजी गई थीं, वे काट-छाँटकर आधी-अधूरी ही थी एवं सी.बी.आई.के पास जो दस्तावेज प्रस्तुत हुए थे, वह भी जाँच ब्यूरो (सी.बी.आई.) ने पूरे देखे तक नहीं थे तथा जाँच मात्र औपचारिकता के लिए की गई थी। उदाहरण के लिए मैंने भ्रष्टाचार के लगभग १००० पृष्ठ के प्रमाण (दस्तावेज) सी.बी.आई. को प्रस्तुत किए थे, जो स्पष्ट रूप से यह बता रहे थे कि इस प्रकरण के प्रारंभ से अभी तक घपला ही घपला हुआ है, किंतु उन दस्तावेजों को देखा

भी नहीं गया और सी.बी.आई. के मालखाने में डाल दिया गया। चाहे वह नॉनरिस्पांसिव फर्म को, जिसे प्रारंभिक अवस्था में ही प्रथम दौर की स्पर्धा से अलग कर दिया जाना था, 'बेंचमार्क' के बिना क्रय आदेश देना गलत था, जबकि न केवल मूल्यांकन समिति का बेंचमार्क किए बिना क्रय आदेश न देने का निर्णय था, बल्कि बोली दस्तावेज में अलग से एक प्रति, इस कार्य ('बेंचमार्क') के लिए मँगाई गई थी। इसे पूर्ण करने हेतु प्रारंभ से ही देश की सर्वोच्च सरकारी कंप्यूटर नेट संस्था (राष्ट्रीय सूचना इकाई केंद्र) के महानिदेशक, परिषद् के महानिदेशक तथा १६ विषय विशेषज्ञों की बैठक में यह निर्णय लिया गया था कि बेंचमार्क करके ही क्रय के आदेश दिए जाएँ (यदि बेंचमार्क होता तो फर्म वहीं स्पर्धा से बाहर हो जाती)। फिर भी चुपचाप बिना बेंचमार्क के क्रय आदेश दिए गए। मेरे द्वारा दस्तावेज प्रस्तुत करने पर 'लिक्विडेटेड डैमेज' फर्म पर तो लगाया गया, किंतु इसकी (फर्म) की सेवा खत्म नहीं की गई।

फर्म के पास आधारभूत ढाँचा भी नहीं था और वह कार्य भी नहीं कर पा रही थी, तब भी उसे हटाया नहीं गया था आदि-आदि इतने स्पष्ट प्रकरण थे, जिनमें, सी.बी.आई. ने किसी पर दोष नहीं मढ़ा था। फिर भी मंत्री ने इस जाँच को उनके अनुकूल होने के कारण मान लिया। वैसे भी जिस दिन डॉ. पड़ौदा सचिव एवं परिषद् के महानिदेशक को बिना सी.बी.आई. जाँच के ही वापस पद पर ले लिया था, तभी से सी.बी.आई. पर इस जाँच की लीपा-पोती की व्यवस्था की गई थी एवं सरकार के खिलाफ रिपोर्ट देने की सी.बी.आई. में हिम्मत भी नहीं थी अथवा यूँ कहें कि श्री नीतीश कुमार (मंत्री भारत सरकार) के मन माफिक रिपोर्ट बनाकर सी.बी.आई.ने लीपा-पोती की थी।

क्योंकि सी.बी.आई. तो सरकार के मातहत थी और उस सरकार के अधिकारी को कैसे दोषी बताती? जिसे (डॉ. पड़ोदा को) सरकार ने अपने ही आदेश से बाहर निकाल दिया था। एक अन्य छद्म जाँच कराकर उसे निर्दोष बताकर और बिना सी.बी.आई. जाँच कराए ही वापस उसके पद पर बैठा दिया था। मतलब साफ था कि सरकार उसे निर्दोष मान चुकी थी। इसमें तात्कालीन कृषि मंत्री श्री नीतीश कुमार की कृपा एवं जिनकी संस्तुति पर पद से निकाले गए श्री पड़ौदा को वापस लाया गया था। यद्यपि यह दूसरी बात थी कि वह अधिकारी (श्री पड़ौदा) हमारी जनहित याचिका के न्यायालय में प्रस्तुत करते ही देश से ही भाग खड़ा हुआ था। डॉ. अनवर आलम उपमहानिदेशक भी स्वैच्छिक सेवानिवृत्ति लेकर भाग गए थे। यदि यही क्लीनचिट (दोष रहित होने की) उनको भागने से पहले मिल जाती तो ये दोनों अधिकारी लंबी अवधि तक (न केवल सेवानिवृत्ति तक बल्कि बाद में सेवा वृद्धि लेकर भी) परिषद् की भ्रष्टाचार की कमाई का आनंद लेते रहते। इस जाँच परिणाम की जानकारी मुझे

काफी समय बाद मिली। जैसे ही यह जानकारी मुझे मिली, मैंने पहले के प्रकरण (राष्ट्रीय कृषि अनुसंधान परियोजना) में सी.बी.आई. द्वारा लीपा-पोती के प्रकरण पर कोर्ट में जाने की तैयारी की एवं इस प्रकरण को भी उच्च न्यायालय में क्रिमिनल रिवीजन पिटीशन डाल दिया।

मैंने हर स्तर से परिषद् एवं सी.बी.आई से दस्तावेज प्राप्त करने की कोशिश की, किंतु इन दोनों ने ही बड़े गोपनीय तरीके से अपने-अपने दस्तावेज छुपा रखे थे एवं इतनी हिदायतें दे रखी थीं कि मैं दस्तावेजों को प्राप्त करना तो दूर, देख भी नहीं सकता था। तभी अचानक सूचना अधिकार अधिनियम (सू.अ.अ.)-२००५ हाथ में आ गया। इसमें पहला प्रकरण मैंने अपना सी.बी.आई. से दस्तावेज प्राप्त करने के लिया दिया (सूचना अधिकार अधिनियम-२००५ लागू हुआ एवं मैंने अपना दस्तावेज आवेदन तुरंत दिनांक १४.११.२००५ को प्रस्तुत किया)। संभवतः सू.अ.अ. के आवेदन के इतिहास ये यह प्रथम आवेदन था। सी.बी.आई., जिसने दोनों जाँचों में लीपा-पोती की थी, किसी तरह दस्तावेज देने के लिए तैयार न थी, एक उदाहरण यहाँ प्रस्तुत है। उसने मुख्य दस्तावेजों में जो मैंने प्रमाण (१००० पृष्ठ) प्रस्तुत किए थे, उनके प्राप्त होने को ही नकार दिया, क्योंकि ये दस्तावेज सी.बी.आई. ने खुद छुपा दिए थे एवं प्रकरण में न जाएँ, इसलिए इनका जिक्र तक कहीं जाँच में एवं जाँच रिपोर्ट में नहीं किया था एवं षड्यंत्र तथा धृष्टता से सूचना अधिकार अधिनियम में भी जवाब दिए कि दस्तावेज मेरे द्वारा सी.बी.आई. को दिए ही नहीं गए, इसलिए इनके (सी.बी.आई.के) पास उपलब्ध नहीं हैं। ये दस्तावेज मैंने सी.बी.आई को उनसे या तो प्राप्ति (रसीद) लेकर प्रस्तुत किए थे या कि रजिस्टर्ड डाक द्वारा भेजे थे। इस कारण मेरे पास इन्हें सी.बी.आई. को देने के पुख्ता प्रमाण थे। अतः जब केंद्रीय लोक सूचना अधिकारी (सी.पी.आई.ओ.) ने मेरे द्वारा सी.बी.आई. को प्रस्तुत दस्तावेज न मिलने की चिट्ठी मुझे दी तो मैंने तुरंत इसकी अपील की कि सी.बी.आई. झूठ बोल रही है एवं धोखाधड़ी कर रही है। उनके अपीलीय अधिकारी के पास सूचना अधिकार अधिनियम के तहत अपील की। इसे भी सी.बी.आई. के अपीलीय अधिकारी ने अमान्य कर दिया। यह भी सी.बी.आई. के भ्रष्टाचार का जीता जागता नमूना था। तब मैंने पूरे पावती प्रमाणों के साथ सूचना अधिकार अधिनियम के तहत केंद्रीय सूचना आयोग के पास अपील प्रस्तुत की। सूचना आयोग ने इस पर काफी समय लिया, किंतु सही निर्णय दिया कि सी.बी.आई. तुरंत दस्तावेज ढूँढ़े एवं प्रस्तुत करे। तब सी.बी.आई. ने दस्तावेज ढूँढ़े एवं कहा कि ये 'माल खाने' में है, किंतु दिखाया एवं दिया नहीं जा सकता है। इस तरह सी.बी.आई. की इस दूसरी जाँच की लीपा-पोती में मैं 'जनहित याचिका' न्यायालय में नहीं डाल सका।

इससे यह स्पष्ट हुआ कि सी.बी.आई. वास्तव में भ्रष्टाचार को बढ़ावा देने का

काम करती है, क्योंकि जैसे ही भृष्ट या अपराधी को भ्रष्टाचार से निर्दोष होने का आदेश मिल जाता है तो भ्रष्टाचारियों का मनोबल ऊँचा हो जाता है और वह जोरों से भ्रष्टाचार में संलग्न हो जाते हैं। यह बात इस प्रकरण से भी आगे स्पष्ट हो जाएगी कि जैसे ही सी.बी.आई. ने अपराधियों को निरपराधी घोषित कर दिया, ये पुनः जोरों से भ्रष्टाचार में जुट गए। यदि पहलेवाली कंप्यूटर खरीदी जाँच में सी.बी.आई. ने अपराधियों को न छोड़ा होता एवं अपने ईमानदार अधिकारी की बलि न ली होती तो वर्तमान में घपले रुक गए होते, किंतु सी.बी.आई ने अपने चहेतों को निरपराधी घोषित करने के लिए अपने ही जाँच अधिकारी की बली ले ली थी। अपराधियों को पता था कि सी.बी.आई. को कैसे नियंत्रण में लिया जा सकता है। यह हमारे देश का दुर्भाग्य है कि सी.बी.आई. जैसी संस्था जिससे भ्रष्टाचार दूर किया जा सकता था, वह भी भ्रष्ट हो गई।

इस तरह सी.बी.आई. से दस्तावेज प्राप्त करने हेतु सूचना अधिकार अधिनियम के तहत लगभग १० आवेदन प्रस्तुत हुए, किंतु सी.बी.आई. ने खुद के षड्यंत्र छुपाने के लिए दस्तावेज नहीं दिए, क्योंकि सी.बी.आई. को पता था कि यदि पर्याप्त दस्तावेज मुझे मिल गए तो मैं निश्चित ही दूसरे प्रकरण (रा.कृ.त.प.) की भी जनहित याचिका माननीय उच्च न्यायालय में दायर करूँगा। सी.बी.आई. की पहले (रा.कृ.अ.प.) के जाँच की घपलेबाजी में मैंने एक जनहित याचिका २००२ में उच्च न्यायालय में दायर कर रखी थी, जो उस समय भी चल रही थी और इस प्रकरण में तो बहुत ही स्पष्ट था कि सी.बी.आई. ने पूरी जाँच से मेरे द्वारा प्रस्तुत लगभग १००० पृष्ठों के साक्ष्य ही गायब कर रखे थे। इससे स्पष्ट हो गया था कि सी.बी.आई. या तो जो सरकार चाहती है वैसा करती है, या अपने-अपने प्रकरणों को अपनी सुविधानुसार भ्रष्टाचार करके जाँचकर मन-माफिक परिणाम निकाल लेती है।

ऐसे प्रकरणों में, जिसमें सरकार किसी दोषी व्यक्ति को पहले दोषी पाकर उसे पद से हटा दे, फिर उसी व्यक्ति को कोई औपचारिकता करके दोष रहित कर दे, तब वैसे भी सी.बी.आई. की जाँच की मात्र औपचारिकता भर रह जाती है। सी.बी.आई. उसी को पुख्ता करती है जो सरकार कर लेती हैं।

## भ्रष्टाचार न उघाड़ने की हिदायतें

जैसे-जैसे भ्रष्टाचार में 'चौकड़ी' नंगी हो रही थी, वैसे-वैसे इसकी भड़ास वे मेरी टंकण की सुविधाएँ छीनकर, देश में इंटरनेट के बड़े-बड़े कार्यक्रम, जिनमें जाने की मात्र मुझे स्वीकृति मिली थी, उसमें जाने से रोककर अपनी ताकत का प्रदर्शन कर रहे थे।

राष्ट्रीय इंटरनेट स्कूल में कुल २० सीटें देशभर से स्वीकृत हुई थीं, जिसमें एक मेरे लिए थी। जब मैं उपमहानिदेशक के रोक देने से इसमें नहीं गया तो उन्होंने खेद व्यक्त करते हुए इस बाबत हमें लिखा था, जिसका सही जवाब तब मैं यह देना चाहता था कि उपमहानिदेशक के कारण यह यात्रा रुकी थी, तब डॉ. आलम ने १२.३.९९ को ऐसा न लिखने को कहा। दिनांक १२.२.९९ को सहायक महानिदेशक, डॉ. ए.के. जैन, अवर सचिव एवं अन्यों के साथ बैठक हुई थी। उसमें एक चर्चा हुई थी कि सहायक महानिदेशक उन बिंदुओं पर जिनमें महानिदेशक, वित्तीय सलाहकार की अनुमति से निर्णय लिये हैं, उन पर कोई मत सहायक महानिदेशक, उपमहानिदेशक के ही माध्यम से भेजे। इसका सीधा मतलब था कि जो फर्मों को कंप्यूटर आपूर्ति के अवैधानिक आदेश बिना 'बेंचमार्क' किए नान-रिसपांसिव बिडर को दिए गए हैं, मैंने इन पर पत्राचार किया है, सलाह दी गई कि उन पर मैं उपमहानिदेशक की अनुमति के बिना अन्यत्र पत्राचार भी न करूँ।

इस बैठक का वृत्त भी मुझसे न बनवाकर अनाधिकृत रूप से श्री कन्हैया से १८.२.९९ को बनवाया गया, किंतु जैसा शासकीय नियम है, भ्रष्टाचार की शिकायत किसी स्तर पर की जा सकती है, भ्रष्टाचार होते देखते रहना गलत है, अत: मैंने वह एवं भविष्य में भी उनकी अन्य गलत बात नहीं मानी और इनकी गलतियों पर लिखता रहा। दिनांक ११.३.९९ को सचिव एवं परिषद् के महानिदेशक डॉ. पड़ौदा ने मुझे अपने चेंबर में बुलाया। जब मैं वहाँ पहुँचा तो उन्होंने डॉ. आलम को साथ लाने को कहा। जब हम दोनों साथ पहुँचे तो डॉ. पड़ौदा ने मुझसे कहा कि मैं ऐसे पत्र न लिखूँ, जो रिकॉर्ड में आकर हानि पहुचाएँ। मैंने भी कहा कि मेरा उद्‌देश्य किसी को हानि पहुँचाना नहीं हैं, किंतु जब 'बेंचमार्क' नहीं हुआ, तब १०० प्रतिशत परीक्षण (कंप्यूटर उपकरणों का) उचित होगा। उन्होंने कहा कि यदि इसमें कोई दंड हुआ तो वह मुझे भुगतना पड़ेगा। उन्होंने मुझे यह भी कहा कि श्री विक्रम सिंह अवर सचिव से मिलकर डॉ. ए.पी. सक्सेना की चार्जशीट बनवा लूँ एवं उसमें उपमहानिदेशक (शिक्षा) के पास से चोरी किए गए रिकॉर्ड को भी सम्मिलित कर लिया जाए। उन्होंने यह भी कहा कि ऐसा कार्य करूँ, जिससे जानकारी किसी तक न पँहुच सके। इसके बाद मैंने विक्रम सिंह से मिलकर डॉ.ए.पी. सक्सेना की चार्ज शीट बनाने का प्रयत्न किया।

संक्षेप में अंदर जो घटनाएँ घटित हुई थीं, उनमें जिस दिन बैठक होकर (१०.१२.१९९८ को) यह निर्णय हुआ कि फर्म मे. सीमेंस एवं मे. विनीटेक को क्रय आदेश देना है, उसी दिन दलाल के माध्यम से कुछ राशि प्रमुख लोगों तक पहुँचाई गई थी। ऐसी ही कुछ घटनाएँ और घटित हुई थीं। दिनांक १४.१२.१९९८ को मैंने डॉ. आलम से चर्चा कर बताया था कि फर्म मे. सीमेंस के पास काम करने का आधारभूत

ढाँचा ही नहीं है, तब उन्होंने कहा इसे किसी को लिखकर न दिया जाए। फिर भी जरूरी होने के कारण विशेष कर्तव्य अधिकारी को मैंने फर्म के आधारभूत ढाँचा एवं दस्तावेज सुरक्षा निधि की सच्चाई को देखने को लिखा। डॉ. आलम ने १६.१२.९८ को अपने (डॉ. आलम के) हृदय रोगी होने का विवरण देते हुए मुझे बताया कि मैं ज्यादा विवाद खड़ा करूँगा तो उनको समस्या होगी (डॉ. आलम मेरे शिक्षक थे, मेरी उनमें श्रद्धा थी और मालूम था इस बात पर मैं झुक सकता हूँ)। इसी बीच मुझे सूचना मिली थी कि लगभग १६ लाख रुपए की राशि श्री कन्हैया चौधरी एवं श्री कौल को घूस के रूप में वितरण हेतु मिली है, किंतु समय पर ठीक से सूचना नहीं मिली, जिससे पुलिस में पकड़ाने की भी व्यवस्था मैं नहीं कर पाया था। वह राशि फर्म का आधारभूत ढाँचा न होने एवं दस्तावेज सुरक्षा निधि न होते हुए क्रय आदेश को चालू रखने की बाबत थी।

यह बात २९.१२.९८ को डॉ. आलम को बताई तो उन्होंने कहा—हम यह न देखें, इसका भविष्य खुद उन्हें दिखाएँगे। दिनांक ७.१.९९ को मैंने अपने व्यैक्तिक सहायक को कहा था कि किसी से दैनिक डायरी को छोड़कर किसी प्रकार का प्रेजेंट (उपहार) न लें और यह देखें कि वह व्यक्ति (जो आया है) कमरा छोड़ने से पहले कोई सामान या ब्रीफकेस छोड़कर न जाएँ। यदि कोई ऐसा करता हैं तो उसे तुरंत बुलाकर ब्रीफकेस आदि लौटाएँ एवं भविष्य में ऐसा न करने की हिदायत दें। दिनांक १८.१.९९ को एक सूचना मिली थी कि डॉ. कौल शीघ्र ही क्रयआदेश जारी कर देंगे। २९.१.९९ को विक्रेता फर्म द्वारा होटल इंटरनेशनल में एक प्रदर्शनी लगाई गई थी। इसके बाद भी एक सूचना मिली थी कि महानिदेशक एवं वित्त सलाहकार की स्वीकृति के बाद डॉ. कौल गोपनीय तरीके से क्रय आदेश बनाकर देने जा रहा है। मुझ तक फाइल ही नहीं लाई जाएगी, जबकि मैं न केवल इस बात के लिए चुना गया सहायक महानिदेशक था, बल्कि 'मूल्यांकन समिति' का सदस्य सचिव भी था। ९.२.९९ को उप सचिव (सतर्कता) ने डॉ. ए.पी. सक्सेना, जिन्हें मैंने पुराने कंप्यूटर दस्तावेजों को छिपाए रखने (जिससे भ्रष्टाचार न उघड़े) का दोषी पाया था, के निलंबन के बारे में बताया था। दिनांक १४.२.९९ को मे. विनीटेक का प्रतिनिधि नाम बताते हुए मेरे घर सायंकाल आया था एवं कहा था कि उसकी फर्म ने बिना कोई घूस दिए आदेश प्राप्त किया है।

इसी दिन (१६.२.९९ को) जो 'वरिष्ठ अधिकारियों की समिति' में कंप्यूटर एवं यू.पी.एस. दोनों की बोली दस्तावेजों का निराकरण कर फर्मों को आदेश दिनांक ९.२.९९ दिया गया था, उससे स्पष्ट हो गया था कि ९.२.९९ के आदेश में १५.२.९९ की बैठक, जिसमें मैंने 'बेंचमार्क' हेतु हंगामा किया था, जोड़ दिया गया था। किंतु यह नहीं लिखा

गया था कि यदि फर्में बेंचमार्क पर खरी नहीं उतरीं तो उन्हें प्रतिस्पर्धा से बाहर कर दिया जाएगा, जो आश्चर्यजनक था, क्योंकि 'बेंचमार्क' की अपनी गलती को सुधारने के लिए यह चौकड़ी संविदा समझौता (Contract Agreement) के पूर्व कर सकती थी, वह कहीं नहीं लिखा था। उसी सायं १६.२.९९ को जब डॉ. पड़ौदा ने मुझे बुलाया और कहा कि पत्र न लिखा करो, मात्र चर्चा से ही सब हल होता है, वही करो और तुरंत मुझे कहा कि डॉ. आलम के साथ मिलकर डॉ. ए.पी. सक्सेना की चार्जशीट बनवाओ। इसमें एक तरह से मुझमें दहशत भरनी थी कि हम तुम्हारे साथ भी ऐसा कर सकते हैं, क्योंकि अन्य बातों के साथ डॉ. सक्सेना ने डॉ. पड़ौदा को हमारी बैठक में यह कहकर कि जो भी परियोजना में किया गया, वह सब आपके कहने पर हुआ था, जिससे डॉ. पड़ौदा के साथ गलत व्यवहार का चार्ज (आरोप) अन्य के साथ लगा रहे थे।

दिनांक ११.३.९९ को डॉ. पड़ौदा महानिदेशक ने मुझे बुलाया था, जबकि मैं श्री कन्हैया वाले परियोजना खंड में गया था, जहाँ उन्होंने मुझे एक लड़की से चर्चा करवाई थी, किंतु परियोजना पर मैं अधिकारी से चर्चा कर वापस जब आया तो पता चला डॉ. पड़ौदा ने मुझे बुलाया था, जब मैं उनके पास पहुँचा तो उन्होंने बताया कि डॉ.आलम के साथ चर्चा कर आऊँ। जब हम दोनों साथ पहुँचे, तब उन्होंने विवादित पत्र न लिखने के लिए कहा कि १०० प्रतिशत परीक्षण करवाने की कोई समस्या हुई तो मैं ही उत्तरदायी होऊँगा और दंड का भागी होऊँगा, क्योंकि इसमें ३६ लाख रुपए लग रहे हैं। उन्होंने यह भी कहा कि मैं श्री विक्रम सिंह से मिलकर डॉ. ए.पी. सक्सेना के नाम अभियोगपत्र तैयार करवाऊँ। इसके बाद डॉ. आलम उपमहानिदेशक ने भी मुझे कहा कि मैं अपनी सीमा में रहूँ और दिए गए क्रय आदेश पर समस्यामूलक प्रश्न न उठाऊँ। दोनों की तरफ से एक धमकी थी कि मेरा हश्र भी डॉ. ए.पी. सक्सेना जैसा कर सकते हैं, किंतु मैं सतत् रूप से परियोजना समन्वय समिति का सदस्य होने के नाते इस १००० करोड़ रुपए की परियोजना के प्रत्येक व्यय में इसी तरह के हो रहे घपलों को उजागर कर रहा था। इसी तरह १६.३.९९ की बैठक में मैंने क्रमशः हो रहे घपलों के बारे में सूचना दी थी। उसी दिन चौकड़ी ने मुझे 'रोम' जाने हेतु आरक्षण कराने को कहा कि शायद इस तरह मैं ठंडा हो जाऊँ एवं कुछ समय के लिए दूर रहूँ।

दिनांक १६.२.९९ को क्रय आदेश की प्रतिलिपि जारी की गई थी। सायंकाल महानिदेशक डॉ. पड़ोदा ने मुझे बुलाकर कहा था कि पत्राचार न करो, बल्कि चर्चा करके समस्या का हल करो। इसी तरह ११.३.९९ को बुलाकर डॉ. पड़ौदा महानिदेशक ने मुझे कहा ये पत्र जो मैं लिख रहा हूँ, न लिखूँ (ये पत्र भविष्य के रिकॉर्ड बन जाएँगे)। यह भी कहा कि सूचना किसी को न दूँ। १६.२.९९ की परियोजना समन्वय समिति तथा उसके बाद वित्त सलाहकार एवं डॉ. अनवर आलम की बैठक के समय

मैंने यह बात प्रस्तुत की थी कि हम बेंचमार्क भी नहीं किए, प्रिशिपमेंट जाँच भी नहीं की, अब १०० प्रतिशत परीक्षण कराना ही उचित हो सकता है। उसी दिन मुझे २७ मार्च से १ अप्रैल को 'रोम' जाने को कहा गया था। दिनांक २२.४.९९ को हो रही ६वीं परियोजना समन्वय समिति की बैठक के समय जब मैंने बात उठाई कि कंप्यूटरों की समय पर आपूर्ति नहीं की जा रही है एवं दिनोदिन इनका मूल्य कम होता जा रहा है तथा ये अप्रचलित हो रहे हैं, तब महानिदेशक मेरे ऊपर चिल्लाए थे कि मुझे उपमहानिदेशक को एक तरफ करते हुए बात प्रस्तुत नहीं करना चाहिए। यह इस लिए था कि चौकड़ी मनमाफिक करती रहे और उसकी बदमाशी कहीं न बताई जाए अन्यथा अन्य संबंधित भी इस पर बात उठाएँगे।

जैसा पहले बताया जा चुका है कि मेरे १५.२.९९ को सचिव एवं महानिदेशक को लिखे पत्र में राष्ट्रीय हित में भ्रष्टाचार न करने की लिखी बात पर बौखलाए उपमहानिदेशक डॉ. आलम ने १६.६.९९ को लिखा था कि क्या मेरे दोनों वरिष्ठ अधिकारी राष्ट्रहित की सुरक्षा कर सकने की स्थिति में नहीं हैं, जिससे मैंने ऐसा पत्र लिखा एवं तरह-तरह से मुझे परेशान करने लगे, यहाँ तक कि इंडियन इंस्टीट्यूट आफ साइंस बंगलौर में देश का इंटरनेट स्कूल का कार्यक्रम था, जिसमें कुल २० स्थान देशभर के थे, उसमें एक स्थान मेरे लिए निर्धारित था, जिसकी महानिदेशक की स्वीकृति पूर्व में दी जा चुकी थी एवं डॉ. आलम ने ११.२.९९ को स्वीकृति दी थी। उसे भी अब अस्वीकृत कर दिया था, जिसके संपन्न होने और मेरे न जाने पर 'भारत सरकार विज्ञान एवं प्रौद्योगिक मंत्रालय ने ५.३.९९ को हमें एक तीखा पत्र लिखा एवं कहा था कि कितने ही विद्वानों ने इसमें आने का आवेदन दिया था, किंतु सबको छोड़कर मुझे अवसर दिया गया था और देश की इस महत्त्वपूर्ण इंटरनेट प्रतिनिधि सभा में मैं आया नहीं। यह पत्र मैंने डॉ. आलम के सामने रखा था कि मैं इसका सही जवाब दूँ, किंतु उन्होंने अपना गलती को देखते हुए १२.३.९९ को गोलमोल जवाब देने को लिखा था।

## वैमनस्यता में बदलता भ्रष्टाचार का खुलासा

दिनांक २२.३.९९ को देशभर के उपकुलपतियों की बैठक में मैंने मंत्री के समक्ष इन घपलों की स्थिति प्रस्तुत की थी, जिससे सब अवाक् रह गए थे, किंतु चौकड़ी और ज्यादा गुस्सा हो गई थी। २४.३.९९ को नेशनल एकेडमी ऑफ एग्रीकल्चरल साइंस (कृषि विज्ञान की राष्ट्रीय अकेडमी) की सदस्यता (फेलोशिप) हेतु फार्म भरकर जमा किया था। यह जानते हुए कि इसमें चौकड़ी के लोगों का वर्चस्व था। इस पर चौकड़ी सजग (चौकन्नी) भी हो गई थी कि इसकी फेलोशिप मुझे न मिलने पाए। मैं रोम से लौट आया था। जितने दिनों की वहाँ बैठक थी, उससे दुगने समय के लिए मुझे वहाँ

भेजा गया था, जिसका उद्देश्य मुझे इस अवधि में इनके भ्रष्टाचार न पता चले। दिनांक ५.४.९९ को परियोजना के उपसचिव श्री असारी से प्रगति के बारे में चर्चा के दौरान उन्होंने भी स्वीकार किया कि चौकड़ी ने बड़ी दलाली खाई है। इसी कारण हर बात पर दोनों फर्मों की तरफदारी ही करते रहते हैं। दिनांक ७.४.९९ को फैजाबाद कृषि विश्वविद्यालय के 'प्रबंधक मंडल सदस्य' नामांकित होने का आदेश मिला, जिसका उद्देश्य मुझे प्रभावित करने के साथ यह भी था कि इसको भ्रमण में भेजकर मेरे इस कथन का पटाक्षेप करना था, जिसमें कहा गया था कि मेरे भ्रमण पर पूरी तरह रोक लगी है, किंतु इसमें भी मैंने तोड़ निकाल लिया था। विश्वविद्यालय की बैठकों में जाते वक्त १-२ दिन उसके आगे-पीछे, दाएँ-बाएँ के केंद्रों का भ्रमणकर उनकी जाँचकर त्रुटियाँ चौकड़ी के सामने प्रस्तुत कर देता था।

महानिदेशक से १२.४.९९ को 'वीडियों कॉन्फ्रेसिंग' चालू करने हेतु चर्चा की। इसी दौरान डॉ. ए.पी. सक्सेना के अभियोगपत्र के बारे में भी उन्होंने चर्चा की। दिनांक १६.४.९९ को क्षेत्रीय समिति की बैठक थी। उसमें मुझे कंप्यूटर नेट की स्थिति प्रस्तुत करनी होती थी। मैंने पूरी स्लाइडों आदि से तैयारी की, किंतु उपमहानिदेशक ने अपनी प्रस्तुति देने के बाद मेरी प्रस्तुति रोक दी, क्योंकि इससे चौकड़ी का कंप्यूटर नेट में जो नंगा नाच हो रहा था, वह मैं प्रस्तुत करनेवाला था, साथ ही बदले की भावना से इनके समक्ष मुझे अपमानित करना था। १९.४.९९ को कार्यालय पहुँचने पर पता चला कि डॉ. जे. दास, जो राष्ट्रीय सूचना केंद्र की तरफ से हमसे जोड़े गए थे, का अचानक स्थानांतरण का आदेश हो गया। इस पर मैंने उनके महानिदेशक शेषागिरि एवं उपमहानिदेशक डॉ. विजयादित्य से बात की, किंतु उनका स्थानांतरण नहीं रोका जा सका, जबकि वे हमारे नेटवर्क कार्य में समरस हो चुके थे। इसमें समझ में आया कि 'चौकड़ी' का ही हाथ था, जिससे मैं गूढ तकनीकी जानकारी नहीं ले सकूँ। इसी दिन डॉ. एस.एस. इलियास सहायक महानिदेशक से आगामी श्रीनगर में होनेवाली बैठक के समय परिवार के लोगों के जाने की बात कही, तब उन्होंने सुरक्षा कारणों से परिवार न ले जाने की बात कही। वह मुस्लिम थे और हमें तो वायुयान से जाना था एवं परिवार को बस से, जबकि पहले यही तय हुआ था तथा चौकड़ी भी यही चाहती थी।

यह तो संयोग ही कहा जाएगा कि ९.२.९९ को खरीदी का जो आदेश दिया गया था, उसके एक दिन पूर्व ही दिनांक ८.२.९९ को डॉ. ए.पी. सक्सेना को निलंबित करने का आदेश जारी हुआ था। इस अवधि में महानिदेशक बार-बार मुझे उसकी चार्जशीट बनवाने को कह रहे थे। इसमें महानिदेशक डॉ. पड़ौदा ने एक ही तीर से कई निशाने साधे थे। पहला तो डॉ. सक्सेना ने उन्हें भरी सभा में बराबरी का भ्रष्टाचारी बताते हुए अपशब्द कहे थे। दूसरा कृषि मंत्री श्री अटल बिहारी वाजपेयी को यह आभास हो जाय

कि महानिदेशक भ्रष्ट लोगों पर कार्यवाही कर रहे हैं। तीसरा मुझे समझाया जा रहा था कि इनके पास इतनी शक्ति है कि मुझे किसी तरह परेशान कर सकते हैं, आदि-आदि। इसमें संभव था कि इस चौकड़ी का यह भी ख्याल रहा हो कि इससे मैं डर जाऊँगा कि यदि मैंने चूँ-चपड़ की तो मेरा भी ऐसा ही हश्र होगा अन्यथा वर्तमान खरीदी आदेश, जो अवैध रूप से हुआ था, उसका विरोध मैं न करूँ। जब चौकड़ी ने समझ लिया था कि मैं किसी भी वित्तीय अनियमितता का विरोध अवश्य करूँगा एवं इसके प्रलोभन में भी नहीं आऊँगा, तब मुझे विदेश आदि भेजने के प्रलोभन दिए गए। एक वर्ष में एक बार रोम, दो बार थाईलैंड भेजा गया। आदेश दिनांक ५.४.९९ को मुझे आचार्य नरेंद्र देव कृषि एवं प्रौद्योगिकी विश्वविद्यालय फैजाबाद के प्रतिष्ठित प्रबंधन समिति का सदस्य बना दिया गया, जबकि मुझसे पहले के (वरिष्ठ) भी कुछ सहायक महानिदेशक प्रबंधन समिति में नामांकन हेतु शेष थे। इसी तरह वित्तीय प्रलोभनों में न आने पर अन्य कई तरह के प्रयत्न किए गए।

चौकड़ी न तो बोली दस्तावेज एवं फर्मों के द्वारा प्रस्तुत विवरण मुझे दे रही थी और न ही उसमें उचित व्यवस्था हेतु काम करने दे रही थी, जबकि यह न केवल सहायक महानिदेशक का कार्य था, बल्कि बोली दस्तावेज तथा अन्य आदेशों के तहत इस कार्य हेतु मुझे विशेष जिम्मेदारी सौंपी गई थी। चौकड़ी चतुराई कर रही थी कि बोली दस्तावेज तथा अन्य कागजात भी मुझे न मिलें, जिससे मैं ठीक से मूल्यांकन न कर इनके भ्रष्टाचार के कार्य में अड़ंगा न लगा सकूँ। इस हेतु मैंने २०.४.९९ को विशेष कर्तव्य अधिकारी को पत्र लिखा कि निर्णयानुसार राष्ट्रीय सूचना केंद्र को वितरण पूर्व परीक्षण करना है। हमें सूचना प्रदाय हेतु तकनीकी विवरण के अनुसार दस्तावेज के फार्म, कीमतों का विवरण, संविदा शर्तें आदि की आवश्यकता है। अत: हमें, जिन दो फर्मों का चयन किया है, उनके मूल दस्तावेज की फोटो प्रति प्रदाय की जाए। इस बाबत आगे लिखा कि पूर्व में भी मैं दो बार लिख चुका हूँ, कृपया तुरंत व्यवस्था करें। इसी पत्र में लिखा कि कंप्यूटरों के परीक्षण हेतु मे. सीमेंस ने अभी तक कंप्यूटर आदि उपकरण प्रदाय नहीं किए। हम दोनों तरफ से इसका विवरण, सूचना प्राप्त नहीं कर पा रहे हैं।

दिनांक २२.४.९९ को छठवीं परियोजना प्रबंधन समिति की बैठक में मैंने केंद्रों को कंप्यूटर समय पर न मिलने, उनके अनुपयुक्त होकर आधी कीमत पर आ जाने आदि का प्रकरण जोरों से उठाया, तब डॉ. पड़ौदा ने मुझे डाँटते हुए कहा था कि जब उपमहानिदेशक डॉ. आलम बैठे हैं तो उनको दरकिनार कर मुझे इस तरह की बात नहीं करनी चाहिए। तब मैंने जोरों से कहा था कि यह बात मैंने फर्मों को बार-बार लिखने पर कार्यवाही न करने के बाद कही एवं लिखी है। इसके दूसरे दिन ही मैंने पुन: विशेष

कर्तव्य अधिकारी को लिखा था कि कंप्यूटर नेट उपकरणों के प्रदाय (आपूर्ति) की स्थिति ठीक नहीं है। फर्मों पर कार्यवाही आवश्यक है। दिनांक ६.५.९९ को महानिदेशक ने एक बैठक में, जिसमें सचिव, वित्त निदेशक आदि उपस्थित थे, में मुझे बुलाया एवं पूछा कि पहली परियोजना के कंप्यूटरों की वार्षिक रखरखाव का कार्य क्यों नहीं हो पा रहा है। इसमें परिषद् के योजना वित्त से क्यों व्यवस्था नहीं की जा रही है आदि-आदि। इसमें मूल कारण था कि मे. एच.सी.एल जिस फर्म ने काम लिया था, वह इतने कम दाम पर वार्षिक रख-रखाव नहीं करना चाह रही थी, जबकि इसी कम दाम होने के कारण उसे क्रय आदेश मिला था। न्यूनतम बनने (Lowest Quotation) हेतु रखरखाव कम-से-कम लागत का दिखाया जाता है एवं बाद में इस काम को भ्रष्टों से मिलकर नहीं किया जाता है। यदि उससे काम न लेकर दूसरे मद से राशि लेनी थी तो पहले इसे 'काली सूची' में डालकर कार्यवाही करनी थी, किंतु यह सब किए बिना चौकड़ी दूसरे मद से राशि देना चाह रही थी और अपनी प्रिय फर्म को राहत दे रही थी।

तात्पर्य यह था कि परिषद् का चाहे जितना पैसा खर्च हो जाए, पर फर्म मे. एच.सी.एल. का वाजिब (शर्तों के अनुसार कम) खर्च से रखरखाव न कराया जाए। फर्म रखरखाव का कार्य इसलिए नहीं ले रही थी, क्योंकि इसकी शर्तों के अनुसार काम करने से बहुत ही कम राशि उसे इस कार्य को करने में मिलती। दूसरी तरफ परिषद् के पैसे से रखरखाव तभी संभव था, जब शर्तों के न पूरा करने के कारण मे. एच.सी.एल. को 'काली सूची' में डाला जाता या अन्य कोई कार्यवाही जैसे न्यायालय की शरण में जाने की प्रक्रिया की जाती, किंतु इस चौकड़ी ने लीपा-पोती करके परिषद् का करोड़ों रुपया का खर्च करवाया एवं मे. एच.सी.एल. पर कोई कार्यवाही नहीं की। मेरे द्वारा प्रस्तुत 'काली सूची' में डालने के प्रस्ताव को भी अमान्य कर दिया। इस कार्य को संपन्न कराने हेतु डॉ. पड़ौदा ने अपने द्वारा अवैध रूप से मनोनीत किए गए सहायक महानिदेशक डॉ. एस.एम. इलियास का सहयोग लिया।

इस पत्र दिनांक २०.४.९९ में आगे लिखा गया कि ३६ लाख हमारे द्वारा राष्ट्रीय सूचना केंद्र को देने की बाबत बोली दस्तावेजों की विभिन्न धाराओं को देख लें। इस दस्तावेज में यहाँ तक लिखा है कि हमें परीक्षण स्थान भी फर्म द्वारा ही प्रदान किया जाएगा। इन सबका भुगतान विक्रेता फर्म करेगी। इसलिए भी कि ये गंतव्य स्थान पर नियमानुसार भी जाँचे-परखे भी नहीं गए। आगे लिखा कि पेंटियम-२ पुराना होते जाने से वर्तमान (विगत तीन माह में) इसकी कीमत ३००० रुपए कम हो गई है, किंतु फर्म हमें बताए मूल्य पर ही प्रदाय करेगी। आगे कहा गया कि मुझे संपूर्ण दस्तावेज, जो अन्यत्र 'इकाई' में छिपाकर रखे हैं, विभिन्न परीक्षणों को पूर्ण करने हेतु मुझे बहुत आवश्यक हैं। कंप्यूटर अप्रचलित हो रहे हैं, फर्म मॉल प्रदाय नहीं कर रही है। इसलिए

दंडात्मक कार्यवाही नियमानुसार प्रारंभ करनी चाहिए। हम कार्यवाही शीघ्र करें, जिससे प्रदाय चालू हो सके, किंतु पर्याप्त दस्तावेज प्रस्तुत नहीं किए गए। इसके उपरांत मैंने राष्ट्रीय सूचना केंद्र को २३.४.९९ को लिखा कि जैसे ही कंप्यूटर उपकरण मिलने चालू हो जाएँ, आप तुरंत ही परीक्षण चालू करने की व्यवस्था करें, जिससे उन्हें तुरंत ही निर्धारित ४३७ केंद्रों में भेजा जा सके। यहाँ महत्त्वपूर्ण बात यह है कि चौकड़ी ने इस महत्त्वपूर्ण पत्र पर नोटशीट तक भी तैयार न की एवं कार्यवाही ही नहीं की। इन्हें कूड़ेदान में फेंक दिया गया।

इसी बीच २२ मार्च, ९९ को चौकड़ी के मास्टरमाइंड श्री कन्हैया का एक पत्र राष्ट्रीय सूचना केंद्र की कंपनी (निक्सी) को लिखा गया था, जिसमें भ्रष्टाचार की पराकाष्ठा तो थी ही, बेशर्मी की हद हो गई थी। इस पत्र में कंपनी को कहा गया था, 'पोत परिवहन के पूर्व का परीक्षण करें।' यह बोली दस्तावेज की आवश्यक आवश्यकता की धारा थी, जिसे चौकड़ी ने फर्म को लाभ देने हेतु बिना कराए ही पोत परिवहन का आदेश दे दिया था और अब सामान आ जाने के बाद यह करना बताया गया था। इसी तरह दूसरा शब्द इसने उन्हें (कंप्यूटरों) 'बेंच मार्किंग' करने को लिखा था, जबकि इस मास्टर माइंड को भी मालूम था कि 'बेंचमार्क' तो किसी फर्म को क्रय आदेश देने के पूर्व (९.२.९९ के पूर्व) उनके उत्पाद की गुणवत्ता देखने के लिए किया जाना था न कि क्रय आदेश और १० प्रतिशत राशि फर्मों को देने के बाद। न केवल बोली दस्तावेज में इसके लिए फर्मों से दो प्रतियों में दस्तावेज प्राप्त किए गए, बल्कि चौकड़ी के प्रत्येक सदस्य ने पूर्व में बार-बार बैठकें कर यह घोषणा की थी कि इस बार किसी भी हालत में 'बिना सही बेंचमार्क' किए क्रय आदेश नहीं दिया जाएगा। ये दोनों शब्द पत्र में इन्होंने अपने भ्रष्टाचार एवं कुकर्मों को छिपाने के लिए लिखे थे, क्योंकि इसके किए बिना ही अपने लाभ के लिए उसने क्रय आदेश दे दिया था।

मेरे स्टॉफ को इधर-उधर करके मुझे काम न कर पाने के लिए, जिससे इनका भ्रष्टाचार न उभरने पाए, इधर-उधर हटाया गया। पहले वैयक्तिक सहायक हटाया, फिर कंप्यूटर नेटवर्क के कार्य को संपन्न कराने के लिए मुझे सहयोग देने हेतु दूसरे ज्ञाता एक वरिष्ठ वैज्ञानिक की नियुक्ति बड़ी मुश्किल से हो पाई थी। इस वरिष्ठ वैज्ञानिक डॉ. कुशलपाल को डॉ. आलम उपमहानिदेशक ने २५.५.९९ को मेरे सेल से हटाते हुए ऐसी जगह भेज दिया, जिस कार्य के लिए उसकी नियुक्ति ही नहीं हुई थी। कंप्यूटर नेटवर्क के क्षेत्र में प्रशिक्षण बहुत आवश्यक है। नए-नए रूपांतरण, अभिकल्प आदि यथा पेंटियम-२ से पेंटियम-३, विंडोज आदि इनमें नया ज्ञान देना आवश्यक है। यह छोटे से बड़े कार्यकर्ता हेतु व्यवस्था बनाई गई थी। इस कार्य हेतु श्री कन्हैया को प्रस्ताव भेजना था, जो कि भेजे गए थे, किंतु किसी प्रशिक्षण की अनुमति नहीं दी गई,

बल्कि हमारे स्टॉफ से जिसका नाम नहीं भेजा गया, उनको हमारी अनुमति के बिना प्रशिक्षण पर भेजा गया। इस बाबत मैंने २२.६.९९ को परिषद् के महानिदेशक तक इस त्रुटि को सुधारने हेतु नोटशीट प्रस्तुत की थी, किंतु इसका कोई प्रभाव इसलिए नहीं हुआ, क्योंकि यह चौकड़ी की आंतरिक समझ से होता रहा। मुझे विशेषकर प्रशिक्षणों में इसलिए नहीं भेजा जाता रहा कि नवीन जानकारी लेकर मैं और बहुत भ्रष्टाचार का भंडाफोड़ न कर सकूँ। बाद में मेरा कंप्यूटर सेंटर भी मुझसे छीन लिया गया।

बिना 'बेंचमार्क' किए, क्रय आदेश दे दिया गया था। इस पत्र की प्रतिलिपि भी मुझे नहीं दी थी, जबकि इस कार्य को संपन्न कराने का उत्तरदायित्व मुझे दिया गया था, साथ ही मेरे सेल का यह कर्तव्य भी था। यह सब जान-बूझकर लीपा-पोती हेतु किया गया था, जिससे भ्रष्टाचार का 'पेंडोरा बाक्स' न खुले और ये (चौकड़ी) अपने आपको सुरक्षित बनाए रखें। मेरे पत्रों द्वारा इनके भ्रष्टाचार का विवरण खुल रहा था और डॉ. आलम ने अपने वरिष्ठों को लिखा भी था कि इससे 'पेंडोराबाक्स' खुल जाने की आशंका है। इस पत्र में उन्हें लिखा गया था कि फर्मों के दोनों दस्तावेज संलग्न किए जा रहे हैं, जबकि मुझे बार-बार लिखने के बाद भी दस्तावेज नहीं दिए गए, जिससे इनके चोरी के विवरण को मैं पकड़ न सकूँ। मैं वैध रूप से चुना हुआ पदस्थ अधिकारी था, तब भी मुझे बिना दिखाए एक समझौता करारनामा इस पत्र में संलग्न किया जा रहा है, ऐसा इस पत्र में लिखा गया। इस तरह इस परीक्षण में भी लीपा-पोती की व्यवस्था की गई, जिससे जो भी, जैसा भी कंप्यूटर उपकरण हो, उसे परीक्षण में सफल किया (लिखा) जा सके। इस तरह चौकड़ी का मास्टर माइंड सब खुराफात करता रहा और बड़े-बड़े अधिकारी तथा मंत्री आनंद से इसे कराते रहे।

इधर मेरे काम को अस्त-व्यस्त करने के लिए मेरे व्यैक्तिक सहायक की उपस्थिति पंजीकरण को डॉ. आलम ने अपने स्तर पर अलग रख लिया था तथा दिनांक ३१.३.९९ को उनके व्यैक्तिक सहायक श्री वाई.आर. सिंह ने डॉ. आलम को लिखा कि मेरी व्यैक्तिक सहायक ठीक से काम नहीं कर रही है और उसने यह भी लिखा कि उसने उसके घर में भी फोन किया है। इसके बाद उसने यह भी लिखा कि मेरी व्यैक्तिक सहायक श्रीमती रूपिंदर भाटिया ने उससे घर में फोन करने का कारण पूछा एवं विवाद किया। इस पर डॉ. आलम ने अपने सहायक से यह नहीं पूछा कि उसने किसी महिला के घर क्यों फोन किया, बल्कि मुझे लिखा कि ऐसे क्यों हो रहा है। इस तरह विवाद करके मेरे काम को अस्त-व्यस्त करने का षड्यंत्र रचा गया। इसका उद्देश्य था कि यदि मेरा टाइपिंग का काम ही न हो पाएगा तो मैं पंगु बन जाऊँगा और इनके भ्रष्टाचार को उजागर करनेवाले पत्र न लिखूँगा।

इस पर मैंने जब आगे बात बढ़ाई कि क्यों मेरे व्यैक्तिक सहायक की उपस्थिति

उपमहानिदेशक के पास की जाती है, तब १२.५.९९ का अवर सचिव का एक परिपत्र जारी हुआ था, जिससे यह निर्धारण हुआ कि मात्र हमारे अवकाश के समय व्यैक्तिक सहायक दूसरे अधिकारियों के अधीन उपस्थिति दर्ज करेंगे। इसके बावजूद भी डॉ. आलम उपमहानिदेशक ने मेरी व्यैक्तिक सहायक की हाजरी अपने अधीन रखी।

कंप्यूटर आदि प्रदाय में तथा परीक्षण में देरी एवं इनके पुराने हो जाने की समस्या होने से मैंने २३.४.९९ को परीक्षण एजेंसी को पत्र लिखा जिसकी प्रति दोनों आपूर्तिकर्ता फर्मों को दी। इसमें मैंने परीक्षण हेतु लिखा कि हमें उच्च स्तर की मशीन चाहिए, अतः सटीक परीक्षण करें। इतनी लंबी अवधि पार हो गई, किंतु कोई परीक्षण न होने से पूरे देश में जो कंप्यूटर भेजे जाने थे, वे नहीं भेजे जा रहे। इसके साथ ही टीप में लिखा कि चूँकि वेंडर समय पर माल प्रदाय नहीं कर रहे, अतः उन्हें बोली दस्तावेज की धाराओं के आधार पर देरी से प्रदाय, लिक्विडेटेड डेमेज, टर्मिनेशन आफ डिस्काउंट आदि का दंड देना होगा। इसका उद्‌देश्य था कि तुरंत कंप्यूटर आदि उपकरण देना चालू हो, क्योंकि मे. सीमेंस इसमें दिनोदिन देर करना चाहता था, जिससे पेंटियम-II का बाजार भाव इतना घट जाए जिससे वह एक चौथाई कीमत पर बाजार में मिलने लगे, क्योंकि जैसे-जैसे पेंटियम-३ बाजार में आता जाएगा, इसकी (पेंटियम-२ की) कीमत धरातल में पहुँच जाएँगी, ऐसी स्थिति में विश्व भर के विकसित देशों से इसे इक्ट्‌ठा कर भारत में हमारे पास पटक दिया जाएगा।

दिनांक ५.५.९९ को मे. सीमेंस ने परीक्षण करनेवाली संस्था को पत्र लिखा, जिससे यह आभास होता था कि 'चौकड़ी' को उसने दलाल समझ लिया था, जिसमें उसने लिखा था कि हमें प्रसन्नता है कि हम कंप्यूटर उपकरणों को 'बेंचमार्क' या ग्राह्यता परीक्षण हेतु भेज रहे हैं, जबकि उनको ज्ञात था कि अब, जब उन्हें क्रय आदेश मिल चुका है, तब 'बेंचमार्क' करने का कोई औचित्य ही नहीं है, साथ ही बेंचमार्क के लिए एक समूह से परीक्षणकर्त्ता एक नमूने को चुनता है, उसका परीक्षण करता है, फर्मों का दस्तावेज सही है या नहीं, आधारभूत संरचना आदि का आकलन होता है, जबकि यहाँ उल्टा हो रहा था कि फर्म अपनी मन-मरजी से कंप्यूटर का नमूना भेज रही थी। यही नहीं, फर्म ने आगे यह लिखा था कि जो क्रय आदेश (Award Letter) हमें दिया गया था, तदनुरूप विवरण लिया जाए, जबकि तथ्य यह था कि विवरण बोली दस्तावेज (Bidding Document) में दिए गए अनुसार होना चाहिए था, किंतु 'चौकड़ी' की उपस्थिति में इन्हें किसी से डर नहीं था। फर्म ने आदेशात्मक पत्र लिखा था, पत्र में आगे लिखा था कि परीक्षण में यदि कोई विषमता पाई जाए तो बताया जाए, जिससे उसे हम दूर कर सकें।

जबकि यदि 'बेंचमार्क' था तो उसका पूरा-पूरा क्रय आदेश ही निरस्त हो जाता

(यदि विवरण में विषमता पाई जाती)। मजेदार बात यह थी कि इस पत्र की प्रतिलिपि मुझे फर्म ने नहीं दी थी, क्योंकि उसे मालूम था कि इस पत्र का माकूल जवाब मैं उसे दे देता, जबकि मे. सीमेंस, जो संविदा आदेश प्राप्त कर चुकी थी, उसे भी मालूम था कि इसका प्रबंधन मुझे (सहायक महानिदेशक को) करना था।

इसके बाद परीक्षण एजेंसी (निक्सी) ने श्री कन्हैया को पत्र लिखा कि उन्हें बोली दस्तावेज, फर्मों के 'नोटीफिकेशन ऑफ एवार्ड' (Notification of award) के साथ दिया जाए, जिससे ग्राह्यता परीक्षण पूर्ण कर सकें। इसने (निक्सी) 'बेंचमार्क' शब्द का प्रयोग नहीं किया था, क्योंकि यह क्रय आदेश के बाद कभी नहीं किया जाता। परीक्षण एजेंसी ने अपने पत्र की प्रतिलिपि मुझे भी दी थी, क्योंकि उसे (परीक्षण एजेंसी को) मालूम था कि क्रय आदेश देने के बाद अब 'बेंचमार्क' की प्रक्रिया नहीं हो सकती, अतः बेंचमार्क शब्द का प्रयोग निरर्थक एवं अवैधानिक था। इसलिए परीक्षणकर्ता एजेंसी ने बेंचमार्क करने की बात ही नहीं लिखी।

दिनांक १०.५.९९ से परीक्षण प्रारंभ किया गया था। प्रारंभिक परीक्षण से ज्ञात हुआ कि लेजर प्रिंटर, लोकल एरिया नेटवर्क पर खरा नहीं उतरा और यह कहा गया कि इसका आगामी रूपांतरवाला मॉडल दिया जाए (जो नहीं दिया गया), रंगीन प्रिंटर के प्रकरण के विभिन्न आयाम लिखे थे, किंतु यह विशेष विवरण परीक्षण में उपलब्ध नहीं थे। 'इंकजेट' प्रिंटर में ३.५ पृष्ठ प्रति मिनट प्रिंटिंग होनी थी, किंतु यह १.१ पृष्ठ प्रति मिनट ही प्रिंट दे रहा था, इत्यादि समस्याएँ थीं, जिन्हें ठीक करने को कहा गया। परीक्षण में भौतिक परीक्षण, विन बेंच एवं २४ घंटे विश्वसनीयता परीक्षण थे। इन परीक्षणों से ही स्पष्ट हो गया था कि यदि नियमों का पालन होता तो 'बेंचमार्क' में प्रथम स्तर में ही यह फर्म स्पर्धा से बाहर हो जाती।

दिनांक ११.५.९९ से १६.५.९९ तक जम्मू-कश्मीर को क्षेत्रीय समिति बैठक में जाते वक्त आर.एस. पुरा कृषि एवं पशु चिकित्सा महाविद्यालय का मैंने भ्रमण किया, जिससे कंप्यूटर केंद्रों की समस्या 'चौकड़ी' के सामने रखी। ऐसे ही दिनांक ३०.५.९९ को परिषद् की परीक्षा लेने वाराणसी के पास स्थित संस्थान गया था, तब बनारस हिंदू विश्व विद्यालय का केंद्र तथा उसके बरकछा (मिर्जापुर) स्थित कृषि विज्ञान केंद्र (जहाँ कंप्यूटर नेट देने की योजना थी) का भ्रमण कर उनकी समस्या को परिषद् के महानिदेशक आदि को प्रस्तुत था, साथ ही श्रीनगर में क्षेत्रीय समिति की बैठक में कंप्यूटर नेट प्रदाय की परिषद् में हो रही समस्या एवं केंद्रों की आपूर्ति में देरी पर चर्चा की थी कि फर्में कैसे-कैसे परेशान कर रही हैं। मैं १.५.९९ को परिषद् की परीक्षा पूर्ण कराकर एवं भ्रमण कर लौटा एवं कार्यालय गया तो डॉ. आलम उपमहानिदेशक ने बताया कि वह महानिदेशक को मुझे स्थानांतरित करने को लिख रहे हैं। दिनांक

४.५.९९ को केंद्रीय कृषि इंजीनियरिंग संस्थान के वरिष्ठ प्रशासनिक अधिकारी आए एवं मुख्यालय स्थानांतरित होकर सहयोग की बात की तो मैंने इनका सचिव (परिषद्) से बातकर यहाँ लाने की बात चलाई और वह तैयार हो गए, किंतु बाद में कभी यहाँ आने के बाद इनसे न्यायोचित सहयोग नहीं मिला। दिनांक ३.५.९९ को पूर्व खरीदी (रा.कृ.अ.प.)की फाइल, जिसमें कंप्यूटर के रख-रखाववाली बात थी, मेरे पास आई और मैंने श्री आर.पी. जैन को मत देने के लिए भेजा, किंतु उन्होंने उत्तर नहीं दिया।

दिनांक ४.५.९९ को परिषद् के सचिव ने मुझे बुलाया और फाइल वापसी हेतु कहा एवं बताया कि यदि मैं श्री आर.पी. जैन पर फाइल में मत न देने की जाँच लगवाता हूँ तो दूसरी जाँच भी बैठेगी। तात्पर्य था कि यदि परिषद् मद से रख-रखाव की राशि हेतु 'मत' आता तो यह नियम विपरीत था और यदि मे. एच.सी.एल. से निर्धारित कम लागत पर रख-रखाव कराया तो वह चौकड़ी के विपरीत था। यद्यपि रख-रखाव की राशि मे. एच.सी.एल. को न्यूनतम तय दर में ही देनी थी, वह भी परियोजना की राशि से। यद्यपि मेरे चयन के समय भी मुझे कंप्यूटर नेट के कार्य को संपन्न करने का कार्य दिया था। इसके बावजूद परिषद् ने एक कार्यालयीन आदेश निकाला था, जिसमें एक समिति द्वारा तकनीकी कार्य को संपन्न करने के लिए उपमहानिदेशक को अध्यक्ष तथा मुझे समिति का सदस्य सचिव बनाया गया था। इसके साथ इस आदेश में एक अन्य समिति का गठन भी हुआ था, जिसमें दिन प्रतिदिन के कंप्यूटर आपूर्ति आदि की प्रगति की समीक्षा थी। इसमें फर्मों के साथ में उन सभी व्यक्तियों को जोड़ा गया, जो नामित थे (इस कार्य हेतु चुने नहीं गए थे), किंतु मेरा नाम इस समिति में नहीं जोड़ा गया था (जबकि मैं इसी कार्य के लिए ही चयनित था)। यह जो दूसरी समिति बनाई गई थी, जिनमें फर्मों के प्रतिनिधि थे, जिनको मैं बार-बार दंडात्मक कार्यवाही हेतु लिख रहा था, जिनकी शिकायत मैंने महानिदेशक से लेकर मंत्रियों तक से की थी, उन सबको जो योगदान कर सकते थे, हमारी समिति में रखा ही नहीं गया था। इसका मूल कारण था कि 'चौकड़ी' उनको विवादरहित बनाकर अपना हित साध रही थी।

## असत्य को सत्य बनाने की साजिश

घपलों के कारण आपूर्ति में देरी हो रही थी। परिषद् के बाहर के विभागवाले परियोजना क्रियान्वयन इकाई (प.क्रि.इ.) में आते थे। वहाँ उनके साथ सभी विभागों को मिलाकर जो कंप्यूटरों की आपूर्ति में देरी हो रही थी, उसमें मेरी सही-सही बात सुनते थे। अतः उनको मेरी बातों पर यह विश्वास था कि जितनी देरी से आपूर्ति की संभावना है, वह मैं ही स्पष्ट करूँगा। इसी कारण बढ़ते विवाद को ठंडा करने के लिए

'चौकड़ी' चाहती थी कि मैं जल्दी आपूर्ति होगी, ऐसा लिखूँ।

दिनांक ८.६.९९ को डॉ. अनवर आलम ने चर्चा की ताकि जो कंप्यूटर प्रदाय की नस्ती है, उसमें मैं लिखूँ कि कंप्यूटर इत्यादि ३ माह में प्रदाय हो जाएँगे। तब मैंने नम्रता से इसे इनकार करते हुए बताया कि सभी कंप्यूटरों के प्रदाय में ९ महीने से कम समय नहीं लगेगा और इसी कारण दंड की धारा के अनुसार मे. सीमेंस को नियमानुसार दंड मिलेगा, तभी वह प्रदाय में जल्दी करेंगे अन्यथा ऐसे ही देरी करते रहेंगे। यह दंड दस्तावेज के सेक्शन ५ के बिंदु १४ के अनुसार होंगे। ९.६.९९ को परियोजना समन्वय (प्रबंधन) समिति की बैठक हुई, जिसमें मैंने कई बिंदु (मद) जिसमें काफी खर्च हो रहा था, उठाए। परिषद् के महानिदेशक ने कंप्यूटर आदि के देरी से प्रदाय में दिखावटी नाखुशी दिखाई। उन्होंने कहा, 'लेटर ऑफ क्रेडिट' में क्यों देरी हो रही है। डॉ. सदामते, जो कृषि एवं सहकारिता विभाग के प्रतिनिधि थे, ने कहा कि डॉ. तोमर ने जैसे बताया है कंप्यूटर प्रदाय में काफी देरी की आशंका है, तब डॉ. आलम ने कहा कि कोई देरी नहीं होगी। तब डॉ. पड़ौदा महानिदेशक ने कहा कि डॉ. तोमर सब कुछ नहीं हैं। आप प्रकरण को मेरे समक्ष रखें। इसके बाद मैंने उन्हें परीक्षण के फायदे बताए कि हमारे द्वारा समस्याएँ जो सामने पाई गई हैं, वे हैं—प्रिंटर खराब हैं, मल्टीमीडिया कंप्यूटर असफल रहा है, इंकजेट प्रिंटर पर्याप्त पृष्ठ निर्धारित समय पर प्रिंट नहीं कर पा रहा आदि-आदि। वेब सर्वर, लैप टॉप, एम.एस.ऑफिस आदि दिए ही नहीं तो परीक्षण पूरा होने का प्रश्न ही नहीं है। यद्यपि दो स्तरों के परीक्षण का कोई औचित्य ही नहीं था, क्योंकि 'बेंचमार्क' का औचित्य (प्रश्न) ही क्रय आदेश देकर तथा राशि प्रदाय कर खत्म कर दिया गया था। इसलिए विवरण अनुसार सीधे परीक्षण किया जा सकता था। दिनांक २१.६.९९ को जो परीक्षण के बाद रिपोर्ट आई थी, जिसमें डॉ आलम ने लिखा था कि सब मद 'क्रय आदेशानुसार ग्राय' किए जा सकते हैं, उस पर मैंने डॉ. कुशल पाल को मत देने को लिखा था। इस पर डॉ. आलम ने २८.६.९९ को मुझे बुलाया और कहा कि मेरे मत के ऊपर दूसरे का मत क्यों लिया। कंप्यूटर की गुणवत्ता परीक्षण के ऐसे प्रकरणों पर भविष्य में ऐसा न करूँ। तात्पर्य था कि गलत परीक्षण को यदि वह सही कहते हैं तो मैं भी सही कहूँ। टी.वी.एस. प्रिंटर का प्रतिनिधि आया और १.७.९९ को मेरे समक्ष डॉ. आलम को कहा कि वह लेजर प्रिंटर में 'नेटवर्क एडाप्टर एवं प्रिंटर शेयर' लगाकर उपलब्ध पुराने मॉडल से प्रिंटिंग ले सकते हैं, जबकि हमारी दी गई विशिष्टता आंतरिक व्यवस्था से जुड़े प्रिंटर की थी। इसे मैंने डॉ. आलम के पूछने पर अग्राह्य किया। दिनांक ७.७.९९ को वेंडर का प्रतिनिधि आया एवं डॉ. आलम को बताया कि हमारे विवरण अनुसार प्रति प्रिंटर उन्हें ३००० रुपए खर्च करने पड़ेंगे तो डॉ. आलम ने कहा कि मैं पत्र एजेंसी के प्रमुख अधिकारी को लिखूँ कि वह

पुराना मॉडल स्वीकार कर लें, किंतु मैंने ऐसा करने से मना किया एवं अपने (सही) विवरण अनुसार प्रिंटर की माँग की। श्री राव, जो भोपाल से आकर यहाँ अवर सचिव पदस्थ हुए थे, ने बताया कि परीक्षण में खर्च करने की राशि क्यों लगाई, इस पर गुप-चुप क्यों हैं?

मेरे सामान्य रूप से मूल्यांकन करने आदि के लिये देशभर के भ्रमण तो लगभग समाप्त कर दिए गए थे। मैं जैसे ही विश्वविद्यालय में प्रबंधन मंडल की बैठक लखनऊ या फैजाबाद में होती थी, उसमें जाता था। इसी अवधि में उस रूट में पड़नेवाले केंद्रों का भ्रमण करके वहाँ की समस्याएँ भी देखता था। यद्यपि उपमहानिदेशक को इसमें भी समस्या आती थी, क्योंकि जो बोली दस्तावेज के विपरीत बातें यहाँ से केंद्रों तक जाती थीं, उसमें समस्या क्या है, इस पर चर्चा होती थी। विभिन्न कृषि विज्ञान केंद्रों से मई, १९९९ के भ्रमण में जो समस्याएँ सामने आई थीं, उनमें एक प्रमुख थी कि बोली दस्तावेज के प्रावधान हैं कि 'प्रत्येक जगह, प्रत्येक कंप्यूटर पर तीन दिन का प्रशिक्षण कम-से-कम १ व्यक्ति को दिया जाएगा। उसके विपरीत विभिन्न केंद्रों को ५-७ व्यक्तियों की टोली को एक जगह एकत्रित कर प्रशिक्षण देना अनुचित होगा, क्योंकि वह ज्यादा प्रभावकारी नहीं होगा। ऐसा भ्रमण में पाया गया था। इसका विवरण मैंने उपमहानिदेशक एवं महानिदेशक के समक्ष दिनांक ४.६.९९ को रखा था। इस पर महानिदेशक द्वारा ९.६.९९ को लिखा गया था कि उपमहानिदेशक, सहायक महानिदेशक के भ्रमण का उचित प्रबंधन करें, किंतु प्रत्येक स्थान एवं प्रत्येक सिस्टम में ३ दिवस की कम-से-कम एक व्यक्ति को प्रशिक्षण दिया जाए की बात आई, किंतु किसी के कानों में जूँ नहीं रेंगी, क्योंकि 'चौकड़ी' ने तो मे. सीमेंस को तो जैसे अवैधानिक वादा कर दिया था कि उन्हें किसी भी तरह लाभ पहुँचाया जाएगा। अतः कई जगहों के कई व्यक्तियों को एक जगह लाकर प्रशिक्षण दे नियमों की धज्जियाँ उड़ाई गई, जिससे मे. सीमेंस को तो रुपए १ करोड़ से ज्यादा फायदा हुआ, किंतु हमें अत्यधिक हानि हुई।

आंतरिक फाइलों के लिए तो यह 'चौकड़ी' तो बदमाशी कर लेती थी। मेरे बिना मत लिये नस्तियाँ आगे बढ़ा लेती थी, किंतु जब भारत सरकार के सर्वोच्च कार्यालयों से पत्र आते थे, तब ये झख मारकर मुझे 'नोडल अधिकारी' मानती थी। ऐसा ही एक पत्र ८ मार्च, १९९९ को संयुक्त सचिव 'कैबिनेट सिक्रेटेरीएट' राष्ट्रपति भवन दिल्ली का आया था, जिसमें 'नोडल अधिकारी' को नामित करना था, जो 'कैबिनेट सिक्रेटेरीएट' खाते की इ-मेल प्राप्त भी करे एवं अग्रेषित भी करे, तब इन्हें झक मारकर मुझे नोडल अधिकारी बनाना पड़ा था, इन्हें डर था कि यदि कुछ झूठा बताया गया तो इन्हें दंडित किया जा सकता है। इस बाबत डॉ. पड़ौदा महानिदेशक ने तदनुरूप पत्र दिनांक ११.६.९९ को राष्ट्रपति भवन को लिखा था और उन्हें मेरा इ-मेल पता भी भेजा था। जब यह

पत्र ८.३.९९ आया था, तब महानिदेशक के माध्यम से मुझे प्रस्तुत हुआ था। इस पर मैंने नोटशीट उपमहानिदेशक को प्रस्तुत की थी, जिसमें अपनी टीप देते हुए डॉ. आलम उपमहानिदेशक ने आगे बढ़ाया था, जिसके आधार पर महानिदेशक ने ११.६.९९ को यह पत्र मुझे नोडल अधिकारी बताते हुए भारत सरकार को लिखा था। इस तरह भारत सरकार या अन्य वैधानिक बातों में इन्हें झूठा लिखने में पसीना आता था और भय के कारण ये सही रूप से मुझे कंप्यूटर नेटवर्क के चुने हुए पद का 'नोडल अधिकारी' लिखते थे।

मे. सीमेंस, जो विदेशों से कंप्यूटर ला रही थी, कंप्यूटर प्रदाय में देरी कर रही थी, जिसे फरवरी, ९९ में प्रदाय करना चाहिए था, वह जुलाई, ९९ तक भी नहीं लाया। तब बैठक में मुद्दा उठाया गया था एवं इस बैठक का वृत्त सभी को, जिन्होंने बैठक में भाग लिया था, दिया गया था। उसके बाद नोटशीट पर मैंने लिखा था कि उपमहानिदेशक की स्वीकृति के बाद एवं बैठक का वृत्त सभी को भेजने के बाद श्री बाबूलाल जांगिड़ निदेशक वित्त ने एक नोट लिखा है कि उनके द्वारा उठाए गए बिंदु वित्त का अवरोध, कंप्यूटर प्रदाय में देरी, जो कंप्यूटर प्रदाय हुए हैं उनकी स्थापना (लगाने) में देरी, बैंक गारंटी की धारा का पालन, तकनीकी हानि आदि के बिंदु वृत में लिखे ही नहीं गए। यह नोटशीट मैंने ९.७.९९ को उपमहानिदेशक डॉ. आलम को प्रस्तुत की। इस पर उन्होंने १२.७.९९ को लिखा कि यह संविदा का एक बिंदु है, जबकि फर्मों की धोखाधड़ी के ये बिंदु थे, जिन्हें श्री जांगिड़ ने उठाए थे। इन बिंदुओं ने मे. सीमेंस को नंगा कर दिया था, फिर भी बैठक के वृत्त में जिक्र हेतु इन्हें डॉ. आलम ने बिल्कुल ही छोड़ दिया था। न तो पहले ये बिंदु वृत में जोड़े गए थे और न अब डॉ. आलम इन्हें जोड़ने दे रहे थे। आगे इस १२.७.९९ की नोट में डॉ. आलम ने पेंटियम-२ की जगह पेंटियम-३ न लेने का जिक्र कर मधुमक्खी के छत्ते में हाथ डाल दिया था। वास्तविकता यह थी कि पेंटियम-२ प्रदाय के आदेश, जो फरवरी १९९९ में हुए थे, उसके प्रदाय में अतिशय देरी हो रही थी और ज्यादा विकसित पेंटियम-३ बाजार में छा गया था। ऐसी स्थिति में बोली दस्तावेज के सेक्शन-४ बिंदु १५.१ के तहत यह प्रावधान रखा गया था। प्रदायकर्ता यह आज्ञापत्र देता है कि वह कंप्यूटर आधुनिकतम (Most recent) या वर्तमान प्रतिमान (Current Model) देगा। इसके तहत प्रदायकर्ता मे. सीमेंस को यह कहा जा रहा था कि वे पेंटियम-३ दें। ऐसा ही आदेश, जो १ करोड़ रुपए से ज्यादा का था, राष्ट्रीय सूचना केंद्र को लगभग उसी समय पेंटियम-२ प्रदाय के लिए दिया गया था, शर्तें भी लगाई गई थी और उन्होंने लगभग इसी समय प्रदाय किया तो हमें पेंटियम-३ दिया गया था, न कि पेंटियम-२ और मे. सीमेंस से भी आशा थी कि वह भी पेंटियम-३ देगा, किंतु 'चौकड़ी' की कृपा होने से वह पेंटियम-२ भी समय पर

देने से हिचकिचा रही थी। पूरी सप्लाई करने में उसने वर्षों लगा दिए।

मे. सीमेंस बहुत चतुराई से खेल खेल रही थी जिसमें 'चौकड़ी' उन्हें सहयोग कर रही थी। दिनांक १८.६.९९ को (उसी दिन, जिस दिन उनकी रिपोर्ट हमें मिल चुकी थी, यह सब चौकड़ी से पता करके किया जाता था) उन्होंने विशेष कर्तव्यस्थ अधिकारी को लिखा कि हमने संदर्भित परीक्षण ९ मदों का सूचना केंद्र से करा लिया है, किंतु अभी तक हमें ग्राह्यता रिपोर्ट नहीं मिली, जिसका 'बेंचमार्क' राष्ट्रीय सूचना केंद्र को करना था, जबकि राष्ट्रीय सूचना केंद्र ने श्री कन्हैया को लिखे अपने पत्र दिनांक ७.५.९९ से यह स्पष्ट कर दिया था कि उन्हें संदर्भित एवं ग्राह्यता परीक्षण करना है, न कि 'बेंचमार्क' (जो क्रय आदेश देने के पूर्व होता है)। इस परीक्षण हेतु उन्होंने बोली दस्तावेज एवं पंचाट के नोटीफिकेशन की प्रति माँगी। ऐसे में श्री कन्हैया का दायित्व था कि इस पत्र के बारे में ये मे. सीमेंस को भी बताते, जिससे उनको पता हो जाता कि 'बेंचमार्क' तो करना ही नहीं है। अतः तुरंत सभी कंप्यूटर नेटवर्क उपकरण प्रदान करना उनका दायित्व था। मे. सीमेंस ने इसी देरी करने हेतु चालबाजी की एवं 'लेटर ऑफ क्रेडिट' का संशोधन कराने की चाल चली, जिससे देरी से यह खुले और उस दिन से सामान आपूर्ति हेतु १२ सप्ताह का समय मिले। यह काम 'चौकड़ी' एवं मे. सीमेंस ने मिलकर किया, जिससे पेंटियम-II कंप्यूटर आधे से कम दाम में आ जाए और विश्व के देशों के कबाड़ से समेटकर हमारे यहाँ पटक दें।

## लेटर ऑफ क्रेडिट खोलने के बहाने आपूर्ति में देरी करना

चौकड़ी एवं मे. सीमेंस मिल-मिलाकर बदमाशी कर रहे थे। उन्हें इस बात की जरूरत थी कि किसी तरह आपूर्ति देरी से करने का मौका मिल जाए, जिससे पेंटियम-II सस्ता हो जाए। यह चाल मे. सीमेंस ने १८.६.१९९९ का पत्र लिखकर इसलिए की थी कि लेटर ऑफ क्रेडिट खोलने में देरी का ठीकरा उनके ऊपर न फूटे और परिषद् में उसके दलाल अपनी गलती मानकर इसे संशोधित करें और इसके बाद इतना समय (१२ सप्ताह) उसे प्रदाय (आपूर्ति) का मिल जाए। जितनी देरी से यह खुला, उतनी ही देरी से उन्हें पेंटियम-II प्रदाय का मौका मिला और यह सस्ता होता चला गया, किंतु हमारे लिए अनुपयुक्त हो गया। 'बेंचमार्क' न करने का विवरण चौकड़ी के प्रत्येक सदस्य को मालूम था कि यह ('बेंचमार्क') क्रय आदेश देने के पूर्व ही किया जाता है, जिससे फर्म की कमी (त्रुटि) पाने पर उसे स्पर्धा से ही हटा दिया जाए। अतः यह रास्ते से हटने से भी बच गई एवं फर्म ने पेंटियम-II इतनी देरी से दिया कि बाजार में वह उसे लगभग १/४ (एक चौथाई) दाम पर ही मिल गया होगा। इस पत्र की प्रतिलिपि डॉ. आलम को भी दी गई थी, जिसके ऊपर उन्होंने लिखा, 'दिनांक १८.६.१९९९

को ही निकासी विक्रय दी जा चुकी है।' ये तिथियाँ एक होने से ही रहस्य का पता चल गया था कि मे. सीमेंस ने जब रिपोर्ट आ जाने की तिथि जानी, तुरंत परिषद् को पत्र लिख दिया, जिससे उसकी ओर कोई उँगली न उठाए। परिषद के प्रत्येक फाइल की नोटिंग एवं दस्तावेज चौकड़ी के माध्यम से फर्मों को दिलाया जाता था।

## आवश्यक बैठक से दूरी बनाई

वेंडर को कहा गया था कि वह ऐसा प्रिंटर प्रदान करे, जिसका विवरण बोली दस्तावेज के अनुसार हो। परीक्षण के बाद परीक्षण संस्था ने कहा था कि प्रिंटर हमारे विवरण अनुसार नहीं है। यह आधुनिक डिजाइन का हो, न कि पुराना मॉडल। दिनांक ८.७.१९९९ को एक बैठक थी, जिसमें मैं उपस्थित नहीं होना चाहता था। मुझे 'बालतोड़' होने के कारण मैं डॉक्टर के पास गया था, डॉ. ने एक दिवस के अवकाश का सुझाव दिया था और इस दिन मैं कार्यालय से अवकाश पर था। यह मेरी गलती थी, मैं इतना मजबूर न था, बैठक में जा सकता था। दिनांक ९.७.९९ को माइक्रोसाफ्ट २००० का निदर्शन (Demonstration) देखा। प्रिंटर का १२५० का मॉडल, जो पूरी तरह खरा नहीं उतर रहा था, उसे न लेने का निश्चय किया। राष्ट्रीय सूचना केंद्र (परीक्षण एजेंसी) से ही ग्राह्य या अग्राह्य योग्य होने का प्रमाण लेना ठीक समझा।

## वेतन आयोग से समुचित वेतनमान लेने हेतु भ्रष्टाचार का सहारा

विगत २ सप्ताह से सहायक महानिदेशक डॉ. आर.पी. काचरू मेरे पास आ रहे थे एवं ५००० रुपए की राशि माँग कर रहे थे। इसके बाद सहायक महानिदेशक डॉ. एस. एम. इलियास भी आए थे। वह भी ५००० रुपए की माँग कर रहे थे। फिर स.म. डॉ. एन.एस.एल. श्रीवास्तव भी आए एवं रुपए ५००० की माँग की। यह बताया गया कि यह राशि घूस के रूप में लगभग १ लाख रुपए किसी खास को देना है, जो सहायक महानिदेशक (हमारे) नए वेतनमान में विसंगतियों को, जिसके कारण हम पीछे रह गए हैं, उन्हें ठीक करने के लिए है, जिससे हमारा वेतनमान १६४००-२२४०० की जगह १८४००-२२४०० हो जाए। बाद में स.म. डॉ. एन.एल. मौर्य आए और बताया कि १७.७.९९ तक यह राशि जो घूस के लिए है, वह आयोग के किसी व्यक्ति को घूस के रूप में देनी है, जिससे वेतनमान ठीक होगा। मैंने इन सभी को बताया कि यदि ५००० की राशि की रसीद दी जाए और जहाँ जमा करना है, वहाँ से रसीद ली जाए, तभी मैं राशि दे सकता हूँ। यदि घूस के रूप में यह राशि देनी है तो मैं नहीं दूँगा। यह बात मैंने अपनी पत्नी श्रीमती सरला तोमर को भी बताई थी।

दिनांक १२.७.९९ को डॉ. आलम ने बताया कि उन्होंने जैसी रिपोर्ट परीक्षण से

मिली थी, उसको मान लिया, जिससे अब कंप्यूटर जल्दी मिल सकेंगे। मतलब यह था कि जो भी पुराना-धुराना माल था, अनुपयुक्त था, उसे डॉ. आलम ने खरीद की स्वीकृति दे दी। यद्यपि १२.७.९९ की बैठक में कंप्यूटर प्रिंटर की खराबी बताई गई थी और डॉ. आलम ने वेंडर में कोई समस्या नहीं पाई थी, जबकि मैंने बताया था कि कई में समस्याएँ हैं, विशेषकर लेजर प्रिंटर के साथ।

बड़ी विडंबना थी, जो डॉ. आलम ७.७.९९ तक मुझसे कहते थे कि परीक्षण एजेंसी को लिखूँ कि हम वर्तमान में खराबी होते हुए इसे ग्राह्य कैसे करें, वही १२.७.१९९९ को पूरी-की पूरी रिपोर्ट को ग्राह्य कर लेते हैं। मैं बड़ी विषम स्थिति में था, मैं जब भी विरोध में पत्र लिखता था, वह कूड़े-कचरे की टोकरी में चौकड़ी फेंक देती थी। दिनांक १३.७.९९ की बैठक में डॉ. आलम ने सूचित कर दिया कि अगस्त, ९९ तक कंप्यूटर उपकरण प्रदाय कर दिए जाएँगे। १६.५.९९ को महासभा की वार्षिक बैठक थी, जिसमें कृषि मंत्री एवं प्रधानमंत्री श्री अटलबिहारी वाजपेयी आए थे। मैंने सोचा था कि इसमें इनके समक्ष इस कंप्यूटर नेट (सूचना प्रौद्योगिकी) में हो रहे घपलों पर कुछ हंगामा किया जाए, किंतु साथियों ने बताया कि इसका कोई प्रभाव नहीं होगा।

डॉ. आलम द्वारा परीक्षण रिपोर्ट, जिसमें कंप्यूटर आदि की त्रुटियाँ बताई गई थीं, इसके बावजूद उसके ग्राह्य कर लेने पर जाँच एजेंसी भी काफी ढीली पड़ गई थी। इसने यू.पी.एस. के पूरे लाट को वेंडर के यहाँ जाकर परीक्षण कर दिया एवं कोई विशेष त्रुटि भी इंगित नहीं की, जबकि नियमानुसार इसे अलग स्थान पर करना था। मुझे अब स्पष्ट हो रहा था कि पूरी-की-पूरी प्रणाली ही भ्रष्ट हो चुकी है एवं जाँच एजेंसी भी इससे प्रभावित हो गई है और उसने पूरे यू.पी.एस. की जाँच गुप-चुप (बिना मुझे बताए) कर दी है।

दिनांक २९.७.९९ को विश्वविद्यालय के प्रबंधन मंडल की बैठक में कुमारगंज भेजा गया था। इसी यात्रा के चलते मैंने वहाँ का कंप्यूटर केंद्र तथा कानपुर, लखनऊ, बांदा, गनीवा एवं मझगवाँ के केंद्रों को देखकर यहाँ की दुर्दशायुक्त स्थिति को परिषद् में प्रस्तुत किया था कि कैसे इनकी पूरी तैयारी के बाद कंप्यूटर वहाँ पर नहीं पहुँचाए गए थे।

दिनांक ४.८.९९ को डॉ. आलम ने पूर्व के वर्षों में जो कंप्यूटर लगाए गए थे, उनके वार्षिक रखरखाव परिषद् से करने की व्यवस्था के कुछ बिंदु बनाए थे, जिन्हें पूर्ण करने हेतु चहेते सहायक महानिदेशक को तथा दूसरे अधिकारियों से गुप-चुप तरीके से काम कराने की योजना थी, क्योंकि फर्म एच.सी.एल. को बिना 'काली सूची' में डाले यह काम डॉ. पड़ौदा और डॉ. आलम अवैधानिक तरीके से करा रहे थे और इस पर इन्होंने सफलता भी प्राप्त कर ली थी। इन्होंने इससे संबद्ध दस्तावेज भी मुझे

नहीं दिलाया था, जिससे यह निश्चित होता है कि वार्षिक रखरखाव की क्या व्यथा-कथा है। यह वही डॉ. पड़ौदा थे, जो परिषद् के महानिदेशक तथा पूर्व परियोजना के मुखिया थे और अब वार्षिक रखरखाव अपनी परिषद् के माध्यम से अवैधानिक रूप से काफी ऊँची दर में कराया था, जबकि यह काम शर्तों के अनुसार काफी कम दर पर मे.एच.सी.एल से कराना था।

## ग्राह्यता परीक्षण

### (अ) कंप्यूटर आदि का परीक्षण

क्रय आदेश दिनांक ९.२.९९ के बाद ही 'बेंचमार्किंग' की बात समाप्त हो गई थी, किंतु अभी एग्रीमेंट नहीं हुआ था, १० प्रतिशत राशि नहीं दी गई थी तो मैं प्रयत्न कर रहा था कि अब भी 'बेंचमार्क' परीक्षण हो जाए तो अगर कमियाँ हो तो फर्म को रास्ते से ही हटना होगा एवं दूसरी फर्म का 'बेंचमार्क' करना होगा। परियोजना क्रियान्वयन इकाई 'चौकड़ी' के माध्यम से एक तरफ तो १० प्रतिशत राशि देकर दिए गए क्रय आदेश की और पुष्टि कर रही थी तो दूसरी ओर परीक्षण में 'बेंचमार्क' शब्द लिखकर परीक्षण कराने का नाटक कर रही थी, क्योंकि उसे डर था कि नियमों की अवहेलना कर एवं सबकी उपेक्षा कर (विशेषकर मूल्यांकन समिति के निर्णय की) उसने बिना 'बेंचमार्क' कराए क्रय आदेश दिया है, जो गलत है, इस पर कभी कार्यवाही हुई तो पूरी चौकड़ी के सदस्य फँस सकते हैं। राष्ट्रीय सूचना केंद्र ने भी १५.२.९९ के पत्र से कहा था कि क्रय आदेश दिए गए हैं तो अब सुपुर्दगीपूर्व परीक्षण होगा और यही उसने कराया।

## चरित्रावली खराब लिखना और सेवामुक्त कर देना

इसी के चलते मे. सीमेंस ने ५.५.९९ को राष्ट्रीय सूचना केंद्र को जाँच या 'बेंचमार्किंग' की बात लिखी थी और आगे लिखा था कि हमें खुशी है कि हम आपको ३ मद (कंप्यूटर उपकरण) संदर्भ परीक्षण या 'बेंचमार्क' के लिए दे रहे हैं। इसी मद में सूचना केंद्र ने ७.५.९९ को श्री कन्हैया को लिखा था कि ग्राह्यता परीक्षण हेतु दस्तावेज दें। परीक्षण बाद जाँच एजेंसी ने रिपोर्ट दी थी, जो डॉ. आलम (चौकड़ी के सदस्य) के सामने आई थी। उसमें तुरत-फुरत उन्होंने इसे ठीक होने का मत प्रगट करते हुए १८.६.९९ को लिखकर मेरे पास भेजा था, जिसे मैं इस कार्य के लिए चुने गए एवं इस कार्य में लगे वरिष्ठ वैज्ञानिक डॉ. कुशलपाल के पास उनके मत हेतु भेजा। इस पर परीक्षण के अनुसार जो त्रुटियाँ बताई गई थीं, उसे उन्होंने चिह्नित करते हुए लिखा था कि परीक्षण में कई उपकरण त्रुटिपूर्ण पाए गए हैं। इन त्रुटियों तथा अन्य त्रुटियों की ओर अपना मत लिखते हुए इस रिपोर्ट को परियोजना क्रियान्वयन इकाई

को भेजा गया। दिनांक १४.७.९९ को मैंने डॉ. आलम के समक्ष स्पष्ट रूप से परीक्षण में पाई गई त्रुटियों को नोटशीट में लिखकर प्रस्तुत किया था और बताया था कि परीक्षण एजेंसी ने प्रिंटर की सप्लाई में त्रुटि पाई और इसे फर्म को बदलना पड़ा, लेजर प्रिंटर १२५० हमारी माँग अनुसार बिल्कुल नहीं है, मल्टीमीडिया पी.सी. में एनीमेशन की समस्या थी, पोर्टेबल इंकजेट प्रिंटर ठीक से काम नहीं कर सका, पोर्टेबल आइटम पोर्टेबल बैग में नहीं है, हमें टेक्निकल मैनुअल की आवश्यकता इस प्रकरण में होगी, कई उपकरण दोबारा देने एवं दोबारा परीक्षण के बाद पास किए गए आदि-आदि।

इस विवरण (जो उपकरणों की त्रुटियाँ परीक्षण में पाई गई थीं) से डॉ. आलम तिलमिला गए थे और लिखा था, 'मैं इस ढिठाईपूर्ण नोट से दुःखी हूँ।' इस गुस्ताखी के लिए मुझे कोई दुःख नहीं था, क्योंकि यह सच्चाई थी, जो मुझे उनके सामने प्रस्तुत करनी थी, क्योंकि वह इस चौकड़ी के सदस्य थे, जिसने भ्रष्टाचार करने की ठान रखी थी। मेरी इस गुस्ताखी का बदला डॉ. आलम ने मेरी चरित्रावली खराब करके लिया, जिसके आधार पर इन लोगों ने मुझे सहायक महानिदेशक पद की नौकरी से निकाल (Terminate) दिया था, जबकि वार्षिक चरित्रावली खराब होने पर किसी को सेवा से निकालने (Terminate) का नियम ही नहीं है, किंतु इसका दुःखड़ा मैंने किसी से नहीं रोया, क्योंकि यह तो मेरे लिए 'सच्चाई के साथ प्रयोग (Experiment with truth)' था। यद्यपि मेरी व्यावसायिक उपलब्धियाँ इतनी अच्छी थीं कि कहीं भी रोजी-रोटी कमा सकता था, किंतु मुझे तो देखना यह था कि भ्रष्टाचार की लड़ाई में मेरा क्या हो सकता है, सेवा से बरखास्तगी, हत्या या अन्य कुछ, क्योंकि डॉ. पड़ौदा झूठे प्रकरणों में फँसाने में भी माहिर था।

रिपोर्ट पर मत देते हुए मैंने अवर सचिव एवं विशेष कर्तव्यस्थ अधिकारी तथा उपमहानिदेशक (फसल विज्ञान) को लिखा था कि जाँच एजेंसी के दिनांक २१.६.९९ की रिपोर्ट के प्रथम पृष्ठ पर दिया विवरण उस अधिकारी को, जिसे हमने जाँच में लगाया था, उसके मत के अनुसार, जो जाँच की रिपोर्ट है, वह हमारी विशिष्टता के अनुसार नहीं है। बाहर से लगा 'प्रिंटर शेयर' न होकर यह इसके साथ लगा होना चाहिए, यह हमारे विवरण के अनुसार नहीं है। जाँच एजेंसी को यह भी कहना योग्य होगा कि वह अपना मत 'बोली दस्तावेज' की विशिष्टताओं की तुलना करते हुए दें, आदि बिंदुओं की ओर ध्यान आकृष्ट करते हुए मैंने शीघ्र ही अन्य कंप्यूटर उपकरणों को प्रदाय की बात लिखी थी। इस पर मत व्यक्त करते हुए श्री कन्हैया ने लिखा कि जाँच एजेंसी ने अपनी रिपोर्ट दी, जिसे अधिकृत रूप से ग्राह्य करना चाहिए, तब ग्राह्यता परीक्षण हेतु कंप्यूटर प्रदाय चालू हो सकेगा। कंप्यूटर आदि की रिपोर्ट पर उपमहानिदेशक ने अपनी स्पष्टता का मत दे दिया है। इस रिपोर्ट को सहायक महानिदेशक द्वारा

आवश्यक कार्यवाही हेतु परियोजना क्रियान्वयन इकाई को भेजनी चाहिए थी, किंतु इस रिपोर्ट पर सहायक महानिदेशक ने वरिष्ठ वैज्ञानिक के मत लिये हैं और अपने भी मत दिए हैं। इस तरह यह रिपोर्ट अंतिम नहीं हुई।

मैंने अपनी नोटशीट राष्ट्रीय निदेशक एवं उपमहानिदेशक (फसल विज्ञान) के माध्यम से श्री कन्हैया को भेजी थी, किंतु श्री कन्हैया ने पहले अपनी टीप दी, फिर राष्ट्रीय निदेशक के मत के लिए इसे भेजा। उनकी जगह किसी अन्य ने इस पर अपनी टीप दिनांक २४.६.९९ को दी और मेरे बारे में लिखा कि सहायक महानिदेशक ने अपने उपमहानिदेशक (इंजीनियरी) के माध्यम से नहीं भेजी। जिसे वह देखें, इस पर तभी अग्रिम कार्यवाही हो सकेगी। यह नोटशीट उसने उपमहानिदेशक (इंजीनियरी) डॉ. आलम को भेजी। डॉ. आलम ने इस पर २९.६.९९ को लिखा, 'विषय-वस्तु के निराकरण की आवश्यकता है, फर्म से संपर्क करें' और नस्ती मुझे मार्क कर दी।

मैंने इस पर अपनी टीप दी कि फर्म हमें हमारी विशिष्टता या चाहे अनुसार विवरण के कंप्यूटर नेट उपकरण दे। साथ ही यह पहले से ही जो बहुत ज्यादा प्रदाय में देरी हुई है, उसको एक तरफ करते हुए तुरंत आपूर्ति चालू करे। ऐसी टीप देकर मैंने २.७.९९ को नोटशीट डॉ. आलम को वापस कर दी। इसमें विशिष्ट बात यह थी कि जो मैंने नोटशीट दी थी, वह डॉ. मंगलाराय के मत के बाद वापस आनी चाहिए थी, किंतु न तो जाते वक्त, न ही वापस आते वक्त इस नोटशीट में उनके मत मिले, इसके कारणों में हो सकता है कि वह इस विवाद में न फँसना चाह रहे हों एवं डॉ. पड़ौदा को नाराज भी न करना चाहते रहे हों। इस कारण खुद मत न देकर किसी अन्य (डॉ. गुप्ता) को नोटशीट से मत देने को कहा हो और डॉ. गुप्ता भी कृतज्ञता ज्ञापन करने के लिए बिना कुछ चूँ-चपड़ के उनके ही पदनाम को काटकर मत दिया हो, जिससे यह आभास भी नहीं हो रहा था कि किसने मत दिया है या अन्य भी कोई कारण रहा हो। यह डॉ. मगलाराय एवं डॉ. गुप्ता को अपराधी की श्रेणी में रखता था। इस नोटशीट के आदान-प्रदान से दो बाते स्पष्ट हुई थीं। एक तो यह कि जितना परीक्षण हुआ था, उसके परिणाम अनुसार हमारे विशिष्टता (specification) के कंप्यूटर नेट के उपकरण नहीं थे। इस तरह यदि क्रय आदेश देने के पहले 'बेंचमार्क' किया जाता तो मे. सीमेंस स्पर्धा से पूर्व ही बाहर हो जाती ('चौकड़ी' और मे. सीमेंस यह जानती थी, इसी कारण बिना बेंचमार्क के क्रय आदेश दे दिया) और दूसरी (अन्य) फर्म को आगे लाकर 'बेंचमार्क' करना पड़ता। दूसरी बात थी कि यह बेमतलब संदर्भ परीक्षण (ग्राह्यता परीक्षण सीधे न कराते हुए) कराकर 'चौकड़ी' और फर्म समय बर्बाद करना चाहती थी, जिससे जितना समय बीतता जाएगा, उतना ही कंप्यूटर उपकरण विशेषकर पेंटियम-II आदि उन्हें बाजार से सस्ते मिल जाएँगे और

'चौकड़ी' के सहयोग से जो सेक्सन-४, बिंदु १५.१ के तहत नवीनतम मॉडल (Most recent or current model) का प्रावधान है, वह नहीं होने देंगे और अनुपयुक्त (Obsolute) उपकरणों को विदेशों से सस्ते में लेकर हमारे देश के ४३७ केंद्रों में भर देंगे। परिणाम यह रहा कि हमारे पास जो कंप्यूटर आदि आए, वह लगभग प्रचलन से बाहर हो चुके थे।

श्री कन्हैया की इस नोटशीट में अन्य नोटशीट की तरह एक विशेषता रही कि मेरी नोटशीट, जो लगभग एक चौथाई (१/४) हिस्सा लिखी थी और ३/४ हिस्सा खाली थी, उसके खाली हिस्से में कुछ न लिखकर श्री कन्हैया द्वारा नई नोटशीट प्रारंभ की गई थी। यह 'चौकड़ी' के मास्टर माइंड श्री कन्हैया की विशेषता थी, वह चौकड़ी के बाहर अन्य (ऐसे) अधिकारियों को जो नोटशीट लिखता था वह ऐसे ही लिखता था, जिससे उसके अनूकूल न हो तो वह फाड़कर फेंक सके। यह श्री कन्हैया का अपराधी प्रवृति का घोतक था।

दूसरी बात इस नोटशीट में थी कि यह इंगित राष्ट्रीय निदेशक डॉ. मंगला राय को थी और उन्हीं के नाम पर क्रास भी किया गया था, परंतु यह लिखी एक अदना अधिकारी ने थी, जो न तो चुनकर यहाँ आया था और न ही अपना मत लिखते हुए ऐसा कुछ लिखा था, जिससे आभास हो कि किस व्यक्ति ने यह लिखा है। यह उस समिति का सदस्य था, जिसे डॉ. पड़ौदा की योजना के तहत तकलीफ भोगनेवाले (पीड़ित) व्यक्तियों की समिति बनाकर भ्रष्टाचार की योजना क्रियान्वयन की जाती थी। इस समिति के सदस्य सदैव डॉ. पड़ौदा का यशगान करते थे, ऋणी रहते थे, क्योंकि उन्हें 'कालापानी', आतंक पीड़ित जैसी जगहों में नहीं जाना पड़ता था तथा अपने निदेशक आदि की प्रताड़ना नहीं भोगनी पड़ती थी और यहाँ मलाईदार विभाग चलाते थे।

## सही आदमी को मे. सीमेंस का उत्पादन देने का षड्यंत्र

मे. सीमेंस के परीक्षण हमारी विशिष्टतानुसार नहीं हुए थे। उनको जैसे थे, वैसे बाँटने के उपक्रम हो रहे थे। इसी बीच श्री बाबूलाल जांगिड़ वित्त निदेशक ने उपनिदेशक डॉ. आलम को एक नोटशीट लिखी कि उनको भी एक 'लैपटॉप' दिया जाए, क्योंकि शिक्षा विभाग द्वारा दिया गया लैपटॉप वह वापस कर चुके हैं। डॉ. आलम उन्हें उपकृत करने का यह अवसर छोड़ना नहीं चाहते थे, अतः तुरंत २७.७.९९ को श्री जांगिड़ को प्रदाय हेतु 'स्वीकृत' लिखकर नोटशीट मुझे भेज दी। मैं भी डॉ. आलम की दुःखती नस जान रहा था, अतः मैंने लिखा 'ठीक है, हम मे. सीमेंस द्वारा प्रदाय कंप्यूटरों से एक 'लैपटॉप' इन्हें दे देंगे। डॉ. आलम समझते थे कि यदि मे. सीमेंस का मॉल इन्हें

प्रदाय किया गया तो एक तो वह ठीक न होने (पुराना) से नेटवर्क को झेल नहीं पाएगा, दूसरा इसकी सप्लाई भी देर से होगी और इन दोनों ही स्थितियों में श्री जांगिड़ ऊपर से नीचे तक लिखा-पढ़ी कर नाकों में दम कर देते। अतः डॉ. आलम ने मुझे तुरंत ही झुंझलाते हुए लिखा, जिसका मतलब था, 'नहीं-नहीं कदापि नही, इन्हें राष्ट्रीय सूचना केंद्र द्वारा सप्लाई किए गए माल से दिया जाए।' जिससे दलालों वाली फर्म मे. सीमेंस भी बच जाएगी और कोई त्रुटि रही तो भी उनकी फर्म बदनाम नहीं होगी।

## संवाद-संचार माध्यम की सुविधा से वंचित करने का षड्यंत्र

मेरी सुविधाएँ तो छीनी जा रही थी, बढ़ाने का प्रश्न ही नहीं था, फिर भी पूरे देश के लगभग ८०० केंद्रों, उपकेंद्रों आदि से चर्चा करना, पत्राचार का जवाब देना पड़ता था। ऐसी स्थिति में फोन में एस.टी.डी. एवं फैक्स (जैसी व्यवस्था जो कुछ दूसरे सहायक महानिदेशकों के पास थी) सुविधा आवश्यक थी, जिसके लिए मैंने ५.८.९९ को नोटशीट लिखी कि मुझे आगामी वर्ष तक ८३२ कंप्यूटर केंद्रों की देखभाल करनी होगी। अभी विशिष्ट को मिलाते हुए हमारे ४४९ केंद्र हैं, उपमहानिदेशक डॉ. आलम को उपलब्ध यह (एस.टी.डी. फोन) सुविधा विगत वर्षों में एक बार भी मुझे नहीं मिली और २४.७.९८ को परिषद् के महानिदेशक ने एस.टी.डी./फैक्स स्वीकृति मुझे दे दी थी, यह लिखते हुए कि 'यह पूर्णतयः न्यायपूर्ण प्रकरण है। यद्यपि इसकी उच्चतम सीमा निर्धारित कर प्रकरण प्रस्तुत करें।' यह भी लिखा था कि 'इसका व्यय तकनीकी परियोजना मद से किया जाए।' ऐसी नोटशीट प्रस्तुत होते ही 'चौकड़ी' चौकन्नी हो गई थी और उसे यह भय सताने लगा था कि यदि यह सुविधा मुझे मिली तो भ्रष्टाचार का और बड़ा खुलासा मैं करने लगूँगा।

इसमें डॉ. आलम ने तथ्य माँगे, जो मेरे द्वारा तुरंत प्रस्तुत कर दिए गए। इस पर डॉ. आलम ने तिकड़मबाजी की एवं लिखा कि 'जैसे कुछ सहायक महानिदेशकों के पास यह सुविधा है, डॉ. तोमर ने माँग की है। संभाग के सहायक महानिदेशक मेरे टेलीफोन एवं फैक्स का उपयोग करते हैं। अपव्यय को यद्यपि बचाया गया है।' जबकि नोटशीट में साफ लिखा गया था कि उनके टेलीफोन का उपयोग मैंने कभी नहीं किया। यह नोटशीट सचिव के माध्यम से उप सचिव के पास गई, उसके बाद यह नोटशीट चौकड़ी के मास्टर माइंड श्री कन्हैया चौधरी के पास गई तो उसने लिखा कि 'परिषद् के महानिदेशक को जुलाई, ९८ में मेरे घर एवं ऑफिस में एस.टी.डी. की अनुसंशा की है, किंतु इसी बीच परिषद् के महानिदेशक ने मुझे सूचना विकास प्रणाली से हटा दिया है। इसको दृष्टिगत रखते हुए अब इस प्रकरण में खर्च देना न्याय संगत न होगा।' इस नोटशीट पर उनके चहेते या चौकड़ी के दूसरे नए आए सदस्य डॉ. मंगला राय ने

७.१.२००० को लिखा, 'इस दृष्टिकोण से यह न्यायसंगत नहीं होगा।' जबकि इन्हें भी मालूम था कि किसी सहायक महानिदेशक को उसके निर्धारित काम से हटाने का अधिकार परिषद् के महानिदेशक के पास नहीं था, बल्कि परिषद् के अध्यक्ष के पास भी ऐसा अधिकार सामान्यतः न था और ऐसा कोई आदेश भी नहीं निकला था, फिर भी चौकड़ी के सदस्य होने के कारण इन्हें (डॉ. मंगला राय को) डॉ. पड़ौदा को प्रसन्न भी रखना था। वैसे भी उनकी (डॉ. मंगला राय की) चरित्रावली भी डॉ. पड़ौदा ही लिखते थे और यदि यह खराब हो जाती तो परिषद् के महानिदेशक भविष्य में न बन पाते, अतः जी हुजूरी वैसे भी करनी थी। यह नोटशीट जब मेरे पास आई तो मैंने डॉ. पड़ौदा को लिखा कि क्या आपने मुझे सूचना विकास प्रणाली से हटा दिया है? इस पर इनके पास कोई जवाब ही नहीं था। कैसे लिखते कि गलती से ऐसा अवैधानिक काम हो गया है, अतः मुझे जवाब न देते हुए डॉ. पड़ौदा ने डॉ. आलम को लिखा कि 'ऐसे प्रकरणों को अपने स्तर पर निपटाएँ।' क्योंकि ऐसा न तो कोई आदेश था और न ही मुझे डॉ. पड़ौदा ने हटाया था, किंतु डॉ. मंगला राय ने अपनी आगामी पदोन्नति को देखते हुए ७.१.२००० को आँख मूँदकर लिख दिया कि मुझे हटाने के कारण ऐसा (एस.टी.डी. न देने का कार्य) किया जा रहा है।

इससे वह डॉ. पड़ौदा को भी खुश रखना चाहते थे कि देखो तुम्हारे बिना लिखे ही तुम्हारी इच्छा हम पूरी कर रहे हैं, किंतु जब मैंने नितीश कुमार, डॉ. पड़ौदा से ही पूछ लिया तो स्थिति उलटी पड़ गई। 'चौकड़ी' ने तुरत-फुरत चर्चा की एवं कोई तर्क खोजने लगे एवं ऐसा आदेश २७.१.२००० (चौकड़ी के मत के २० दिवस बाद) को निकाला, जिसमें 'कहीं की ईट कहीं का रोड़ा, भानमती ने कुनबा जोड़ा' बना दिया। २१.५.९९ को जो आदेश निकाला गया था, उसमें समितियाँ बनाई गई थीं, जो सुचारू रूप से कार्य संपन्न कर सके। उसमें सूचना विकास प्रणाली का नाम ही नहीं था और चूँकि चौकड़ी के मास्टर माइंड श्री चौधरी ने अपनी नोटशीट में लिखा था, इसे मत-सम्मत बनाने के लिए २०-२५ दिन बाद वह आदेश निकाला जो उस समय था ही नहीं, जब चौकड़ी के सदस्य डॉ. मंगला राय एवं श्री कन्हैया ने अपने मत दिए थे। अपने आका को खुश रखने के लिए जब ये लोग इतने नीचे गिर गए थे तो, षड्यंत्र आका की भी जिम्मेदारी थी कि वह ऐसा आदेश 'न भूतो न भविष्यति' निकलवाए एवं अपनी स्वीकृति दे। डॉ. पड़ौदा पूछ सकते थे कि जब मेरा ऐसा आदेश ही नहीं था तो तुम लोगों ने ऐसा मत क्यों किया, किंतु यहाँ तो सब एक थैली के चट्टे-बट्टे थे उनके चेहते मंत्री भी नितीश कुमार भी गददी में बैठ गए थे। रुचिकर बात यह थी कि जिस लिपिक ने यह आदेश निकाला था, उसने भी यह लिखा कि चूँकि अब यह आदेश निकाला गया है, अतः इसकी प्रति मुझे दी जा सकती है। यह था डॉ. पड़ौदा

का जंगल राज्य, जो भ्रष्टाचार की वैतरणी पर पार होता था। अपने चहेतों को बचाने के लिए जैसे वे लिख देते थे, वैसे ही बाद में डॉ. पड़ौदा की तरफ से उनको सानंद बनाए रखने के लिए आदेश पारित हो जाते थे। प्यादे जैसा कह देते थे, लिख देते थे, वही बादशाह के रूप में श्री नितीश एवं डॉ. राजेंद्रसिंह पड़ौदा परिषद् अध्यक्ष एवं भारत सरकार के सचिव के रूप में नियम बना देते थे एवं कार्यालयीन आदेश जारी कर देते थे। ऐसे वक्त वह यह भी नहीं देखते थे कि प्यादों द्वारा कही गई या लिखी गई बात उनकी परिधि में आती है या नहीं। जैसे वर्तमान आदेश में 'सूचना विकास प्रणाली' में कार्य करने करने संबंधी बात कही थी, २१.५.९९ के आदेश में नहीं थी, किंतु प्यादों ने इसे लिखा था। इसलिए २७.१.२००० के आदेश में लिखा गया। इसी तरह तकनीकी समितियों का सचिव अपने मातहत वैज्ञानिकों के कार्य की देख-रेख करने आदि ऐसे कार्य थे, जो उसकी कार्यप्रणाली के लिए अध्यक्ष ने दिए थे। इन सबका उल्लंघन करते हुए डॉ. पड़ौदा ने प्यादों के मनमाफिक आदेश दिनांक २७.१.२००० को अपने स्तर पर जारी करा दिया। यही नहीं मेरे मातहत वैज्ञानिक को मेरे कार्य (मेरे बिना पूछे) इस आदेश से हस्तांतरित कर दिए। ऐसा डॉ. पड़ौदा ने इसलिए भी कर लिया, क्योंकि उन्हें मालूम था कि उनके ऊपर बैठे मंत्री (परिषद् का अध्यक्ष) श्री नीतीश कुमार उनके अपने थे और वह खुद भी भ्रष्टाचार मन माफिक हो, अतः ऐसी कार्यवाही चाहते थे। इसके पूर्व के मंत्री को डॉ. पड़ौदा अपनी बंदरबाँट में मिला नहीं पाए थे, इसी कारण घुड़की तो देते रहे। किंतु ऐसा आदेश जो उनकी परिधि के बाहर हो, नहीं निकाल पाए थे।

इस आदेश की प्रतिलिपि अधिकतम आंतरिक एवं बाह्य एजेंसियों; यहाँ तक कि विश्वबैंक तक को दी गई थी। आदेश में बेशरमी की पराकाष्ठा तब पहुँच गई, जब आदेश में लिखा गया कि मेरे मातहत सभी वैज्ञानिक फाइलें मुझे न देते हुए वरिष्ठ अधिकारी को देंगे (जिससे मनमाफिक भ्रष्टाचार हो सके)। मेरे मातहत मुझसे ३ (तीन) रैंक के नीचे का अधिकारी/वैज्ञानिक सभी बैठकों का सचिव बनकर बैठकों का वृत्त निकालेगा, जिनसे मुझे आगे काम करने का मार्गदर्शन मिलेगा, ऐसी व्यवस्था इस आदेश से की गई। यदि इस बात की जाँच की गई होती कि जब किसी अधिकारी को हटाया ही नहीं गया था और उसके आधार पर दूसरे बिंदु पर निर्णय इसी आधार पर ले लिया तो इन चारों सर्वश्री आर.एस. पड़ौदा, डॉ. अनवर आलम, मंगला राय एवं कन्हैया चौधरी को इस षड्यंत्र के लिए नौकरी से बरखास्त कर दिया गया होता और न्यायाधीश श्री वैद्यनाथन की अवधारणा मूर्तवत हो जाती तो ऐसे गलत लेखन के लिये इनके हाथ काट लिये जाते।

## यू.पी.एस. (अनइंटरप्टेड पावर सप्लाई) का परीक्षण

यू.पी.एस. का परीक्षण बहुत गोपनीय तरीके से इस 'चौकड़ी' ने कराया था। सभी आदेशों, परिपत्रों एवं नियमानुसार यह परीक्षण मेरे मार्गदर्शन में होना चाहिए था। परीक्षण एजेंसी को भी पत्र लिखा गया था, किंतु यह परीक्षण कहाँ हो गया, कैसे हो गया, मुझे ज्ञात ही नहीं हुआ। ऐसी रहस्मय परिस्थिति में हुए परीक्षण की रिपोर्ट ५.७.९९ को प्रस्तुत हुई, उसमें उपमहानिदेशक डॉ. आलम ने इसके ऊपर लिखा, 'इसे देखा जाए, रिपोर्ट ठीक दिख रही है (अंतिम मद को छोड़कर)' तात्पर्य यह था कि मेरे मातहत अधिकारी अब चूँ-चपड़ न करें, जैसी रिपोर्ट को इन्होंने (डॉ. आलम ने) ठीक कहा है, उसे ठीक कहें। यह रिपोर्ट परीक्षण एजेंसी के पास से भेजी गई थी, उसके कवर नोट एवं कमेंट को भी अलग कर लिया गया था। अंदरवाले पृष्ठ पर डॉ. आलम ने यह टिप्पणी दी थी। रहस्यमय बात यह भी थी कि दिनांक ५.७.९९ को प्रस्तुत यह नोट या टीप किसी अधिकारी ने अपने किसी अन्य अधिकारी को दी थी। उस अधिकारी ने इसे अपने बड़े अधिकारी को एवं फिर डॉ. आलम इस रिपोर्ट को हड़पकर अपने मत देकर इसको ग्राह्य बनाकर प्रदाय (Supply) चालू कराना चाहते थे।

दो बातें महत्त्वपूर्ण थीं, पहली यदि इसी रिपोर्ट को भी मान लिया जाए तो जो त्रुटि थी, जिसके कारण वह उपकरण स्वीकार नहीं था, तब भी यदि 'बेंचमार्क' में आता तो यह फर्म भी प्रतिस्पर्धा से बाहर हो जाती।

दूसरी बात थी, मूल्यांकन समिति ने इसके द्वारा दिए गए मूल्यों पर चर्चा करके घटाने की बात की थी। इसकी बात को काटने के लिए 'चौकड़ी' के डॉ. आलम ने विश्वबैंक से चर्चा या पत्राचार का सहारा लिया था कि मूल्यों को कम करने पर चर्चा नहीं हो सकती। यदि ऐसी बात थी तो इस पर निर्णय या चर्चा करने का अधिकार मूल्यांकन समिति को था, न कि 'चौकड़ी' को। यह पूरा प्रकरण मूल्यांकन समिति के समक्ष रखना चाहिए था। इसके लिए कम-से-कम उस अधिकारी (सहायक महानिदेशक) के पास प्रस्तुत करना चाहिए था, जिसकी नियुक्ति ही इसके लिए हुई थी। 'चौकड़ी' का कोई भी सदस्य इसके लिए कृषि वैज्ञानिक चयन मंडल से चयनित हो नियुक्त नहीं हुआ था। जैसा कि पूर्व में लिखा जा चुका है, सचिव एवं परिषद् के महानिदेशक ने कैबिनेट सिक्रेटेरिएट को भी पत्र लिखा था कि मैं नोडल अधिकारी हूँ।

दिनांक ५.७.९९ की जो रिपोर्ट डॉ. आलम के मत साथ मेरे पास आई थी, उसमें मैंने एक नोटशीट दिनांक २६.७.९९ को प्रस्तुत की। उसमें मैंने लिखा कि—

'१ के.वी.ए. के यू.पी.एस. की परीक्षण रिपोर्ट जो मुझे आपके माध्यम से मिली है, उसके आंतरिक पृष्ठ पर अग्राह्य मशीन दी गई है। इसके लिए तथा साथ ही सभी परीक्षण के लिए मैं अपना मत तभी दे सकता हूँ, जब संदर्भ परीक्षण रिपोर्ट मुझे दी

जाए, क्योंकि न तो उस रिपोर्ट को मैंने कभी देखा, न ही मेरे लिए इसके बिना देना संभव होगा। इसलिए संदर्भ परीक्षण रिपोर्ट, उसके आवरण पृष्ठ एवं पत्र के साथ मुझे दी जाए। मेरे जम्मू जाने के पूर्व १० एवं ११ मई, १९९९ को निकसी (NICS) के परीक्षण प्रमुख जाँच अधिकारी डॉ. कौल से चर्चा हुई थी, जिससे कि आगे की समस्या न पैदा हो, इसलिए इनका परीक्षण जाँच एजेंसी के परिसर में किया जाए, इसके लिए वह राजी भी थे। इस चर्चा के समय मैं, डॉ. ए.के. जैन एवं डॉ. कुशल पाल भी थे। डॉ. कौल सहमति देते हुए इसको प्रारंभ करने की तिथि निश्चित नहीं कर सके, क्योंकि यू.पी.एस. के प्रतिनिधि (मे. विनीटेक) उपलब्ध नहीं थे। उसके बाद आज तक न तो मुझे परीक्षण की सूचना मिली और न ही इसके परीक्षण के स्थल का पता चला। एक बैठक में मैंने इस बात को उठाया, तब डॉ. जैन (जिसे निदेशक ने वहाँ भेजा है) ने बताया कि जब परीक्षण चल रहा होगा, तब वह जगह भी बताएँगे। मैंने जाँच अधिकारी के बड़े अधिकारी डॉ. एन. विजयादित्य से यह बात कही तो उन्होंने जाँच अधिकारी से कहा कि जाँच का स्थल तथा जब जाँच चले, तब मुझे बताएँ, जिससे मैं जाँच को देख सकूँ, किंतु फिर भी कोई सूचना नहीं दी गई।

यह मेरा नम्र निवेदन था कि कम-से-कम वह परीक्षण का स्थल बता देते तो मैं और हमारे कुछ साथी वैज्ञानिक वहाँ जाकर देखते। यह उपमहानिदेशक (इंजीनियरी) से आग्रह है कि यह उचित होगा कि मैं और उपमहानिदेशक तथा हमारे वैज्ञानिक परीक्षण में जुड़े साथी वहाँ जाएँ, जिससे हम पूर्व के वर्षों में जो दूसरी परियोजना थी, उसमें उत्पन्न भारी भृष्टाचार की समस्या जैसी स्थिति से बच सकें, क्योंकि उस समस्या से हम आज भी जूझ रहे हैं। मुझे लगता है कि हम परीक्षण एजेंसी को लिखें कि वे परीक्षण की योजना एवं स्थल के बारे में बताएँ, जिससे हम किन्ही दिनों वहाँ जाकर देख सकें। जो परीक्षण रिपोर्ट जाँच एजेंसी ने प्रस्तुत की है, उसमें उनके एक भी ऐसे मत नहीं लिखे मिले, जिससे यह मिलान हो कि परीक्षण में पाया विवरण हमारे बोली दस्तावेज से सही मिलता है, यहाँ तक कि जाँच एजेंसी से कई बार चर्चा की, किंतु किसी बार जाँच स्थल एवं ग्राह्यता परीक्षण के समय के बारे में सूचना नहीं मिली। मैं निवेदन करता हूँ कि हमारे सर्वोच्चतम विशेषज्ञों में से एक डॉ. एस.के. सिंह, जो बकरी अनुसंधान मथुरा एवं दूसरे श्री जे. सरकीया, जो गुजरात विश्वविद्यालय के हैं और हमारी टास्क फोर्स के सदस्य भी हैं, उन्हें इस काम पर जोड़ना चाहिए, जिससे वे हमारी विशिष्टताओं को परीक्षण से मिलान कर सकें।

'यह भी उचित होगा कि प्रशिक्षण सभी केंद्रों में (नियमानुसार) जहाँ कंप्यूटर उपकरण दिए गए हैं, में हो, जिससे हमारे केंद्रों का भ्रमण भत्ते का भी बोझ न पड़े। यह उस संदर्भ में है, जिसमें फर्मों ने प्रशिक्षण को कुछ केंद्रित स्थानों पर करने को कहा है।'

इस पर डॉ. आलम उपमहानिदेशक ने २८.७.९९ को लिखा कि हमारा काम प्रबंधक एवं संपर्क का है। जाँच एजेंसी को संदर्भ तथा ग्राह्यता परीक्षण हेतु लिया गया है। बाहरी विशेषज्ञ को बुलाना आपेक्षित नहीं है। मैं भी परीक्षण स्थल देखना चाहता हूँ, कृपया मिल कर काम करें। जाँच का मेरा मतलब है कि कितने ग्राह्य हुए और कितने अस्वीकृत हुए।

इस तरह डॉ. आलम ने परीक्षण एवं उसकी एजेंसी पर कृपा की। न तो ऐसे गुपचुप परीक्षण को तुरंत बंद कराने को लिखा, न ही उसकी गलती को स्वीकारा। हमारे उपकरणों का परीक्षण हो रहा है, अतः हमारा काम है कि यह देखें कि परीक्षण हो भी रहा है या झूठ-झूठ का नाटक कर रहे हैं और परीक्षण का समय तो दूर, स्थान तक नहीं बता रहे हैं। हमारी टास्क फोर्स एवं परिषद् विश्वविद्यालय (NARS) के विशेषज्ञों को ही बाहरी व्यक्ति कहकर उन्हें यह कार्य में लगाने से मना करते रहे हैं। मैं भी परीक्षण स्थल देखना चाहता था तो भी ऐसा लिखते रहे हैं, पर जब मैं उन्हें लिख रहा हूँ कि न केवल परीक्षण प्रमुख, बल्कि उनके भी बड़े अधिकारी से बात करने पर बार-बार हमारी उपेक्षा कर गुपचुप स्थान पर परीक्षण करते जा रहे हैं तो भी उन्हें मना करने हेतु नहीं लिखे, न मुझे लिखने दिए। हमारी बोली दस्तावेज की विषिष्टताओं (specifications) का मिलान भी नहीं कर रहे, जो रिपोर्ट मुझे दी गई, उसका आवरण पृष्ठ एवं लिखा पत्र तक मुझे नहीं दिया गया। बैठकों में जब बात उठाई गई तो उन्होंने इसमें सहमति दी कि हम परीक्षण का स्थल एवं परीक्षण का समय बताएँगे, परंतु परीक्षण कर लिया गया और बताया भी नहीं गया (परीक्षण रिपोर्ट भी बिना मत के है), जबकि न केवल परिषद् ने, बल्कि परीक्षण एजेंसी ने भी हमारे प्रतिनिधित्व में जाँच की बात लिखी थी, आदि-आदि। आशंका यह थी कि बिना कोई परीक्षण किए इन भ्रष्टाचारियों ने मिलकर जाँच पूरी कर दी, क्योंकि बाद में केंद्रों से प्राप्त रिपोर्ट में ये सही नहीं पाए गए।

ऐसा नोट मिलते ही डॉ. आलम का काम था कि वे जाँच एजेंसी को तुरंत काम बंद करने को लिखते हुए बैठक बुलाते एवं इस पर चर्चा कर आगामी पुनः परीक्षण हमारी उपस्थिति में पूरा करवाते, किंतु ऐसा वह इसलिए नहीं कर रहे थे, क्योंकि वे 'चौकड़ी' के सदस्य थे और उनका काम मात्र फर्मों को लाभ पहुँचाना था, चाहे फिर परिषद् को जो भी घाटा होता रहे, यहाँ तक कि मेरे यह लिखने पर कि फर्म कंप्यूटर की प्रत्येक साइट की जगह एक समूह में प्रशिक्षण दे रही है, जो एक बड़ा घपला था, इस पर भी डॉ. आलम ने कोई मत नहीं लिखा, न ही इसे बंद कराया।

डॉ. आलम को पूर्णतः मालूम था कि सेक्शन-वी.८.ई (Section V.8.E) के तहत प्रत्येक व्यक्ति प्रति प्रणाली कम-से-कम तीन दिनों तक (atleast one person per system for three days at each site) के प्रशिक्षण नियम को तोड़ते हुए ५-७ लोगों के समूह को एक जगह जोड़कर प्रशिक्षण दिया गया, जिससे न केवल लगभग १ करोड़ रुपए की हानि हुई, बल्कि बहुत बड़ी तकनीकी हानि भी हुई, क्योंकि हमारे जो व्यक्ति पिछड़े इलाकोंवाले हैं, वे कंप्यूटर नेट चला ही नहीं पाए, फिर भी डॉ. आलम ने इस पर कुछ नहीं लिखा, क्योंकि यह उनकी ही भृष्ट करतूत थी और इस तरह वह फर्मों के एजेंट के रूप में काम कर रहे थे। यही दलाली उन्होंने पूर्व परियोजनाओं के खरीदी प्रकरण में की थी, जब मे. एच.सी.एल. को 'काली सूची' में डालने की बात आई थी, तब यू-टर्न इन्हीं डॉ. आलम ने लिया था। यहाँ पराकाष्ठा तो तब हो गई थी, जब डॉ. आलम ने प्राप्त रिपोर्ट की जाँच को तो लिखा, किंतु जब मैंने वर्तमान नोटशीट (२६.७.९९) प्रस्तुत की तो २८.७.९९ को बड़े भोले बनते हुए लिखा कि रिपोर्ट परीक्षण से मेरा मतलब है कि गिनती कर लें कि कितने स्वीकृत हैं और कितने अस्वीकृत, जबकि उनको स्पष्ट रूप से पता था कि परीक्षण में हमारे विशिष्टीकरण (विवरण) का है या नहीं, यह देखना होता है। इसे माँगने पर वे स्वीकृत/अस्वीकृत की गिनती करा रहे थे।

निश्चित ही डॉ. आलम की मे. सीमेंस एवं जाँच एजेंसी से साँठगाँठ थी कि तुम चुपचाप परीक्षण कहीं भी, कैसे भी करो या न करो, रिपोर्ट भेजो। किसी को मत बताओ, मैं सब देख लूँगा और ऐसा उन्होंने किया भी। न तो जाँच एजेंसी को और न ही मे. सीमेंस को यह लिखा कि तुम परीक्षण स्थल एवं कार्यक्रम क्यों नहीं बता रहे। ४३७ केंद्रों में कंप्यूटर नेट उपकरणों को भेजने में हो रही देरी के बारे में वह कुछ नहीं कर रहे थे। 'संदर्भ परीक्षण' कराने की बात कर वह कंप्यूटर आदि प्रदाय में देरी करा रहे थे, जबकि यह 'संदर्भ परीक्षण' कराने का एक नाटक था। जब 'बेंचमार्क' के बिना क्रय आदेश दे दिया गया था, तब भारत सरकार के सूचना केंद्र ने १५.२.९९ के पत्र से बताया था कि अब मात्र १०० प्रतिशत डिलीवरी परीक्षण ही होगा। यह पत्र 'चौकड़ी' के प्रत्येक सदस्य के पास मैंने दिया था।

## देश के केंद्र नहीं विदेश भ्रमण करो

'चौकड़ी' के सदस्य, जो मूलतः मेरे भ्रमण के लिए जिम्मेदार थे और जो चाहते थे कि मैं देश के ४३७ केंद्रों में भ्रमण न कर पाऊँ, जिससे इनकी दोनों प्रिय फर्म मे. सीमेंस एवं मे. विनीटेक की त्रुटियाँ, जिनका सत्यापन मैं उनसे प्राप्त रिपोर्ट से करना चाह रहा था, न कर पाऊँ। वे देश में तो भ्रमण नहीं करने देना चाह रहे थे, किंतु मुझे बार-बार विदेश भेजने के लिए आतुर रहते थे। ऐसी ही एक स्वीकृति उनकी ओर से दिनांक १९.७.९९ की मुझे मिली कि मुझे लंबी अवधि की कार्यशाला में बैंकॉक जाना है। टिकट एवं रहने

की व्यवस्था भी कर दी गई थी। यह काम डॉ. आलम उपमहानिदेशक एवं डॉ. पड़ौदा भारत सरकार के सचिव एवं परिषद् के महानिदेशक द्वारा किया गया था। सामान्यत: परिपत्र जारी होते हैं, नाम दिया जाता है, व्यवस्था एवं सुविधानुसार समिति बैठती है, तब विदेश जाने की स्वीकृति होती थी, किंतु यहाँ तो उलटा हो रहा था।

दिनांक ५.८.९९ को ही दूसरी माँग (इसके पहले एस.टी.डी. फोन की माँग दिनांक ५.८.९९ को ही की गई थी) अपने कार्यालयीन कक्ष में, जो ए.सी. लगा था, किंतु मेरे आने के बाद वह कभी नहीं चला था, के बारे में लिखा कि यह एयर कंडीशनर खराब है, जिसकी जाँच कई बार टेक्निकल स्टॉफ कर गया है। इसका वार्षिक रखरखाव भी परिषद् से दिया जा रहा है, किंतु चालू नहीं है, इसे चालू किया जाए। इसमें काफी समय तक टालमटोल करते रहे, जबकि यहाँ पर सभी सहायक महानिदेशकों के पास ए.सी.(वातानुकूलित) था एवं नियमित चलता था, जबकि मेरे कमरे में लगभग दो वर्ष बिताने पर कभी एक-दो दिन भी नहीं चला। दिनांक ११.८.९९ को परीक्षण एजेंसी के कार्यकारी निदेशक डॉ. कमलाकर कौल को पत्र लिखा कि आपसे निवेदन है कि आप परीक्षण रिपोर्ट को हमारे बिडर द्वारा दिए गए विवरण को मिलाते हुए प्रस्तुत करें। इस पत्र में हमारे द्वारा उनको लिखे गए पूर्व पत्रों दिनांक २३.४.९९, २९.१२.९८, १०.५.९९ तथा उनसे हमारी इस संदर्भ में हुई चर्चा का उल्लंघन था। इस पत्र में उनके उपमहानिदेशक डॉ. एन. विजयादित्य को लिखे मेरे पत्रों ८.१.९९ एवं २०.१.९९ का भी जिक्र था। मैंने लिखा था कि मैंने परीक्षण की सारांश-वाली रिपोर्ट देखी है, जिसमें स्पष्ट है कि यह मात्र एक परीक्षण विवरण है। इसे हमारे मे. सीमेंस द्वारा प्रस्तुत दस्तावेजों के विवरण से नहीं मिलाया गया। कृपया इसे अब करें एवं हमारे दस्तावेज से भी तुलनात्मक रिपोर्ट बनाकर प्रस्तुत करें, जिससे वर्तमान परीक्षण के विवरण के आधार पर यह ज्ञात हो सके कि ये भी विवरण (हमारे दस्तावेज, वेंडर द्वारा प्रस्तुत तथा परीक्षण विवरण) मेल खाते हैं या नहीं। इसके साथ ही यह लिखा कि कृपया यह बताएं कि आप परीक्षण कहाँ कर रहे हैं, जिससे मैं जाकर देख सकूँ। इस पत्र की प्रति परियोजना के राष्ट्रीय निदेशक, परीक्षण एजेंसी के उपमहानिदेशक एवं परिषद् के उपमहानिदेशक डॉ. आलम को भी दी गई थी।

दिनांक ११.८.९९ को मैंने सभी ४३७ केंद्रों को, जो देशभर में स्थित थे, को भेजने हेतु पत्र बनाया, जिसमें परीक्षण एजेंसी को अपने द्वारा लिखे गए पत्र दिनांक ११.८.९९ को संलग्न किया एवं लिखा कि आपके पास जो कंप्यूटर उपकरण आए, उनका इस विवरण जो हमारी बिड में है एवं वेंडर द्वारा दिया है, से मिलानकर देखें। इस पर नोटशीट लगाकर डॉ. आलम उपमहानिदेशक को भेजने के पूर्व प्रस्तुत किया। यह लिखते हुए कि इसमें यदि कोई और बिंदु आप जोड़ना चाहें तो वह देख लें, जिससे

अच्छा प्रबंधन हो सके। यह आपसे कल हुई चर्चा के उपरांत परीक्षण एजेंसी को पत्र लिखने के बाद लिखा गया है। इस नोटशीट के पाते ही डॉ. आलम गुस्से से उबल पड़े, क्योंकि इससे जो परीक्षण एजेंसी रिपोर्ट में विवरण की तुलना नहीं कर रही थी और दोनों वेंडर नंगे हो रहे थे, इससे यह स्पष्ट हो रहा था कि ऐसे पत्र सभी केंद्रों में जाने से मुसीबत होती। अतः इस नोटशीट पर उन्होंने लिखा, 'यह मेरे निर्देशानुसार नहीं है। आपको परीक्षण के समय प्रबोधन हेतु कहा गया था, जो नहीं किया गया। आप मात्र पत्र लिखते हैं, खुद को परीक्षण के समय गतिशील नहीं बनाते हैं। हमने ३७ लाख रुपए परीक्षण एजेंसी को परीक्षण हेतु दिए हैं। सहायक महानिदेशक ने अभी प्रयत्न नहीं किए।

'मात्र उपयोगी डाटा या कि कंप्यूटर कितने सप्लाई हुए, उनमें से कितने अंतिम रूप से ग्राह्य हुए। वेंडर संदर्भ परीक्षण रिपोर्ट चाहते हैं, जिससे कार्यवाही हो। आपको कहा गया था उनके लिए परीक्षण रिपोर्ट की व्यवस्था करें, विशेषकर मे. सीमेंस ने यह चाहा है। आपके पत्र से यह स्पष्ट नहीं हो रहा है।'

डॉ. आलम को भी पता था कि परीक्षण एजेंसी एवं सप्लाई करनेवाली एजेंसी परीक्षण स्थल का पता बार-बार लिखने एवं बार-बार चर्चा करने पर भी नहीं बता रही। इसी कारण वर्तमान पत्र भी लिखा जा रहा था, फिर भी वे रिपोर्ट की ग्राह्यता चाह रहे थे। डॉ. आलम तथा परिषद् के महानिदेशक को तुरंत लिखकर कहना चाहिए था कि या तो परीक्षण स्थल बताओ अन्यथा कोई परीक्षण रिपोर्ट मानी ही नहीं जाएगी, परंतु ऐसा वे लिखना ही नहीं चाहते थे, क्योंकि वे तो खुद ऐसी गोलमाल परीक्षण प्रक्रिया अपनाकर उसकी रिपोर्ट ग्राह्य कर कोई भी सामान सप्लाई करानी चाह रहे थे, इसीलिए डॉ. आलम ने १२.८.९९ को अपनी टीप भी गोलमोल लिखकर दे दी। वह केवल गिनती कर रहे थे कि कितने जाँच में ग्राह्य हुए। जाँच में सही होना एक बात है, इन्हें हमारी विशिष्टताओं में भी खरा होना चाहिए। तभी हम उसे ले सकते हैं अन्यथा नहीं, परंतु वह तो मात्र जाँच में उसकी अपनी निर्धारित विशिष्टताओं में सही होने पर भी ग्राह्य करना चाह रहे थे।

दिनांक ११.८.९९ को डॉ. कुशलपाल वैज्ञानिक ने विश्वबैंक के सुपरविजन मिशन का विवरण प्राप्त किया था। उसका उत्तर बनाकर प्रस्तुत किया था। उसमें उसी दिन मैंने 'लेटर ऑफ क्रेडिट' जो प्रथम पैकेज से संबद्ध था एवं दूसरा बिंदु, जो प्रशिक्षण से संबद्ध था, जो क्षेत्रीय आधार पर था, पर मत दिए। इसके बारे में प्रथम बिंदु पर मत देते हुए मैंने लिखा की परियोजना (प्रोजेक्ट) क्रियान्वयन इकाई से हमें सूचना नहीं मिली। दूसरे बिंदु प्रशिक्षण केंद्रों का निर्धारण के अंतिम रूप दिया गया है, वह मेरी समझ के बाहर है। हमारे दस्तावेज के अनुसार यह 'कम-से-कम एक व्यक्ति को प्रत्येक कंप्यूटर

पर तीन दिन तक प्रत्येक जगह' प्रशिक्षण देना चाहिए, परंतु श्री ए.के. जैन ने मेरी बिना जानकारी के वेंडरों के साथ मिलकर इसे परिवर्तित कर दिया, जिसके आधार पर अब एक केंद्र पर कई जगह के व्यक्तियों को लाकर प्रशिक्षित करना है, इससे आने-जानेवाले अधिकारियों के भ्रमण-भत्ते कौन अदा करेगा। कृपया मार्गदर्शन दें।'

ऐसा लिखकर मैंने उपमहानिदेशक (इंजीनियरी) डॉ. आलम के समक्ष नोटशीट प्रस्तुत की।

इसके पूर्व भी मैं सर्वश्री डॉ. आलम, जैन, कुशलपाल आदि से चर्चा पर बताया था कि हम नियम के विपरीत प्रशिक्षण कई केंद्रों को एक जगह बुलाकर नहीं कर सकते, क्योंकि हमारे केंद्र वाले कंप्यूटरों में ज्यादा ज्ञान रखनेवाले नहीं हैं, अतः बाहर से प्रशिक्षण लेकर आने पर वह कंप्यूटर नेट को चालू करने में कठिनाई महसूस करेंगे, क्योंकि यह प्रशिक्षण 'ऑपरेटिंग सिस्टम एवं एम.एस ऑफिस सूट' पर है। इस तरह अन्य बिंदु हैं, जिसके कारण हमें बड़ी तकनीकी की भी हानि होगी, साथ ही अन्य केंद्रों के अधिकारी जब केंद्र पर प्रशिक्षण लेने जाएँगे तो लगभग १ करोड़ रुपए भ्रमण भत्ते के खर्च होंगे। इस नोट पर डॉ. आलम उपमहानिदेशक (इंजी.) ने अपने मत देते हुए लिखा, 'यह उनके कार्य का हिस्सा है एवं परिषद् मुख्यालय से परिषद् के सचिव कृपया अपने अभिमत हेतु देखे।'

इस नोटशीट को सचिव ने निदेशक (वैयक्तिक) को भेजा, जहाँ से होती हुई यह निदेशक वित्त के पास आई, जहाँ से वह अन्य पूर्ण विवरण सहित संबंधित फाइल के साथ माँगी गई। इस नस्ती पर तुरंत मैंने अपनी असहमति दी कि यह ४३७ स्थलों की जगह मात्र ५० स्थानों पर प्रशिक्षण नहीं होगा। इस हेतु दूसरे केंद्रों से प्रशिक्षणार्थी आएँगे एवं भ्रमण भत्ता लगेगा, ऐसा लिखते हुए उन्हें भेज दी। यहाँ यह ध्यान देने योग्य बात है कि १ करोड़ रुपए एवं टेक्नोलॉजी हानि, जो हमारी होनी थी, वह न देखते हए डॉ. आलम परिषद् को हानि पहुँचाकर मात्र वेंडर को लाभ दिलाना चाह रहे थे और उन्होंने वही किया भी।

## केंद्रीयकृत भुगतान चौकड़ी के लिए एक दंश

दिनांक १५.८.९९ का 'सॉफ्टवेयर' खरीदी के मामले में ५३४ लाख रुपए, जो विशेष रूप से जी.आई.एस., प्रो इंजीनियर, कैट एवं कैम जैसे सॉफ्टवेयर में खर्च किए जा सकते थे, की नोटशीट मैंने उपमहानिदेशक डॉ. आलम के समक्ष प्रस्तुत की। इसमें बताया कि परियोजना में यह शेष बची राशि है और इसे विकेंद्रीकृत खर्च किया जा सकता है, जिसके तहत उनकी आवश्यकता, वैज्ञानिकों की संख्या आदि के आधार पर विभिन्न कंप्यूटर केंद्रों को भेजा जा सकता है। विकेंद्रीकृत खर्च ज्यादा उपयोगी होगा,

क्योंकि जो केंद्र जैसा खरीदेंगे, वैसा भुगतान उस संस्था या वेंडर को कर देंगे। यह वर्तमान संदर्भ में (जिसमें मैंने पूर्व परियोजना में केंद्रीयकृत भुगतान हुआ के अध्ययन में पाया था कि साफ्टवेयर कंप्यूटर आदि कुछ केंद्रों में पहुँचे ही नहीं या अधूरे दिए गए आदि) विकेंद्रीकृत भुगतान ही समस्या का हल है। यदि सहमत हों तो विभिन्न कंप्यूटर केंद्रों को भेजने का विवरण प्रस्तुत करूँ।

यह 'चौकड़ी' की ऐसी दु:खती रग थी, जो उनकी धड़कने बढ़ा देती थी, ऐसा लगता था जैसे उनकी जेब की राशि कोई खींचे लिये जा रहा हो। वे किसी भी हालत में पैसों की पेमेंट अपने हाथ से बाहर नहीं जाने देना चाहते थे और इनके लिए यह एक चिंता का विषय हो जाता था। ऐसे में उन्होंने लिखा कि—

'विकेंद्रीकृत भुगतान क्यों होना चाहिए, कृपया सॉफ्टवेयर जिन्हें लिया जाना है, उन्हें परख लें, इसके बाद उनका विशिष्टीकरण एवं उनकी उपादेयता देखें।'

दिनांक १५.८.९९ को दूसरी नोटशीट प्रशिक्षण राशि भुगतान से संबंधित मैंने डॉ. आलम उपमहानिदेशक के पास प्रस्तुत की, जिसमें लिखा कि ४७४.५ लाख रुपए का प्रबंधन (Management) स्तर के प्रशिक्षण हेतु प्रावधान है, जो कंप्यूटर के विभिन्न आयामों के प्रशिक्षण हेतु है। हमारे कंप्यूटर केंद्रों के आसपास यह प्रशिक्षण उपलब्ध है। इस राशि का ज्यादा अच्छा उपयोग हो सकता है यदि हम अपने प्रशिक्षण का पूर्ण विवरण तथा उसके मद में खर्च होनेवाली राशि अलग-अलग इन्हें दे दें। यदि सहमत हों तो यह प्रस्ताव राष्ट्रीय निदेशक राष्ट्रीय कृषि अनुसंधान परियोजना को भेजें और उनकी राय होने पर संबंधित कंप्यूटर केंद्रों को राशि हस्तांतरित की जाए। इस पर उपमहानिदेशक (इंजीनियरी) को न सीधे तैयार होना था और न वे हुए। यह संपूर्ण राशि 'चौकड़ी' केंद्रीकृत मद से खर्च करना चाहती थी और की भी। यह सब मनमानी मात्र कंप्यूटर मद में नहीं थी, बल्कि इस विशाल परियोजना के अन्य मदों में भी थी, जिसका विरोध मैं परियोजना प्रबंधन समिति की बैठकों में करता था, किंतु वे करते वही थे, जो उन्हें करना होता था, बैठकें तो मात्र औपचारिकता होती थीं। उनके आदमी प्रस्तावित करते और डॉ. पड़ौदा उसे स्वीकृत कर लेते थे। कुछ मुद्दे ही विरोध से बाहर आते थे। इन्हें भी बाहरी प्रबंधन से वे ठीक कर लेते थे।

दिनांक ५.८.९९ को राष्ट्रीय सूचना केंद्र से (जिससे लगभग उसी समय कंप्यूटर उपकरण खरीदने के आदेश दिए गए थे, जब मे. सीमेंस को दिए थे) क्रय हेतु प्रकरण को हस्तांतरित किया, किंतु उप सचिव आगामी सप्ताह ही ले पाए थे। उपमहानिदेशक डॉ. आलम ने मुझे टास्क फोर्स बैठक में जाने से मना किया था, जो कि कृषि एवं सहकारिता विभाग द्वारा आयोजित की गई थी, क्योंकि इसमें मैं कंप्यूटरों के सप्लाई की स्थिति बता देता। पेंटियम-२ की जगह पेंटियम-३ कंप्यूटर क्रय के लिए राष्ट्रीय

सूचना केंद्र एवं मे. सीमेंस को फाइल बढ़ाई। ९.८.९९ को पुनः हैदराबाद में टास्कफोर्स की बैठक हेतु भ्रमण कार्यक्रम प्रस्तुत किया। दिनांक १९.८.९९ को परिषद् के महानिदेशक से श्री आर.पी. जैन के साथ मिला। वहाँ महानिदेशक ने श्री आर.पी. जैन को यू.पी.एस. प्राप्त करने का कहने की जगह उन्होंने मुझे इसे लेने (Receive) को कहा। मैंने अवज्ञा तो नहीं की, किंतु इसके बाद एक कड़ी नोटशीट प्रस्तुत की, जिसमें कहा कि क्या सहायक महानिदेशक उपकरण लेने के लिए है, उसके पास न तो कोई भंडार कक्ष है और न ही इससे संबंधित स्टॉफ। यह भी मैंने निश्चय किया कि अब कोई भी आइटम मैं प्राप्त नहीं करूँगा, बल्कि संबंधित स्टोरों को कहूँगा।

परियोजना समन्वय समिति की ८वीं बैठक २.३० बजे से ६.३० बजे तक में हिस्सा लिया। दूसरे दिन २०.८.९९ को भी यह बैठक १०.०० बजे सुबह से २.३० अपराह्न तक चली और इसमें जो चर्चा हुई, वह डॉ. पड़ौदा की हाँ में हाँ, सब मिलाकर। बहुमत से निर्णय लेने से अब यह भी स्पष्ट हो गया था कि परिषद् के महानिदेशक डॉ. पड़ौदा मेरे भ्रष्टाचार विरोधी कार्य से संतुष्ट नहीं हैं और मुझे परेशान करने हेतु कह रहे हैं कि मैं (सहायक महानिदेशक) स्वतः एक भंडार कक्ष प्रभारी की तरह कंप्यूटर उपकरणों को एजेंसियों से प्राप्त करूँ, न कि संबंधित स्टोर को यह आदेशित किया जिसे यह प्राप्त करना चाहिए। यहाँ सब कोई भ्रष्टाचार में लिप्त हैं, अतः यह अनुभव होने लगा था कि मुझे सहायक महानिदेशक के पद से हटाने के प्रयत्न होंगे। २६.८.९९ की बैठक के पूर्व डॉ. पड़ौदा महानिदेशक एवं डॉ. आलम उपमहानिदेशक की चर्चा चली। फिर मुझसे पूछा गया कि तैयारी क्यों नहीं हुई, तब मैंने बताया कि संपूर्ण तैयारियाँ हो चुकी हैं। इसके बावजूद परिषद् के महानिदेशक डॉ. पड़ौदा ने मुझे कहा कि वह मेरे खिलाफ कार्यवाही करेंगे। यह दूसरी बार था, जब डॉ. पड़ौदा ने मुझे धमकी दी थी। 'रोम जल रहा था, नीरो बंसी बजा रहा था' पूरे देश में इस नवीन सूचना तकनीकी के प्रवेश से लाभ लेने की होड़ लगी थी। विश्व बैंक से ऋण लिया गया था। पहले १९९५ फिर १९९८ में कंप्यूटर नेटवर्क के उपकरणों की आपूर्ति देश विदेश से की जा रही थी, किंतु इसकी ओर भ्रष्टाचार का विस्फोटक रूप फैल रहा था। एक परियोजना, जो १९९५ में चालू की गई थी, उसका हश्र बताया जा चुका है। इस दूसरी परियोजना में क्या हो रहा था, इसमें 'चौकड़ी' ऐसे खेल खेल रही थी, इसका प्रमाण देश भर के ४३७ केंद्रों से सतत् मेरे पास आ रहे शिकायती पत्रों से और इन पर 'चौकड़ी' की काररवाहियों से स्पष्ट था। इस तरह के पत्रों में से एक पत्र (इ-मेल) दिनांक ५.८.९९ जो डॉ. के.पी. पंत निदेशक केंद्रीय बकरी अनुसंधान, जो जंगलों के बीच स्थित है, से आया था। इसमें उन्होंने लिखा था कि '२ जून, ९९ को आपने कई कंप्यूटर उपकरणों को प्रदाय का पत्र लिखा था, उसी आधार पर हमने

प्रशिक्षणों के आयोजन हेतु तैयारी कर ली थी, किंतु कोई कंप्यूटर नहीं आया। अभी हमारे यहाँ १९ प्रशिक्षुकों की माँग आई थी, जिसमें हमने १० प्रशिक्षणार्थियों का चुनाव किया। आपको देखकर इसके महत्त्व का आभास होगा कि इस बियाबान जंगल में (पिछले ग्रामीण स्थान) में कंप्यूटर प्रशिक्षण हेतु दूर-दूर से व्यक्तियों ने आवेदन किया। मैं बहुत दु:ख से लिख रहा हूँ कि अभी तक एक भी कंप्यूटर प्राप्त नहीं हुआ। आज सुबह जब मैं कंप्यूटर केंद्र गया, तब मुझे यह देखकर अत्यंत उदासी हुई कि ३-४ प्रशिक्षणार्थी एक ही कंप्यूटर सेट पर बैठे हुए थे। आप कृपया यह स्वत: अनुभव करेंगे कि एक प्रशिक्षण संगठित करने में कितने प्रयत्न करने पड़ते हैं और प्रशिक्षणों में प्रशिक्षणार्थियों की रुचि इतनी है कि वे १२ घंटे प्रतिदिन लगातार काम करते रहते हैं। इस विषम स्थिति में भविष्य में मैं कोई प्रशिक्षण न कराने का प्रस्ताव कर रहा हूँ, जिससे परिषद् में समस्याओं का समाधान होने तक या वर्षों बाद यह काम पुन: हो सके। मैं मजबूर होकर इस तरह का पत्र लिख रहा हूँ, मैं कुंठा में हूँ। क्या हम यहाँ समय से आगे अपने आपको करने के लिए हैं (कंप्यूटर नेट के माध्यम से) या हम पिछड़े देश में ही रहना चाह रहे हैं और क्या हम अपने देश को और पीछे ले जाना चाहते हैं।'

यह एक साश्वत सत्य था, विशेषकर उन ग्रामीण पिछड़े इलाकों के लिए, जो मकदूम जैसे बियाबान जंगलों में स्थित थे और ऐसी ही स्थितियों में कंप्यूटर नेट का प्रशिक्षण दे रहे थे और इधर मैं भ्रष्टाचार के दानव से जूझते हुए किसी भी तरह सही-सही परखे हुए कंप्यूटर नेट भेजने के लिए अपनी नौकरी को दाँव पर लगाए हुए निश्चय किए हुए लगा था। इस पत्र (इ-मेल) का जवाब तुरंत उसी दिन मैंने देते हुए लिखा, 'आपको मुझे लिखने के लिए धन्यवाद। मैं यह बात कार्यवाही हेतु उच्च स्तर पर रख रहा हूँ, जिससे कंप्यूटर उपकरण आपको शीघ्र मिल सकें।'

कार्यवाही हेतु मैंने पूर्व में ही नोटशीट आगे बढ़ाई थी और अपने मातहत वरिष्ठ वैज्ञानिक डॉ. कुशलपाल को इस तरह की देरी के लिए कितना दंड और किन-२ धाराओं के अंतर्गत दिया जा सकता है, इस पर मत देने को कहा था, जिसमें उन्होंने लिखा था, इसके अनुसार कंप्यूटर उपकरणों को केंद्रों में भेजने के लिए 'लेटर ऑफ क्रेडिट' खोलने के १२ सप्ताह के अंदर की अवधि निर्धारित थी? या यह 'लेटर ऑफ क्रेडिट' क्रय आदेश देने की तिथि मिलने के २१ दिवस बाद तक सामान्यत: खुल जाने चाहिए। वर्तमान में यह ज्ञात नहीं है (इसकी स्थिति क्या है, पता नहीं है)। वेंडर या फर्मों पर दंड कई धाराओं के अंतर्गत हैं और यह ०.५ प्रतिशत देरी (प्रति सप्ताह) या अधिकतम कुल मूल्य का १० प्रतिशत दंड दिया जा सकता है। इस तरह दंड रुपए

१ करोड़ रुपए से भी ज्यादा हो रहा था। इस नोट के ऊपर मैंने अपना मत दिया—

'लिखित बिंदुओं के साथ अब भी संदर्भ परीक्षण हेतु वेब सर्वर, लैपटॉप, प्रिंटर सेयरर ऑफ लेजर प्रिंटर एवं एम.एस. ऑफिस का होना शेष है। फर्म ने अभी कुछ जगह और परीक्षण हेतु चाही है, इस तरह दिसंबर, ९९ तक ही कंप्यूटर उपकरण प्रदाय हो जाएगा। चूँकि संविदा का हनन हो रहा है, अतः दंड देना ही अब एक बात रह गई है।'

यह नोटशीट पर ६.६.९९ को लिखकर मैंने उपमहानिदेशक तथा विशेष कर्तव्य अधिकारी को प्रस्तुत की थी।

अब उपरोक्त ५.८.९९ के बकरी अनुसंधान संस्थान के पत्र पर आते हैं। इस पत्र पर २५.८.९९ को डॉ. आलम के पास अपना ६.९.९९ का नोट, जो उनके पूर्व में भेजे नोट से संबद्ध था, का हवाला देते हुए लिखा। व्यवस्था के अनुसार मे. सीमेंस कंप्यूटर उपकरण नहीं दे सके। यही उचित समय है, जब हम नियमानुसार उसके ऊपर दंड आरोपित कर सकते हैं। जैसा मैंने आपको ६.६.९९ की नोटशीट में लिखा है। इसके लिए पहले हमें उनको सूचना देनी होगी। कृपया अनुमति दें यह दंड लगभग एक करोड़ रुपए के आसपास आता था। इसके ऊपर डॉ. आलम उपमहानिदेशक ने २५.८.९९ को लिखा, 'पहले कंप्यूटर प्रदाय सुनिश्चित करें एवं उन्हें चालू करें। बिना सोचे कोई चीज न लिखें' इस तरह उपमहानिदेशक ने अपनी प्रिय फर्म पर वफादारी दिखाई और दंड नहीं लगाने (लिखने) बाबत आदेश दिया। परिषद् का जंगल स्थित संस्थान और उसका गरीब प्रशिक्षण केंद्र जलता रहा और डॉ.आलम आनंदमय बंसी बजाते रहे (खुशी से अपनी फर्म पर वफादारी दिखाते रहे)।

इसी तरह तमिलनाडु, पशुचिकित्सा एवं पशु विज्ञान विश्वविद्यालय का पत्र दिनांक १२.८.९९ का मुझे ३.१२.९९ को मिला, जिसमें मैंने डॉ. आलम को तुरंत लिखा कि कंप्यूटर उपकरण अब भी नहीं दिए गए, मुझे पत्र उत्तर के लिए सलाह दें, इस पर डॉ. आलम ने ५.१२.९९ को लिखा 'ग्राह्यता प्रमाण की प्रक्रिया एवं बाँटने की प्रक्रिया को चालू रखें।'

बियाबान जंगलों तथा डाकूग्रस्त इलाकों के केंद्र इसको अपनी जीवन रेखा समझते थे, ऐसे ही दिनांक १६.८.९९ का कृषि विज्ञान केंद्र मझगवाँ, सतना (म.प्र.) का पत्र आया, जिसमें उन्होंने हमारे पत्र पर देय तिथि एवं अपनी पूरी तैयारी का हवाला देते हुए लिखा—इसके बाद भी हमें आपकी तरफ से कंप्यूटर नेट उपकरण नहीं प्राप्त हो रहे। कृपया तुरंत कंप्यूटरों को दें (लगा दें)। इस पत्र के भी ऊपर मैंने डॉ. आलम उपमहानिदेशक को २४.८.९९ को लिखा कि हमने मे. सीमेंस को कंप्यूटर उपकरण शीघ्र देने को लिखा, इस पर उन्होंने लिखा कि 'आप तो नियमित लिखते ही रहते हैं। यही लिखना ही एक विधा है।' दंड देने के बारे में कुछ नहीं लिखा।

भारतीय दाल अनुसंधान संस्थान का पत्र दिनांक २८.८.९९ मिला, जिसमें उन्होंने लिखा था—

'विगत छह माह से परिषद् एवं मे. सीमेंस से पत्र मिल रहे हैं कि हम कंप्यूटर भेज रहे हैं। इसी के कारण हम संस्थान के वित्त से भी कोई कंप्यूटर खरीद नहीं पा रहे हैं। आप सहमत होंगे कि वे कंप्यूटर उपकरणों, जिनका क्रय आदेश ६ माह पूर्व हुआ था, वह अब यदि हमें मिलते हैं तो वे पुराने होंगे, जो न केवल अनुप्युक्त होंगे, बल्कि उनकी कीमत बहुत कम होगी। आज तो पेंटियम-३ जो उच्च गति वाला है, और अच्छे विशिष्टीकरण वाला है, लगभग उसी कीमत पर उपलब्ध है आदि आदि।'

इसके ऊपर मैंने डॉ. आलम को ६.९.९९ को लिखा कि, 'मे. सीमेंस ने लिखा है कि वह ३.९.९९ से कंप्यूटर देना चालू करेंगे, किंतु आज तक कोई उत्तर नहीं मिला। अब मैं सुधार के लिए लिख रहा हूँ।'

दिनांक २.९.९९ को डॉ. नाथ शरण लाल श्रीवास्तव, सहायक महानिदेशक ने मुझसे कहा कि कुछ अधिकारी खुले रूप से कह रहे हैं कि मैंने (सहायक महानिदेशक कंप्यूटर) तथा उपमहानिदेशक (इंजीनियरी) डॉ. आलम ने वेंडरों से पैसा खा लिया है और कंप्यूटरों की सप्लाई हेतु उन्हें छूट दिए हुए हैं। मैंने उनसे कहा कि इसका कारण भी है, क्योंकि परिषद् ने उन्हें बिना बेंचमार्क परीक्षण के ही क्रय आदेश दे दिया है। श्री श्रीवास्तव को मैंने यह भी बताया कि कई कड़े पत्र लिखने के बाद भी न तो राष्ट्रीय निदेशक, न ही महानिदेशक और न ही उपमहानिदेशक कोई कार्यवाही कर रहे हैं और दिनो-दिन कंप्यूटर पुराने पड़ते जा रहे हैं।

दिनांक २.९.१९९९ को डॉ. पी.जी. इंगले कुलपति के तकनीकी सचिव कृषि विश्वविद्यालय अकोला का एक पत्र डॉ. आलम उपमहानिदेशक के पास आया था, जिसमें लिखा था कि विश्वविद्यालय ने महाविद्यालयों के कंप्यूटर सेल तैयार कर लिए हैं। अब कंप्यूटर उपकरण आदि उन्हें दिए जाएँ। इस पत्र के ऊपर उपमहानिदेशक डॉ. आलम ने मुझे लिखा—

'उन्हें कंप्यूटर आदि प्रदाय की जानकारी दी जाए।'

उसी पत्र में मैंने उन्हें लिखा कि प्रदाता फर्में मे.सीमेंस एवं मे. विनीटेक कंप्यूटर प्रदाय की कोई योजना दे नहीं रहे। हम उन पर दंड लगाएँगे। यह वाक्य मैंने बड़ी उहापोह की स्थिति में लिखा था, क्योंकि ९ फरवरी, १९९९ का क्रय आदेश था। २-३ माह में कंप्यूटर आदि की आपूर्ति कर देनी चाहिए थी, किंतु सात माह होने के बाद भी कोई योजना नहीं बताई जा रही थी एवं फर्म देरी कर रही थी, जिसमें बाजार में पेंटियम-II कम-से-कम कीमत पर आ जाए। यह मेरा वाक्य उपमहानिदेशक डॉ. आलम को बड़ा पीड़ादायी साबित हुआ और उन्होंने मुझे लिखा कि, 'यह दंड लगानेवाला काम प्रशासन

को करने दें और हमें तकनीकी ज्ञान एवं आपूर्ति तक अपने को सीमित रखें।'

इस वाक्य से उपमहानिदेशक की मिलीभगत स्पष्ट थी कि वह फर्मों से मिलकर हेराफेरी कर रहे थे और उन्हें मनमाफिक षड्यंत्र करने दे रहे थे। प्रशासन से तो इस काम का कोई लेना-देना नहीं था, यह तकनीकी कारणों में दंड लगानेवाला काम तो हमारा था।

भारतीय कृषि अनुसंधान परिषद् की एक वरिष्ठ अधिकारियों की समिति (व.अ.स) (Senior Officers Committee or S.O.C.) है, जिसमें समय-समय पर प्रत्येक माह में परिषद् के कार्यकलापों की चर्चा मुख्यालय दिल्ली में होती रहती है। इसमें सहायक महानिदेशक होने के कारण मैं एक सदस्य था एवं मुझे भी नियमित बुलाया जाता था। इस बैठक में मैं अन्य प्रशासनिक एवं तकनीकी मुद्दों के साथ पूरे देश में कंप्यूटर आपूर्ति में हो रहे भ्रष्टाचार को उठाता था, जिससे चौकड़ी घबरा जाती थी और इसी कारण इसी तरह परियोजना समन्वयकों की, जिन्हें कंप्यूटर आपूर्ति की जाती थी, उनकी बैठक में भी मुझे नहीं बुलाया गया था। मुझे आगे भी बुलाना बंद कर दिया गया था। अत: मैंने ८.९.२००० को एक नोटशीट लिखी, 'दिनांक १९.६.२००० को परियोजना समन्वयकों की बैठक हुई, जिन्हें हम विशेष रूप से कंप्यूटर उपकरण देते हैं, इस बैठक में अन्य सहायक महानिदेशक को तो बुलाया गया, किंतु मुझे नहीं बुलाया गया, इसका कारण मुझे ज्ञात नहीं है। इसी तरह परिषद् की व.अ.स., जिसमें मैं नियमित बुलाया जाता था, किंतु जबसे मैंने भ्रष्टाचार को सबके सामने उघाड़कर रखा है, तब से इस बैठक में मुझे नहीं बुलाया जा रहा है। इस बात को परिषद् के महानिदेशक के समक्ष रखने के पूर्व, उपमहानिदेशक कृपया देख लें, जानकारी हेतु प्रस्तुत इस नोटशीट को उपमहानिदेशक डॉ. आलम, महानिदेशक डॉ. पड़ौदा को भेजने की जगह इस पर लिखा, 'देखा! जब उपमहानिदेशक खुद उपस्थित हैं तो इसकी कोई उपयोगिता नहीं है।'

जबकि इन दोनों बैठकों में उप एवं सहायक महानिदेशक को जाना होता था, किंतु अब चौकड़ी ने मुझे बुलाना ही बंद कर दिया था।

अति हो गई थी, चौकड़ी कंप्यूटरों की देरी से आपूर्ति की अनुमति दे रही थी, जिससे ये फर्म को कम दाम पर उपलब्ध हो जाएँ (भले ही हमें हानि हो)। शर्तों के अनुसार नया मॉडल पेंटियम-III भी नहीं लेने दे रहे थे (जैसा देरी करने पर प्रावधान था) अत: मेरे पास एक ही विकल्प था कि फर्मों को प्रावधान के अनुसार दंड का प्रतिरोपण करूँ (यद्यपि इस हेतु चौकड़ी बिल्कुल तैयार नहीं थी)। अत: मैंने ६.९.९९ को दंड हेतु इनको तथा फर्मों को पत्र लिखा। यह पत्र परियोजना के राष्ट्रीय निदेशक डॉ. मंगला राय, जो डॉ. पड़ौदा महानिदेशक द्वारा मनोनीत किए गए थे, के नाम से था तथा इसकी प्रतिलिपि दोनों फर्मों एवं वित्तीय सलाहकार के साथ परिषद् के जिम्मेवार

अधिकारियों को दी गई थी। पत्र में लिखा गया था कि मे. सीमेंस एवं मे. विनीटेक के देशभर में उपयोगकर्ता तो एक ओर परेशान हैं तथा दूसरी ओर इन मशीनों के उच्च प्रारूप बाजार में आ रहे हैं और पुराने मॉडलों की कीमतें कम हो रही हैं। यद्यपि मे. सीमेंस ने अपने ३.९.९९ के पत्र से लिखा था कि १९० कंप्यूटर प्रदाय किए जा रहे हैं, किंतु इनकी आपूर्ति की सूचना एक भी नहीं मिली। अभी कंप्यूटरों की जाँच भी पूर्ण नहीं हुई है, अतः इनकी आपूर्ति लंबे समय तक नहीं होगी। अतः फर्मों पर देरी से प्रदाय के लिए बने प्रावधान के अनुसार यदि प्रदायकर्ता देरी करता है तो कीमत का ५ प्रतिशत प्रति सप्ताह के आधार पर राशि वसूली जा सकती है, जो अधिकतम १० प्रतिशत तक जाएगी। देरी से प्रदाय के कारण फर्म द्वारा प्रशिक्षण में भी देरी हो रही है। चूँकि फर्मों ने आपूर्ति में देरी की है, अतः शर्तों के अनुसार इनसे उपरोक्त वर्णित दर से वसूली की जाए। इस संदर्भ में बोली दस्तावेज की विभिन्न धाराएँ देख ली जाएँ और इन्हीं के आधार पर वसूली की जाए। इस संदर्भ में मेरा पत्र दिनांक १०.५.९९ देखा जाए, हमें समयानुसार आपूर्ति का लाभ लेना उचित होगा।

जैसा कि पूर्व के पत्रों में मैंने इन्हें लिखा था कि इस पर कार्यवाही इनके स्तर से चालू हो। परिषद् के सचिव, जो प्रशासनिक सेवा के वरिष्ठ अधिकारी थे, को प्रतिलिपि देने का उद्देश्य इनके स्तर से कार्यवाही करने का था। दिनांक ७.९.९९ को जब कृषि अनुसंधान वित्तीय सूचना प्रणाली की पुस्तिका पूर्णता पर थी, तब मैंने सोचा था कि इसकी प्रस्तावना महानिदेशक के द्वारा होनी चाहिए थी, जैसा कि अन्य ऐसे सभी ऐसे प्रकाशनों में होता था। चूँकि इसका श्रेय मुझे मिल जाता, क्योंकि यह मेरे प्रतिनिधित्व में तैयार हुई थी। इस कारण इसमें नाम नहीं रखा गया था। मैंने महानिदेशक से भी मिलने का निश्चय किया।

## अच्छे कार्य का श्रेय न देने का षड्यंत्र

दिनांक ८.९.९८ को परिषद् के निदेशकों की कॉन्फ्रेंस का आयोजन था। इसमें मैंने ८ बजे सुबह से २.३० अपराह्न तक भाग लिया था। इसे देशभर के परिषद् निदेशकों की बैठक में कंप्यूटरीकरण एवं नेटवर्क विषयक चर्चा एवं प्रस्तुतीकरण मेरे द्वारा दिया गया था। इसी मध्य परिषद् के पूर्व महानिदेशक डॉ. एम.एस. स्वामीनाथन द्वारा एक वक्तव्य दिया गया था। यद्यपि वे मुझे पहचाने नहीं थे, फिर भी कंप्यूटरीकरण में मेरे पदस्थ होने पर काफी प्रसन्नता जाहिर की थी। इसी अवधि में मैंने सर्वश्री आर.एस. पड़ौदा (महानिदेशक) एवं अनवर आलम (उपमहानिदेशक) से चर्चा की, जिसमें बताया कि जो कंप्यूटर की वित्तीय प्रणाली की पुस्तिका बनी है, उसमें हमारा नाम नहीं लिखा जा सका। साथ ही इसकी प्रस्तावना परिषद् के महानिदेशक लिखें तो इससे भी हम (जिन

लोगों) ने यह पुस्तिका लिखी है, उसको भी काम का श्रेय मिल जाएगा, जिससे वार्षिक प्रगति प्रतिवेदन बनाने में हमें इसका लाभ मिलेगा, किंतु 'चौकड़ी' ने तो मेरे अहित के बारे में बहुत-सी योजनाएँ बनाई थीं। वे लोग मेरी किसी ऐसी प्रगति का श्रेय नहीं लेने दे रहे थे, जिससे मेरी चरित्रावली अच्छी या सर्वोत्कृष्ट लिखी जा सके। प्रकाशित अनुसंधान लेख, पुस्तकें, पुस्तिकाएँ, तकनीकी बुलेटिन, पुरस्कार आदि सर्वोत्कृष्ट चरित्रावली लिखने का मूल आधार होता है और जैसे-२ मैं उनके भ्रष्टाचार को उजागर करता जा रहा था, वैसे-२ मुझसे ज्यादा-से-ज्यादा कार्य करने के बावजूद ऐसा कोई प्रमाण नहीं बनने देना चाह रहे थे, जिससे उन्हें मेरी चरित्रावली खराब करने में असुविधा बने। ऐसी योजना रहते हुए 'चौकड़ी' मेरा नाम किसी प्रकाशन में कैसे आने देती, जबकि यह मेरा एक महत्त्वपूर्ण तकनीकी प्रकाशन था, जो देशभर के लिए उपयोगी था।

## पुरानी १००० करोड़ रुपए की परियोजना में हुए भ्रष्टाचार पर दंडारोपण

दिनांक ९.९.९९ अवर सचिव (सतर्कता) का एक प्रारूप अभियोगपत्र निकाला गया था, जो डॉ. अनवर आलम उपमहानिदेशक को इंगित था। उनके द्वारा यह मुझे थमाया गया था। यह अभियोगपत्र डॉ ए.पी. सक्सेना सहायक महानिदेशक, जो पूर्व में इस कंप्यूटर योजना को देखते थे, के लिए था। इस योजना में भी डॉ. आर.एस. पड़ौदा महानिदेशक ने भ्रष्टाचार करने हेतु भी अपनी एक चौकड़ी (टीम) बना ली थी, जिसमें सर्वश्री पड़ौदा, बकोलिया (उपसचिव), ए.पी. सक्सेना तथा एस.एल. मेहता (उपमहानिदेशक) मुख्य रूप से सम्मिलित थे। इस चौकड़ी ने भरपूर घपले किए थे और जैसे ही मैं पदस्थ हुआ, इस योजना के तहत प्रदाय किए गए कंप्यूटर आदि का गहन अध्ययन किया। पूरे केंद्रों, जहाँ कंप्यूटर आदि प्रदाय किए गए थे, से प्राप्त रिपोर्ट से यह ज्ञात हुआ कि बड़ी संख्या में कंप्यूटर इतने वर्ष बाद चालू भी नहीं हुए थे, कुछ जगह कंप्यूटर दिए ही नहीं गए थे तो कुछ जगह अधूरी आपूर्ति की गई थी। ऐसे प्रकरण लगभग २०० थे। इसका रिकॉर्ड मुझे बताया गया था कि डॉ. ए.पी. सक्सेना के पास है। उनसे संपर्क करने एवं पत्र लिखने के बावजूद ये रिकॉर्ड देने के लिए तैयार नहीं थे। दस्तावेजों के अभाव में रखरखाव, प्रशिक्षण आदि का कार्य भी संभव नहीं हो पा रहा था।

इसीलिए इसकी बैठक दिनांक १८.९.९८ को आयोजित की गई थी, जिसमें मैंने घपलों के विवरण रखे थे। ये ऐसे अकाट्य प्रमाण थे, जिससे डॉ. पड़ौदा भी डर गए थे। उन्हें लगने लगा था कि अब वह खुद भी फँस सकते हैं। अत: बैठक में उन्होंने डॉ. सक्सेना को दस्तावेज देने हेतु कहा। इधर डॉ. सक्सेना भी समझते थे कि इस घपले

में डॉ. पड़ौदा की उतनी ही भागीदारी है, अतः वह खुद भी क्यों डरें? इसीलिए वह बैठक में ही डॉ. पड़ौदा पर अभियोग लगाते हुए बैठक से बाहर चले गए थे। चूँकि ऐसे में जिम्मेदारी किसी-न-किसी पर डालनी थी, अतः डॉ. पड़ौदा ने अपने ही 'चौकड़ी' के इस सहायक महानिदेशक को जिम्मेवार बताकर अपना पल्लू झाड़ना चाहा और इन्हें मुअत्तिल कर दिया और बाद में अभियोगपत्र देकर जाँच कराने एवं दंडित कराने का नाटक रचा जबकि यह जाँच कभी पूर्ण नहीं की।

जाँच के जो मुद्दे इसमें मेरे द्वारा पूरे देश के कंप्यूटर केंद्रों से प्राप्त किए गए थे, वे ऐसे विवरण थे, जिसमें पाया गया था कि बिना आपूर्ति के ही फर्म को पैसा भुगतान कर दिया गया था, खराब एवं पुराने उपकरणों की आपूर्ति की गई थी, देरे से आपूर्ति की गई थी, प्रशिक्षण नहीं कराया गया था, आदि। यदि जाँच होती तो डॉ. पड़ौदा का घपला सामने आ जाता, क्योंकि बार-बार बैठककर दबाव बनाकर डॉ. पड़ौदा ने राशि भुगतान तब करा दिया था, जब माल की आपूर्ति हुई ही नहीं थी, जो कि शर्तों के विपरीत था।

यहाँ डॉ. ए.पी. सक्सेना का अभियोगपत्र मुझे दिखाने का तात्पर्य यह रहा होगा कि मैं डर जाऊँ एवं भ्रष्टाचार को उजागर न करूँ, किंतु मैंने न केवल ये पुराने घपलों को उजागर कर इन फर्मों से सुधार कार्य एवं प्रशिक्षण पूर्ण कराया, बल्कि जहाँ अधूरी आपूर्ति थी, उसको भी पूरी कराने का प्रयत्न करता रहा, जिससे भी डॉ पड़ौदा अंदर-अंदर कुढ़ते रहे। उन्हें यह डॉ. सक्सेना के खिलाफ जाँच का नाटक करने की इसलिए भी जरूरत थी कि यह प्रकरण केंद्रीय अन्वेषण ब्यूरो (सी.बी.आई.) के पास पहुँच गया था, साथ ही उस समय जो परिषद् के अध्यक्ष थे (सर्वश्री चतुरानन मिश्र मार्च, १९९८ तक तथा बाद में २२.११.९९ तक श्री अटल बिहारी वाजपेयी) वे ईमानदार थे और इनकी ओर से किसी भ्रष्टाचारी को समर्थन देने की गुंजाइश नहीं थी। इसलिए डॉ. पड़ौदा को जाँच कराने का नाटक करना आवश्यक भी था। यह भी सच है, जब लोगों का समूह चोरी में पकड़ में आने लगता है या जाँच के घेरे में आता है, तब वह अपने में से किसी एक के ऊपर दोष को थोपता है या उससे गोपनीय समझौता करके उस पर जाँच कराने का नाटक करता है एवं उसे बता दिया जाता है कि अंत में तुम्हें बचा लिया जाएगा। डॉ. ए.पी. सक्सेना के प्रकरण में डॉ. पड़ौदा ने बाद में यही नीति अपनाई, जिससे वह खुद भी ईमानदार होने का ढोंग रचते रहे और अंत में डॉ. सक्सेना भी बच गए।

हमने एक पुस्तिका 'राष्ट्रीय कृषि तकनीकी परियोजना का मार्ग निर्देशन एवं इसके पूर्ण करने हेतु योजना' बनाई थी। जो पूरे देश में कंप्यूटर नेटवर्क की मार्गदर्शिका के रूप में क्रय हेतु भेजनी थी। इस पुस्तिक की तैयारी में मैंने भी बहुत मेहनत की थी, किंतु इसमें लेखकों/संपादकों का नाम नहीं लिखने दिया गया। जब यह पूर्ण हो गई, तब

मैंने ९.९.१९९९ को इसका प्राक्कथन (Foreword) निर्मित किया, जिसमें जिन-जिन लोगों ने मेहनत कर इसे बनाया था, उनका नाम था और यह महानिदेशक के हस्ताक्षर के बाद इसके प्रारंभ में लगानी थी, तब पूरे देश की राष्ट्रीय कृषि अनुसंधान प्रणाली (परिषद् के संस्थान, कृषि विज्ञान केंद्र, विश्वविद्यालयों आदि) में बाँटनी थी। यह प्राक्कथन मैंने अपनी नोटशीट लगाकर उपमहानिदेशक के माध्यम से महानिदेशक को भेजा, किंतु डॉ. आलम उपमहानिदेशक ने यह लिखा 'महानिदेशक का प्राक्कथन इस तरह के प्रकाशन हेतु आवश्यक नहीं है। यह प्रकाशित भी हो चुकी है और यह नोटशीट मुझे लौटा दी।'

जबकि परिषद् के इस तरह के प्रत्येक प्रकाशन में महानिदेशक का प्राक्कथन लगता था। ऐसा इसलिए नहीं होने दिया गया था कि मेरा नाम इस पुस्तिका के साथ जुड़ जाएगा तो कभी भी यदि वे मेरा वार्षिक प्रगति प्रतिवेदन (वार्षिक) चरित्रावली लिखेंगे तो इसे खराब नहीं लिख सकेंगे, क्योंकि तकनीकी दृष्टि से यह पांडुलिपि बहुत महत्त्व की थी।

## यू.पी.एस. परीक्षण में गोपनीय घोटाला

कंप्यूटरों हेतु खरीदे गए अबाध शक्ति प्रवाहक (Un Intrupted Power Supply-UPS) का परीक्षण चल रहा था, जिसकी सत्यता सत्यापन की मेरी जिम्मेवारी थी। यह परीक्षण गोपनीय तरीके से (कहाँ और कब हो रहा है, यह बिना बताए) किया जा रहा था। मेरे न देखने का मतलब था कि मैं अपना कर्तव्य पूरा नहीं कर रहा था एवं कहीं भी कुछ भी होने की आशंका चल रही थी। जाँच एजेंसी भी इसमें संदेहास्पद काम कर रही थी। चौकड़ी तो चतुराई से सब छिपाकर कार्य कर रही थी। अतः परीक्षणकर्ता एजेंसी (निक्सी) के निदेशक को मैंने १३.९.९९ को पत्र लिखा, जिसकी प्रति परियोजना निदेशक को दी कि 'यू.पी.एस. प्रदाय एजेंसी मे. विनीटेक के यू.पी.एस. का परीक्षण आप कर रहे हैं। इसके संदर्भ परीक्षण की रिपोर्ट दें, जिसमें यह स्पष्ट लिखा हो कि दिए गए विवरण से यह मिलान खाते हैं या नहीं। मुझे ११.६.९९ के बाद जाँच किए गए यू.पी.एस. की रिपोर्ट दें। यह भी बताएँ कि कहाँ एवं कब परीक्षण हो रहा है, जिससे हम वहाँ जाकर देख सकें।'

चूँकि यह सब गोलमाल तरीके से हो रहा था, अतः न तो हमारी परियोजनावालों ने एवं न ही परीक्षण एजेंसी ने इसका जवाब दिया। कहाँ और कब परीक्षण हो रहा है, यह भी नहीं बताया गया, इसे पूर्णतया छिपाया गया और रिपोर्ट बनाकर लीपापोती कर दी। इसका परिणाम यह रहा कि आपूर्ति करते ही इसकी खराबियों की रिपोर्ट मिलने लगी।

दिनांक १०.९.९९ को अपने कंप्यूटर की 'टास्क फोर्स' की एक बैठक थी। इसमें बहुत लोग आए थे। न आनेवालों में वित्त शाखावाले थे, उसका कारण जो बताया था, वह था कि उनके द्वारा उद्घृत किए गए बिंदु, पूर्व की बैठक के वृत्त में नहीं लिखे गए थे। डॉ. आलम अध्यक्ष द्वारा उन्हीं बिंदुओं का समावेश बैठक के वृत्त में कराया जाता था, जो इनको हितकर लगता था और बैठक का सदस्य सचिव होने के कारण इन बातों को सुचारू रूप से समावेश कराने का प्रयास करता था। इस बाबत डॉ. आलम को लिखित रूप में भी मैंने दिया था। दिनांक १४.९.९९ को परिषद् का एक आदेश निकला था कि मेरे साथ वरिष्ठ व्यैक्तिक सहायक श्री.टी.सी. ढाला को काम के लिए पदस्थ किया गया है।

श्री ढाला १५.९.९९ को मेरे साथ कार्य के लिए उपस्थित हुए। मैंने जब उनको टंकण एवं डायरी करने के बाबत बताया, जो मुझे कराना होता है, तो उन्होंने अपने पद का ध्यान दिलाते हुए कहा कि वह न तो टंकण का कार्य करेंगे एवं न ही डायरी से पत्र चढ़ाकर उन्हें आगे भिजवाने का। उनके पद के अनुसार यह उनका कार्य नहीं है। अत: १६.९.९९ को मैं वरिष्ठ आई.ए.एस. अधिकारी श्री चौहान, जो परिषद् के सचिव थे, से यह बात बताई और यह भी बताया कि मुझे टंकण एवं डायरी करनेवाला व्यक्ति ही चाहिए, वरिष्ठ नहीं। मैंने इस बाबत अपने अवर सचिव श्री सेठी से लिखने को भी कहा।

## बैठकों में न बुलाने का षड्यंत्र

दिनांक २०.९.९९ को कुलपतियों की बैठक में ३ बजे गया था, किंतु खरीफ पर संपन्न बैठक में नहीं गया क्योंकि मुझे वहाँ से आमंत्रण नहीं मिला था। यह आमंत्रण 'चौकड़ी' ने मुझे जान-बूझकर नहीं दिया था, क्योंकि मैं कंप्यूटर सेक्टर में होनेवाली कठिनाइयों और इनके चलते हुए घपलों के कारण आपूर्ति न होने की बात खुलकर वहाँ बताता था और उनसे अपेक्षा रखता था कि नियमानुसार दंडात्मक कार्यवाही भी करें।

दिनांक २१.९.९९ को करोड़ों रुपयों की हानि, जो मे. सीमेंस के कृत्य से हो रही थी, की बावत लिखा एवं उसी दिन में नोवल नेटवेयर ४.१ के अधिकारियों से बैठक की एवं १०/१०० के इथरनेट कार्ड तथा १० गीगा बाइट प्रति सेकंड की जगह १०० गीगाबाइट प्रति सेकंड में कार्य पद्धति पर चर्चा की।

दिनांक २२.९.९९ को राष्ट्रीय निदेशक को एक पत्र दिया था, जिसमें स्पष्ट किया था कि यदि प्रत्येक जगह प्रशिक्षण न देकर एक समूह में लाकर प्रशिक्षण दिया तो करोड़ों रुपयों तथा तकनीकी हानि की आशंका है।

## भंडारण प्रभारी बनाकर मुझे फँसाने का षड्यंत्र

भ्रष्टाचार करनेवालों द्वारा मुझे किसी तरह षड्यंत्र कर घेरने की प्रक्रिया चल रही

थी एवं ऐसे अवसर ढूँढ़े जा रहे थे, जिससे मुझे झूठा फँसाया जा सके। ऐसी ही एक घटना थी कि परिषद् के मुख्यालय में जो कंप्यूटर, यू.पी.एस. आदि फर्मों द्वारा प्रदाय किए जा रहे थे, उन सभी को अपने नाम से स्वत: मुझे प्राप्त (Receive) करने को कहा जा रहा था। महानिदेशक, उपमहानिदेशक तथा प्रशासन मुझ पर दबाव डाल रहा था कि कंप्यूटर उपकरणों को मैं ही प्राप्त करके सबको दूँ, जबकि मैं उन्हें बार-बार भंडारण शाखा या उसके अधिकारी द्वारा यह अपने नाम लेने का कार्य करने को कह रहा था। कुछ सामान आने और प्राप्त सामान को बाँटने पर बड़ी समस्या सामने आई। तब मैंने १३.९.९९ को परिषद् के ८३वें वरिष्ठ अधिकारियों की समिति की बैठक, जो १६.९.९९ को थी, हेतु नोटशीट प्रस्तुत की। इसमें लिखा था कि 'यू.पी.एस. जो मेरे द्वारा प्राप्त (Receive) किए गए थे, को संबंधित अधिकारी को देने के लिए प्रयत्न किए, तब वित्तीय निदेशक, उपनिदेशक (वित्त), उपमहानिदेशक (पशु विज्ञान) आदि ने मुझसे इन्हें लेने से यह कहते हुए इनकार किया है कि ये यू.पी.एस. क्रय या भंडार अधिकारी (Store Officer) द्वारा दिए जाने चाहिए, न कि सहायक महानिदेशक द्वारा। इस तरह २० प्रतिशत यू.पी.एस. असुरक्षित पड़े हैं और मैं पूरे राष्ट्र में बँटनेवाले यू.पी.एस की व्यवस्था (देखभाल) नहीं कर पा रहा हूँ, साथ ही वर्तमान के असुरक्षित सामान (यू.पी.एस.) जिसको ३० दिवस में लगा देना (Installation) आवश्यक था, वह भी नहीं हो पा रहा है, बैट्रियाँ भी खराब हो रही हैं, समय पर स्थापना न होने से भुगतान नहीं होगा और फर्म हमें कठघरे में खड़ा करेगी, बाहर पड़े रहने से चोरी की आशंका है आदि-आदि।'

मैंने यह नोटशीट उपमहानिदेशक, परिषद् के सचिव आदि के पास भेजी। जब यह नोटशीट उपमहानिदेशक के पास पहुँची तो उसे वरिष्ठ अधिकारियों की समिति की बैठक में चर्चा हेतु भेजने के बजाय उस पर लिखा—

'भेजी गई फाइल, जो महानिदेशक की अध्यक्षता बैठक में होनी है, जिसमें सभी लोग आएँगे, उसको देखा जाए। मुद्दे एवं विकल्प फाइल में स्पष्ट रूप से रखे गए हैं।'

इस तरह इस विषय पर चर्चा निरस्त कर दी गई एवं यू.पी.एस. लंबे समय तक (मेरे नाम से जो प्राप्त किए गए थे) पड़े रहे और मेरा पूरा ध्यान उनकी सुरक्षा और इनका भुगतान (फर्म को) करने पर रहा और आगे इनको अबाध घपला करते रहने का अवसर काफी दिनों तक मिला रहा।

जबकि इस यू.पी.एस. आदान-प्रदानवाली नोटशीट पर आगे मैंने स्पष्ट लिखा था कि 'इन्हें (यू.पी.एस. प्राप्तकर्ताओं) संबंधित अधिकारियों द्वारा न केवल उन्हें लिखा गया, बल्कि उनके वरिष्ठ अधिकारियों को भी लिखकर एवं मिलकर मेरे द्वारा निवेदन किया गया कि संबंधित क्रय अधिकारियों को सामान लेने के लिए वे कहें। यह भी

लिखा गया था कि मुद्दा टास्क फोर्स की बैठक में उठाया गया था, जो उपमहानिदेशक डॉ. आलम की अध्यक्षता में थी, किंतु उसमें कोई निर्णय नहीं लिया गया। लंबे समय से पड़े रहने से इन यू.पी.एस. में तकनीकी समस्या भी आ गई है। इनका भुगतान बिना लगाए (Installation) ही करना पड़ सकता है, क्योंकि फर्म ने परियोजना के मुख्यालय में शिकायत भी दर्ज करवा दी है एवं मुख्यालय ने ७.९.९९ को हमसे सुरक्षात्मक कदम उठाने हेतु कहा है। यदि इसका मुद्दा हल नहीं किया गया तो हमारे सामने गंभीर समस्या खड़ी होगी, क्योंकि मैंने इसे प्राप्त (Receive) किया है और मेरे द्वारा ये (यू.पी.एस.) लगाए जा रहे हैं, जबकि वैधानिक रूप से इसे क्रय अधिकारी द्वारा प्राप्त करके लगवाना चाहिए था। देरी से लगाने में भी समस्या होगी, क्योंकि लगाने का समय और सामान प्राप्त करने के समय में अंतर होगा।'

इस तरह जो जबरन मुझे फँसाया जा रहा था, उसे मैंने सभी के संबंधित अधिकारियों को लिखकर उनके कमेंट ले लिये, जिससे मैं इस बिंदु की जाँच से बच गया अन्यथा 'चौकड़ी' का उद्देश्य मेरे ऊपर वित्तीय अनियमितता (लंबे समय तक न बांटने एवं खराब हो जाने) का झूठा आरोप लगाकर जाँच में फँसाना एवं पद से हटा देना था, जो आगे के विवरण से स्पष्ट है।

षड्यंत्र से बचने के लिए उसी तरह की दूसरी नोटशीट मैंने परिषद् के सचिव को लिखी थी, जिससे दबाव बनाकर मुझसे सामान प्राप्त करने (Acknowledgement) की यही कहानी थी और इस सागान को लोग मुझसे नहीं ले रहे थे (क्योंकि मैं क्रय या भंडार अधिकारी नहीं था)। यह सामान बाहर पड़ा बर्बाद हो रहा था, इसका ही विवरण था। यह नोटशीट सचिव से मार्क होते हुए प्रशासनिक अधिकारी के पास आई थी, जिसमें उसने लिखा, 'यह नोट सहायक महानिदेशक (कृषि अनुसंधान सूचना प्रणाली) से १४.९.९९ को प्राप्त हुआ। इसमें चाहा गया है कि इस विषय में वरिष्ठ अधिकारियों की समिति की बैठक में चर्चा की जाए। वरिष्ठ अधिकारियों की समिति के सदस्य सचिव ने चाहा है कि यह विषय परिषद् के महानिदेशक से स्वीकृत होने पर ही चर्चा हेतु एजेंडा बन आएगा।'

इस तरह महानिदेशक को न देते हुए एवं ऐसा लिखते हुए उसने मुझे नोटशीट मार्क कर दी, क्योंकि बैठक में चर्चा होने पर उनका भंडाफोड़ होनेवाला था। तुरंत ही इस नोटशीट को मैंने परिषद् के महानिदेशक डॉ. पड़ौदा को अपनी टीप के साथ मार्क कर दिया, जिसमें मैंने लिखा—

'पूर्व पृष्ठ देखें! जुलाई, ९९ में कंप्यूटर (लैपटॉप) कुल ६ मिले थे। इसी तरह रंगीन प्रिंटर, लेजर प्रिंटर, यू.पी.एस. स्कैनर इत्यादि भी परिषद् के स्टोर में प्राप्त हुए थे। इसी तरह हमारे पास भी कंप्यूटर उपकरण मिले थे, जिन्हें इसी तरह वरिष्ठ अधिकारियों

की समिति में चर्चा करके हमारे पास उपलब्ध कंप्यूटर उपकरणों को बाँट दिया जाए। इनके साथ समस्या यह है कि लंबे समय तक ऐसे ही पड़े रहे तो खराब होने की आशंका है। समिति में चर्चा कर इस बात का निराकरण करा लिया जाए।'

इस तरह अब 'चौकड़ी', जो मुझे षड्यंत्र कर झूठा फँसाना चाहती थी, खुद ही उलझ गई। मेरी नोटशीट में परिषद् के महानिदेशक को लिखना पड़ा—

'इस तरह के सभी बिंदु प्राथमिकता पर सचिव स्तर पर निराकृत कर लिए जाएँ, इसके लिए सभी संबंधितों की बैठक बुलाई जाए।'

यह नस्ती सचिव को भेजी गई, जहाँ से मार्क होकर मेरे पास आ गई। इस पर मैंने सचिव को नोटशीट भेजी, जिसमें लिखा, 'विषय बहुत गंभीर है। हमारे द्वारा प्राप्त किए गए १३ यू.पी.एस. नहीं लगाए जा रहे। इसी तरह राष्ट्रीय सूचना केंद्र से प्राप्त हुए लैपटाप, प्रिंटर इत्यादि भी नहीं लगाए जा रहे हैं, जिसके कारण बैटरियाँ, कॉर्ट्रिज भी खराब हो रहे हैं। इसके कारण इन्हें ही ठीक करने में हमें कीमत की ३०-४० प्रतिशत लागत लगेगी। इससे कुछ करोड़ रुपए हमें ठीक करने में लगाने पड़ जाएँगे। अतः तुरंत कार्यवाही करने योग्य होगी।'

यह नोटशीट पुनः मैंने सचिव के पास भेज दी। इसी प्रकरण की तीसरी नोटशीट, जिसमें वही सब कुछ लिखा था, जो सचिव एवं उपमहानिदेशक को लिखा गया था, महानिदेशक एवं अध्यक्ष 'वरिष्ठ अधिकारी समिति' को १३.९.९९ को सीधे भेजी। ये सभी नोटशीट 'अत्यावश्यक' टीप के साथ भेजी गई थी।

यह नोटशीट भी लौटकर मेरे पास आई, जिस पर समिति को मैंने सचिव के पास भेजते हुए लिखा, 'कृपया आप महानिदेशक से अनुमति लेकर इसे एजेंडे में जाएँ'

तब समिति के सचिव ने लिखा, 'प्रथा के अनुसार प्रस्ताव रखनेवाला महानिदेशक से अनुमति लेता है, यह अति आवश्यक प्रकरण है, यह हल नहीं किया गया तो आर्थिक रूप से बहुत हानि होगी।'

अतः इस नोट पर मैंने सीधे महानिदेशक को विवरण लिखते हुए कार्यवाही हेतु लिखा, 'यह बहुत महत्त्व का मुद्दा है। यदि हल नहीं किया गया तो आर्थिक मुद्दे सामने आनेवाले हैं, क्योंकि फर्म ने १०००-१५०० रुपए प्रति नग के हिसाब से अधिक माँग कर दी है, जो देरी होने पर हमें देनी होगी। नियमानुसार यह क्रय अधिकारी द्वारा स्टोर हेतु लेना चाहिए था न कि अन्यों के द्वारा। इसमें ऑडिट का विरोध आएगा। हितग्राही (अधिकारी) इसे मुझसे ले नहीं रहे। यह नोटशीट पहले महानिदेशक एवं अध्यक्ष के पास भेजी गई, किंतु उनकी इकाई ने यह कहते हुए लेने से मना किया कि महानिदेशक भ्रमण में होंगे। तब सदस्य सचिव और उपमहानिदेशक को दी गई।

## संक्षेप में टीम थी

'वर्तमान में समस्या यह है कि समान जिसे महानिदेशक ने मुझे जबरन प्राप्त करने का आदेश दिया था, वह अधिकारियों द्वारा इसलिए नहीं लिया जा रहा था क्योंकि मैं नियमानुसार इस कार्य हेतु अधिकृत अधिकारी नहीं हूँ। वह सामान खराब होता जा रहा है। भविष्य में उलझन न हो, अत: आगे से यह सामान मैं नहीं लूँगा अन्यथा अधिक विरोध होगा, साथ ही आपकी सूचना के लिए परिषद् के अन्य केंद्रों आदि में भेजे गए कंप्यूटर आदि सामान वहाँ के क्रय अधिकारी द्वारा ही प्राप्त किए गए हैं। कृपया समिति की बैठक में यह एजेंडा के रूप में चर्चा हेतु रखें, जिससे वित्तीय समस्या न हो।' इस नोटशीट को पढ़ते ही 'चौकड़ी' के नायक डॉ. पड़ौदा महानिदेशक भन्ना गए थे (क्योंकि एक तो उनकी फँसाने की योजना धराशायी हुई उलटे उनको भरी सभा में नंगा होना पड़ा) एवं नोटशीट में लिखा, 'ऐसा माना जाता है कि सहायक महानिदेशक मुझे सीधे भेजने के लिए अधिकृत नहीं हैं। यह सभी विषय उपमहानिदेशक (इंजी.) द्वारा हल होना चाहिए। वह सचिव, सहायक महानिदेशक से चर्चा कर शीघ्र ही निपटारा करें।'

वरिष्ठ अधिकारियों के द्वारा अधिकृत अधिकारी से सामान ग्रहण न करने तथा ३-४ नोटशीट 'चौकड़ी' के पास देने से वे मजबूर हुए एवं इस पर सचिव, उपसचिव (प्रशासन), अवर सचिव (तकनीकी एवं सामान्य प्रशासन), उपमहानिदेशक तथा मेरी (कुल ५ अधिकारियों की) बैठक २८.९.९९ को आहूत हुई, जिसके वृत्त बनाते हुए उपमहानिदेशक (इंजीनियरी) एवं चौकड़ी के महत्त्वपूर्ण व्यक्ति ने उसी दिन २८.९.९९ को लिखा, 'जैसा महानिदेशक द्वारा चाहा गया था, इस बैठक में ५ व्यक्ति उपस्थित हुए। सहायक महानिदेशक (कंप्यूटर) ने यह स्पष्ट कर दिया कि वह परिषद् के लिए क्रय किए जा रहे कंप्यूटरों एवं उनके उपकरणों को प्राप्त नहीं करेंगे, क्योंकि यह इनकी नहीं, परिषद् के क्रय अधिकारी की जिम्मेदारी है। यह बात वित्त निदेशक एवं अन्यों ने भी इंगित की है, ऐसा सहायक महानिदेशक ने लिखित में दिया है। काफी चर्चा के बाद यह निर्णय लिया गया कि सहायक महानिदेशक तकनीकी रूप से यह प्रमाणित करेंगे कि यह परीक्षण एजेंसी द्वारा परीक्षण किए गए कंप्यूटर हैं (जो अंतरराष्ट्रीय बोली एवं परीक्षणवाले हैं) तथा जो राष्ट्रीय सूचना केंद्रवाले कंप्यूटर हैं, वे उनके द्वारा प्रस्तुत दस्तावेज ही पर्याप्त हैं। इसके बाद ये कंप्यूटर उपकरण सक्षम अधिकारी द्वारा स्वीकृति अनुसार हितग्राहियों के दिए जाएँगे। इनको स्टाक में चढ़ाने का काम सामान्य प्रशासन के अवर सचिव करेंगे। सहायक महानिदेशक, स्थापना के एक सप्ताह बाद चालू हो जाने के प्रमाण-पत्र में प्रति हस्ताक्षर करेंगे। इस बैठक के बाद फिर न तो मैंने कंप्यूटरों को प्राप्त किया एवं न ही 'चौकड़ी' ने इस हेतु दबाव बनाया अन्यथा 'चौकड़ी' इसी में मेरी विदाई कर देती।

बैठक में सचिव के समक्ष स्पष्ट रूप से मैंने पूछा था कि किस नियम के तहत

मुझे स्टोर प्रभारी, परचेज ऑफिसर (क्रेता अधिकारी) माना जा रहा है। क्या मेरे पास स्टोर (भंडार) है या इससे संबंधित कोई कर्मचारी है? सचिव, भारतीय प्रशासनिक सेवा के वरिष्ठ अधिकारी थे। उन्होंने वित्त निदेशक से भी पूछा था। वित्त निदेशक ने स्पष्ट रूप में कहा था—ऐसा कोई प्रावधान नहीं है। फिर अधिकारीगण जब सहायक महानिदेशक से कंप्यूटर आदि लेने से इंकार कर रहे हैं तो उनको किसी नियम के तहत यह दबाव नहीं दिया जा सकता कि वे ऐसे अधिकारी से कंप्यूटर इत्यादि लें, जो न तो भंडार अधिकारी है और न ही क्रय अधिकारी है। ऐसी स्थिति मे जो कंप्यूटर उपकरण खराब हो रहे हैं, उनमें करोड़ो रुपयों की हानि हो रही है, उसमें लेखा परीक्षक का विरोध आएगा, तब हम कोई जवाब नहीं दे सकते, साथ ही वित्त निदेशक ने स्पष्ट कहा था कि उन्हें इस तरह जोर जबरदस्ती से सहायक महानिदेशक पर यह काम थोप देने से वह देशभर के कंप्यूटर की कैसी व्यवस्था कर देखभाल करेंगे? इसमें किसी षड्यंत्र की आशंका भी उन्होंने व्यक्त कर दी थी। इसके बाद उपसचिव, अवरसचिव एवं उपमहानिदेशक डॉ. आलम से भी पूछा गया था। वे कोई जवाब नहीं दे पाए थे। इस तरह से २८.९.९९ की बैठक ने मुझे विवाद से बचा लिया अन्यथा ये सभी कंप्यूटर पड़े रहते, हितग्राही इन्हें न लेते और इनकी बैट्रियाँ, प्रिंटर, कार्ट्रेज आदि खराब हो जाते एवं करोड़ों रुपयों का नुकसान होता। 'चौकड़ी' मेरे ऊपर जाँच बैठाकर मुझे दोषी बनाती एवं कार्यवाही करती और कहती कि भ्रष्टाचार उजागर करने का क्या परिणाम है, देखो। इसमें मेरी सफलता का श्रेय उन अधिकारियों (सर्वश्री जांगीरा सिंह आदि) पर हैं, जिन्होंने दृढ़ता के साथ यह बात रखी कि जिसे कंप्यूटर आदि को प्राप्त कर बाँटने का अधिकार है, ऐसे क्रय अधिकारी से ही वे ग्राह्य करेंगे अन्य से नहीं। इसके पूर्व चौकड़ी के प्रत्येक सदस्य ने जोर लगाकर दबाव बनाया था कि मैं इन्हें प्राप्त करूँ, जबकि मेरे पास न तो कोई स्टोर था न स्टोर कीपर और न ही स्टाफ, किंतु 'चौकड़ी' को तो किसी भी ईमानदार को सबक सिखाने की यह षड्यंत्रकारी तरकीब लागू करनी थी। इसी कारण यह षड्यंत्र रचा गया था, जो मात्र उजागर भर नहीं हुआ था बल्कि चौकड़ी को सीख दे गया था कि भविष्य में कोई और दाँव सोच-समझकर चलाना होगा। इनकी वर्तमान योजना बड़ी सटीक थी कि मुझसे कंप्यूटर प्राप्त करने की रसीद ले ली जाए, जिससे मेरे नाम से उपकरण प्राप्त माने जाएँगे। बाद में इनको बँटने (Distribute) न दिया जाए, जिससे बहुत सारे बाहर पड़े-पड़े खराब होंगे (क्योंकि मेरे पास स्टोर नहीं था) ये पुराने पड़ जाएँगे, चोरी हो जाएँगे और इन सबकी जिम्मेदारी मुझ पर थोप दी जाएगी और मुझे नौकरी से (एक छोटी-सी जाँच बैठाकर या सीधे) हटा दिया जाएगा।

नियमानुसार देशभर में प्राप्त कंप्यूटरों को लगाने, इन पर प्रशिक्षण पूर्ण करने, देरी में प्रदाय हेतु प्रारूप में विवरण देने का जिक्र (जिसमें) देरी के लिए दंड आदि का

प्रावधन किया जाए; की व्यवस्था करना था। परिषद् के अवर सचिव ने जितने कंप्यूटर आदि प्रदाय हुए थे, उसका विवरण नहीं दिया था, अत: नियमों का हवाला देते हुए २४.१.२००० को एक नोटशीट इनके सामने प्रस्तुत की, जो एक सामान्य प्रक्रिया थी, जिसे देशभर के ४३७ केंद्रों से लिया जा रहा था। इसमें मैंने कंप्यूटर केंद्र के श्री.आर.पी.जैन एवं मेरे द्वारा पूर्व में लिखे गए पत्रों का हवाला दिया था। तदनुरूप ही विवरण चाहा था। चूँकि इस समय तक परिषद् में परिर्वतन हो चुके थे। परिषद् के अध्यक्ष एवं कृषि मंत्री सर्वश्री चतुरानन मिश्र एवं अटल बिहारी वाजपेयी इस पद से हट चुके थे तथा श्री नीतीश कुमार इस पद पर बैठ गए थे। तब सामान्यतया इसी कारण परिषद् की व्यवस्था एवं फिजाँ में परिवर्तन झलक रहा था। 'चौकड़ी' तो आनंदित थी ही साथ ही, उसके प्यादे भी खिल उठे थे। अत: इस सामान्य जानकारी जिसे देशभर के सभी ४३७ केंद्रों को देनी थी, को देने की जगह अवर सचिव सामान्य प्रशासन ने उल्टे मुझे लिखा, 'सहायक महानिदेशक कृपया समझें कि परिषद् में उन्हें ऐसा कुछ नहीं करना। आपूर्ति आदेश जो दिया गया था, वह राष्ट्रीय परियोजना द्वारा दिया गया है, न कि परिषद् के सामान्य प्रशासन विभाग द्वारा।'

यह लिखकर उसने नस्ती लौटा दी एवं विवरण नहीं दिया, जबकि इसके बिना आगे की प्रक्रिया हो ही नहीं सकती थी।

## समुचित प्रबोधन (मॉनीटरिंग) की व्यवस्था

'चौकड़ी' की चतुराई देखते हुए, जिसके तहत वे किसी भी तरह कंप्यूटरों को कहीं भी, कैसे भी फिंकवाकर मात्र खानापूर्ति करके फर्मों को राशि दिलाने हेतु कार्यवाही कर लेना चाहते थे और ऐसा किए थे। इसको ठीक करने एवं स्तरीय वितरण एवं प्रबंधन हेतु मैं सतत् लिखता था। इसी कड़ी में मैंने दिनांक २०.९.९९ को सभी ४३७ कंप्यूटर केंद्रों को मार्गदर्शन देनेवाला १९ बिंदुओंवाला एक पत्र कुलपतियों, निदेशकों, प्रभारियों आदि को लिखा तथा इसकी प्रतिलिपि कंप्यूटर केंद्र के प्रभारियों, राष्ट्रीय परियोजना के निदेशक, उपमहानिदेशकों (इंजीनियरी एवं शिक्षा) एवं महानिदेशक को दी। इसमें मैंने बताया था कि इंटरनेट कनेक्शन कहाँ से लें, कंप्यूटर केंद्र का नामाकरण कर उस सेल के प्रभारी का विवरण दें, कंप्यूटरों को समुचित प्रक्रिया से लें एवं उचित रजिस्टरों में विवरण लिखें, सेल द्वारा दिए गए कंप्यूटरों को अलग से (रजिस्टर में) स्पष्ट रूप से लिखें कि कब दिए जा रहे हैं। कंप्यूटरों की निर्धारित समयावधि पर आपूर्ति के बाद इन्हें लगाकर चालू करने का प्रशिक्षण फर्म द्वारा दिया जाएगा। प्रोफार्मा में कंप्यूटरों की वस्तुस्थिति दें, 'लायनेक्स' ऑपरेंटिंग सिस्टम, जो बिना पैसा दिए इंटरनेट से फ्री डाउनलोड मिल जाता है, उसका प्रचलन बढ़ाएँ, वेब पेज बनाने एवं

इसकी समुचित देखभाल हेतु सभी लोग पहले का पत्र एवं न्यूज लेटर देखें। हमें कंप्यूटर रूम, लैन-विकास आदि का विवरण भी दें, सर्वर को २४ घंटे चालू रखें, अपने केंद्रों को बताते हुए कंप्यूटरों को तुरंत दें और उनके यहाँ कार्यरत अधिकारियों को विवरण भेजें, प्राप्ति के तुरंत बाद लगवाने की प्रक्रिया फर्म द्वारा चालू कराकर उनसे प्रशिक्षण पूर्ण कर संपूर्ण विवरण हमें दें, फर्म यदि रख-रखाव कार्य चालू नहीं रखती तो उससे ५०० रुपए प्रति आइटम प्रतिदिन के हिसाब से दंड लगाएँ। कंप्यूटर को हिंदी एवं अन्य भारतीय भाषाओं से काम करनेवाला बनाएँ आदि। मार्गदर्शन हेतु हमारे द्वारा लिखित दिनांक २.६.९९ के पत्र का भी अवलोकन करें।

इस पत्र के साथ इनसे विवरण प्राप्त करने हेतु एक प्रोफार्मा 'कंप्यूटर केंद्र की स्थापना की स्थिति (कंप्यूटर एवं संबंधित उपकरणों की स्थापना एवं रखरखाव)' (Status of Establishment of ARIS Cell–Installation and maintenance of computer and computer related equipment) जिसमें पूर्व एवं वर्तमान परियोजना की आपूर्ति, फर्मों द्वारा दी जा रही सेवा की स्थिति, प्रत्येक दिन में औसत उपयोग, प्रशिक्षित व्यक्तियों की संख्या, उपयोगकर्ता को हो रही समस्या तथा भविष्य में सुधार के लिए आपके सुझाव से संबंधित लगभग ५० बिंदुओं पर जानकारी माँगी गई थी। मेरा इस पत्र तथा २ जून, ९९ का पत्र एवं जनवरी, ९८ के पत्र से मँगाई गई २३१ पूर्व के कंप्यूटर केंद्रों की आपूर्ति के विवरण ने 'चौकड़ी' को चौकन्ना कर दिया था, क्योंकि पूर्व के २३१ कंप्यूटर केंद्र, जिनमें वर्ष १९९५-९६ से आपूर्ति होनी थी, उनका विवरण मँगाकर मैंने संबंधित फर्मों से सुधारकार, प्रशिक्षण आदि तो चालू करा ही दिया था, उनको 'ब्लैक लिस्ट' कराने की कार्यवाही भी कराने का भरपूर प्रयास किया था। इसका प्रकरण सी.बी.आई. की जाँच हेतु भी जा चुका था। 'चौकड़ी' ने चूँकि वर्तमान में उनसे भरपूर समझौता कर रखा था, अत: उनको फर्मों की सुरक्षा भी करनी थी एवं वर्तमान में उन्हें कोई हानि न हो, इसका ठेका भी इनके पास था। इधर मैं सब वैसी ही जानकारी माँग रहा था, जिससे फर्मों की दुर्दशा तो हुई ही थी कंप्यूटर के परिषद् के प्रभारी डॉ. ए.पी. सक्सेना को निलंबित कर उन पर भी 'चौकड़ी' को जाँच का ढोंग रचना पड़ा था। इन कारण इनकी स्थिति 'भई गति सांप छछूंदर केरी उगलत लीलत प्रीति घनेरी' हो रही थी। कहते हैं, 'खिसियानी बिल्ली खंभा नोचती है।' मेरे पूर्व के तथा दिनांक २०.९.९९ के पत्र (जो देशभर के ४३७ केंद्रों को भेजे गए थे) से बौखलाए 'चौकड़ी' के सदस्य डॉ. आलम ने जम्मू-श्रीनगर के मेरे उस भ्रमण कार्यक्रम (११.५.९९ से १६.५.९९) को, जो उनकी पूरी अनुमति के अनुसार हुआ एवं पूरा विवरण भ्रमण से वापसी के बाद उपमहानिदेशक डॉ. आलम एवं महानिदेशक डॉ. पड़ौदा ने स्वीकार कर लिया था, में विवाद पैदा करने लगे। जब कुछ नहीं मिला तो भ्रमण बस, रेल या

जहाज से क्यों किया, बात कही, जबकि यह यात्रा उनके द्वारा स्वीकृत (यथावत) रूप से ही थी। चूँकि जम्मू से श्रीनगर (कश्मीर) जानेवाले जहाज की यात्रा जम्मू पहुँचने के ४-६ घंटे बाद थी, अतः मैंने अपने कंप्यूटर केंद्रों का जम्मू में भ्रमण करके जाँच-पड़ताल की और घपले पकड़े और यही उनके चिढ़ का कारण भी बन गया था, क्योंकि इससे उनकी प्रिय फर्मों द्वारा किया जा रहा भ्रष्टाचार उजागर हो रहा था, जो परोक्ष रूप से उनकी हानि थी। उन्होंने इसमें मेरे द्वारा जो १०० रुपए के टिकट गुमने पर रिन्यू कराने के चार्ज की सरकारी खजाने से लेने की बात मन आ गई थी, क्योंकि 'चोर की दाढ़ी में तिनका' ये (महानिदेशक एवं भारत सरकार के सचिव डॉ. आर.एस. पड़ौदा और अन्य उपमहानिदेशक) ऐसा करते थे एवं किए थे कि टिकट गुमने पर पुनः टिकट लेने की स्थिति में जो राशि लगती थी, वे सरकार से लेते थे।

अतः इनको पूर्ण विश्वास था कि मैंने भी १०० रुपए की जो राशि गुमी हवाई टिकट के एवज में नई टिकट लेने पर खर्च की है, उसकी राशि शासन से मैंने ली है। अतः इस जाँच में फँसाकर मेरी सेवा समाप्त कर देना चाहते थे, क्योंकि लगभग इसी समय किसी व्यक्ति को १०० रुपए की जाँच के बाद उसे दंड हुआ था। अतः वैसे ही मुझे दंड दिलाना चाह रहे थे। इसमें ये इतने मदांध थे कि मैंने इनके स्पष्टीकरण के जवाब में १६.९.९९ को डॉ. आलम को लिखित में बताया कि मैंने १०० रुपए की राशि अपने से (खुद से) दी है, तब भी उन्होंने इसे नहीं देखा और इसे अध्यक्ष तक ले गए। चूँकि उस समय (मई ९९ में) परिषद् के अध्यक्ष श्री अटल बिहारी वाजपेयी थे और उनकी ईमानदार छवि होने से इन 'चौकड़ी' वालों की हिम्मत नहीं पड़ती थी कि वे कोई गलत प्रकरण उनसे स्वीकृत कराएँ। अतः उन्होंने अपना दाँव आने की प्रतीक्षा की और जब श्री नीतीश कुमार परिषद् के अध्यक्ष एवं कृषि मंत्री बने तो उनसे समीकरण बनाकर इसके जाँच की प्रक्रिया चालू की एवं लगभग १० माह तक इस १०० रुपए की जाँच कराई। जाँच में मुझे निर्दोष पाया गया। करोड़ों रुपए खर्च होने के बाद जाँच अधिकारी को मजबूर होकर कुछ ऐसा लिखना पड़ा कि चूँकि मैंने इस 'चौकड़ी' के घपले उजागर किए थे, इस कारण इन्होंने मुझे झूठा फँसाया। इस तरह जब अध्यक्ष (श्री नीतीश कुमार) ऐसा हो जाए, जो भ्रष्टाचार का समर्थन करे तो कभी भी आदमी को न्याय नहीं मिलेगा। ऐसा मैंने समझ लिया (जाँच की त्रासदी झेलनी पड़ी)। यदि जाँच अधिकारी भ्रष्ट होता और उसने १०० रुपए के मेरे द्वारा भुगतान की गई राशि को शासन द्वारा भुगतान मानकर निर्णय दे देता (जैसा सर्वश्री आर.एस. पड़ौदा एवं श्री नीतीश कुमार ने यह मानकर जाँच बैठा दी थी) तो मुझे उसी समय नौकरी से निकालने (Terminate) की नहीं, बल्कि बरखास्त (Dismiss) कर सेवा से हमेशा-हमेशा के लिए विदा कर दिया जाता।

बार-बार जब प्रशिक्षण पर हमें १ करोड़ रुपए के नुकसान एवं अत्यधिक देरी पर

भी सामान न मिलने पर फर्मों के समझाने, 'चौकड़ी' से शिकायत करने और फिर भी न मानने पर सितंबर २१-२२, १९९९ को पत्र लिखने एवं प्राप्ति के बाद, डॉ. आलम ने २३.९.९९ को सायं ४.३० से ६.३० पर एक बैठक बुलाई, जिसमें मेरे साथ ही परिषद् के सर्वश्री ए.के. जैन, आर.पी. जैन, जे.पी. मित्तल, कुशलपाल (वैज्ञानिक), कन्हैया चौधरी (अवर सचिव), मे. सीमेंस (वेंडर) के श्री ढौंढियाल, विपिन, राष्ट्रीय सूचना केंद्र के श्री चौबे और उपमहानिदेशक डॉ. अनवर आलम उपस्थित थे। इस बैठक में यह निर्णय लिया गया कि मे. सीमेंस शीघ्र ही कंप्यूटरों की आपूर्ति करे एवं प्रत्येक जगह पर प्रशिक्षण दे। इस पर वेंडर के प्रतिनिधि श्री ढौंढियाल डॉ. आलम की यह बंदर घुड़की सुने थे, किंतु बाद में ६.३० से ७.३० बजे तक सर्वश्री कन्हैया चौधरी, मित्तल एवं आलम ने सबको बाहर हटाकर अपनी गोपनीय बैठक की एवं बाद में इन्होंने विपरीत निर्णय लिया। इनकी इस बैठक में मेरी समझ में भ्रष्टाचार की राशि के बँटवारे की ही चर्चा हुई थी। दिनांक २४.९.९५ को मैं और उपमहानिदेशक डॉ. आलम मे. सीमेंस के परीक्षण स्थल पर गए थे, जहाँ अव्यवस्था देखी थी कि फर्म कैसे सामान परीक्षण हेतु दे ही नहीं रही थी। मैं चाहता था कि परिषद् से जुड़े और जानकारों को इससे जोड़ा जाए, किंतु डॉ. आलम के न मानने पर मैंने डॉ. कुशलपाल को इस परीक्षण को देखने के लिए कहा था। पुनः दिनांक २८.९.९९ को मे. सीमेंस का एक पत्र आया था कि प्रशिक्षण में लोगों को बाहर से बुलाने पर १ करोड़ रुपए भ्रमण भत्ता आदि में तथा देरी करने के कारण 'लिक्विडेटेड डैमेज' के रूप में उसे ३० लाख रुपए देने होंगे। यह पत्र टंकणवाला कोई न होने से, बाद में भेजा गया। दिनांक २९.९.९९ को परिषद् के सचिव को एक नोटशीट प्रस्तुत की, जिससे चाहा गया था कि मुझे उचित व्यैक्तिक सहायक दिया जाए, जो टंकण एवं पत्रों की डायरी का काम करे।

'चौकड़ी' का मास्टर माइंड कन्हैया चौधरी, जो हमेशा इस ताक में रहता था कि कोई ऐसी बात सामने न आए, जिससे उनकी परम प्रिय फर्म पकड़ में आएँ, ने मेरे द्वारा देरी से आपूर्ति का बार-बार पत्र लिखे जाने पर ध्यान केंद्रित कर रखा था। जो कभी भी फर्मों को यह नहीं लिखता या कहता था कि आपूर्ति में देरी क्यों कर रहे हैं ने कुल १९० कंप्यूटरों के आगमन की सूचना मे. सीमेंस का २०.९.९९ का पैसा मिलते ही एक शिकायत भरे लहजे में जाँचकर्ता एजेंसी को २१.९.९९ को लिखा कि अभी तक ग्राह्यता परीक्षण आपने चालू नहीं किया, जिसका परिणाम होगा कि कंप्यूटरों का ढेर परीक्षण स्थल पर लग जाएगा, जिससे सुरक्षा तथा रख-रखाव की समस्या आएगी। इसलिए आप तुरंत बिना देरी किए ग्राह्यता परीक्षण शुरू करें। यह ऐसे लिखा गया था जैसे परीक्षण एजेंसी ने कोई देरी परीक्षण में कर दी हो या उनकी तरफ से देरी की जा रही हो। इस पत्र में डॉ. आलम उपमहानिदेशक द्वारा परीक्षण एजेंसी की चर्चा का हवाला

भी श्री चौधरी ने दिया था। इसकी एक प्रतिलिपि भी मुझे दी गई थी कि मैं जाँच एजेंसी तथा प्रदायकर्ता मे. सीमेंस से संपर्क कर काम को संपन्न कराऊँ।

यह बात एक विषमयकारी थी कि एक ओर तो आपूर्तिकर्ता फर्म मे. सीमेंस कंप्यूटर आपूर्ति कर नहीं रही थी, दूसरी तरफ श्री कन्हैया का पत्र मिला था कि परीक्षण एजेंसी देरी कर रही थी। मैंने तुरंत परीक्षण एजेंसी से संपर्क किया एवं परीक्षण में देरी की वस्तुस्थिति से अवगत हुआ। ज्ञात हुआ कि परीक्षण एजेंसी ने कंप्यूटर प्राप्त होते ही २४.९.९९ से परीक्षण चालू कर दिया था, किंतु आपूर्तिकर्ता फर्म मे. सीमेंस ने उन्हें प्रतिदिन परीक्षण हेतु ३० कंप्यूटरों के परीक्षण की ही सुविधा दी थी। इससे ज्यादा की सुविधा उन्होंने दो बिंदुओं को ध्यान में रखकर नहीं दी थी कि कम परीक्षण की सुविधा देने से धीरे-धीरे परीक्षण होगा और उनका खर्च भी कम लगेगा और लंबी अवधि तक परीक्षण करने से वे और पुराने कंप्यूटर पेंटियम-II और सस्ती दर में लेंगे, क्योंकि परीक्षण की सुविधा महँगी तो थी ही, साथ ही ऐसे स्थान पर परीक्षण कराए थे, जहाँ कोई ऐसा काम कभी होता ही नहीं था। यह स्थान उन्हें मुफ्त में मिल गया था। यह स्थान परिषद् द्वारा दिया गया था, जबकि नियमानुसार स्थान या परीक्षण केंद्र की व्यवस्था मे. सीमेंस को करनी थी। यह स्थान अवैध रूप से देकर 'चौकड़ी' ने अपने प्रिय फर्म को उपकृत किया था। इसके बदले काफी लेन-देन भी गोपनीय तरीके से 'चौकड़ी' में किया ही गया होगा।

परीक्षण एजेंसी से संपर्क करने के बाद परीक्षण एजेंसी ने अपनी परीक्षण पद्धति एवं परीक्षण में हो रही देरी की बाबत उपमहानिदेशक डॉ. आलम को एक नोट लिखा। इस नोट में ग्राह्यता परीक्षण के कार्य चालू रहने एवं भौतिक सत्यापन तथा कंप्यूटरों के कार्यकारी परीक्षण, उनका दृढता परीक्षण, परीक्षण बाद पैकिंग एवं पूरे १९० दिए गए कंप्यूटरों का परीक्षण पूर्ण करने का समय उनकी दी गई सुविधा अनुसार पूर्ण करना बताया था। इस नोटशीट को डॉ. आलम ने मात्र हस्ताक्षर कर (बिना कोई निर्देश के) मेरी ओर भेज दिया। परीक्षण में ज्यादा देरी न हो, इसी बात को परीक्षण एजेंसी से पूछना था। अत: इस नोटशीट में पहले २९.९.९९ तथा बाद में ३०.९.९९ से मैंने स्पष्ट रूप से पूछा कि यदि उन्हें परीक्षण की पूरी सुविधा तथा आपूर्ति फर्म मे. सीमेंस दे तो क्या समय पर परीक्षण कार्य निर्धारित कार्यक्रम के अनुसार हो जाएगा। उन्होंने स्पष्ट लिखा कि यदि उन्हें आवश्यक सुविधा प्रदान कर दी जाए तो जैसे ही कंप्यूटर आदि उपकरण आएँगे, वह परीक्षण समयबद्ध कर देंगे। यह बात मैंने उन्हें बता दी। इस तरह चौकड़ी का यह बहाना कि आपूर्ति एजेंसी से देरी नहीं हो रही, बल्कि परीक्षण में देरी हो रही है, पूर्णतय: गलत हो गया था, क्योंकि माल आते ही तुरत-फुरत परीक्षण कर देने की बात भी एजेंसी से स्पष्ट हो गई थी। और देरी पर दंड भुगतने का प्रावधान सीधे

जिम्मेदारी मे. सीमेंस पर आ गई थी।

आपूर्ति की देरी की बात पर अब 'चौकड़ी' और मे. सीमेंस दोनों नंगे हो चुके थे। अब प्रशिक्षण मद में घपला कर कमाई करनी थी। अत: 'चौकड़ी' ने ४३७ केंद्रों में दिए गए १४४२ कंप्यूटरों में सॉफ्टवेयर (ऑपरेटिंग सिस्टम एवं एम.एस. ऑफिस) को हार्डवेयर में लगाकर चालू करना एवं इसके प्रत्येक 'साइट' पर कम-से-कम एक व्यक्ति को ३ दिवस का प्रशिक्षण देने का प्रावधान था, जिससे कंप्यूटर ठीक से चलते रहें एवं प्रशिक्षित व्यक्ति चलाते रहें। इसमें 'साइट' का महत्त्व इसलिए था कि उस जगह ही कंप्यूटरों को, प्रिंटर, यू.पी.एस., विद्युत कनेक्शन से जोड़ने के बाद वही सॉफ्टवेयर को हार्डवेयर में इंस्टाल कर चालू करने की प्रक्रिया समझते हुए प्रशिक्षण पूर्ण करना था। ये कृषि के अविकसित केंद्र तो थे ही, साथ ही कई जंगलों एवं बीहड़ों में स्थित थे। इनमें बहुत स्थान बर्फीले स्थानों जैसे कश्मीर में थे तो कई स्थान ऐसे थे, जहाँ लोगों ने कंप्यूटर-इंटरनेट का केवल नाम ही सुन रखा था, इनको चलाना तो बहुत दूर था। इनमें कुछ स्थान ऐसे दुर्गम स्थानों/जगहों में थे, जहाँ पहुँचने में कठिनाई थी। 'चौकड़ी' ने मे. सीमेंस से षड्यंत्रकारी समझौता कर १४४२ कंप्यूटरों को उनके स्थान पर जोड़कर सॉफ्टवेयर को हार्डवेयर से लगाने की बात तो दूर कर ही दी और इन १९० स्थानों ४४९ डेस्टीनेशन (स्थलों) की जगह मात्र ५४ जगहों (कंप्यूटरों से दूर) पर प्रशिक्षण निर्धारित किया, वह भी मुझसे संपर्क किए बिना, जबकि मैं ही पूरे देश का इस काम के लिए प्रभारी था, किंतु इसके लिए मे. सीमेंस ने मात्र ५४ स्थानों पर आधे-अधूरे प्रशिक्षण की बात लिखी थी जिसे 'चौकड़ी' ने न केवल माना था, बल्कि उसके हित में अवैध रूप से प्रमाण-पत्र में भी सुधार कर दिया था। तब मैंने दिनांक २१.९.९९ को 'चौकड़ी' के साथ ही फर्मों को पत्र लिखा कि इसमें हमारी न केवल आर्थिक हानि १ करोड़ रुपए की होगी, बल्कि इसके साथ तकनीकी हानि भी उठानी पड़ेगी। इसमें फर्मों को करोड़ों रुपए का लाभ होगा, किंतु 'चौकड़ी' ने अपने व्यक्तिगत हित बाँधते हुए इस पर कोई ध्यान नहीं दिया। पत्र से चाही गई बात कि 'प्रावधान के अनुसार प्रशिक्षण' दिया जाए, को दरकिनार कर, करोड़ों रुपयों के घपले 'चौकड़ी' ने कर लिए और मेरे पत्र को रद्दी की टोकरी में फेंक दिया।

इधर 'चौकड़ी' मे. सीमेंस को कंप्यूटर आपूर्ति की देरी में सहयोग कर रही थी और उसे परीक्षण की देरी के बहाने पर नंगी हो चुकी थी। उधर 'चौकड़ी' के कर्ताधर्ता डॉ. मंगला राय के पास लगातार केंद्रों से आपूर्ति के पत्र आ रहे थे। इसमें एक डॉ. जी.डी. शर्मा निदेशक नेशनल ब्यूरो ऑफ प्लांट जेनिटिक रिसोर्सेस दिल्ली' का २२.९.९९ का पत्र आया कि 'पौध जैव विविधता' के महत्त्वपूर्ण कार्यक्रम में ५२ कंप्यूटर तथा उपकरण देने थे, किंतु अभी तक कोई भी आपूर्ति नहीं हुई, कृपया तुरंत करें। यह पत्र

राष्ट्रीय निदेशक डॉ. मंगला राय ने मास्टर माइंड डॉ. कन्हैया चौधरी को भेजा, जिसे उसने मुझे मार्क कर दिया। मैंने इसी पत्र पर लिखा कि 'मे. सीमेंस एवं मे. विनीटेक' आपूर्ति नहीं कर रहे। हमें दंडात्मक कार्यवाही करनी होगी। कृपया स्वीकृत करें। यह पत्र मैंने 'चौकड़ी' के सदस्य डॉ. आलम के सामने रखा तो वह तो 'चौकड़ी' की उस विचारधारा से काम कर रहे थे, जिसमें 'रोम जल रहा था, नीरो बंसी बजा रहा था' अत: उस पर लिखा 'देख लिया' और ४.१०.९९ को मुझे पत्र दे दिया। यह भी नहीं लिखा कि फर्म से बात करो, क्योंकि 'चौकड़ी' की धारणा थी कि मैं उनका 'बाल बाँका' नहीं कर सकता (कुछ भी नहीं बिगाड़ सकता)। उनकी सोच थी कि मैं कुएँ में पड़े मेढ़क की तरह कुछ उछल-कूद करके ठंडा पड़ जाऊँगा, जबकि यह उस 'मिशन मोड' कार्यक्रम की हानि की बात थी, जिसमें कंप्यूटर नेट न जुड़ने से पूरे 'पौध जैव विविधता' की हानि होनेवाली थी, पर 'चौकड़ी' को राष्ट्रीय लाभ-हानि से कोई मतलब न था। वह तो अपना हित साध रहे थे। मैं तो डॉ. मंगला राय, जो नए-नए इसमें आए थे, उनसे कुछ उम्मीद कर रहा था, किंतु उनकी गिद्ध दृष्टि तो महानिदेशक एवं सचिव बनने की थी, इसलिए समर्पित होकर चरण वंदना कर रहे थे, क्योंकि उनमें महानिदेशक बनने की योग्यता नहीं थी, पर वंदना की भरपूर योग्यता थी।

जैसा कि पहले लिखा जा चुका है 'चौकड़ी' मुझे मेरे अपने कंप्यूटर केंद्रों के भ्रमण पर डर जाती थी, क्योंकि जैसे ही मैं वहाँ जाता था तो पुरानी आपूर्ति के कारण रख-रखाव, प्रशिक्षण अभाव आदि के घपलों की जानकारी प्राप्त करके इनके सामने रखकर कहता था कि उन फर्मों से दुरस्ती कराएँ या इन्हें 'ब्लैक लिस्ट' करें, जिसमें इन्हें पीड़ा होती थी। अत: इन्होंने मेरे भ्रमण बंद या कम कर दिए थे, किंतु जैसे ही मुझे कुमारगंज विश्वविद्यालय, जहाँ पर मैं प्रबंधन के बोर्ड में था, जाने का आमंत्रण मिलता था (जहाँ ये रोक नहीं सकते थे) तो मैं आस-पास के कंप्यूटर केंद्रों का निरीक्षण कर वस्तु स्थिति इनके सामने रख देता था। ऐसा ही एक भ्रमण कार्यक्रम (१२-१५ अक्तूबर, १९९९ का) मैंने २२.९.९९ को इनके सामने रखा, जिसमें लिखा था कि भ्रमण के समय मैं पास के कंप्यूटर केंद्रों का भी भ्रमण करूँगा, जिससे बौखलाकर इन्होंने लिखा—

'दिल्ली १३ को छोड़ें एवं वापस १५ को हों।'

जबकि उनको पता था कि १३.१०.९९ को दिल्ली से जाने में मुझे देरी हो सकती है और समय पर बैठक में नहीं पहुँच पाऊँगा। चूँकि दिनांक १२.१०.९९ को (सायं तक भी) यात्रा शुरू करने पर यदि मैं समय से थोड़ा पहले पहुँच जाऊँगा तो कंप्यूटर केंद्रों की जाँच कर लूँगा, जिससे वहाँ के घपले उजागर होंगे, इसलिए डॉ. आलम तिथि को आगे कर रहे थे। ऐसा वह सतत् करते थे, जिससे उनकी प्रिय 'प्रदायकर्ता' फर्मों को कोई समस्या न होने पाए या उनके भ्रष्टाचार के प्रकरण सामने न आएँ।

## अपने ही केंद्रों की चीख को अनसुना करना

'चौकड़ी' का भ्रमण में जाने देने से मुझे भरपूर रोकने का प्रयत्न होता था, जिससे मैं अपने कंप्यूटर केंद्रों में हो रहे आपूर्ति फर्मों के घपलों को न उजागर कर सकूँ। बाद में (जब नए अध्यक्ष श्री नीतीश कुमार आ गए, तब) यह इतना ज्यादा हो गया था कि यदि कहीं से मुझे तकनीकी जानकारी हेतु या किसी कंप्यूटर के विशेष अवसर पर भी बुलाया जाता था तो 'चौकड़ी' इसे कोई-न-कोई बहाना बनाकर मना कर देती थी। यहाँ एक कृषि विज्ञान विश्वविद्यालय बंगलौर के उपकुलपति डॉ. एस. बिसालिह के पत्र दिनांक २९.९.९९ को उल्लेख करना योग्य होगा, जिसमें उन्होंने सीधे पत्र मुझे लिखते हुए चाहा था कि उनकी भविष्य की कंप्यूटर नेट की संरचना प्रणाली हेतु तकनीकी सलाह के लिए मेरी आवश्यकता है। मैं अपनी सुविधा की तिथि इन्हें बताऊँ। इसी पत्र पर मैंने उपमहानिदेशक को २४.१२.९९ को लिखा, 'इस पत्र के बाद मुझे पुनः उपकुलपतियों के सम्मेलन के समय ८.१२.९९ को कुलपति ने निवेदन किया था, यदि उचित समझें तो मैं वर्ष २००० की जनवरी के दूसरे सप्ताह में जाकर उनकी समस्या का हल करूँ।'

चूँकि इस समय तक हमारे ईमानदार अध्यक्ष बदल गए थे एवं श्री नीतीश कुमार आ गए थे, जिससे उनके समीकरण ठीक बैठ गए थे तो डॉ. आलम ने तुरंत ही मना करते हुए लिखा—

'प्रत्येक (Individual) साइट की जाँच करना हमारा कार्य नहीं है।'

जबकि यह विश्वविद्यालय हमारे कार्य क्षेत्र का एक महत्त्वपूर्ण विश्वविद्यालय था, किंतु वहाँ के कुलपति के बार-बार आग्रह को अपनी फर्मों के पाप को छिपाने के लिए एकदम से जाने से ही मना कर दिया।

मैं सतत् पत्र लिखकर कंप्यूटर केंद्रों से जानकारी मँगाता था तथा जहाँ भी अवसर मिलता था, वहाँ भ्रमणकर वहाँ पर आपूर्ति कर्ता फर्मों के घपले लाकर परिषद् को पत्र लिखता था। अब 'चौकड़ी' इतने नीचे स्तर पर उतर आई थी कि उसने मेरा टाइपिस्ट ही खत्म करने का निश्चय कर लिया, जिससे न पत्र टाइप होंगे और न घपले किसी को लिखकर बताए जाएँगे। इसी कड़ी में दिनांक १४.९.९९ के आदेश से मेरी स्टैनो श्रीमती रूपिंदर भाटिया को स्थानांतरित कर मेरे पास वरिष्ठ व्यैक्तिक सहायक श्री टेकचंद ढाला को पदस्थ कर दिया था। इसने आते ही मुझे बताया था कि वह टाइपिंग का काम नहीं करेगा, क्योंकि यह उसका काम नहीं है। वह कंप्यूटर टाइपिंग भी नहीं जानता। वह फाइलों को डिस्पैच का काम भी नहीं करेगा, क्योंकि यह उसके कनिष्ठ का काम है। इसके काम न करने की बात मैंने दिनांक २९.९.९९ के नोट से परिषद् के सचिव को सूचित की। इसमें बताया था कि जब से स्टैनो को हटाया गया, तब से

टाइपिंग बंद है और मेरे कक्ष में फाइलों का अंबार (भंडार) हो गया है। मैंने चाहा था कि यह उचित होगा कि मेरे पास कोई पदस्थ किया जाए, जो पत्र टाइप करे एवं फाइलों को डिस्पैच करे, किंतु यह तो 'चौकड़ी' की सोची-समझी चाल थी, अतः कोई अन्य समुचित व्यक्ति नहीं देकर चुपचाप बैठ गए, क्योंकि उनको यह भ्रम हो गया था कि अब उनकी तथा उनकी प्रिय फर्मों की शिकायतें (वास्तविकता) इधर-उधर न पहुँचेगी। उनको यह आभास भी न था कि मैं स्वतः ही टाइपिंग चालू कर दूँगा, क्योंकि उन्हें मालूम था कि मैं सीधे प्रथम श्रेणी का अधिकारी चुना गया था तथा बाद में संयुक्त संचालक एवं संचालक का कार्य करते हुए यहाँ आया था।

जब कंप्यूटर प्रदाय की देरी में अति हो गई, दिनांक ९.२.९९ को दिए गए आपूर्ति आदेश के वावजूद अक्तूबर, ९९ तक कंप्यूटर परीक्षण एजेंसी तक भी नहीं पहुँचाए गए, सभी केंद्रों में प्रदाय की तो दूर की बात थी, मैं परिषद् में सबसे बड़ी परियोजना प्रबंधन समिति (जो १००० करोड़ रुपए के विश्वबैंक द्वारा दी गई राशि की परियोजना थी) मुख्यालय की वरिष्ठ अधिकारी समिति में बार-बार उठाकर तथा चौकड़ी एवं प्रबंधकर्त्ता फर्मों को लिखकर परेशान हो गया, तब मैंने १.१०.९९ को प्रावधान के अनुसार दंड आरोपित करते हुए पत्र लिखा एवं इसकी प्रतिलिपि राष्ट्रीय निदेशक, उपमहानिदेशक तथा उपसंचालक वित्त को दी। इसमें फर्मों को पूर्व के पत्रों का हवाला देते हुए उन्हें लिखा गया—

'कृपया पूर्व के पत्रों दिनांक ६.९.९९ एवं २१.९.९९ को देखें। इस संबंध में २३.९.९९ को बैठक हुई थी, जिसमें परिषद् के उपमहानिदेशक डॉ.आलम के साथ सर्वश्री एस.एस. तोमर, जे.पी. मित्तल, ए.के. जैन, आर.पी. जैन, कुशलपाल, कन्हैया चौधरी तथा राष्ट्रीय सूचना केंद्र के डॉ. ए.के. चौबे और मे. सीमेंस के श्री विपिन ढौंढीयाल थे, ने भी चर्चा की थी। चर्चा के मूल बिंदु में ५४ जगहों पर प्रशिक्षण मे. सीमेंस ने कहा था, जिससे वे यात्रा भत्ता में एक करोड़ रुपए रुपयों की बचत (४४९ जगहों में न जाकर) करती। प्रशिक्षण हेतु राष्ट्रीय सूचना केंद्र से परामर्श लिया गया था। उन्होंने बताया कि चाहे अनुसार परीक्षण चालू हो चुका है और यदि पूरी सुविधा फर्म द्वारा दी गई तो समय पर कार्य हो जाएगा। इसलिए आपसे निवेदन है कि वर्तमान में थोड़ी-सी दी गई सुविधा की जगह पूर्ण परीक्षण सुविधा दें।

अभी दी गई परीक्षण सुविधा में कई माह पूर्ण परीक्षण करने में लग जाएँगे, अतः पूरी सुविधा तुरंत दी जाए। अभी तक कुल १९० कंप्यूटर ही परीक्षण हेतु दिए गए हैं, जबकि १४४२ कंप्यूटरों के साथ बड़ी संख्या में प्रिंटर एवं मोडम आदि परीक्षण हेतु लाने हैं। इस हेतु राष्ट्रीय निदेशक से लिखित में अपेक्षा की गई है कि अब तक की देरी हेतु मे. सीमेंस को तीस लाख रुपयों एवं मे. विनीटेक को 'लिक्विडेट डैमेज' का दंड

लगाया जाए, राष्ट्रीय सूचना केंद्र ने लिखित में दिया है कि उनके द्वारा पूरी परीक्षण प्रक्रिया समय में होगी, यदि पूर्ण परीक्षण सुविधा उन्हें फर्मों द्वारा उपलब्ध करा दी जाए। अब पेंटियम-III बाजार में आ गया है, अत: पेंटियम-II पुराने से पुराना होता चला जा रहा है। अत: निवेदन है कि समय पर आपूर्ति की जाए एवं पूर्ण जगहों पर प्रशिक्षण दिया जाए।'

यह पत्र उन्हें देने के बाद भी न तो दोनों फर्मों ने इसका कोई जवाब दिया और न ही चौकड़ी ने। मेरे इस पत्र को भी कूड़ेदान (कचरे के डिब्बे) में फेंक दिया गया।

## दलालों की तरह विक्रेताओं को अवैधानिक सुविधा देना

परीक्षण स्थल तथा परीक्षण हेतु आवश्यक सभी व्यवस्था अपने खर्च से करने की जिम्मेदारी प्रदायकर्ता फर्मों की थी, किंतु 'चौकड़ी' उस सब खर्च से उन्हें बचाना चाहती थी एवं परिषद् की बिल्डिंग, बिजली, फोन, ए.सी. आदि की पूरी-पूरी सुविधा प्रदान करा रही थी, जिससे ज्यादा-से-ज्यादा कमीशन उसे मिले। जब वह सुविधा कम होती थी, मैं फर्म को लिखता था, तब 'चौकड़ी' क्रियाशील होकर परिषद् की ओर से सुविधा दिलाती थी जैसे यह उनका कार्य हो, जबकि नियमानुसार परिषद् से कोई भी सुविधा ऐसे कार्य के लिए नहीं देनी थी। ऐसी ही स्थिति पर मैंने २४.९.९९ को भ्रमण कर दिनांक २०.१०.९९ को कंप्यूटर आदि का मे. सीमेंस द्वारा परीक्षण बाबत एक नोट 'चौकड़ी' को लिखा, जिसमें लिखा था कि "२.१०.९९ को मैंने उपमहानिदेशक डॉ.आलम के साथ परीक्षण एजेंसी द्वारा किए जा रहे परीक्षण स्थल, राष्ट्रीय पादप ब्यूरो का भ्रमण किया था। इसमें पाया कि दो बहुत ही कनिष्ठ कर्मचारी सर्वश्री पिल्लई एवं विनोद परीक्षण में लगे थे। जो आवश्यक था, वह ए.सी., ट्यूब लाइट आदि परीक्षण प्रयोगशाला में अक्रियाशील थे। परीक्षण एजेंसी के लिए यह आवश्यक था कि ज्यादा सीरियल पोर्ट कनेक्टर, लूप ब्रैकेट, इंटरनेट केबल, फ्लॉपियाँ इत्यादि उपलब्ध हों। इसके साथ ही वरिष्ठ अधिकारी परीक्षण के निरीक्षण हेतु रहेंगे, जो नहीं थे। फर्म का परीक्षण जल्द हो सके, इस हेतु कम-से-कम ५ कमरों, १०-१५ ए.सी., मोडम परीक्षण हेतु टेलीफोन कनेक्शन, वोल्टेज की उचित व्यवस्था आदि की व्यवस्था फर्म मे. सीमेंस करे। यही नहीं, वर्तमान में उपलब्ध ए.सी. एवं यू.पी.एस ठीक नहीं हैं, वह भी ठीक किए जाएँ।

हमारा प्रतिनिधि दो दिन से परीक्षण स्थल नहीं गया, यद्यपि आज कुछ मिनटों के लिये वह गया। यह बताया गया कि ९ कंप्यूटर प्रतिदिन के हिसाब से परीक्षण हो रहा है। अभी तक की परीक्षण अवधि में ही २ कंप्यूटरों के पी.सी. कार्ड बदले गए और दूसरा पी.सी. कंप्यूटर आगे परीक्षण हेतु इसी कमी के कारण पड़ा है। कुछ कंप्यूटरों के मदरबोर्ड में गलत फिटिंग के कारण आगे परीक्षण नहीं हो पा रहा है। उचित परीक्षण

के बाद आगे बढ़ने हेतु उचित प्रमाणीकरण, सील, पैकिंग आदि की व्यवस्था पर अभी निर्णय नहीं लिया गया। यदि उचित समझें तो फर्म एवं परीक्षण एजेंसी को समय से काम को पूरा करने हेतु लिखा जाएगा। जानकारी हेतु प्रस्तुत।"

कंप्यूटरों के पी.सी. कार्ड बदलना आदि से स्पष्ट था कि यदि बेंचमार्क करा लिया जाता तो यह फर्म पहले ही रिजेक्ट हो जाती। मे. सीमेंस सुविधा प्रदाय नहीं कर रही थी तथा परीक्षण स्थल में कोई न तो ध्यान दिया जा रहा था, न ही सही कर्मचारी-अधिकारी तैनात किए गए थे। इस नोट पर चौकड़ी को गंभीरता से कार्यवाही करनी थी किंतु इस पर उपमहानिदेशक ने बड़े शिथिल एवं उदासीन भाव से कमेंट दिए, इसे महानिदेशक को भी नहीं भेजा एवं लिखा, 'जो पत्र आप लिखना चाहते हैं, उसका पत्र प्रारूप प्रस्तुत करें। मैंने इस बाबत एन.बी.पी.जी.आर. के निदेशक से बात की है, जिन्होंने बड़ा हाल देने की इच्छा व्यक्त की है।'

क्या विडंबना थी। जहाँ सुविधाओं की व्यवस्था करना फर्म मे. सीमेंस का काम था, उसके लिए उपमहानिदेशक डॉ. आलम, दलाल की तरह अपनी परिषद् से कराने हेतु लिख रहे थे कि उन्होंने अपने निदेशक को बड़े हॉल की व्यवास्था हेतु कहा है। परीक्षण हेतु शेष उल्लिखित सुविधाओं के बारे में कोई जिक्र भी अपने कमेंट नोट में नहीं लिखा। उनका उद्देश्य था कि जितनी धीमी गति (९ कंप्यूटर प्रतिदिन) से परीक्षण कार्य चलेगा, उतनी ही देरी होगी और मे. सीमेंस उतने ही कम दाम पर सरकार को धीरे-धीरे सस्ते कंप्यूटर (पेंटियम-II) जुटाकर देते रहेंगे। भले ही परिषद् में इन कंप्यूटरों की उपादेयता (उपयोगिता) बिल्कुल ही खत्म हो जाए और ऐसा हुआ भी। अन्य मदों से केंद्रों में नए के कंप्यूटर (पेंटियम-III) खरीदे जाने लगे। यही नहीं परिषद् मुख्यालय में ही उसी अवधि मे नवीन मॉडल (पेंटियम-III) के कंप्यूटरों की खरीदी उससे कम रेट पर भारत सरकार के राष्ट्रीय सूचना केंद्र से की गई और इनकी आपूर्ति भी मे. सीमेंस से पहले कर दी गई।

## विक्रेता फर्म द्वारा परिषद् को दलाल की तरह मानते हुए खिंचाई करना

इसके बाद अक्तूबर, १९९९ के प्रथम सप्ताह में परीक्षण एजेंसी के उपमहानिदेशक एवं अन्य परीक्षण से संबद्ध अधिकारियों से चर्चा हुई थी। उनको कहा गया कि यू.पी.एस. का परीक्षण कहाँ और कब हो रहा है, नहीं बताया जा रहा। कंप्यूटर जो भी उपलब्ध हो पाए हैं, उनका परीक्षण तुरंत कर लिया जाए, क्योंकि कंप्यूटर पेंटियम-II पुराना होकर अब प्रचलन से बाहर हो रहा है एवं कम कीमत पर मिल रहा है। पेंटियम-III मार्केट में आ चुका है। उनसे यह भी चाहा गया था कि वह 'संदर्भ परीक्षण' एवं 'ग्राह्यता परीक्षण' में जो कंप्यूटर एवं उनके कलपुरजे अस्वीकृत किए गए, उनका

विवरण भी दें, जिससे भविष्य में हमें अगली योजना निर्धारण में सुविधा मिले। यह भी अपेक्षा की गई थी कि उचित परीक्षण हेतु जब कंप्यूटर नहीं मिल रहे हों तो भी समय-समय पर हमें सूचित करते रहें। परीक्षण के लिए आपके पास में उपलब्ध उपकरण का विवरण पूर्णतया उपलब्ध होना चाहिए। उस पत्र में निवेदन किया गया था कि व्यक्तिगत रुचि लेकर उसे संपन्न कराएँ, जिससे कठिनाइयाँ सुलझ सकें।

इसके बाद ही फर्म मे. सीमेंस का ५.१०.९९ का पत्र, जिसको परियोजना के राष्ट्रीय निदेशक को लिखते हुए इसकी प्रति डॉ. आलम उपमहानिदेशक को दी गई थी, मिला। उनको (परीक्षण एजेंसी को) सुविधा न प्रदाय करते हुए लिखा गया था कि आपके द्वारा अभी तक मात्र ८० कंप्यूटरों का परीक्षण किया गया है। हमने संविदा के अनुसार परिषद् को प्रदाय किए जानेवाले सभी कम्प्यूटर आदि आपको समय में प्रदाय कर दिए हैं (मूल 'लेटर ऑफ क्रेडिट' को संशोधित कर दिनांक ५.८.९९ को नोटिफिकेशन जारी हुआ है, इस तरह १२ सप्ताह लेटर ऑफ क्रेडिट के पूर्व आपूर्ति है)। पत्र में आगे लिखा गया कि परीक्षण करने का उत्तरदायित्व हमारा नहीं है, अतः हम देरी के लिए जिम्मेदार नहीं माने जाएँगे, जबकि 'चौकड़ी' एवं फर्म ने मिलकर षड्यंत्र कर बिना 'बेंचमार्क' किए क्रय आदेश दिया-लिया, जिससे ऐसे परीक्षण करने पड़े। इस कारण इस देरी के लिए ये दोनों ही पूर्णतया उत्तरदायी थे।

उल्टा चोर कोतवाल को डाँटवाली स्थिति बन गई। जब मे. सीमेंस को भरपूर छूट देकर उसे पुराने कंप्यूटरों की आपूर्ति की व्यवस्था हो गई तो ५.८.९९ को लेटर आफ क्रेडिट को संशोधित किया गया, जबकि क्रय आदेश ९.२.९९ का था और तुरंत ही लेटर ऑफ क्रेडिट खुल जाना था, किंतु चौकड़ी ने ६ माह की देरी से इसे खोला, जिससे फर्म को भ्रष्टाचार का नंगा नाच करने पर भी उसका कोई बाल बाँका न कर सके और वह पुराने पेंटियम-II को आधे से कम दाम में बाजार से लेकर हमें दें। इतना करने के बाद भी 'चौकड़ी' को शरम नहीं आई और वह आगे बढ़-चढ़कर घिनौने कृत्य करती रही।

इस पत्र की प्रति डॉ. आलम को तो दी गई थी, किंतु मुझे नहीं दी गई, जबकि मैं सीमेंस को बार-बार लिख रहा था कि फर्मों की देरी की वजह से हमें हानि हो रही हैं। यह चौकड़ी यदि प्राइवेट फर्म में काम (नौकरी) करते हुए ऐसा किए होती तो न केवल तुरंत नौकरी से उन्हें बरखास्त कर दिया गया होता, बल्कि उनके ऊपर केस चलाकर जेल में चक्की चलाने को बाध्य कर दिया जाता। परिषद् में भी यदि नियमों का पालन होता तो यही होता, पर यह तो सरकारी मॉल था, मौज-मस्ती करने के लिए ही तो इन्हें ('चौकड़ी' को) सरकारी नौकरी मिली थी। मे. सीमेंस ने अपने पत्र में यह लिखा था कि उन्होंने पूरा माल प्रदाय कर दिया था। इसके ऊपर इस कारण प्रकरण दर्ज कर इसके लिए 'ब्लैक लिस्ट' की तुरंत व्यवस्था (प्रक्रिया) चालू करनी थी। फर्म ने

परीक्षण के लिए पर्याप्त सुविधा ही नहीं दी थी, सामान नहीं दिया था, फिर कैसे और किसका परीक्षण होता। इस पत्र को डॉ. आलम ने जाँच कर प्रस्तुत करने को मुझे लिखा था, जिसका करारा जवाब मैंने दिया था। उस पर कार्यवाही करना तो दूर 'चौकड़ी' फर्मों को सहलाती-दुलारती रही। मे. सीमेंस ने आगे लिखा था कि उसने उपमहानिदेशक (इंजीनियरी) को प्रशिक्षण का प्रारूप प्रस्तुत किया है, जिसमें १४४२ कंप्यूटरों के स्थान की जगह कुल ५४ केंद्रों (स्थानों) को प्रशिक्षण हेतु चुना गया था और प्रशिक्षण प्रमाणीकरण का फार्म बदल दिया था। इसे (बदलाव को) चौकड़ी के सहयोग से करने का जिक्र किया गया था। इस अपराध के लिए चौकड़ी को जेल के सीखचों के अंदर होना चाहिए था, किंतु यहाँ तो उल्टी गंगा बह रही थी।

नियमानुसार देरी होने पर पेंटियम-II की जगह पेंटियम-III देना था, किंतु वह करना तो दूर फर्म इतनी देरी से आपूर्ति कर रही थी, फिर भी उस पर दंड आरोपित नहीं करने दिया जा रहा था, बल्कि उसे कोई देरी करने हेतु गलत न कहे, इसलिए 'लेटर ऑफ क्रेडिट' को देरी से (उसकी सुविधानुसार) खोला गया था। इस पत्र से भी स्पष्ट था कि मे. सीमेंस को परीक्षण के लिए नियमों के विपरीत मुफ्त में सुविधाएँ एवं लैब (एन.बी.पी.जी.आर-राष्ट्रीय पादप ब्यूरो) हमारे द्वारा दी गई थी, जबकि नियमानुसार यह पूरी व्यवस्था फर्म को अपने से करनी थी। चूँकि फर्म समुचित स्थानों की जगह कम स्थानों पर प्रशिक्षण दे रही थी, इस कारण उसके द्वारा प्रदाय प्रशिक्षण पूर्णता प्रमाण-पत्र भी 'चौकड़ी' द्वारा उसकी सुविधानुसार अलग बनाकर इस पत्र के साथ जोड़ा गया था, जो हमारे दस्तावेज में दिए प्रमाणीकरण के विपरीत था। इससे दस्तावेज का यह वाक्य भी हटा दिया गया था, 'दस्तावेज में वर्णित निधि के अनुसार व्यक्तियों को प्रशिक्षण दिया गया है।'

इसमें से उन बिंदुओं का जिक्र, जिससे फर्म की त्रुटियाँ आ रही थीं, उनको भी हटा दिया गया था। फर्म ने देरी से 'लेटर ऑफ क्रेडिट' खुलवाया था, जिससे देरी की गलती उस पर न आए एवं चौकड़ी ने नत मस्तक होकर उसकी दलाली एवं चापलूसी करते हुए चाही गई तिथि पर इसे खोला था। इस घिनौने कृत्य के लिए 'चौकड़ी' को जेल की चार-दीवारी के अंदर बंद करने की सजा मिलनी थी।

इसी तरह का पत्र दिनांक ६.११.९९ का मे. विनीटेक का यू.पी.एस. प्रदाय हेतु आया था। दोनों ही पत्रों से प्रदाय में देरी लिखी थी, फिर भी कोई कार्यवाही नहीं की गई।

परीक्षण हेतु आपूर्ति पूरी नहीं की जा रही थी, पुराने मॉडल के कंप्यूटर दिए जा रहे थे, फर्म पर्याप्त परीक्षण सुविधा भी मुहैया नहीं करा रही थी। उन पर जो दंड आरोपित किया गया था, उसको नहीं लिया जा रहा था। तब मैंने दिनांक ७.१०.९९ को

'चौकड़ी' के कंप्यूटर क्रेता एवं परियोजना के राष्ट्रीय निदेशक तथा डेस्क अधिकारी को नोट भेजा था, जिसमें लिखा था कि वेंडर मे. सीमेंस एवं मे. विनीटेक आपूर्ति में देरी कर रहे हैं, परीक्षण हेतु चाही गई सुविधा नहीं दे रहे, जिससे परीक्षण पूर्ण नहीं हो पा रहा। इस (आपूर्ति न होने एवं प्रशिक्षण में देरी) हेतु हमने मे. सीमेंस को ३० लाख रुपए एवं मे. विनीटेक को १० लाख रुपए का दंड (लिक्विडेटेड डैमेज) आरोपित किया है, जिसे वसूल करना योग्य होगा। इसके पूर्व ३ बड़ी परियोजनाओं हेतु बड़ी संख्या में कंप्यूटर आदि देना था, जिसे 'चौकड़ी' इन्हीं फर्मों से, इन्हीं पुराने पेंटियम-II को दिलाना चाहती थी, किंतु जैसे ही प्रकरण मेरे संज्ञान में आया, वैसे ही मैंने ६.१०.९९ को एक नोट लिखा कि ये कंप्यूटर या तो आगामी योजना से खरीदी हेतु प्रस्ताव में जोड़ें या इनकी परियोजनाओं को वित्तीय सहयोग उनके स्वतः से खरीदी हेतु दिया जाए। इसी नोटशीट में मैंने आगे २७.१०.९९ को लिखा कि इन परियोजनाओं में बड़ी संख्या में कंप्यूटर आदि की आवश्यकता होगी अतः इसे अलग से क्रय किया जाना योग्य होगा या इस हेतु उन्हें अलग से वित्त की व्यवस्था करने हेतु तुरंत कार्यवाही करनी होगी।

ऐसी नोटिंग होने पर 'चौकड़ी' उन्ही वेंडरों से वही पुराने कंप्यूटर देने की चाल में फँस गई थी। अब उन्हें अलग से ही व्यवस्था करनी थी। इस नोट पर डॉ. आलम ने पुरानी चाल सोची कि एक बैठक करके मनमाना प्रस्ताव पास करा लें एवं इन्हीं वेंडरों से पुराना ही माल ले लिया जाए।

अतः इस नोटशीट पर डॉ. आलम उपमहानिदेशक ने लिखा, 'कृपया एक बैठक का आयोजन करें।'

अतः इस बैठक में सम्मिलित होने के पात्र सदस्यों का नाम लिखते हुए मैंने समय एवं दिनांक का प्रस्ताव इनके सामने रखा। इस पर इन्होंने लिखा, 'मैं ८.११.९९ की तिथि को उपलब्ध हूँ।'

इस दिनांक को जब बैठक हेतु सदस्यों को कहा गया, तब इनके राष्ट्रीय समन्वयक ने कहा कि वह परियोजनावालों से इस पर जवाब के लिए कहेंगे। इस पर डॉ. आलम ने चुपचाप बिना किसी टीप के हस्ताक्षर किया और यह बैठक नहीं हो सकी और आगे इसमें चुपचाप कुछ लीपा-पोती की गई। इस भय से कि मैं इस प्रकरण को आगे उभार न सकूँ, मुझे कोई सूचना बाद में भी नहीं दी गई। इसी तरह ७.१०.९९ को परीक्षण एजेंसी ने कुछ कंप्यूटरों आदि का परीक्षण कर हमें लिखा था कि परीक्षण का प्रमाण-पत्र प्रत्येक पैकेट में भरते हुए वह इसे आगे भेजने हेतु वेंडर को कहें। इस नोट पर मैंने अपनी टीप दी कि यदि हमारे अधिकारी का भी हस्ताक्षर प्रमाण-पत्र में चाहिए तो उसके लिए आवश्यक है कि परीक्षण के समय हमारा अधिकारी भी रहे। यदि ऐसा करना है तो हमें २-३ और वैज्ञानिकों (अधिकारियों) को वहाँ लगाना पड़ेगा। यह मैंने

इसलिए लिखा था कि जैसा पूर्व में बताया गया है कि परीक्षण एजेंसी गुपचुप तरीके से परीक्षण कर रही थी, हमें कुछ जगहों का तो नाम भी नहीं बता रही थी, कनिष्ठ कर्मचारी बिना उपकरणों के लगाए भी परीक्षण करते हुए भ्रमण में पाए गए थे, आदि कमियाँ थीं।

इस पर डॉ. आलम उपमहानिदेशक ने कुछ और सहयोगी देने की जगह लिखा, 'क्या आप परीक्षण एजेंसी पर विश्वास रखते हैं। यदि नहीं तो यह सब व्यवस्था क्यों की गई। परीक्षण एजेंसी की रिपोर्ट पर्याप्त है। क्या परीक्षण एजेंसी से चर्चा के बाद भी अभी यह मुद्दा है।'

जब यह नोटशीट मेरे पास आई तो मैंने डॉ. आलम से चर्चा कर यह बताया कि हम लोग देख चुके हैं कि परीक्षण एजेंसी स्तरीय तरीके से परीक्षण नहीं कर रही, साथ ही यू.पी.एस. का परीक्षण कहाँ हो रहा है, वह बता भी नहीं रही, ऐसी स्थिति में बिना देखे कैसे हमारे आदमी परीक्षण की सत्यता पर हस्ताक्षर करेंगे। इस पर और व्यक्ति लगाने की जगह उन्होंने कहा कि हमारा एक आदमी इस प्रमाण-पत्र पर हस्ताक्षर करेगा। ऐसी स्थिति में वैज्ञानिक डॉ. कुशलपाल को यह कार्य दिया। इस कार्य में इन्हें लगाया गया और उन्होंने टीप दी कि वे केवल पैकिंग के ऊपर लगी सील पर हस्ताक्षर किए हैं और बाद में प्रमाण-पत्र पर हस्ताक्षर यह लिखते हुए करेंगे कि यह हस्ताक्षर मात्र पैकिंग के उद्देश्य के लिए किए गए हैं। तात्पर्य है कि इस वैज्ञानिक ने भी प्रमाण-पत्र पर परीक्षण सही होने की बाबत हस्ताक्षर करने से मना कर दिया। यहाँ 'चौकड़ी' का उद्देश्य था कि परीक्षण में किसी अपने को रखा भी न जाए, चुपचाप गलत-सलत परीक्षण करा लिया जाए और हमारे हस्ताक्षर कराकर प्रमाण रखा जाए कि परीक्षण हमारी उपस्थिति में हुआ है, जिससे भविष्य में जब गलती पकड़ में आए तो हम अपनी सही टिप्पणी न दे सकें।

दिनांक २.१०.९९ को मे. सीमेंस के कंप्यूटरों का परीक्षण देखने हेतु मैं स्थल पर गया। वहाँ पाया कि परीक्षण एजेंसी के मात्र कनिष्ठ कर्मचारी उपलब्ध थे, परीक्षण के कंप्यूटर भी कम थे। वेंडर को कम-से-कम १५० कनेक्शन के बिंदु, ८-१० ए.सी., टेलीफोन कनेक्शन आदि निर्धारित समय में परीक्षण पूर्ण करने हेतु देने थे, किंतु ये वर्तमान में पर्याप्त नहीं थे। दिनांक ४.१०.९९ को उपमहानिदेशक को भी यह बात बताई थी और दंड भी वेंडर पर लगाने को कहा था। अतः केंद्रीय कृषि इंजीनियरिंग संस्थान से आए डॉ. एस.के. राउतरे, जो उनके समकक्ष बैठे थे, के सामने ही डॉ. आलम ने मुझे डाँटना चालू किया एवं कहा कि वेंडर्स पर दंड आरोपित करना मेरा काम नहीं है। मेरा काम मात्र तकनीकी जानकारी देना है। मैंने उन्हें बताया कि पेंटियम-II की जगह हमें पेंटियम-III लेना चाहिए, बल्कि नियमानुसार नया मॉडल आ जाने पर फर्म की देरी के

कारण उन्हें यह पेंटियम-III ही देना चाहिए। दंड आरोपित करना मेरा ही काम था, क्योंकि वैधानिक रूप से मात्र मैं ही इस कार्य के लिए चुना गया था। दिनांक ५.१०.९९ को वेंडर्स पर मैंने ४० लाख रुपए की पेनाल्टी लगाकर उनको पत्र दिया, इस पर डॉ आलम बहुत भन्नाए थे। इनको चींटा लग गया था तथा इसीलिए विदेश की संस्था अपारी के पद के लिए मेरे आवेदन को अग्रेषित करने से मना कर दिया था, जबकि ऐसे सभी के आवेदन अग्रेषित किए जा रहे थे। दिनांक ६.१०.९९ को कंप्यूटर वितरण कार्य की प्रगति का मूल्यांकन करने की बैठक हुई, जिसमें सर्वश्री जे.पी. मित्तल एवं कन्हैया चौधरी का विचार था कि मुझे फर्म को दंडारोपित नहीं करना चाहिए था। आगामी कंप्यूटर क्रय (अंतरराष्ट्रीय बोली स्पर्धा) का दस्तावेज, जो बिना मतलब के रोके रखा गया था, बिना कोई संसोधन के अग्रेषित किया गया। इसमें भी बदमाशी थी, इनकी कुछ ऐसी योजना थी कि जैसे ही मार्च २००० आने के नजदीक रहेगा, तब दस्तावेज का संशोधन क्रय हेतु करके भुगतान के लिए दबाव बनाया जाएगा और कोई ज्यादा चूँ-चपड़ किए बिना, नस्तियों का शीघ्र निपटारा होगा और पुन: 'चौकड़ी' अपने बदमाशी करने के लक्ष्य को पूर्ण कर लेगी। आनन-फानन में बिना बेंचमार्क किए अपात्र वेंडर्स को आपूर्ति आदेश मिल जाएगा। चूँकि ये मुझे केंद्रों में जाकर जाँच-पड़ताल नहीं करने दे रहे थे, अत: मुझे ११.१०.९९ को विश्वविद्यालय की वित्तीय समिति की बैठक (फैजाबाद, जहाँ मैं प्रबंधन बोर्ड में सदस्य था) का बुलावा मिलते ही मैं लखनऊ गया। बाद में वही से जुड़े हुए कंप्यूटर केंद्रों (फैजाबाद, सुल्तानपुर, इलाहाबाद, मझगवाँ) का भ्रमण करके उनकी त्रुटियों का विवरण तैयार किया एवं मिली शिकायतों का सत्यापन किया, जिससे फर्म को दंडारोपित किया जा सके।

## बिना माल एवं सुविधा दिए परीक्षण न करने का झूठा आरोप

कंप्यूटर आदि के प्रदाय में देरी हो रही थी और मैं बार-बार वेंडर्स के ऊपर दंडात्मक कार्यवाही के लिए लिख रहा था, ऐसे में 'चौकड़ी' के मास्टर माइंड श्री कन्हैया ने १३.१०.९९ को परीक्षण एजेंसी को पत्र लिखा कि आपसे अब भी प्रशिक्षण समयानुसार (समय सारणी) का विवरण नहीं मिला। आपकी तरफ से संविदा पर हस्ताक्षर करके हमें भेजना है, क्योंकि इससे 'लेटर ऑफ क्रेडिट' में वृद्धि, भुगतान आदि का निर्धारण होना है। इस पत्र की प्रतिलिपि डॉ. आलम उपमहानिदेशक को दी गई थी, जो जानते थे कि परीक्षण की सुविधा एवं कंप्यूटर आदि की आपूर्ति वेंडर नहीं कर रहे हैं। इस कारण देरी हो रही है, किंतु दिखाना यह चाह रहे थे कि यह देरी परीक्षण एजेंसी के कारण है (न कि वेंडरों के कारण), अत: इन्होंने यह पत्र मुझे मार्क किया और दिनांक २०.१०.९९ को लिखा 'देखें और वापस करें।' पत्र मिलते ही मैंने

उनसे चर्चा की, परीक्षण एजेंसी के उपमहानिदेशक तथा वेंडर्स से संपर्क किया और इसका हवाला देते हुए लिखा कि यदि परीक्षण एजेंसी को परीक्षण की सुविधा वेंडर्स द्वारा दी जाए तो वह कितना भी परीक्षण, दिए समय में कर सकते हैं। अतः मुख्य रूप से देरी के लिए वेंडर ही उत्तरदायी हैं। ऐसा लिखते हुए मैंने २१.१०.९९ को यह पत्र उन्हें दे दिया। इस पर भी वेंडर पर कोई कार्यवाही नहीं की गई।

## घपलों की लीपापोती हेतु भागे या भगाए गए व्यक्ति का चयन

मैंने उपमहानिदेशक के समकक्ष पद राष्ट्रीय निदेशक के लिए परिषद् में आवेदन दिया था और कृषि वैज्ञानिक चयन मंडल ने अपने पत्र दिनांक १३.१०.९९ से मुझे ५.११.९९ को साक्षात्कार हेतु बुलाया था। यह पूर्व में ही निश्चित था कि जाट लॉबी में डॉ. गजेंद्र सिंह का इसमें चयन होगा, जबकि सी.बी.आई. का केस उन पर चल रहा था और उन्हें ही चुना गया। यद्यपि बाद में सी.बी.आई. के हस्तक्षेप से उन्हें पद नहीं मिला। पूरे चयन में जाति या सोर्स ही काम करता था, योग्यता कम ही काम आती थी। इसका सत्यापन डॉ. पड़ौदा एवं डॉ. मंगला राय के महानिदेशक पद पर रहते हुए भी पूर्ण अवधि में बड़े पदों पर मंडल द्वारा चुने गए व्यक्तियों की सूची से स्पष्ट देखा जा सकता है। इसका मिलान परिषद् के द्वारा प्रकाशित वैज्ञानिकों का बायोडाटा, जिसमें उनकी उपलब्धियाँ दी हैं, से भी किया जा सकता है। यह साक्षात्कार का बुलावा पत्र मुझे विशेष रूप से इसलिए दिया गया था कि मैं देशभर में एकमात्र वैज्ञानिक था, जिसे राष्ट्रपतिजी ने अनुसंधान उपलब्धियों के लिए, 'भारत के राष्ट्रपति का पुरस्कार' से दो बार पुरस्कृत किया था, मैं लगभग २० पुस्तकों तथा १०० के लगभग अनुसंधान लेखों का लेखक था। इस साक्षात्कार में मैं उपस्थित हुआ था। साक्षात्कार बहुत ही अच्छा था और मुझे चुने जाने की उम्मीदें थी। इसमें 'चौकड़ी' के नायक डॉ. पड़ौदा साक्षात्कार ले रहे थे, जिन्होंने ऊल-जुलूल प्रश्न किए थे, किंतु अन्य सदस्यों ने अच्छे प्रश्न किए थे।

डॉ. पड़ौदा द्वारा पूछे गए प्रश्नों से स्पष्ट था कि वे मेरे द्वारा उनके भ्रष्टाचार उजागर की खीझ निकाल रहे थे। यहाँ इस बात का जिक्र इसलिए किया जा रहा है कि भ्रष्टाचार उजागर करने का परिणाम मात्र यह नहीं रहा कि इसने इसमें मुझे चुना नहीं गया, बल्कि मेरे द्वारा सतत् भ्रष्टाचार उजागर की कार्यवाही जारी रखने के कारण इतने उच्च पद के लिए मुझे सेवानिवृत्ति के १४ वर्ष तक दुबारा कभी बुलाया ही नहीं गया, जबकि उत्तरोत्तर मेरा अनुभव बढ़ता गया। यही नहीं, कनिष्ठ पद में भी मुझे कभी चुना नहीं गया, जबकि मैंने लगभग ५० बार आवेदन किए, जबकि मैं आगामी १४ वर्ष तक कार्यरत रहा एवं इसमें आगे मैंने काफी अनुसंधान आदि का कार्य किया, लेख छापे, पुस्तकें लिखीं, राष्ट्रीय पुरस्कार लिये, किंतु 'चौकड़ी' के प्रयासों से मुझे बड़े पद में

साक्षात्कार तक में बुलाने की जुर्रत कृषि वैज्ञानिक चयन मंडल ने नहीं की एवं छोटे पद में भी कभी नहीं चुना। इसके बावजूद कि वैज्ञानिक उपलब्धियों में सबसे ज्यादा उपलब्धि मेरी थी, यह जाँच आयोग ने भी निष्कर्ष निकाला था, जबकि सूचना अधिकार से प्राप्त दस्तावेजों में से स्पष्ट हुआ कि लगभग सभी मुझसे कम योग्यता रखनेवाले मेरे कनिष्ठ लोग चुने गए।

दिनांक १४.१०.९९ को एक नोटशीट लिखी गई थी, जिसमें 'चौकड़ी' के सभी सदस्यों (सर्वश्री कन्हैया चौधरी, अनवर आलम, मंगला राय, राजेंद्र सिंह पड़ौदा) ने खीझ निकालते हुए टीप दी थी, साथ ही आगे भी मेरे ऊपर कार्यवाही करने की बंदर घुड़की भी दी थी। इसमें सर्वप्रथम श्री कन्हैया चौधरी ने लिखा, 'वेंडर्स ने कंप्यूटर आदि प्रदाय की स्थिति प्रस्तुत की है। दिनांक ६.१०.९९ की बैठक में इसकी प्रति सहायक महानिदेशक एवं उपमहानिदेशक को प्रस्तुत की गई थी। इस बैठक में सहायक महानिदेशक द्वारा देरी से आपूर्ति, दंडारोपण की धाराएँ, प्रशिक्षण आयोजन की विधियों के बारे में पत्र से भी प्रश्न उठाए गए थे। ये पत्र सहायक महानिदेशक ने सीधे वेंडर्स एवं राष्ट्रीय निदेशक को लिखे थे। यह प्रथम अवसर नहीं है, जब सहायक महानिदेशक ने ऐसा बिना परियोजना क्रियान्वयन इकाई के जाँच-परख के किया हो, या बिना उपमहानिदेशक (जो प्रभारी हैं) के जानकारी के किया गया। कभी ऐसा भी हुआ कि हमें ऐसे विरोधाभासी पत्र भी मिले हैं, जिसमें परिषद् के सर्वोच्च अधिकारी ने स्वीकृति दी है, किंतु सहायक महानिदेशक ने उस पर असहमति दी है।'

यह सत्य था कि डॉ. पड़ौदा और उनकी चौकड़ी ने अंतरराष्ट्रीय निविदा बोली (International Competitive Bidding) की शर्तों के विपरीत अपने भ्रष्टाचार से हित साधने हेतु कार्य किए थे। उनका मैंने न केवल लिखित में विरोध किया, बल्कि वेंडर्स को भी नियमानुसार काम करने के निर्देश दिए थे।

मैंने नियमानुसार दंड आरोपित भी किया था। प्रशिक्षण में लगभग १ करोड़ रुपए का भ्रष्टाचार एवं उनके १४४२ साइट्स की जगह ५४ जगहों (केंद्रों) पर प्रशिक्षण की अनुमति देकर किया गया था, इतनी देरी से पुराने मॉडल के कंप्यूटरों की आपूर्ति हो रही थी कि उनकी कीमत आधे से कम हो गई थी एवं वह नेटवर्क के लिए अनुपयुक्त हो रहे थे। इस पर भी मैंने संबंधितों को लिखा था, जिससे चौकड़ी भन्ना गई थी, इससे भ्रष्टाचार कम होने की आशंका उन्हें हो गई थी। इस नोट में श्री कन्हैया ने आगे लिखा था, 'इसलिए परियोजना क्रियान्वयन इकाई को अपनी जिम्मेवारी निभाने में कठिनाई हो रही है। इसकी जिम्मेवारी एवं संविदा का 'स्कोप' पूरा नहीं हो रहा। जिस तरह से सहायक महानिदेशक अपने मिशन में बिना क्रियान्वयन इकाई की जानकारी के, यहाँ तक कि सक्षम अधिकारी की बिना अनुमति के लिखते हैं, उससे वैधानिक एवं व्यावसायिक

समस्याएँ एवं मुद्दे खड़े होंगे। मोटे रूप में कहा जाए तो यह मुख्य अधिकारी के क्षेत्र का हनन है। यह 'पत्राचार' सचिवालय में प्रचलन विधा के सापेक्ष नहीं है और कार्यालय प्रबंधन की प्रचलित धारणा के अनुरूप भी नहीं हैं।'

यह सत्य था, क्योंकि परियोजना इकाई के माध्यम से चौकड़ी अपनी भ्रष्टाचार की अवधारणा जैसे प्रशिक्षण केंद्रों की संख्या कम करके करोड़ों का लाभ फर्म को देना, पुराने-से-पुराने मॉडल होने पर कंप्यूटर खरीदी, देरी से आपूर्ति, जो नियम विपरीत थे, करते थे, उस पर मेरा वार और आघात हो रहा था।

जहाँ तक बिना सक्षम अधिकारी की अनुमति के लिखने का प्रश्न था, वह बकवास था, क्योंकि जिस कार्य के लिए मेरी नियुक्ति हुई थी और जिन नियमों के तहत काम हो रहा था, उस पर सही कार्य हो, इस पर लिखने का मेरा ही अधिकार था। फिर भी मेरे सही लिखने से उनके द्वारा किए जा रहे भ्रष्टाचार के फलने-फूलने में अवरोध हो रहा था, इसलिए 'चौकड़ी' ने ऐसी टीप लिखी थी। सचिवालयीन विधा के विपरीत कोई टीप-पत्राचार क्या इसलिए कही जाएगी कि उससे भ्रष्ट लोग नंगे हो रहे थे। चौकड़ी के मास्टर माइंड श्री चौधरी ने आगे लिखा, 'सूचना विकास प्रणाली को सुचारू रूप से लीक में चले, इस कारण परिषद् के महानिदेशक, इसका रिव्यू (पुनर्दृष्टि) कर स्पष्ट निर्देश दें, जिससे परियोजना क्रियान्वयन इकाई ठीक काम करे। इस हेतु नोडल अधिकारी की पहचान की जाए और उसके दायित्व निर्धारित किए जाएँ, परियोजना क्रियान्वयन इकाई की जिम्मेवारी एवं कार्य निर्धारित किए जाएँ, परीक्षण एजेंसी से परीक्षण का समय, उपकरणों का विवरण, मॉनीटरिंग का निर्धारण किया जाए, पावती की विधि तथा कंप्यूटरों के लगाने के बाद प्रमाणीकरण तथा भुगतान की विधा बनाई जाए, कंप्यूटर लगाने के बाद प्रशिक्षण की विधा दी जाए तथा लेटर ऑफ क्रेडिट की बढ़ोत्तरी की जाए। चूँकि कृषि अनुसंधान सूचना प्रणाली स्पष्ट निर्देश इन बिंदुओं पर नहीं दे रही, इसलिए इन बिंदुओं पर पुनर्दृष्टि करना आवश्यक है। इस पर सचिव बैठक के लिए उचित मार्गदर्शन हेतु बैठक की तिथि दें।'

यह टीप इस कारण भी लिखी गई थी कि वेंडर्स को दंड न देना पड़े। उन पर आँच न आए, क्योंकि मैं सतत् उनको पकड़ में लेता जा रहा था एवं शनैः-शनैः दंडारोपण की प्रक्रिया चालू हो गई थी। मेरी 'कृषि अनुसंधान सूचना प्रणाली' से सही-सही दिशा निर्देशों में जो 'दस्तावेज' में निर्धारित थे, उसी आधार पर कार्य कराने का जोर दिया जा रहा था। अतः 'चौकड़ी' कह रही थी कि हमारे द्वारा सही दिशा निर्देश नहीं मिल रहे थे। जैसे मेरे द्वारा पूर्व में लिखे गए पत्रों से भी स्पष्ट है कि मैं निर्धारित दिशा निर्देशों का कड़ाई से पालन करने को लिख रहा था, अतः वेंडरों पर दंड लगाने से वे या तो 'चौकड़ी' को भ्रष्टाचार की राशि देते या अपने आपको बचाने के लिए सही एवं समय पर कार्य करते।

इस टीप को आगे बढ़ाने के लिए राष्ट्रीय समन्वयकों को दिया गया, जो 'किराए के टट्टुओं' की तरह काम करते थे एवं 'बगुला भगत' थे, अतः आगे लिखा (टीप दी) कि, 'यदि सहमत हो तो स्पष्ट काम हो, इसलिए महानिदेशक के साथ एक बैठक हो, यह अनुरोध है कि स्पष्ट कार्य की प्रथा का निर्धारण हो, जिससे कंप्यूटर उपकरण ठीक से लगें।'

पुनः शायद बड़ों से चर्चा कर अपनी ही टीप पर टीप दी। उपरोक्त टीप में दिए गए बिंदुओं को देखते हुए स्पष्ट है कि सदस्य सचिव समिति को अपने आप निर्णय लेने का कोई अधिकार नहीं मिला। कोई भी प्रक्रिया बनाई जाए, ऐसे में कोई काम नहीं कर सकता है।

हमको पहले वित्तीय एवं विधिक मद पर सोचना है, फिर हमें सहायक महानिदेशक द्वारा नियमों की बाबत बिंदुवार लिखने के बारे में (जो उपमहानिदेशक की अनुमति के बगैर है) सोचना है, जिससे उनके अधिकार एवं महत्त्वाकांक्षा बनी रहे, उस पर जिससे हमारी कठिनाई भी हल होगी, यदि इसे महानिदेशक द्वारा स्वीकृति मिले। ऐसे कार्य के लिए उचित कार्यवाही की जाए। क्या 'नोडल अधिकारी' या अध्यक्ष के अधिकारों के हनन से प्रणाली की क्षति होती है। मुद्दे वित्तीय दृष्टिकोण से महत्त्वपूर्ण हैं। हमें पहले परियोजना क्रियान्वयन इकाई से निर्णय लेना चाहिए, जो ज्यादा रुचिवाला है।'

यह टीप इस तरह दी गई थी, जिसका मतलब था परियोजना से सदस्य सचिव को (मुझे) हटाना है, जिससे 'चौकड़ी' मनमाफिक भ्रष्टाचार कर सके। मेरे द्वारा न तो अध्यक्ष या नोडल अधिकारी के अधिकारों का हनन किया जा रहा था, न ही वित्तीय मुद्दों को उछाला जा रहा था। मात्र वित्तीय हानि न हो, हमें सही समय पर कंप्यूटर मिल जाएँ एवं वेंडर्स इसमें भ्रष्टाचार न कर सकें, इस पर निर्धारित नियमों, मापदंडों पर जोर दिया जा रहा था, जबकि चौकड़ी का मत था कि परिषद् को चाहे जो हानि हो, पर उनका हित सधता रहे। मैं मात्र बिड डॉक्यूमेंट (दस्तावेज, जो खरीदी की शर्तों, प्रबंधन आदि के लिए बनाया जाता है) की निर्धारित शर्तों के अनुसार तथा मेरे पद के लिए संवैधानिक अधिकार जो दिए थे, के अनुरूप काम करना चाहता था, जबकि चौकड़ी वेंडर्स को लाभ पहुँचाने हेतु किसी हद तक इसमें तोड़-मरोड़कर या शर्तों को पूर्णतया ताक पर रखकर, इसके विपरीत जाकर, येन-केन-प्रकारेण अपने लिए आर्थिक लाभ कमा रही थी। मेरी सेवा शर्तों में दिए गए अधिकार थे, उसके अनुसार ही मैं काम कर रहा था, जबकि 'चौकड़ी' के सदस्य इस कार्य के लिए अवैध रूप से मनोनीत, इस दृष्टि से किए गए थे, जिससे भ्रष्टाचार को सतत् अबाध चलाए रखा जा सके।

उपमहानिदेशक डॉ. आलम अपने अधिकार एवं महात्त्वाकांक्षा तब पूर्ण होती मान रहे थे, जब उन्हें नियमों को तोड़कर अपने मनमाफिक बनाने की छूट दी जाए। और

मैं बार-बार नियमों के अनुरूप ही कार्य करने के लिए वेंडर्स एवं परियोजना इकाई को लिख रहा था, जिससे उन्हें भय सता रहा था कि विदाई रूप से मेरे पत्रों के कारण उन्हें कभी कोई पकड़कर दंडित कर सकता है। यह नस्ती उसकी ओर, जिसकी वैज्ञानिक उपलब्धियाँ तो नगण्य थी, किंतु चाटुकारिता नीति के माहिर उच्च पद की महत्त्वाकांक्षा पाले हुए अपने आका के लिए किसी स्थिति तक झुक जानेवाले मनोनीत राष्ट्रीय निदेशक डॉ. मंगला राय की ओर बढ़ाई गई। इस पर डॉ. मंगला राय ने उपमहानिदेशक की टीप हेतु लिखा, 'उपमहानिदेशक (अभियांत्रिकी) इसे देखें, तदुपरांत इसे महानिदेशक को प्रस्तुत किया जाए' इसके बाद डॉ. आलम उपमहानिदेशक ने इसे देखा और इस पर अपनी टीप दी, 'अंतरराष्ट्रीय स्पर्धा दस्तावेज में कार्य विधियाँ दी गई हैं। फिर भी सहायक महानिदेशक (कंप्युटर) ने कई बार अवांछित काम किया, जो कार्य विधि के विपरीत था'

जबकि उन्हें सच्चाईपूर्वक लिखना चाहिए था कि निर्धारित विधियों का पूर्णतया पालन तो किया, किंतु सहायक महानिदेशक के इस काम से भ्रष्टाचार का पर्दाफाश हुआ है और वह 'चौकड़ी' के हितों के विपरीत असर डाल रहा है और उनको न केवल आर्थिक हानि हो रही, बल्कि फँसने के अवसर नजदीक आ रहे हैं। फिर यह नस्ती अपने आका 'चौकड़ी' के सूत्रधार डॉ. पड़ौदा परिषद् के महानिदेशक के पास पहुँची, जिसने लिखा (जबकि एक बार भी कार्यविधि के विपरीत मेरे द्वारा कार्य नहीं किया गया था, हाँ वह 'चौकड़ी' के लिए अवांछित था)।

'परिषद् के सचिव, वित्तीय सलाहकार, उपमहानिदेशक (शिक्षा), परियोजना के राष्ट्रीय निदेशक, उपमहानिदेशक (अभियांत्रिकी) और सहायक महानिदेशक (कंप्यूटर) को मिलाते हुए संपूर्ण अधिकारियों की बैठक बुलाई जाए, जिसमें इस मुद्दे पर तुरंत चर्चा हो।'

मैंने एक अच्छे कृषि विज्ञान केंद्र मझगवाँ (सतना) का भ्रमण किया था एवं वहाँ की संस्था के प्रभारी श्री नानाजी देशमुख, जो एक प्रसिद्ध समाजसेवी थे, से चर्चा हुई थी और उन्होंने इस आपूर्ति की देरी का कारण एवं कब तक आपूर्ति होगी, की जानकारी चाही थी। साथ ही इस बाबत १८.१०.९९ को उन्हें पत्र लिखकर सूचित किया था कि उन्हें शीघ्र ही कंप्यूटर उपकरणों की आपूर्ति होगी, साथ ही उनके दूसरे कृषि विज्ञान केंद्र के गनीबा में भी आगामी वर्ष कंप्यूटर आपूर्ति की प्रक्रिया चालू करने की बात लिखी थी, किंतु मैं स्वयं भी यह नहीं समझ पाया था कि फर्में कब तक कार्यवाही करेंगी।

इसी तरह हिंदी (राष्ट्रीय) एवं क्षेत्रीय भाषा में इ-मेल प्रदाय की बात से 'चौकड़ी' को कोई सरोकार नहीं था। अतः मैंने २०.११.९९ को राष्ट्रीय निदेशक को लिखा था

कि पूर्व में ११५ केंद्रों में हिंदी में मेल एवं कंप्यूटर में कार्य हेतु पत्र लिखा था। चौकड़ी ने इस पर लिखा-पढ़ी तो की, किंतु इनकी रुचि इसमें इतनी नहीं थी, अत: इसमें कोई संतोषजनक कार्यवाही नहीं हो पाई थी। दिनांक १८.१०.९९ को श्री हुकुमदेव नारायण सिंह यादव के कृषि राज्य मंत्री पदस्थ होने पर स्वागत पार्टी थी। मुझे थोड़ा खुशी थी कि कुछ ईमानदारी से काम बढ़ सकेगा। इसी दिन हिंदी पुरस्कार समिति की भी बैठक हुई थी।

## भ्रष्टाचार करने के लिए अवैधानिक अनैतिक कार्यवाही

भ्रष्टाचार का तांडव करने में माहिर यह 'चौकड़ी' तरह-तरह के हथकंडे अपना रही थी। मेरे अधिकारियों को सीधे पदोन्नति का या किसी बड़े पद का प्रभारी बनाने का प्रलोभन देती एवं उन्हें मेरी उपेक्षा कर सीधे भ्रष्टाचार करने के लिए तैयार करती रही। ऐसी ही एक प्रतीक नोटशीट, जो प्रशिक्षण से संबंधित थी एवं १ करोड़ रुपए का घपला करने की बाबत थी, जिसमें परिषद् को न केवल वित्तीय हानि थी, बल्कि नवजात कंप्यूटर नेट तकनीकी की जड़ में कुल्हाड़ा चला रही थी, का जिक्र है। भ्रष्टाचार की पराकाष्ठा पारकर, नियमों को ताक पर रखकर दिनांक २०.१०.९९ को एक नोटशीट मेरे अधीनस्थ वैज्ञानिक्र डॉ. ए.के.जैन द्वारा प्रस्तुत हुई, जिसमें लिखा गया, 'लगभग २०० साइट्स में प्रशिक्षण (उनके कंप्यूटर उपकरणों आदि को एक दूसरे से जोड़ने, सॉफ्टवेयर डालने, उस पर प्रिंटर, मोडम, यू.पी.एस. कार्य का) देना था, उनको प्रत्येक साइट की जगह २० के समूह में प्रशिक्षण देने की प्रक्रिया बनाई।'

फिर यह नोटशीट मुझे प्रस्तुत की एवं मेरी स्वीकृति एवं अनुमोदन चाहा। इस तरह २० जगहों के एवज में एक जगह प्रशिक्षण से पर्याप्त लाभ ही नहीं था, क्योंकि यह तो कंप्यूटरों के लगने की परिधि में ही सब कुछ कार्य था। यदि अन्यत्र एक जगह प्रशिक्षण होगा तो यह इसकी (कंप्यूटर उपकरणों को विद्युत से जोड़, सॉफ्टवेयर आदि) कोई उपयोगिता नहीं थी। ऐसी स्थिति में 'चौकड़ी' ने डॉ. ए.के. जैन, जो मेरे अधीनस्थ वैज्ञानिक थे, को पटाया तथा उनको प्रधान वैज्ञानिक पर पदोन्नति एवं मेरे न होने पर प्रभारी महानिदेशक बनाने का लालच दिया और इस लालची वैज्ञानिक ने नियमों को ताक पर रखकर वेंडर को लाभ देने हेतु तथा चौकड़ी के हित में प्रत्येक जगह प्रशिक्षण देने की शर्त तोड़ते (यह न लिखते हुए कि यह नियमों के विपरीत है) हुए २० व्यक्तियों के समूह को एक जगह प्रशिक्षण हेतु यह नोटशीट मुझे प्रस्तुत कर दी।

यह नोटशीट पढ़ने के बाद ऐसा लगा कि 'चौकड़ी' ने पूरी तरह डॉ. ए.के.जैन को भी नियमों के विपरीत कार्य हेतु तैयार कर लिया। इस नोटशीट पर मैंने लिखा, 'अपनी संविदा शर्तों में दिए नियमों को देखें, यह विपरीत नोट है। प्रत्येक साइट पर ही

प्रशिक्षण देना है, न कि समूह में, इस बाबत मैंने नियमों का हवाला देते हुए देशभर में स्थित अपने ४३७ कंप्यूटर केंद्रों को लिखा भी है। जिस प्रशिक्षण संस्था का नाम डॉ. जैन ने दिया है, यह कौन है? इसका संविदा में कहीं भी उल्लेख नहीं है। मैं नहीं जानता कि कैसे डॉ. जैन सीधे ही बिना मेरी जानकारी के ऐसा नोट तैयार किए हैं। इन्हें भविष्य में ऐसा करने से बचना चाहिए। यदि हम प्रत्येक कंप्यूटर की साइट (जगह) के बदले एक केंद्र पर इकट्ठा करके व्यक्तियों को प्रशिक्षण देते हैं तो यह बोली दस्तावेज के खिलाफ होगा और इसमें हमें १ करोड़ रुपए अपने व्यक्तियों को केंद्रों में आने-जाने के लिए भ्रमण एवं महँगाई भत्ता देना पड़ेगा। इस १ करोड़ रुपए के फालतू खर्चे का बोझ पड़ने की बाबत मैं परियोजना के राष्ट्रीय निदेशक को भी लिख चुका हूँ। इस तरह के पत्र एक फाइल से प्रस्तुत होने चाहिए, न कि एक-एक नोटशीट अलग-अलग से, जिनमें फाइल संख्या, पृष्ठ क्रमांक, विषय आदि का उल्लेख हो।'

यह इसलिए लिखा गया था कि 'चौकड़ी' ने यह प्रक्रिया चालू की थी कि अलग-अलग नोटशीट बिना फाइल का विवरण दिए प्रस्तुत की जाए, फिर जिनमें सही कमेंट मिले, वह फाइलों में लगा लिया जाए तथा जिसमें विपरीत टीप हो, उसे फाड़कर फेंक दिया जाए।

नियमों को ताक पर रखकर एक समूह में प्रशिक्षण देना (जिसका कोई औचित्य न था), प्रशिक्षण दूरस्थ जगहों पर कराना, जिससे परिषद् के करोड़ों रुपयों का खर्च हो जाए (जबकि प्रशिक्षण एजेंसी को प्रत्येक जगह जाकर प्रशिक्षण देना था), नोटशीट बिना फाइल बनाए, संख्या पृष्ठ आदि लिखे प्रस्तुत करना, जिसमें हितकर कमेंट हो तो रखें, नहीं तो नष्ट कर दें आदि। यहाँ ऊल-जुलूल अनीती वाली बातें, जो डॉ. जैन ने लिखी थीं, उसके कमेंट मैंने डॉ. आलम उपमहानिदेशक को प्रस्तुत किए तो 'चौकड़ी' के इस महत्त्वपूर्ण सदस्य ने तमतमाते हुए लिखा, 'आपके कमेंट एवं अवधारणा पूर्णतया ऋणात्मक एवं अनिर्माणकारी है। ऐसी ही प्रक्रिया से केवल आपके कारण देरी हुई है। इसके बदले मुद्दों को देखें एवं मुझे परिणाम दिखाएँ। वेंडर्स से परिसंवाद करे एवं समस्या का ऐसा हल निकालें जो दोनों को ग्राह्य हो। डॉ. ए.के. जैन कोई नहीं हैं, बल्कि उन्हें कंप्यूटर नेटवर्क में खरीदी की जिम्मेवारी सौंपी गई है। ऐसे कार्यों को बंद करने हेतु आपके पूर्णतय: कार्य से जुड़ना चाहिए।'

ऐसा लिखकर नस्ती मुझे मार्क कर दी। डॉ. जैन, जो मेरे अधीनस्थ थे, उन्हें कार्य मैं देता था, उसे डॉ. आलम लिख रहे थे कि यह कार्य उन्हें सौंपा गया है। उन्होंने यह कार्य गुपचुप तरीके से उन्हें सौंपा था तो कम-से-कम मुझे बतलाकर ऐसा करते, किंतु ऐसा करना उनके लिए घातक होता, क्योंकि मैं भ्रष्टाचार के मुद्दे पर उनको वहीं नंगा कर देता, ऐसा उनको भी डर था।

दिनांक २१.१०.९९ को सुबह राष्ट्रीय सूचना केंद्र के निदेशक से बैठक कर वर्ष २००० के लिए उपयुक्त कंप्यूटर नेट की योजना को क्रियान्वित करने की चर्चा की थी। सायंकाल ४.५० बजे कंप्यूटरों के परीक्षण के बारे में समस्या पर डॉ. एन. विजयादित्य, उपमहानिदेशक एवं श्रीमती पद्मावती, निदेशक राष्ट्रीय सूचना केंद्र, मे. सीमेंस के श्री ढौंढियाल तथा परिषद् के उपमहानिदेशक (इंजीनियरी) के साथ बैठक की एवं परीक्षण करनेवाले तथा सामान (कंप्यूटर आदि) समय पर प्रदाय में हो रही टालमटोल के निराकरण के लिए योजना बनाई गई।

दिनांक २२.१०.९९ को विश्वबैंक के प्रतिनिधि श्री अशोक सेठ, सॉफ्टवेयर टेक्नॉलोजी परिषद् के डॉ. रामानी (निदेशक) परिषद् के उपमहानिदेशक (इंजीनियरी), वैज्ञानिक सर्वश्री ए.के. जैन, आर.पी. जैन, हिमांशु आदि से बैठक की। विश्वबैंक के प्रतिनिधि भी ठीक से समस्या का निराकरण नहीं कर बदमाशी कर रहे थे।

इसी दिन आचार्य नरेंद्र देव कृषि विश्वविद्यालय फैजाबाद के प्रबंधन बोर्ड की बैठक के लिए (जो दूसरे दिन होनी थी) रवाना हुआ। वहाँ बैठक करने के बाद एक बड़े किसान मेले को भी देखने गया। यहाँ भी कंप्यूटर हमारे परिषद् से ही दिए जाने का प्रावधान था। इस विश्वविद्यालय में भी घपलों का वही आलम था। मैंने उन घपलों का जिक्र बैठक में किया, जो मेरी जानकारी में जाने गए थे। चाहे विश्वबैंक हो या राष्ट्रीय सूचना केंद्र या हमारी परिषद्, हर जगह कंप्यूटर की समस्या और उस योजना में हो रहे घपलों का जिक्र हो रहा था। इतनी देरी से कंप्यूटर प्रदाय किया जाना, यू.पी.एस. की सही आपूर्ति न होना आदि समस्याएँ थीं।

करोड़ों रुपयों के जो घपले हो रहे थे, जिनका मैंने जिक्र किया था, उस पर वे (डॉ. आलम) चुप्पी मार गए थे, क्योंकि 'चौकड़ी' को संभवतः इसी से तो कमीशन मिलता था, क्योंकि यदि फर्में (वेंडर्स) नियमानुसार प्रत्येक 'साइट' पर प्रशिक्षण देती तो उन्हें कई करोड़ रुपए खर्च करने पड़ते (किंतु हमारे कंप्यूटर नेटवर्क चलानेवाले कंप्यूटर नेट को उसे क्रियाशील बनाए रखने और हम विश्व में कृषि कंप्यूटर नेट में अग्रणी बन जाते)। नोटशीट षड्यंत्रपूर्वक बनाने एवं नष्ट करने की बात पर भी 'चौकड़ी' के डॉ. आलम ने अपने कमेंट में कुछ नहीं लिखा। हमारा पूरा देश जो आज कृषि के कंप्यूटर नेट के क्षेत्र में पिछड़ा हुआ है, यदि वर्ष १९९५ एवं वर्ष १९९८-९९ में पूरे देश के कृषि क्षेत्र में राष्ट्रीय परियोजनाओं से खर्च की गई राशि का सदुपयोग हो गया होता तो हम कृषि कंप्यूटर नेट के क्षेत्र में काफी आगे हुए होते। डॉ. आलम ने ऊल-जलूल कमेंट करते हुए लिखा कि हम वेंडर से सामंजस्य बनाएँ, यह नहीं लिखा कि प्रशिक्षण में जो भ्रष्टाचार हो रहा है, उसमें वेंडर को दंडित करें या कि प्रत्येक कंप्यूटर स्थान पर प्रशिक्षण की जगह एक-दूसरे केंद्र में जो २० व्यक्ति बुलाकर प्रशिक्षण दे रहे हैं, उनसे

हानि यह होगी कि कही भी (अधिकांश जगह) कंप्यूटर चल ही नहीं पाएँगे, क्योंकि हमारे पिछड़े क्षेत्रों में कंप्यूटर से प्रिंटर जोड़कर उसे कॉनफ्यूगरेशन (Configuration) करना, प्रिंटर, कंप्यूटर मोडम, यू.पी.एस. को यथानुरूप जोड़ने का काम ज्यों-का-त्यों पड़ा रह जाएगा और हुआ भी यही था।

चौकड़ी के सदस्य डॉ. अनवर आलम उपमहानिदेशक ने दिनांक २२.१०.९९ को तो तब हद कर दी, जब भ्रष्टाचार छुपाने के लिए एवं अधिकतम कमीशन प्राप्त करने के उद्‌देश्य से क्रेता द्वारा सफलतापूर्वक काम संपन्न होने के बाद के लिए निर्धारित प्रमाणीकरण प्रोफार्मा (जो संबंधित दस्तावेज में जुड़ा था) ही बदल दिया। इस प्रोफार्मा से जो निर्धारित कंप्यूटर उपकरण की आपूर्ति अब भी (इतनी देरी हो जाने पर भी) नहीं हुई, उसका जिक्र ही गायब कर दिया। आयात किस तारीख को हुआ उसकी रसीद आदि का विवरण तो हटाया ही, साथ ही संविदा को पूर्ण करने की शर्तों की बाध्यता की धारा ही हटा दी। आपूर्ति की कमी (अर्थात् न होनेवाले सामान) एवं संविदा शर्तों की पूर्ति की असफलता के कारण वसूलीवाला बिंदु ही गायब कर दिया। यह प्रमाण कि सप्लायर ने समयबद्ध कार्य संपन्न किया है, कंप्यूटर उपकरण, दस्तावेज, ड्राइंग (तकनीकी विवरण दिखानेवाला आदि) सभी को शर्तों के अनुरूप समय पर दिया है, का बिंदु ही गायब कर दिया। ऊपर से इसकी जगह यह बिंदु जोड़ा कि सप्लायर ने क्रेता द्वारा सूचित करने के बाद समय पर कंप्यूटर लगा दिया है। इसका मतलब था कि क्रेता जब कंप्यूटर प्राप्त करे, तब पुनः शिकायत करे कि उसे विक्रेता इंस्टाल (लगा दे) कर दे, तब भी बिना समय सीमा के किसी समय भी लग जाए तो सही माने। प्रशिक्षण न भी हुआ हो, तब भी प्रमाण-पत्र जारी कर दें। देरी से प्रदाय की जानकारी न देकर जब कंप्यूटर आए एवं उसकी स्थापना हुई, उसमें देरी बताएँ, न कि आदेश दिनांक ९.२.९९ से प्रदाय तक की देरी लिखें। इस प्रोफार्मा में बदलाव करके डॉ आलम ने सीधे ही चहेते डॉ. ए.के. जैन (जो मेरे आधीन था) को दे दिया, जबकि नियमानुसार यह मुझे देना था, जिसे मैं अपना मत लिखकर डॉ. जैन को देता।

जो प्रमाण-पत्र प्रत्येक साइट पर प्रशिक्षण पूर्ण करके जारी करना था, उसकी बाध्यता ही खत्म कर दी गई थी, जिसका मतलब था कंप्यूटर चलाने की जानकारी हो, न हो, प्रमाण-पत्र जारी हो जाए। इस टीप में डॉ. आलम ने लिखा था कि इसकी जाँच कर लें, तब इसे सहायक महानिदेशक (कंप्यूटर) को अर्थात मुझे उचित कार्यवाही के लिए भेजें। यह टीप ऐसी थी जैसे कि मैं अपने मातहत कर्मचारी के तहत काम कर रहा था। यह नोटशीट जब मेरे समक्ष आई, तब मैंने न केवल उपमहानिदेशक, बल्कि अन्य अधिकारियों को बताया था कि यह भ्रष्टाचार की पराकाष्ठा है कि हम ऐसा प्रोफार्मा संशोधित कर रहे हैं, जो मात्र प्रदायकर्ता फर्मों को लाभ देगा एवं हमारे नेटवर्क का

सत्यानाश करने में सहयोगी होगा। यह भी बताया था कि इस स्तर पर ऐसा कोई संशोधन हो ही नहीं सकता, ऐसे यदि संसोधन होने थे तो बोली दस्तावेज बनाते समय किए जा सकते थे, जिससे सभी प्रतिभागी लाभान्वित होते एवं हमारा (परिषद् का) विनाश होता। इसके बावजूद 'चौकड़ी' ने लालची डॉ. जैन के माध्यम से इसी प्रोफार्मा को माना एवं प्रमाण-पत्र जुटाए, जिससे लगभग ५ वर्ष बाद भी बहुत सारे कंप्यूटर उपकरण न तो लग पाए, न ही पूरा प्रशिक्षण हो पाया। ऐसा परिणाम एक अनुसंधान परियोजना (जिसका जिक्र अन्यत्र है) में भी पाया गया।

प्रमाणीकरण के प्रारूप में बदलाव से चौकड़ी के मनसूबे साफ थे कि उन्होंने फर्म को अवैधानिक फायदा दिलाकर परिषद् को हानि पहुँचाने की व्यवस्था की थी। अतः ३.११.९९ को मैंने मे. सीमेंस को एक पत्र भेजा, जो २२.१०.९९ को ही लिखा गया था, जिसकी प्रति उपमहानिदेशक डॉ. आलम एवं राष्ट्रीय निदेशक डॉ. मंगलाराय को दी। इस पत्र में मैंने स्पष्ट किया कि प्रशिक्षण प्रत्येक 'साइट' पर जहाँ कंप्यूटर है, वहाँ नियमानुसार देना होगा। यह भी लिखा कि पूर्व में मेरे पत्र दिनांक ६.९.९९ एवं १.१०.९९ को देखे। हमें चुने हुए सीमित स्थानों पर प्रशिक्षण नहीं देना, बल्कि निर्धारित नियमानुसार प्रशिक्षण कंप्यूटर उपलब्धता की प्रत्येक 'साइट' (जगह) में प्रशिक्षण अनिवार्य रूप से देना होगा। इसलिए आपसे अपेक्षा है कि प्रत्येक जगह जहाँ कंप्यूटर दिया गया है, वहाँ प्रशिक्षण देने की योजना, व्यवस्था एवं कार्यक्रम बना लें।

ऐसा पत्र इसलिए भी आवश्यक था कि 'चौकड़ी' की षड्यंत्रकारी एवं विध्वंसक योजना पर तुषारापात किया जा सके अन्यथा हितग्राही न तो कंप्यूटर को प्रिंटर से, न ही सॉफ्टवेयर को हार्डवेयर से, यू.पी.एस. आदि सभी को यथानुसार जोड़ पाएँगे और न ही चला पाएँगे।

## बिना प्रावधान के प्रमाणीकरण प्रोफार्मा बदला

जिस 'चौकड़ी' के मुखिया भारत सरकार का सचिव हो, वह भ्रष्टाचार करने कराने में क्यों डरें, ऐसा यह वक्त था और 'चौकड़ी' के अन्य सदस्य उसी के आदेश का अनुसरण करते थे। उसी की शक्ति लेकर अन्य सभी मदांध थे और भ्रष्टाचार तो करते ही थे, ईमानदार का गला घोंटने से भी नहीं डरते थे। इसी कारण उपमहानिदेशक ने प्रमाणीकरण का वह प्रोफार्मा, जो दस्तावेज बनाते वक्त ही बनता है और यदि उसमें कोई बदलाव करके वेंडर्स को, इस परिस्थिति में, जबकि माल की आपूर्ति हो रही हो या योजना क्रियानवित हो रही हो तो लाभ या या हानि देने के लिए बदला ही नहीं जा सकता अन्यथा पूरी-की-पूरी योजना की उलट जाएगी या बंद कर देनी पड़ेगी। तब डॉ. आलम उपमहानिदेशक (चौकड़ी के महत्त्वपूर्ण सदस्य) ने बहुत धृष्टता के साथ प्रमाणीकरण

के प्रोफार्मा (प्रारूप) को २२.१.९९ को बदल डाला और जब मैंने इस पर आपत्ति की तो इसे निरस्त करते हुए दिनांक २३.९.९९ को एक बैठक (अपने-अपने भ्रष्ट चहेतों को सम्मिलित करते हुए) कर डाली और उसमें मुझे छोड़ते हुए (मेरे विरोध को अमान्य करके) अन्य सबके मत से इस प्रारूप (प्रोफार्मा) के बदले हुए स्वरूप को लागू करने का प्रस्ताव स्वीकृत करा लिया। इस बैठक में डॉ. ए.के. जैन, जो मेरे अधीन कार्यरत कंप्यूटर सेंटर (कृषि सूचना इकाई सेल) में भी वरिष्ठता क्रम में दूसरे क्रम में थे (भ्रष्टाचार के लालच में चौकड़ी को भरपूर सहयोग दे रहे थे), मेरी बिना अनुमति के ही उनको इस समिति का सदस्य बनाकर उनको ढाल बनाकर लागू करना चालू किया।

दिनांक २५.१०.९९ को मेरे अधीन वैज्ञानिक डॉ. ए.के. जैन ने मेरे बिना पूछे एक नोटशीट प्रस्तुत की, जिसमें उसने लिखा, 'अंतरराष्ट्रीय स्पर्धा-१ (राष्ट्रीय कृषि तकनीकी परियोजना) का क्रेता द्वारा मशीन सफलतापूर्वक लगाने के बाद जारी किया जानेवाला प्रोफार्मा' संशोधित कर प्रस्तुत किया जा रहा है। उपमहानिदेशक के कमरे में दिनांक २३.९.९९ की बैठक में चर्चा हुई थी एवं सहमति बनी थी।

'कृपया सहायक महानिदेशक देखें एवं स्वीकृत कर आवश्यक कार्यवाही करें।'

इस बैठक का सदस्य सचिव मैं था, जब डॉ. आलम उपमहानिदेशक ने प्रोफार्मा प्रारूप बदलने की बात की तो मैंने तुरंत कहा था कि इस समय जब माल प्रदाय चालू होकर कुछ फर्में प्रदाय लगभग पूरा कर चुकी हैं, तब प्रारूप में कोई भी परिवर्तन नहीं हो सकता। दस्तावेज में भी लिखा है कि इस तरह का कोई भी परिवर्तन बोली के बाद क्रय आदेश उपरांत संशोधन संभव ही नहीं है। फिर भी भ्रष्टाचार मद के अंधे डॉ. आलम ने मानने से इनकार कर दिया और अपने प्यादे कारिंदों को इसे लागू करने हेतु कहा। मैंने यह भी कहा कि जो भी बैठक का वृत बनेगा, उसमें मैं लिखूँगा कि मेरे विरोध के बावजूद बहुमत से डॉ. आलम ने इसे पास किया है। इस संशोधन से भ्रष्टाचार तो बढ़ेगा ही हमारा कंप्यूटर नेटवर्क तहस-नहस हो जाएगा, किंतु डॉ. आलम ने कुछ नहीं माना। फिर भी तुरंत ही बैठक का वृत्त बनने के पूर्व डॉ. जैन (जो इसके लिए अधिकृत नहीं था) ने यह नोटशीट लिख दी।

डॉ. आलम ने डॉ. जैन से तुरंत ही यह नोटशीट इसलिए प्रस्तुत करा दी थी कि कहीं मैं बैठक का वृत बनाकर बड़े अधिकारियों को भी इसकी प्रति देकर उनकी पावती न ले लूँ, जिससे उनको असहमत स्थिति का सामना करना पड़े। ऐसा भ्रष्टाचार मात्र मेरे कंप्यूटर उपकरण क्रयवाले क्षेत्र में नहीं हो रहा था, बल्कि पूरे १००० करोड़ रुपए जो विश्वबैंक से मिले थे, उनका विवरण के हर क्षेत्र में था, जिसका विरोध मैं समय-समय पर होनेवाले 'परियोजना प्रबंधन समिति', जिसका मैं सदस्य था (इसमें मेरी भी जिम्मेवारी थी, अतः) उसको बैठकों में उठाता था, किंतु भ्रष्ट लोगों का नेटवर्क इतना

तगड़ा (मजबूत) था कि मेरी आवाज 'नक्कार खाने की तूती' बनकर रह जाती थी। यह नोटशीट डॉ. जैन ने २५.१०.९९ को लिखी थी, किंतु देरी से मुझे मिली थी। नोटशीट में मैंने लिखा, 'फर्मों ने कंप्यूटर उपकरणों को बाँटने का काम चालू किया है। मे. विनिटेक ने यू.पी.एस. परिषद् के मुख्यालय में प्रदाय किया है। हम इस स्तर पर प्रोफार्मा में बदलाव की आवश्यकता महसूस नहीं करते। कोई आवश्यक बात हुई तो हम अंतरराष्ट्रीय बोली स्पर्धा-१ के पूर्व में ही दस्तावेज में जोड़ देंगे, किंतु वर्तमान की (अंतरराष्ट्रीय बोली स्पर्धा-१) खरीदी में यह संभव नहीं है। इससे आगे की उलझने भी बढ़ जाएँगी। बैठक में ही इस बिंदु को स्पष्ट कर दिया गया था। हम यह नहीं समझ रहे क्यों यह 'आवश्यकता एवं संतुष्टि' मे. सीमेंस के लिए क्यों हो रही है। डॉ. ए.के. जैन अलग वेंडर के लिए अलग-अलग समय में अलग, नवीन प्रोफार्मा प्रारूप क्यों देख रहे हैं, किंतु वर्तमान में इस अंतरराष्ट्रीय बोली स्पर्धा-१ के लिए यही निर्धारित निर्देश ही माने जाएँ।'

मे. सीमेंस कंप्यूटर पेंटियम-२ प्रदाय कर रही थी, जो काफी पुराने एवं चलन से दूर हो चुके थे (इनकी जगह नियमानुसार पेंटियम-३ देना था), उन्हें नेटवर्क में लगाकर प्रशिक्षण में कठिनाई थी, हर जगह प्रशिक्षण देने में फर्म को बहुत खर्च करना पड़ता। इसी कारण ऐसा संशोधित प्रोफार्मा डॉ. आलम ने डॉ. जैन के माध्यम से प्रस्तुत कराया था, जिससे फर्म के १ करोड़ रुपए खर्च न करना पड़े, जबकि परिषद् के १ करोड़ रुपए से ज्यादा अवैध खर्च भी हो और कंप्यूटर नेटवर्क का सत्यानाश हो जाए। यह जोड़ना था तो आगे आनेवाले भविष्य के क्रय में ही किया जा सकता था। इससे सभी बोली लगानेवाले लाभान्वित होते। पीछे के प्रोफार्मा प्रारूप संसोधन के लिए जो अनीतकारी काम किया गया, उस पर यदि सही कार्यवाही होती तो न केवल डॉ. ए.के. जैन एवं डॉ. अनवर आलम जेल के सीखचों में बंद होते, बल्कि समिति के सदस्य (जिन्होंने इनका समर्थन किया था) उन पर भी बेड़ियाँ लग जातीं और यहाँ यदि न्यायाधीस वैद्यनाथन की परिकल्पना साकार होती तो इनके हाथ काट लिए जाते, किंतु यहाँ तो भ्रष्टाचार की लीला ही अपरंपार थी। डॉ. पड़ौदा से इसकी शिकायत करने पर तो वे ऐसे भड़क उठते थे, मानो उनके शरीर से कोई खून निकाल रहा हो। मेरे द्वारा १.१.९९ की टीप जैसे ही डॉ. आलम उपमहानिदेशक के हाथ लगी उन्होंने लिखा, 'यह ए.के. जैन का प्रस्तुतीकरण नहीं है। यह बैठक में चर्चा में आया और यह निर्णय लिया गया कि मद क्रमांक ५ एवं ६ को इसलिए हटा दिया जाए, क्योंकि यह प्राप्तकर्ता से संबंधित नहीं है। प्रशासनिक बातों को परिषद् में केंद्रीकृत चर्चा की जाए, न कि कोई 'पेंडोरा वाक्स' (प्रलयंकारी घटना) निर्मित की जाए।'

जबकि मद क्रमांक ५ यह बिंदु था, जो केंद्रों तक कंप्यूटर उपकरण आदि न दिए

जाने पर उतने की राशि वसूलने का मुद्दा था एवं मद क्रमांक ६ उन बाध्यकारी संविदावाली बातें पूर्ण न करने की जानकारी प्राप्त करनी थी, जिसका वर्णन पत्रों में किया गया था। जब यह पता ही नहीं चलेगा कि दी गई शर्तों के अनुरूप ४३७ केंद्रों से जानकारी ही नहीं मिलेगी तो ऐसे में वसूली ही नहीं होगी क्योंकि बाध्यकारी बातों की जानकारी मिलने पर ही तो मुख्यालय (परियोजना क्रियान्वयन इकाई) इस पर कार्यवाही करेगा। इसी कारण उनको डर था कि भ्रष्टाचार उजागर की प्रलयंकारी घटना (Pendora Box) न घट जाए या पेंडोराबाक्स न खुल जाए अन्यथा चौकड़ी नंगी हो जाएगी और सभी जेल की चार-दीवारी के अंदर हवा खाएँगे। 'पेंडोरा बाक्स' से उन्होंने अपने भय की आशंका भी व्यक्त कर दी थी।

मद क्र. ५ एवं ६ दोनों ही प्राप्तकर्ता से संबंधित थे, फिर भी डॉ. आलम ने झूठा लिखा था। यही नहीं डॉ. आलम को उन सभी बिंदुओं को इस प्रोफार्मा से निकाला था, जिसके खुल जाने से वेंडर को ज्यादा दंड मिलता (किंतु उनका जिक्र तक अपने इस टीप में नहीं दिया) जैसे लैडिंग का बिल तथा उसकी तिथि, ट्रांसपोर्टर का नाम, रसीद नं. तथा दिनांक, कंसाइनी (Consignee) का नाम आदि (जिससे वह पकड़ में आते कि ९.२.९९ के आदेश को वह ६-८ माह बाद लागू कर रहे थे)। इसी तरह इस प्रोफार्मा से बिंदु ४ जो फर्म ने संविदा शर्तों अनुसार काम पूरा किया या नहीं, को गायब कर दिए थे और ऊल-जलूल वाक्य जोड़ दिए थे, जिससे वेंडर्स को लाभ हो रहा था, उस पर भी कोई टीप नहीं दी। यह नोटशीट पुनः मेरे पास आई तो मैंने तुरंत ही उसमें लिखा, 'इस स्तर पर इस संशोधन के दृष्टिकोंण से किया गया काम प्रभावकारी नहीं होगा, इसलिए मैंने अपना पत्र पूर्व पृष्ठ पर दिया है। यद्यपि यदि ऐसा करना हुआ तो यह सक्षम अधिकारी करे और इस हेतु सभी संबंधियों की बातें सुने (सबको सूचित किया जाए)। पूर्व में हम इस प्रोफार्मा को सब केंद्रों (४३७ केंद्रो) को भेजकर भी सूचित कर चुके है। इस समय हम मात्र यही लिख कर स्पष्ट कर सकते हैं कि प्रोफार्मा में माल प्राप्ति के बाद किसके-किसके हस्ताक्षर होने हैं। ऐसे अलग से पत्र प्रारूप संलग्न किया जा रहा है।'

तात्पर्य था कि इस स्तर पर यदि जितने वेंडरों ने आवेदन दिया था, उन सबको भेजकर मत लिया जाए, विश्व बैंक आदि को लिखा जाए आदि, जो इस स्तर पर संभव ही नहीं था। अतः बदला प्रोफार्मा ही लागू नहीं होगा। मात्र पत्र लिखकर यह बताया जाना योग्य होगा कि एक व्यक्ति की जगह दो व्यक्तियों (कंप्यूटर सेल के प्रभारी एवं संस्थान का मुखिया) के हस्ताक्षर कराएँ। इस तरह इस बदले प्रारूप की कोई जरूरत नहीं है। यदि 'चौकड़ी' चाहती है तो २ व्यक्तियों के हस्ताक्षर के लिए अलग से पत्र लिखा जा सकता है, यद्यपि पूर्व में निर्धारित प्रारूप में जो एक व्यक्ति के हस्ताक्षर भी

पर्याप्त थे, मेरी नोटशीट पाकर डॉ. आलम को कोई बात ही नहीं सूझ पा रही थी कि कैसे अपने हितकारी वेंडर्स को लाभ पहुँचाया जाए, जिससे चौकड़ी को कमीशन मिले एवं पूर्व में खाए गए कमीशन या नमक की नमक हलाली भी न हो, इसलिए उन्होंने पुरानी षड्यंत्रवाली टीप १०.११.९९ को दी।

'सबको मिला-जुला (सामूहिक) निर्णय का आदर किया जाना चाहिए।'

जबकि यह न तो सबका निर्णय था (इसका मैं हर स्तर पर विरोध कर रहा था)। इसके साथ ही भ्रष्टाचार करने के लिए सामूहिक निर्णय लेना गलत है, पर यही तो 'चौकड़ी' एवं अन्य भ्रष्टों की प्रक्रिया थी कि जिस भी काम में भ्रष्टाचार करने से अच्छा कमीशन मिलता था। उसमें अपने भ्रष्ट आदमियों का प्रतिनिधित्व करके समिति बनाते थे एवं चाहे अनुसार निर्णय लेते थे एवं भरपूर कमीशन खाते थे। यह विश्वबैंक से प्राप्त पूरे १००० करोड़ रुपए के खर्चे की स्थिति थी।

इधर मैं 'चौकड़ी' के भ्रष्टाचार उजागर कर उन्हें नंगा कर रहा था, उधर इससे तमतमाए ये लोग मुझसे किसी भी स्थिति में बदला लेने या अपमानित करने पर उतारू थे। किसी स्थिति में मेरा मान-सम्मान देखते तो उनको अपना खुद का अपमान लगता था। ऐसे में ऐसे-ऐसे हथकंडे अपनाते थे, जो नीचता की हद को पार करता हुआ नजर आता था। ऐसी ही एक घटना है, जिसमें भारतीय कृषि इंजीनियरी सोसायटी ने मुझे राष्ट्रीय सम्मान १९९७-९८ की इंजीनियरी सेवा के लिए विशेष सम्मान 'प्रशस्ति पदक' की घोषणा की एवं इसके महासचिव श्री दीपक भल्ला ने अपने पत्र दिनांक २८.१०.९९ से मुझे यह सम्मान देने के लिए आयोजित कार्यक्रम दिनांक १६-१८ दिसंबर १९९९ को हिसार में बुलाया। इसके लिए ठहरने आदि का पूरा इंतजाम किया था।

इस पत्र के मिलने पर मैंने डॉ. आलम उपमहानिदेशक को ८.११.९९ को लिखा, 'यदि सहमत हों तो मैं वहाँ जाकर पुरस्कार ग्रहण करूँ। इसके लिए मुझे अभी वहाँ जाने की स्वीकृति देनी होगी जो माँगी गई है। यदि उचित समझे तो मैं अपनी सहमति उन्हें भेजूँ।'

उन्हें न केवल अपनी अनुमति देनी थी, बल्कि मुझे बधाइयाँ देनी थी, क्योंकि मात्र मेरा सम्मान नहीं था, बल्कि परिषद् का सम्मान था, फिर भी डॉ. आलम ने ९.११.९९ को लिखा, 'इसकी आवश्यकता है या नहीं इसे चर्चा करना है।'

इधर जोरों से यह चर्चा (परिसंवाद) चल रही थी कि एक केंद्रीय स्थान पर बुलाकर कई व्यक्तियों को प्रशिक्षण देना न केवल नियमों के विपरीत है, बल्कि कंप्यूटर नेटवर्क के बढ़ने के लिए घातक होगा। उधर चुपचाप फर्म को यह गोपनीय एवं षड्यंत्रपूर्वक निर्देश दे दिए गए थे कि वे प्रशिक्षण को अपनी हितकारी एवं परिषद् के लिए विनाशकारी रीति से एक समूह में (कंप्यूटर लगाने के स्थान से दूर) अलग बुलाकर अपनी सुविधानुसार

प्रशिक्षण दे। यह ठीक उसी प्रकार का षड्यंत्र था जैसे कि फर्मों के माल कंप्यूटरों के 'बेंचमार्क' की तैयारी शुरू हो गई थी, उधर चुपचाप बिना 'बेंचमार्क' किए ही, खरीदी के आदेश गोपनीय एवं षड्यंत्रपूर्वक पूर्व तिथि से दे दिए गए थे। प्रशिक्षण संबंधी एक ऐसे पत्र का फैक्स २०.१०.९९ को भेजा गया था, जिसमें २०-२० प्रतिभागियों के दो बैच (समूह) को एक साथ प्रशिक्षण नवंबर, १९९९ दो अवधियों में संपन्न कराने का एन.आई.आई.टी. द्वारा प्रशिक्षण किया जाना लिखा था। यह पत्र मेरे लिए विष्मयकारी था, क्योंकि मैं समूह में प्रशिक्षण देने की जगह निर्धारित नियमों के अनुरूप कंप्यूटर उपकरण लगाने की प्रत्येक स्थली (साइट) पर प्रशिक्षण चाहता था और उन्हें लिख रहा था। मैंने इसे रोककर प्रत्येक साइट पर नियमानुसार ही प्रशिक्षण का काम करने की माँग की किंतु 'चौकड़ी' तो मदांध काम कर रही थी, इसे मानने के लिए बिल्कुल तैयार ही नहीं थी और 'चौकड़ी' ने मेरी माँग पर ध्यान नहीं दिया।

## काम बिगाड़ने एवं अपमानित करने के कुत्सित प्रयास

यह सच है जब अपराधी या भ्रष्ट किसी व्यक्ति द्वारा नंगा कर दिया जाता है, तब उससे बदला लेने के लिए अपराधी या भ्रष्ट यह भूल जाता है कि जो कृत्य वह कर रहा है, वह देश हित या कार्यालय (परिषद्) के हित में है या नहीं। मुझे पुरस्कार मिलना था, यह वही राष्ट्रीय पुरस्कार था जिसमें डॉ. आलम की अध्यक्षतावाली भारतीय कृषि इंजीनियरी सोसायटी (भा.कृ.इ.सो.) ने घोषित किया था, इस कन्वेंशन के समय डॉ. पड़ौदा भी गए थे और इसमें डॉ. आलम की ही पूर्ण सहमति थी, किंतु वही समय की विडंबना देखिए कि डॉ. आलम एवं डॉ. पड़ौदा मेरे द्वारा जब भ्रष्टाचार में नंगे कर दिए गए, तब डॉ. आलम ऐसी टीप दे रहे थे, जिसमें शर्म से, सिर नीचे झुकता था। उन्होंने मुझे भा.कृ.इं.सो. से पुरस्कार लेने की अनुमति (स्वीकृति) नहीं दी। ऐसा करते हुए निश्चित ही डॉ. पड़ौदा सचिव भारत सरकार एवं परिषद् के महानिदेशक से विचार विमर्ष किया होगा। इसके बावजूद भी भारतीय कृषि इंजीनियरी सोसायटी ने मुझे पुरस्कार (Commendation Medal) देने का आयोजन किया एवं मुझे बुलावा दिया। जिसके लिए मैंने दिनांक ६.१२.९८ के नोट से वहाँ जाने की अनुमति माँगी। साथ ही यह भी जोड़ दिया कि जब मैं वहाँ जाऊँगा, तब वहाँ पर स्थित (हिसार में स्थित) अपने कंप्यूटर केंद्रों का भ्रमण कर उनकी जाँच भी कर लूँगा, जहाँ से मुझे अनियमितता की शिकायत मिली थी।

इसी स्थान हिसार के कंप्यूटर केंद्रों की समस्याओं की शिकायत पर एक बार वहाँ जाकर वस्तु स्थिति का जाएजा लेना आवश्यक था, जिसके लिए पूर्व से प्रयत्न हो रहे थे और वहाँ जाना बहुत ही आवश्यक था। ऐसे में दोनों काम हो रहे थे, जिससे मुझे

राष्ट्रीय सम्मान भी मिल जाता, साथ ही साथ हिसार स्थित मेरे कंप्यूटर केंद्रों का निरीक्षण भी हो जाता, किंतु जब मेरा भ्रमण कार्यक्रम (दिनांक १५.१२.९९ से १९.१२.९९ तक का) दोनों कार्यों को सम्पन्न करने हेतु डॉ. आलम के सामने प्रस्तुत हुआ तो उन्होंने टीप दी कि, 'मैं इसमें कोई विशेष प्रवीणता नहीं देखता हूँ (I do not see any special merit)'

इस तरह 'खिसियानी बिल्ली खंभा नोचती है' की तर्ज पर इस राष्ट्रीय पुरस्कार के अवसर पर मुझे सम्मानित होने के गौरव से वंचित कर दिया। यही नहीं, इस 'चौकड़ी' ने कई राष्ट्रीय कार्यक्रमों में जिसमें मेरा प्रतिनिधित्व होना था, नहीं जाने देते थे। इतना ही नहीं; कई जगह तो पहले अनुमति दे देते थे, फिर जब वहाँ से चर्चाकर मेरे लिए पूरी व्यवस्था एवं बैठकों के सभागार की सीट एवं चर्चा के बिंदु भी निश्चित हो जाते थे, तब मुझे अपमानित करने के लिए मेरा भ्रमण ही रद्द कर देते थे।

ऐसा ही एक अवसर एक अंतरराष्ट्रीय कॉन्फ्रेंस एवं प्रदर्शनी, जो ११-१२ नवंबर, १९९९ को होटल ताज महल मुंबई में होनी थी, का आमंत्रण नोडल एजेंसी भारत सरकार के वाणिज्य मंत्रालय के सचिव श्री पी.पी. प्रभु से उनके पत्र दिनांक ११.१०.९९ से आया था, में मुझे प्रमुख व्यक्ति के रूप में वहाँ जाना था। इसमें राष्ट्रीय एवं अंतरराष्ट्रीय संकाय को बुलाया गया था। इसके लिए सक्षम अधिकारी की अनुमति पत्र दिनांक ३.११.९९ के पत्र से मुझे मिली थी। यह इलेक्ट्रॉनिक कामर्स (इलेक्ट्रॉनिक डाटा) इंटर चेंज इडीकॉन ९९ (Electronic Commerce (EC)/ Electronic Data Interchange (EDI) EDICON' 99)' नाम से थी एवं घटना 'इलेक्ट्रानिक वाणिज्यिक आगामी सहस्राब्दी की खिड़की (Electronic Commerce– A Window for next millineum) थी एवं मैं देश के कृषि (NARS) कंप्यूटर नेट का सहायक महानिदेशक था, अतः मुझे यहाँ जाना बहुत आवश्यक था, क्योंकि यह इसकी टेक्नॉलोजी, क्रियान्वयन, लाभ स्ट्रेटजी आदि पर चर्चा का कार्यविधि थी। अतः इसमें जाने की अनुमति कार्यालयीन आदेश दिनांक ३.११.९९ के निकलते ही मैंने ३.११.९९ को ही भ्रमण का कार्यक्रम प्रस्तुत किया। इसमें यह भी जोड़ दिया कि यदि समय मिलता है तो मुंबई स्थिती अपने कंप्यूटर (सूचना) केंद्रों का मैं भ्रमण कर निरीक्षण भी कर लूंगा। इस भ्रमण कार्यक्रम को भारत सरकार के सचिव तथा परिषद् के महानिदेशक डॉ. राजेंद्र सिंह पड़ौदा ने भारत सरकार के आग्रह पर दिनांक ४.११.९९ को स्वीकृति भी प्रदान कर दी, एवं डॉ.आलम के माध्यम से मुझे भेज दिया जिसे डॉ. आलम ने स्वीकृत कर मुझे दिया। इसके आधार पर मैंने हवाई जहाज का टिकट भी ले लिया एवं मुंबई में वक्तव्य आदि की सब व्यवस्था भी करा ली, जिससे परिचर्चा पूर्ण हो सके।

जैसे ही वहाँ की पूरी तैयारी हो गई तब डॉ. आलम ने मुझे बुलाकर १०.११.९९

को कहा कि दिनांक १३.११.९९ को परियोजना प्रबंधन समिति की बैठक है, अत: यह भ्रमण कार्यक्रम निरस्त कर दें, जबकि यह समिति की बैठक पूर्व में ही निंधारित थी और बिंदुवार चर्चा हेतु इस बैठक में चर्चा के लिए मैंने राष्ट्रीय निदेशक को ३.११.९९ को ही लिखा था और इसे देखते हुए भी सक्षम अधिकारी ने मुझे वहाँ (मुंबई) जाने का कार्यालय आदेश भी जारी किया था। सचिव भारत सरकार एवं महानिदेशक डॉ. पड़ौदा ने भ्रमण कार्यक्रम स्वीकृत किया था, जिसे कि डॉ. आलम ने भी समर्थन (Endorse) किया था। साथ ही यहाँ (दिल्ली में) मेरी इतनी ज्यादा आवश्यकता भी नहीं थी और यदि इस (परियोजना प्रबंधन समिति की) बैठक में जाना ही था तो १२.११.९९ को मुंबई की बैठक समाप्त होने के बाद ही फ्लाइट से मैं वहाँ पहुँचकर १३.११.९९ को बैठक में भी जा सकता था, किंतु इस सबको बताने के बाद भी डॉ. आलम ने इच्छा व्यक्त की कि मैं अपना भ्रमण स्थगित कर दूँ। अत: १०.११.९९ को मैंने यह नोट प्रस्तुत किया।

'जैसा चाहा गया कि १३.११.९९ को परियोजना प्रबंधन समिति की बैठक है अत: भ्रमण निरस्त किया जाता है। इस तरह इस हेतु फ्लाइट टिकट जो प्रत्येक बार का १०२२० रुपए है, इसके निरस्त करने पर जो रद्दीकरण (cancellation) चार्ज (निरस्तीं में कटने वाली राशि) लगेगा उसकी भी स्वीकृति दी जाए'

इस पर उसी वक्त (दिनांक १०.११.९९ को ही) डॉ. आलम ने लिखा—

'आपातकालीन होने पर ऐसा स्वीकार किया जाता है (Approved due to emergency)'

इस तरह मेरी तैयारी पूरी निरर्थक तो हुई ही, अपने प्रोफेशनल साथियों के समक्ष मुझे अपमानित भी होना पड़ा, किंतु यह अपमान करना तो 'चौकड़ी' का उद्देश्य ही था। इसका कारण मेरे द्वारा राष्ट्रीय निदेशक का ३.११.९९ का भ्रष्टाचार उघाड़ने का पत्र था, जिसका जिक्र आगे किया जा रहा है।

दिनांक ३१.१०.९९ को डॉ. अनवर आलम उपमहानिदेशक (इंजीनियरी) ने मुझे धमकी दी कि यदि मैं वेंडर्स के खिलाफ लिखा तो मुझे भारतीय कृषि अनुसंधान परिषद् छोड़कर वापिस जाना होगा या कहीं और भी जाना होगा। यह धमकी उस समय दी गई थी, जब मैं वेंडर्स की अनियमितता को सबके समक्ष ला रहा था कि कैसे वे आपूर्ति नहीं कर रहे हैं।

उनकी अनियमितता पर दंड आरोपित कर रहा था। इस बावत १.११.९९ को बैठक थी, जिसमें महानिदेशक के आने में देरी होने से हम उनकी शिक्षा तथा इंजीनियरी के उपमहानिदेशक, वित्तीय सलाहकार आदि के साथ होनेवाली बैठक नहीं कर सके थे। माताजी की तबीयत गंभीर होने से मैं भी १२ बजे बाद ही कार्यालय जा सका था। कंप्यूटर

नेट को वर्ष २००० (Y2K) के लिए उपयुक्त बनाए रखने हेतु विश्व बैंक के अधिकारियों से इस पर विषय पर चर्चा हुई थी कि इसे दुरस्तीं हेतु कैसे शीघ्र काम किया जाए। चर्चा में मेरे साथ विश्व बैंक की टीम, उपमहानिदेशक (अभियांत्रिकी), सर्वश्री डॉ. ए.के.जैन तथा आर.पी.जैन परिचर्चा में उपस्थित थे। इस बैठक में विश्व बैंक के अधिकारी उपस्थित होते हुए भी ज्यादा रुचि नहीं ले रहे थे, क्योंकि व्यय होनेवाली राशि भी ज्यादा नहीं थी, अत: घपले करने पर भी ज्यादा लाभ न मिलता। दिनांक ५.११.९९ को कृषि वैज्ञानिक चयन मंडल में मेरा राष्ट्रीय निदेशक के पद पर साक्षात्कार कार्यक्रम चालू था, इसी बीच मेरे सहयोगी वैज्ञानिक डॉ. कुशलपाल आए और मुझे कहा कि मेरा जो मुंबई-हैदराबाद का भ्रमण कार्यक्रम था, उसे स्थगित कर दिया जाए। अचानक इस बदलाव ने मुझे उदेलित किया था, क्योंकि मुंबई बैठक वाणिज्य मंत्रालय द्वारा आहूत आवश्यक बैठक थी, इसकी पूरी तैयारी हो चुकी थी। डॉ. कुशलपाल ने बताया था कि जो इस अवधि में परिषद् के महानिदेशक ने बैठक बुलाई है, वह मेरे द्वारा वेंडर्स पर लगाये गए दंड पर चर्चा हेतु है और इसमें परियोजना के अवर सचिव श्री कन्हैया चौधरी, दोनों राष्ट्रीय संयोजक, राष्ट्रीय निदेशक तथा उपमहानिदेशक (अभियांत्रिकी) भाग लेंगे। मुझे आशंका थी कि ऐसी बैठक नहीं होगी, बल्कि मुझे साक्षात्कार के दिल उद्वेलित करने एवं मुझे राष्ट्रीय बैठकों में जाने से रोकने का षड्यंत्र था। बैठक जो विश्व बैंक के अधिकारियों-कर्मचारियों के साथ हो रही थी, उनसे भी यह परिलक्षित हो रहा था कि उनकी आड़ लेकर भ्रष्टाचार करने का षड्यंत्र सतत् चालू रखने के लिए 'चौकड़ी' यह सब विश्व बैंक अधिकारियों से मिलकर कर रही थी। विश्व बैंक के लोग भारतीय ही थे, वे दूध के धोए नहीं थे। 'चौकड़ी' ने अपने रंग में उन्हें भी रंग लिया था।

फर्मों द्वारा कंप्यूटर आदि प्रदाय करने में देरी (दिनांक ९.२.९९ के क्रय आदेश थे और १२ सप्ताह में आपूर्ति करनी थी, किंतु १० माह हो गए थे) इसलिए की जा रही थी कि पेंटियम-II पुराने एवं अप्रचलित हो जाएँ (कंप्यूटर का पेंटियम-III आगामी विकास जो आ चुका था मार्केट में भर जाए) तब संसार भर के निर्धारित जगहों से कम-से-कम कीमत पर लेकर उन्हें हमें दे दिया जाए, प्रशिक्षण प्रत्येक 'साइट' (स्थान) की जगह कम-से-कम केंद्रों पर किया जाए (१४४२ साइट्स, जो ४४९ जगहों पर थी की जगह ५४ केंद्रों (साइट्स) में करने का षड्यंत्र था) आदि बाबत मैंने ३.११.९९ को परियोजना के राष्ट्रीय निदेशक डॉ. मंगला राय को पत्र लिखा कि इसको १३.११.९९ की परियोजना क्रियान्वयन इकाई की बैठक में चर्चा हेतु एजेंडा बिंदु में इसे जोड़ें। इसमें लिखा, 'अंतरराष्ट्रीय बोली स्पर्धा-१, जो कंप्यूटर आदि क्रय किए गए, उसमें यह प्रावधान था कि कंप्यूटर उपकरणों को समय पर प्रदाय किया जाए एवं इसकी प्रत्येक साइट (Site) पर प्रशिक्षण दिया जाए। दो फर्मों (मे. विनीटेक एवं मे. सीमेंस) को

आपूर्ति के आदेश दिए गए थे, किंतु दोनों ने अभी तक आपूर्ति नहीं की। लंबी अवधि बीत गई, पेंटियम-२ अप्रचलित हो रहा है और इसकी कीमतें दिन-प्रतिदिन कम आती जा रही हैं। दूसरी तरफ ४४९ स्थानों के हितग्राही कंप्यूटर की बेसब्री से प्रतीक्षा करते हुए हमें लिख रहे हैं कि हम कंप्यूटर की आपूर्ति कराएँ किंतु फर्म ने अब भी कंप्यूटरों की पूर्ण आपूर्ति नहीं की है। परीक्षण करनेवाली एजेंसी ने हमें सुनिश्चित किया है कि यदि फर्में उन्हें परीक्षण की सुविधा एवं कंप्यूटर उपकरण उपलब्ध करा दें तो वे १० दिवस में परीक्षण पूर्ण कर सकते हैं। इस हेतु वेंडर्स ने भी तुरंत ही हामी भरी थी, किंतु अभी तक परीक्षण की सुविधा ही नहीं दी, इसी कारण परीक्षरण में देरी हो रही है। हमने ६.९.९९ को वेंडर्स को लिखा था कि यदि आपूर्ति में देरी हुई तो दंड 'लिक्विडेटेड डैमेज' लगाया जाएगा।

मेरे द्वारा दूसरा पत्र भी लिखा गया था, जिसमें मे. सीमेंस को ३० लाख रुपए एवं मे. विनीटेक को १० लाख रुपए का दंड आरोपित कर वसूली का प्रावधान किया गया और इसे 'लिक्विडेटेड डैमेज' के रूप में अधिरोपित करने हेतु परियोजना के राष्ट्रीय निदेशक को मैंने निवेदन किया था। इसी तरह बोली दस्तावेज में अंतिम छोर के हितग्राही को तकनीकी प्रशिक्षण हेतु प्रत्येक स्थान (site) पर प्रावधान किया गया है, किंतु अब वेंडर इन कुल (१४४२ स्थानों) में मात्र ५४ स्थलों पर ही प्रशिक्षण देने की इच्छा व्यक्त कर रहे हैं। मात्र इन ५४ प्रशिक्षण स्थलों में हमारे कुल स्थलों से प्रशिक्षणार्थी आएंगे और प्रशिक्षण में भाग लेंगे। इसके लिए उन्हें यात्रा भत्ता देना होगा, जिस हेतु हमारी 'राष्ट्रीय कृषि अनुसंधान प्रणाली' को लगभग एक करोड़ रुपए खर्च करना पड़ेगा। अब हम समझ गए हैं कि फर्में हमारी कोई परवाह नहीं करतीं और उन्होंने अपनी इच्छा एवं चाहत के अनुसार प्रशिक्षण केंद्रों के रूप में कुछ केंद्रीय स्थान (मात्र ५४) चुन लिए हैं और इसके साथ ही वे कंप्यूटर उपकरणों की आपूर्ति में देरी कर रही हैं। अपने कार्य की पूर्ण जानकारी के लिए (संदर्भ में) हमारे परिषद् मुख्यालय, सभी कंप्यूटर सेलों तथा मुख्यालय की कंप्यूटर इकाई को प्रशिक्षित करने हेतु परियोजना क्रियान्वयन इकाई को लगभग १० बार लिखा, जिसमें उनके पास उपमहानिदेशक से अग्रेषित कर भिजवाया, इनमें कुछ महानिदेशक द्वारा भी स्वीकृत करके भेजे गए थे, किंतु कोई भी इसमें स्वीकृत कर क्रियान्वित नहीं किए गए।

एक और आवश्यक बिंदु पर स्पष्टीकरण के लिए परियोजना प्रबंधन समिति का ध्यान दिलाया है कि कई परियोजनाओं के प्रमुख अन्वेषकों को कंप्यूटरों की नई आपूर्ति करनी है, जो या तो अंतरराष्ट्रीय बोली स्पर्धा-१ या २ से होगी। इन्हें या तो अलग से क्रय करने की उन्हें छूट दी जा सकती हैं, या बोली स्पर्धा-२ से खरीदें, ऐसा भी प्रस्ताव आया है कि इसे स्पर्धा-१ से खरीदा जाए, मतलब है कि इसे मे. सीमेंस से वर्तमान में

ही खरीद लें, किंतु इसमें विरोध है, क्योंकि इसमें पेंटियम-२ मिलेगा जो पुराना पड़ चुका है और इसकी कीमत भी अत्यधिक है। पेंटियम-३ बाजार में पहले से आ चुका है।

अत: यह अनुरोध है कि इन सभी बिंदुओं को परियोजना प्रबंधन समिति के सामने चर्चा हेतु एक एजेंडा के रूप में लाया, जाए जिससे पूर्ण निर्णय लिया जा सके।

यह गड़बड़झाला मात्र कंप्यूटर वाले क्षेत्र में नहीं था, बल्कि पूरी १००० करोड़ रुपए की परियोजना में था। इसमें पेंटियम-२ (जो अत्यधिक कीमत का था) का पुराना मॉडल जो मे. सीमेंस पुराने रेट से दे रहा था, उससे काफी कम कीमत में तो अधुनातम विकसित मॉडल पेंटियम-३ नाम से आ गया था। इसमें भी 'चौकड़ी' की चाल थी कि नई परियोजनाओं की बड़ी खरीद भी इसमें कर लें, जिससे काफी कमीशन खाने को मिल जाए। इसलिए समिति की भरी सभा में मैं इन्हें नंगा करना चाहता था। यहाँ ४४९ स्तरों में कुछ उभयनिष्ठ होने से कुल ४३७ साइट्स बनती थी।

'चौकड़ी' ने भ्रष्टाचार की हद कर दी थी। १४४२ साइट की जगह ५४ साइट पर प्रशिक्षण करने से हमें न केवल १ करोड़ रुपए की चपत बैठी, बल्कि तकनीकी प्रशिक्षण ठीक से न होने के कारण हमारा कंप्यूटर नेटवर्क नहीं चल पाया। पुराने पेंटियम-२ इतनी देरी से दिए गए कि वह नवीन नेटवर्क को झेल ही नहीं पाए। फर्मों पर पूरा दंड देना तो दूर, मेरे द्वारा अधिरोपित रुपए ४० लाख के 'लिक्विडेटेड डैमेज' भी कभी नहीं वसूले गए।

इस पत्र की प्रति चौकड़ी के अन्य सदस्य सर्वश्री राजेंद्र सिंह पड़ौदा महानिदेशक एवं अनवर आलम उपमहानिदेशक को दी गई थी। इस पत्र के मिलते ही 'चौकड़ी' का रक्तचाप बढ़ना स्वाभाविक था। पत्र पाते ही एक-दूसरे (परस्पर) से 'चौकड़ी' की आपस में चर्चा हुई होगी। इसके बाद इस पत्र के ऊपर दिनांक ३.११.९९ को ही महानिदेशक डॉ. पड़ौदा ने लिखा 'आवश्यक कार्यवाही हेतु देखें' और इस पत्र को उपमहानिदेशक डॉ. आलम तथा परियोजना के राष्ट्रीय निदेशक डॉ. मंगला राय की ओर बढ़ा दिया। इस पत्र पर डॉ. आलम ने 'चौकड़ी' के मास्टर माइंड श्री कन्हैया चौधरी के बारे में लिखा।

'अवर सचिव (राष्ट्रीय कृषि तकनीकी परियोजना) को कहा जा सकता है कि डॉ. तोमर के पत्र में मार्क किए गए विशिष्ट बिंदुओं पर प्रशासकीय नोट तैयार करें।'

इसी पर 'चौकड़ी' के चौथे सदस्य डॉ. मंगला राय ने भी कोई राग नहीं अलापा एवं उसी को लिखा।

'कृपया महानिदेशक के लिए आवश्यक नोट प्रस्तुत।'

डॉ. आलम ने जो आवश्यक बिंदु मार्क किए थे, कंप्यूटरों की समय पर आपूर्ति, सही (सभी जगहों पर) प्रशिक्षण, वेंडरों द्वारा तुरंत माल प्रदाय, जिससे परीक्षण एजेंसी

१० दिवस में प्रशिक्षण पूरा कर दे, हमारी १ करोड़ रुपए की क्षति, मेरे द्वारा चाहे गए ४० लाख रुपए के दंड की वसूली थी। 'चौकड़ी' को न तो इस पर कुछ करना था, न ही कुछ किया, क्योंकि वेंडरों से ही तो उनको आय के स्रोत (कमीशन) थे। इसलिए वसूली का नाटक आदि किया गया, किंतु कोई कार्यवाही नहीं की। उनको तो कार्यवाही मुझ पर करनी थी, जिससे मैं उनकी राह का काँटा न बनूँ, किंतु अब तक परिषद् के अध्यक्ष की ईमानदारी के कारण 'चौकड़ी' उनके सामने मुझे हटाने का कोई प्रस्ताव रखने का साहस ही नहीं जुटा पा रही थी, क्योंकि इसके कारण उलटा इन्हीं पर कार्यवाही की आशंका थी, क्योंकि इन्हीं कंप्यूटरों के (पूर्व के १९९५ में) क्रय के प्रकरण में मैंने जो घपले उजागर किए थे, उसी पर परिषद् के अध्यक्ष ने तत्कालीन सहायक महानिदेशक डॉ. ए.पी. सक्सेना को पद से मुअत्तिल करके उनके ऊपर जाँच बैठा दी थी एवं वह (डॉ. सक्सेना) मेरे तथा अन्यों के ऊपर ही न्यायालय में प्रकरण दायर कर चुके थे। उस पर परिषद् ने मेरे द्वारा उजागर भ्रष्टाचार के अकाट्य प्रमाण (सबूत) न्यायालय में पेश किए थे।

न्यायालय का प्रतीक्षारत आदेश दिनांक ५.११.९९ को आ गया था। इस प्रकरण में डॉ. ए.पी. सक्सेना पूर्व सहायक महानिदेशक (कंप्यूटर) को निलंबित कर उनके ऊपर जाँच बैठाई गई थी। यह कार्यवाही कंप्यूटर प्रदाय, स्थापना, प्रशिक्षण आदि पर, जो देश भर में २३१ केंद्रों पर दिए गए थे, उनमें की गई अनियमितता मेरे द्वारा जाँच में पाई गई थी, उसके कारण हुई थी। उस पर दिया गया यह निर्णय था। विडंबना यह थी कि यह कार्य अन्य 'चौकड़ी' के व्यक्तियों (श्री के.के. वाजपेयी उपसचिव, डॉ. आर.एस. पड़ौदा महानिदेशक, डॉ. एस.एल. मेहता उपमहानिदेशक डॉ. ए.पी. सक्सेना स.म.) के द्वारा मिलकर किया गया था, किंतु पद की शक्ति तो इन दोनों (डॉ. पड़ौदा एवं डॉ. मेहता) पर थी, अतः कार्यवाही का नाटक इन दोनों ने मिलकर डॉ. ए.पी. सक्सेना पर कराई थी और खुद पाक-साफ बैठे थे। सर्वश्री पड़ौदा एवं मेहता ने न केवल मिलकर इस क्षेत्र में भ्रष्टाचार कराते थे, बल्कि शिकायतें आने पर मुँह में दही जमाकर बैठ जाते थे। इन्होंने न केवल नियमों की अवहेलना करके बिना आपूर्ति कराए एवं प्रशिक्षण दिए वेंडर को राशि दे दी थी, बल्कि वेंडर को 'ब्लैकलिस्ट' करने की जब बात आई थी, तब किसी भी हालत में उसे संरक्षित करने की व्यवस्था कर ली थी। इसके साथ ही उस समय की 'चौकड़ी' के मास्टर माइंड ने रिकॉर्ड में ही छेड़-छाड़ कर बदलाव करके कार्य पूर्ण होने के पूर्व ही फर्म को पूरा-पूरा भुगतान करा दिया था।

यह दिनांक ५.११.९९ का निर्णय मान. केंद्रीय प्रशासनिक ट्रिब्यूनल (अभिकरण) के नाम पर आया था। ट्रिब्यूनल ने डॉ. सक्सेना की इस माँग को कि उनके निलंबन का आदेश निरस्त कर दिया जाए, तदानुसार जाँच भी न हो, साफ कर दिया था कि निलंबन

रद्द नहीं होगा और जाँच भी शीघ्र पूर्ण की जाएगी। इस तरह से अब डॉ. सक्सेना पर जाँच शीघ्र करके आगामी कार्यवाही होनी थी, किंतु यहाँ तो योजना ही दूसरी थी, डॉ. सक्सेना को तो मात्र निमित बनाकर उन पर जाँच बैठाई गई थी, जिससे डॉ. राजेंद्र सिंह पड़ौदा एवं डॉ. मेहता पर आंच न आने पाए और परिषद् के अध्यक्ष (श्री अटल बिहारी वाजपेयी) तथा प्रधानमंत्री समझते रहें कि भ्रष्टाचार पर कार्यवाही हो रही है। उस 'चौकड़ी' का मकसद तो डॉ. सक्सेना पर कार्यवाही का नाटक करके अध्यक्ष को भ्रमित करना था, किंतु जैसे ही निर्णय आया, तब ये घबरा गए कि अब तो जाँच करानी ही पड़ेगी, भले ही जाँच का नाटक हो और जाँच में जो दस्तावेज डॉ. सक्सेना प्रस्तुत करेंगे, उससे सर्वश्री पड़ौदा एवं मेहता नंगे हो जाएँगे, क्योंकि कुछ ऐसे दस्तावेज तो डॉ. सक्सेना ने केंद्रीय प्रशासनिक अभिकरण में ही दे दिए थे। इसलिए जाँच न शुरू कर उचित अवसर की प्रतीक्षा में बैठ गए थे। डॉ. सक्सेना भी समझ चुके थे कि भले ही अन्य को वे नंगा कर देंगे, किंतु यह स्वयं भी आकंठ डूबे हुए थे तो उनकी नौकरी और पेंशन तो जाएगी ही। अत: मिलकर मामला रफा-दफा करना चाहते थे।

इतने तगड़े (बड़े) भ्रष्टाचार किए थे तो सहयोग की बात जानते थे कि भ्रष्टाचार में परस्पर सहयोग की आवश्यकता होती है (Corruption Requires Cooperation)। इधर डॉ. पड़ौदा भी समझते थे कि उन्हें सब लोगों को मिलाकर रखना है, भले ही परिषद् के अध्यक्ष के सामने परस्पर विरोध का नाटक दिखाते रहें। फिर डॉ. सक्सेना तो उनकी 'चौकड़ी' के प्रमुख सदस्य थे, चौसर की प्रमुख मोहरें, डॉ. पड़ौदा को तो सेवानिवृत्त पूर्ण होने के पूर्व ही मरने तक सेवा में वृद्धि की योजना थी। इसलिए ईमानदार राजनीतिज्ञों के सामने ईमानदारी दिखनी भी चाहिए थी। अध्यक्ष के सामने यह प्रकरण इस तरह प्रस्तुत होना था कि उससे यह लगे कि डॉ.पड़ौदा ईमानदारी से जाँच करा रहें हैं, साथ ही अपने आपकी नौकरी डॉ. पड़ौदा को भी बचानी थी एवं जेल के सीखचों से भी बचना था। इस तरह ये अवसर ढूँढ़ रहे थे कि किस तरह जाँच न होने दी जाए एवं अनंतकाल तक के लिए इसमें देरी की जाए। इस तरह यह चौकड़ी भी अपना हित इसी में समझती थी कि डॉ.सक्सेना पर न जाँच पूरी हो, न ही वह दंडित हों अन्यथा कोर्ट में या अन्यत्र भी 'चौकड़ी' के पूरे सदस्य फँसेंगे। इसलिए डॉ.सक्सेना की जाँच करानी भी 'भई गति सांप छछूंदर केरी उगलत लीलत प्रीति घनेरी' साबित हो रही थी। चौकड़ी तब तक इस कार्य में प्रगति नहीं लाना चाह रही थी, जब तक ईमानदार श्री अटल बिहारी वाजपेयी इस अध्यक्ष पद से हट न जाएँ और इनकी जगह कोई मनमाफिक अध्यक्ष न बन जाए।

इधर 'चौकड़ी' कंप्यूटर प्रदाय फर्मों को देरी से आपूर्ति में छूट दे रही थी, उधर शिकायतों का अंबार देशभर में आपूर्ति के ४३७ केंद्रों से आपूर्ति में देरी न करने की

बढ़ती जा रही थी, ऐसे ही पत्रों में ६.११.९९, १५.११.९९, १९.११.९९ का जिक्र यहाँ किया जा रहा है। ऐसा ही एक पत्र, दिनांक १९.११.९९ का श्री एस.पी. देशपांडे विश्वविद्यालय पुस्तकालयाध्यक्ष अकोला (महाराष्ट्र) के विश्वविद्यालय से मेरे लिए आया था। उसमें उन्होंने मेरे पत्र दिनांक २.६.९९ का हवाला देते हुए लिखा था कि इस पत्र से उन्हें कंप्यूटर, प्रिंटर, यू.पी.एस तथा माइक्रोसॉफ्ट ऑफिस देने की बात कही गई थी। इस बाबत चाही गई औपचारिकताएँ भी वे कर चुके हैं, किंतु ४ माह बीत जाने पर भी उन्हें माल नहीं मिला। कृपया शीघ्र भेजें। यह पत्र मुझे लिखा गया था, किंतु इसका जवाब मैं नहीं लिख सकता था, क्योंकि १८.११.९९ की बैठक में यह मेरा अधिकार छीन लिया गया था, किंतु इस बैठक का वृत्त नहीं लिखा जा रहा था, क्योंकि यह निर्णय उनके अधिकार क्षेत्र से बाहर था। इस कारण वे (चौकड़ी) डर रहे थे।

इस महाराष्ट्र पत्र के ऊपर चिह्नित कर मैंने ४.१२.९९ को लिखा, 'कृपया चिह्नित बिंदु देखें, कंप्यूटर उपकरण माँगे जा रहे हैं। उचित जवाब देना होगा, आदेश दें।'

यह पत्र डॉ. आलम उपमहानिदेशक को मार्क किया गया। इस पर उन्होंने ६.१२.९९ को टीप की।

'आप कंप्यूटर क्रय में प्रमुख व्यक्ति (Key Player) थे इसका निराकरण कर सकते हैं।'

इस पर मैंने ७.१२.९९ को लिखा, 'अध्यक्ष होने के नाते उपमहानिदेशक प्रमुख (Key Player) हैं। दिनांक १८.११.९९ की बैठक, जिसमें महानिदेशक, उपमहानिदेशक, राष्ट्रीय निदेशक, वित्तीय सलाहकार आदि थे, में यह निर्णय लिया गया है कि मैं वेंडर्स को तब तक नहीं लिख सकता, जब तक उपमहानिदेशक की स्वीकृति न लूँ। अतः कार्यवाही उपमहानिदेशक पर है' इस पर डॉ. आलम ने १८.१२.९९ को लिखा।

'यह अवज्ञा का कार्य है, सहायक महानिदेशक ग्राह्यता परीक्षण कर सकते थे। फाइल करें।'

ऐसा लिखकर चुपचाप अपने कार्यालय में यह पत्र फाइल कर दिया।

मुझे क्रय करनेवाला व्यक्ति इन्होंने लिखा, जबकि हमारे विभाग से दूर इस परियोजना क्रियान्वयन इकाई से सब कुछ हुआ एवं हो रहा था। मुझे इसकी फाइलें तक नहीं दिखाई जाती थीं।

दिनांक ६.११.९९ का एक पत्र कंप्यूटर उपकरण प्रदाय का आया था, जो डॉ. अनुव्रत दास प्रभारी राष्ट्रीय कृषि तकनीकी परियोजना के उमियम केंद्र (मेघालय) का था। इस पत्र पर उनको जो पत्र लिखा गया था, उसी के अनुरूप कंप्यूटर उपकरण प्रदाय का निराकरण करना था। इस पत्र को जब मैंने डॉ. आलम के सामने अपनी टीप (दिनांक ३.१२.९९) 'कृपया आवश्यक कार्यवाही हेतु इसे संबंधित परियोजना में भेजें।' दी तो

उपेक्षा करते हुए, इस पर निर्णय लेने की जगह डॉ. आलम ने ५.१२.९९ को लिखा।

'कृपया ग्राह्यता परीक्षण की प्रक्रिया को हल करें और इसे प्राथमिकता दें।'

मतलब प्रश्न से पूर्व दिशा संबद्ध है तो उत्तर में पश्चिम की असंबद्ध बात हुई।

जैसा पूर्व पृष्ठों के वर्णन से स्पष्ट है कि जब वेंडर माल नहीं दे रहे एवं परीक्षण सुविधा उपलब्ध नहीं करा रहे (जो उनका दायित्व था) तो परीक्षण होने का प्रश्न ही नहीं था। ऐसे में पत्रों के जवाब सही-सही सभी शिकायतकर्ताओं को देने के निर्देश देने चाहिए था। चूँकि इससे 'चौकड़ी' की बदमाशी की पोल खुल जाती, इसलिए ऐसा करने से हमेशा कतराते रहे। एक भी शिकायत का सही उत्तर देने के लिए नहीं कहा।

दिनांक १५.११.९९ का एक पत्र डॉ. हेमा पांडे निदेशक कृषि में महिलाओं पर···राष्ट्रीय अनुसंधान केंद्र (भारतीय कृषि अनुसंधान परिषद्), जगमरा, भुवनेश्वर का प्राप्त हुआ था। इसमें वहाँ की निदेशक ने लिखा था कि—

'यह नवीन केंद्र है, इसमें कंप्यूटर की आवश्यकता है। हमें अभी तक परिषद् के कंप्यूटर सेल की तरफ से कंप्यूटर नहीं मिले। अत: ऐसी स्थिति में हमें कंप्यूटर खरीदने की ही अनुमति दे दी जाए, साथ ही प्रशिक्षण की व्यवस्था भी देने की बात लिखी थी।'

ऐसी स्थिति में हमारे वेंडरों की गलती को स्वीकारते हुए सही स्थिति बताकर (कि कंप्यूटर अभी यहाँ से देने में देरी होगी) इस नवीन केंद्र को स्वत: भी खरीदने की अनुमति दे देते, किंतु ऐसा करते वक्त 'चौकड़ी' यह सावधानी बरत रही थी कि कहीं उनकी गलती पकड़ में न आए। अत: इस पत्र के ऊपर जब मैंने दिनांक ३.१२.९९ को लिखा—

'कंप्यूटर उपकरण अभी नहीं दिए गए। आवश्यक सलाह दी जा सकती है।'

तब डॉ. आलम ने दिनांक ५.१२.९९ को लिखा—

'कृपया प्रक्रिया को गति दें और प्राथमिकता दें।'

यह बहुत ही अटपटा मार्गदर्शन देना था। न तो केंद्र को यह बताना था कि कब तक हम उन्हें कंप्यूटर देंगे और न ही उन्हें स्वयं क्रय की अनुमति के बारे में कुछ कहना था। ऐसे पत्रों के सही जवाब देने की चर्चा पर भी 'चौकड़ी' गोल-मोल करती थी।

इसी तरह का एक पत्र दिनांक २६.११.९९ को श्री जगदेव प्रसाद नियंत्रक, कृषि एवं प्रौद्योगिकी विश्वविद्यालय कानपुर से आया था (ये सभी पत्र मेरे नाम से या मेरे पदनाम से आए थे)। जिसमें लिखा था—

'विश्वविद्यालय के कुलपति को हमारा २५.५.९९ का पत्र मिला था, जिसमें कंप्यूटर आदि की आपूर्ति आगामी तीन माह में पूर्ण करने को कहा गया था, किंतु अभी तक आपूर्ति चालू ही नहीं हुई। अत: निवेदन है दिनांक २७.१.९९ को हुई बैठक के निर्णयानुसार विश्वविद्यालय को तुरंत कंप्यूटर उपकरण भेजने की कृपा करें।'

फर्में बदमाशी कर रही थीं, आपूर्ति नहीं कर रही थीं, जिससे पुराने हुए मॉडल को जो सस्ते हो रहे थे, कम दामों में खरीदी कर कबाड़ को मानकर हमें देकर लाभ कमाए। अतः इस पत्र में मैंने अपनी टीप दिनांक ३.१२.९९, लिखी कि

'फर्म द्वारा अब भी आपूर्ति चालू नहीं की गई। आवश्यक कार्यवाही हेतु सलाह दें।'

इस पर उपमहानिदेशक डॉ. आलम ने लिखा—

'कृपया ग्राह्यता परीक्षण एवं वितरण की प्रक्रिया को तेज करें।'

किंतु पत्रोत्तर यह कि आपूर्ति कब होगी, वेंडर हमें कब देंगे, इसके बारे में कुछ नहीं लिखा। अतः मैंने पुनः ७.१२.९९ को टीप दी।

'इस बाबत मुझे वेंडर को लिखना पड़ेगा। क्या मैं लिख सकता हूँ, क्योंकि १८.११.९९ की महानिदेशक, उपमहानिदेशक आदि बैठक में लिये निर्णयानुसार मैं वेंडर्स को नहीं लिख सकता हूँ। यदि अनुमति हो तो फर्मों को मैं लिखूँगा।'

यद्यपि १८.११.९९ की बैठक में वे मुझे मेरे कार्य से दूर कर दिए थे, जो बंदर घुड़की थी, क्योंकि ऐसा कई बार कह चुके थे, किंतु इसका वृत्त लिखने में १० बार सोचते, क्योंकि इस समय के अध्यक्ष श्री अटल बिहारी वाजपेयी जी की ईमानदारी के भय से इन्हें खुद फँस जाने की आशंका से ग्रस्त थे। अतः इस बिंदु पर कि मुझे कार्य से हटाया गया, की बैठक में चर्चा तो कर चुके थे, किंतु इस बात को वृत्त में लिखने से घबरा रहे थे, किंतु दिनांक २२.११.९९ को ऐसी घटना हुई, जिससे इस 'चौकड़ी' की बल्ले-बल्ले हो गई। अध्यक्ष श्री अटल बिहारी वाजपेयी की जगह अब बिहार के सांसद श्री नीतीश कुमार कृषि मंत्री बन गए। अभी तक मुझे हटाने की बात को वृत्त में नहीं लिख पाए, क्योंकि वे स्वतः भयभीत थे, किंतु अब वह भय भी जाता रहा, इसलिए कमेंट भी बदलना शुरू कर दिया।

इन्होंने (डॉ. आलम) इसी पत्र के ऊपर मेरी टीप के नीचे ७.१२.९९ को लिखा।

'आप मेरे नाम से (On my behalf) पत्र का मसौदा (यदि आवश्यक हो तो) प्रस्तुत करें। यहाँ बहुत कुछ है, जो फोन से किया जा सकता है।'

अब चूँकि श्री नीतीश कुमार अध्यक्ष पद पर आ गए थे, अतः इस बार अब खुलकर लिखा था कि मैं खुद न लिखकर उनके नाम से लिखे जानेवाले पत्र का प्रारूप उनके सामने प्रस्तुत करूँ, जिससे वे जिसको चाहें, जितना चाहें, लिखें या न लिखें, साथ ही जैसा उनकी आदत थी कि वेंडर्स को बचाया जाए, चाहे वह जितनी अनियमितताएँ करें, उनकी गलती का रिकॉर्ड न बनाया जाए, न रखा जाए। अतः उन्होंने लिखा कि फोन पर चर्चा करके जितना चाहे कह ले (किंतु उनकी गलतियाँ लिखें नहीं) जिससे मामले को रफा-दफा कर दिया जाए। ऐसा फोन से चर्चा कर निराकरण करने की बात

हमेशा कहते थे और रिकॉर्ड न बने अन्यथा 'पेंडोराबाक्स' कहीं न खुल जाए, इसकी समझाइश की बात भी करते थे एवं ऐसी नोटिंग (टीप) भी लिख देते थे। उनकी इस टीप से भी मुझे आभास हो गया था कि अब अध्यक्ष से 'चौकड़ी' की गोटियाँ बैठ गई हैं। अब यह 'चौकड़ी' १८.११.९९ को वृत्त भी निकालेगी, साथ ही मुझ पर कार्यवाही भी करेगी, किंतु मैं तो यह ठानकर बैठा था कि मेरी नौकरी भले ही चली जाए, किंतु मैं अपनी कंप्यूटर परियोजना में घपले को सहन नहीं करूँगा और इस पर कार्यवाही चालू रखूँगा। अभी तक लगभग १०० केंद्रों से मेरे नाम ऐसे शिकायती पत्र आए थे (उनमें से कुछ नीचे वर्णित हैं) उनको मैंने जवाब भी लिखा था, जिससे 'चौकड़ी' का फर्मों के साथ मिलकर घपले करने की बात सामने आ रही थी।

मेरे नाम से डॉ. ए.एस. मिश्रा प्रमुख वैज्ञानिक केंद्रीय मृदा एवं जल संरक्षण अनुसंधान एवं प्रशिक्षण संस्था देहरादून से दिनांक २६.११.९९ का पत्र आया था, (जिसकी प्रति फर्म को तथा परियोजना इकाई को दी गई थी) जिसमें भी मेरे द्वारा आपूर्ति हेतु उनके लिखे पत्र दिनांक २०.९.९९ का हवाला देते हुए लिखा गया था कि मे. सीमेंस से कंप्यूटर प्रदाय कराने का पत्र मिल चुका है एवं संस्था की तरफ से की जानेवाली कार्यवाही भी पूर्ण करके संबंधित को सूचित किया जा चुका है, किंतु अभी तक संस्थान को कंप्यूटर नहीं मिले हैं। कंप्यूटर न मिलने से उनको बहुत बड़ी समस्या का सामना करना पड़ रहा है, कार्य रुका पड़ा है, इसलिए गंभीरता से निवेदन है कि इस बात की गहराई को देखते हुए कार्यवाही करें।

इस पत्र के मिलते ही मैंने उपमहानिदेशक डॉ. आलम को इसी पत्र के ऊपर लिखा, 'कंप्यूटर केंद्रों को अभी तक कंप्यूटर आदि नहीं मिले हैं, कृपया आवश्यक कार्यवाही हेतु सलाह दें।'

इतनी गंभीर बात में फर्म पर कोई कार्यवाही करने, उन्हें चेतावनी के लिए लिखने की जगह अटपटे भाव से डॉ. आलम ने लिखा—

'आपूर्ति प्रक्रिया चालू रखने की आवश्यकता है।'

जब फर्में कंप्यूटर उपकरण की आपूर्ति ही नहीं कर रही थी, परीक्षण एजेंसी (भारत सरकार का राष्ट्रीय सूचना केंद्र) बार-बार लिख रहा था कि उन्हें फर्मों द्वारा न तो परीक्षण हेतु कंप्यूटर उपकरण उपलब्ध हैं और न ही परीक्षण सुविधा फर्म दे रही है, कार्य में देरी हो रही है, ऐसे में फर्मों को चेतावनी तक न देना; वैसा ही था कि 'रोम जल रहा था, नीरो बंसी बजा रहा था' और डॉ. आलम उपमहानिदेशक और उनकी 'चौकड़ी' ऐसा ही कर रही थी और अब तो अध्यक्ष पद पर श्री नीतीश कुमार भी आ गए थे, अब कोई भय न था तो अपना काम निष्कंटक बनाने हेतु मुझे हटाने की चौकड़ी योजना बना रही थी।

अपने षड्यंत्र के तहत 'चौकड़ी' ने मेरे व्यैक्तिक या कार्मिक सहायक को अचानक हटा दिया। फिर एक-एक करके कुछ-कुछ दिनों के लिए कुछ सहायकों को जो बड़े रैंक में थे (व्यैक्तिक सचिव थे) भी मेरे पास भेजे, उन्होंने टाइपिंग का काम करने से साफ मना कर दिया। इसके बाद मेरे बार-बार लिखने पर उन्होंने एक पागल जैसे व्यक्ति श्री रामनिवास को मेरे पास भेजा, जो काम तो करता ही नहीं था, बल्कि कोरीडोर में घंटों एक जगह पर खड़ा रहता था। इसके बारे में पूरे परिषद् मुख्यालय को ज्ञात था कि वह विक्षिप्त है, किंतु प्रशासन ने कभी भी उसकी डॉक्टरी जाँच कराने की प्रक्रिया चालू नहीं की, जिससे उसे नौकरी से न निकाला जाए, क्योंकि यह व्यक्ति ईमानदार अधिकारियों की प्रताड़ना में काम आता था। इसका मुख्य उद्देश्य था कि मेरे पत्र ही जब नहीं टाइप होंगे तो घपला उजागर ही न होगा। यह बिंदु भी जाँच अधिकारी के समक्ष मेरे द्वारा लाया गया थी और जाँच अधिकारी ने इसे सही पाते हुए परिषद् की 'चालबाजी' पर रिपोर्ट देते हुए लिखा कि यह व्यक्ति काम न करनेवाला है (इस तरह जाँच आधिकारी ने भी इसके पागलपन की पुष्टि की की)। यह इसलिए किया गया था कि मैं घपलों को उजागर न कर सकूँ, पत्र लिखकर केंद्रों से जानकारी न मँगा सकूँ, उनके पत्रों का जवाब न दे सकूँ, जिससे फर्मों के घपले, जो 'चौकड़ी' अन्य व्यक्तियों से मिल कर कर रही है, वह उजागर ही न होने पाएँ, ढके रहे और ऐसे ही दफन हो जाएँ तथा भ्रष्टाचार फलता-फूलता रहे। यह विशेष रूप से इसलिए भी किया गया था, क्योंकि मैं १००० करोड़ रुपए की इस परियोजना प्रबंधन समिति में था और वहाँ भी सतत् पूरे-पूरे कार्यों के घपलों को उजागर कर रहा था।

यह भ्रष्टाचार होते हुए मैं नहीं देख सकता था। अतः जब ८५ शिकायतें इस (वर्तमान) १००० करोड़ रुपए के प्रोजेक्ट की एवं अन्य कई शिकायतें पूर्व के १००० करोड़ रुपए की परियोजना (जिसकी बदमाशी अभी चल रही थी एवं फर्म को ब्लैक लिस्ट वाली सूची में रखने की प्रक्रिया मैंने चालू कर दी थी, इसके कारण पूर्व के सहायक महानिदेशक मेरे द्वारा उजागर किए गए घपलों में फँस गए थे, उनको निलंबित कर नौकरी से बरखास्त करने की प्रक्रिया चालू थी) की मिली थीं। उन पर कार्यवाही के पत्र मैं लिख नहीं पा रहा था, तब दिनांक ६.१२.९९ को मैंने एक नोटशीट उपमहानिदेशक डॉ. आलम के सामने रखी, जिसमें लिखा कि १०००-१००० करोड़ रुपए की दोनों परियोजनाओं के घपलों की शिकायतें आ रही हैं, किंतु टाइपिस्ट न होने से इनका जवाब भी नहीं दिया जा सकता, घपलों के बारे में आगे लिखा-पढ़ी भी नहीं हो सकती। मेरे पास ८५ वर्तमान परियोजनाओं के एवं ३३ पूर्व परियोजना के घपलों के पत्र आए हैं, जिन पर कार्यवाही आवश्यक है। टाइपिंग की व्यवस्था न होने से (सहायक न होने से) ये सब जवाब भी नहीं दिए जा सकते, अतः टाइपिस्ट देने की व्यवस्था की जाए। इस

नोटशीट के ऊपर उपमहानिदेशक ने परिषद् के सचिव, जो प्रशासनिक सेवा के वरिष्ठ अधिकारी थे, को लिखा।

'यह देखना चाहेंगे और इसकी समस्या का समाधान हेतु आवश्यक निर्देश जारी करेंगे'।

सचिव ने इस नोटशीट को उपसचिव को लिखा।

'चर्चा करें, यह क्या है।'

फिर उनके माध्यम से अवर सचिव, फिर शाखा अधिकारी के पास फाइल गई, जिस पर फाइल की नोटशीट में मेरे पास पदस्थ मानसिक विक्षिप्त, जो मेरे पास षड्यंत्रपूर्वक पदस्थ किया गया था, उसके पास भेजा।

जैसा कि शाखा अधिकारी ने टीप में लिखा था 'जैसी इच्छा है' उसी अनुसार उससे टीप प्रस्तुत है (लिखाई गई) (जिसमें व्यैक्तिक सहायक श्री रामनिवास, जो बिल्कुल काम नहीं करता था, जिसके बारे में मैं सतत् शिकायतें करके अन्य किसी व्यक्ति की माँग कर रहा था, या मेरे पत्रों की टाइपिंग अन्य किसी से भी कराना चाहता था) जिसमें लिखा गया—

'कार्यालयीन आदेश दिनांक १०.१२.९९ के बारे में कहना है कि डॉ. एस.एस. तोमर आदेश को मान नहीं रहे।'

यह नोटशीट पुनः अवर सचिव, शाखा प्रभारी आदि से होती हुई मेरे मत के लिए मुझे १६.१२.९९ को प्रस्तुत हुई, जिसमें मैंने लिखा।

'मैं उन्हें अपने पास नहीं रखना चाहता, क्योंकि वह कोई भी टाइपिंग कार्य नहीं करते।'

और इसे अवर सचिव को भेज दिया, किंतु न तो उनको कोई कार्य करनेवाला टाइपिस्ट देना था और न ही दिया। मैं पूर्व का भुक्तभोगी था और ऐसे षड्यंत्रों को भोगा था, इसलिए समझ लिया था कि अब टाइपिस्ट मिलने वाला नहीं है (वर्षों पूर्व १९८५-९० में जब मैं मध्य प्रदेश शासन, भोपाल में संयुक्त संचालक कृषि वरिष्ठ बायोगैस विशेषज्ञ था और पूरे प्रदेश से पत्र लिख-लिख कर जानकारी एकत्रित कर बड़े-बड़े मंत्रियों, अधिकारियों के घपले उजागर कर रहा था, तब भी मेरी टाइपिंग सुविधा देना बंद की गई एवं ऐसा व्यक्ति मेरे साथ दे दिया था, जो अपनी व्यक्तिगत संस्था चलाता था, वह सुबह आता, रजिस्टर में उपस्थिति दर्ज कराता और चला जाता और मुझे तब से ही हांथ से स्टेंसिल लिखकर साइक्लॉस्टाइल कराकर म.प्र. के सभी ४५ जिलों में पत्र लिखने पड़े थे)।

इधर ४३७ केंद्रों से कंप्यूटर न मिलने से चीखें आ रही थीं, कारण पूछा जा रहा था, उधर इनका जवाब न देने के लिए मुझे टाइपिस्ट या व्यैक्तिक सहायक नहीं दिए जा

रहे थे। तो दूसरी ओर जो कंप्यूटर आदि के संदर्भ परीक्षण का नाटक हो रहा था, (बेंचमार्क कराकर ही क्रय आदेश देना चाहिए थे, किंतु वेंडर अमान्य न हो जाए, इस भय से ९.२.९९ को नियमों के विपरीत आदेश दे दिए गए थे) उसकी परीक्षण रिपोर्ट ऋणात्मक आ रही थी। जो बता रही थी कि वेंडर को स्पर्धा से ही बाहर कर देना चाहिए था। दिनांक १७.११.९९ को मे. सीमेंस के कंप्यूटर उपकरणों में सर्वर के भौतिक सत्यापन में ही सच सामने आ गया था। एक रिपोर्ट प्रस्तुत हुई थी, जिसमें परीक्षण प्रभारी श्रीमती वी. पद्मावती ने गंभीर त्रुटियाँ सामने लाई थीं जो सर्वर के चेंसिस से लेकर इथरनेट कंट्रोलर, नेटवर्क एडाप्टर, पोर्ट, स्टैंडर्स आदि में कमी थी। इसमें डॉ. अनवर आलम उपमहानिदेशक (इंजीनियरी) ने मात्र 'गंभीर' लिखा था, जबकि इसे (मे. सीमेंस को) पूर्णतय अमान्य करना चाहिए था तथा पूर्ण क्रय आदेश ही निरस्त होना चाहिए था (किंतु यह तो दूर, इन सभी कमियों को ठीक तक नहीं कराया गया), क्योंकि इसी के साथ डॉट मैट्रिक्स प्रिंटर की ग्राह्यता परीक्षण रिपोर्ट लगी थी, जिसमें लिखा थी प्रिंटर की केबल अलग है, ड्राइवर साफ्टवेयर फ्लॉपी में देना चाहिए था, क्योंकि कंप्यूटर में सी.डी. रोम ड्राइव नहीं था, साथ ही बबल जेट प्रिंटर की लगी परीक्षण रिपोर्ट २७.१०.९९ के कमेंट में लिखा था, अच्छी गुणवत्ता का पॉवर केबल चाहिए, अन्यथा यह अमान्य होगा, केबल की लंबाई भी अलग है। इसी तरह मोनो इंकजेट प्रिंटर का पॉवर केबल प्रदाय नहीं किया गया, जिससे परीक्षण पूरा नहीं हुआ। इन परीक्षण रिपोर्ट के आधार पर न केवल कंप्यूटर उपकरणों को निरस्त कर देना था, बल्कि पूरे आदेश को ही निरस्त कर देना चाहिए था, क्योंकि यह 'बेंचमार्क' परीक्षण जो पूर्व में होना था, उसके एवज में था, किंतु कुछ नहीं किया।

इधर कंप्यूटर की इस द्वितीय राष्ट्रीय कृषि परियोजना (तकनीकी) में घपले चल रहे थे तो दूसरी तरफ प्रथम राष्ट्रीय कृषि परियोजना (अनुसंधान) में हुए घपलों की लीपा-पोती चल रही थी। द्वितीय परियोजना में घपलों की शृंखला बड़ी तो थी ही उसके चलते अब इसकी वार्षिक रखरखाव की राशि प्रदाय हेतु भी न तो परिषद् से व्यवस्था की जा रही थी, न ही द्वितीय परियोजना से यह राशि दी जा रही थी, जबकि मैं इसकी प्रत्येक अनियमितता को सामने लाकर उसे ठीक एवं आपूर्तिकर्ता वेंडर्स पर कार्यवाही की माँग कर रहा था। इसी के चलते कर्तव्य बोध कराने हेतु वर्तमान परियोजना निदेशक को ११.११.९९ को एक पत्र के साथ दिनांक १०.११.९९ को हुई 'टास्क फोर्स' की बैठक का वृत्त तथा ६.५.९८ को हुई दूसरी बैठक का वृत्त संलग्न कर उनकी जानकारी के लिए भेजा, किंतु इसके सुधार के लिए इन्होंने भी कोई ध्यान नहीं दिया (ये भी तो 'चौकड़ी' के सदस्य थे) और दोनों ही कंप्यूटर परियोजनाओं पर यथावत निर्बाध भ्रष्टाचार चलता रहा। इसमें कितनी राशि फर्मों से ली जाती रही, यह तो ज्ञात नहीं हो पा रहा था,

किंतु यह निश्चित तो था ही कि इनको उपकृत करने के एवज में खूब भ्रष्टाचार फल-फूल रहा था।

इसी के चलते एक 'टास्क फोर्स' की बैठक दिनांक १०.९.९९ को हुई थी, जिसमें २५ बिंदुओं पर चर्चा कर निर्णय लिये गए थे। इसके वृत्त को मैंने क्रियान्वयन हेतु संबंधित १० अधिकारियों को दिनांक ५.११.९९ को भेजा था। इसके कई बिंदुओं पर अच्छी कार्यवाही हुई थी। जैसे वर्ष २००० के लिए नेटवर्क को उपयोगी बनाना, कंप्यूटर संबंधी विभिन्न महानिदेशकों की परिषद् के महानिदेशक के साथ बैठक करना, ई-मेल से संबद्ध समस्याओं को दूर करना, वर्कशाप करना, प्रशिक्षण संस्थाएँ बनाकर उनको क्रियाशील कराना, परिषद् की वेबसाइट ठीक करना, चौबीसों घंटे नेटवर्क चलाए रखना आदि पर कार्यवाही समुचित दिशा में बढ़ी, किंतु कंप्यूटरों की खरीद-फरोख्त, रखरखाव, उनकी प्रशिक्षण व्यवस्था के सुधार के लिए मेरे द्वारा किए गए प्रयत्न सफल नहीं हो पा रहे थे, क्योंकि 'चौकड़ी' अपना हित उसमें साधने के लिए मुझे फर्मों पर दंड आरोपित नहीं करने दे रही थी, (यहाँ तक कि उनको पत्र न लिखने देने की ताकीद मुझे दी जा रहा थी), परीक्षण के लिए एजेंसी को कंप्यूटर उपलब्ध कराना आदि के माध्यम से सुधारने का प्रयत्न करना लभगभग मना कर दिया गया था। फिर भी मैं किसी भी हालत में अपना अधिकार छोड़ने को तैयार न था एवं इन पर कार्यवाही हेतु पत्र लिखना सतत् चालू रखा था, जबकि 'चौकड़ी' का उद्‌देश्य था कि मुझे एक तरफ रखकर वेतन-भत्ते देते रहें, किंतु उनके भ्रष्टाचार करने के काम में दखल न हो।

दिनांक ११.११.९९ के पत्र से उप सचिव (शिक्षा) श्री के.एल. बकौलिया ने मुझे मेरे द्वारा प्रथम परियोजना के माध्यम से १९९५-९६ में प्रदाय कंप्यूटरों की अनियमितता उजागर की स्थिति बाबत लिखा था, जिसमें कहा गया था कि मैंने अपने नोट दिनांक १८.७.९९ से कंप्यूटरों की अधूरी आपूर्ति जो मे. एच.सी.एल. दिल्ली ने की थी, उनकी जानकारी बाबत उसका आधार एवं किस केंद्र के हैं, कब लगे हैं, रिपोर्ट की प्रति माँगी थी। इसके जवाब में उनको विभिन्न केंद्रों से आई रिपोर्ट, मेरे द्वारा यह रिपोर्ट मँगाने के पत्र, त्रुटियों आदि का विवरण देते हुए उन्हें कहा गया था कि न केवल दुरस्ती एवं प्रशिक्षण पूर्ण कराएँ, बल्कि न दिए गए कंप्यूटर उपकरण (अधूरी सप्लाई को) भी दिलाए जाएँ। इस पत्र में उपमहानिदेशक ने मात्र चर्चा करने की बात लिखी थी और आगे जानकारी देने संबंधी बात नहीं की थी, किंतु पूर्ण विवरण मैंने इसलिए प्रस्तुत किया था, जिससे सुधार हो। इसके बाद मे. एच.सी.एल. से उनके द्वारा संपर्क भी किया गया था, किंतु केवल सुधार का नाटक हुआ। सम्भवतः यह विवरण मुझसे इसलिए लिया गया था कि फर्म से इसका भय दिखलाकर भ्रष्टाचार की अच्छी राशि वसूली जाए या यह भी कि अब नए अध्यक्ष श्री नीतीश कुमार आ गए थे और उन्होंने कोई कार्यवाही

न होने दी हो, यहाँ तक कि दोनों परियोजनाओं की फर्मों को ब्लैक लिस्ट कराने की कार्यवाही भी नहीं हो पाई।

इसके जवाब हेतु मैंने ३.१२.९९ को एक नोटशीट डॉ. आलम उपमहानिदेशक को लिखी थी, जिसमें लिखा था—

'उप सचिव (शिक्षा) के संलग्न पत्र दिनांक ११ एवं २४ नवंबर, ९८ को देखें। इसके साथ ही शिक्षा विभाग से एक अलग पत्र प्राप्त हुआ है, जो उपमहानिदेशक (शिक्षा) द्वारा आपको (उपमहानिदेशक इंजीनियरी) लिखा गया है। इनमें एक मूल बिंदु है, जो पूर्व की योजना की फर्म मे. एच.सी.एल. दिल्ली की अधूरी आपूर्ति से संबद्ध है, जिसे हम आपूर्ति हेतु एजेंसी को लिखे हैं, आपके व्यक्तिक सहायक के पास उपलब्ध है और परियोजना के अन्य दस्तावेज शिक्षा विभाग के पास हैं। यद्यपि हमने जो केंद्रों से विवरण मँगाए हैं, वे उपलब्ध हैं, ये बड़ी संख्या में हैं और इसे आपके व्यक्तिक सचिव द्वारा फोटोकॉपी करवा कर शिक्षा के उपमहानिदेशक को दिया जा सकता है और उन्हें ऐसा सूचित भी किया जा रहा है।'

इस नोटशीट पर दिनांक ६.१२.९९ को उपमहानिदेशक डॉ. आलम ने लिखा, 'आप शिक्षा विभाग को उत्तर देने हेतु फाइल देख सकते हैं।'

इसके बाद पत्र का उत्तर दिया गया था। इसके आधार पर पूर्व आपूर्ति फर्म से काम पूर्ण कराना था, साथ ही उन पर कार्यवाही करनी थी, किंतु यह दोनों ही कार्य फर्म से नहीं कराए गए और उनको 'क्लीन चिट' मिल गई। यद्यपि यह वह प्रकरण था, जिसमें परिषद् की पूर्व 'चौकड़ी' ने जिसमें डॉ. आर.एस. पड़ौदा प्रमुख थे, ने फर्म को न केवल षड्यंत्रपूर्वक पूर्ण राशि का भुगतान प्रारंभ में ही कर दिया था, जो काम पूर्ण होने के बाद करना चाहिए था। फर्म द्वारा प्रशिक्षण नाम मात्र का दिया गया, वार्षिक रखरखाव की तो मात्र औपचारिकता की गई थी। यदि इस फर्म के ऊपर एवं 'चौकड़ी' जिसने मिलकर भ्रष्टाचार कराया था, पर कार्यवाही हो जाती तो आगे भ्रष्टाचार नहीं होता, पर यही तो विडंबना थी कि यहाँ भी 'बाड़ ही खेत खा रही थी' फिर कौन विनाश को रोक सकता था। इस तरह यह १००० करोड़ रुपए की अनुसंधान परियोजना (१९९५-९६) भ्रष्टाचार की बलिवेदी पर चढ़ गई थी। यदि श्री नीतीश कुमार, जो मात्र कृषि मंत्री बने थे (पूर्व के मंत्री कई प्रभार वाले थे) चाहते तो ठीक कर सकते थे, किंतु यहाँ तो उलटी गंगा बही थी और प्रकरण दब गया।

मेरे द्वारा लगातार फर्मों द्वारा बरती जा रही अनियमितता की शिकायतें तथा कंप्यूटर केंद्रों से प्राप्त शिकायतों से 'चौकड़ी' परेशान थी और फर्मों को अनैतिक लाभ देना भी बंद नहीं कर सकती थी। उसने अब नए क्रय हेतु दलाल (Procurement Agent) राइट्स (RITES) को नियुक्त किया था, जिसमें अपने पत्र दिनांक १५.११.९९ से हमें

लिखा कि उसने २८.१०.९९ के कंप्यूटर क्रय हेतु विश्व बैंक को प्रकाशन हेतु विवरण दे दिया है, जो १६.१२.९९ को प्रकाशित होगा। इससे प्राप्त दस्तावेज को ३.२.२००० को खोला जा सकता है। अत: बोली दस्तावेज हेतु कंप्यूटर के विवरण और इनके परीक्षण की प्रक्रिया, जो उन्हें प्राप्त नहीं हुए, भेजे जाएँ। 'राइट्स' को काम देने की संस्तुति मुझसे नहीं ली गई थी। इसका उद्‌देश्य तो तकनीकी बताया गया था, जबकि मूल उद्‌देश्य इसके माध्यम से घपला करना था, जिससे 'चौकड़ी' अपने आपको भ्रष्टाचार से नंगा होने से बचाए और भ्रष्टाचार करती रहे। यह बात आगे की 'चौकड़ी' की कार्यवाही से भी स्पष्ट हुई थी, जिसमें इसने अपनी मर्जी के मुताबिक कंप्यूटर उपकरणों के विवरण मेरी बिना जानकारी के (चोरी-छिपे) बनाकर दे दिए थे (जबकि यह कार्य मेरा था) जिससे विभिन्न फर्मों को लाभ हो। यह बात मंत्री (श्री नीतीश कुमार) को बताई गई, किंतु वह भी तो संलग्न थे, अत: कार्यवाही नहीं की। जब किसी तरह मुझे यह ज्ञात हुआ, तब मैंने इसका पर्दाफाश करते हुए सभी बड़े-बड़े अधिकारियों एवं कार्यालयों को लिखा, जो अखबारों में भी प्रकाशित हो गया। फलस्वरूप 'चौकड़ी' को न केवल यह विज्ञापन निरस्त करना पड़ा, बल्कि सबके सामने इनके भ्रष्टाचार की पोल खुल गई और वे नंगे हो गए।

मेरे पत्रों से उनका भ्रष्टाचार खुलता था, बार-बार परिषद् के सचिव श्री चौहान, जो वरिष्ठ प्रशासनिक सेवा के अधिकारी थे, से शिकायत करने पर कि मेरे पास जो वरिष्ठ व्यैक्तिक सहायक हैं, वह वरिष्ठ पदवाले होने के कारण टाइपिंग नहीं करते, अत: इनकी जगह किसी व्यैक्तिक सहायक को पदस्थ किया जाए। इस पर दिनांक ३.११.९९ को उन्होंने मेरे पास से श्री टेकचंद ढल्ला वरिष्ठ सहायक को हटाते हुए एवं अच्छे टाइपिंग करनेवाले सहायक श्री ए.के. पाठक की पदस्थापना कर दी, किंतु जैसे ही 'चौकड़ी' के प्रमुख श्री पड़ौदा तथा अन्यों तक यह भनक लगी तो उन्हें गलती का अहसास हुआ कि अब तो मेरे पत्र टाइप होंगे और उन्हें इन पत्रों से नंगा होना होगा और बदनामी झेलनी पड़ेगी तो तुरंत ही दिनांक १२.११.९९ को दूसरा आदेश निकालते हुए श्री पाठक को मेरे पास से हटाकर अन्यत्र पदस्थ कर दिया एवं उनकी जगह मुझे किसी को दिया भी नहीं। सचिव डॉ. पड़ौदा परिषद् के महानिदेशक भी थे, उनके बिना पत्ता तक नहीं हिलता था और उन्हें सभी को खुश रखने की कला भी आती थी। धीरे-धीरे अब मुझे यह ज्ञात हो गया था कि मेरे कितनी लिखा-पढ़ी के बाद भी मुझे टाइपिंग या लिपिकीय कार्य हेतु व्यक्ति नहीं मिलेगा। अत: मैंने टाइपिंग स्वत: करने की भी कोशिश चालू कर दी। यद्यपि मेरे समय के अधिकारी थोड़ी-थोड़ी टंकण कर लेते थे, किंतु चूँकि अखिल भारतीय परीक्षा से प्रथम श्रेणी का अधिकारी बना एवं शीघ्र ही मैं प्रबंधन के पद (संयुक्त संचालक, निदेशक) पर कार्य करता रहा, अत: टंकण में कठिनाई थी,

फिर भी सतत प्रयास करके थोड़ी–थोड़ी टाइपिंग चालू की एवं कुछ–कुछ काम चलाऊ टंकण कर लेता था, यद्यपि समय बहुत लगता था।

विश्व बैंक के अधिकारियों ने भी मेरे भ्रष्टाचार विरोधी अभियान को अच्छी तरह समझ लिया था। 'चौकड़ी' सांप के फन की तरह अपनी आकृति फैलाए, कुंडली मारे मुझे डसने को तैयार थी। दिनांक ८.११.९९ को डॉ. आलम उपमहानिदेशक (अभियांत्रिकी) ने डॉ. कुशलपाल को राष्ट्रीय कृषि तकनीकी परियोजना में मुख्यालय भेजा। चूँकि डॉ. कुशलपाल मेरे अधीनस्थ काम करने के लिए नियुक्त था, अत: मैंने उससे वहाँ जाने का कारण पूछा, तब उसने कहा था कि उसके द्वारा कुछ गोपनीय कार्य संपन्न हो रहा है। उसने यह कारण नहीं बताया जैसा कि उपमहानिदेशक के व्यक्तिक सचिव ने मुझे बताया कि वह श्री कन्हैया से मिलने गया है, एजेंडा बना रहा है (मेरे मातहत अधिकारी से मेरे ही खिलाफ एजेंडा बनवाना और इसे गोपनीय कहना, ऐसा होता था 'चौकड़ी' का काम)। दिनांक ९.११.९९ को भी आगामी बैठक का एजेंडा मुझे नहीं मालूम हुआ। उसी दिन सी.बी.आई. को पहले खरीदी की जाँच की फाइल भेजी। चर्चा होती रही, किंतु आगामी बैठक का एजेंडा नहीं बताया। यहाँ यह जिक्र करना योग्य होगा कि सी.बी.आई. द्वारा पूर्व के घपलों की जाँच चालू रहते हुए भी 'चौकड़ी' अपने को सुरक्षित कर भ्रष्टाचार कर रही थी। १०.११.९९ की वह तिथि भी आ गई, जब 'चौकड़ी' के सदस्य डॉ. मंगला राय ने भी मुझे धमकी दे दी। मैंने उनसे प्रशिक्षण की फाइल, जो बहुत दिनों से उनके यहाँ पड़ी थी, को निपटाने के निवेदन हेतु फोन पर बात की जहाँ वह गुस्साए बैठे थे, उन्होंने कहा कि 'यह भोपाल नहीं है (जहाँ से मैं दिल्ली आया था), वह मुझे १८.११.९९ की बैठक में देख लेंगे (निपटा देंगे)।'

उपमहानिदेशक (अभियांत्रिकी) ने मुझे कहा कि वह अपनी भी बैठक स्थगित कर रहे हैं और आगामी बैठक के मद्देनजर मेरी मुंबई और हैदराबाद की बैठक रद्द की जा रही है। यह कंप्यूटर संबंधित बैठक थी और वह भी मेरे साथ बैठक में जा रहे थे। दिनांक १३.११.९९ को १००० करोड़ रुपए खर्च करनेवाली इस राष्ट्रीय कृषि तकनीकी परियोजना प्रबंधन समिति की बैठक आहून हुई थी। यद्यपि हमारे कंप्यूटरवाले एजेंडा बिंदु उसमें सारणीबद्ध नहीं किए गए थे। फिर भी १५ प्रतिशत की वर्तमान खरीदी दस्तावेजों पर वर्तमान वेंडर से खरीदने की चर्चा हुई थी। इसमें 'चौकड़ी' इसी प्रक्रिया में इन्हीं फर्मों से अभी यह खरीदी कर कमीशन कमाना चाह रही थी, जबकि मैं बता रहा था कि ये पुराने कंप्यूटर पेंटियम–२ की जगह पेंटियम–३ बहुत पहले आ गए हैं, फर्मों के पास कोई इंफ्रास्ट्रक्चर नहीं है, फर्में पूरी तरह काम करने (आपूर्ति में) असफल रही हैं आदि–आदि। इन बातों को लेकर मैं अपने बिंदु पर अड़ गया था। सभी अन्य विभागों से आए प्रतिनिधि अवाक् थे और मैं फर्म के क्रियाकर्म की जन्म कुंडली

प्रस्तुत कर रहा था और जल्द ही 'चौकड़ी' ने मान लिया था कि अब १५ प्रतिशत की और खरीदी इससे नहीं होगी और सर्वश्री अनवर आलम, मंगला राय, कन्हैया चौधरी तथा जे.पी. मित्तल तुरंत जो खरीदी चाह रहे थे, चुप कर गए थे।

और अब वह १८.११.९९ की तिथि भी पहुँची, जब महानिदेशक डॉ. राजेंद्र सिंह पड़ौदा की अध्यक्षता में उनका कुनबा सर्वश्री मंगलाराय, आलम, राकेश (वित्त सलाहकार), जे.एस.भाटिया (शिक्षा विभाग), जे. पी. मित्तल, एन.एस. रंधावा (उप सचिव), कन्हैया, एस.पी.सनवाल (अवर सचिव) के साथ टी.वी. असारी (उपसंचालक वित्त) और मैं बैठे। श्री टी.वी. असारी ईमानदार थे, पर डरते थे। वित्त निदेशक श्री बाबूलाल जहागीरा को बुलाया ही नहीं गया था। वह बैठकों में अपना सही मत प्रस्तुत करने में डरते नहीं थे। मुझसे पूछा गया कि मैंने वेंडर्स की १.४ करोड़ की दंडात्मक कार्यवाही हेतु पत्र क्यों लिखा? डॉ. पड़ौदा महानिदेशक ने कहा अब डॉ. आलम नोडल अधिकारी काम देखेंगे और मैं मात्र मुख्यालय के कम्प्यूटर का। जब डॉ. आलम चाहेंगे तो मुझे पूछ लेंगे (यदि कोई कार्य होगा)। डॉ. आलम और मंगला राय ने कहा कि मेरे बिना पूछे दंडात्मक कार्यवाही का काम क्यों किया गया है। उनके पूछने का मतलब था कि मैंने नियमानुसार काम क्यों किया है, जिससे उनके परमप्रिय वेंडर्स को हानि हो रही है।

## कंप्यूटर नेट की बैंकॉक की वर्कशाप एवं जाँच के बिंदु

मेरी अपनी कंप्यूटर योजना के अंतर्गत एक कार्यशला (वर्कशाप एशियन इंस्टीट्यूट ऑफ टेक्नोलॉजी बैंकॉक में २२-२३ नवंबर, ९९ को ) आयोजित होनेवाली थी। इसने हमें अपने पूरे देश की कृषि इंटरनेट की इकाई की रिपोर्ट प्रस्तुत करनी थी, जो नियमानुसार मुझे ही करनी थी। इसके लिए पूर्ण कार्यवाही हो चुकी थी, मुझे छोड़ सम्पूर्ण टीम (सबको) ले जाने की अनुमति भी मंत्रीजी से आ चुकी थी, किंतु मेरे जाने का आदेश (अनुमति) मंत्रीजी के पास से नहीं आई थी। यह कार्यशाला इंटरनेशनल सिस्टम ऑफ नेशनल एग्रीकल्चरल रिसर्च (ISNAR) द्वारा हो रही थी। यह रविवार का दिन था, जब २१.११.९९ को मुझे अचानक फोन पर सूचना दी गई कि बैंकॉक जाने के लिए मंत्रीजी की स्वीकृति मिल चुकी है (इस हुई देरी में संभवत: 'चौकड़ी' का हाथ था, किंतु मंत्रीजी को भनक भी लगी होगी)। मैं परिषद् मुख्यालय में आकर आदेश लेकर तुरंत बैंकॉक के लिए रवाना हो जाऊँ। मेरे पास इतने किराए के पैसे भी न थे, फिर भी मुख्यालय कृषि भवन जाकर मैंने आदेश लिया (इस परिषद् में डॉ. तेज वर्मा का भी नाम था, जिनको इससे कोई लेना-देना भी न था)। इसके बाद उपमहानिदेशक डॉ. आलम जो मेरे वरिष्ठ अधिकारी थे, से उनके घर जाकर चर्चा की, तब उन्होंने कहा पैसों की व्यवस्था करके तुरंत चले जाओ। मैंने कुछ लोगों से पैसे उधार लिये एवं तुरत-फुरत

टिकट की व्यवस्था की एवं दिल्ली कलकता फ्लाइट से कलकता रवाना हुआ। कलकता में मैं २२.११.९९ को पहुँचा एवं आगे की यात्रा की। मुझे यह जानकर आश्चर्य हुआ कि डॉ. आलम, जिनसे मिलकर मैं चला था (उन्होंने भी कुछ व्यवस्था के मुद्दे मुझे सुझाए थे) अचानक कलकत्ता में किसी को एअरपोर्ट भेजा था और मेरी यात्रा को स्थगित करने का आदेश भेज दिया था। यह घटना आज भी मुझे विस्मय का कारण ही बनी है कि किस मंत्री के आदेश थे कि डॉ. आलम स्थगन के आदेश दिए थे, क्योंकि तब तक श्री नीतीश कुमार की कृषि मंत्री के रूप में ताजपोशी की तैयारी हो चुकी थी।

श्री नीतीश कुमार के कृषि मंत्री के रूप में पदस्थ होने की बात कुछ दिनों से चल रही थी एवं 'चौकड़ी' के सदस्य भी ऐसे अवसर की तलाश में रहते ही थे कि जो मंत्री आने वाले हैं, उनसे अपने समीकरण ठीक कर लिये जाएँ, जिससे 'चौकड़ी' एवं मंत्री को लाभ हो, क्योंकि परिषद् का अध्यक्ष पद कृषि मंत्री ही प्राप्त करते थे और ऐसे में संभव है 'चौकड़ी' के सदस्य श्री नीतीश कुमार जी से मिलकर बात की हो और किसी भी तरह मुझे अपमानित करने के उद्देश्य से बैंकॉक के रास्ते से ही लौटाने की व्यवस्था की हो और श्री नीतीश कुमार ने उनको अनुमति (मौखिक ही सही) दी हो और अगले पल उन्होंने डॉ. आलम के माध्यम से पत्र (मेल) भेजकर कलकता की संस्था के वैज्ञानिक को एयरपोर्ट भेजा हो कि मुझे बैंकॉक जाने की जगह वापस किया जाए। ऐसी संभावना कम थी कि उपमहानिदेशक डॉ. आलम अपने आप मंत्री के आदेश के ऊपर विपरीत आदेश करते। यदि ऐसा होता तो एक निष्पक्ष मंत्री उन्हें निलंबित कर जाँच बैठाता एवं नौकरी से हटा देता। यही नहीं डॉ. आलम ने चार कदम आगे बढ़कर 'चौकड़ी' की ताकत पर मेरे ऊपर इसी बात की जाँच बैठा दी कि मैं उनके रोकने पर भी बैंकॉक गया। इससे भी स्पष्ट हो गया कि श्री नीतीश कुमार का ही इसमें हाथ था। उन्होंने डॉ. आलम पर न तो कार्यवाही की और न ही उस जाँच रिपोर्ट पर 'चौकड़ी' के षड्यंत्र का भंडाफोड़ किया था, बल्कि 'चौकड़ी' को भ्रष्टाचार बढ़ाने दिया और उसी बिंदु पर जाँच लगा दी, जिससे यह स्पष्ट हुआ कि श्री नीतीश कुमार के षड्यंत्र से ही मुझे आधे आकाश से आवाज लगाकर वापस आने के लिए कहा गया था।

उन दो दिनों (दिनांक २१-२२.११.९९ को) क्या हुआ था, इस पर गौर करना उचित होगा। दिनांक २१.११.९९ को परिषद् के मुख्यालय कृषि भवन से मेरे आवास सी-१०१ राष्ट्रीय कृषि विज्ञान परिसर में दिन में ११ बजे श्री आर.पी. सरोज अवर सचिव, कृषि मंत्रालय (भारत सरकार) का मुझे फोन प्राप्त हुआ कि कृषि राज्य मंत्रीजी ने मेरे थाइलैंड जाने का भ्रमण स्वीकृत किया है, अतः मुझे तुरंत कृषि भवन जाना है। यह अवकाश का दिन था, जब मैं कृषि भवन पहुँचा, तब तक श्री सरोज कार्यालय से चले गए थे। अतः मैंने उन्हें फोन किया, वह आए एवं आदेश क्र. १२-८४/९९ दिनांक

२१.११.९९ तैयार किए और इसकी प्रति मुझे दी। यह पत्र परिषद् के सचिव को लिखते हुए मुझे एवं श्रीमती (डॉ.) तेज वर्मा को प्रति दी गई थी। इसमें लिखा था।

'मुझे कृषि राज्य मंत्रीजी के आदेश को सूचित करने का निर्देश हुआ है कि डॉ. तोमर एवं डॉ. वर्मा इंटरनेशनल सिस्टम ऑफ नेशनल एग्रीकल्चरल रिसर्च द्वारा आयोजित वर्कशाप, जो २२-२९ नवंबर, १९९९ को बैंकॉक में प्रतिनियुक्ति पर भाग लेने जाएँ। इसमें भारत सरकार अथवा परिषद् की कोई वित्तीय भार (जिम्मेदारी) नहीं होगा।'

मैं अपने से वरिष्ठ अधिकारी डॉ. आलम उपमहानिदेशक के आवास पर जाकर उनसे वह आदेश देकर जाने के बारे में बताया तथा यह भी बताया कि मेरे पास वर्तमान में राशि भी नहीं है। उन्होंने कहा बाद में राशि भुगतान हो जाएगी। अत: मैंने अपने पड़ोसी अधिकारियों (डॉ. अग्रवाल से ३५०० रुपए, डॉ. इलियास से २५०० तथा डॉ. मौर्य से ३५०० रुपए) से संपर्क करके उनके पास उपलब्ध राशि से तुरत-फुरत पैसों की व्यवस्था की तथा अपने पास उपलब्ध राशि को लेकर आगे बढ़ा। जाते वक्त दो बार घर वापस लौट आया, किंतु बाद में अंतिम बार सफदरजंग (इंडियन एयर लाइंस दिल्ली) गया। वहाँ से कलकत्ता की टिकट ली, एयरपोर्ट पहुँचा एवं वहाँ से कलकत्ता एवं वहीं से मैंने एवं डॉ. वर्मा ने फ्लाइट पकड़ी और थाइलैंड पहुँचे। वहाँ से एशियन इंस्टीट्यूट ऑफ टेक्नॉलोजी बैंकॉक, जहाँ वर्कशाप हो रही थी, वहाँ गए। बैंकॉक में मैंने वर्कशाप में देश की तकनीकी रिपोर्ट प्रस्तुत की एवं चर्चा में भाग लिया। वहाँ भी संगठन की ओर से ५८ प्रतिशत राशि दी गई। वहीं पर परिषद् के महानिदेशक एवं विभाग के सचिव डॉ. पड़ौदा गए थे। उनसे हम दोनों ने ३०.११.९९ को मुलाकात की तथा अचानक अनुमति मिलना तथा राशि न मिलने की बात बताई। उन्होंने श्रीमती तेज वर्मा से बात करते हुए आश्वस्त किया कि शेष राशि भी मिल जाएगी एवं बाद में दिल्ली आने पर संपूर्ण राशि भी दे दी गई। न थाइलैंड में परिषद् के महानिदेशक डॉ. पड़ौदा ने कोई ऐसी बात की, जिससे आभास होता कि मेरे यहाँ आने में व्यवधान पैदा किया गया था और न ही डॉ. आलम ने यहाँ से बैंकॉक चलते वक्त कुछ अवरोध किया (यद्यपि श्रीमती वर्मा ने बताया था कि जब हम थाइलैंड आने के लिए कलकत्ता में हवाई जहाज से चढ़ रहे थे, तब कोई हमें बाहर से चिल्लाकर रोक रहा था, किंतु दूरी इतनी थी कि कुछ सुनाई नहीं पड़ रहा था)। परिषद् में हो रहे भ्रष्टाचार के बारे में मैंने थाइलैंड से श्री एन. विट्ठल सतर्कता आयुक्त को लिखा था। बाद में 'खिसियानी बिल्ली खंभा नोचे' वाली कहावत चरितार्थ करते हुए महानिदेशक डॉ. पड़ौदा ने श्री नीतीश कुमार मंत्री कृषि एवं परिषद् के अध्यक्ष से मिलकर इसी बात पर मुझे नौकरी से निकालने की चाल चली।

'चौकड़ी' एवं श्री नीतीश कुमार के २१.११.९९ एवं २२.११.९९ के मेल-मिलाप ने बड़ा गुल खिलाया, जिससे भ्रष्टाचार का इतिहास बन गया। २१.११.९९ की दिनभर

की मशक्कत के बाद डॉ. आलम, उपमहानिदेशक से मिलकर उनसे भी अनुमति लेकर मंत्रीजी के आदेशानुसार उसी दिन रात में बैंकॉक के लिए दिल्ली से रवाना हुआ। कहते हैं कलकाता (कोलकाता) से फ्लाइट बदल मैं जब बैंकॉक जाने के लिए आकाश में जा रहा था, तब कुछ आकाशवाणी (कहीं से आवाज) की गई थी, जिसमें एक कोलकाता स्थिति परिषद् के केंद्र का वैज्ञानिक चिल्लाकर मुझे वापस आने को कह रहा था कि परिषद् में आपको वापस बुलाया जा रहा है। बाद में यह पता चला था कि डॉ. आलम उपमहानिदेशक ने यह वापसी का फरमान जारी किया था। इसके बारे में जो आशंका थी कि चौकड़ी ने श्री नीतीश कुमार से चर्चा की होगी। और मंत्री ने कोई आदेश जारी किया होगा, जिसके तहत मेरी विदेश में प्रतिनिधित्व की यात्रा स्थगित हुई होगी अन्यथा उप महानिदेशक को मंत्री के आदेश को निरस्त करने का अधिकार नहीं था और वह भी तब, जब इतनी महत्त्वपूर्ण सूचना टैक्नॉलोजी पर मैं देश का प्रतिनिधित्व करने जा रहा था। मैंने सोच लिया था कि इस बिंदु पर मंत्री के आदेश को संत्री ने निरस्त किया है, मैं डॉ. आलम को नौकरी से निकलवाकर दम लूँगा, क्योंकि डॉ. आलम ने बिना मंत्री का आदेश लिए मुझे बीच में रोकने का अपराध किया था। मैंने पता भी किया, किंतु मुझे ऐसा कोई भी लिखित आदेश मंत्री, महानिदेशक आदि का नहीं मिला। मुझे षड्यंत्र की बू आई कि या तो मंत्री ने षड्यंत्र करके मौखिक ही आदेश दे दिया था या कि डॉ. आलम उपमहानिदेशक ने तानाशाही रवैए से श्री नीतीश का सहयोग पाकर ऐसा किया था। बाद में एक समय ऐसा आया; जब डॉ. आलम के इस आदेश को न मानने के कारण मुझे केंद्रीय सिविल सेवा आचरण नियम (के.सि.से.आ.नि.)-१९६५ के तहत जाँच के आदेश हुए। इस नियम के तहत जो जाँच होती है, वह अध्यक्ष या कृषिमंत्री की स्वीकृति के बाद ही होती है, क्योंकि इससे नौकरी से हटाया या बरखास्त किया जाता है। तब ज्ञात हुआ कि श्री नीतीश कुमार मंत्री का कितना बड़ा षड्यंत्र था कि बिना कुछ दोष के वह जाँच अधिकारी की रिपोर्ट लेकर मुझे सेवा से हटाना चाहता था। यदि यह जाँच अधिकारी भी उसके दबाव में आ जाता और इस झूठी कहानी में कुछ भी मेरे खिलाफ लिखता तो श्री नीतीश मंत्री एवं अध्यक्ष की हस्ती से मुझे सेवा से बरखास्त कर देते। मेरी सेवा तो जाती ही, मेरी पेंशन भी खत्म हो जाती और मैं किसी शासकीय सेवा योग्य नहीं रह पाता, जबकि सच्चाई यह थी कि न तो डॉ. आलम को मुझे रोकने का अधिकार था और न ही किसी मंत्री ने यह लिखकर दिया था कि मंत्री की स्वीकृति (विदेश जाने बाबत) को निरस्त किया जा रहा है। फिर भी अंधा बनते हुए चौकड़ी के साथ श्री नीतीश मंत्री ने षड्यंत्र कर, मिलीभगत से मुझे रास्ते से हटाने की यह प्रथम तरकीब लगाई थी। उन्होंने यह तक नहीं देखा था कि किसी भी मंत्री ने मेरी यात्रा निरस्त

करने का आदेश जारी नहीं किया था। अतः डॉ. आलम को दंडित करना था, न कि डॉ. तोमर को। इस तरह मुझे सेवा से हटाने का यह प्रथम प्रयत्न था।

इधर श्री नीतीश मंत्री एवं अध्यक्ष (परिषद्) बने, उधर 'सैंया भए कोतवाल अब डर काहे का' की तर्ज पर 'चौकड़ी' अकड़ रही थी। चौकड़ी ने अपने भ्रष्ट चमचों के साथ मुझे कार्य से हटाने के लिए दिनांक १८.११.९९ को बैठक की थी एवं सामूहिक निर्णय लिया था कि मुझे मेरे कार्य से हटा दिया जाएगा। मुझे जो कार्य निर्धारित थे, वे बाकायदा मेरी नियुक्ति के विज्ञापन में दिए गए थे और अध्यक्ष की स्वीकृति से इन कार्यों के लिए मुझे चयनित कर नियुक्ति दी गई थी। मुझे इन कार्यों से अलग करने का अधिकार मात्र अध्यक्ष के पास था, वह भी केंद्रीय सिविल सेवा आचरण नियम के अंतर्गत जाँच करके दोषी पाए जाने पर, किंतु इन पंडों ने, जिनके पास मेरे कार्य का तनिक भी ज्ञान न था, मुझे मेरे काम से हटाने का प्रस्ताव पास किया था। चूँकि १८.११.९९ को परिषद् अध्यक्ष श्री अटल बिहारी वाजपेयी (प्रधानमंत्री जी) थे, अतः इन सभी को इसके वृत्त (मिनिट्स) निकालने की हिम्मत नहीं पड़ रही थी, क्योंकि यह प्रस्ताव उसी कहानी की तरह था, जिसमें जंगल में गीदड़ों ने एक बैठक कर सर्वसम्मति से एक प्रस्ताव पास कर निर्णय लिया था कि शेर को जंगल से निकाला जा रहा है। जैसे ही श्री नीतीश कुमार मंत्री पद पर आए, इनका हौसला बढ़ा, क्योंकि इन्हें भ्रष्टाचार में सहयोगी की जरूरत थी। इस प्रकार इन लोगों ने मिलकर, एक भ्रष्टों की खिलाफत करने वाले का, जो कि इनके गले की हड्डी बना बैठा था, को वहाँ से निकालने की ठान ली। इस तरह १८.११.९९ की बैठक का वृत्त अब श्री नीतीश कुमार के मंत्री पद पर आने के बाद बनना चालू हुआ। यद्यपि श्री नीतीश कुमार सीधे एकदम से अपने आपको विवादास्पद मुद्दों में आने से बचते रहे फिर भी चुपचाप षड्यंत्र कर मुझे हटा देने या मेरे काम को छीन लेने का षड्यंत्र रचते रहे। दिनांक १८.११.९९ की बैठक का वृत्त दिनांक १५.१२.९९ को श्री नीतीश के आने के बाद निकाला गया। इस मिनट (आदेश) से मेरे सभी मुख्य कार्य छीन लिए गए थे। यह अधिकार इनकी परिधि के बाहर था। इसमें यह प्रावधान किया गया था कि मुझे देश भर के ४३७ केंद्रों की देखरेख की जगह मात्र एक केंद्र (मुख्यालय) देखना है। अतः मैंने इस प्रकरण का अभ्यावेदन मंत्री को एक बार नहीं कई बार दिया, किंतु इसका कोई जवाब नहीं दिया गया और न ही इसमें संशोधन हेतु कुछ कहा गया। इससे स्पष्ट हो गया कि इसमें श्री नीतीश कुमार मंत्री की षड्यंत्रकारी चाल थी, जिसकी यह धारणा थी कि मुझे रास्ते से हटाए भी रखे एवं मंत्री श्री नीतीश कुमार पर दोषारोपण भी न हो। इस तरह इस बैठक के वृत्त के द्वारा मुझे पंगु बना दिया गया था। यह दूसरी बात थी कि मैं अपने अधिकार का उपयोग करता रहा, किंतु इन्होंने इसे आदेश मानते हुए सुविधाओं

से वंचित रखा। इस तरह श्री नीतीश कुमार मंत्री का चौकड़ी से मिलकर मेरे भ्रष्टाचार दूर करने की प्रक्रिया को रोकने का इनका दूसरा षड्यंत्र था।

श्री नीतीश कुमार मंत्री की शह पाकर चौकड़ी ने मेरे कनिष्ठ वैज्ञानिक अधिकारी से मेरी झूठी शिकायत कराई कि जब मैं २५.११.९९ को बैंकॉक में था तो दिल्ली में मेरे कक्ष में रखा एल.सी.डी. प्रोजेक्टर उपयोग हेतु नहीं मिल पाया था, जबकि मेरे कमरे की चाभी व्यैक्तिक सहायक के पास थी और उससे आसानी से इसे लिया जा सकता था। फिर भी असंबद्ध अधिकारी डॉ. मंगला राय राष्ट्रीय निदेशक ने मेरे कनिष्ठ से लिखाया एवं बिना उचित माध्यम के सीधे यह शिकायत के रूप में महानिदेशक को प्रस्तुत हुई। इसका उद्देश्य मात्र यह था कि श्री नीतीश कुमार मंत्री के सामने कुछ शिकायतें प्रस्तुत कर मेरे खिलाफ कार्यवाही की जाए, क्योंकि ऐसे ही और भी झूठे प्रकरण सामने आए थे।

चूँकि भ्रष्टाचार की तीव्रता बढ़ती जा रही थी और श्री नीतीश कुमार मंत्री एवं चौकड़ी इसे प्रश्रय दे रहे थे, अतः ६.१२.९९ को मैंने श्री अरुण शौरी मंत्री लोक शिकायत, प्रधानमंत्री, केंद्रीय सतर्कता आयुक्त, कृषि मंत्री आदि को इसकी शिकायतें भेजीं, जिसका परिणाम रहा कि चौकड़ी एवं श्री नीतीश काफी क्रोधित हो गए। दिनांक १०.१२.९९ को नियमानुसार वार्षिक रखरखाव (सबसे कम कीमत में) मे. एच.सी.एल. को जो देना था, उसके लिए इसने (एच.सी.एल. ने) इनकार कर दिया। इस हेतु उस पर दंडारोपण करना था। मैंने इस पर लिखा-पढ़ी की, किंतु चौकड़ी ने इस पर कोई कड़ी कार्यवाही नहीं की। भ्रष्टाचार से संबंधित कई प्रश्न सांसदों ने संसद में उठाए एवं सूचना प्रौद्योगिकी को ठीक करने को कहा। मैंने विक्रेताओं की गलती पर नियमानुसार १.६ करोड़ रुपए के दंडारोपण कर दिए। पुनः चौकड़ी तथा श्री नीतीश कुमार मंत्री का षड्यंत्रपूर्वक कार्यक्रम चला, जिसके अंतर्गत डॉ. मंगल राय, जो मेरे विभाग का भी अधिकारी नहीं था, उसके कंधे पर बंदूक रखकर चलाई गई एवं उसके विभाग से मेरे कार्यों-अधिकारों से वंचित करने का २७.१.२००० का आदेश निकलवाया गया। इस आदेश में सबसे विस्मयकारी निर्णय यह था कि मेरे मातहत कनिष्ठ कर्मचारी को मेरे ऊपर बैठा दिया गया। इस तरह इसका भी अभ्यावेदन मैंने श्री नीतीश कुमार मंत्री को दिया, पर उन्होंने कोई कार्यवाही नहीं की। इससे यह स्पष्ट हो गया था कि इस आदेश के पीछे भी इस मंत्री का षड्यंत्र था, जो चौकड़ी से मिलकर किया गया था। इस तरह यह पदच्युत करने की तीसरी घटना थी, जिसमें इनका षड्यंत्र था।

इसी बीच मेरी पत्नी श्रीमती सरला तोमर, जो मेरे दिन-प्रतिदिन की प्रताड़ना को देख रही थी, उन्होंने १५० करोड़ रुपए के घपलों को इसके साथ मिलाते हुए प्रधानमंत्री को दिनांक ५.३.२०००, केंद्रीय सतर्कता आयुक्त को ७.३.२००० तथा कृषि मंत्री

को१४.३.२००० एवं सी.बी.आई, भारत के राष्ट्रपति, मानव अधिकार आयोग आदि को लिखा। इनकी प्रति मंत्री को दी। इसी बीच श्री नीतीश कुमार कृषि मंत्री पद छोड़कर बिहार राज्य के मुख्यमंत्री पद का प्रभार लेकर 'गुड़कतान' करके बहुमत सिद्ध करने पटना चले गए और खूब प्रबंधन हेतु जी तोड़ मेहनत (तन-मन-धन) से लग गए, किंतु उनका दुर्भाग्य कि वहाँ व्यवस्था न बन पाई तो पूरा ध्यान यहाँ लगाए रखा था। अतः 'लौट के बुद्धू घर को आए' की तर्ज पर पुनः भारत सरकार में यहाँ आकर कृषि मंत्री बने। फलस्वरूप परिषद् अध्यक्ष भी बन गए। वहाँ रहते हुए भी मेरी भ्रष्टाचार विरोधी गतिविधियों पर इनकी दृष्टि गड़ी थी। इसके साथ ही १५.५.२००० को 'द इंडियन एक्सप्रेस' के नई दिल्ली संस्करण के मुख्य पृष्ठ पर एक बड़ा समाचार शीर्षक 'वैज्ञानिक द्वारा घोटाला उजागर करने पर उसे परिषद् से बाहर कर दिया गया (Scientist is shunted out for highlighting an ICAR Scam)' छपा था। इसमें रुपए १००० करोड़ रुपए की वर्तमान की परियोजना तथा इतने ही की पूर्व की परियोजना के घपले विस्तार से बताए गए थे। साथ ही इस पर सर्वश्री अनवर आलम उपमहानिदेशक, राजेंद्र सिंह पड़ौदा, महानिदेशक तथा मेरा साक्षात्कार छापा गया था। इस समाचार ने सभी बड़ों-बड़ों को भ्रष्टाचार में नंगा करके रख दिया था। उस समय प्रभार में एक ईमानदार कृषि मंत्री श्री सुंदरलाल पटवा थे, जिन्होंने डॉ. पड़ौदा आदि के भ्रष्टाचार पर समाचार छपते ही कार्यवाही की प्रक्रिया चालू की, किंतु दुर्भाग्यवश उन्हें तुरंत मंत्रालय छोड़ना पड़ा, क्योंकि श्री नीतीश कुमार वापस आ गए। श्री नीतीश कुमार को मंत्री पद पर रहते हुए पार्टी फंड भरना था, अतः वह मुझे अपने रास्ते का कांटा समझकर किसी तरह निकाल देने का अच्छा अवसर समझकर तुरंत ही मेरे ऊपर नियमों के अंतर्गत दिनांक ४.८.२००० से डॉ. किरण सिंह को जिम्मेवारी देकर विभागीय जाँच बैठा दी। यह श्री नीतीश कुमार का मुझे नौकरी से बाहर निकालने के लिए चौथा प्रयास था। इसने इस नियम में अपने चहेतों सर्वश्री राजेंद्र सिंह पड़ौदा, अनवर आलम, मंगला राय; जो कि भ्रष्टाचार में सहयोगी थे, पर कोई जाँच नहीं बैठाई, जबकि इनका भी समाचारों में नाम छपा था। इतना ही नहीं ९.८.२००० को भी एक दूसरी जाँच श्री पवन रैना को देकर बैठा दी, जिसको प्रारंभिक जाँच कहा एवं इसमें दोषी पाए जाने पर विभागीय जाँच लगाने को कहा गया। तात्पर्य साफ था कि पहलीवाली विभागीय जाँच जो ४.८.२००० को ३३ बिंदुओं पर लगाई गई, यदि उसमें मुझे दोषी न पाया गया तो दूसरी ९.८.२००० की प्रारंभिक जाँच, जो असीमित बातों पर थी, उसमें किसी बिंदु पर दोषी पाए जाने पर पुनः विभागीय जाँच चलेगी। बिलकुल अजीबोगरीब जाँचें थीं, धूर्तता, चालबाजी, षड्यंत्र, फरेब, नीचता, कमीनापन आदि की हद होती है, पर यहाँ तो सभी हदें पार कर दी गई

थीं। मुझे पदच्युत करने का यह (पवन रैना की जाँच) पाँचवां प्रयत्न था। मैंने इनके ९ करोड़ रुपए के घपले २५.१.२००१ को इनके सामने रखे थे। पहली जाँच का उद्‌देश्य था कि दोषी पाए जाते ही सेवा से बरखास्त कर पेंशन भी खत्म कर देना, जिससे मैं पुनः अपने पिछड़े गाँव जाकर हल जोतकर या चरवाहा बनकर जीविकोपार्जन करता रहूँ और यहाँ चौकड़ी श्री नीतीश कुमार के साथ मिलकर भ्रष्टाचार से अपना-अपना उल्लू सीधा करती रहे, किंतु हुआ उलटा। कहते हैं कि दूसरों के लिए गड्ढ़ा खोदनेवाला स्वतः भी कभी-कभी गड्ढ़े में गिर सकता है। हुआ यह कि दूसरीवाली श्री पवन रैना की प्रारंभिक जाँच की रिपोर्ट जल्द आ गई और उसमें डॉ. पड़ौदा के साथ कई लोग दोषी पाए गए। डॉ. पड़ौदा को पद से हटा दिया गया। उसे दोष रहित करने के लिए श्री नीतीश कुमार मंत्री ने अपने चहेते श्री बरुआ को देकर अलग जाँच बैठा दी (जिसका उद्‌देश्य था डॉ. पड़ौदा को बचाना एवं मुझ पर दोष सिद्ध करना) और उसी के बीच-बचाव में पूरी ताकत देकर ये भटक गए। श्री बरुआ की जाँच से मुझे हटाने का यह छठवाँ प्रयत्न था। डॉ. पड़ौदा को बरी कर श्री नीतीश कुमार मंत्री ने वापसी तो कराई, किंतु मैंने वकील खड़ाकर उच्च न्यायालय में जनहित याचिका चला दी, जिसके चलते डॉ. पड़ौदा को बाद में देश छोड़कर भागना पड़ा। इन दोनों ही जाँच में 'चौकड़ी' दोषी इंगित हुई थी। मुझे दंडित करने के प्रयत्न में मंत्री श्री नीतीश कुमार ने भ्रष्टों के साथ मेरा नाम मिलाते हुए अगली (सातवीं) जाँच सी.बी.आई. से कराने को लिखा। इधर डॉ. किरण सिंह की जाँच इतनी स्पष्टतया एवं सार्वजनिक रूप से चल रही थी और उसमें डॉ. पड़ौदा का खास पी.ए., टाइपिस्ट आदि स्टॉफ ऐसे थे, जिससे ये लक्षण सभी के समझ में आ गए थे कि इस जाँच में मैं निर्दोष तो साबित हो ही जाऊँगा, उलटे 'चौकड़ी' पर आक्षेप भी लगेंगे। इस तरह 'चौकड़ी' एवं श्री नीतीश मंत्री के सातों प्रयत्न में मुझे दोषीं कराने में असफल (अप्रभावी) होते देख इन लोगों ने आव देखा न ताव, मुझे रास्ते से हटाने के लिए एक अजीब निर्णय ले डाला। इसमें सर्वश्री अनवर आलम, उपमहानिदेशक, राजेंद्र सिंह पड़ौदा महानिदेशक, नीतीश कुमार कृषि मंत्री एवं परिषद् अध्यक्ष ने मिलकर जालसाजी की। मेरा वर्ष १९९८-९९ एवं १९९९-२००० का वार्षिक प्रगति प्रतिवेदन खराब कर सभी नियमों को तोड़ते हुए मुझे सहायक महानिदेशक के पद से दिनांक ३१.१.२००१ को हटा दिया (Terminate) गया। यद्यपि इसी पर किरण सिंह की जाँच चल रही थी, जबकि परिषद् के ऐसे पदों से वापसी पर भी समान वेतन एवं भत्ते बने रहते हैं। नियमानुसार ऐसे पदों से किसी को बिना जाँच में दोषी पाए नहीं हटाया जा सकता। वार्षिक प्रगति प्रतिवेदन खराब होने पर किसी को हटाने का कहीं कोई नियम ही नहीं है। इसी कारण इस बिंदु पर डॉ. किरण सिंह से जाँच भी कराई जा रही थी।

बेशरमी एवं नियम तोड़ने की हद तो तब हो गई, जब २१.५.२००१ को डॉ. किरण सिंह जाँच अधिकारी की रिपोर्ट आ गई और जाँच अधिकारी ने मेरी १९९८-९९ एवं १९९९-२००० की खराब की गई वार्षिक प्रगति प्रतिवेदन की प्रक्रिया को ही गलत बताया। इसके बाद मैंने श्री नीतीश कुमार मंत्री एवं अध्यक्ष को अभ्यावेदन दिया कि जिस वार्षिक प्रगति प्रतिवेदन को खराब मानकर मुझे हटाया गया, उसे आपके जाँच अधिकारी ने गलत पाया है। अतः मुझे पद पर वापस लाया जाए या बहाल किया जाए। तब श्री नीतीश कुमार अध्यक्ष ने ऐसा नहीं किया, क्योंकि मैं पद पर वापस आते ही पुनः भ्रष्टाचार बंद कर देता। इस तरह परिषद् के अध्यक्ष श्री नीतीश कुमार, महानिदेशक डॉ. पड़ौदा, उपमहानिदेशक डॉ. अनवर आलम एवं डॉ. मंगला राय आदि ने भ्रष्टाचार को बढ़ाया एवं इसे सतत् बनाए रखने के लिए नियम-कायदों को रौंद डाला।

भ्रष्टाचार को बढ़ावा देनेवाला डॉ. आर.एस. पड़ौदा आज भी परिषद् की छाती पर अपनी पकड़ बनाकर, अकड़कर धाक बनाए बैठा है। इंडियन साइंस कांग्रेस का पैसा चतुराईपूर्वक लेकर (खुद की राशि से नहीं) एक ट्रस्ट टास (TAAS) का गठन कर परिषद् की दिल्ली-संस्था के एक बड़े कम्पाउण्ड में अवैध कब्जा किए बैठा है। इस ट्रस्ट से अपने-अपनों को महंत-संत बनाता रहता है। जब मैंने अब भी वर्तमान कृषि मंत्री श्री राधामोहन सिंह से सूचना अधिकार के अंतर्गत जानना चाहा कि मैं तथ्यात्मक रूप से एक न्यास (Trust) का गठन कर रहा हूँ, जो परिषद् के भ्रष्टाचार को देख सकता है। क्या इसके लिए आप डॉ. पड़ौदा जैसे ही राजशाही जगह दिल्ली में स्थान देंगे तो वहाँ से कोई संतोषजनक उत्तर नहीं मिला है। यही नहीं डॉ. पड़ौदा परिषद् की बड़ी-बड़ी समितियों में कब्जा बनाए बैठा है। परिषद् से जब दिनांक १६.११.२००० से ४० दिवस तक हटाया गया था, उस समय के काले दिनों को सब जगहों से मिटवा या हटवाकर इतिहास को गलत कर रहा है। इसने अपने से संबंधित दोषों को छिपाने हेतु कई फाइलें गायब करा दी हैं, यहाँ तक कि राष्ट्रीय म्यूजियम (NASM) से भी उसने अपने काले दिनों का विवरण मिटवाकर अपना सतत् महानिदेशक रहने का नाम लिखवा दिया है। यही नहीं, इसके सहयोग से और भी भ्रष्ट लोग, ईमानदारी के हत्यारे, नाग जैसे कुंडली मारकर परिषद् में सेवानिवृत्त होने के बाद विभिन्न समितियों, अभिकरणों आदि में बैठे हैं और अपने मरणोपरांत तक परिषद् की कीर्तिनीति को प्रभावित कर रहे हैं। किसी भी ईमानदार को ये इन समितियों आदि में आने से ऐसे रोक देते हैं जैसे सवर्णों के बीच कोई गलत या भिखारी आदमी आ गया हो। ये अपनी-अपनी लॉबियाँ बनाए रखते हैं, किंतु वर्तमान कृषि मंत्री ने भी डॉ. पड़ौदा के अवैध कब्जे से पूसा कंपाउंड वापस लेने की बात अगस्त, २०१५ तक नहीं लिखी।

यह वह युग है, जिसमें ज्यादातर सरकार द्वारा दोषी बनाए जानेवाले ऐसे लोग हैं जो भ्रष्टाचार में भ्रष्टाचारियों को सहयोग नहीं करते। परिषद् वैज्ञानिक की प्रताड़ना के लिए भी पूर्व में कुख्यात रही है। ईमानदार जब ज्यादा तनाव महसूस करते हैं, तब श्री नरेशचंद्र सूदन उपसचिव, भारतीय पशु चिकित्सा अनुसंधान संस्थान जैसे लोग स्वैच्छिक सेवा निवृत्ति लेकर (पेंशन बचा लेने के लिए) घर बैठ जाते हैं।

मुझे परिषद् से सेवानिवृत्ति के दो वर्ष पूर्ण हुए हैं। मैं आज भी महसूस करता हूँ कि भ्रष्टाचार के दृष्टिकोण से परिषद् में आज भी सब कुछ ठीक-ठाक नहीं है। इसीलिए सूचना अधिकार अधिनियम के तहत सतत् मैं सूचनाएँ एकत्रित कर रहा हूँ। इस उम्मीद के साथ कि कभी न कभी कोई न कोई भ्रष्टाचार उन्मूलन करेगा।

## श्री नीतीश कुमार का आगमन, मेरी विदाई का पैगाम एवं बढ़ते भ्रष्टाचार के उस जंगलराज का पर्दाफाश, जिसमें इन्होंने अपने पैतृक स्थल को भी नहीं छोड़ा

पूर्व के ५-१० पृष्ठों के शीर्षक बैंकॉक की वर्कशॉप एवं जाँच के बिंदु' में उपरोक्त शीर्षक की बाबत विवरण लिखा गया है। मैं पद की गरिमा बनाए रखते हुए पूरी समयावधि में श्री नीतीश बाबू के पास भ्रष्टों की शिकायत कर न्याय की अपेक्षा करता रहा। जैसा मैंने पूर्व के अध्यक्षों एवं कृषि मंत्रियों सर्वश्री चतुरानन मिश्र, सुंदरलाल पटवा एवं अटल विहारी वाजपेयी पर किया, किंतु भ्रष्टाचार से ओतप्रोत इस नायक ने वित्त के लोभ से अपने पद की गरिमा को तार-तार कर दिया।

प्रश्न यह था कि क्या श्री नीतीश कुमार, मंत्री द्वारा मुझे पद से हटाने (Terminate) का निर्णय किसी भी दष्टिकोण से सही था या यह श्री नीतीश कुमार के जंगलराज का ही एक अंश था, जो 'चौकड़ी' के प्रमुख श्री पड़ौदा के सहयोग से फलीभूत हुआ था। मेरा पद (सहायक महानिदेशक) एक टेन्यूर पद था। ये पद भारत सरकार एवं परिषद् में स्थायी पद होते हैं, जो एक निश्चित अवधि के लिए होते हैं। यह टेन्यूर पद था न कि प्रतिनियुक्ति (Deputation)। इससे भी आगे कृषि अनुसंधान सेवा (कृ.अ.से.) के बनने के समय ही जो नियम वर्ष १९७६ में बने थे, इसकी पुस्तिका के अंक १९७७ एवं १९८५ के अनुसंधान प्रबंधक के बिंदु ६, अध्याय ६ में स्पष्ट रूप से लिखे थे कि परिषद् के स्थायी अधिकारियों के लिए इन पदों की पदावधि पूर्ण होने के बाद इन पदों पर कार्यरत वैज्ञानिकों को देश में कहीं भी समान पद पर पदस्थ किया जा सकेगा, जिसमें वह अधिकारी अपना ग्रेड ज्यों-का-त्यों (Matching Position) बनाए रखेगा। कृ.अ.से. नियम की आगामी नियमावली वर्ष १९९६ के नियम ११ में आगे और अच्छी तरह से (परियोजना समन्वयकों के प्रकरण

में) स्पष्ट करते हुए लिखा गया कि टेन्योर पूर्ण होने के पहले भी यदि उन्हें हटाया जाता है तो भी वे समान स्तर (Matching Position) पर ही जाएँगे। इसके साथ ही एक बार टेन्योरि पदों पर नियुक्त (पदस्थ) हो जाने के तुरंत बाद भी यदि कोई व्यक्ति सेवानिवृत्ति हुआ, मर गया या स्वैच्छिक सेवानिवृत्ति ले ली, तब भी उसे टेन्योर में पदस्थ होनेवाले वेतनमान जैसे पेंशन आदि का लाभ मिलता रहा।

सर्वश्री राजेंद्र सिंह पड़ौदा, मंगला राय, अनवर आलम आदि जो बाहर से आए थे, उनके लिए तो यह नियम था कि उन्हें परिषद् से टेन्योर पूरा होने के बाद भगाया जाना था, किंतु मेरे जैसे वैज्ञानिक, जो अखिल भारतीय प्रतियोगी परीक्षा (अ.भा.प्र.प.) से चयनित होकर परिषद् में नियमित (स्थायी) नियुक्त हुए थे एवं टेन्योर पद पर पदस्थ हुए, उनके लिए न तो टेन्योरि पद पर पदस्थ होने एवं न ही इसकी पाँच वर्ष की अवधिपूर्ण होने पर हटाने का कोई प्रावधान था। तात्पर्य यह कि उनके लिए ये पद सतत सेवा पद था।

अध्यक्ष श्री नीतीश कुमार को मेरे प्रकरण में मात्र इतना अधिकार था कि समान ग्रेड पर मुझे अन्यत्र भेज देता, किंतु परिषद का दुर्भाग्य था कि ये छँटे-छँटाए लोग (सर्वश्री पड़ौदा, आलम, राय) किसी न किसी के प्रभाव से परिषद् में घुस आए थे और इतनी प्रभावशाली लॉबी बना ली थी कि किसी भी बाहरी व्यक्ति को इन्हें समयावधि (Tenure) पूर्ण होने पर हटाने की हिम्मत न थी और न अब है (जबकि ये अ.भा.प्र.प. से चुने जाने की जगह दूसरे दरवाजे से परिषद् में आए थे)। हाँ इतना अवश्य हुआ कि यदि कोई ईमानदार व्यक्ति बाहर से आ घुसा या 'चौकड़ी' का विरोधी रहा और वह यहाँ ईमानदारी से काम करने लगा तो मात्र ऐसे व्यक्तियों जैसे सर्वश्री नंदलाल मौर्य, भाटिया आदि जैसे लोगों की तरह परिषद् से बाहर का रास्ता दिखा दिया गया। ए.आर.एस. के टन्यूर पद पर बाहरी व्यक्तियों को लाने में मूल भावना संभवतया यह थी कि कुछ समय तक बाहर के वरिष्ठ व्यक्तियों को परिषद् में लाकर काम सँभलवाया जाए और धीरे-धीरे ए.आर.एस. वाले जब अनुभवी हो जाएँगे, तब बाहरी व्यक्तियों का समावेश बिल्कुल बंद हो जाए तथा मात्र प्रतिभाशाली व्यक्ति ही, जो अ.भा.प्र.प. से पास होकर आएँगे, देश के अनुसंधान को सँभालेंगे, किंतु हुआ उलटा, ये बाहरी व्यक्ति यहाँ आकर जम गए एवं अन्य बाहरी व्यक्तियों को (जिनमें कुछ अ.भा.प्र.प. में असफल भी हो गए थे) लाकर परिषद् में संविलियन कर यहाँ सम्मिलित करने की प्रथा ही बना दी गई। अब भी समय है, परिषद् सतर्क हो जाए। इतना ही नहीं, कुछ व्यक्तियों को, जो भ्रष्टाचार की जाँच में फँसे थे जैसे डॉ. शांतिलाल मेहता, उन्हें पद से हटाया भी गया तो भी 'चौकड़ी' ने अपना प्रभाव लगाकर उसे वापस उसी पद या समकक्ष पद पर बना

दिया। इससे भी आगे यह हुआ कि ऐसे प्रभावशाली व्यक्ति जैसे सर्वश्री शांतिलाल मेहता, राजेंद्र सिंह पड़ौदा, अनवर आलम, मंगला राय कभी भी अपना टेन्योर पूरा करने पर वापस उनके पदों पर से भगाया या हटाया नहीं गया और न तो इनमें इतनी शरम थी कि स्वत: कहें कि मेरा टेन्योर पूरा हो गया है और मुझे परिषद् से बाहर अपने पैतृक विभाग या पद पर भेजा जाए।

ऐसा इसलिए होता रहा कि ये चालबाजी, फरेबी, भ्रष्टाचार, अनाचार, अत्याचार आदि में निपुण थे। श्री नितीश के मंत्री पद आते ही उनके जंगलराज के कारण भ्रष्टाचार को चौकड़ी ने दिन दूनी रात चौगनी की गति से बढ़ाया। इस तरह मेरे जैसे अ.भा.प्र.प. वाले व्यक्ति को जिसे किसी भी पद (चाहे वह टेन्योरि पद भी हो) से कभी भी हटाने का प्रावधान न था, परंतु मुझे हटा दिया। हाँ केंद्रीय सिविल सेवा नियमों के अंतर्गत दोषी पाए जानेवाले व्यक्ति को दंडित करने के खुले नियम हैं और इन्हीं नियमों के तहत मुझे हटाने हेतु श्री नीतीश कुमार ने एक जाँच अधिकारी डॉ. किरण सिंह की नियुक्ति की थी।

इसी जाँच अधिकारी ने नीतीश कुमार मंत्री के मुँह पर तमाचा देते हुए निष्कर्ष दिया था कि उसके द्वारा मेरा खराब किया गया वार्षिक प्रगति प्रतिवेदन (जिसके आधार पर श्री नीतीश कुमार ने मुझे हटाया था) वह न केवल गलत था, बल्कि मेरे द्वारा भ्रष्टाचार उजागर करने के कारण किया गया थी। इतना ही नहीं, इस जाँच ने मेरे ऊपर लगाए गए सभी ३३ आरोपों को सिरे से खारिज करते हुए चौकड़ी एवं श्री नीतीश कुमार का मुँह काला किया था एवं कहा था कि ये लगाए गए आरोप मेरे द्वारा भ्रष्टाचार में इन्हें नंगा करने के कारण थे या 'प्रेरित' थे। इसके साथ ही मुझ पर दोषारोपण हेतु इन्होंने सर्वश्री पवन रैना, भास्कर बरुआ, के.अ.ब्यू. (C.B.I.) आदि के साथ ही सात तरह से प्रयत्न किया था या जाँच कराई और कहीं से मुझे दोषी करार की संभावना न पाने पर इसने पूर्णतया अवैधानिक कार्य (वा.प्र.प्र. खराब) किया और इसमें प्रावधान न होते हुए भी मुझे पद से हटा (Terminate) दिया। छँटे-छँटाए बाहर से परिषद् में आनेवाले (बिना अ.भा.प्र.प. के) चतुर वैज्ञानिक येन-केन-प्रकारेण परिषद् में श्री नीतीश कुमार के सहयोग से स्थायी कर हमारा अंग बना दिए गए। और सीधे-साधे बाहर से आए ईमानदारों को भी उनके पैतृक विभाग भेज दिया गया। इनका पूरा विश्लेषण छापा जाए तो श्री नीतीश कुमार के भ्रष्टाचारी जंगलराज का और बड़ा खुलासा होता है। यद्यपि मुझे भी श्री नीतीश कुमार एवं इसकी चौकड़ी द्वारा परिषद् में बने रहने, इतनी कम उम्र में सहायक महानिदेशक बन जाने से प्रमोशन होकर भारत सरकार के सचिव तक आसानी से पहुँचने के प्रलोभन एवं प्रवचन दिए गए थे। मतलब यह कि ये लोग मेरी ईमानदारी की बोली लगा रहे थे, किंतु जब मैंने जब समझौता न मान सिद्धांतों की बात मानी, तब

श्री नीतीश कुमार मंत्री ने नियमों को रौंदकर (अपना वित्तीय हित साधने के लिए) अपने ही द्वारा नियुक्त जाँच अधिकारियों की रिपोर्ट का ध्यान न देते हुए मुझे पद से हटा (Terminate) दिया। मेरी प्रोफेसनल हत्याकारी, मात्र एक-एक हजार करोड़ रु. व दो परियोजनाओं में भृष्टाचार के लिये। बाहरी व्यक्तियों को परिषद् में टेन्योर पूर्ण होने के बाद भगा देने का भय दिखाकर एवं मनचाही विधि से भ्रष्टाचार में सहयोग करने पर परिषद् में स्थायीकरण (संविलियन) का प्रलोभन देकर नीतीश कुमार काम करते रहे। आज इसकी आवष्यकता है कि टेन्योर पर आनेवाले बाहरी व्यक्तियों को परिषद् में स्थायीकरण की बात उसी तरह न की जाए, जिस तरह अन्य भारत शासन के विभागों में होता है। तब वह टेन्योर पूरा करके नियमानुसार बाहर चला जाएगा और परिषद् में प्रायोजित भ्रष्टाचार कम होगा। यदि इन नियमों का पालन किया गया होता तो सर्वश्री पड़ौदा, आलम, मंगला राय कब के यहाँ से प्रस्थान कर अपने विभाग में खाक छानते बैठे होते, पर यहाँ तो जंगलराज चल रहा था। मुझ जैसे व्यक्ति को बाहर किया जा रहा था एवं इन्हें स्थायी रखा जा रहा था। रानी चरणदासी बनी थी तो चरणदासी रानी का अधिकार लेकर भ्रष्टाचार की मलाई खा मदमस्त हो रही थी, नीतीश 'बाबू' के भ्रष्टाचारी जंगलराज में।

मेरी अपनी चिंता न थी। धमकियाँ तो विगत २५ वर्षों से मुझे मिल ही रही थीं। यहाँ अंतर था तो आवृत्ति एवं घटनाक्रमों का। दिल्ली जैसे स्थान में तो वाहनों के एक्सीडेंट से भी ईमानदारों की हत्या होती थी एवं प्रकरण आए-गए हो जाते थे, पर मुझे चिंता होती थी जब मैं देशभर के सभी कंप्यूटर केंद्रों के साथ ही अपने पिछड़े राज्य के पिछड़े इलाकों जैसे चित्रकूट, सीधी, मझगवां आदि स्थानों का भ्रमण कर वहाँ सूचना टेक्नोलॉजी की भ्रूण हत्या होते हुए देखता था। मुझे पीड़ा होती थी अन्य पिछड़े राज्यों जैसे बिहार, छत्तीसगढ़, जम्मू एवं कश्मीर, राजस्थान आदि के उन केंद्रों की स्थिति देखकर जहाँ कृषक ग्रामीणजन यह इच्छा लिए बैठे थे कि उनके यहाँ के कृषि विज्ञान केंद्र एवं अन्य कंप्यूटर केंद्रों से जहाँ से उन्हें इंटरनेट की सुविधा मिलने की गुंजाइश थी, माल सप्लाई न हो पा रहा था (एवं पूर्वकाल के १९९५ की आपूर्ति में भी किया घपला ठीक न हो रहा था)। कंप्यूटर इतने पुराने सप्लाई हो रहे थे कि आपूर्ति के बाद भी इनसे नेटवर्क चल भी पाएगा, इसकी आशंका बढ़ती जा रही थी। मैं कभी-कभी सोचता था कि क्या सर्वश्री डॉ. पड़ौदा, महानिदेशक, आलम एवं मंगला राय उपमहानिदेशक, नीतीश कुमार मंत्री यदि देश का ध्यान नहीं रख पा रहे थे तो कम-से-कम अपने राज्य एवं क्षेत्र, जहाँ वे पैदा हुए, उनका ध्यान तो देंगे। इन क्षेत्रों में जब भी शिकायतें मिलती थी, मैं तुरंत इन्हें सूचित करता था, किंतु किसी के ऊपर जूँ तक न रेंगती थी। देश प्रेम तो बाद की

बात थी, इन्हें अपने उन घरों तक की याद न था कि जहाँ जनता हाहाकार कर रही थी। दूसरी तरफ कंप्यूटर नेटवर्क की हत्या हो रही थी और ये लोग चैन की बंसी बजा रहे थे। कम से कम नीतीश कुमार को तो यह सोचना था कि वह इनके वोटों से ही चुनकर मंत्री बने हैं। आज नहीं तो कल इनके वोट लेने के लिए तो इन्हें वहाँ जाना ही पड़ेगा, किंतु जैसे शेर के मुँह में जब मानव खून जब लग जाता है, तब शिकारी (मानव) भी इसे बंदूक के डर से नहीं भगा सकता। वही हाल नीतीश कुमार और उनकी चौकड़ी का था, एक-एक हजार करोड़ रुपयों की दोनों परियोजनाओं से उन्हें अपनी तिजोरी भरने का खयाल था, बिहार की जनता के हाहाकार की परवाह न थी। जब भी मैं बिहार राज्य के भ्रष्टाचार की शिकायतों को इसके सामने रखता, तब इसकी प्रतिक्रिया की ओर टकटकी लगाकर देखता कि कुछ तो पीड़ा होगी, किंतु यह तो असंवेदनशील बन गया था। जनता की फिक्र तो उसकी शैली में न थी। उसे यह भी ध्यान न था कि यही कंप्यूटर नेट बिहार प्रदेश एवं देश की भावी पीढ़ी के विकास का एकमात्र मुख्य हथियार था। ऐसा था नीतीश कुमार (बिहारी बाबू) का जंगलराज।

□□□